CSSCI来源集刊
中国人文社会科学（AMI）核心集刊

ENGLISH AND AMERICAN LITERARY STUDIES

英美文学研究论丛

主编　李维屏
执行副主编　乔国强

上海外语教育出版社
外教社 SHANGHAI FOREIGN LANGUAGE EDUCATION PRESS

图书在版编目(CIP)数据

英美文学研究论丛.38 / 李维屏主编. -- 上海：上海外语教育出版社，2023
ISBN 978-7-5446-7644-1

Ⅰ.①英… Ⅱ.①李… Ⅲ.①英国文学—文学研究—文集②文学研究—美国—文集 Ⅳ.①I106-53

中国国家版本馆CIP数据核字(2023)第048394号

出版发行：**上海外语教育出版社**
（上海外国语大学内）邮编：200083
电　　话：021-65425300（总机）
电子邮箱：bookinfo@sflep.com.cn
网　　址：http://www.sflep.com
责任编辑：苗 杨

印　　刷：苏州市古得堡数码印刷有限公司
开　　本：635×965　1/16　印张 24　字数 391 千字
版　　次：2023 年 6 月第 1 版　2023 年 6 月第 1 次印刷

书　　号：ISBN 978-7-5446-7644-1
定　　价：76.00 元

本版图书如有印装质量问题，可向本社调换
质量服务热线：4008-213-263

编 辑 部 地 址： 上海市大连西路 550 号上海外国语大学文学研究院

邮 政 编 码： 200083

电子邮件地址： ymwxlc@sina.com

Institute of Literature Studies
Shanghai International Studies University
550 Dalian Road (W)
Shanghai 200083, China

[编者的话]

我们知道,中西理论话语并非二元对立。能够很好地阐释文学作品和文学现象的理论话语体系都是可取的。不过,我们经过这么多年的探索,也看到西方理论话语体系中的一些问题,特别是他们用来阐释中国文学时所暴露出来的偏见或谬见,这让我们不得不考虑建构一种既能够用来很好地阐释我们自己的文学,也能融入世界文学这个大家庭里的文学理论和话语体系。就建构中国话语体系而言,关键在于不要盲目地追随西方批评话语,而是要有所分析、有所取舍地看待西方批评话语,树立中国学者的主体意识。西方批评话语的深入研读,让读者有了比较意识和国际视野,基于以上理解,我们在"学者访谈"栏目中安排了对朱刚教授的访谈——《"入乎其内、出乎其外":习得与研究现当代西方文论的一点体会》。朱刚认为,我们需要把西方批评理论放到产生它的社会历史文化背景之下,在"问题"框架中冷静客观地分析其来龙去脉。这会有助于我们从实际出发,站在自己的立场上,对批评理论做出客观批评与深度反思。这种批评态度旗帜鲜明、提纲挈领,开启了其他三个栏目的学术论文。

本期书稿共有四个栏目:学者访谈、美国文学、英国文学、(后)现代主义文学批评与理论探讨,共收录学术论文 29 篇。美国文学栏目共有 13 篇文章,涉及美国文学研究的新思路、新成果。其中,生安锋探索了《宠儿》中魔幻现实主义手法的运用;曾传芳通过对布拉福德的《普利茅斯种植园史》的解读,探究了美利坚民族意识和构建美国国家认同的内在逻辑与深层机理;张廷佺揭示了厄德里克在"北达科他四部曲"中对帕尔帖案的重访,对作品中的"恶作剧者"盖瑞·纳纳普什进行了深入解读;王弋璇分析了罗森堡案件在多克托罗的小说《但以理书》中的文学再现,借此管窥 20 世纪美国政治文化生态,凸显文本蕴含的抗议精神;李美芹分析鲍德温与赖特两位作家的观点分歧,认为鲍德温的"文学弑父"行为体现了美国非裔文学转向过程中的思想抵牾;李保杰研究了美国拉美裔传记作家如何继承拉美裔文学对于生命书写的关切;李毅峰通过莫拉利斯《布娃娃瘟疫》中的疾病书写,呈现了引发瘟疫的社会问题及莫拉利斯所给出的解决措施；林文静分析了《以莎乐美之名》这部作品的家园重构，进而探索流散的加勒比裔群体的文化身份与归属；王刚以全球圆形流散视角研究《直到世界反映了灵魂最深层的需要》的主题，总结出全球圆形流散的典型特征；陈一雷通过音乐剧《怪圈》所揭示的自我建构之路，对边缘群体如何走出怪圈进行了启发性研究；甘婷从“徘徊的信仰”“怀疑的忏悔”“死亡的超验”三个维度勾勒了查尔斯·赖特创作中的诗歌图景；吴敏之借用叙事伦理学的基本概念，探讨美国犹太作家妮可·克劳斯在大屠杀小说《爱的历史》中的伦理关怀；景一飞探究了厄德里克三部曲中以“‘理想化’对抗‘想象’”的成长主题。

英国文学栏目收录10篇文章，其中，张剑以英国浪漫派诗歌为例，梳理了生态意识的产生和发展，并说明它与我们今天的生态意识之间的关系。曹莉研究了I. A.瑞恰慈对中国的意义在于其将批评理论中包含的现代意识和合理成分融入中国当代文论建设和诗歌及诗意复兴的具体实际之中；王改娣论述了唐·帕特森十四行诗的创作，认为帕特森在传统和当代之间架起了一座桥梁，使英语十四行诗从形式到主题展现出多元化的时代特征；吕洪灵对苏格兰启蒙时代文学评价及时期划分进行研判，揭示了启蒙思想与文学发展的相互作用；罗媛借助有关后现代道德的理论，探讨英国当代作家伊恩·麦克尤恩的小说《阿姆斯特丹》主人公遭遇的中年身份危机和道德困境问题；曲涛基于反常规叙事相关理论，从“反常规叙述者”“反常规情感”“反常规事件”等三个维度来解读麦克尤恩小说故事中的不可能世界；张文围绕詹姆逊在《地缘政治美学》中对新世界体系的图绘，阐述了英国晚期资本主义的文化逻辑；胡则远以生态反殖民诗学的视角对叶芝作品中的生态反殖民书写进行阐释；尹尧鸿以王尔德作品中“罪人”“基督”“浪荡子”三种人物形象说明王尔德唯美个人主义观的内涵以及具体体现；聂晓戌系统梳理了塞缪尔·约翰逊作品的译介和研究在中国不同时期的特点，以及100多年来中国学者对这位文学大家研究的成果和不足。

值得一提的是，不同于通常意义上的文学思潮，(后)现代主义理论内部派别众多，相互争鸣，对现代文学、艺术产生了直接的影响。在本期(后)现代主义文学批评与理论探讨栏目中，申富英论述了乔伊斯对阿奎那美学思想、“三位一体”说、生活与艺术观的继承和发展；陈后亮研究了马修·阿诺德现代文学批评的原则以及特里·伊格尔顿对阿诺德的再评价。此外，宋艳芳、李英华、李文军三位学者以新视角、新方法，分析研究了(后)现代主义文学的特征与发展状况。

本辑文章的作者多以“问题意识”为导向,坚持文献梳理不掺杂个人观点、以客观语言忠实反映他人成果的基本原则,在此基础上展开的作家、作品研究无不投射出中国学者立场的观点、价值取向与审美情趣。中国的外国文学研究自改革开放以来取得的巨大成就是有目共睹的,目前学科发展的基本模式和架构均已成形。但在过去几十年间,中国的外国文学研究在相当大的程度上是在西方话语影响下的外国文学研究,是在用西方的范式、术语和理念处理中国的问题。本辑从选稿、约稿到编校,始终坚持树立中国学者独立批判意识的立场,所选论文不仅紧跟国际动态前沿,并能同国际学界形成一定程度的对话交流,外国文学研究话语的中国立场得以彰显。我们的学者在面对西方话语时把自己看作一个独立的主体,努力摆脱过去被动的追随者姿态,悉心批判、甄别、遴选,扎根中国文化传统的同时借鉴西方的思想精髓,从每一篇文章、每一行文字中,努力建构一种既能融入国际学术研究体系,也能彰显我们民族特色的理论话语体系。这正是编者最为欣慰并努力达到的境界。

从事外国文学研究的学者需要有能容纳整个世界的大情怀,去掉偏见,与地球上其他国家的读者一起于文字描写或再现的细微之处,感悟人类生存的种种意义。研究工作绝非一件鸟语花香、可以边玩边做的事。相反,我们倾其一生,也未必能做得完美。“编者的话”太短,而学术长河很长,“问题意识”和“中国立场”,始终是我们坚守的方向。

目　录

学者访谈

英国文学

（后）现代主义文学批评与理论探讨

CONTENTS

Interview

American Literature

English Literature

(Post) Modern Literary Criticism and Theory

学者访谈

“入乎其内 出乎其外”：习得与研究现当代西方文论的一点体会

——朱刚[1]教授学术访谈录

王天如　朱　刚*

内容提要：本文是对原南京大学教授、现任教于兰州大学外国语学院的朱刚先生的学术访谈，涉及他本人在西方文论的教学与研究方面的感悟与认识，包括批评理论的地位与作用、与文学研究的关系，以及研究现当代欧美批评理论的立场与视角。他认为，我们需要把西方批评理论放到产生它的社会历史文化背景之下，在“问题”框架中冷静客观地分析其来龙去脉，以帮助我们从实际出发，站在自己的立场上，对批判理论做出客观批评与深度反思。访谈中，朱刚先生分享了他的学术理念和治学经验，并对年轻学者提出了治学建议与期望。

关键词：现当代西方文论；亲近式批评；社会语境；批判距离

Abstract: This is an interview with Professor Zhu Gang, currently Dean of the School of Foreign Languages and Literatures, Lanzhou University. It covers aspects of teaching and research in contemporary Western critical theory based on the lived experience of the interviewee in terms of the function of Theory, the relation of Theory with literary studies, and the agency of the Chinese scholar in his/her approach to Western critical theory. He insists that the theory should be understood in the social and historical contexts which have produced it. Thus problematized, Western theory may provide insights and enrich our understanding as long as we

---

* [**作者简介**]：王天如，兰州大学文学院博士研究生，主要从事比较文学与世界文学方向的研究。

① 朱刚，兰州大学外国语学院教授，博士生导师，曾任南京大学外国语学院院长、教育部高等学校外语专业教学指导委员会委员，中国外国文学学会文学理论与比较诗学研究分会副会长，现担任全国美国文学研究会会长。主要研究方向为现当代西方文论、英美文学、翻译、西方人文思想等。

stand on our own critical stance. Professor Zhu also shares his professional thoughts on learning and teaching Theory, and provides suggestions and guidelines for younger generations of academic professionals.

Key words: contemporary critical theory; intimate critique; social context; critical distance

王天如(以下简称“王”):朱刚教授,首先十分感谢您接受此次访谈。[①] 您从事西方文论的教学与研究已经有 30 余年,对西方文论有自己的认识,对如何在中国语境下研究与教授西方文论有自己的理解。请您简单回顾一下自己这 30 多年的心路历程。

朱刚(以下简称“朱”):我自 1989 年到南京大学读博士学位,方向是西方文论,至今已有 30 多年的西方文论教学与研究的经历(包括三年半的博士学习),有一些体会也许值得与大家分享。因为个人的成长也是一个时代的反映,我个人的经历或多或少也是我国的西方文论乃至外语教学发展的一个缩影。这样的个人反思成为文学与批评的一个写作样式:20 世纪 70 年代开始文学创作中出现了一个新的写作范式叫作“autofiction”,国内学者称之为“自撰”“自我虚构”“自小说”等,其实就是作者把自己写入自己创作的小说之中,虚实结合,使小说反映的社会现实更明显地带有小说作者本人思考的烙印。无独有偶,世纪之交前后,批评理论界的一些知名学者也开始写作小说。2000 年我在哈佛大学采访罗曼语系教授艾丽丝·贾丁(Alice Jardine)时,她提及一些风靡了半个世纪的后现代批评理论这个时期似乎走到研究的死胡同,不知何去何从。一些批评理论家感到批评理论不足以表达自己的感受,开始转向虚实结合的自传体文本的写作,如戴维·洛奇(David Lodge, 1935—)、茱丽娅·克里斯蒂娃(Julia Kristeva, 1941—)、雅克·德里达(Jacques Derrida, 1930—2004)、爱德华·赛义德(Edward Said, 1935—2003),也包括她本人。autofiction 既可视为后现代“自反性”特征的一个表现,也可以看作对现实进行思考的一种延伸,毕竟这样的“反思”对我们理解社会发展提供了新的视角。《诺顿文学理论与批评选集》(*The Norton*

① 本次访谈时间为 2022 年 3 月 19 日,地点在兰州大学明道楼 314 室。

Anthology of Theory and Criticism）主编文森特·B. 里奇（Vincent B. Leitch）2014年出版《21世纪的文学批评：理论的复兴》（*Literary Criticism in the 21st Century: Theory Renaissance*），第一章《我的信念及其原因》便是他陈述自己的"职业生涯""个人生活"与"理论研究"，将三者融合，通过个人的理论研习和教学体验，展示出一幅批判理论在美国高校半个世纪的发展变化的图景。他把这种加入作者亲历历史的表述方式称之为"亲近式批评"（intimate critique），[①]把它归到当代文化研究中，旨在从一个专业者的亲身经历，折射出该专业乃至更大的社会发展。也许，这种"亲历"加批判性思考的方式本身便源自所谓"个人的就是政治的"这种后现代思维，相比冷冰冰的理论思考，通过个人经历更便于作者表达自己的主观感受，更能拉近与现实的距离，也更方便拉开思考距离。

王：那就从您的理论学习谈起。您是怎么走上批评理论学习的道路的？

朱：从民国时期到20世纪80年代，我们英语系主要研习英国文学，我研究生阶段的学位论文选题是约翰·弥尔顿（John Milton，1608—1674）的诗歌，由上海外国语学院英语系的陆佩弦教授指导。陆老师是国内研究弥尔顿的专家，那时候的学习场所不仅是他的办公室，还有他的家，听他大段背诵《失乐园》（*Paradise Lost*，1667）选段，如信手拈来。我是陆先生额外指导的校外学生，但他对我提交的硕士论文文稿，总是给予"插队"审读，逐字批改。陆先生是那个时代知识分子的代表，尽管学富五车，却为人谦诚，润物无声。我的答辩委员会除了陆先生，还有上外的杨小石教授和复旦的杨岂深教授。三位老师都已经离世，但他们的治学精神和谆谆教诲一直伴随着我后来的学习。

1984年我硕士毕业之际，正是西方文论开始引起国内学术界注意之时，并在此后的短短几年间，成为学界的主流思潮。但当时我在安徽大学任教，囿于周围环境，并没有关注当时的文论热。那几年，英语专业的基础课几乎被我教了一遍。虽然缺失主攻方向，也没有什么研究成果，却也让我对英语专业的课程有了较为全面的了解，并且有了教学的切身体验，为此后的教学打下了基础。

---

① Vincent B. Leitch. *Literary Criticism in the 21st Century: Theory Renaissance*. London: Bloomsbury, 2014. viii-5.

转折点出现在 1989 年。那一年我获得领导的同意,报考南京大学外文系博士生并获得录取,导师是钱佼汝老师。他是当时南大英语教研室唯一的博士生导师,招生方向是现当代西方文论,而我当时是懵里懵懂去考试的。说来惭愧,我只是考前读了雷纳·韦勒克(René Wellek, 1903—1995)的《近代文学批评史》(*A History of Modern Criticism*, 1955)第一卷,未见得真的读懂,对现当代西方文论近乎无知。记得面试时,考官除了钱老师外,还有盛宁和刘海平两位老师。他们问了一个问题:什么是"意义"(What is "meaning")?我当时对文学阐释学一无所知,所以对这个问题一头雾水,但又不得不回答,只得故作深沉地反问道:你们说的"意义"指的是什么(What do you mean by "meaning")?这就是当时外语专业一般的青年教师对西方文论的了解程度。

王:您在钱佼汝老师的指导下,学习了四年的西方批评理论。有什么感受吗?

朱:我的博士论文选题是德国接受美学批评家沃夫冈·伊瑟尔(Wolfgang Iser, 1926—2007)的阅读理论[①]。从博士学位课程的设置到论文选题直至学位论文的批改,钱老师花费了大量的心血。20 世纪 90 年代初我们用的还是 286 电脑,基本上只能录入文字,编辑功能很少,无法同时兼容中英文字符,只有打印出来后经过剪贴,然后再复印,才能完整。师母曾告诉我,钱老师阅读我的初稿,一字一句批改,直至深夜。读书期间,钱老师还让我参与弗雷德里克·詹明信(Fredric Jameson, 1934—)《语言的牢房》(*The Prison-House of Language*, 1972)一书的翻译。尽管我承担的俄苏形式主义部分只占全书的不足五分之一,但钱老师对我的译稿也是逐字逐句修改。可以说,我后来对批评理论的理解、对英语学术写作的认识,以及英汉互译水平的提升,都归功于钱老师的这些认真细致的修改[②]。我是幸运的:现在外语专业的博士论文大都用中文撰写,失去了作为学生提升英语水平最后也是最重要的机会。

王:从文学研究转到理论研习,这个过程困难吗?能说一下文学研究和

---

① 伊瑟尔本人认为"接受美学"适合从事"接受"研究的学者,如汉斯·罗伯特·姚斯(Hans Robert Jauss, 1921—1997),自己研究的是"互动",所以并不喜欢"接受美学"这个标签。

② 后来我到联合国教科文组织做翻译,钱老师在那里做译审,我又一次在翻译上得到他的指教,为我此后翻译几部学术著作打下了基础。

批评理论的关系吗?

朱:文学与理论实际上是一块硬币的两面:文学文本的解读需要批评理论的支撑,而批评理论的探讨也需要用文学作品来检验。某种意义上,这是理论和实践的关系。西方学术界将这条线划得很清,理论和文学泾渭分明。我们曾邀请美国知名批评家罗纳德·施莱佛尔(Ronald Schleifer, 1948—)做讲座,博士生们普遍关心的就是如何"理论联系实际",这个问题往往让他摸不着头脑。在他看来,理论研究和文学研究分属不同的领域,为什么非要"联系"到一起?理论研究讲究抽象思维,是在一种理想状态下做出的归纳,需要有意识与实际拉开距离,否则理论问题讲不清。这也许是中西思维方式的差异。实际上,批评理论的存在是为了更好地解读文学作品,让你的解读更有深度,更具说服力;同时,批评理论提供了一种阅读作品的"方法",如果能使这种方法贯穿阅读的始终,它就成了你文本阐释的"理论框架",从而使你的阅读在话语层面上展开,学术性更强。同时,文学作品又能够促使我们对批评理论有新的认识,可以对理论进行反思,也可以增强理论的实践价值。所以,文学和理论是相互关照、相辅相成的关系。1997 年暑期,我参加了美国雅礼协会在耶鲁大学举办的"美国消费文化研讨班",教授的内容是美国的消费文化。我一面在教室里阅读消费文化,一面外出实地了解与消费文化相关的场所(如纽黑文的梅西百货)。美国消费文化属于"美国学研究"(American Studies),主要属历史学和社会学范畴,但它和批评理论中的文化研究有很多吻合之处。我结合 20 世纪初期美国的消费文化,对产生于这个语境下的欧·亨利(O. Henry, 1862—1910)的短篇小说《麦琪的礼物》(*The Gift of the Magi*, 1905)进行分析,读出了一些新意,这就是将批评理论和文学文本相结合。当然,做纯理论研究则另当别论;即使如此,对理论的阐释仍然需要具体文本做辅助。

王:如果说做博士论文是学术研究的开始,博士学位是大学职业生涯的起步,那么您对博士论文写作的体会是什么?

朱:博士生从夯实学术基础、参加学术研讨、操练学术表达、构思论文主题、设计论文框架,一直到论文撰写和修改,一步步使自己的学术水平得到提升,为今后开展学术研究和职业生涯打下基础。博士论文写作是博士学习最重要的一环。我的博士论文是对伊瑟尔的阅读理论进行梳理和评价,把它放到 20 世纪 60 年代欧美的读者批评乃至更大的后现代批评理论中进行考量，思考它为什么会出现，面对的问题是什么，提出的解决方案是什么，这个解决方案在多大程度上起了作用，解决了部分问题，同时又对部分问题不起作用，甚至带来了新的问题，反映出该阅读理论本身有“盲点”，需要我们进一步反思。伊瑟尔最为人知的是他的“隐含的读者”这个批评概念，但同时这个概念也最容易为人误解。这是他用哲学中的现象学方法，通过主体的意向性投射来观照读者，得出的一个现象学意义上的读者模型，其中含有读者和文本相互作用的机制和原理，借此揭示读者（其本身包含作者、文本、阅读）的“本质”。20 世纪 60 年代的读者批评，正好处于 20 世纪现代文学批评与后现代文学批评的中间，上承形式主义、法兰克福学派、弗洛伊德心理分析、神话原型、结构主义等偏传统的文艺美学思想，下接各种后结构主义批判理论。厘清伊瑟尔的思想，是学习 20 世纪西方文论的一个很好的突破口。这里除了要感谢导师钱佼汝教授和答辩委员会主席董衡巽研究员在学术上的指导和帮助，还要特别感谢伊瑟尔教授本人。自选题开始，我便和他一直保持联系，向他请教问题，索取资料，他总是有求必应，而且非常及时。熟悉一点后，我曾问起他与斯坦利·费希（Stanley Fish，1938—　）的公开论战。费希语言犀利，观点尖锐，思想逻辑性强，批评人不留情面。对如此唐突的问题，伊瑟尔用非常绅士的方式做了回答。他的最后一部著作《怎样做理论》（*How to Do Theory*）于 2006 年出版，南京大学出版社请我翻译，翻译时还与他保持着联系，曾想请他作序，不想他在 2007 年去世了。[①]

王： 您 1994 年开始在南京大学外国语学院任教，您是如何从博士阶段的读者批评拓展到后来的理论研究的？

朱： 我博士毕业后入职南京大学，教学占用了大量的时间，挤出时间整理发表了几篇有关读者批评的论文，出版了博士论文。1994—1995 年，受教育部和欧共体大学校长委员会联合培养，我赴比利时鲁汶大学文学院做博士后，导师是 H. 范·高普（H. van Gorp）。我的博后任务就是撰写 30 多条中国古代文论术语，编入导师编著的一部荷兰语

---

① 伊瑟尔曾在邮件中对我说，批评界对他的现象学文学批评多有误读，倒是两位中国学者的理解最正确。他指的另一位中国学者是中国台湾的单德兴研究员，他的博士论文研究的也是伊瑟尔，也是由于伊瑟尔的牵线我们才认识。单研究员毕业比我早，对我多有指教，他馈赠的博士论文我至今珍藏。

批评术语词典。任务两个月就完成了,其他时间自己做研究,其间的两件工作非常有意义。一是参加了1995年7月在那里举办的欧洲翻译研究学会年会和随后的翻译暑期学校。在此期间,翻译研究(Translation Studies)的奠基人之一安德烈·勒弗菲尔(André Lefevere, 1944—1996)受邀给与会者做了七场有关翻译研究的学术报告,我听了其中的三场,令我对当代翻译学的理解耳目一新。我和勒弗菲尔先生在咖啡馆里谈了一下午,邀请他来南京大学讲学。他对佛经翻译很感兴趣,曾在我国香港做过研究,尚未来过内地,便欣然接受了我的邀请。一年后,香港回归前夕,中西媒体展开激烈的宣传战,彼时我想起勒弗菲尔的后现代翻译思想,正在对中西方媒体针对"回归"一词的不同"翻译"进行考察时,突然得知他辞世的消息。勒弗菲尔的后现代翻译理论对我后来从事后殖民主义研究有极大的启发。

我在比利时期间做的第二项工作,便是对詹明信的马克思主义文学批评理论进行梳理。我选择詹明信的主要原因是,他是20世纪80年代中期引发国内方法论热的第一人,而我们对马克思主义批评理论有天然的亲和感。我做的工作是尽可能全面地梳理詹明信的马克思主义文学批评思想,看一下他与传统马克思主义和法兰克福学派的异同,再看一下他和同时代的西方后学理论之间的承袭关系。如果说博士论文只是学术研究的一种实习,那么写作詹明信则是我学术研究的第一次实践。鲁汶大学图书馆有关资料不是很多,尤其是缺乏中文资料,这对当时的研究是一个缺憾。《詹明信》一书1995年出版后,第二年暑期王逢振老师陪同詹明信到南京大学英语系讲学,恰好不久后我要去耶鲁大学参加雅礼协会在那里举办的"美国消费文化研讨班";受詹明信邀请,我到他在耶鲁山区的"避暑山庄"和他家人住了两天,主要是闲聊和休闲,倒是想和他谈谈学术,没有找到机会。

詹明信的理论是20世纪60年代西方马克思主义发展的一个高潮,一直持续到80年代。对我们而言,这是一个宝贵的学术资源,国内虽然多有译介,论文不少,但有质量的深入研究不多,尤其在欧美保守思潮当道、批判理论难以施展影响的当下,更有必要深入研究他的学术思想。

《詹明信》出版后,接着我又依靠南京大学中美文化研究中心图书馆的资料,撰写了《赛义德》,并申请到教育部人文社科“十五”规划博士点项目“赛义德及其后殖民主义理论研究”。《赛义德》1997 年出版,我 2000 年在哈佛大学聆听赛义德做有关西方古典音乐的讲座,与他有过简短的交谈。

王: 在您研究西方文论的过程中,有没有什么特殊的时刻,让您对研究对象产生过不一样的理解?

朱: 这样的时刻经常有。最难忘的是 2000 年,我当时在哈佛燕京学社访学,恰好收到第 24 期“批评理论学院”(School of Criticism and Theory,下文简称 SCT)免学费录取的通知。在我为其他费用担心时,杜维明先生得知后认为机会难得,允诺由燕京学社提供往返路费、食宿费、书本费,让我得以在暑期前往康奈尔大学参加研习。SCT 是美国集中研讨批评理论最好的场所,欧美大部分著名批评家都在那里任教过,除伊瑟尔、詹明信和赛义德外,还有德里达、保罗·德曼(Paul de Man, 1919—1983)、茨维坦·托多罗夫(Tzvetan Todorov, 1939—)、朱迪斯·巴特勒(Judith Butler, 1956—)、海登·怀特(Hayden White, 1928—2018)、特里·伊格尔顿(Terry Eagleton, 1943—)等。

SCT 的办学宗旨来自 20 世纪 40 年代后期建于俄亥俄州肯庸学院的“肯庸人文学院”(Kenyon School of Letters),目的是向美国高校推广当时正处于巅峰的英美新批评。当时的知名新批评家莫瑞·克里格(Murray Krieger, 1923—2000)、哈泽德·亚当斯(Hazard Adams, 1926—)、肯尼斯·博克(Kenneth Burke, 1897—1993)、威廉·维姆萨特(William Wimsatt, 1907—1975)、罗伯特·沃伦(Robert Warren, 1905—1989)及韦勒克等在那里开班传授新批评,50 年代后寿终正寝。1966 年当时尚无人知晓的德里达在约翰斯·霍普金斯大学召开的批评理论研讨会上宣读了论文《人文科学话语里的结构、符号和游戏》(“Structure, Sign and Play in the Discourse of Human Sciences”),克里格、亚当斯、杰弗里·哈特曼(Geoffrey Hartman, 1929—2016)等人敏锐地意识到,批评理论发展到了一个新的阶段,于是酝酿成立新的研习批评理论的机构。1976 年 SCT 在加利福尼亚大学尔湾分校正式成立,首届讲习班开学,此后每年开班,成了年轻教师和博士生们的打卡之地。

我满怀期待,想亲身体验一下理论学习的盛况,却不想被当头泼了一盆冷水。开幕式的气氛凝重，大家的情绪十分低迷。康奈尔大学教务长发言，强调在这种困难时刻希望大家支持批评理论。SCT 主任斯蒂芬·尼克尔斯(Stephen Nichols)向大家介绍布朗大学的周蕾和约翰斯·霍普金斯大学英语系的阿曼达·安德森(Amanda Anderson)这两位理论新秀[①](她们都在获得博士学位不足十年的时间里晋升教授，获得讲座头衔)，以此鼓励博士生们不要气馁，但这也从一个侧面反映出批评理论的不景气。六周的学习，有四个专题研讨班供选择：少数族裔、系统论、屠犹研究、加缪研究。此外还有两个系列讲座(当代法国思潮、艺术史和英美当代诗歌理论)和五个单场讲座，涉及性别、哲学及法学理论等。7 月 21 日是费希做讲座，题目叫"理论最少论"("Theory Minimalism")。他指出：20 世纪后期法学理论界有一个说法："实践本身控制虚弱"，即实践本身不会为实践者提供实践行为所需要的控制和指导，需要依赖层次更高、更加普遍抽象的归纳来指导司法实践。但费希认为，法学界(文学界也是如此)这种想法太天真，因为理论提供的充其量只是一种修辞手法，这种"修辞"可以以不同的方式被加以利用，对实践并非不可或缺。也就是说，不论法学/文学理论正确与否，它都不会对实际判案/文学阅读产生明显影响。它只是实践的一个"元论述"，并不能开出如何进行实践的药方。费希其实说的就是"理论无用论"，彻底割裂了批评理论和文本实践之间的关系。我对此深感疑惑，通过尼克尔斯牵线对费希做了专访，并以妇女解放运动和女性主义理论为例，试图表明实践与理论两者之间存在千丝万缕的联系。费希辩解道，学术界的女性思潮产生于大规模的社会运动而非女性主义理论。后者当然在一定程度上介入了这场社会实践，但即使没有这样的理论思潮，这场社会运动照样会产生和发展。他的结论是：要指望由学术思想来引发社会变革是极其困难的。费希承认，他的观点代表了近 20 年法学理论界的一种"反理论"思潮，即理论行为尽管可以实施，但其对社会实践的影响非常小。

王：参加 SCT 的期待和现实之间存在巨大的反差，这对您产生了什么影响？您从中获得什么感悟？

朱：SCT 前后我对批评理论的感受有点"冰火两重天"。这直接促使我产

① 安德森此后担任 SCT 主任(2008—2014)，2012 年后去布朗大学任教。

生了一个疑问：为什么国内自 20 世纪 80 年代中期以来为西方涌现出的一个个时髦的批评理论喝彩，一直在热情地译介和宣传，但对于西方学界出现的理论萧条却只字不提？于是，我做了大致的梳理，得出了一些结论。

首先，批评理论面对的社会现实变了。后结构主义批评理论的主要特征是"批判性"，集中出现于 20 世纪 60 年代之后，尤其是法国的颠覆理论于 60 年代中后期传到美国之后，出现了"理论批判"的高潮。但 70 年代末 80 年代初，英美社会发生重大转折。1979 年玛格丽特·希尔达·撒切尔(Margaret Hilda Thatcher, 1925—2013)领导的英国保守党执政，1981 年美国共和党的罗纳德·里根(Ronald Reagan, 1911—2004)执政；同属保守派的老布什(George H. W. Bush, 1924—2018)和约翰·梅杰(John Major, 1943—)分别于 1989 年和 1990 年接任。苏联解体、东欧剧变之后，保守思潮占据了主导，60 年代的激进氛围几乎荡然无存。在这种大环境之下，批评理论丧失了话语主导权，越来越难以继续施展其社会批判功能。其次，批评理论的社会基础也在逐渐消失。60 年代从反越战运动和美国梦中出现的一代具有独立批判意识的中产阶级知识分子，到了 20 世纪后期便后继乏人。60 年代那些在街头和校园实践批评理论的批评家，80 年代已经转到书斋里进行"文本的实践"了[①]。此外，后现代思维以空间取代时间，以扁平取代立体，用"仿真"取代现实，使得批评理论离历史和时代越来越远，越来越难直接面对社会现实。

对批评理论最大的伤害来自它本身。1987 年《纽约时报》披露，美国解构主义代表人物德曼 1940—1942 年间在比利时刊物上发表了 130 多篇文章，为纳粹的屠犹政策辩解；加上马丁·海德格尔(Martin Heidegger, 1889—1976)早年的纳粹党员身份曝光，以及 70 年代中期德曼把德国接受美学代表人物姚斯引进耶鲁大学访学，而姚斯随后也被发现曾参加过党卫军，这些"历史污点"严重损害了解

① 文本实践(praxis)与社会实践(practice)的区别在于，前者指的是一个职业或一种研究领域中的实践与操作练习，后者则更注重身体力行的参与。"社会实践"是 20 世纪 60 年代反文化运动的特征，如爱丽丝·贾丁上大学之前便登门向西蒙娜·德·波伏娃(Simone de Beauvoir, 1908—1986)求教，走向街头身体力行，大学期间曾为了理想在监狱里度过一段漫长的时光。米歇尔·福柯(Michel Foucault, 1926—1984)本人也曾走上街头，表示出对"社会实践"的认同。

构主义(包括相伴而生的德国接受美学和美国读者批评)的声誉,也让美国第二代解构批评的代表人物芭芭拉·约翰逊(Barbara Johnson,1947—2009)和非裔批评家小亨利·路易斯·盖茨(Henry Louis Gates Jr.,1950—)等师从德曼的学生们十分尴尬[①]。而此前的一年,德曼在耶鲁大学英语系的同事、美国解构主义代表人物J.希利斯·米勒(J. Hillis Miller,1928—2021)当选全美语言学会(MLA)会长,他所做的会长发言标题就是"理论的完胜"("The Triumph of Theory")。数年之内变化如此之大,令米勒此前的乐观情绪显得十分滑稽。

王:此时美国学术界的保守派对批评理论大加讨伐,出现了所谓的"逆理论"和"后理论",国内学者也多有谈及。

朱:这也是我的一个感慨:我们有很好的文学批评传统,但至少在现当代西方文论的研究中,这个传统似乎看不见了。除了译介还是跟风,我们更需要联系实际,做出自己的分析和判断。有关"逆理论"和"后理论"我们另文再谈,但据此便认为批评理论走向衰亡却过于简单。的确,作为社会思潮,批评理论的特色逐渐模糊,整体影响力逐步下降,对社会的干预能力明显减弱。但至少在大学校园里批评理论却实实在在地站稳了脚跟,成为体制的一部分。例如美国文学语言研究最有影响的学术组织——全美语言学会,其三万名会员中,文学批评分会就有会员7 000人;教育体制中已经设立起各种文化研究、族裔研究、性别研究机构,知名人文社科教授很多直接或间接出自20世纪60年代街头政治的一代。批评理论不仅已经成为文学文化研究的一部分,而且是从事教学与研究不可或缺的手段[②]。里奇曾说,批评理论今日看上去似乎没有多大影响,只是因为这种影响无处不在,我们

---

① 约翰逊曾撰文为德曼做过辩护,提出好人/坏人两分法"过于简单化",主张应当把德曼的著作"放到不同的历史环境下去重新阅读"(Johnson B. "The Surprise of Otherness: A Note on the Wartime Writings of Paul de Man", in Peter Collier & Helga Geyer-Ryan, eds. *Literary Theory Today*. Ithaca & New York: Cornell UP, 1990: 13)。但这些辩护于事无补,批评理论受到伤害已成事实,社会对后结构主义的疑虑已经无法消除。

② 琳达·哈钦(Linda Hutcheon,1947—)曾说,多伦多大学英语系招聘文艺复兴和18世纪英国文学教师,基本要求就是必须了解批评理论,因为后者已经成为高校人文学者必须具备的素质(见"琳达·哈钦访谈录",《外国文学评论》,1999年第1期)。俄克拉荷马大学2009年招聘两位原住民文学研究和一位中世纪文学研究的教师,九位最后参加面试的候选人所做的学术报告几乎都使用批评理论做研究框架。

没有意识到:“读者根本不可能躲得开理论。……有人想着埋葬理论,想着前理论或后理论,这只是一厢情愿。理论在战后美国大学中发挥的作用是创新的推动剂,也是大部分文学分支研究和断代研究的前沿。理论是发表、求职、晋升的敲门砖。尤其在70年代之后,理论成了文学研究呼吸的空气,支撑着研究型大学的教职员工和学术使命”[①]。

有意思的是,对于批评理论这段时期所发生的一切,国内批评界却鲜有提及。我们最熟悉的文学批评研究方法(唯物史观与反映论)在西方文论研究中罕见地失声了。

王:如果把批评理论放到产生它的社会语境中加以理解,会产生哪些对我们有益的认识呢?

朱:欧美社会自20世纪80年代开始向右转,对“激情燃烧的”六七十年代进行清算,表现在生活的方方面面。就人文学科而言,戴维·霍罗威茨(David Horowitz, 1939—　)便是一例。这个右翼社会活动家曾获加州大学伯克利分校英美文学硕士学位,“9·11事件”之后,他成立了“大学生维护学术自由”组织,在150多个大学校园里安插“监督狗”,直接干预大学的学术活动。2004年他开展“发现网络”行动,系统地对校园中的左翼知识分子进行大规模排查,其结果便是他的大作《美国大学最危险的101位教授》(*The Professors, The 101 Most Dangerous Academics in America*)[②],其中包括我们熟悉的贝尔·胡克斯(Bell Hooks, 1952—2001)、塞基微克(Eve Sedgwick, 1950—2009)以及詹明信。像“文化研究”这一类比较开明的研究机构遭到排挤[③],研究项

① 见“Theory Today and Tomorrow: An Interview with Vincent Leitch”,《外国文学研究》,2009年第5期。

② David Horowitz. *The Professors, The 101 Most Dangerous Academics in America*. Washington: Regnery Publishing, Inc. 2006.

③ 文化研究始于20世纪50年代的英国,最知名的是1964年伯明翰大学成立的“当代文化研究中心”(Center for Contemporary Cultural Studies at University of Birmingham,下文简称CCCS)。1972年CCCS脱离英语系自立门户,专注于文化研究,发展达到鼎盛期。CCCS印刷的研究成果《文化研究论文集》(*Stenciled Working Papers in Cultural Studies*)逐渐引起欧美学术界注意,影响日增。CCCS遂转为研究教学并重的“文化研究系”,同时招收研究生和本科生。1984年“文化研究学会”(Cultural Studies Association)在英国成立,文化研究在欧美普及。但也就在这个时候,保守文化形成氛围,左翼倾向明显的文化研究渐渐失去往日的气候。2002年暑假结束前,伯明翰大学校方以学科“优化组合”为名裁撤“文化研究与社会学”系,全部14位教师不得不“另谋高就”,而且此举得到教师工会的认可。

目很难争取到政府部门的资源[①],而保守派则得到教会、政府官员、文化名人的支持,建有自己的学术组织,拥有不菲的资金支持。

这些情况我们需要有所了解,在引进吸收现当代西方批评理论时要心中有数。我们常常不加区别地笼统谈论欧美后现代主义,实际上后现代从20世纪50年代开始,发展到80年代末面临的世界已经发生了质的改变,海湾战争与伊拉克战争、传媒对真相的遮蔽、飞速发展的网络、人工智能、基因工程、文化领域出现的保守主义回潮等等,与之前的情况大不一样。贾丁等批评家认为,90年代之后的西方社会进入了一个全新的时代,她称之为"trans-modern 时代"。就批评理论而言,之前那些边界清晰,由几个核心理论家牵头、少数核心概念构成的批评流派或思潮(如结构主义、新历史主义、后殖民主义),也踪迹难觅了。取而代之的是一个个更加专门的"研究"。里奇在《21世纪的文学批评:理论的复兴》一书中绘制了一个21世纪的批评理论图谱,罗列出12个主题、94个学科分支或领域[②],如"通俗文化"主题下包含"名人研究""亚文化研究""时尚研究""体育研究"及"游戏研究";"机构研究"主题下包含"档案研究""职业化研究""经典化研究""学术劳工研究""公司化大学研究"及"数字人文"等。后学理论固然已经不再是显学,但它的影响在这些林林总总的里奇所谓的"文化研究"中时隐时现。

世纪之交前后走到前台的批评理论,如生态批评、伦理批评,都带有与后学理论不大一样的色彩,值得我们进一步拉开批评距离,仔细加以鉴别分析。我们对西方批评理论的接受和研究已经30多年,应该做一些细致的、学理性的、带有中国学者主体批评意识的研究,超越简单的译介和拔高。举几个例子:赛义德后殖民思想的理论特点是他的 travelling theory,国内常简单直译为"理论的旅行"。实际上用"旅行"来描述赛义德笔下的"理论"是望文生义,与他的原意相差很大,说明没有仔细阅读他的文字。巴特勒性别思想的一个重要

---

① 如美国最大的人文基金会"国家人文基金会"(The National Endowment for the Humanities)虽然宗旨是向高水平的人文研究项目和人文学者提供资助,但由于其隶属美国政府,主席和理事会由总统和议会任命,自然也带有保守色彩。

② Vincent B. Leitch. *Literary Criticism in the 21st Century: Theory Renaissance*. London: Bloomsbury, 2014.这张21世纪批评理论图出现在封底。这里的"21世纪"不准确,至多也只是21世纪头10年的情况。

概念是 performativity,国内常说成“操演”,其实巴特勒所谓性别的 performative 属性,指的既不是“操”也不是“演”,更不是中文的“操演”或“表演”。再比如,詹明信的马克思主义批评理论最重要的特征是“元评论”(meta-commentary),国内学者对此鲜有讨论。我的意思是,在译介了 30 多年后,我们对西方文论需要做一些深入细致的辨析。

王:那么,我们需要采取的态度是什么?

朱:现当代西方批评理论这个舶来品“漂移”到我们这里,需要我们把它放到产生它的社会政治和意识形态背景之下,在“问题”框架中冷静客观地分析其来龙去脉。这至少可以让我们意识到:在 20 世纪 80 年代中期我们的学术界引入西方批评理论、形成方法论热时,正是欧美保守政府上台、右翼势力扩张之际;当我们沉醉于接受批评理论这个新事物时,批评理论实际上已经开始走下坡路。当我们谈论生态批评、伦理批评及“回到经典”这样的“后理论”时,也许我们应该意识到:这些“后理论”出现于保守“回潮”这个大的社会背景之下。这样的意识有助于我们从自己的实际出发,站在自己的立场上,对批评理论做出客观批评与深度反思,探求对我国文学研究、批评理论发展有益的经验和教训。这个意识将有助于纠正批评理论研究缺乏历史视野的状况,使我们避免成为哈罗德·布鲁姆(Harold Bloom, 1930—2019)所批评的那种盲目跟进的人,那种“我们学术界中与法国理论家们认同而实际上忘了自己生活和执教于哪个国家的人”。[①]

① 哈罗德·布鲁姆:《西方正典》,江宁康译,南京:译林出版社,2005 年,第 410 页。

美国文学

创伤的疗愈和共同体的新生

——论《宠儿》中魔幻现实主义手法的运用*

生安锋**

内容提要：诺贝尔文学奖获得者托尼·莫里森在其代表作《宠儿》中精彩地运用了魔幻现实主义手法，使得诡异与虚幻的小说场景充满了现实性和政治性意义，也使得人物能够更勇敢地直面过去的创伤经历并得以重建身份，重新鼓起继续生活下去的勇气。本文通过探索宠儿这一鬼孩形象与个体创伤及集体性创伤之间的关系，指出莫里森正是借助鬼孩这一独特的艺术形象，具象地揭示了奴隶制的罪恶及其所带来的绵延几百年的伤痛和深远的负面影响。在莫里森看来，历史是不会凭空消失的，我们需要意识到，为了个体和共同体的存续，我们应该不断回溯包括奴隶制在内的创伤性历史事件，正视人类过去的罪恶和人性中的邪恶，在历史与当下之间建立起密切联系，否则我们将无法找到灵魂的归宿。

关键词：莫里森；《宠儿》；魔幻现实主义；创伤；文化共同体

Abstract: The Nobel laureate in literature Toni Morrison charges her work *Beloved* with realistic and political significance by employing the technique of magic realism. By adoptıng the grotesque and uncanny scenes in the novel, she could better make her characters face the unbearable traumatic experiences and rebuild their identities, find enough courage to live on and enough love to reconcile, and recollect their shattered life. By exploring the relations between Beloved the baby ghost and the

* ［**基金项目**］：本文系作者主持的国家社科基金重大项目"美国族裔文学中的文化共同体思想研究"（21&ZD281）、北京市哲学社会科学基金重点项目"后殖民主义、世界主义与中国文学的世界性研究"（18WXA002）及清华大学自主科研计划专项（2019THZWJC52）的阶段成果。

** ［**作者简介**］：生安锋，清华大学外文系长聘教授、博士生导师，主要从事英美文学、比较文学和西方文论等方向的研究。

collective as well as the individual traumas of the Afro-Americans, the author points out that it is through creating the unique image of the baby ghost that Morrison could so marvelously disclose the crimes of slavery and reify the pains and repercussions which have been lasting for generations. To Morrison, history does just pass by and disappear; historical events and traumas need to be constantly reviewed and "rememoryed", human crimes and wickedness need to be faced squarely and scrutinized thoroughly in order to build up the connection between the past and the present, and to find home for our torn souls and peace for our broken hearts.
Key words: Toni Morrison; *Beloved*; Magic Realism; trauma; cultural community

文学中的"魔幻现实主义"或者"魔幻写实主义"(Magic Realism)一词可以追溯到 1956 年雅克·斯蒂芬·艾莱克西斯(Jacques Stephen Alexis)的一篇文章《大溪地的魔幻写实论》("Of the Magical Realism of the Haitians")。艾莱克西斯认为,在拉丁美洲的文学表达中,作家往往会从神话、传奇或者魔幻的传统中寻找文学书写的意象与再现方式,利用魔幻写实的策略,"将魔魅的想象予以通俗化和精致化"(转引自廖炳惠 115);这种诉诸魔幻(the mythic and magical)的写作手法根植于拉丁美洲和加勒比海地区的文化传统,是作家们用以表达他们的身份认同、彰显自身与帝国主义殖民者和种族压迫者之差异的"集体性形式",是"对其文化现实的一种表达模式"(Ashcroft et al. 132—133)。因此,魔幻现实主义的手法从一开始其实就是作家们用以对抗殖民压迫和种族歧视的一种策略和工具。在论者如莫哈希·埃斯特·艾尼卡(Mohacsi Eszter Eniko)和杰基·克莱文(Jackie Craven)等看来,魔幻现实主义就是这样一种叙事策略:它将事实性叙事和幻象或者神话结合起来,用以阐释或者表现现实与历史之间的复杂性和交叠性,意在探索有关人类社会和人性的洞见;魔幻现实主义与我们通常所说的神话故事不同,神话故事大多源自民间传说、寓言、迷信和宗教故事等,其情节和事件也常常有违于正常的认知和逻辑,而魔幻现实主义则常常有着曲折的历史性语境和社会关切、扭曲的时间顺序和过程,同时又有现实世界里的背景和真实的叙述声音(Eniko 66—67; Craven)。因此,尽管有超自然的事件和复杂的事件顺序,魔幻现实主义作品中的故事常常被作者用客观冷静的语气加以叙述并最终揭示出人类社会和人生中的痛苦、苦难和失败等问题。

针对首位获得诺贝尔文学奖的非洲裔美国作家托尼·莫里森(Toni

Morrison，1931—2019）在其代表作《宠儿》（*Beloved*，1987）中所使用的魔幻现实主义、意识流、怪诞等叙述手法，国内外有些学者已经在这方面做出了可贵的探讨。王守仁等在其研究中对莫里森的魔幻现实主义探根溯源，指出了非洲神话对作家创作的深远影响；金莉等在其研究中指出，莫里森在其小说中对魔幻、荒诞等手法的娴熟运用对其艺术世界的建构起到了极大作用。习传进在其对非裔文学的人类学研究中也指出，借助怪异和魔幻等写作技巧，作家的关切其实超越了单一的种族性，而是指向了全人类的生存困境。庞好农等也论述过莫里森小说中的魔幻现实主义叙事策略，另外也有一些学位论文涉及这一论题。在国外，也有研究者在论述或者访谈中触及莫里森的魔幻现实主义写作手法问题，如诺米·伦德（Naomi R. Rand）、奥德瑞·费希（Audrey Fisch）、克瑞斯蒂娜·戴维斯（Christina Davis）、丹尼尔·泰勒-顾斯瑞（Danille K. Taylor-Guthrie）等，他们分别从不同的出发点探索了魔幻现实主义、创伤性记忆、怪异等因素在莫里森小说中的呈现和作用。但总的来说，集中而深入地探讨《宠儿》中的魔幻现实主义手法，并通过详尽的文本阅读来细究其意义和作用的研究尚不多见。在笔者看来，莫里森在其代表作《宠儿》中通过对魔幻现实主义手法的出色运用，揭示了美国奴隶制度下黑人所遭受的极大摧残，并通过回忆过去的方式建立起关联，找到了自我与族群的身份联结方式，最终使集体性的民族创伤得以愈合。

一、《宠儿》的创作背景

莫里森的小说《宠儿》其实是有着真实的故事原型的。在 20 世纪 70 年代当莫里森在兰登书屋做编辑时曾经编辑过一本关于黑人历史资料的书《黑色之书》（*The Black Book*，1974），里面就记载了这样一个真实的故事。1856 年黑人女奴隶玛格丽特·戛纳（Margaret Garner）与丈夫带着四个孩子从肯塔基州越过冰封的俄亥俄河逃到辛辛那提，后被奴隶捕手和警察追上，为了不让自己的孩子重新成为奴隶，这位绝望的母亲就试图将孩子们全部杀死，结果造成了一死三伤的悲惨结局，他们也因此而受到当局的逮捕和审判。正是这一惨烈的历史事件激发了莫里森的创作灵感。但忠实地记录戛纳原来的故事并非莫里森的意图，她曾说过：“我对记录她经历过的生活不感兴趣”（Darling 5），她要做的是用史实和丰富的想象力来表现这个事件背后所透露出的历史的残酷性。在莫里森的故事里,小说开始的时间是1873年,而后来随着故事的逐步展开我们得悉主人公赛丝杀死自己的孩子是在1855年他们逃到辛辛那提郊区蓝石路124号后的第28天。就在赛丝和孩子刚刚摆脱奴隶制的桎梏时,原种植园"甜蜜之家"的新奴隶主"学校教师"带人找到了他们。眼看逃脱无望,自己和幼小的孩子面临被带回种植园重新沦为奴隶的危险,情急之下赛丝拔出镰刀杀死了女儿。因为她深知,重新回到种植园就意味着孩子们会重蹈自己的覆辙。她根据自己的亲身经历来判断,就是死了也比重新回到奴隶主的种植园经受非人的摧残要好得多。但最终,她想要杀死所有孩子后再自杀的企图未能实现,她只是成功地杀死了一个女孩儿——即后来的鬼孩"宠儿"。弑婴的"恶行"使得她的婆婆贝比·萨格斯意志力垮掉,从此神志不清并于不久后死亡,也使得她受到黑人邻居的误解和反感;此后她就与当地的黑人社群隔绝开来,而她自己更是备受良心的折磨、噩梦不断。但平日里无论她,还是保罗·D或者萨格斯对过往的惨烈事件都讳莫如深,从来不在家里说起这些惨痛的往事。赛丝试图将过去遗忘或者以麻木来抵制回忆的痛苦,而保罗·D则试图将过去不堪回首的往事都封藏在贴近胸口的那个烟盒里,再也不愿意对人展示:"它的盖子被锈住了"(Morrison 86)。[①] 因而,在他们的记忆中,过去的事件呈现为一些零散的碎片而非完整的记忆。但是如果没有对过去事件的完整梳理,他们又无法建构起一个完整的人格和身份,更无法积极地面对未来。

令人们颇感困惑的是,莫里森本人是拒绝"魔幻现实主义"这个标签的,因为在她看来,作品中的魔幻手法往往是一种规避政治性讨论的手段,文学史家和批评家很容易因此而忽略了作者们真正想要揭示的东西(Davis & Morrison 145)。但在笔者看来,莫里森在其多部作品中都曾使用过这种叙述手法,除了《宠儿》之外,还包括《所罗门之歌》(*Song of Solomon*, 1977)和《柏油娃娃》(*Tar Baby*, 2014)等等;尽管作者出于某种原因不愿意承认这一点,但我们有充足的理由认为莫里森在其叙述中是运用了魔幻现实主义手法的。王守仁等早就指出,莫里森由于深受非洲传统宗教观的影响,认为生与死之间的界限并非不能逾越,过去与现在是可以穿越的,而莫里森在其小说中既有虚幻又有真实的叙事手法其实是"根植于非洲神话传说和美国黑人生活现实"(138—139)的。实际上,在

---

① 本文关于《宠儿》的所有引文均出自 Morrison(2004),此后均括注页码,不再一一注明出处,所有引文均由笔者翻译。

莫里森的艺术世界里,"现实主义的题旨加上各种叙事技巧,如多视角叙述、'碎片化'语言、意识流、象征、魔幻、荒诞、神话、传说、寓言、隐喻等,使莫里森的作品包罗万象,意境深远"(金莉等 234)。而且我们认为,通过探索宠儿这一形象与个体创伤及集体性创伤之间的关系,莫里森的魔幻现实主义使得虚幻或者不现实之物充满了现实性与政治性意义;在作者探究历史性创伤时其作用尤其明显,因为正是借助虚幻或者魔幻的写作手法,作者才使得该小说中的人物更好地直面过去的经历并重建身份,重新找到继续生活下去的勇气,重新安顿伤残破败的人生。在这种意义上,《宠儿》无疑就是一部优秀的魔幻现实主义小说。下面我们将以魔幻现实主义为视角详细分析宠儿这一创新性角色的意义。

二、"宠儿"的魔幻现实主义形象探析

首先,我们来探讨魔幻形象与身份之谜的问题。故事的魔幻性直接表现在赛丝所居住的蓝石路 124 号多年来持续闹鬼这件事上。《宠儿》开篇伊始就告知读者:"124 号充满着恶意。充斥着一个婴孩的怨毒"(3)。被母亲亲自杀死的那个刚刚会爬的小女孩变成了一个充满了怨毒的小鬼回到了母亲身边,或许是为了索取未能享受够的母爱,或许是想弄清楚那么挚爱自己的母亲何以会杀死自己。总之,蓝石路 124 号就因为这个死婴的鬼魂变成了一座"凶宅":诡异的声音和忽明忽暗的灯光、镜子突然碎裂、蛋糕上突然出现手印……终于,赛丝的两个儿子忍无可忍并逃离了家门,留下因家中闹鬼而长期自闭、心理不甚健全的妹妹丹佛、卧病在床的外祖母和忙碌悲苦的母亲赛丝在家里与小鬼死缠苦斗。

小说的魔幻性还体现在宠儿这个人物的身份的不确定上。在保罗·D 对鬼魂大喊大叫进行驱赶之后,鬼魂暂时消失了一段时间,但并没有真的销声匿迹,那个执着的小怨鬼复以一个年轻女人的形象返回蓝石路 124 号。在小说中,莫里森对她的描写兼具成年人和孩子的双重特征。她有着成年女子的丰满身材,但她那犹如新生的皮肤"毫无褶皱而细腻光滑"(50),有事没事喜欢吮吸手指头(157)。那么,难道那个死去的女孩在 18 年后化身成为当下这个成年女人了吗?读者似乎有足够的证据认为该女人就是那个被杀死的孩子的化身,因为赛丝刚刚看见她来的时候,感觉自己的羊水似乎破了;读者还发现宠儿知道赛丝很久之前曾有一对耳环;她甚至还会哼唱赛丝编的催眠曲;宠儿又像小孩子一样总喜欢黏着赛丝,并

毫无节制、毫无理性、不顾母亲死活地向她索取关爱:"宠儿的双眼时时刻刻都盯着赛丝,不肯离开须臾……宠儿的眼睛自始至终都在舔舐着、品尝着、咀嚼着赛丝"(73)。

宠儿的忽隐忽现与身世之扑朔迷离说明了其身份的不确定性(144—146)。会不会这个自称宠儿的年轻女子并不是那个被杀死的孩子的化身呢?有时候连赛丝自己都说不准,有一次她甚至告诉丹佛,宠儿很可能是一个被白人男子关起来长期性侵的女子,因不堪凌辱而逃了出来(140)。正是这种不确定性才导致了后面那段令人伤痛欲绝的母女间的对话:

> "告诉我真相。你是从那边来的吗?"
> "是的,我是从那边来的。"
> "你回来是因为我吗?"
> "是的。"
> "你还记得我?"
> "是的,我记得你。"
> "你从来没有忘记我吗?"
> "你的脸就是我的脸。"
> "你原谅我吗?你会留下来吗?你现在在这里安全了。"
> "那些没有皮肤的人呢?"
> "在外面,很远的地方。"(254)

而对保罗·D 而言,那个宠儿有可能不是个女孩,甚至是不是宠儿的鬼魂都很难说,而是什么"不干净的东西"(149)。宠儿似乎可以毫无痛感地用手指从嘴里拔出一颗牙来而不流血,她甚至想,"下次撕下来的可能会是她的胳膊、手、脚指头。或许每次从她身体上撕下一样,或许一次性全撕光[……]"(157)。鬼孩的诡秘行踪在展现魔幻现实主义的特征方面也起到了十分重要的作用。这些超自然的情节隐约指向了美国黑人的信仰体系,这种世界观或者生命观对于黑人而言其实早已是根深蒂固的,是实实在在的存在方式(Davis & Morrison 145)。

而"宠儿"这个名字也充满了歧义。在小说的扉页上,作者引用了圣经《罗马书》的话说:"那本来不是我子民的,我要称为我的子民;本来不是蒙爱的,我要称为蒙爱的"(《新旧约全书·罗马书》176—177)。这里的汉语"蒙爱的"原文就是"beloved"。但英文的"beloved"既可以作名词也可以做形容词。作为形容词的时候,被修饰的主词却消失了,而且在葬礼上该词既可以指代死者也可以指代哀悼死者的亲人，因此有论者指出："这个名字同时指代了过去和现在，既指缺席者，也指那些在场者"；而且，该词或可以被理解为一个例证来说明莫里森自创的"再记忆"（rememory）一词，该词可以看作"remember"的前半部分和"memory"的组合，既是动词又是名词，是对记忆的重新或者反复体验，并同时指向了记忆的过程和被记住的事物（Fisch 179）。

大多数时候宠儿的行为都很像是一个深受伤害的孩子，读者也可以从小说中推断出，她之所以呈现为人形，其实就是想得到母亲和其他人的承认；因为在此之前，除了丹佛之外，其他人如赛丝、外祖母等都力图压制他们的记忆。此外，宠儿想让别人尤其是赛丝不断地思念她、关爱她，所以她不断地请求甚至迫使赛丝讲述她那不堪的过去，而这种对过去的讲述即被展现为一种"喂养"宠儿的方式，同时也使赛丝可以从中获得"意想不到的快乐"（58）。这种对过去的回忆和讲述没有像赛丝起初以为的那样或者她本能的认知那样将自己击垮，反而最终使得赛丝有勇气去直面过去的创伤并释放出久被压抑的记忆，为她重拾生活的信心和勇气提供了机会。

其次，从某种意义上看，宠儿和保罗·D其实都是一种"启动"或者"激活"现在与过去之联结的"激活剂"，是他们让赛丝甚至整个黑人社区不停地追忆过去、回到过去并再次去体验痛苦和悲伤。我们知道，虽然在1873年奴隶制就已经被废除，但是美国南方蓄奴州的白人社会对黑人的歧视和暴力却未曾消失："所有的城镇都在清除黑人；仅仅在肯塔基一年内就有87人被处以私刑；四所黑人学校被烧毁；大人就像孩子一样被鞭打；而孩子就像大人一样被鞭打；黑人女性被白人轮奸；黑人的财物被抢夺，脖子被打断。他闻到皮肤烧焦的味道，到处都是皮肤和热乎乎的血腥味道"（212）。

过去的并未走远，历史继续以类似的方式在不同程度上重新上演。批评家伦德曾经指出，鬼孩宠儿其实是连接两个世界的必要链条。正是因为有了宠儿这个亦真亦幻的形象，作家才能得以使主人公与历史重新连接起来并赋予其活力，而对鬼孩的认可则能为主人公带来精神上的开悟；宠儿的出现为人们与过去和解提供了一个机缘。在她出现之前，赛丝和丹佛都处于孤独和闭塞状态中；而赛丝因为手刃自己的亲生女儿更是被其族裔共同体（社区）排除在外。宠儿代表着那个没有、也无法被抹去的那段不堪的历史（Rand 93,99）。赛格斯曾经对赛丝说过："在这个国家里没有一座房子不是从地板到屋顶都充塞着死去的黑人的伤痛的”(6)。这寓示着不仅小说中的人物，而且整个美国黑人群体都深受创伤性历史的困扰，每个幸存或者残存的家庭都有着不堪回首的经历，并始终成为压在他们心头让他们喘不过气来的噩梦。此外，宠儿也可以代表那些被虐待过的女奴的集体性创伤。读者可以根据宠儿的那些表达创伤的独白推断出：宠儿不仅仅是被赛丝杀死的长女(Eniko 66—67)，譬如：“那些死去的都堆成一堆……堆成小山一样的死人，无法令人直视，没有皮肤的人用杆子穿透他们……落进有着面包颜色的海水里……”(211)。这里所描述的是非洲黑人被贩运到美洲的“中间通道”(Middle Passage)的悲惨场景。而丹佛也承认，“有时候我觉得她不仅仅是(那个被杀死的孩子的鬼魂)”(266)。因此，即使赛丝将宠儿看作其长女的幽魂，我们作为读者也有理由认为，宠儿代表的是“蓄奴制时期的所有冤魂，是蓄奴制被废除后黑人心理上仍无法摆脱的巨大痛楚，更是整部黑人苦难历史的深刻隐喻”(金莉等 236)。而国外有学者也曾指出：“作为化成肉身的鬼魂，她自身几乎就是一个具现过去的故事”(Fisch 178)；又有论者进一步指出，“宠儿的身份和性格包含着非洲传统信仰中返回人间的祖先灵魂和美国黑人奴隶的祖先灵魂”(曾梅 55)。如此看来，宠儿不仅体现着某个具体人物的创伤性记忆，而且也代表着所有死于大西洋上的 6 000 多万黑奴的冤魂的记忆，象征着全体非洲裔美国人被迫为奴近 200 年的集体性民族创伤记忆。

由于宠儿对赛丝的依恋感随着小说的推进有增无减，而赛丝本人也由于过去的惨痛记忆而愈加备受折磨、痛不欲生，丹佛终于决定遵从外祖母的建议走出家门，到所在的黑人社区去寻求乡邻的帮助，于是辛辛那提的黑人女性们为其举行了一次驱鬼仪式(261)。借助这一原始的宗教仪式，他们得以返回其黑人祖先共同的集体性记忆中，重温奴隶制给她们带来的创伤性记忆并治愈伤痛。驱鬼仪式使得赛丝和所有参加这一活动的黑人女性都想起了她们初到辛辛那提时的那段平静美好的时光——那时他们刚刚获得自由，被压抑的生命之花第一次尽情绽放，初尝自由的甜蜜令人陶醉而犹如梦幻。所以在这个意义上，宠儿的出现使丹佛有了接触外界的机会，使赛丝有机缘获得疗伤的力量，也“使社区有了重新审视过去并接纳赛丝一家的机会”；而借着原谅赛丝，黑人社区也通过宽恕、同情、理解、仁爱和帮助赛丝一家而获得了再生(Rand 106)，一个由前奴隶组成的非裔文化共同体初步形成。

因此，既然宠儿意识到了赛丝对她的爱，而黑人女性的愤恨也渐趋消减，于是宠儿就带着一丝笑容消失在了丛林中。莫里森在小说的结尾部分还有意三次重复了"这不是一个要传递下去的故事"，并以"宠儿"一词作为全书的结尾(324)。因此小说似乎是在暗示：过去的创伤就像鬼魂一样，如果它们觉得人们将其忘掉或者忽视了，那么它们是会再次回来迫使人们再记忆的。此外，这个故事本身也不应该被忘记，以免类似的悲剧性事件再次重演。该故事本身是虚构的，但也传递着最大的历史真实；真实的历史往往是残酷血腥、不忍直视、不堪回首的，但莫里森却在暗示我们，虽然不可传递但也还是要传递下去。这就是人类历史上发生过的重大历史性创伤事件留给我们后人的令人无法释怀的沉重的遗产。

三、重记历史，安顿人生

小说《宠儿》借助魔幻现实主义等手法，通过强迫小说人物不断进行回忆而揭露了黑人所遭受的苦难，揭露了奴隶制的罪恶和惨无人道。小说的核心事件是母亲弑婴，是宠儿这个刚刚会爬的婴儿被杀死；但是杀死她的凶手并不直接是白人，而是其生身母亲赛丝，而由她亲手杀死自己的女儿的事件不但让赛丝内心一直充满着负罪感和赎罪意识，也让这一悲剧显得更加悲壮而残酷，但这样残酷的事情在美国的奴隶制历史上并不少见。而且在奴隶制度下，奴隶的一切包括孩子都是奴隶主的私有财产，并可以像对待牲口一样由他们任意处置，如打骂、役使、强奸、贩卖、杀死等行为，即使是那些"仁慈的"奴隶主如《汤姆叔叔的小屋》中的亚瑟·谢尔比在经济遇到困难的时候首先想到的也是将黑奴(包括成年的汤姆和仅只五岁的哈里)卖掉还债，而不会顾及哈里的母亲伊莉莎的痛苦感受。一个黑奴母亲只不过是一个为奴隶主生产小奴隶的机器而已，她就连喂养孩子、爱护孩子的权利都需要依靠奴隶主的恩赐，更遑论拥有自己的孩子了。奴隶制对家庭伦理的破坏也由此可见一斑。因此加拿大著名作家玛格丽特·阿特伍德(Margaret Atwood, 1939—　)认为奴隶制是人类历史上至为邪恶的"反家庭制度"(Artwood 3)。

在后现代主义理论家如詹姆逊(Fredric Jameson, 1934—　)等看来，魔幻现实主义是一种激进的社会实践，人们可以将稀奇古怪、神秘恐怖的传奇故事吸收进文学叙事当中，"用以质疑西方哲学的线性思考逻辑，以便对殖民者和压迫者作出严厉的批判，这些都是'魔幻写实主义'的关怀焦点"(转引自廖炳惠 155)。国内也有论者指出，莫里森借助对怪异写作风格或魔幻现实主义手法的运用,揭示出了远远超过种族范畴的内在意蕴,并指向全体人类生存的困境:“一方面强调了自我意识中自为存在的重要性,因为它曾启发和激励人向一切分裂和毁灭自我的势力作斗争;另一方面又告诫人们:真正的自由是一种整体性的自由,当自己获得某种自由的同时,也要尊重他人的主体性自由”(习传进 142)。在苏珊·考瑞(Susan Corey)的论述中,她将莫里森的魔幻叙述手法称作“怪诞”(grotesque)并引征德国批评家沃尔夫冈·凯泽尔(Wolfgang Kayser)的话说:作家采用怪诞手法的意图在于“谴责并进而战胜这个世界的恶魔性”(转引自 Corey 44)。无论是对人类生存困境的揭示还是对世间恶魔性的斗争,都会因其怪诞手法给读者带来震撼的效果或在读者心中引发共鸣。虽然很多人都将怪诞手法跟魔幻现实主义手法混为一谈,但在习传进看来,莫里森的魔幻现实主义手法其实是不同于浪漫主义式的怪诞手法的,而是具有双重特点:“从否定性上讲,揭露了奴隶制的破坏性以及给人和社会带来的心灵创伤;从肯定性上讲,使人们从恐怖的过去中获得了关于完整的自我与和谐统一的群体的新的启迪”(148)。这无疑是颇有见地的。

在《宠儿》这部在美国文学史上具有里程碑式意义的小说中,莫里森通过借助魔幻性的叙述方式,形象而深刻地刻画了宠儿这一鬼魂形象,从而将历史上黑人奴隶的个体性创伤和集体性创伤连为一体,并具象地揭示了奴隶制的罪恶及其所带来的绵延几百年的伤痛和深远的负面影响。正是由于精彩地借助魔幻现实主义写作手法,莫里森才能将小说人物更加醒目而惊悚地刻印在读者的脑海中。莫里森通过自己的艺术创作,通过将历史以故事的方式写出来,就是不想消解历史,而是要直面过去并将其牢牢地记在心里、刻在灵魂里。在莫里森看来,历史是不会无缘无故凭空消失的。过去的历史性创伤不应该、也不能够被后人遗忘,否则它们就会像鬼魅一样再次光顾我们当下的生活,以迫使我们去重新体验对过去的记忆,再次去经受历史疮疤被血淋淋地揭开的痛苦折磨。而我们后人也需要清醒地意识到:为了个体和群体的继续存活,为了人类整体在未来的心灵安顿,我们需要重温像奴隶制那样的历史事件或历史现象,并在不同的代际之间进行沟通,在历史与当下之间建立起密切联系。莫里森要做的不仅仅是要谴责人类在过去的罪恶,更是要着眼于人类的现实和未来;她不仅仅是为了回忆历史或者清算历史的旧账,而是更多地为我们的明天寻找出路,因为这对我们自己的灵魂归宿和精神安顿是更为至关重要的。

结　语

尽管莫林森曾经认为创作中使用魔幻手法是对政治的逃避，而不能真正触及生活中的政治与现实，更不能真正地反映出历史真相，但是我们通过详细的分析可以看到，正是通过对魔幻现实主义手法的娴熟运用，莫里森在其小说《宠儿》中恰恰获得了一种美国非洲裔文学中前所未有的现实性、政治性和历史感。莫里森通过自己的艺术创造，使得无论是黑人个体还是作为集体的他们都能记住历史，并展现出极大的勇气去直面历史的创伤与痛苦，进而重拾生活的信心，重新燃起对未来的希望，重新找到自己生活的意义和存在的价值，而非像以前那样只会对过去那些惨痛的记忆加以压制或者逃避；我们更不能不加反思就急于告别过去的可怖经历，导致一种"全民记忆缺失症"（national amnesia）（Taylor-Guthrie 257）。总之，莫里森在《宠儿》中通过对魔幻现实主义手法的精彩运用至少达到了如下目的：它揭示了美国历史上奴隶制度下黑人所遭受的摧残与痛苦的根源，并通过回忆过去、正视历史、建立关联而重新找到了自我与族群的身份认同，孕育了一个由前奴隶组成的族裔性文化共同体，最终使创伤借着重新记忆而得以舒缓和愈合，从而使作为整体的黑人社群也得到了新生。

引用作品[Works Cited]：

Ashcroft, Bill, Gareth Griffiths, and Helen Tiffin, eds. *Post-Colonial Studies: The Key Concepts*. London and New York: Routledge, 2000.

Atwood, Margaret. "Haunted by Their Nightmare." *The New York Times Book Review* 13 Sep. (1987): 1-6.

Corey, Susan. "Toward the Limits of Mystery: The Grotesque in Toni Morrison's *Beloved*." *The Aesthetics of Toni Morrison: Speaking the Unspeakable*. Ed. Marc C. Conner. Jackson: UP of Mississippi, 2000. 31-48.

Craven, Jackie. "Introduction to Magical Realism." *Thought Co*. 〈http://thoughtco. com/magical-realism-definition-and-examples-4153362〉 (accessed Dec. 13, 2017).

Darling, Marsha. "In the Realm of Responsibility: A Conversation with Toni Morrison." *The Women's Review of Books* V.6(1988): 5-6.

Davis, Christina, and Toni Morrison. "Interview with Toni Morrison." *Présence*

Africaine 145(1988): 141 - 150.

Eniko, Mohacsi Eszter. *Ghosts of Collective Trauma: Magical Realism and Its Cultural Alterations*. Seoul: Korea UP, 2016.

Fisch, Audrey, ed. *The Cambridge Company to the African American Slave Narrative*. Cambridge: Cambridge UP, 2007.

Morrison, Toni. *Beloved*. New York: Vintage Books, 2004.

Rand, Naomi R. *Silko, Morrison, and Roth: Studies in Survival*. New York: Peter Lang, 1999.

Taylor-Guthrie, Danille K. ed. *Conversations with Toni Morrison*. Jackson: UP of Mississippi, 1994.

《新旧约全书》,南京:中国基督教协会印发,1994 年。

郝蓓:《从黑人文化的视角解读〈宠儿〉中的口头传统、神话和魔幻现实主义》,天津师范大学硕士论文,2014 年。

金莉等:《20 世纪美国女性小说研究》,北京:北京大学出版社,2010 年。

廖炳惠编:《关键词 200:文学与批评研究的通用词汇编》,台北:麦田出版,2003 年。

庞好农:"从《至爱》探析莫里森笔下的魔幻现实主义叙事策略",《浙江师范大学学报(哲社版)》,2016 年第 1 期,第 21—27 页。

孙野:《托妮·莫里森的魔幻现实主义小说艺术》,黑龙江大学硕士论文,2005 年。

王守仁,吴新云:《性别·种族·文化——托妮·莫里森的小说创作》(修订版),北京:北京大学出版社,2004 年。

汪顺来:《再现历史现实》,安徽师范大学硕士论文,2005 年。

习传进:《走向人类学诗学——二十世纪八九十年代非裔美国文学批评转型研究》,北京:中国社会科学出版社,2007 年。

雍晓燕:《论〈宠儿〉中的魔幻现实主义》,安徽大学硕士论文,2012 年。

曾梅:《托尼·莫里森作品的文化定位》,济南:山东人民出版社,2010 年。

布拉福德《普利茅斯种植园史》中的家园想象*

曾传芳**

内容提要：家园是生命的栖息地，家园想象与民族意识和国家认同相互交织，构成了美国文学中的重要母题。北美殖民时期的叙史文学作品布拉福德的《普利茅斯种植园史》在记述早期欧洲移民到达北美开拓殖民地历史事件的同时，建构了对新家园的想象。乘坐"五月花号"航船到达北美建立普利茅斯殖民地的移民的家园想象包含三个向量：宗教共同体、公民政治共同体及殖民共同体。宗教共同体是基于宗教信仰而建构的家园想象；公民政治共同体是基于理想世俗社会模式而建构的家园想象；殖民共同体则指移民以选择性包容和排除模式而建构的家园想象，具有殖民主义的霸权性质。研究美国早期文学作品中的家园想象，有助于了解形成美利坚民族意识和构建美国国家认同的内在逻辑与深层机理，有利于研判当今美国遭遇的社会问题与困境。

关键词：威廉·布拉福德；《普利茅斯种植园史》；家园想象

Abstract: Home is the shelter for life. Home imagining, intertwining with national consciousness and national identity, has been the very important motif in American literature. The American colonial literary work, Bradford's *Of Plymouth Plantation*, has constructed their home imaginings, while recording the historical events of the earliest European immigrants colonizing North America. The home imagined by the immigrants aboard the Mayflower has three vectors: religious community, civic body politic community and colonial community. Religious community is the home imagining based on religious belief; civic body politic based on the model of ideal secular social; and colonial community refers to the home imagining constructed by immigrants following the pattern of select inclusions and exclusions, bearing the hegemonic nature of colonialism. The study of the home imagining in the early American literature facilitates us to understand the internal

* ［**基金项目**］：本文为作者主持的重庆市研究生教育教学改革研究项目"创新型人才培养视阈下的《美国思想文化经典选读》课程教学模式研究与实践"（yjg183106）的阶段性成果。

** ［**作者简介**］：曾传芳，四川外国语大学国际学院教授，博士，主要从事英美文学及文化研究。

logic and deep mechanism of the formation of the American national consciousness and the construction of the American national identity, and is conducive to making an analysis of and a judgement on the social problems and predicaments encountered by the United States today.

Key words: William Bradford; *Of Plymouth Plantation*; home imagining

家园是生命的栖息地,更是人精神的安放地。在文学作品里,家园跟爱情一样,是一个咏叹不尽的永恒主题。但是,"'家园'不是一个简单的自然客体,而是一个通过'权力',以一系列'表征'性符号为媒介通道所建构的'主体想象物'"(费小平 1)。家园想象与身份、民族意识和国家认同等问题相互交织。关于美利坚民族意识及国家认同的论述,在不同历史时期,由于特定的历史、政治和文化风潮等因素,呈现出此消彼长,各执一词的局面。阿历克西·德·托克维尔(Alexis de Tocqueville, 1805—1859)说:"在美国,任何一种见解,任何一种习惯,任何一项法律,[……]都不难从这个国家的起源当中找到解释"(Tocqueville 45)。因而,回溯美国的起源,研究美国历史及叙史作品,有助于探讨美利坚民族的家园想象、民族意识和国家认同。

北美殖民时期的部分作品描述了新大陆的地理环境、经济状况和风土人情,记述移民们漫长而艰辛的越洋航行和到达北美开拓殖民地时遇到的种种困难和挑战,这些作品被称为叙史文学作品(张冲 65—66)。这一时期的文学呈现较强的功利性,"它希望能引起旧大陆读者对新大陆的兴趣,吸引更多的移民前往北美,参与开发建立殖民地[……]希望在旧大陆上建立起自己正面的形象和声誉[……]以印证开发北美是上帝的旨意,印证北美移民这批上帝的选民没有辜负上帝的信任和托付"(同上 52—53)。因而,这些叙史文学作品除了记叙历史之外,还以鲜明的基督教精神、强烈的历史感和使命感建构理想中的北美殖民地家园。其中,威廉·布拉福德(William Bradford, 1590—1657)的《普利茅斯种植园史》(*Of Plymouth Plantation*, 1856)是此类作品的代表。该作品分上下两部,叙述了殖民地初创和发展的历史,表现了清教徒们执着于自己的信仰,遵照耶稣基督的教导,坚韧不拔在蛮荒之地落脚并建立殖民地家园的精神。上部讲述分离派清教徒离开英国移居荷兰及后来定居北美的前因后果;下部叙述到达北美之后他们经历的所有重要事件,如:殖民地的管理、殖民者与土著印第安人之间的交往、教会及政治、经济活动等。布拉福德将前往北美大陆寻找新家园的移民比作"上帝之选民",将其漂洋过海的征程比作《圣经》中记载的犹太人出走埃及前往迦南美地的朝圣,而北美则是上帝允诺给他们的"允赐之地"。

本文聚焦布拉福德的《普利茅斯种植园史》,通过分析作品中乘坐"五月花号"航船达到北美建立普利茅斯殖民地的分离派清教徒的家园想象,指出该家园想象包含三个向量:宗教共同体、公民政治共同体及殖民共同体。宗教共同体是基于宗教信仰而建构的家园想象;公民政治共同体是基于理想世俗社会模式而建构的家园想象;殖民共同体则指移民以选择性包容和排除模式而建构的家园想象,这种想象抹上了欧洲殖民主义底色,显现了霸权性权力的使用。宗教共同体想象催生了美国即"允赐之地"的国家神话,公民政治共同体想象为美国的宪政奠定了基础,殖民共同体想象预兆了美国种族主义问题。

一、宗教共同体

布拉福德出生于英国历史上强盛的"伊丽莎白时代"(1559—1603),那是英国打败西班牙"无敌舰队"、开始远航开拓殖民地的时代,也是宗教压迫仍然持续的时期。伊丽莎白女王集世俗国王和教会首脑于一体,凡是违反或怀疑国教(Anglican Church)规定的人,都要遭受监禁、流放甚至死刑的处罚。詹姆士国王统治时期(1603—1625),专制压迫更胜,包括布拉福德在内的分离派清教徒在英国属于新教徒团体中的改革派,他们希望"上帝的教会复归纯正传统,恢复他们古已有之的秩序、自由和荣美"(布拉福德 7)。他们认为应"按照单纯的福音真理,寻求在教会中设立符合圣经原则的崇拜方式,努力使教会奠立于基督的教导之上,坚持以上帝的话语为权威,不掺杂人的'创意'"(同上 9)。然而,邪恶与亵渎大行其道,无神论与日俱增,改革派遭遇严峻的局面,信仰被玷污,信徒被流放,或者遭受其他方式的迫害。为了追求信仰自由和光明未来,为了反对专制压迫和传播上帝福音,在发现没有安身之处时,改革者们被迫离乡背井,去寻找寄居之地。在旅居荷兰 13 年之后,他们于 1620 年乘坐"五月花号"帆船,再次漂洋过海,踏上寻找家园的艰辛历程。历经 66 天的航行,他们最终抵达北美科德角(Cape Cod),建立了普利茅斯殖民地,成为第一批在新英格兰落脚的欧洲移民。来到北美的第二年,布拉福德被推举继任普利茅斯殖民地总督,直到1657年,布拉福德相继担任了30届总督。这样的独特身份使布拉福德成为北美殖民地早期历史的权威见证人,而他撰写的《普利茅斯种植园史》更是北美殖民时期叙史文学的代表作,后世历史学家、思想家、文学史家不断从中挖掘关于清教思想的素材(Howard 237—238);中国学者也认为该作品为英属北美殖民地"共同文化的形成提供了神学意义上或者说意识形态上的有力支撑"(李英 312),是"理解当今美国思想文化政治的钥匙之一"(张冲 71)。

布拉福德在作品的上部第四章详细叙述了寓居荷兰莱顿教区的分离派清教徒决定前往北美的五个原因。其中三个原因都讲述了他们在荷兰难以为继的艰难处境,第四个原因则是"他们满怀希望和热情,想要在遥远的世界其他地区为传播基督的福音,扩展基督的国度,或者至少开辟一条通道,即使他们这样艰巨的付出,只能成为其他人的铺路石"(布拉福德 22—24)。从这个原因中,可以看见一个清晰的意象,即一些未被指名、互不相识的但怀着同样目的的人,想象着某个时候,在某个地方完成一件事情。用本尼迪克特·安德森(Benedict Anderson, 1936—2015)的话说,这个意象召唤出一个想象的共同体(Anderson 28)。这个想象共同体就意味着"被认同于特定的领土,世界的某个部分,这个部分作为他们[……]的历史性家园对他们来说是有意义的"(鲍尔德温等 163)。布拉福德将迁离荷兰的第五个原因中的"特定的领土""世界的某个部分"做了清楚的陈述:"他们决定考虑要去的地方是美洲某个空旷的无人区,因为美洲物产丰富,适宜居住"(布拉福德 24)。因而,美洲被想象成为他们可以传播基督福音、赖以生存的家园,对他们意义重大。

布拉福德笃行清教主义基督教精神。在作品中,通过援引该撒利亚的尤西比乌斯(Eusebius of Caesarea, 263—339)、苏格拉底·斯科拉斯提克斯(Socrates Scholasticus, 约380—439)、约翰·福克斯(John Foxe, 1516—1587)三位基督教史学家,布拉福德表明了他的基督教神学历史观。三位基督教史学家虽然生活在不同时期,但都认为人类历史要结束了,他们生活其中的社区被上帝赋予了最终使命,即进行教会改革,上帝会助力该使命的完成。史学家的职责则是将天意的显现记录下来,以用于解读上帝宏伟的计划以及为其他社群做出表率(Daly 560—561)。这种神学史观认为上帝创造并主宰一切,上帝的意志显示在世界的万事万物之中,人类历史就是上帝意志实现的历史。布拉福德自觉遵循这种史学传统,把清教徒移民北美比作《圣经》中历史事件的再现,从而赋予"世俗事件以神圣目标”(Bercovitch 52)。《圣经》历史与世俗历史平行,《圣经》中的人物和事件被认为是原型(types or models),现实世界的人与事皆可与之对应,称为对型(antitypes)(Partenheimer 121)。最经典的例子是对移民到达北美科德角海湾时的描述:

> 这群人目前的可怜处境实在令我惊讶,难以置信。[……]他们跨越了辽阔的大海,还克服了之前准备工作期间遭遇的无穷磨难,到现在既没有朋友来欢迎,也没有旅馆可以休息放松,让憔悴的身心重新振作,更不用说有可居住的房屋、城镇来让他们恢复元气。《圣经·使徒行传》28章里记录了原始部落人群的仁爱之心,他们以极大的善意帮助使徒保罗和他船只失事的同伴。但是在这里,他们看见的却是浑身披满了弓箭的原始部落野蛮人(即将出现)。此时正值冬天,[……]那天气是何等的严寒刺骨,经常会遭遇暴风雪[……]除了一片杳无人烟的荒野及游荡其中的野兽、野人,他们什么也看不见。[……]他们不可能像摩西那样,登上毗斯迦山顶,透过这荒原远眺理想中的迦南美地。[……]
>
> 此时此刻,除了圣灵和上帝的慈爱,他们还能依靠什么?[……]这群被主耶稣所救赎的人要告诉世人,当他们在荒无人烟的旷野徘徊、流浪,迷失了方向,找不到安身之所,饥渴难忍、心力交瘁的时候,上帝是如何将他们从那逼迫者的手中解救出来的。他们要在上帝面前向后世子孙证明上帝的慈爱和他奇妙的作为!(布拉福德 67—68)

布拉福德将清教徒与圣经新约《使徒行传》(*The Book Of Acts*)第28章中使徒保罗做比较,与圣经旧约《申命记》(*The Book Of Deuteronomy*)中的摩西和以色列人做类比。于是,保罗、摩西和以色列人为《圣经》原型人物,而清教徒则为对型人物。而在以上引文的第二段,布拉福德援引了《申命记》第26章和圣经旧约《诗篇》(*The Book Of Psalms*)第107章的内容来预示分离派清教徒的命运。《申命记》第26章第5—9节叙述道:

> 我祖原是一个将亡的亚兰人,下到埃及寄居。他人口稀少,在那里却成了又大又强、人数很多的国民。埃及人恶待我们,苦害我们,将苦工加在我们身上。于是我们哀求耶和华——我们列祖

> 的神，耶和华听见我们的声音，看见我们所受的困苦、劳碌、欺压，他就用大能的手和伸出来的膀臂，并大可畏的事与神迹奇事，领我们出了埃及，将我们领进这地方，把这流奶与蜜之地赐给我们。(310)

《诗篇》第 107 章第 1—10 节：

> 你们要称谢耶和华，因他本为善，他的慈爱永远长存。[……]他们在旷野荒地漂流，寻不见可住的城邑，又饥又渴，心里发昏。于是，他们在苦难中哀求耶和华，他从他们的祸患中搭救他们；又领他们行走直路，使他们往可居住的城邑。但愿人因耶和华的慈爱和他向人所行的奇事，都称赞他；因他使心里渴慕的人得以知足，使心里饥饿的人得饱美物。(954)

显而易见，布拉福德的叙述与《圣经》中的叙述形成呼应，“五月花号”航船的清教徒被比作以色列人，即“上帝的选民”；他们离开荷兰莱顿前往北美建立定居地被比作摩西带领以色列人走出埃及，到迦南美地去重建家园；北美大陆则被比作“流奶与蜜”的“允赐之地”。同时，布拉福德认为，只要坚守对上帝至真至诚的笃信，无论遇到何种困难，万能的上帝会在他们绝望无助的时刻显灵，救助他们。布拉福德还把这群分离派教徒们称为到新大陆去追求宗教信仰自由的朝圣者(pilgrims)。

当朝圣者历经艰辛，到达北美科德角海湾时，他们欣喜若狂，“当朝圣者们找到这个避风港，安全踏上眼前这块土地时，他们双膝跪下，向上帝献上赞美的祷告，感谢他帮助他们跨过无边的海洋，穿越狂风巨浪，并将他们带离一切的险阻和悲伤；然后又把他们的双脚放在一片坚实而稳固的土地上，放在正适合他们生存的天地里”(布拉福德 66)。此处，这群在祖国被迫害而逃离家园的人，终于找到了避风港，找到适合他们生存的天地里，回到马丁·海德格尔(Martin Heidegger, 1889—1976)“天地人神‘四方关联体’”式的家园(Heidegger 149)。

据此，由于分离派清教徒迁徙美洲是出于传播基督的福音，拓展基督的国度，布拉福德笃行其基督神学历史观，将这次分离派教徒拓殖北美与以色列人回到迦南做类比，使得作品所呈现出的家园想象具有强烈宗教属性。实际上，普利茅斯殖民地的殖民者视宗教为他们的法律、习俗和日常生活(斯皮勒 7)。因而，新英格兰普利茅斯殖民地首先是一个宗教共同体。

二、公民政治共同体

任何族群社会的建构都包括三个构成因素：经济保障，伦理价值观和保障族群成员个人安全和权利的政治权力(Smith 23)。对于拓殖北美的移民来说，离开荷兰的另一个原因是逃离贫穷。他们坚守的伦理是在新大陆拓展基督的国度，传播上帝的福音，维护教会的纯洁；而为了确保族群成员的安全和权利则需建立关系紧密的社群(tight-knit community)。正如托克维尔所说："不要认为清教徒的虔诚仅仅是说在嘴上，也不要以为他们的虔诚不谙世事。[……]清教的教义既是宗教学说，又是政治理论。因此，移民们刚刚登上[……]海岸，第一件关心的事情就是建立自己的社会"(Tocqueville 52)。罗伯特·斯皮勒(Robert E. Spiller, 1896—1988)也指出："一个民族或者一种生活方式，都是通过围绕应该如何生活，社会应该如何建设而展开的宗教辩论和政治辩论塑造成形的"(6)。实际上，在分离派教徒决定离开荷兰莱顿前往美洲时，与英国弗吉利亚公司拟定的协议中就已包括殖民地建立的各项约定；在他们为远航做准备时，莱顿教区牧师约翰·罗宾逊(John Robinson)的告别信中也涉及殖民地建立的构想。不过，最重要的还是在作品第十章中叙述的用于管理殖民地的《五月花号公约》(以下简称《公约》)的签署。《公约》签署于上岸之前，表达了对未来家园的想象，主要内容如下：

> 以上帝的名义起誓，阿门。大不列颠、法兰西及爱尔兰国王、信仰的捍卫者——詹姆斯国王陛下的忠实臣民，暨在本公约上署名的众人，蒙上帝的恩典，为了上帝的荣耀，并促进基督信仰与国王和国家的荣誉，远航至弗吉尼亚北部开辟首个殖民地。根据本公约一同在上帝面前庄严盟誓，彼此联合，共同组成公民政治体。为了保持良好秩序并推动实现前述的目标，需不时制定、颁布法案或拟定公正、公平的法律、法规、法令、宪法框架及设立管理机构，并对殖民地普遍适用，我们承诺将完全服从并遵守。(布拉福德 77—78)

不难看出《公约》既是一个宗教誓约，更是一个社会契约。乔治·查尔默斯(George Chalmers, 1742—1825)如是说："分离派教徒们预见到，仅有宗教而没有政府的权威，就不能维持和平和安宁，甚至也不能建立起一个社会"(转引自 Sargent 238)。作为社会契约，《公约》具有以下定义性特征：第一，依据《公约》建立的“公民政治体”所管理的对象是殖民地，不是教会组织；第二，这个团体具有制定和实施宪法和法律、条令、规章的功能；第三，由于该团体是一个拥有政府功能的政治团体，自愿结合起来的个体的身份由一般的“民众”变成“公民”；第四，《公约》体现了公民社会的契约原则；第五，《公约》规定公民政治团体拥有明确的立法、行政和司法之权，殖民地依法而治；第六，《公约》规定了殖民地的整体利益，体现了公民社会的法律和政策的公共性；第七，《公约》要求了立法的适当性和方便性，法律、法规、条令和宪章的公正性和平等性；第八，《公约》体现了公民意识和法治意识。由此观之，这些分离派教徒在向美洲殖民的过程中，虽然怀着永存宗教教律，维持教会纯洁之希望，但是却面临人事和环境提出的不可回避的诸多挑战，面临着治理一个即将建立并充满变数的殖民地的任务。此时，对于即将建立并居于此的殖民地家园，他们自发、自愿地签署了一个人人同意的社会契约，对未来做出了理性的选择。《公约》是与任何英国专制形式不一样的独立契约，构建了一种民主制，从法理上否定了君主体制下的君权神授，确立了民主体制下的主权在民。因而，在《公约》精神指导之下的普利茅斯殖民地完全不同于处于君主体制之下的宗主国。这里，移民们拟建构的是一个公正、自由、平等、民主和秩序的社会。正如托克维尔指出的那样：“英国的所有殖民地，在建立的初期，彼此之间便很像一个大家族。从它们坚持的原则来看，它们好像都命中注定要去发展自由，但不是它们祖国的贵族阶级的自由，而是世界历史上从未提供过完整样板的平民的和民主的自由”(Tocqueville 33)。

因而《普利茅斯种植园史》中体现的家园想象不仅仅是在新大陆建立一个可以增进上帝荣耀和推进基督教信仰的宗教国度，更是创建一个全新的自由民主社会。美国历史学家维农·路易斯·帕林顿(Venon Louis Parrington, 1871—1929)曾说过，乘坐“五月花号”航船到达北美建立普利茅斯殖民地这一壮举为后来美国人留下两条重要原则：民主教会原则和民主国家原则(Parrington 17)。《五月花号公约》被认为是美国民主、美国宪政制度和美国精神的萌芽，因而普利茅斯殖民地的公民政治共同体属性昭然可见。

三、殖民共同体

安德森将民族界定为“一种想象的政治共同体”，“因为即使是最小的民族的成员也不可能认识他的大部分同胞，[……]然而在每个成员的脑海里面却活生生地有着一个这样的共同体的意象”(Anderson 6)；民族被想象成一个共同体，因为“民族总是被伪装成深厚的、平等的同志关系”(同上 7)；民族也被想象成有限的(limited)共同体，“因为即使是最大的民族[……]也有确定(或弹性)的边界，而边界之外是别的民族”(同上)。这个定义“意味着民族主义与民族身份总是不但要建立在对一个共同体和他们可以居住在一起的领土的想象上，而且也建立在对如何把不适合的人排除去并划出边界的想象上”(鲍尔德温等 163)。而跨越国界的移民则通过强有力的家园想象来确保自己属于某个特定群体的归属感(George 2003：560)。如是观之，群体认同总是与其所居住的领土(家园)息息相关，而家园的建构由边界的划分而确定。“‘家园’概念得以建构的基本组织原则就是‘选择性包容与排他模式’(a pattern of select inclusions and exclusions)。”家园是建构差异之方式，家园与家-国(home-countries)具有排他性(exclusive)，家园同性别/性行为、种族、阶级一样，具有意识形态属性。“家园并非中立之所，想象家园同想象国家一样，属政治行为，而建立家园是霸权性权力的彰显”(George 1996：1，2，6)。在《普利茅斯种植园史》中，“五月花号”船上的移民逃离了自己原来的家园，对新家园的想象性建构呈现出类似的属性。前文已经讨论，分离派教徒前往新大陆主要是为了传播基督福音，维护信仰的纯洁，拓展基督的国度，因而类似于以色列人在摩西的带领下离开埃及前往迦南圣地；为了建立殖民地新家园，他们理性地、自愿地签署了殖民地管理契约，想象地构建一个公正、自由、平等、民主和秩序的社会。然而，移民们构建这样一个社会还体现出“选择性包容与排他模式”的基本组织原则。

首先，在跨越大西洋途中，“五月花号”船上移民群体的建构体现了对成员的选择性包容与排他。作品中，布拉福德叙述了船上的清教徒、水手等的行为。其中在上部第九章中，布拉福德写道：

> 在这里，有一件事情出于上帝的安排，我不能忽略不说。船上有一个傲慢自负又缺乏敬虔之心的年轻小伙子，因他是水手，就更加傲慢放肆，常常故意激怒那些患病的人，天天恶毒咒骂他们，甚至无所顾忌地对病人声称，可以帮忙在旅程结束之前把他们一半的人丢进大海。[……]但是上帝却在旅程近半的时候击打他，他得了重病，最后绝望地死去，成了第一个被丢下船的人。

其他水手无不惊讶于他的诅咒竟落到自己的头上，更看见上帝的手在施行公义的权柄。(64)

从这一段叙述中，作者用这个傲慢自负、缺乏敬虔之心的年轻水手的下场来证明清教徒所从事的事业的正义性以及上帝对他们行为的赞许。作品反复重申这样一种观点，即不同情、不支持清教徒的人将不得好死，会被排除在外，反之则被包容并接纳为他们中一员，且有好报。在叙述清教徒的行为时，布拉福德是持肯定和赞扬的态度。在新大陆度过第一个严冬的时候，他们中的一半人由于疾病和严寒不幸死了，清教徒们不顾自己的安危，精心照顾患坏血症和其他疾病的人，与船上的水手形成鲜明的对照。因为怕被传染，水手们对于染病的人唯恐避之不及。

以上例子中，布拉福德将水手排除在他的群体之外。移民群体的创建过程是确定差异并使这种差异具有意义的过程。在到达新大陆开始建设殖民地家园的时候，清教徒更加彰显了这种选择性包容与排他行为。最开始为了生存，清教徒必须依仗印第安人的帮助，不过他们认为印第安人是"上帝送来的礼物"，并与印第安人缔结所谓的和平协议。但是，清教徒与印第安人的交往过程凸显其霸权性权力的使用，因而，其行为具有意识形态属性，属政治化行为，有强烈的欧洲殖民主义色彩。我们先看看那份和平协议的条款：

1. 他(指印第安酋长)及其部落居民，任何人不得伤害新移民；
2. 如果有人伤害新移民中的任何人，酋长应把犯事者交给新移民处治；
3. 如果拿走了新移民的任何物品，酋长应当促使归还；新移民对酋长一方亦然；
4. 如果酋长被敌人攻击，新移民应给予援助；新移民遇到敌对方攻击，酋长亦应援助；
5. 酋长应把本协议告知周边的部落盟友，保证他们也不伤害新移民，而且他们也包括在和平协议之内；
6. 酋长的人到新移民住处来，应把弓、箭背在身后。

(布拉福德 81)

众所周知，和平协议的基本原则必须是平等互利。但是这份协议中六项条款中的四项，即第 1、2、5、6 项，都是单向的，只规定了印第安人的责任，没有约定殖民者的责任，因而，协议是不平等的，更不可能是互利的。此外，作品的行文中流露出作者明显的欧洲优越感，他将印第安人看作“浑身挂满弓箭未开化的野蛮人”(同上 108)，有用的时候，认为是“上帝为了我们的益处而特别派来帮助我们的人”(同上 82)；但当印第安人妨碍他们占有土地、攫取财富和传播基督教教义时，就成为必须消除的障碍，譬如，1637 年发生在普利茅斯移民与当地印第安人之间的“佩科之战”，这是两个族群之间发生的第一次大规模武装流血冲突，400 多名印第安人被烧杀。实际上，“这是欧洲移民对在这里土生土长几千年的印第安人的有计划地屠杀，布拉福德在描写这场屠杀时的语气十分得意，把它看作上帝发起的又一次‘与魔鬼的战争’，并为胜利而欢呼。这样露骨的叙述，明确反映了布拉福德从不把印第安人看作人类大家庭中平等的一员”(张冲 70)，表现出白人族群中心主义的特性。

随着殖民地土地私有化制度的推进，欧洲移民获得很好的生存发展机会，新大陆被普遍视为人类的“避难所”，成千上万人被吸引到北美。而大批印第安人落入殖民者之手，土地被割让，被迫迁居于划定的“保留地”内，到北美独立战争爆发之时，原大西洋沿岸的印第安人大部分已被消灭(何顺果 18)。殖民者残暴的选择性包容与排他行为充分暴露其贪婪的本性和殖民的野心。美国历史学家杰克·菲利普·格林(Jack P. Greene, 1931—)指出，英属殖民地的殖民者对“他者”冷酷无情，他们有计划有组织地将土著印第安人赶出自己的家园，抢占他们的土地，剥夺他们的自由，攫取非裔黑人劳动成果的事实；实际上，他们用欧洲人占有土地、掠夺资源的方式取代印第安人使用土地和资源的方式，欧洲移民其实进行了一系列殖民征服活动，并且最终促使了美国的建立与发展；而“他者”的困境和灾难被无视，“他者”付出的代价成就了殖民者利益的实现(Greene 124)。对于“五月花号”航船上的移民来说，他们虽然主要是为了躲避旧大陆对他们宗教迫害，才选择前往陌生的北美大陆，去寻求一个能按照自己意愿生存的家园。但是，他们离开时，英国正值文化、思想、文学繁荣的文艺复兴时期，他们仍然忠诚于英国国王，为自己是英王忠实臣民而倍感自豪，对于其他族群，特别是土著印第安人，表现出居高临下的优越感，当利益受到威胁时，则对他们表现出强烈的敌视和排斥。因而，布拉福德作品中呈现的新大陆家园想象其实就是一个殖民共同体，其宗旨就如《五月花号公约》中所说：为了国王和国家的荣耀。因而，北美普利茅斯殖民地是大英帝国毋庸置疑的一部分。

结　语

普利茅斯殖民者的家园想象首先是基于增进上帝的荣耀,促进基督信仰,维护教会纯洁,因此其家园想象实则是一个宗教共同体。通过与《申命记》类比,被布拉福德比作"允赐之地"的新大陆,成了无数人的希望之乡,吸引了一浪又一浪的移民前来追寻他们的梦想。今天,"允赐之地"叙事已经成为美国国家叙事和民族神话。此外,为了将殖民地新家园构建成一个公正、自由、平等、民主和秩序的社会,移民们签署的殖民地管理契约,成立了公民政治共同体,为后来美国民主国家原则和美国精神打下了基础。而北美早期殖民者的种群优越感越演越烈,其家园建构于牺牲其他族群的利益之上,这种行为昭示了美国严重的种族主义问题,直至今日,美国种族问题和移民问题已积重难返。

引用作品[Works Cited]:

Anderson, Benedict. *Imagined Communities: Reflections on the Origin and Spread of Nationalism*. London: Verso, 1983.

Bercovitch, Sacvan, *The Puritan Mind: Origins of the American Self*. New Haven: Yale UP, 1975.

Daly, Robert. "William Bradford's Vision of History." *American Literature* 44.4 (1973): 557 - 569.

George, Rosemary Marangoly. *The Politics of Home: Postcolonial Relocations and Twentieth-century Fiction*. New York and Melbourn: Cambridge UP, 1996.

—. "Of Fictional Cities and 'Diasporic' Aesthetics." *Antipode* 35.3 (2003): 559 - 579.

Greene, Jack P. *Intellectual Construction of America: Exceptionalism and Identity from 1492 to 1800*. Chapel Hill and London: U of North Carolina P, 1993.

Heidegger, Martin. *Poetry, Language, Thought*. New York: Harper Perennial, 2001.

Howard, Alan B. "Art and History in Bradford's of Plymouth Plantation." *The William and Mary Quarterly* 28.2 (1971): 237 - 266.

Parrington, Vernon Louis. *Main Currents in American Thought*. New York: Harcourt, Brace and Company, 1927.

Partenheimer, David. "Bradford's of Plymouth Plantation: 1620 - 1647." *The Explicator* 56.3 (1998): 121 - 123.

Sargent, Mark L. "The Conservative Covenant: The Rise of the Mayflower Compact in American Myth." *The New England Quarterly* 61.2 (1988): 233 - 251.

Smith, Rogers M. "From the Shining City on a Hill to a Great Metropolis on a Plain? American Stories of Immigration and Peoplehood." *Social Research* 77.1 (2010): 21 - 44.

Tocqueville, Alexis de. *Democracy in America*. Trans. Henry Reeve. University Park: The Pennsylvania State UP, 2002.

阿雷恩·鲍尔德温等:《文化研究导论》,陶东风等译,北京:高等教育出版社,2004 年。

费小平:《家园政治:后殖民小说与文化研究》,北京:北京大学出版社,2010 年。

何顺果:《美国历史十五讲》,北京:北京大学出版社,2007 年。

李英:"英属北美殖民地共同文化的形成",《英美文学研究论丛》,2021 年第 2 期,第 309—318 页。

罗伯特·斯皮勒:《美国文学的周期》,王长荣译,上海:上海外语教育出版社,1990 年。

"申命记",《圣经:简化字现代标点和合本》,上海:中国基督教两会,2000 年,第 269—329 页。

"诗篇",《圣经:简化字现代标点和合本》,上海:中国基督教两会,2000 年,第 835—997 页。

威廉·布拉福德:《普利茅斯种植园史》,吴丹青译,南昌:江西人民出版社,2010 年。

张冲:《新编美国文学史》(第 1 卷),刘海平、王守仁主编,上海:上海外语教育出版社,2001 年。

厄德里克“北达科他四部曲”文本深处的帕尔帖案

张廷佺*

内容提要：路易丝·厄德里克在现实生活中坚定地支持印第安人。同时，她借助于文学创作支持他们，在文学作品中重访历史，将斯派瑟凶杀案、莱纳德·帕尔帖案等重大历史事件巧妙地隐藏于文学文本深处。她的“北达科他四部曲”关注轰动一时的莱纳德·帕尔帖案，再现了帕尔帖和印第安群体遭受的不公正待遇。该四部曲以帕尔帖为原型，借助于丰富的印第安文化资源，塑造了盖瑞·纳纳普什这样一个跨越边界、行动无常、无所不能、具有超能力的“恶作剧者”。这样的人物塑造让印第安人得以发声，赋予印第安人强大的力量，增强了作品的感染力和艺术性，寄托了厄德里克对帕尔帖重获自由的强烈愿望。重访帕尔帖案体现了厄德里克对历史书写的反思。

关键词：路易丝·厄德里克；北达科他四部曲；莱纳德·帕尔帖；恶作剧者；历史书写

Abstract: Louise Erdrich actively supports Native Americans in both real life and in her literary creations as well. In her literary works, she often revisits history, weaving historical incidents like the 1897 Spicer murders and the case of Leonard Peltier into contemporary plotlines. Her North Dakota Tetralogy foregrounds the once sensational case of Leonard Peltier, exposing the unjust treatment of not only Leonard Peltier but all Native Americans. Using Peltier as an archetype and borrowing from rich Native American cultural traditions, Erdrich molds Gerry Nanapush into an omnipotent Chippewa "trickster," who possesses superpowers, crosses boundaries, and acts capriciously. This characterization gives voice to and empowers Native Americans, enhances the artistic appeal of the tetralogy, and underscores Erdrich's desire for Peltier's liberation. Revisiting the case of Leonard Peltier exhibits Erdrich's reflection on historical writing.

---

* [**作者简介**]：张廷佺，上海外国语大学教授，文学博士，主要从事美国印第安文学方向的研究。

Key words: Louise Erdrich; North Dakota Tetralogy; Leonard Peltier; trickster; historical writing

1975 年 6 月 26 日，美国南达科他州松树岭印第安保留地的奥格拉拉县拉科他苏族印第安人与联邦调查局特工交火，联邦调查局特工杰克·克勒(Jack Coler, 1947—1975)和罗纳德·威廉姆斯(Ronald Williams, 1947—1975)头部中枪，当场死亡，史称"奥格拉拉事件"。该事件与先前的"伤膝镇事件"[①]一样，成为印第安人和白人关系史上最重要的事件之一，轰动一时。警方锁定莱纳德·帕尔帖(Leonard Peltier, 1944—)等四名美国印第安运动[②]成员为嫌疑人。联邦调查局实施史上最大规模的搜捕行动，将帕尔帖列入"十大通缉犯"[③]。1975 年秋，帕尔帖逃至加拿大。1976 年 6 月，法庭宣判，将帕尔帖引渡回美国。1977 年 3 月，"美国诉莱纳德·帕尔帖案"在美国北达科他州开庭审理。同年 4 月，陪审团认定帕尔帖有罪，两项一级谋杀罪名成立，判决其两个无期徒刑。1980 年 2 月，帕尔帖因越狱被判五年，因身为囚犯持枪被判两年。至此，他获刑两个无期徒刑加上七年。2000 年 12 月，时任南达科他州州长威廉·詹克洛(William Janklow, 1939—2012)[④]秘密前往白宫约见克林顿总统，提议不

---

① 1973 年 2 月，松树岭保留地上的奥格拉拉县拉科他苏族部落理事会主席理查德·威尔逊(Richard Wilson, 1934—1990)被举报贪污，滥用职权，组织武装卫队攻击其反对者，部落理事会并未对他做出任何实质性的处置。2 月 27 日，约 200 名拉科他苏族印第安人和美国印第安运动成员武装占领伤膝镇，抗议处理结果，同时抗议美国政府未履行条约，占领持续了 71 天。在占领期内，印第安人与美国法警服务部、联邦调查局和奥格拉拉卫队频繁交火，史称"伤膝镇占领事件"。

② 美国印第安运动(American Indian Movement, AIM)是美国印第安民权组织，于 1968 年在明尼苏达州明尼阿波利斯市成立。该组织在多场抗议运动中扮演重要角色，如 1969—1971 年间的"占领阿尔卡特拉斯岛"(The Occupation of Alcatraz Island)和 1972 年的"条约破裂大游行"(The Trail of Broken Treaties)等。因受联邦调查局和中央情报局压制、该组织多位领导人物被捕入狱、内部意见不合等原因，该组织全国范围内的领导团体于 1978 年解散，但密尔沃基市美国印第安运动(Milwaukee AIM)等多个地方性组织仍活跃至今。

③ 其他九人与本案无关。

④ 詹克洛是美国共和党人，曾任南达科他州总检察长(1975—1979)、该州州长(1979—1987; 1995—2003)。詹克洛长期敌视印第安人，他起诉或应诉多起与印第安人有关的案件。其中最有名的是被指控强奸拉科塔族女孩詹西塔·伊格尔·迪尔(Jancita Eagle Deer, 1952—1975)。厄德里克的小说《圆屋》(*The Round House*, 2012)里的州长叶尔托以詹克洛为原型。叶尔托与 17 岁的印第安女性梅拉有染，使她怀孕生女。

要赦免帕尔帖。

帕尔帖至今仍然身陷囹圄，一直为争取假释、减刑或赦免而斗争。2016 年 2 月 6 日，帕尔帖在入狱 40 周年之际，发表公开信，回顾了自己漫长而徒劳的努力："我后来向比尔·克林顿(Bill Clinton, 1946—　)申请特赦。特赦检察官进行的调查长达 11 个月之久(通常只需 9 个月)，且我知道她调查后建议给予我特赦。即便如此，克林顿直至离任也未采取任何行动。2009 年，乔治·沃克·布什(George Walker Bush, 1946—　)拒绝了我的申请。我每次提交申请，联邦调查局都会动用行政命令去干涉。真是无法无天啊!"(Ricket)

社会各界一直呼吁无罪释放帕尔帖。马丁·路德·金(Martin Luther King Jr., 1952—1968)的遗孀科丽塔·斯科特·金(Coretta Scott King, 1927—2006)、南非前总统曼德拉(Nelson Mandela, 1918—2013)、美国印第安作家谢尔曼·阿莱克西(Sherman Alexie, 1966—　)、小瓦因·德洛里亚(Vine Deloria Jr., 1933—2005)、司各特·莫马迪(Scott Momaday, 1934—　)、美国黑人作家艾丽斯·沃克(Alice Walker, 1944—　)、导演奥利弗·斯通(Oliver Stone, 1946—　)、前联邦调查局特工韦斯利·斯韦林珍(Wesley Swearingen, 1927—2019)等曾为释放帕尔帖发声。著名学者诺姆·乔姆斯基(Noam Chomsky, 1928—　)以帕尔帖为例，谴责美国政府漠视印第安人权利(Chomsky & Crockford 80)。作家彼得·马西森(Peter Matthiessen, 1927—2014)、库尔特·冯内古特(Kurt Vonnegut, 1922—2007)、威廉·斯泰伦(William Styron, 1925—2006)、罗思·斯泰伦(Rose Styron, 1928—　)、E. L.多克托罗(E. L. Doctorow, 1931—2015)等于 2000 年 7 月联名致信《纽约评论》编辑部，呼吁为帕尔帖减刑。中华人民共和国国务院新闻办公室发布的《2011 年美国的人权纪录》指出："帕尔帖一直声称自己是无辜的，美国政府因其参加美国印第安运动而对其进行政治迫害"(14)。

帕尔帖案是奥格拉拉事件的核心。米拉麦克斯影业(Miramax Films)发行、1992 年上映的纪录片《奥格拉拉事件：莱纳德·帕尔帖的故事》(*Incident at Oglala: The Leonard Peltier Story*, 1992)借助帕尔帖本人和几位律师口头讲述的事件经过，结合保留地存档录像，还原了整个事件，表达了对帕尔帖的支持。帕尔帖案同时成为众多文学作品的素材。马西森于 1983 年出版了非虚构作品《疯马精神》(*In the Spirit of Crazy Horse*, 1983)。该书长达 600 余页，表明帕尔帖蒙受不白之冤，呼吁重审该案。马西森在该书题献中写道:"有些人践行印第安的智慧,此书献给所有尊重这些人并维护他们传统的人。"阿莱克西在《马龙·白兰度纪念游泳池》("The Marlon Brando Memorial Swimming Pool", 2008)一诗中,直白地评论帕尔帖案:"我"听说了帕尔帖的一件事,但后来证明是谣传。"我"开始质疑:还有什么新闻是可信的呢?(Alexie 54)美国印第安作家伊芙琳娜·祖尼·卢塞罗(Evelina Zuni Lucero, 1953—)以帕尔帖为原型,创作了长篇小说《夜空,晨星》(*Night Sky*, *Morning Star*, 2000)。在文学界,对帕尔帖案最为关注的当数美国印第安作家路易丝·厄德里克(Louise Erdrich, 1954—)。她的"北达科他四部曲"是最早也是最深入挖掘帕尔帖案的系列文学作品。帕尔帖事件是该四部曲潜在的组成部分。

一、厄德里克对帕尔帖和印第安人的坚定支持

厄德里克是美国印第安文艺复兴第二次浪潮的代表人物。了解其在现实生活中对印第安人的态度有助于发现和理解其文本深处的帕尔帖案。厄德里克一直关注印第安人的生存境遇。她是"释放莱纳德·帕尔帖"运动(Free Leonard Peltier)的参与者。虽然厄德里克与帕尔帖同属齐佩瓦部落的龟山氏族,且帕尔帖曾在厄德里克母亲任教过的保留地学校学习过,但厄德里克与帕尔帖彼此并不相识。1977 年,厄德里克在法戈旁听了对帕尔帖的庭审,发现没有任何确凿的证据证明那两名联邦调查局特工死在帕尔帖的枪口之下。当陪审团认定帕尔帖有罪时,她十分震惊,默默流泪。厄德里克曾给狱中的帕尔帖写信,并于 1999 年把帕尔帖的回信埋在故土。2000 年她在《纽约时报》上发表题为《应该维护印第安土地上的人权》("A Time for Human Rights on Native Ground")一文,痛心地说 24 年的牢狱生涯剥夺了帕尔帖的一切,他"活成了透明人,心中没有愤怒,也没有抱怨"(Erdrich, "A Time")。在文末,厄德里克动情地说:"20 世纪 70 年代美国印第安运动背负恶名,帕尔帖为此付出了沉痛的代价。其他美国印第安运动领导人坐享恶名带来的好处,跻身好莱坞、结婚、再婚、坐头等舱环游世界,而 24 年来,帕尔帖每日每夜都在狱中受罚。是时候让他回家了"(同上)。

2007 年 4 月,北达科他大学准备授予厄德里克荣誉博士学位,但厄德里克因该校坚持使用"战神苏族"称号而拒绝接受。她致信该校校长:

"'战神苏族'称号催生了仇恨。北达科他大学坚持使用这一过时的称号，意味着贵校默许印第安人所遭遇的种族主义的偏颇行为，而我真诚地相信您更愿意正视我们这群心智完善的人，尊重我们，了解我们"(Erdrich, "Louise Erdrich")。厄德里克陈述了自己的立场：将印第安人作为球队的称号和吉祥物是对印第安人的贬损和动物化；"战神苏族"这一以偏概全的称号一味强调苏族印第安人的残忍和暴力，是"种族主义的偏颇行为"；北达科他大学拒不弃用这一称号有愧于其社会责任担当。厄德里克拒绝接受荣誉博士学位，促动北达科他大学弃用"战神苏族"称号，展现了她作为作家的担当。

2016 年，美国政府不顾印第安人的利益，允许石油管道从立岩苏族保留地边上不远处穿过密苏里河。厄德里克带领家人与众多抗议者一起在保留地上扎营，表示强烈抗议。她于当年 12 月在《纽约时报》发表了《如何阻止黑蛇》("How to Stop a Black Snake")一文，指出"立岩苏族保留地事件促使印第安人醒悟过来，重新联结他们，提醒他们珍视土地、水源、令他们自豪的民主和令他们欢欣的自由"(Erdrich, "How to")。同年 12 月，她在《纽约客》网站上发表题为《圣怒：立岩带来的教训》("Holy Rage: Lessons from Standing Rock")的文章，追溯了残酷的历史事实：坐牛[①]被杀害，密苏里河大坝导致立岩保留地内最具生命力的土地被淹没等。她说"在拉科塔人的生活方式里，历史是一股生命力"(Erdrich, "Holy Rage")。厄德里克指出人们的团结与刚毅有着无比伟大的感召和同化力量，他们通过祈祷等神圣的仪式维系自己坚定的信念。

厄德里克不仅在现实中支持印第安人，她还常在文学作品中重访历史，将历史事件隐藏在文本之中，揭露白人对印第安人的歧视、蔑视和无视。她的正义三部曲之一《鸽灾》(*The Plague of Doves*, 2008)[②]深入探讨了什么是正义这一主题。《鸽灾》中的凶杀案借鉴了 1897 年的斯派瑟凶

---

① 坐牛(Sitting Bull, 1831—1890)，亨克帕帕达科他部落首领、巫医和先知。他 14 岁时首次参战，因突袭克劳人时表现出超凡勇气而被父亲改名为"坐着的水牛"(Buffalo Bull Who Sits Down)。他于 1867 年成为苏族首领。小巨角战役(Battle of the Little Bighorn)后，坐牛携族人北上加拿大。1881 年 7 月，坐牛因不忍族人身处绝境而向美国政府投降。1889 年，鬼舞运动(Ghost Dance Movement)如日中天。1890 年，印第安事务警察担心坐牛会携鬼舞运动参与者逃离保留地，决定逮捕他，坐牛反抗时被枪击身亡。

② 另外两部是《圆屋》和《拉罗斯》(*LaRose*, 2016)。

杀案这一历史事件，与斯派瑟凶杀案之间的相似处甚多[①]。在"北达科他四部曲"中，厄德里克以帕尔帖为原型，塑造了盖瑞·纳纳普什这一形象丰满、具有超能力的英雄人物，艺术地再现了帕尔帖案，揭示了帕尔帖是种族歧视的牺牲品。

二、"北达科他四部曲"深处的帕尔帖案

厄德里克的长篇小说《爱药》(*Love Medicine*，1984;1993)、《甜菜女王》(*The Beet Queen*，1986)、《痕迹》(*Tracks*，2004)和《宾果宫》(*The Bingo Palace*，1994)均以虚构的北达科他州境内的"小无马地"印第安人保留地为背景。这四部小说因为有相同的故事背景、相互关联的故事人物，常被称为"北达科他四部曲"[②]。因其浓郁的地方色彩、多角度叙事、几代人的叙事跨度和众多人物，批评家们常将"北达科他四部曲"里的家世传奇与福克纳的约克纳帕塔法世系相提并论。

对帕尔帖案的了解和对帕尔帖成长经历的了解有助于发现厄德里克隐藏在"北达科他四部曲"文本深处的帕尔帖案。帕尔帖1944年出生于北达科他州的齐佩瓦龟山保留地。他四岁时父母离异，九岁时被送往沃珀顿市一所由印第安事务管理局开办的寄宿学校，四年后毕业，后就读于南达科他州弗兰德鲁市的一所寄宿学校。1958年，他辍学回到龟山保留地，与父亲一起生活。帕尔帖目睹了终止政策给保留地带来的恶果，这点燃了他想成为印第安政治活动家的梦想。1965年，他搬至西雅图市，协助创立了"中途之家"[③]，专门帮助出狱后的印第安人适应社会，回归社会。

---

① 第一，案发时间相近、地点相似。《鸽灾》中的凶杀案发生于1911年，位于北达科他州保留地边缘的一个日渐衰落的虚构小镇普路托附近的一个农场，对应历史上1897年北达科他州威廉斯波特镇。威廉斯波特镇此后也逐渐没落，现已不存在；第二，小说与史实中的嫌疑犯都是印第安人，受害者则为住在农场的白人一家，且男主人的死状相同，均为背部中枪；第三，史实上的绞刑地点最初都定于白人屠夫家里，不过《鸽灾》中的白人屠夫不同意提供场地；第四，印第安人在被拖去绞死前都被治安官劝阻，《鸽灾》凶杀案中绞死印第安人的白人和斯派瑟凶杀案中劫狱的白人都有法不依；第五，参与绞刑的白人都没有受到法律的追究；第六，小说中出现了与史实事件中相重叠的人物(圣迹)，只是小说中的圣迹年龄略小一些。当然，虚构与史实并非完全一致，而是保持了一定的张力。

② 有评论家将这四部曲与《燃情故事集》(*Tales of Burning Love*)合称为"马奇马尼图湖小说"(Matchimanito Novels)。马奇马尼图湖是小说中虚构的一个湖。

③ 英文为"halfway house"，也称"重返社会训练所"。

1970年前后,帕尔帖渐渐接触到美国印第安运动,多次参与抗议活动和争取印第安人权利运动,如1972年的"条约破裂大游行"①等。

盖瑞·纳纳普什是"北达科他四部曲"的主要人物之一,从他与帕尔帖在形象和经历上的相似性可以判断出他是以帕尔帖为原型的。两人年龄相仿。从小说《爱药》中的"地磅"②"野鹅""小岛"等章节可推测出盖瑞·纳纳普什出生于1945年;帕尔帖出生于1944年。两人均体格魁梧,均是美国印第安运动成员。"盖瑞是个有名的政治英雄、携带武器的危险罪犯,擅长柔道和逃跑,还是美国印第安运动的领袖,和众多极端团体的成员一样用烟斗吸食烟草代用品"(厄德里克 285)。③ 这些都与帕尔帖极其相似。两人均在南达科他州松树岭保留地被捕,并与执法人员交火。"盖瑞开枪打死了一个州警"(177)。帕尔帖在自传《狱中写作:我的人生是场太阳舞》(*Prison Writings: My Life Is My Sun Dance*, 2000)中写道,他曾向联邦调查局特工开枪,但否认射中致命要害导致特工死亡(Peltier 125, 140)。"盖瑞被连续判了两个无期徒刑,正在服刑。他只有死了复活,再死再复活,才能离开监狱"(299)。这与现实中帕尔帖的刑期基本相同。盖瑞·纳纳普什先后被送往明尼苏达州的新监狱、斯蒂尔沃特监狱、州立监狱、马里恩监狱等多个监狱服刑。帕尔帖一开始在马里恩监狱服刑,后被转到多个监狱。此处可以再次看到二人的相似之处。另外,他们均有过越狱经历,且越狱的计划都被狱友有意泄露给狱警。"金是个告密的家伙。他取得了盖瑞的信任,然后又背叛了他"(295)。不同的是,盖瑞·纳纳普什善于逃跑,多次越狱,越狱后逃往加拿大;帕尔帖在判刑前逃往加拿大,但服刑期间仅越狱过一次,且越狱失败,险些被射杀。

无论是小说中的盖瑞·纳纳普什,还是现实中的帕尔帖,都受到个人、机构和组织的拥护和支持。"有人曾写歌赞颂过这个大名鼎鼎的齐佩瓦人,他的肖像被印在抗议活动的徽章上,法庭为他的命运辩论过,他的

---

① 该游行是当时规模最大的印第安人抗议活动。抗议者纷纷驾车从西海岸各地前往首都华盛顿,表达印第安人在条约权、生活水平和住房等问题上的诉求,以及对改善政府与印第安人间关系的渴望。得知尼克松政府拒绝接见他们后,抗议者占领了印第安事务管理局国家办公室所在的内政部总部大楼。一周后,总统助理和抗议领导人顺利协商,僵持场面结束。

② "地磅"("Scales")这一章主要涉及多特在工地的计重间负责称重、盖瑞越狱、多特怀孕生女等情节。这章还提到了盖瑞踢伤牛仔睾丸一案,医生对受伤程度的鉴定对牛仔有利,判决结果让盖瑞颇受打击。"Scales"除了表示"地磅",也有"天平"之意,暗示美国法律对印第安人的不公。

③ 《爱药》引文的翻译主要来自中译本(厄德里克 2015),部分译文有微调,下文仅标注页码。

新闻传遍全世界"(295)。这些对盖瑞·纳纳普什的描写显然与帕尔帖相符。盖瑞·纳纳普什和帕尔帖都在狱中表现良好。"盖瑞表现很好,他们打算把他转回州立监狱"(281),而帕尔帖在服刑期间向松树岭保留地派送礼物,为受难妇女筹集资金、建立庇护所,将自己的画作捐给印第安人振兴项目。盖瑞·纳纳普什的被捕细节与帕尔帖的被捕细节之间的张力最为明显,足见厄德里克的良苦用心:

> 他选错了地方,藏在松树岭。如以前一样,那儿联邦政府的侦探和装甲车遍地都是。武器随处都有,不费什么劲就能弄到。盖瑞搞到了一件武器。两个警察想逮捕他。盖瑞不肯就范。当他开始逃跑时,双方开始交火。盖瑞开枪打死了一个州警。那个州警深色头发、浅色眼睛,胡子刮得干净极了,大大小小的报纸都登了他的照片。(177)

对比公开发布的帕尔帖案中在交火中被击中而亡的两名联邦调查局特工的照片,可见此处暗指奥格拉拉事件中的罗纳德·威廉姆斯。"联邦政府的侦探和装甲车遍地都是""松树岭""两个警察"等足以说明小说情节与帕尔帖案的高度相似性。

三、"恶作剧者":在失望中寄托希望

"北达科他四部曲"中多处描写盖瑞·纳纳普什成功越狱,赞美他神奇的潜逃能力。这与真实人物帕尔帖仅越狱过一次且失败的事实明显不符。作家的用意值得关注。美国印第安作家常借用丰富的印第安部落传统文化资源塑造人物,讲述故事。其中常见的传统文化资源是"恶作剧者"[①],这一称呼并非贬义词。杰拉德·维兹诺(Gerald Vizenor, 1934—)、路易丝·厄德里克等美国印第安作家偏爱在作品中塑造"恶作剧者"[②]。厄德里克"北达科他四部曲"中的"恶作剧者"形象丰满,真实可感,令人难忘。其

---

① "trickster"尚无统一译法,有"恶作剧者""恶作剧精灵""机智人物""千面人物"多种。东西方文化中均不乏"恶作剧者",如希腊神话中的赫尔墨斯(Hermes)、法国民间传说中的列那狐(Renart)、中国文学中的猴王等。

② 维兹诺的《自由的恶作剧者》(*The Trickster of Liberty*, 1988)集"恶作剧者"之大成。他的《哥伦布的后裔》(*The Heirs of Columbus*, 1991)、《死者之声》(*The Dead Voices*, 1992)、《热线疗伤师》(*Hotline Healer*, 1997)、《法官》(*Chancers*, 2000)等几部小说中都有"恶作剧者"的踪影。

中纳纳普什家族的众多人物都可被归入“恶作剧者”,具有鲜明的部落文化特征。

虽然印第安部落文化不尽相同,但印第安文化中传统的“恶作剧者”仍有许多共性特征。他们能在人和动物间自如变换,或兼具人与动物的双重形态。他们“对生活的多重性和矛盾性持开放态度”(Ballinger 30):既是部落文化的核心,又是社会边缘的流浪者;既是社会规约的建立者,又是既有秩序的打破者;既是神通四海的英雄,又是诡计多端、饕餮好色、贪婪懒惰、叛逆鲁莽的小丑式角色;既难以被摧毁,又常自食其果。总之,印第安文化中的“恶作剧者”的主要特征是矛盾性、多棱性和不确定性,是本我、自我和超我的混合体,是“一切混乱之物的象征”(Roheim 190—194)。

各印第安部落的“恶作剧者”的故事不尽相同,构成了绚丽多姿的印第安文化。在齐佩瓦文化中传统的“恶作剧者”是造物主纳纳伯周(Nanabozho)[①]。虽然纳纳伯周常常插科打诨,惹人发笑,但从未做过违背道德的事,不失为高尚的英雄、真诚的朋友和博爱的师者。齐佩瓦人认为他“创造了现在的世界……没有他,齐佩瓦人就不会存在”(Vecesy 78)。纳纳伯周是一个矛盾体,是“富有同情心的‘恶作剧者’,穿梭于神秘的时间维度,游荡于部落历史和梦幻的转换空间中。他与动物、植物相连,是向部落居民讲解植物治愈功效的导师和疗伤者”(Vizenor 3)。小说里的盖瑞·纳纳普什是神秘的摩西·皮拉杰和不寻常的露露·纳纳普什的儿子,他的名字与传统文化中的纳纳伯周的名字很相似,在性格上也有诸多共通之处,是典型的“恶作剧者”。由此可以看到作者厄德里克对部落文化的自豪,也借此赋予小说人物强大的力量和特殊的品格。

盖瑞·纳纳普什无视常规。例如,多特探监时在闭路电视无法监控到的角落里骑在他的大腿上。他们穿过她的连裤袜和盖瑞的囚服上撕开的一个洞,成功做爱,奇迹般地怀上了孩子(168)。在小说《燃情故事集》(*Tales of Burning Love*, 1996)中,多特驾车返回法戈,杰克的前妻们坐在车上。路上她们捎上了一个体型庞大、裹着毯子的人,后来才知道那是盖瑞·纳纳普什。午夜前后,汽车困在雪堆里。后来多特因吸入过多一氧

---

① 纳纳伯周是神灵父亲和人类母亲的结合体。他被上涨的河水逼退,在河水吞噬山头前抓住木头,造了一条简陋的船,让动物们衔土重塑大地。他受大神(Great Spirit)派遣,前来教导齐佩瓦人,使命之一便是为植物和动物命名,他还发明了象征符号,创建了大医学会(The Great Medicine Society)。

化碳而昏迷，盖瑞·纳纳普什让她苏醒了过来，二人趁车上其他人都睡着了便做爱。盖瑞·纳纳普什在其他人获救后悄悄溜走了(36)。

面对帕尔帖越狱失败、重获自由无望等无法改变的现实，厄德里克借用传统文化资源，将“北达科他四部曲”的主要人物之一命名为盖瑞·纳纳普什，赋予他上天入地、无所不能、来无影去无踪的超能力。在对美国司法表达极度失望的同时，厄德里克在盖瑞·纳纳普什身上寄托希望。“他(盖瑞)35岁了，差不多有一半的时间不是在坐牢，就是越狱、被通缉”(164)。监狱的高墙无法困住这位齐佩瓦英雄。盖瑞·纳纳普什嘲笑一切，甚至有点玩世不恭。同时，他擅长柔道和逃跑，在越狱出逃方面很有天赋，自豪地说“没有什么狗屁钢筋混凝土的房子困得住齐佩瓦人”(168)。他逃跑的能力在印第安人中间成为美谈，成为传奇。厄德里克的作品通过对盖瑞·纳纳普什越狱能力的渲染，强调了印第安人逆境中的生存能力：“他身材魁梧，却能像鳗鱼一样滑进滑出。有一次，他在身上抹了猪油，像蛇一样蠕动着进入六英尺厚的监狱高墙，不见了。有人认为他被卡住了，永远被困在那儿……但幸运的是，盖瑞只是擦破了肚子”(168—169)。一天，洛维奇克和哈里斯两位警察来抓捕盖瑞，但盖瑞轻松逃脱，小说叙述中洋溢着惊叹和崇敬：“盖瑞打开窗子，如歌舞团的女演员般优雅地一踢，把纱窗踢得无影无踪。接着，他便神奇地跟着纱窗从窗框中挤了出去，像一只肥兔钻进洞里不见了。那儿离楼下的水泥沥青停车场还有三层楼的高度”(176)。

盖瑞·纳纳普什每一次逃脱都不可思议。利普夏眼看父亲要被上门的警察抓捕，但是盖瑞·纳纳普什竟神奇地再次逃脱。“他不见了，消失了。他被从椅子上一把举起来，无影无踪。他待过的地方除了空气什么也没有。我张嘴要喊他的名字，但没叫出声来。至今我还是认为，他一定是把一根手指放在鼻子边，从通风道飞了出去。这是唯一的可能”(301)。在印第安文化氛围中长大的利普夏一点也不担心父亲会被警察抓到：

> 我知道父亲总能逃脱的。他会飞。他能脱掉衣服，瞬间无影无踪，他能够轻轻松松地变成其他东西，说变就变。猫头鹰、蜜蜂、上下两色的漫步者牌汽车、秃鹫、棉尾兔和尘土。他能变过去，也能变回来。他是迅速掠过月亮的云朵，是泥沼里扑腾的野鸭的翅膀。(302—303)

后来，他发现身材魁梧的父亲躲在自己汽车的狭小的后备厢里：“我就听出他居然是盖瑞・纳纳普什,他就像婴儿缩在母亲的肚子里一样,紧紧蜷缩在行李厢里。他挤在里面,我费了好大的劲儿才把他拉出来”(303)。当新闻播报员播报“联邦监狱罪犯盖瑞・纳纳普什在被转押到北达科他州立监狱的途中逃跑”的新闻时,收听广播的印第安人开心地呼叫:“干得好,兄弟!”(294)小说中的人物永远相信,他们的英雄有足够的勇气和智慧,总能化险为夷。

《宾果宫》是“北达科他四部曲”的最后一部,其中的第 21 章中也有关于盖瑞・纳纳普什神奇的超能力的描述:他将被转移到明尼苏达州的新监狱,转移途中遭遇恶劣天气,他乘坐的直升飞机坠毁,但他成功逃脱。这一逃脱的经历在《燃情故事集》中也被提及(Erdrich 1996: 131)。他通过之前约定的秘密方式向家人报了平安,随后来到法戈的宾果宫,大赢一笔,在当地酒吧听到了有关自己的传闻:“前几次逃狱,盖瑞・纳纳普什避开守卫,蜷缩着通过一条仅有点心盒大小的缝隙,不知怎的又藏身于从监狱驶出的货车,顺利出逃……这次,他飞着逃跑了。他在转移途中,没人知道在哪儿”(Erdrich 1994: 232)。盖瑞・纳纳普什匪夷所思的逃跑能力让儿子利普夏一直自豪不已:“盖瑞・纳纳普什正遭北美警察合力通缉,但警察正要抓他,他能让镣铐瞬间消失不见。他不是人,雨将他溶化,雪将他变为泥土,太阳使他复活”(235)。

在《痕迹》中,厄德里克借叙述者之口解释了盖瑞・纳纳普什神奇的超能力的来源。这部小说有两位叙述者:老纳纳普什(叙述奇数章节)和年轻的混血女性波琳・普亚特(叙述偶数章节)。老纳纳普什是盖瑞・纳纳普什的长辈,他向盖瑞解释道:纳纳普什这一重要的名字拥有神奇的力量,这个名字每写下一次、存在政府的档案中,就会失去一分力量(Erdrich 2004: 32)。然而,纳纳普什这一名字蕴含的力量非但没有减弱,反而愈发强烈,成为拒绝束缚、跨越边界的代名词。正如《爱药》中所写:“他(盖瑞)进进出出监狱,却激励着印第安人”(241)。她把越狱视作鼓舞士气的象征性行为。盖瑞的母亲露露更是把他当作其他孩子的榜样:“没有哪个监狱能困得住皮拉杰老头的儿子,纳纳普什家的男人。你应该为自己是纳纳普什家的一员而自豪”(281)。

盖瑞・纳纳普什不合常规的行为和拥有的超能力都是印第安文化传统中的“恶作剧者”最显著的特征。美国印第安政策、司法常常对印第安人不公,对印第安人怀有根深蒂固的偏见和歧视。厄德里克借助于小说人物之口,表达了强烈不满和极度失望。她借助于丰富的印第安文化,将帕尔帖塑造成印第安文化中的"恶作剧者",颇有深意。现实中的帕尔帖至今身陷囹圄,但小说中的盖瑞·纳纳普什却不受束缚,出入自如。现实中无法做到的,在文学中做到了,这也寄托着厄德里克对帕尔帖重获自由的美好愿望。

四、"北达科他四部曲"帕尔帖案对美国历史的反思

时至今日,美国印第安人仍在为争取平等权利而积极斗争。作为美国印第安人的一员,无论在现实生活中,还是在文学作品中,厄德里克都坚定地支持印第安人,为印第安人个体和群体的权益大声疾呼,用自身的社会影响力引发社会各界对印第安人的广泛关注。在"北达科他四部曲"中,她借人物之口,无情地诘问美国官方话语,表达对政府和种族主义的不满和失望。惶惶不可终日的盖瑞·纳纳普什反问他的儿子金:"社会公平吗? 社会就像我们打的这局牌,伙计。我们的命运在出生之前就决定了,就像发牌之前已经洗过牌。我们在长大的过程中就该把牌打好"(299)。利普夏为父亲的超能力感到自豪,但他仍然失望地说:"不过本事再大,他还是难逃被抓的命"(Erdrich 1994: 235)。厄德里克把盖瑞塑造成"恶作剧者",赋予他超能力,他来无影,去无踪,即便如此,依然困在高墙之内,难获自由。

厄德里克的文字中除了控诉和揭露之外,还对美国官方历史进行深层次的思考。帕尔帖案认定的罪行是联邦调查局的两名特工死在帕尔帖的枪下,盖瑞案认定的罪行是一名州骑警死在盖瑞的枪下。这是美国官方认定的事实,也是判定他们有罪的理由。事实上,这两起案件都没有事实依据。在"北达科他四部曲"中,年轻的利普夏始终对父亲盖瑞·纳纳普什杀人的事实表示好奇,他不知道那个州警是否真的死在父亲的枪下。他问同父异母的兄弟金:"我问他,他觉得果真是盖瑞杀死了那个州警,还是像审判后很多人说的,是错判"(293)。金回答说:"我真的不知道"(同上)。后来,他又问盖瑞·纳纳普什本人,后者没有作答,然后利普夏自问自答:

"我在想,"我说,"是不是你杀死了那个州警。"

如果我告诉你他说不是,你会认为他撒谎。你觉得美国的

司法系统不会无缘无故连续两次判一个人无期徒刑。除非你哪一天与司法系统产生摩擦。肯定会让你震惊。你肯定会的,我敢保证。

如果我告诉你他说是的,并把整件事原原本本讲给你听,那可能对他不利。但抱歉,不管他说是或不是,我都不打算把他的回答记下来。我们已经进入了深水区。

我们就说他是这么回答的,"这事太玄了。没人知道。"(305)

无论是"我真的不知道",还是"这事太玄了。没人知道",都流露出厄德里克对历史的反思:少数族裔无法与白人享有同等的话语权,他们的历史书写难以摆脱白人权力的干扰,事实真相常常被隐藏在层层迷雾之下,美国历史这一十字绣的反面杂乱的针脚常常被有意遮蔽。

厄德里克对美国历史的反思也隐晦地体现在其他作品中。她在小说《痕迹》中安排了老纳纳普什和波琳·普亚特两位叙述者轮流讲述故事,由于两人的文化立场不同,他们对同一事件的描述在细节上常常体现出不同。在长篇小说《屠宰师傅歌唱俱乐部》(*The Master Butchers Singing Club*, 2003)中,厄德里克借人物罗伊之口再次反思了美国历史以及印第安人和白人的关系。罗伊讲述发生在 1890 年的伤膝镇大屠杀(Wounded Knee Massacre)这一让印第安人刻骨铭心的历史事件时说,"如果你想知道这段历史,可以在历史书中读到,然而其全貌却是鲜为人知、令人难以置信的"(Erdrich 2003: 325)。将这些放在一起考察,就会发现厄德里克意在揭示美国少数族裔的历史和话语长期遭受压制,必须正视历史,把话语权归还给他们。

结　　语

无论是在现实生活中,还是在文学作品中,厄德里克都坚定地支持印第安人。她巧妙地将帕尔帖案隐藏在"北达科他四部曲"的文本深处。四部曲中处处可见帕尔帖案这一重大历史事件的影子。她意欲经由文学,让印第安人发声,颠覆官方话语,将印第安人从美国官方话语中解放出来,把另样的历史呈现出来,与官方的话语并置,形成张力,让人们看到种族主义对帕尔帖和印第安群体形成的巨大伤害,引发公众对印第安人遭遇的深入关注。"北达科他四部曲"除了揭露和控诉之外,还表达了厄德里克对历史书写的深层思考。特别值得一提的是,厄德里克巧妙地借助于丰富的印第安文化资源,将盖瑞塑造成一个拒绝束缚、上天入地、来去自由、无所不能的"恶作剧者",一个具有超能力的英雄,增强了作品的感染力和艺术性,赋予印第安人巨大的力量,寄托着厄德里克对印第安人的美好愿望。

引用作品[Works Cited]:

Alexie, Sherman. *Old Shirts & New Skins*. Los Angeles: American Indian Studies Center Press, 1993.

Ballinger, Franchot. *Living Sideways: Tricksters in American Indian Oral Traditions*. Norman: U of Oklahoma P, 2004.

Chomsky, Noam, and Kade Crockford. "Town Hall on Terror." *The Baffler* 28 (2015): 66-82.

Erdrich, Louise. *The Beet Queen*. New York: Henry Holt, 1986.

—. *The Bingo Palace*. New York: HarperCollins, 1994.

—. *Tales of Burning Love*. New York: Harper Collins, 1996.

—. *The Master Butchers Singing Club*. New York: HarperCollins, 2003.

—. *Tracks*. New York: Harper Perennial, 2004.

—. *The Plague of Doves*. New York: Harper Perennial, 2009.

—. *The Round House*. New York: Harper Perennial, 2012.

—. "Holy Rage: Lessons from Standing Rock." 〈https://www.newyorker.com/news/news-desk/holy-rage-lessons-from-standing-rock〉 (accessed Aug. 6, 2019a).

—. "How to Stop a Black Snake." 〈https://www.nytimes.com/2016/12/10/opinion/sunday/how-to-stop-a-black-snake.html〉 (accessed Aug.6, 2019b).

—. "Louise Erdrich Rejects Honorary Degree." 〈https://americanindiansinchildrensliterature.blogspot.com/2007_04_22_archive.html〉 (accessed Aug.6, 2019c).

—. "A Time for Human Rights on Native Ground." 〈https://www.nytimes.com/2000/12/29/opinion/a-time-for-human-rights-on-native-ground.html〉 (accessed Aug.6, 2019d).

Lucero, Evelina Zuni. *Night Sky, Morning Star*. Tucson: U of Arizona P, 2000.

Matthiessen, Peter. *In the Spirit of Crazy Horse*. New York: The Viking Press,

1991.

Peltier, Leonard. *Prison Writings: My Life Is My Sun Dance*. New York: St. Martin's Griffin, 2000.

Ricket, Levi. "Leonard Peltier Releases Statement on 40th Anniversary of His Imprisonment." 〈https://lastrealindians.com/news/2016/2/6/feb-6-2016-40th-anniversary-statement-by-leonard-peltier〉(accessed Aug. 4, 2019).

Roheim, Geza. "Culture Hero and Trickster in North American Mythology." *Papers of 29th International Congress of Americanists* (1952): 190 - 194.

Vecesy, Christopher. *Traditional Ojibwa Religion and Its Historical Changes*. Collingdale: Diane Publishing, 1983.

Vizenor, Gerald. *The People Named Chippewa: Narrative Histories*. Minneapolis: U of Minnesota P, 1984.

路易丝·厄德里克:《爱药》(1993),张廷佺译,上海:上海译文出版社,2015 年。

中华人民共和国国务院新闻办公室:《2011 年美国的人权纪录》,北京:人民出版社,2012 年。

创伤记忆与“伪文献”

——多克托罗《但以理书》中罗森堡间谍案的文学再现和历史反思*

王弋璇**

内容提要：20世纪50年代的罗森堡案件对美国冷战时期的政治生态带来了深远影响。许多美国作家着墨于这件富有争议性的事件，意图通过文学再现透视官方叙事。多克托罗作为一名“激进的犹太人文主义者”，通过其含混的文学语言表达了他对事件独特深刻的反思。论文指出，作为“创伤小说”的《但以理书》从“老左派”和“新左派”两代人的创伤记忆入手，巧妙融合历史真实与想象构思，聚焦、放大事件内在的精神脉络，指明语言的“伪文献”实质及其所具有的双重力量：“自由力量”和“政权力量”，进而证明多克托罗的所秉持的观点：小说不仅和政治相关也具有艺术复杂性。而作家的文学再现成为干扰或者拆解其中“政权力量”，进而解构美国神话的手段，给读者带来深刻的历史反思。

关键词：多克托罗；《但以理书》；文学再现；伪文献；历史反思

Abstract: The Rosenberg Case in the 1950s has had a profound impact on the political environment during the American Cold War period. Many American writers focus on this controversial case to look through the official narrative by means of literary representation. E. L. Doctorow, as a “radical, Jewish humanist”, expresses his unique and penetrating reflection on this case with his ambiguous literary expression. It is stated that *The Book of Daniel*, as what has been termed a “trauma novel”, makes the inner spiritual sequence of the case focalized and amplified, skillfully fusing the authenticity of history and fictionality of imagination by discovering the traumatic memory of both the “old leftists” and the “new leftists”, then further demonstrates the false nature of language and its double power: power

* [**基金项目**]：本文为作者担任子课题负责人的国家社科基金重大专项项目(21VGQ09)的阶段成果。

** [**作者简介**]：王弋璇，上海外国语大学文学研究院副研究员，上外志远卓越学者，郑州大学英美文学研究中心兼职研究员，文学博士，主要从事英美文学和比较文学方向的研究。

of freedom and power of regime, which verifies Doctorow's view that a fiction is both related to politics and endowed with artistic complexity. As a result, writers' literary representation will serve as a way to interfere and dissemble the power of regime and to deconstruct the American myth, which brings about deep and thought-provoking historical reflection to readers.

Key words: E. L. Doctorow; *The Book of Daniel*; literary representation; false document; historical reflection

1949年,因为酗酒、赌博和投机交易而声望一落千丈的美国国会参议员约瑟夫·雷蒙德·麦卡锡(Joseph Raymond McCarthy, 1908—1957)为了保住他在国会的位置,于1950年2月发表了《政府内部的敌人》("Enemies from Within")的演说,声称他掌握着一份共产党和间谍网的205人名单。这篇演说无异于扔下了一颗原子弹,在美国政界、外交界和其他部门煽起了一场来势汹汹的反共浪潮,接着又波及全国,带来了一场全国性的反共"十字军运动",历史上被称为"麦卡锡主义"(McCarthyism)。麦卡锡主义发生在美国20世纪50年代初,是一场政治上被极右势力操控的反共、反民主的政治运动,带来了社会动荡和法西斯主义抬头。罗森堡案件正是这一政治背景所衍生出的具有争议性的法律和历史事件。而历史是文学的基础,文学是历史的升华,本文采用历史视角,通过对再现罗森堡案件的文学作品《但以理书》(*The Book of Daniel*, 1971)的分析,展现案件所带来的创伤记忆及作家人文主义理念下的批判意识和历史反思。

一、"麦卡锡主义"与罗森堡案件

1939年,麦卡锡通过虚报年龄参加了区巡回法庭的竞选,成为区法院的法官,他充满欺骗与谎言的政治生涯由此开启。1946年11月,他通过大肆渲染自己在军队的经历,迷惑选民,当选了威斯康星州参议员。麦卡锡担任参议员期间,滥用职权,大肆进行投机交易,加之他还有赌博和酗酒的恶习,人们渐渐了解到这位演讲时慷慨激昂的政客的另一面,由此麦卡锡的声望一落千丈。1949年秋,麦卡锡竟然公开站在屠杀美国士兵的纳粹党徒一边,为他们的罪行辩护,公众舆论为之哗然,麦卡锡民意尽失,被评为当年“最糟糕参议员”。意识到自己的政治地位岌岌可危的麦卡锡迫切需要一根“救命稻草”帮他保住在参议院的位置。经过策划，他决定在美国总统林肯的诞辰年纪念日(1950 年 2 月 9 日)那一天发表具有“轰动效应”的演说，即后来他在西弗吉尼亚州惠灵市发表的演讲《政府内部的敌人》。其中，麦卡锡泾渭分明地将西方世界同共产主义世界对立起来：“西方基督教世界同无神论的共产主义世界的最大区别并非政治方面的，而是道德观上的。[……]然而，真正和最基本的区别在于[……]由马克思发明、被列宁发展至狂热并被斯大林推向难以想象极致程度的非道德主义(immoralism)。”他这时公然宣称，手中掌握“一份 205 人的名单”，“这些人全都是共产党和间谍网的成员”，而且，“国务卿知道名单上这些人都是共产党员，但这些人至今仍在草拟和制定国务院的政策。”[①]麦卡锡演说之后，美国上下一片哗然。之前一直谨小慎微的小人物麦卡锡一夜之间成为全美政治明星。他接着组织了麦卡锡非美活动调查委员会，发动了对美国国务院、国防部等要害部门的大清查。由此，麦卡锡主义在 20 世纪 50 年代初盛行于美国，美国政界出现一股极端反共、反民主的逆流，造成风声鹤唳、人心惶惶的政治氛围，历史上将这种气氛称为“红色恐慌”。

“在这种‘恐红’、反共氛围下，麦卡锡和麦卡锡主义的出现不是一种偶然现象”(金衡山等 72)，美国政府彻查了所有美国社会可能潜藏的间谍活动。罗森堡案(The Rosenberg Case)浮出水面，并在美国进而在国际社会引起了极大的关注。美国国内及国际社会一部分人都认为罗森堡夫妇(Julius Rosenberg，1918—1953；Ethel Rosenberg，1915—1953)无罪，请求政府对他们宽大处理，并组织了抗议活动。国内外的自由人士大多认为以罗森堡夫妇的政治观点作为证据来判决死刑的做法是对法律尊严和公民自由权的极大挑战。为此，很多社会名流也纷纷为罗森堡夫妇鸣不平，其中就包括科学家阿尔伯特·爱因斯坦(Albert Einstein，1879—1955)。1953 年 1 月，爱因斯坦写信给美国总统德怀特·戴维·艾森豪威尔(Dwight David Eisenhower，1890—1969)，在信中他写道：出于良心驱使，我请求您减轻对罗森堡夫妇的刑罚，免除死刑。然而，抗议浪潮没能阻止罗森堡夫妇免于死刑。1953 年 6 月 19 日，罗森堡夫妇被执行电刑。他们从始至终始终不认罪，无论官方如何威逼利诱，只要认罪就可以

① 参见 http://historymatters.gmu.edu/d/6456(2019-8-2)。

免于死刑。但信念和信仰让他们慷慨赴死。罗森堡夫妇死后，美国国内的麦卡锡主义达到了高潮，他们的亲戚担心遭到反共人士的报复，都不敢收留夫妇俩的两个孩子。“罗森堡案作为冷战初期最为引人注目的案件之一，从一个独特的视角揭示出冷战意识形态在当时美国政治社会中所占据的主导地位，对于我们理解这一时期美国的政治文化和错综复杂的国际关系具有重要意义”(李昀 123)。这场饱受争议的案件和人间悲剧成为本文用来投射美国20世纪50年代状况的一面镜子。

二、多克托罗与《但以理书》

文学与历史互鉴，成为彼此的关照，文学叙事和历史记录以不同的方式为后人带来深刻的启示。对于罗森堡案件聚焦关注，并以小说的形式进行文学再现的作品很多，而E. L.多克托罗的(Edgar Lawrence Doctorow, 1931—2015)的《但以理书》堪称其中具有代表意义并对美国文化进行深刻反思的力作。

多克托罗是20世纪美国文学领域的重要人物，他的创作以历史小说著称，被誉为20世纪最重要的小说家之一。他1931年出生于纽约布朗克斯的俄罗斯犹太移民知识分子家庭，家里浓厚的艺术气氛让多克托罗爱上写作，他的名字——埃德加·劳伦斯·多克托罗来自作家儿时所仰慕的作家埃德加·爱伦·坡(Edgar Allan Poe, 1809—1849)。多克托罗作品创作题材丰富而深刻，其犹太身份和对创伤历史的深入分析使得他的创作独具一格，虽有晦涩难懂之处，却能引领读者进入精神反思的曲径通幽处，多克托罗善于描写特定历史时期下美国民众面对挫折、创伤和剧变的心理状态，作品中蕴含着对民权运动的关注，他创作丰富，成为诺贝尔文学奖的热门人选，共发表12部长篇小说和3部短篇小说集。其中为他奠定当代美国文学大师的地位的是其代表作《但以理书》(*The Book of Daniel*, 1971)、《拉格泰姆时代》(*Ragtime*, 1975)、《比利·巴思盖特》(*Billy Bathgate*, 1989)和《大进军》(*The March*, 2005)，这些佳作连同其他长篇小说[①]以及数部短篇小说集一起构成了多克托罗创作的万花筒，从

① 比如《欢迎来到艰难时代》(*Welcome to Hard Times*, 1960)、《大如生命》(*Big As Life*, 1966)、《潜鸟湖》(*Loon Lake*, 1980)、《世界博览会》(*World's Fair*, 1985)、《供水装置》(*The Waterworks*, 1994)、《上帝之城》(*City of God*, 2000)、《霍默与兰利》(又译《纽约兄弟》)(*Homer & Langley*, 2009)、《安德鲁的大脑》(*Andrew's Brain*, 2014)等。

中人们可以看到美国社会光怪陆离的表象背后的精神内核,并使他获得了包括全国书评家协会奖、美国国家图书奖、国家人文科学奖、笔会/福克纳奖、美国艺术与文学院豪厄尔斯奖、美国小说国会图书奖等众多重要奖项,成为美国文坛备受尊重的犹太作家。

道格拉斯·福勒(Douglas Fowler)在《理解 E. L. 多克托罗》(*Understanding E. L. Doctorow*, 1992)中指出,多克托罗的小说是典型的历史小说,覆盖了美国自内战以来的所有历史阶段(Fowler 5)。弗雷德里克·詹姆逊(Fredric Jameson, 1934—)在《后现代主义,或者晚近资本主义的文化逻辑》(*Postmodernism, or the Cultural Logic of Late Capitalism*, 1991)一书中提到,“E. L.多克托罗是个诗人,用史诗描绘了美国的激进过去如何逝去,也描绘了美国激进传统背后更为久远的传统和时代带给他们的压抑和抑制”(Jameson 24)。多克托罗的创作以纽约等城市为背景,“将人物置于特殊的城市空间,描摹世事,品味人生,字里行间可见现实主义的细腻逼真,……在多种元素和不同风格的杂糅和融合之中,描写反映当代美国都市生活的多侧面,通过小说的虚构性折射真实社会,对历史和现实生活进行富有哲理的思考”(虞建华 2017a: 1)。约翰·帕克斯(John Parks)在他的著作《E. L. 多克托罗》(*E. L. Doctorow*, 1991)中反对给多克托罗贴上“政治小说家”的标签,认为这样的归类对一名伟大的历史小说家而言,不仅简单化,而且有误导,好像这个作家只是在推动或贩卖某种意识形态。这样的标签“对多克托罗的小说是一种贬低和损害”(Parks 11)。

多克托罗用敏锐、犀利和深刻且更具人文主义情怀的目光,聚焦罗森堡案件,透视事件背后的美国文化肌理,引导美国民众对事件抱有深刻反思的态度。多克托罗本人更希望以“激进的犹太人文主义者”(radical Jewish humanist writer)[①]来定位自己。国内外评论者也从这个角度对多克托罗继承犹太文化传统背景下的人文主义思想进行了分析(Clayton 1993;金衡山等 2017;李俊丽 2008)。作为犹太民族的文化战士,多克托

---

① 多克托罗将自己定位为“激进的犹太人文主义者”,并以此为荣。他曾对一名采访者说过:“如果我不属于这个传统,那我一定要申请加入它”(转引自 Fowler 1)。对于什么是“激进的犹太人文主义”这一问题,作家在访谈中解释为其“本质是从正统的犹太教义中发现弊端。你拥护那种文化,珍视那段历史,但拒绝那种神学。弗洛伊德和卡夫卡就属于这种传统,还有爱因斯坦,以及伟大的批评家本雅明,等等。在美国,其代表人物为无政府共产主义运动领袖爱玛·戈尔德曼和诗人金斯伯格”(陈俊松 88)。

罗的作品充满了政治批判意识。他在访谈中说道,“无论何时,当我开始讨论政治的时候,我总是被政治牵引过去。我不太喜欢用那些政治化的陈词滥调,那让我感到窒息”(转引自森森)。多克托罗作品中的少见“政治化的陈词滥调”,他的政治意识是用史诗般的叙述进行表达的。他描绘美国冷战时期的精神荒野景象,在政治批判中融入强烈的人文主义批判意识。

多克托罗这位“犹太人文主义”战士,秉承欧美现实主义文学传统,认为文学创作同社会生活息息相关。他说,“我从来都认为我的小说继承了查尔斯·狄更斯(Charles Dickens, 1812—1870)、维克多·雨果(Victor-Marie Hugo, 1802—1885)、西奥多·德莱塞(Theodore Dreiser, 1871—1945)和杰克·伦敦(Jack London, 1876—1916)等大师的社会小说传统。这个传统深入外部世界,并不局限于反映个人生活,不是与世隔绝,而是力图表现一个社会。”他继而嘲讽说,“近年来,小说进入家庭,关在门内,仿佛户外没有街道、公路和城镇”(转引自叶子 145)。在这样的思想背景下,多克托罗在创作之初就带有鲜明的批判意识,很多作品涉及冷战中美国的社会心态。“‘冷战思维’不等同于‘冷战’。它隐藏在背后,流行于无形,既无处不在,又难以捉摸,是一种观看问题的框架,一种逻辑模式,一种政治无意识”(虞建华 2017b: 3)。多克托罗剑指冷战这段历史时期下蕴藏在美国“文化精神”中的冷战思维和“非我即敌”的冷战意识,对这种思维定式进行了揭示和批判。

《但以理书》是多克托罗的第三部小说,被誉为美国当代最优秀的政治小说,并获得1972年国家图书奖提名和1973年古根海姆奖。作为纽约出生和成长的第三代俄国移民,多克托罗深受犹太文化的影响,作品中浸润着宗教思想和对真善美的追求。小说书名来自《圣经》中的《但以理书》卷[①],小说故事由此同圣经形成互文关系。小说以20世纪60年代的美国为背景,其中也穿插叙述了发生在四五十年代的事情。作品以罗森堡夫妇为历史原型,再现了这段被“红色恐怖”毒雾笼罩的历史:

① 《圣经》旧约全书中该卷据传由但以理(Daniel, 625 BCE—530 BCE)本人所写,其名意为“神是我的审判”。但以理生于耶路撒冷,公元前605年被掳到巴比伦,改名为伯提沙撒,意思是“王的保护者”,他因才能出众在巴比伦受到重用。但以理具备先知的能力,能为国王解梦,被提升为巴比伦省长兼国家总理,管理巴比伦一切的哲士。但以理的一生对上帝顺服忠诚,教导犹太人在被迫害流放中也要坚守对上帝的信仰。

> 在麦卡锡时代歇斯底里的政治氛围中，小说主人公但以理的父母被指控犯有间谍罪，双双被送上电椅。成为孤儿的他带着妹妹生活，不得不承受巨大的心理创伤，在都市漫游中既希望找出真相，替父申冤，也试图逃避现实，寻找抚平创伤的慰藉。漫游的过程是他不断矫正自身的异化、走出阴影的过程，最后努力与自己、他人和社会达成了某种程度的和解。（虞建华 2017a：2—3）

小说将历史中罗森堡夫妇的两个儿子化身为但以理兄妹，他们同样在幼年遭受重创，一生都在挣扎着摆脱创伤记忆，走向“和解”。而作为具有宗教情怀的后现代犹太小说家，多克托罗“有着一双饱含忧郁的眼睛，骨子里都对人类的命运和前途有着浓重的忧患意识”（斯巴格 22）。他在小说中贯彻了作为一名“激进的犹太人文主义者”的立场，继承同时也批判犹太文化传统，秉承正义、善良和诚实的宗教理念，用后现代的写作手法刻画现实，揭露精神危机下的人间百态，反思在信仰危机时代信仰存在的意义，为作品注入了深刻的人文主义价值。《但以理书》以其现实关怀和丰富的思想内涵，被视为多克托罗的代表作。小说透过对罗森堡间谍案受害者家庭的虚构书写，重访历史，再现历史，进而透视出冷战时期美国国家意识形态对个体带来的创伤。

三、“伪文献”：《但以理书》创伤记忆

多克托罗曾强调，“小说家在离群索居状态下会将自己一分为二，成为创造者和记录者、述说者和聆听者，协力将集体智慧以自己的语言传递出来，掩盖其对现实世界富有启迪性的先入之见”（Doctorow 1983：21）。作家以这种设身处地的方式进入他人的生活情境，同描写对象建立认同，并将认同的情感传递给读者，就更能激发共鸣。小说《但以理书》围绕艾萨克森夫妇（影射现实中的罗森堡夫妇）子女的生活展开叙述，视角在现在和过去之间切换，不仅呈现了案件的直接后果，也表现出其带来的长远影响。虚构的艾萨克森夫妇的儿子与真实人物是有反差的，但很好地服务于小说叙事试图反映的更加广泛的主题，另外，小说的主人公与历史事件中的罗森堡夫妇的两个儿子有所不同，小说的主人公是一对兄妹，名叫但以理和苏珊。但以理背负着为父母申冤的巨大精神压力，无法逃脱创

伤记忆的折磨,生活痛苦不堪;苏珊则有自杀倾向,难以摆脱抑郁的精神状态。作者这样的艺术改写,加强了事件带来的创伤程度,表达了对冷战意识下极权政治更为强烈的控诉。“多克托罗希望将但以理的时代同他父母时代中的左翼思想进行对比。备受折磨的但以理和苏珊一起卷入了反越战运动,他们甚至建立了自己的革命基金会,用来纪念被杀死的父母”(Freedland vii)。多克托罗的叙述语气看似平静而散漫,从一个时代跳跃到另一个时代,但叙述背后始终涌动着强烈的情绪和政治反抗的力量:创伤记忆带来的痛楚、意识形态被压制的愤懑和对强权反抗的意愿及冲动。

评论界一般把《但以理书》看作一部编史元小说(historiographic metafiction)。根据琳达·哈钦(Linda Hutcheon, 1947—)的定义,“编史元小说”指“既具有强烈的自我指涉性,又自相矛盾地宣称与历史事件和人物有关”的后现代创作(Hutcheon 5)。因此可以说,编史元小说包含两个元素,即“自我指涉性”和“与历史事件和人物”的相关性,两者是带有矛盾性的结合。前者针对的是文学传统本身,对小说的虚构传统进行了反思;后者指向历史记载的传统,也就是将小说虚构同历史书写并置起来,以此揭示出两者存在的共同的语言建构本质。编史元小说是后现代小说的一种,其理念在于不赞成对过去投射当下的信仰和标准,同时暗示了“事件”和“事实”之间的鸿沟。

《但以理书》将罗森堡案件这一真实的历史事件融入作家的个人想象,塑造了但以理这一特殊人物,凸显事件对下一代造成的持久创伤。但以理“被他未曾目击的事件——父母被国家以叛国罪电刑处死,更宽泛地讲,被他自己错过的感知所纠缠。这一错过的感知时刻在创伤叙事中反复出现,造成目击过去事件的可能性”(陈世丹、张红岩 23)。小说叙述穿插在过去和现在之间,历史成为主人公脑海中挥之不去的创伤记忆。作品两次呈现了 1967 年美国阵亡将士纪念日(通常为五月的最后一个星期一)的情景,形成了时间上相互呼应(Doctorow 2006: 3, 67)的叙事。第一次的时间描写的是但以理去医院看望苏珊的情景,这是一个“塔楼形、黄砖建造的公立医院,这里收治的是精神病患”(同上 6),苏珊就在这里就诊,她状况极差,身形消瘦,精神麻木,看到妹妹的但以理难掩悲愤,发出了对“他们”的控诉:“啊,苏珊,我的小苏珊,你做了什么,你就这么容易受国际道德宣传机构的哄骗吗!他们把你塑造成为道德瘾君子,扯坏你的头发,夺去你的老奶奶眼镜,还让你穿上病号睡袍。哦,看看他们对你做了什么，苏珊，看看他们对你做了什么！”(Doctorow 1971：12)小说在开场将“他们”作为主人公剑指的控诉对象。那么“他们”是谁的问题也成为吸引读者深入阅读的一条主线。而“对于但以理及他的志同道合者而言，这是个艰难的时代，因为他们在充满敌意的环境下只能是二等公民”(同上13)。医院的压抑场景和人物的悲愤情绪凸显了罗森堡案件给冷战时期的两代人带来的深刻创伤。

真实的历史中，罗森堡夫妇被判处死刑后，他们的两个年幼的儿子罗伯特和迈克尔，在父母行刑前站在辛辛监狱的高墙外，举着“请不要杀死我的爸爸和妈妈”的牌子，希望为父母争取一线生机。当时，外界声援罗森堡夫妇的声音一浪高过一浪，甚至爱因斯坦等名人纷纷出面为赦免罗森堡夫妇呼吁，一些美国著名律师也全力支持他们先后六次向美国高等法院上诉，但最终，上诉一次次被无情驳回，所有的努力都无济于事。虽然当局告知罗森堡夫妇只要认罪就可以免除死刑，但是，罗森堡夫妇宁死不屈，拒不认罪，慷慨赴死。这桩历史上的争议审判带来的持续影响令美国官方始料未及。

而不幸事件给罗森堡夫妇的两个儿子带来了最直接的影响，创伤阴影致使他们一生都无法完全卸下记忆的重压。他们生活在养父母家中，童年在担惊受怕中度过，为免受进一步的迫害隐姓埋名。成人后他们始终坚持为父母的冤情奔走。兄弟二人为纪念父母撰写了自传《我们是你们的孩子：艾瑟尔与朱利叶斯·罗森堡的遗产》(*We Are Your Sons: The Legacy of Ethel and Julius Rosenberg*，1975)。哥哥罗伯特还写了另一本书《父母死刑：一个儿子的旅程》(*An Execution in the Family: One Son's Journey*，2004)。为了帮助更多有类似经历的孩子，他创立了罗森堡儿童基金(The Rosenberg Fund for Children，RFC)①。正是这些亲历者对创伤往事的回忆，激起了怀有正义感的人文主义作家的共鸣。他们执笔创作出的一批作品，成为构成重建美国五六十年代文化记忆的一部分。《但以理书》是其中富有代表性且反思极其深刻的一部。

多克托罗生活在冷战时期，他目睹了冷战对人们思维方式带来的影响，作家希望了解在这样的氛围中的人们的思想状况。正是在这样的动

① 罗森堡儿童基金是一个非营利的公共基金，由罗森堡夫妇的儿子罗伯特创立，旨在为美国进步激进主义者的子女提供资助，同时也帮助由于自己参加了进步基金活动而受到指控的青年。

机下,他开始着手《但以理书》的创作。小说一开始,主人公但以理去医院看望妹妹苏珊,医院里冷凝压抑的气氛和苏珊几近崩溃的状态直接让读者感受到了冷战的社会氛围及其带来的影响。

小说《但以理书》戏仿了真实案件对后代带来创伤性影响这一主线。小说中的兄妹同真实历史中受害者的后代一样,一生无法摆脱父母被电刑处死这一事件的影响,但小说人物的生活更加潦倒。妹妹苏珊被创伤记忆折磨精神失常被送进精神病院接受治疗,最后用自杀的方式结束了年轻的生命。但以理则被过去记忆的梦魇折磨,变得行为异常,甚至虐待妻儿,难以享受正常的家庭生活和平静的精神世界。他自述道,“苏珊和我,我们是仅剩的人。所有的生活都是试图逃离亲人,我在逃离的过程中思绪繁杂,但不管什么样的方式,他们都是你遇到生命转角的际遇”(Doctorow 2006: 37)。

但以理年幼时曾目睹了一场事故,他在叙述中呈现了事故后惨烈的情景:满地破碎的玻璃片,牛奶和妇女的鲜血混合在一起。交通事故的记忆,使他的创伤想象具体化,将未曾亲眼看见的恐怖的极刑场面重现于脑海中,成为挥之不去的噩梦。多克托罗在小说中对第二代的心理创伤进行了戏剧化的演绎,浓缩了苦难,用略带夸张的描写凸显人物行为背后的扭曲心理,“增强了冷战期间美国国内紧张的恐怖气氛,突出了‘红色恐怖’给他们带来的严重的心理创伤,更加淋漓尽致地表现了冷战期间人们极端歇斯底里的情绪。让人们深刻意识到‘红色恐怖’和麦卡锡主义的罪恶及这种极端思想给人们带来的伤害”(胡选恩、胡哲 156)。

多克托罗在一篇题为《伪文献》(“False Document”)①的论文中指出,“当然每部小说都是伪文献,因为它是辞藻的合成品而非生活。但是我特指的是小说家创造性否定的行为,他借此提供的文本出现了额外的权威性,因为他并无意于书写的权威,他宣告书写权威是不可能的”(Doctorow 1983: 20)。小说《但以理书》以超越意识形态疆界的深刻反思意识,将批判和抗议的靶子直指冷战时期美国政治话语的虚构性。从语言作为叙事媒介的角度出发,提出了“语言具有两种相互对立和统一的力量:一个是政权的力量(power of regime),另一个是自由的力量(power of freedom)”,他认为,“政权的力量就是语言对客观世界所具有的反映功

① 该文收录在多克托罗的评论文集《杰克·伦敦、海明威及美国宪法》(*Jack London, Hemingway and the Constitution: Selected Essays*, 1977—1992)中。

能”(同上 16—17),而“自由力量是存在于个人或理想的世界里,具有表现想象的力量。语言的这种力量是不能为人所证实的,因而也是自由的,它是为小说家和诗人服务的”(多克托罗、胡选恩 223)。前者的功能是指定性的,后者则具有联想功能。多克托罗强调说,历史话语和文学话语都无法将作者直接带入过去的历史中,读者只有以文本为媒介接触历史事实。在多克托罗看来,“小说不完全是理性的话语方式。它给读者提供了超过信息的东西。复杂的理解,不直接、本能的和非言语所表达的思想都通过作者和读者之间仪式性的互动,从故事的言语中生发出来”(Doctorow 1983: 16)。

多克托罗从语言的使用角度出发,探索和发现作用于语言背后的权力关系,并以此为依据对历史及历史编纂的真实性提出质疑。“历史带有虚构性,我们生活于其中并寄希望于继续生存下去。小说属于推测性的历史,或许可称作超级历史,构建超级历史所用的素材要比历史学家们所认为的更具有丰富性和多样性”(Doctorow 1993: 162)。多克托罗在此提出了他著名的“作为‘超级历史’的小说”的概念。他同琳达·哈钦的观点异曲同工,共同起底历史背后的权力关系,揭露历史的虚构性。

小说《但以理书》切换在但以理父母亲生活的 20 世纪四五十年代和但以理生活的 60 年代两个时间段之间,揭示二战后和麦卡锡主义盛行的年代笼罩在美国的“红色恐怖”、被冷战思维破坏的家庭关系和人物支离破碎的内心世界。小说着重描写了兄妹二人的心路历程。但以理在阴影下艰难成长,成为哥伦比亚大学的博士研究生,但他性格上的缺陷也显而易见。在一次出行的路上,他以 80 多英里的高速行驶汽车,当着自己孩子的面虐待妻子,情绪失控。小说还反映了阶级地位差异带来的不公平,我们从书中看到了艾萨克森家族生活的贫困,他们住在布鲁克斯的家里(Freedland ix)。我们从中看到了家族对阶层不公的愤怒情绪乃至于多克托罗对书中人物的同情。小说的场景切换也让读者应接不暇,从冷战期的美国到苏联,从马萨诸塞州的精神病院到加利福尼亚的迪士尼乐园。每个场景的切入都有引人入胜的画面感和时期代入感,使得读者身临其境,能以同感之心深刻体会主人公彼时彼刻的内心世界,唤醒读者对历史事件的反思以及对文献中的非真实性的怀疑,创伤记忆固然不堪回首,而将讲述创伤记忆的语言“具有两种相互对立和统一的力量”揭示出来,张扬其中“自由力量”,批判分析其中“政权力量”,这正是作家人文主义思想的集中体现。

四、《但以理书》的文学再现与历史批判

《但以理书》中运用大量笔墨描写其中人物的内心世界，包括经历者、他们的后代和所有关注这一事件的人的所思所想和他们感受到的愤怒和痛苦。小说以对细节的选择性呈现言说案件带给下一代的苦难，更多通过后一代人对历史的“回看”，呈现处于歇斯底里状态的美国冷战政治。多克托罗将麦卡锡主义盛行的冷战初期称作“猎巫时代”，言语间不乏尖锐的反讽：“在猎巫时代中，当人们(如福斯特[William Z. Foster，1881—1961]、吉恩·丹尼斯[Gene Dennis，1905—1961][①])因政治信仰被送进监狱，这将是对集会自由权利的胜利肯定，也将会是进步主义和文明力量的伟大时刻”(Doctorow 1971：58)。小说运用了反讽的修辞手段，讥讽官方意识形态隐藏在“爱国主义”的外衣下，躲在事件背后推波助澜、封杀异己。多克托罗对历史事件的切入路径与其他作家不同，他更少直接涉及事件本身，却将事件带来的影响以多层丰富的叙事展现出来，用小说的虚构故事照亮隐藏在喧嚣躁动表层叙事之下的黑暗地带，通过对事件的想象性重构表达对美国官方历史记载的质疑。乔伊斯·卡罗尔·欧茨(Joyce Carol Oates，1938—)曾经不惜笔墨地赞扬说多克托罗的《但以理书》是一部“几近完美的艺术佳作”(转引自 *The Book of Daniel* Study Guide)。这一盛赞是大作家之间的惺惺相惜和对小说艺术表现力及深刻主题的极高评价。本文通过冷战语境深刻介入的文外解读可以看出，作家的批判态度并非止步于此，他的批判同时指向“受害者”一方，他更希望通过冷静的旁观者姿态，揭示以但以理父辈为代表的“老左派”和以苏珊为代表的“新左派”所信奉的激进主义内核的双刃剑实质。

作为犹太人，多克托罗更希望将文学叙事同犹太移民文化的最后遗迹相联系，他认为自己深受犹太人文主义精神所滋养。他也确实试图在小说创作中凸显人文精神和正义诉求。多克托罗如前辈现实主义作家一

---

① 吉恩·丹尼斯，笔名尤金·丹尼斯(Eugene Dennis)和提姆·莱恩(Tim Ryan)，美国共产主义政治家和工会组织家，他曾长时间担任美国共产党的领导，以“丹尼斯诉合众国案”闻名于世。“冷战时期，美国共产党总书记丹尼斯等12名高级领导人被联邦司法部指控散布教唆和鼓吹以暴力推翻和破坏美国政府的煽动性言论，并被联邦地区法院依据《史密斯法》判罪。丹尼斯等人认为他们并没有任何主张以暴力颠覆政府的实际阴谋，并援引宪法修正案第一条对言论自由的保护提起上诉”(Dennis v. U.S.，详见 https://baike.baidu.com/item/丹尼斯诉合众国案/7986930)。

样，以现实主义的创作初衷真实再现了20世纪五六十年代美国的激进主义风潮，浓墨重彩地描写了但以理的父辈们，也就是罗森堡夫妇一代的激进主义思想，他们胸怀大志，勇往直前，为了他们期待的社会理想在泥沼中艰难跋涉。而小说中但以理对两代左派的激进主义态度都保持一定距离，秉持批判性认识的态度。正如评论者所言，"无论老左派和新左派，他们更多的是在追求一种'形象'，一种姿态，一种体验，一种激进思想的实践。在丹尼尔(但以理)看来，这多少让他们的革命有了一种悬空的味道"(金衡山等 221)。多克托罗独特冷静的人文主义立场由此可见，他曾在采访中曾谈到，"人文主义意指精神和道德生活不是对超自然的因素的信仰，也就是说人的问题要脚踏实地在地球上加以解决，而不是从天堂里寻找解决的方法。社会必须从显示的角度面对一些不完善的地方，为了更广泛的正义而奋斗……人文主义是对认识的渴望，科学的、美学的、历史的和人文的。在人文主义看来，人具有能够理解现实的能力"(陈俊松 86—91)。

作家所秉持的中立冷静的人文主义态度使他的文学再现和带有更加强烈的反思意识，他对美国神话的深入思考照亮了语言的双重力量："自由力量"和"政权力量"，作家对历史事件的文学再现成为干扰或者拆解其中"政权力量"的手段，对隐藏在美国文化表象下的神话进行鞭辟入里的历史反思。多克托罗将自己的人文主义态度注入但以理这位真相的探寻者身上，他运用含混的语言和清醒的反思为罗森堡审判这一历史事件提供了意识形态的背景，而事件与背景之间的关联性暗示则打破了官方话语中的"爱国主义"高调，揭示了动机背后暗藏的私利、虚伪和恐惧。多克托罗的后现代历史叙述重新呈现美国近代史中隐晦暗淡的一面，为审视罗森堡事件提供不同于官方话语的视角和思考。因为"小说提出建议，它沟通了现在和过去、可见与不可见。它分散了苦难，并告诉我们必须将自己编织入故事之中以求生存，否则将有他人替我们这么做"(Doctorow 1986：46)。《但以理书》带领读者走进美国冷战时期的创伤记忆，拨开纷乱模糊的文学叙述，"伪文献"这一概念的内涵无疑成为理解多克托罗深刻历史反思的一把钥匙。

引用文献[Works Cited]：

Clayton, Jay. *The Pleasures of Babel: Contemporary American Literature and Theory*. New York, Oxford: Oxford UP, 1993.

Doctorow, E. L. *The Book of Danial*. London: the Penguin Group, 1971.

—. "False Document." *E. L. Doctorow: Essays and Conversations*. Ed. Richard Trenner. Princeton, New Jersey: Ontario Review P, 1983. 16 - 27.

—. "Ultimate Discourse." *Esquire* 106 (August 1986): 41 - 46.

—. *Poets and Presidents*. New York: Random House, Inc., 1993.

—. *The Book of Danial*. London: the Penguin Classics, 2006.

Fowler, Douglas. *Understanding E. L. Doctorow*. Columbia: USC Press, 1992.

Freedland, Jonathan. "Introduction." *Book of Daniel*. London: Penguin Classics, 2006. v - ix.

Jameson, Fredric. *Postmodernism, or the Cultural Logic of Late Capitalism*. Durham: Duke UP, 1997.

Hutcheon, Linda. *A Poetics of Postmondernism: History, Theory and Fiction*. London and New York: Routledge, 1988.

Parks, John G. *E. L. Doctorow*. New York: Continuum, 1991.

"*The Book of Daniel* Study Guide" 〈https://www.gradesaver.com/the-book-of-daniel〉(accessed Feb. 1, 2023).

陈俊松:"栖居于历史的含混处——E. L.多克特罗访谈录",《外国文学》,2009 年第 4 期,第 86—91 页。

陈世丹、张红岩:"《但以理书》: 暴露国家政治暴力的创伤叙事",《当代外国文学》,2017 年第 3 期,第 19—25 页。

多克托罗,胡选恩:"当我创作时,我存在与作品之中——E. L.多克托罗专访",《E. L.多克托罗后现代派历史小说研究》,胡选恩、胡哲著,北京: 科学出版社,2015 年,第 222—225 页。

胡选恩,胡哲:《E. L.多克托罗后现代派历史小说研究》,北京: 科学出版社,2015 年。

金衡山,廖炜春,孙璐,沈谢天:《印记深深——冷战思维与美国文学和文化》,天津: 南开大学出版社,2017 年。

李俊丽:"激进的犹太人文主义作家—— E.L.多克托罗",《西安文理学院学报(社会科学版)》,2008 年第 1 期,第 50—53 页。

李昀:"20 世纪 50 年代的罗森堡案与美国自由民主理念的窘境",《世界历史》,2022 年第 1 期,第 123—135 页。

森森:"E. L.多克托罗——写作,直到生命最后一刻",〈https://site.douban.com/287670/widget/notes/192776880/note/636133196/〉(accessed 2019 - 9 - 18)。

塔姆辛·斯巴格:《福柯与酷儿理论》,赵玉兰译,北京: 北京大学出版社,2005 年。

叶子:"多克托罗《诗人的生活》",《读书》,1985 年第 7 期,第 145 页。

虞建华:"漫游中成长: 多克托罗笔下的城市少年",《都市、漫游、成长: E. L.多克托罗小说中的“小小都市漫游者”研究》，袁源著，上海：上海交通大学出版社，2017a：第1—3页。

——：“史诗互证：美国的冷战政治与文学再现”，《印记深深——冷战思维与美国文学和文化》，金衡山等著，天津：南开大学出版社，2017b，第1—5页。

鲍德温的“文学弑父”与美国非裔文学转向*

李美芹**

内容提要： 本文探讨了鲍德温与赖特两位作家的观点分歧，认为鲍德温的“文学弑父”行为体现了美国非裔文学转向过程中的思想抵牾。鲍德温与赖特之间的恩怨貌似是由观点相左引发的分歧，实则蕴含着美国黑人文学转向过程中意识形态、创作手法、黑人文学走向及其黑人存在本质的分野与争端。具体表现在：作家定位上从黑人作家向美国作家的转向；创作方法上从偏激自然主义向为艺术而写作的转向；斗争方式上由抗议向寻求和平融入的转向；着眼点上由着眼过去和“向外看”向着眼未来和“向内转”的转向；在黑人身份定位上由黑人向美国人转向。

关键词： 鲍德温；赖特；“文学弑父”；美国非裔文学转向

Abstract: This paper explores the divergence of views between Baldwin and Wright, and argues that Baldwin's behavior of literary patricide reflects the contradiction of thoughts in the turn of African-American literature. The differences between Baldwin and Wright are seemingly caused by their views at odds. However, these differences actually embody the differences of their respective racial political thoughts, creative approach, the tendency of black American literature and the nature of black people as a race at the turn of African American literature. These include the shift from black writers to American writers in writers' identity, from extreme naturalism to writing for aesthetic purpose in creative methods, from protest to seeking peaceful assimilation in striving for racial rights, from focusing on the past and looking for outward reason to focusing on the future and inward turn and from the black identity to American identity in African American people's positioning.

---

* [**基金项目**]：本文为作者主持的国家社科基金项目“20世纪非裔美国文学中的种族政治研究”(14BWW073)的阶段性成果，同时受“中央高校基本科研业务费专项资金”和江苏省“双创博士”项目资助。

** [**作者简介**]：李美芹，东南大学外国语学院教授，主要从事外国文学、比较文学与文学翻译方向的研究。

Key words: Baldwin; Wright; "Literary Patricide"; the turn of African American literature

在美国黑人文学发展史上,理查德·赖特(Richard Wright, 1908—1960)与詹姆士·鲍德温(James Baldwin, 1924—1987)是一对独特而举足轻重的作家。20世纪四五十年代,赖特以《土生子》(*Native Son*, 1940)等的出版为契机成了"抗议文学"的领军人物,而从40年代末期开始,鲍德温则以其明显具有"文学弑父"倾向的言论与曾经是其文学引路人的赖特观点抵牾并因此声名大噪,成为二战后美国黑人文学承上启下的转折点人物。鲍德温对赖特的批驳使风靡一时的赖特晚景倥偬,作品销量锐减,蹭蹬孤独地离开了他所抗议的世界,而鲍德温也在道德上和文学观点上为欧文·豪(Irving Howe, 1920—1993)等文学评论家所诟病。

毋庸置疑,鲍德温通过一系列论文表达与赖特相左的观点是预先策划好的蓄意而为,这一点鲍德温本人也并不讳言:"他的作品是我踏入个人创作的跳板,是我路上的拦路虎,其实就是一个狮身人面像,在我确立自我之前必须回答他的难题。原来我百思莫解,但现在我确信无疑,这是我所能给予他的最好礼物"(Baldwin 1961: 197)。在坦承赖特是"父亲"且赖特的作品对他而言是"巨大的解放和启示"(同上 191)的同时,鲍德温通过批驳《土生子》确立了他作为小说家和评论家的地位。就此而言,鲍德温的确带有"文学弑父"倾向——如同一个通过反抗父亲的价值观而确立自己价值观的儿子。在发掘黑人人性、保护种族文化和种族和解等方面,鲍德温都提出了超越赖特的主张。

但是,这一对文学上的"前辈"和"新人"之间的恩怨貌似由观点相左引发,实则蕴含着美国黑人文学转向过程中意识形态、创作手法、黑人文学走向及其黑人存在本质的分野与争端。他们之间的差异性表述反映了美国黑人文学由抗议转向"对世界持有更广博看法",鲍德温的文学"弑父"行为也成为开辟黑人文学新文风的分水岭和风向标。当然,两位作家因创作的时代背景、生活经历等方面的不同,其创作和观点难免打上时代和个人背景的烙印,但创作目的却异曲同工,创作结果相辅相成,所以在文学史上和美国黑人争取自由民主的历程中各自发挥着不可或缺的互补作用。如果说赖特以《土生子》的抗议先声使美国白人良心发现,那么鲍德温则以其睿智激扬的文辞使白人世界感到了负罪感。两位作家都成功地让白人世界意识到不能再忽视种族问题的存在，必须为其找到解决办法，否则，美国将会发生危及这个国家存亡的内战。

从 1949 年起，鲍德温在《评论》(*Commentary*)、美国著名左翼文学刊物《宗派评论》(*Partisan Review*)、《遭遇》(*Encounter*)等刊物上发表了《每个人的抗议小说》("Everybody's Protest Novel", 1949)和《成千上万的人去了》("Many Thousands Gone", 1951)等评论文章，系统地阐述了自己与赖特迥异的主张，也为美国黑人文学的转向进行了舆论上的宣传，标志着以下系列文学转向。

一、作家定位：从黑人作家向美国作家的转向

赖特和鲍德温对黑人作家的定位分歧很大。赖特主张，美国黑人作家应该自主，作家的主要任务是强调非裔美国文化的复杂性和个体性，即黑人作家首先是黑人的作家，应该为黑人而写作。发表于 1937 年的《黑人写作的蓝图》("Blueprint for Negro Writing")一文是赖特对黑人作家任务最完整、最融贯的描述，可谓"美国黑人作家文学独立的宣言"(Gounard 83)。赖特无情地批驳了美国黑人文学中模仿白人风格的传统创作倾向和做作轻浮的创作手法，认为这两种情况使得黑人民众失去所有立足之地。他认为，黑人作家只有从自己的文化中寻找素材才可能确立他引以为豪的黑人民族主义。黑人艺术家只有完全理解了自己的文化才能找到自己的写作主题。同时，黑人作家必须有益于黑人社区，而黑人也必须像兄弟般团结起来才能找到出路(Wright 1937: 53—65)。《黑人写作的蓝图》是作家第一次明确表达要强调黑人民众民族传统的计划，他其余的文学生涯一直都在围绕着这个计划。

鲍德温对自己作为作家的定位首先是美国作家。对于他而言，美国的白人世界和黑人世界有许多共同点，他们之间的问题本质上是美国的问题；影响美国黑人的问题也同样影响着美国白人，反之亦然。在收于 1955 年《土生子札记》(*Notes of a Native Son*)的论文《自传札记》("Autobiographical Notes")中，鲍德温主张，为了更好地理解过去并从中得到有助于当前和未来的建设性教训，每一个美国人必须接受过去(Baldwin 2012: 1—6)。而每一个美国黑人作家为了寻求和平和秩序也必须接受本原的自己。尽管在《向苍天呼吁》(*Go Tell It on the Mountain*, 1953)中，鲍德温揭露了美国黑人是西方文明的私生子这一事实，他承认

自己从文化心态上属于西方文化而非非洲丛林文化。从中可以断言，虽然鲍德温是黑人，但他认为自己首先是美国人。鲍德温认为，美国作家，无论是白人还是黑人，对自己的祖国都有义不容辞的责任。这种责任需要对自己坦诚相见和知识分子的诚实。此外，鲍德温曾经旅居欧洲，这使他得以以局外人的眼光客观通盘审视美国的种族主义沉渣，增进对当时美国社会的病灶的认识。鲍德温描述了他旅居法国的经历，认为这段经历使他发现了自我，更好地理解了自我，特别是接受了自己（Baldwin 1961：17—23）。到达法国后，他摆脱仅以黑人身份自居的思想窠臼，接受了自己是个美国黑人这一事实。这也促使他转而以美国人的不同视角去重新审视美国和美国的种族问题，从而"放弃了心中对美国的憎恨"（同上6），增强了作为美国作家的身份认同感和责任感。他说，"我比任何人都爱美国，并且，正是由于这个原因，我坚持要有权利永远批判她"（同上）。在他看来，这种态度是唯一能使他更好理解并对所有美国人更好地解释美国种族问题的态度。鲍德温的这种态度曾经引起过很大争议。在《冰上的灵魂》（*Soul on Ice*，1968）中，黑豹党领袖埃尔德里奇·克利弗（Eldridge Cleaver，1935—1998）谴责他仇视自我，仇视黑人种族并崇拜白人的一切（Cleaver 103）。哈维·布莱特（Harvey Breit）则对鲍德温的坦诚和他对与美国社会抗争的强烈愿望大加赞赏。布莱特认为，鲍德温一直注意到他自己的社会和种族责任，对他而言，美国的未来比任何其他事情都重要（转引自 Balakian & Simmons 8）。

二、创作方法：从偏激自然主义向为艺术而写作的转向

赖特作品的目标读者是白人，他想让白人看到黑人在种族歧视社会中的悲惨境遇与他们潜在的反抗意识。其作品强调黑人性。同时，由于马克思主义影响下的工人运动和黑人争取权利的运动目标相一致，赖特早期受马克思主义影响很大，在《土生子》发表差不多的时间，赖特是共产党员，致力于争取黑人权力的运动，但在此过程中也增强了自己的种族偏见，忽视了创作艺术的完善。赖特的作品虽然也受到现代主义的影响，但其作品，特别是早期和中期的作品基本是被归入自然主义抗议小说的范畴。他以《土生子》为代表的小说记录了人在生理、遗传、环境及其社会压力的支配下，在本能欲望和残酷社会现实的逼迫下身不由己地陷入罪恶

的深渊,真实地展示现实生活的原貌,没有过多的文采藻饰,其创作手法是德莱塞式的。《土生子》的恐惧、逃跑、宿命和《局外人》(*The Outsider*, 1953)的恐惧、梦想、堕落、绝望、决定是对现实的精确描述(Gibson 251)。当然,不可否认,《土生子》也运用了现代主义和后现代主义手法描述故事场面和人物心理,如每次杀人前后,别格总处于如梦似幻的思维状态之中,"他会觉得这个世界是一个奇异的迷宫,即使街道是直的,墙壁是方的[……]这个世界是一片混乱,让他觉得他可以理解它、分割它、集中它"(Wright 2000: 270)。

鲍德温对自然主义持批评态度。在创作方法上,鲍德温与拉尔夫·埃里森(Ralph Ellison, 1914—1994)是盟友。他解读《土生子》,认为"汤姆叔叔所体现的黑人的善,和别格所体现的黑人的恶,都无法完整、准确地反映黑人主体性和复杂性[……]《土生子》既没有深入探讨主人公的内心矛盾,也没有展现黑人社会生活的变化,而是一味地描述黑人恶劣的社会经济生存状况……似乎其生活中就没有传统、习俗、宗教仪式和人际交流"(转引自 Gibson 235)。鲍德温强烈反对赖特把意识形态置于艺术创作之上的做法,认为别格这一形象是个缺乏艺术性的败笔。别格就像一个被剥夺了人类所有意识的怪物。而《土生子》其实就是依赖于一套抽象而客观无人性的思想或原则:"别格的悲剧并不是因为他饥寒交迫或者是黑人,甚至不是因为他是美国人,而是他接受一种剥夺他生命的神学思想,承认他与正常人格格不入并感到受到强迫"(Baldwin 2012: 22—23)。在鲍德温看来,赖特从来没有反思人类灵魂中的暴力渊薮,所以别格的反抗只是无理性的暴力。尽管别格怒气冲冲,但他只是个缺乏人类意识的社会符号。鲍德温进而指出,即使作为社会小说而言《土生子》也是败笔,因为它给人们的印象是黑人没有真正可写的社会和传统。生活的一个必不可少的维度被切掉,"这个维度是黑人之间的关系,是共同投入很深情感并不必言说的互相认同经历,这种经历创造了一种生活方式"(同上 35)。这是所有抗议小说的局限,而《土生子》则最有代表性。这和埃里森的观点不谋而合,因为埃里森也认为"《黑小子》是一本以意识形态为出发点的文学作品,也是赖特流放的开始,因为,他的思想注定了他以后的生活方式与创作方式"(Ellison 167)。

鲍德温的"文学弑父"行为标志着美国黑人文学界内部由为意识形态写作的偏激自然主义向为艺术而写作并兼顾民权争取的转向。连代表赖特对鲍德温进行声讨的欧文·豪在对鲍德温的文学"弑父"行为多有诟病的同时，也不得不承认：“鲍德温希望在自己作品中展示黑人世界的多样性和丰富性，而不仅仅是抗议的幽灵；他希望展示它作为即使被剥夺了权利也分享着普通人情感和欲望的男男女女的栩栩如生的文化。他也想唤起美国黑人生活中的特殊性，以作为其价值、道德韧性和自我接受权的证据”(转引自 Gibson 262)。这种特征和埃里森的观点不谋而合。在国家图书奖授奖词中，埃里森试图定义支配着《看不见的人》(*Invisible Man*，1952)的现实感：“因此，意识到美国的丰富多样性和其几乎是神奇的流动性和自由，用这样的眼光去看美国，我被迫构思一部不受狭隘自然主义所累的小说”(转引自 Bone 198)。鲍德温是民权运动的积极参与者，但是他认为他首先是个作家，他更关注的是人类和人类存在的问题。虽然其小说中主要关注人心的黑暗、爱无能、现代生活的空虚感和荒芜感，但他并不绝望，取而代之的是悲凉的自相矛盾：“人怎么能应付这一切？如果你不能爱你怎么活？如果你能你又怎么活？”(Baldwin 1962：340)同时，鲍德温认为，“既然文学和社会学不是一回事也不相同，也不可能像它们就是相同的一样去讨论它们”(Baldwin 2012：18)。而赖特作为“新黑人”最雄辩的代言人“从一开始就与社会斗争紧密相连”；但是“人作为社会存在的现实并不是其唯一现实，而如果艺术家被迫仅关注社会责任就会被窒息”，“这是一种虚假的责任(因为作家不是国会议员)，是不可能实现的”(Baldwin 1970：235)。

鲍德温对人和小说目的的中心观点和威廉·福克纳(William Faulkner，1897—1962)诺贝尔文学奖受奖演说中的观点非常接近。人是“最不可定义，不可预期的。在忽视、否定、逃避他的复杂性过程中，我们被削弱并消亡，只有在这种暧昧、似是而非之网中，这种集合、危险、黑暗中，我们才立刻发现我们自己和那种把我们从自身解放出来的力量，小说家的任务就是要有揭露真相的力量，这种朝向更广阔现实的旅程必须优先于其他任何需要”(Baldwin 2012：15)。通过这段话，鲍德温断然肯定了他对于黑人和白人复杂性的关注。

三、斗争方式：由抗议向寻求和平融入的转向

赖特认为小说是“‘武器’ 沉闷观念的克星”(转引自 Ellison 114)。而黑人和世界上受压迫的人类只有通过斗争才能获得权利。他认为年轻人必须在他们的时代以他们自己的方式取得这个教训。鲍德温谈

及作为美国黑人的感受时曾说:“作为这个国家里的黑人并且相对较清醒,就会几乎总是在愤怒中。所以首要的问题是如何控制那种愤怒以便不被它摧毁”(转引自 Butcher 205)。前一部分道出了鲍德温和赖特的共同心声,也必然为赖特所接受,因为赖特整个文学生涯都在致力于表达“土生子”们只能作为外人的狂怒和愤慨;但赖特一定会坚决反对后半部分鲍德温所提出的解决办法,即“控制那种愤怒以便不被它摧毁”,认为这是胆怯并与现实妥协的表现。赖特的解决方式是别格式的抗议和反抗及毫不妥协的抗争和怒斥。《土生子》向白人社会明确传达了“或者你们给予我们作为人的平等权,否则这就是将要发生的事”(Glickberg 482)。而鲍德温在黑人和白人两个互相充满仇视和恐惧的种族之间起了调停者的重要作用。

在最初传承并实践赖特抗议思想过程中,鲍德温敏感地警觉到以暴抗暴行为的偏狭性并撰文表述,力图突破抗议精神的禁锢。鲍德温认为抗议小说“否定生活,否认人性,否认美,否认恐惧与权利,它一味地坚持认为只有种族分类才是真实和不可超越的”(Baldwin 2012: 10),这种态度无益于国内种族问题的解决,不利于社会的发展。《每个人的抗议小说》结尾处,鲍德温批驳了赖特,认为《土生子》中别格是汤姆叔叔的后裔。这篇论文无情地中断了二者的友谊。鲍德温认为抗议把斯托夫人的反奴隶制小说和赖特的《土生子》联系起来,而抗议明显使斯托夫人和赖特的小说产生了局限性,阻挠了他们深入探讨并详细描述其主人公的复杂灵魂。这初步宣布了鲍德温在五六十年代将要涉足的文学生涯,特别是社会责任,表明了其思想中文学性和社会性共存的双重性。在《成千上万的人去了》中,鲍德温进一步阐述了这个观点。但是,实际上黑人小说中几乎每部都有抗议之声,而鲍德温所反对的是赖特小说中所表现的狭隘黑人民族主义观点,其最终目的是以多种形式揭露黑人复杂的生活。在《每个人的抗议小说》中,鲍德温表达了自己寻求和平解决黑白争端的观点。他认为,黑人和白人无论是否愿意都是同一社会的一部分,有着同样的现实和未来,任何变化都迟早会影响到黑白两种人,所以黑人和白人只有互相毫无偏见地无条件接受彼此,和平解决黑白种族矛盾。一个由压迫者和被压迫者构成的社会绝不会在这个世界上长期存在。在 1959 年发表的《没人知道我的名字:来自南方的信》(“Nobody Knows My Name: A Letter from the South”)中,他描述了在南方的见闻后,给出了自己的建议:黑人和白人生活在美国这个共同的大环境中,应该互相理解。他倡导美国白人和黑人应该逐渐通过互相理解达到共赢的局面(Baldwin 1959: 72—83)。在1964年发表的《我的地牢摇动了：解放黑人奴隶100周年纪念日写给侄子的一封信》("My Dungeon Shook: A Letter to My Nephew on the One Hundredth Anniversary of the Emancipation")中，鲍德温表明，白人的盲目和冷漠伤害了黑人，他建议自己的侄子要勇敢坚定地直面白人世界的仇恨，要用魄力和爱迫使白人理解自己并接受现实，以此打破白人对黑人危险有害的偏见。如果白人无能力爱，黑人可以帮助他们找到他们一直没有经历过的这种感情并拯救他们。这种思想源自鲍德温对白人和黑人同属于美国大家庭中并有着同样的未来的深信不疑(Baldwin 1964a: 13—18)。由此可见，鲍德温赞成种族融合与和解，认为应该采取一切可能的措施反对种族隔离。在1964年发表的《无关个人》(*Nothing Personal*, 1964)一书中，鲍德温进一步指出，白人和黑人都不愿意努力了解对方，如果这种情况持续下去的话，仇恨和暴力将会重新产生。他认为，必须不惜一切代价改变这种消极态度，因为只有人类之爱和黑白之间的相互理解才能使美国免于一触即发的灾难。这种思想表达了黑人想成为自己国家真正公民的愿望。同时也表明，美国黑人文学在斗争方式上由暴力反抗式的抗议和咬牙切齿的交战状态转向寻求和平融入。

然而，这种转向并不意味着抗议小说一败涂地。随着时间的流逝，特别是20世纪60年代早期，民权运动的发展强调重新思考审视一个自由和声誉在外危如累卵、在内颇受争议的国家的民主原则，赖特的抗议小说也没有白写，美国终于决定采取一些有益于黑人的改革措施。而鲍德温，在与赖特交锋差不多20年之后，只得模仿其以前的文学引路人赖特，其发表于1968年的小说《告诉我火车已开走多久》(*Tell Me How Long the Train's Been Gone*)充满了狂暴的怒气和毁灭的强烈欲望。

四、着眼点：由着眼过去和"向外看"向着眼未来和"向内转"的转向

赖特的《土生子》以别格毁尸灭迹这一行为揭露了美国白人主流社会的种族隔离与歧视产生的社会问题，可谓对美国种族问题史诗般的总结和回望。尽管鲍德温同情黑人被压迫凌辱的历史，但他认为美国黑人不应耽于历史和怨恨，而应立足现实，面向未来，以美国人的身份争取美好的现实生活与未来愿景。他倡导黑人用关爱来引导他们"迷途的兄弟"白

人走出“历史的误区”,并“用爱去对抗无爱的世界”,共同改进社会,达到和谐共处(同上)。鲍德温所关注的是美国黑人的当前和未来,其最终旨归是美国社会接纳美国黑人为公民。在《成千上万的人去了》中,鲍德温认为,《土生子》标志着过去的一个时代,也属于过去那个时代。别格的态度和行为向美国白人们展示了体现在黑人身上的野蛮、怪异的兽性,这并无益于改善美国的种族关系。别格对白人的仇恨导致了他自己的毁灭和冷酷无情,所以别格属于过去,而只有着眼未来才能给美国带来新希望。美国黑人和白人必须联合起来一起迎接更美好的未来。鲍德温的目标是乐观的,相信他的人类朋友(无论是谁)的善意。在《交叉路口:来自我心目中的信》(“Down at the Cross: Letter from a Region in My Mind”)中,鲍德温表达了对美好未来的愿望。他认为,虽然一切都是白人的错误,但美国不会被盲目的种族战争分裂(同上 27—141)。鲍德温确信,美国白人一直因为自己对黑人的所作所为有一种负罪感,美国社会也会因此而改变。这种负罪感也会使白人社会对黑人做出更多的让步。只要美国黑人受虐待,白人也不会幸福。美国人民的未来是成为由混血儿占主体的民族。当然,鲍德温并没有宣称自己已经找到了解决美国种族问题的灵丹妙药。

鲍德温分析了别格的愤怒,认为这种愤怒并不仅仅因为他对白人的怨恨,而是一种自我憎恨。他并没有通过仪式般地谋杀行为成为美国黑人民族的救世基督,而是因为对自己生来是黑人的强烈怨恨而杀戮。黑人对白人的怨恨是自我憎恨的表现。“这个国家的黑人……从他们的眼睛在这个世界上睁开的那一刻起就被教成去鄙视自己。这个世界是白色的而他们是黑色的”(Baldwin 1962: 65)。黑人与白人的真正关系禁止“任何与纯粹的憎恨一样简单且令人满意的东西。为了真正地憎恨白人,人们必须忘却许多东西,以至于憎恨本身变成了令人筋疲力尽和自我毁灭的姿态”(Baldwin 2012: 112)。他认为,美国黑人在心理上面临着爱恨抉择,他必须决定是“截肢还是生坏疽”(同上)。人们被迫做出别格拒绝做出的决定:接受生活的本来面目还是既不憎恨又不绝望地与不公正抗争。无独有偶,赖特也曾试图定义人种憎恨(colour-hate)和自我憎恨(self-hate)之间的奇怪相互关系:“人种憎恨明确了黑人生命的地位在白人生命之下[……]但是自尊心则会让他怨恨自己的自我憎恨,因为他不想让白人知道他完全屈服于白人,以至于他整个生命由他们的态度所左右,但是在隐藏他的自我憎恨的同时他不得不怨恨那些在他内心极其自我憎恨的人"(Wright 2004：213—214)。

由此,鲍德温关于抗议小说隐含的真相便一目了然了:"抗议小说绝不是一种解放工具,它只是加强了黑人的恶劣形象,这种形象是欧裔美国人非常珍视的",因为白人从心理上需要"构建一种黑人劣等的形象"(O'Daniel 138)。鲍德温强调,解决种族问题不能单靠控诉黑人生存的外部环境,还要有个人的哲学观并抓住自身价值。"知道你由何处来。如果你知道你来自何处,就没有什么可以阻挡你到何处去了"(Baldwin 1964a：22)。对弱点和优势的自知之明很重要,因为"一个人只有正视自己的才能正视别人的"(Baldwin 1961：xiv)。这意味着要确立自己的黑人身份,就需要为白人提供一个标准而不是像过去一样试图遵循他们的标准。"白人拥有的唯一黑人想要的东西,或者应该想要的就是权力——没人会永远拥有权力"(Baldwin 1964a：110)。这种向内看的思想打破了以往抗议小说只是一味抗议外部非人环境的做法,强调黑人为了摆脱压迫,要寻求从自身确立自己的正面身份。

五、黑人身份定位:由黑人向美国人转向

赖特的抗议小说从黑人的立场出发,站在黑人民族主义的立场上,以无畏的蛮勇对主流社会的歧视、隔离和偏见发起攻击。鲍德温力图走出赖特火药味十足的黑人民族主义窠臼,强调美国国民主义。他对黑人的定位不再囿于"非裔美国人"或者是"黑人",而是"美国人"。他认为"尼格鲁人(negro)是美国人,他们的命运就是这个国家的命运"(Baldwin 1970：241)。1960 年 11 月 21 日,从法国回美国几个月后,鲍德温在密歇根州的卡拉马祖学院发表了演讲,对美国听众谈起了美国的种族问题。一个引人瞩目的现象是,在这次演讲中,作者用第一人称复数的形式"我们"暗示所有黑人和白人都是美国人,以对国家未来关心备至的美国人的口吻谈及每个美国人个体对社会的影响。鲍德温认为种族问题至关重要。美国黑人向来在美国社会底层,但为了政治经济考虑,必须不惜一切代价改变这种状况。美国黑人和白人因为同处一个大家庭中必然有割不断的千丝万缕的联系,无论他们喜不喜欢。他认为,未来的多数美国人将会吸取以往教训基础上正视当前和未来所有问题,这些白人和黑人将会很好地定义美国身份。这种思想打破了当时美国黑白分明的社会现状,表达了"美国是美国人的美国",美国人应该共同建设今天创造美好未来的美好愿

望。在《交叉路口：来自我心目中的信》中，鲍德温进一步强调，当今的美国黑人已经把自己看作美国社会不可或缺的完整部分(Baldwin 1964a：27—141)。

鲍德温倡导用爱接受白人的同时强调"这些人是你的兄弟们——你曾经失去的弟弟。如果融合这个词有任何意义，这就是它的意义：我们，用爱心，应该迫使我们的兄弟们知道自己是谁，停止逃避现实并开始改变它"(同上 23—24)。在确定了个人身份后，也有必要确定一个美国身份。鲍德温坚信，美国黑人和白人的命运有无法割舍的联系，"无论我愿不愿意，也无论你喜不喜欢，我们永远地捆绑在一起。我们是彼此的一部分……这些屏障——这些人为的屏障——那么长时间保护我们免于我们所害怕的东西，必须倒塌"(Baldwin 1961：136—137)。在好多篇论文中，鲍德温都指出，为了毁掉这些屏障并和谐共处，美国必须重新检视自己的态度，停止把自己看作一个必然导致白人世界灭亡的白人国家。"这种转变的代价是黑人无条件的自由。黑人被拒绝了那么久，现在必须不惜一切心理和社会代价得到拥抱，这样说一点不过分。他是这个国家的重要一员，美国未来将会和他的未来一样光明或者黑暗"(Baldwin 1964a：108)。"美国的救赎在于它是否能拥抱黑色的面孔。如果它做不到，我认为这个国家不会有未来"(Mead & Baldwin 70)。他一方面警告白人世界必须探索出一条与黑人和谐共处的道路，杜绝种族主义，否则会引发黑人怒火喷薄；另一方面又规劝黑人节制极端暴力行为，以正面的抗议争取种族发展。

结　语

美国种族问题可以从两个角度来看：文学的和人类的。就人的问题而言，赖特是 20 世纪 60 年代横扫美国的民权运动先驱。没有他对黑人在美国被虐待的方式的强烈抗议，白人可能不会意识到他们国家种族矛盾的严重性。在骚乱的 60 年代，当焦虑的白人向他寻求理解正在发生的事情时，鲍德温则通过宣扬黑人和白人的爱与和谐安抚了情绪。没有他，局势也许会更糟糕。因此，赖特和鲍德温在美国黑人寻求成为真正公民权利过程中起着相辅相成的作用。前者表达了愤怒之声，而后者试图安抚所有人的怒气。就文学角度而言，鲍德温为了看到一个统一强大的美国而努力再现现实的同时认真地研究现实；尽管赖特对美国种族融合持否定态度，在《局外人》中，赖特也表达了同样的愿景。鲍德温希望能用理性支配文学作品，而赖特特别强调黑人处境的荒谬性。20 世纪四五十年代，赖特在作品中强调了美国黑人充满痛苦的危机感；而鲍德温在 60 年代则表明，只有美国人之间兄弟般的爱才能解决这个问题；而赖特则从来没有为美国黑人问题找到任何解决办法，直到去世前，他还在寻找问题的原因。赖特和鲍德温最根本的分歧在于是否接受自我及其生存环境。赖特从来没有实现这个目标，而鲍德温则在法国呆了几年后实现了这个目标。他们俩各自代表了美国黑人作家的两种倾向。

赖特和鲍德温的作品在黑人争取民权的运动中发挥着很大的作用。两位作家适时地反映了美国黑人希望能被白人接受为完全公民的愿望。赖特的警示和鲍德温的爱与理解之词从正反两个维度加速了美国黑白融合。双方的偏见逐渐由信任和尊重代替。白人意识到不仅必须视黑人与他们平等，而且还要承认黑人文化的存在。这是赖特和鲍德温共同的心愿。

引用作品[Works Cited]：

Balakian, Nona, and Charles Simmons, eds. *The Creative Present*. Garden City: Doubleday and Co., 1963.

Baldwin, James. “Nobody Knows My Name: A Letter from the South.” Partisan Review 26 (Winter 1959): 72 - 83.

—. *Nobody Knows My Name*. New York: The Dial Press, 1961.

—. *Another Country*. New York: Gershwin Publishing Corporation, 1962.

—. *The Fire Next Time*. London: Penguin Books, 1964a.

—. *Nothing Personal*. Harmondsworth, England: Penguin Books, 1964b.

—. “Many Thousands Gone.” *Five Black Writers*. Ed. Donald B. Gibson. New York: New York UP, 1970. 230 - 242.

—. *Notes of a Native Son*. Boston: Beacon, 2012.

Bone, Robert A. *The Negro Novel in America*. New Haven: Yale UP, 1958.

Butcher, Margaret. “The Negro in American Culture.” *Cross Currents* XI(1961): 201 - 211.

Cleaver, Eldridge. *Soul on Ice*. New York: McGraw-Hill, 1968.

Ellison, Ralph. *The Collected Essays of Ralph Ellison*. New York: Random House, 1995.

Gibson, Donald B., ed. *Five Black Writers: Essays on Wright, Ellison, Baldwin, Hughes and LeRoi Jones*. New York: New York UP, 1970.

Glickberg, Charles I. "Negro Fiction in America." *The South Atlantic Quarterly* XLV(Oct. 1946): 477 - 488.

Gounard, Jean-Francois. *The Racial Problem in the Works of Richard Wright and James Baldwin*. Trans. Joseph J. Rodgers, JR. Westport, Connecticut, London: Greenwood Press, 1992.

O'Daniel, Therman B. *James Baldwin: A Critical Evaluation*. Washton, D. C.: Howard UP, 1981.

Mead, Margaret, and James Baldwin. *A Rap on Race*. Philadelphia: J. B. Lippincott Company, 1971.

Wright, Richard. "Blueprint for Negro Writing." *The New Challenge* 2 (Fall 1937): 53 - 65.

—. *Native Son*. London: Vintage, 2000.

—. *Eight Men*. New York: HarperCollins, 2004.

当代美国拉美裔传记文学中的生命政治*

李保杰**

内容提要：美国拉美裔传记作家继承拉美裔文学对于生命书写的关切，以传记事实为基础，借助文学的多维度价值投射，创作出类型各异的传记作品，体现个人经历与社会历史的交织互哺。当代阶段的知识分子传记、流亡者传记、非法移民传记、帮派成员传记等传记类型，以拉美裔美国人的个性化在场呈现个体经历中的宏大叙事，再现拉美裔族群的历史、生存现状以及背后的权力运作机制。传记真实性内核中的价值判断投射出复杂的、隐性的权力关系，揭示生命政治主体对个人生活的钳制。拉美裔传记文学既具拉美裔文化特质，释放出被宏大历史所淹没的普通人物的声音，同时也通过传主的故事观照国家历史，参与美国精神的建构。

关键词：美国拉美裔文学；传记文学；生命政治

Abstract: American Latino biographers, upon inheriting the literary tradition of life writing, have created various modes of biographies by resorting to biographical facts and by making use of multiple projection of values as characteristic of literature, achieving an interconnection between personal experiences and social history. Contemporary biographies, like those of intellectuals, exiles, illegal immigrants and gang members, to highlight the individual presence of Latino Americans, present the grand narrative through personal perspectives and represent the Latino collective history and existence as well as the power mechanism behind. The value judgment as implicit in the core of biographical authenticity projects the sophisticated and implicit power relations, revealing the restraint of biopolitical subject on personal life. Latino biography, replete with cultural characteristics, releases the voice of ordinary people as otherwise drowned by the grand narrative, and at once takes part in the construction of the American spirit by reflecting national history through the biographers' stories.

---

* [**基金项目**]：本文为作者主持的国家社科基金一般项目"美国当代少数族裔传记中的生命政治研究"(2020BWW062)的阶段性成果。

** [**作者简介**]：李保杰：山东大学外国语学院教授，主要从事美国少数族裔文学和女性文学研究。

Key words: American Latino literature; biography; biopolitics

2003 年,古巴移民作家卡洛斯·艾尔(Carlos Nieto Eire, 1950—)的《在哈瓦那等待风雪:古巴男孩的告白》(*Waiting for Snow in Havana: Confessions of a Cuban Boy*, 2002)摘得美国国家图书奖(非虚构类),这是拉美裔作家获得的第一个国家图书奖。艾尔继承了古巴移民文学中的流亡模式(Exile Mode)这一主题范式。这一范式始于 20 世纪 60 年代,美国的古巴移民作家以流亡经历为主题创作传记文学,"以非虚构性'纪实文学'为代表,有自传、回忆录和传记等生命书写形式"(苏永刚,李保杰 152)。艾尔发扬了这一传记书写传统,流亡者传记在他笔下取得政治和文学的平衡,令拉美裔传记文学达到了一个巅峰。基于此,本文将以艾尔的自传为出发点,探讨这类传记作品的文学价值和社会价值,进而分析此范式在拉美裔传记文学中的代表性。

一、拉美裔文学的生命书写传统

美国拉美裔文学(American Latino literature)分支众多,在母语文化、移民源出地、文学历史及文学生发的社会历史语境等方面,墨西哥裔、波多黎各裔、古巴裔、多米尼加裔、海地裔、巴巴多斯裔、安提瓜裔、智利裔等文学分支之间均差异明显。不过,回忆录、自传和虚构性自传等传记文学范式却一直为拉美裔作家所钟爱,他们往往将个人历史、家族记忆与民族历史相结合,对传记事实进行文学加工,以回忆录、自传、他传等体裁书写个人历史。还有些作家糅合"自我"与"虚构"创作自传体小说。扎克瑞·利德尔(Zachary Leader)将生命书写界定为:"书写人们的生平或部分生平的作品,也包括为此类作品提供依据的各类资料,其文类不仅包括回忆录、自传、传记、日记、自传体小说和传记小说,还包括书信、法庭令状、遗嘱、书面见闻、证人陈述和法庭程序记录等"(Leader 1)。据此,传记小说和自传体小说均属于生命书写的范畴。

拉美裔文学中的生命书写传统可以追溯到族裔文学的初始阶段。在 19 世纪末的西班牙语文学乃至 20 世纪 30 年代之后逐渐发展起来的英语文学中,墨西哥裔文学的生命书写传统具有代表性。在此视域下,莱昂·维列加斯·麦格诺(Leonor Villegas de Magnón, 1876—1955)于 20 世纪

20 年代创作的回忆录《起义者》(*The Rebel*)基于作者在墨西哥革命中的经历,便是生命书写的一个例证。该书采用了第三人称主要人物聚焦的叙事方式,这虽然不同于一般的自传叙事方式,给作品的体裁界定带来了困难,但麦格诺运用了与叙述相关的大量文献,如书信、照片、手稿、书籍、电报等,为文本的传记真实性提供佐证,让叙事者"从见证者的角度讲述了形形色色的革命者的故事"(李保杰 61)。因而,《起义者》的生命书写特征是值得肯定的。

到 20 世纪 50 年代,传记在拉美裔文学中的传承已经十分明显,这首先体现在墨西哥裔文学中。此阶段的传记带有浓重的社会历史投射,成为民权运动前夕少数族裔与主流群体权力关系的缩影。弗雷·安杰利科·查韦斯(O. F. M. Angelico Chavez, 1910—1996)的《只有时间和际遇:陶斯马提内斯神父传记,1793—1867 年》(*But Time and Chance: The Story of Padre Martinez of Taos, 1793—1867*, 1981)整理了新墨西哥天主教神父安东尼奥·何塞·马提内斯(Antonio José Martínez, 1793—1867)的生平,强调在墨美战争前后这位宗教领袖对墨西哥人文化适应的影响。亚美利哥·帕雷德斯(Américo Paredes, 1915—1999)基于"墨西哥裔美国人史诗"——《格雷戈里奥·科尔特兹之歌》(*The Ballad of Gregorio Cortez*),创作了《枪在手上:边界歌谣及其英雄》(*With His Pistol in His Hand: A Border Ballad And Its Hero*, 1958),综合科尔特兹的生平、法庭记录、科尔特兹事件相关的科瑞多(corrido)民谣及民谣研究,将传记文学和文学研究相结合,强调人物塑造的价值取向,突出科尔特兹作为反抗官方霸权的平民英雄形象。

这种传记传统对随后的奇卡诺文学运动产生了决定性影响,生命书写的族裔文化取向愈加鲜明,与此同时自传体小说的日臻成熟也推动了人们对传记文学的接受。《棕色水牛的自传》(*The Autobiography of a Brown Buffalo*, 1972)是文学虚构"侵入"自传的一个表现:它之所以被命名为"自传",是因为作品取材于作者奥斯卡·泽塔·阿库斯塔(Oscar Zeta Acosta, 1935—1974)在奇卡诺运动中的经历,主人公"棕色水牛"冈佐博士正是阿库斯塔诸多经历的投射;但是,文本依旧从技术上将这两个人物区别开来,这显然有意识地违背了菲利普·勒热纳(Philippe Lejeune, 1938—)所说的"自传契约"(autobiographical pact)原则,并且文本为了强化叙述者不同层面的自我,更是打乱了自传的常规时间序列,使得叙事时间在 1949—1967 年之间来回切换。学者认为阿库斯塔

“对自传体裁进行了革新[……]因为在文学经典或传统视域的族裔自传中,传主往往要通过证明自己的人性来获得认同[……]”(Aldama 64),而阿库斯塔显然反其道而行。布鲁斯-诺瓦(Juan Bruce-Novoa, 1944—2010)称这部自传体小说为“奇卡诺文学中全新阶段的代表”(Bruce-Novoa 41),因为从生命书写的角度来看,它“做何选择”的问题已成为奇卡诺文学中身份书写的经典悖论:“经过这一场,我已经看清楚了,我既不是墨西哥人,也不是美国人;既不是天主教徒,也不是新教徒。我的出身是奇卡诺人,但是我选择做个棕色水牛”(Acosta 167)。就是说,这部作品通过后现代主义的自我指涉,在体裁上对自传进行了解构。不仅如此,它所开创的知识分子生命书写范式,在当代阶段的新型传记文学中得到延续。

二、当代阶段传记文学的范式

知识分子传记是当代阶段拉美裔传记中最值得关注的一类,理查德·罗德里格斯(Richard Rodriguez, 1944—　)的《记忆的饥渴:理查德·罗德里格斯的教育》(*Hunger of Memory: The Education of Richard Rodriguez*, 1982)和格洛丽亚·安札尔杜瓦(Gloria Anzáldua, 1942—2004)的《边疆:新混血女性》(*Borderlands/La Frontera: The New Mestiza*, 1987)均属此类作品的典型代表。罗德里格斯作为知名的公共知识分子,在四部标注为传记的作品中分别讲述自己的学术成长、同性恋经历、族裔身份中的多重文化特质以及宗教信仰与价值认同,实现自我历史、族裔历史、文化史和思想史的交织。安札尔杜瓦通过叙事手段对传记传统进行革新,采用“语码转换”和蒙太奇般的“拼贴画”叙事风格,将自我成长、群体身份认同以及同性恋批评、后殖民主义批评混杂在一起,体现了明显的解构立场。

另外一类传记聚焦“梦想的另一面”,书写拉美裔族裔经历中的灰暗和伤痛,与美国梦所象征的成功、平等、独立、个人主义等要素相对应。帮派成员传记就是这种书写范式中的典型。皮里·托马斯(Piri Thomas, 1928—2011)的《穷街陋巷》(*Down These Mean Streets*, 1967)便是一个早期代表,它通过呈现底层街头帮派少年的历程,体现出族裔政治和阶级政治的勾连及其对少年成长的形塑。吉米·圣地亚哥·巴卡(Jimmy Santiago Baca, 1952—　)的两部自传《黑暗中摸索:贫民窟诗人的回顾》

（*Working in the Dark: Reflections of a Poet of the Barrio*，1992）和《立锥之地：诗人的诞生》（*A Place to Stand: The Making of A Poet*，2001）书写文学激发的心灵蜕变，但重在讲述少数族裔贫民窟中少年的迷途，突出"族裔身份"和"青少年犯罪"之间的内在连接，具有明确的社会批判性。该类型作品中最具影响力的当属路易斯·罗德里格斯（Luis J. Rodriguez，1954— ）的自传三部曲《永远奔跑：在洛杉矶帮派中的日子》（*Always Running: La Vida Loca: Gang Days in L. A.*，1993）、《心连心手牵手：在动荡的岁月创造心的家园》（*Hearts and Hands: Creating Community in Violent Times*，2001）和《它呼唤你回来：跨域爱、毒瘾、革命和治愈的艰苦旅程》（*It Calls You Back: An Odyssey Through Love, Addiction, Revolutions, and Healing*，2011），回应了族裔少年的美国梦，直指生命政治权力主体对少数族裔的生命钳制。

有一类传记同样聚焦族裔主题，但更关注第一世界和第三世界间的贫富差距，突出边界所代表的国家意志对个人命运的决定性作用。路易斯·阿尔伯托·尤利亚（Luis Alberto Urrea，1955— ）和瑞娜·格兰德（Reyna Grande，1975— ）为拉丁美洲非法移民做传，前者的报告文学《魔鬼公路》（*Devil's Highway*，2004）基于作者从事社会救助的亲身经历，采用新新闻主义的视角，讲述号称"魔鬼公路"的沙漠狭长地带上非法移民的冒险穿越；后者在回忆录《我们之间的距离》（*The Distance Between Us*，2012）中讲述自己和家人非法偷渡到美国的经历。安提瓜裔作家杰梅卡·金凯德（Jamaica Kincaid，1949— ）的传记《我的弟弟》（*My Brother*，1997）讲述弟弟身患艾滋病的悲惨经历，是加勒比海地区众多在贫穷、迷茫中挣扎的青年的真实写照。茱莉亚·阿尔瓦雷斯（Julia Alvarez，1950— ）聚焦多米尼加近代殖民历史和极权暴力，她的《蝴蝶飞舞时》（*In the Time of the Butterflies*，1994）和《以莎乐美之名》（*In the Name of Salomé*，2000）分别以特鲁希略独裁时期的革命者米拉贝尔四姐妹（the Mirabal sisters）和多米尼加民族诗人莎乐美·乌雷尼亚（Salomé Ureña，1850—1897）为素材，描写多米尼加人反抗独裁、争取解放的艰苦斗争，记录民族文化走向独立的历程。她的《从前有场成年礼舞会：在美国的成长》（*Once Upon A Quinceañera: Coming of Age in the USA*，2008）属于报告文学，追溯了拉美裔社区中女孩15岁成人礼的历史，并通过采访、跟踪调查记录当事者，探讨该文化传统对于拉美裔女性自我意识萌发的作用。有学者认为，阿尔瓦雷斯的传记文学作品也是典型的文学叙事,她"并不是在创作传统的传记文学,或者是回忆录,相反,她通过文学叙述,包括非虚构类散文、小说,呈现自己生活的片段,这可以称作'伪记忆'"(Cantiello 86),体现出传记文学的文学性,即由于记忆选择、记忆偏差、材料编排或者语言表述而导致的"失真",同时凸显出传记文学的个人历史指向。

还有些传记作家更加注重自我情感和个体经历及其相关经验,例如格伯托·冈萨雷斯(Rigoberto González, 1970—)以族裔少年的成长为核心撰写了系列回忆录,从最初的《蝴蝶男孩:奇卡诺蝴蝶的记忆》(*Butterfly Boy: Memories of a Chicano Mariposa*, 2006),到《我的饥饿的自传》(*Autobiography of My Hungers*, 2013),再到最近的《影中祖母,光中祖母》(*Abuela in Shadow, Abuela in Light*, 2022),这些传记均具有浓重自省色彩,其中族裔少年的性别身份成为权力布展的空间。

三、传记文学的真实性之辩:以古巴裔流亡者传记为例

传记文学中文学真实和文学虚构之间的平衡向来是批评的一个焦点,拉美裔传记文学中的社会历史投射使得这个问题进一步复杂化,这在古巴裔流亡者传记中尤为突出。古巴移民在古巴革命后以迈阿密为中心建立起来了族裔社区,"政治流亡者"成为移民的代表性自我标识,早期旅美古巴作家就是以流亡文学为阵地对古巴政权发起了攻击,具有"真实性"取向的传记文学成为他们的首选体裁。

60 多年来几代作家基于各自的历史背景对移民经历展开书写,他们在"流亡者"书写方面的变化能够为传记文学的真实性问题提供一些思考。流亡作家中的卡洛斯·阿尔伯托·蒙塔内尔(Carlos Alberto Montaner, 1943—)和雷纳多·阿里纳斯(Reinaldo Arenas, 1943—1990)都是激进的社会活动家,因为政见不同而离开古巴。前者著有传记《古巴中心的旅程:菲德尔·卡斯特罗的生平》(*Journey to the Heart of Cuba: Life as Fidel Castro*, 2001),后者著有自传《黑夜降临之前》(*Before the Night Falls*, 1992)。两者均借助于传记文学理论上的真实性,以自己作为亲历者的身份,对古巴当局进行批评,从而挑战古巴政权的合法性。稍晚一些的作家多在儿童时期移民美国,他们的传记更多聚焦家庭历史或者个人经历,古斯塔沃·佩雷斯·费尔马特(Gustavo Pérez

Firmat, 1949—　)的《来年古巴：古巴仔在美国的成长往事》(*Next Year in Cuba: A Cubano's Coming of Age in America*, 1995)和维吉尔·苏亚雷斯(Virgil Suárez, 1962—　)的《躲过了安哥拉：古巴-美国童年的记忆》(*Spared Angola: Memories from a Cuban-American Childhood*, 1997)都属此类。老一代流亡作家作品中直接的政治批判，在这些传记中让位于创伤经历和思乡之情，"失去的家园"象征了政权更迭中个人的牺牲，艾尔的作品即属此类，他的获奖更是标志着这种书写范式的成熟。年轻一代的作家虽然反古政治立场鲜明，但是他们大多在幼年移民美国，有的甚至出生于古巴之外的国家，能否称得上流亡者还值得商榷。诗人理查德·布兰科(Richard Blanco, 1968—　)便是如此，他的经历和蒙塔内尔等政治流亡者截然不同，但他在回忆录《洛斯·克库尤斯的王子：迈阿密的童年》(*The Prince of Los Cocuyos: A Miami Childhood*, 2014)中依旧使用"王子"这一比喻，借助流亡者这个标签来主张对古巴的权利，强调个人命运与社会历史的紧密连接。

梳理这些传记作品可以看出，流亡主题从现实中的政治流亡演变为具有政治指向的离散，流亡者的形象也泛化为政见上相异于古巴当局的古巴人，这两个概念都体现出从具体到象征的演变。除了"流亡"概念的文本化值得存疑之外，作家对于创作缘由的解释也令传记的真实性变得扑朔迷离。卡洛斯·艾尔在谈到《在哈瓦那等待风雪：古巴男孩的告白》时提到，这部"回忆录"其实更接近于"小说"："我写的时候并没有把它当作回忆录来写，而是当作小说[……]"(Paternostro 2005)。蒙塔内尔的《古巴中心的旅程：菲德尔·卡斯特罗的生平》则在叙事层面为传记的真实性之辩提供了反证：这部作品以传记之名对卡斯特罗的生平加以追溯，甚至以参考文献等非虚构手段增加叙事的可信度；然而，"后记"中卡斯特罗之死的情节却在很大程度上解构了叙述的真实性："菲德尔·卡斯特罗感到脖子后面一阵剧痛，他一瞬间失去了知觉，一头栽倒在桌子上。[……]两个小时以后，尽管医生使用了各种急救措施，卡斯特罗的心脏还是停止了跳动"(Montaner 225)。这部发表于 2001 年的"传记"提前 15 年书写了卡斯特罗离世的细节，与传记所主张的事实不符，因而这部作品"既非学术研究成果，也不是卡斯特罗的传记，而是借'真实性'之名而进行的文学性书写"(李保杰 380)。结合这几点来看，部分古巴裔传记文学中的流亡主题带有明显的虚构性，尽管不同文本中的虚构程度各异，但也足以引发人们对于传记文学之真实性的审视。对于此类传记文学而言，"真实性"有时是书写原则,有时是书写策略,旨在将个人经历和历史叙事相结合,通过个体的生活变迁反映历史,力求在宏大历史背景下追溯人物命运的跌宕起伏。

四、传记文学中的权力关系布展

在传记文学批评中,赵白生指出,传记事实是传记的生命线(14);同时他还强调,传记文学不仅仅是叙述事实,其价值更在于阐释事实(135)。正是在阐释过程中,传记核心成分的传记事实依阐释者的价值投射而呈现出多维性。拉美裔传记真实性内核的价值判断和权力关系趋于复杂化,与阐释不无关联,这在形式和内容两个方面都有表现。

理查德·罗德里格斯自传的叙事策略便体现了传记事实因阐释而呈现的多维度意义。《记忆的饥渴:理查德·罗德里格斯的教育》作为知识分子传记的代表,聚焦罗德里格斯的学业经历,讲述他如何借助学业的成功来实现阶级跨越:"从前,我是'社会弱势群体'的孩子,一个陶醉在幸福中的孩子。童年时我们有着温馨的家庭,但是和社会非常疏离。30年后,写这本书的时候,我已经是中产阶级美国人,完全被同化了"(Richard Rodriguez 3)。罗德里格斯用个人历史复刻了"美国梦"话语中的成功母题,但是他对奇卡诺文化的背叛姿态备受指摘,奇卡诺文学领袖里维拉(Tomás Rivera,1935—1984)认为罗德里格斯"对世界文化特别是西语裔社会并不怎么了解"(Rivera 112)。随着民权运动影响的逐渐淡化,传记研究回归文学本身,批评家开始关注族裔自传的叙事策略,聚焦传主阐释经历的方式。有学者认为学界之前过多关注《记忆的饥渴:理查德·罗德里格斯的教育》中的"社会和政治问题,忽视了文本结构中矛盾的暗流"(Lawtoo 225)。罗德里格斯的叙事策略,同时印证了20世纪60年代以来学界对自传真实性的思考:"任何一个人都无法完全完整地呈现自己的生活,因为一方面,人类的记忆是有限的,另一方面,人性是自恋的,这就意味着人们进行自我审视或审视他人的时候,根本无法做到完全客观中立"(Wagner-Egelhaaf 1)。传记作为一个文学类别,依然受制于文学审美和虚构性这两个核心要素。现实正是如此,罗德里格斯在自传中通过自己从西班牙语家庭环境到英语社会环境、从奖学金男孩到作家的经历,讲述少数族裔个体的无奈选择,故而称自己的经历为"美国故事[……]改变我的生活的,正是教育,让我(与父母的文化)渐行渐远。我将这个自传视为我受教育历史的反映"(Richard Rodriguez 5)。拉美裔知识分子自传强调了“教育”“族裔性”和“知识分子”身份之间的关系，而教育正是国家意志的体现，传主的转变因而反映了生命政治主体对族裔文化的强势消解。而在个人层面上，话语模式间的矛盾指向了被消解的中心主题——传主被隐匿的性属身份，这正是个体对生命政治权力规训所做出的回应和反抗。

卡洛斯·艾尔在流亡者传记中所阐释的事实同样如此，所不同的是他从跨国视域下再现了钳制移民的生命政治权力。《在哈瓦那等待风雪：古巴男孩的告白》记录了古巴革命这场“风雪”来临前后传记主人公命运的转变，“哈瓦那的风雪”隐喻的是古巴革命带给这个家庭的巨大冲击：父子分离和境遇变迁。因为父亲拒绝离开古巴，艾尔父子终生未能再见。为了报复父亲对兄弟二人的抛弃，艾尔来到美国后舍弃父亲的姓氏“涅托”，改用母亲的姓氏“艾尔”。回忆录追溯传主从涅托变为艾尔的历程，回顾他从古巴特权阶层跌落为美国少数族裔的经历：“那次短暂的飞行旅程把我这个白人小孩变成了拉丁人。每次我填表时都得记着，我是‘拉美裔’，不是‘白人’，也不是‘高加索人’”(Eire 160)。双线叙事将失去父亲和故国的伤感平行推进，宏大叙事和个人情感的交融就此达成。阿希·欧贝哈斯(Achy Obejas, 1956—)在一次访谈中指出，回忆录中的个人情感往往被选择性记忆所影响：“我觉得写回忆录是非常艰难的一件事，因为它要涉及哪些事情是我还能记得的，哪些事情是我不想忘记的，(对于我想不起来的人或者事)我会和所有人一样感到内疚”(转引自 Shapiro 2001/2016)，因而绝对的客观是无法达成的。人的记忆能力不仅有限，而且本身具有选择性，对记忆材料的选择和组织具有主体性特征，生命书写不能简单化地“被视为历史的真实再现，(它)仅代表作者所说的真实”(Hampel 62)。同样，艾尔作为耶鲁大学的历史教授，非常清楚新历史主义者所谓“历史皆为叙事”的策略，因而在回忆录中恰如其分地把握了客观历史和自我认知之间的平衡。可能正是因为这样的原因，他在访谈中承认了自传中的虚构成分。传记通过掌控叙事手段将个人历史嵌于国家历史，通过个人命运的跌宕，呈现古巴革命和美古关系中个体生命所承受的规训，由此也呈现出古巴裔知识分子传记的独特之处。

如果说古巴裔流亡者传记中阶级政治和种族政治的勾连可能会被意识形态所遮蔽，那么墨西哥裔传记中二者的关联就更加明显了，帮派成员传记、非法移民传记尤其突显出生命政治主体对族裔个体的控制。社会活动家路易斯·罗德里格斯著有传记三部曲《永远奔跑：在洛杉矶帮派中的日子》《心连心手牵手：在动荡的岁月创造心的家园》和《它呼唤你回来：跨域爱、毒瘾、革命和治愈的艰苦旅程》，它们基于作者在拉美裔帮派20多年间的生活，包括他数次入狱的经历，披露困扰族裔社区青少年的严重社会问题。罗德里格斯认为帮派问题的社会根源非常复杂，诸如普遍贫困、文化水平和阶级地位低下、文化差异和就业方面遭受歧视等，这些问题在拉美裔社区和非裔社区尤为突出，直接影响到族裔青少年的价值判断："他们加入帮派不是为了实施犯罪，也不是要去杀人、坐牢。对他们而言，帮派接受他们，给予他们所需的心理认同，他们正需要这些来掌控自己的生活；他们在帮派中获得的力量，是其他组织，包括学校和家庭，都无法给予的"(Luis Rodriguez 2003：25)。心理迷失的下层族裔青少年，为了远离白人社会的歧视，逃避自我竞争能力的不足以及心理上的自卑，转向帮派寻找认同。而洛杉矶警察对族裔社区的犯罪行为放任自流，甚至故意挑动帮派矛盾让他们自相残杀，"我们不断被捕猎，猎人群体很快就汇集了一大帮人：警察、帮派分子、瘾君子、卡威大街上勒索我们的那帮家伙，他们很快就沆瀣一气"(Luis Rodriguez 1993：28)。国家机器作为生命政治主体，在此过程中通过空间分割将族裔社区变成吉奥乔·阿甘本(Giorgio Agamben，1942—　)所说的"营地"(camp)，它"作为现代性政治空间的隐蔽范式"(Agamben 123)，在司法、行政、教育、就业甚至城市规划和社会保障等系统化的保护下，以"合法"的形式对族裔个人及群体进行规训。

非法移民传记将这种生命政治批判拓展到整个美洲，尤其观照拉丁美洲和美国关系视野下的移民群体。索尼娅·纳扎里奥(Sonia Nazario，1960—　)的报告文学《被天堂遗忘的孩子》(*Enrique's Journey: The Story of a Boy's Dangerous Odyssey to Reunite with His Mother*，2006)关注独自穿越国界的儿童移民，以16岁的洪都拉斯少年恩里克为主要人物，跟踪调查数年而完成。这部普利策奖获奖作品讲述恩里克为了寻找11年前到美国谋生的母亲，只身从洪都拉斯的特古西加尔巴出发，靠扒火车来到墨西哥的美墨边境，先后七次尝试偷渡入境均告失败，最终还是在母亲付给偷渡组织者"郊狼"3 000美元后他才得以入境美国。恩里克所走的这个路线被称为"死亡列车"(train of death)，其险恶程度可想而知，在这里丧命的青少年移民难以计数。"旅程"既指恩里克从洪都拉斯到美国的行程，也指他到达美国以后的适应过程。传记前半部分是恩里克的八次跨境经历，后半部分讲述他在美国受困于语言差异、文化水平等因素,并没有迎来所期待的生活,他无法正视困难,怠工、酗酒,屡屡和母亲产生冲突。这部作品在跨国视域下对移民身份中的“非法性”进行了考量:到底是什么导致了他们身份的非法化?纳扎里奥解释了她对拉丁美洲移民关切的原因:“我一直感觉自己是个外人,我知道跨越两个国家、两种文化的艰辛。在许多方面,我和这个国家的移民以及拉美裔群体具有相似的经历”(Nazario xviii)。她以阿根廷为例指涉非法移民背后的政治问题:“我小时候经历过阿根廷历史上‘残酷的战争’,由于军队的暴行导致三万多人莫名‘失踪’”(同上)。这道出对那些经历过战乱和暴力的非法移民的情感认同,契合传记题目中“旅程”的意义:移民无论是在母国所遭受的钳制,还是冒险跨越边界,或是来到美国后面临文化适应,他们都是被权力主体所贱斥的他者;他们为了生计,历尽艰辛从一个“营地”逃离,却发现他们只是迁移到了另外一个“营地”,终究未能逃脱被生命政治主体所钳制的命运。

这些传记作品从个性化视角呈现个人经历和社会历史的交织,揭示出个人经历背后无形的生命权力机制运营。无论是族裔知识分子传记还是上层社会少年流亡他国的经历,无论是社会底层青少年的迷途还是跨国视域下的非法偷渡,个人命运都被社会历史的大潮所裹挟,生命政治作为国家意志的体现,以“正义”“合法”的面孔左右着人物的一举一动。

结 语

作为美国拉美裔文学中的流行文学体裁,传记既符合拉丁美洲移民作家和族裔作家书写自我和群体的精神诉求,也契合书写宏大历史中无名小人物经历的现实需要。传记以真实客观的书写立场,在讲述个性化经历的同时呈现“故事中的宏大历史”,使墨西哥革命、特鲁希略独裁、古巴革命、奇卡诺运动等历史事件以个性化的方式得到生动呈现。传记文学通过传记人物和历史的连接,释放出被历史所淹没的普通人物的声音,少数族裔社区的下层民众、跨越边界的非法移民、被国家意志裹挟而远离父母的孩童,通过建构自己的叙事声音而主张权力并自我证明,体现了文学的社会价值。这些作品艺术性地利用了传记文学不同维度的真实性,通过叙事艺术和典型主题,以或隐晦或直白的方式,再现弱势群体及个人在生命政治装置下的挣扎,揭示生命政治对个体生命的钳制,这是拉美裔传记之文学性的彰显,也是拉美裔群体在美国生存的反映,还投射出拉丁美洲所代表的第三世界同美国这一世界头号强国之间权力关系的对比。

引用作品[Works Cited]:

Acosta, Oscar Zeta. *The Autobiography of a Brown Buffalo*. Introduction by Hunter S. Thompson. New York: Vintage Books, 1989.

Agamben, Giorgio. *Homo Sacer: Sovereign Power and Bare Life*. Trans. Daniel Heller-Roazen. Palo Alto: Stanford UP, 1998.

Aldama, Frederick Luis. *Postethnic Narrative Criticism: Magicorealism in Oscar "Zeta" Acosta, Ana Castillo, Julie Dash, Hanif Kureishi, and Salman Rushdie*. Austin: U of Texas P, 2003.

Bruce-Novoa, Juan. "Fear and Loathing on the Buffalo Trail." *MELUS* 6 (1979): 39 - 50.

Cantiello, Jessica Wells. "'That Story about the Gun': Pseudo-Memory in Julia Alvarez's Autobiographical Novels." *MELUS* 36.1 (2011): 83 - 108. 〈http://www.jstor.org/stable/23035244〉 (accessed July 8, 2018).

Eire, Carlos. *Waiting for Snow in Havana: Confession of a Cuban Boy*. New York: Free Press, 2004.

Hampel, Regine. *"I Write Therefore I Am?": Fictional Autobiography and the Idea of Selfhood in the Postmodern Age*. New York: Peter Lang, 2001.

Lawtoo, Nidesh. "Dissonant Voices in Richard Rodriguez's *Hunger of Memory* and Luce Irigaray's *This Sex Which Is Not One*." *Texas Studies in Literature and Language* 48.3 (2006): 220 - 249.

Leader, Zachary. "Introduction." *On Life-Writing*. By Zachary Leader. Oxford: Oxford UP, 2015. 1 - 6.

Montaner, Carlos Alberto. *Journey to the Heart of Cuba: Life as Fidel Castro*. New York: Algora Publishing, 2001.

Nazario, Sonia. *Enrique's Journey: The Story of a Boy's Dangerous Odyssey to Reunite with His Mother*. New York: Random Books, 2007.

Paternostro, Silvana. "Carlos Eire by Silvana Paternostro." *Bomb*. Jan 1, 2005. 〈https://bombmagazine.org/articles/carlos-eire/〉 (accessed Feb. 27, 2021).

Rivera, Tomás. "Richard Rodriguez's *Hunger of Memory* as Humanistic Antithesis." *Hispanic-American Writers*. Ed. Harold Bloom. Broomall: Chelsea House Publishers, 1998. 107 - 115.

Rodriguez, Luis J. *Always Running: La Vida Loca: Gang Days in L. A.* Willimantic: Touchstone Book, 1993.

—. *Hearts and Hands: Creating Community in Violent Times*. New York: Seven Stories Press, 2003.

Rodriguez, Richard. *Hunger of Memory: The Education of Richard Rodriguez*. New

York: Bantam Books, 1983.

Shapiro, Gregg. "In 'AWE': Achy Obejas on her New Work." *Windy City Times* August 8, 2001/Dec. 2016. 〈http://www. windycitymediagroup. com/gay/lesbian/news/ARTICLE. php? AID = 24273〉(accessed Jun. 08, 2018).

Wagner-Egelhaaf, Martina. "Introduction: Autobiography/Autofiction Across Disciplines." *Handbook of Autobiography/Autofiction Volume I: Theory and Concepts*. Ed. Wagner-Egelhaaf. Berlin: De Gruyter, 2018. 1-7.

李保杰:《美国西语裔文学史》,济南:山东大学出版社,2020 年。

苏永刚、李保杰:"古巴移民文学和古巴裔美国文学中的流亡主题:源流和嬗变",《山东大学学报(哲社版)》,2017 年第 6 期,第 147—156 页。

赵白生:《传记文学理论》,北京:北京大学出版社,2003 年。

通向中间地带

——《布娃娃瘟疫》中的疾病书写*

李毅峰**

内容提要： 奇卡纳思想家格洛丽亚·安扎尔杜瓦提出了“中间地带”这一概念。这是一个充满危机的空间，又是改变的起点，同时也是消除二元对立、包容差异的所在。奇卡诺作家阿里汉德罗·莫拉利斯的小说《布娃娃瘟疫》是对“中间地带”概念很好的诠释。作为医生，小说中三个故事的主人公都面临着应对瘟疫的危机时刻，他们意识到殖民主义、种族和阶级歧视及由此而导致的环境问题是瘟疫滋生的根源。通过改变旧有的观念，他们消除植根于内心的种族、阶级、文化及时间二元对立观，学会接纳与包容异质元素，最终战胜瘟疫。小说通过疾病书写，呈现了引发瘟疫的社会问题及莫拉利斯所给出的解决措施。

关键词： 疾病书写；《布娃娃瘟疫》；中间地带；阿里汉德罗·莫拉利斯

Abstract: Chicana thinker Gloria Anzaldúa proposed the concept "nepantla". This is a space brimming with crises, but also a place to begin the change, to annihilate the binary oppositions and to accept differences. Chicano writer Alejandro Morales's novel *The Rag Doll Plagues* is a good interpretation of this concept. As doctors, all the three protagonists are confronted with the crises to combat the plagues. They realize that colonialism, racial and class discriminations and environmental problems caused by them are the culprits of the plagues. Through changes, they eradicate the racial, class, cultural and temporal dichotomies rooted in their minds, learn to accept and tolerate heterogeneous elements, and finally defeat the plagues. Through disease writing, the novel presents the social problems behind the plagues and Morales's counter-measures.

Key words: disease writing; *The Rag Doll Plagues*; nepantla; Alejandro Morales

---

* ［**基金项目**］：本文系张谡教授主持的国家社会科学基金项目“欧美后现代历史诗学批评研究”(20BWW006)阶段性成果。

** ［**作者简介**］：李毅峰，天津商业大学外国语学院副教授，主要从事美国文学方向的研究。

阿里汉德罗·莫拉利斯(Alejandro Morales, 1944—)是加州大学尔湾分校奇卡诺/拉美裔研究中心的教授,同时也是一位重要的奇卡诺作家,曾获2007年路易·里尔奖。他用英语和西班牙两种语言写作,迄今为止共出版西班牙语小说四部,英语小说五部,其中包括出版于1992年的《布娃娃瘟疫》(*The Rag Doll Plagues*)。"他是一个被低估的作家"(Franco 375),在国外,有关拉美裔/西语裔或奇卡诺文学研究的专著或论文中,鲜见莫拉利斯的名字;在国内,仅能见到两三篇学术论文关注莫拉利斯,其中主要包括王守仁关于他英语小说的总体评论,李保杰从空间政治角度对其《天使之河》(*River of Angels*, 2014)的评论,以及李晓丽和李保杰从生命政治角度对《死亡纵队长》(*The Captain of All These Men of Death*, 2006)的解读。李保杰对他进行了较为公允的评价,认为:"阿里汉德罗·莫拉利斯是当今奇卡诺作家中成就卓著的一位"(59)。作为一位学者兼作家,莫拉利斯将文学理论、文学实践及社会责任感结合起来,通过作品表达他对于美国墨西哥裔及西语裔的关切,同时也阐发他对于社会问题的见解。

莫拉利斯的作品主题丰富,几乎囊括"历史、移民、种族关系、民族、家庭、劳工、教育、宗教、记忆、权力、边界、边土及想象"[①]等所有奇卡诺/拉美裔文学的主题。在当今新冠病毒全球流行的背景下,他有关疾病的小说《布娃娃瘟疫》值得重新进入我们的研究视野。莫拉利斯如此表述自己的写作原则,即"书写过去、当下和未来",[②]《布娃娃瘟疫》就是这种创作理念的最好践行。小说叙事宏大,结合后现代主义拼贴手法和拉美魔幻现实主义写作传统,时空变换,跨越三个世纪、三个美墨边境地区,三个故事分别发生在18世纪末的墨西哥、20世纪70年代的美国加州橘县和21世纪末一个名叫"拉美克斯"(Lamex)的地方。三个故事通过三位格里高利(Gregory)医生及三场名为"布娃娃瘟疫"的流行疾病串联起来。

第一个故事开始于1788年,来自西班牙的御医格里高利奥(Gregorio)[③]受命前往殖民地"新西班牙"(即墨西哥)帮助新西班牙总督改善那里的医疗状况,碰巧遇上瘟疫肆虐。格里高利奥着手改善殖民地的卫生环境,经过三年努力,疫情终于消失。第二个故事发生在20世纪

① 参见 https://faculty.sites.uci.edu/amorales/(accessed Feb.7, 2021)。

② 同上。

③ 格里高利奥是格里高利的西班牙语名字。

70 年代末一个名为“德里”的西语裔聚居区。医生格里高利与犹太裔白人女演员桑德拉一见钟情,桑德拉因为一次输血而感染艾滋病,格里高利带她去墨西哥寻找民间药师治疗,民间药师教会她接受痛苦并与之相处,桑德拉最终在德里社区墨西哥裔朋友们和亲人们的陪伴和照顾下离开人世。第三个故事发生在 21 世纪 70 年代,主人公格里高利是第二个故事中格里高利医生的孙子,担任“拉美克斯健康走廊”研究中心主任。彼时,美、加、墨三国建立了三国联盟,美墨边界不复存在,科技高度发达,但是由于环境污染,居民生存环境恶劣,瘟疫频繁发生。格里高利发现墨西哥城居民的身体已经进化出了适应恶劣环境的机能,他们的血液可以治愈瘟疫,通过输血疗法,瘟疫最终消失。

莫拉利斯曾阐述过自己对于瘟疫的思考,他说:“《布娃娃瘟疫》主要是关于疾病的来源:它们从哪里来?它们为什么会回来?我们以为已经解决了问题,但它们又出现了,我觉得这与经济和社会状况大有关系”(转引自王守仁 50)。他在《布娃娃瘟疫》中给出了这些问题的答案:人类社会出现了种种问题,而这些问题并未彻底解决,因此瘟疫才会再三降临人类社会。那么,这些“布娃娃瘟疫”的根源究竟是什么?如何才能治愈?莫拉利斯在小说中给出了自己的答案。

一、美墨文学所昭示的“中间地带”

墨西哥裔思想家格洛丽亚·安扎尔杜瓦(Gloria Anzaldúa, 1942—2004)在《边疆:新混血女性》(*Borderlands/La Frontera: The New Mestiza*, 1987)中说过,美墨边界将“两个世界的生命之血融合,形成了第三个国家”(Anzaldúa 3)。这里的“第三个国家”就是边土(borderlands)地带,这里有白色和棕色两种肤色,英语、西班牙语两种语言,融合了墨西哥、印第安及盎格鲁白人三种文化,不同的种族、语言、文化在这片土地上激烈地冲突、交锋,同时也杂糅、交汇。因此,生活在美墨边界的美国墨西哥裔有着十分强烈的身份危机,他们不清楚自己到底应该归属于哪种文化,正如安扎尔杜瓦在论述墨西哥裔女性的身份困惑时所说,她们的名字太多:少数族裔女性、拉美裔女性、奇卡纳女性、同性恋女性、梅斯蒂扎[……],因此“她们有种恐惧:她们没有名字,她们有很多名字,她不知道她的名字”(同上 43)。安扎尔杜瓦后来又提出了“中间地带”(nepantla)概念,使得她的理论更具有普适性。“nepantla”是墨西哥土著语言纳瓦特语的词汇，意为“中间空间”(in-between space)。她将“中间地带”阐释为“从一个地方向另一个地方转移时跨越的一片充满不确定性的地带”，当人们“从一种阶级、种族或性别状况改变到另一种的时候，从目前的身份转换到一种新身份的时候”(同上 56)，都会经过这个地带。人们在遭遇身份等等诸多危机的时候，就像自我被撕碎一般，然而，安扎尔杜瓦认为被撕裂的碎片可以通过重建而变得完整，而中间地带，就是那个从碎片到完整的过渡地带。安扎尔杜瓦的研究者安娜路易斯·基廷(AnaLouise Keating, 1961—)如此总结这个概念：“对于安扎尔杜瓦来说，‘中间地带’代表时间、空间、心理或智识等等各方面的危急时刻。它会在人生的很多过渡性阶段出现”(Anzalduá & Keating 245)。“中间地带”有两个主要特征：首先，它“是改变的起点”，是新身份的诞生地，它开启了重塑新身份的可能性；其次，它是一个“能够接受矛盾和悖论的地方”(Anzaldúa 56)，“就像博尔赫斯的阿莱夫，在其中囊括了地球上所有其他的地方”(同上 57)。综上可见，“中间地带”是一个具有墨西哥裔文化特质的“第三空间”，一个既充满危机又充满无限可能性的空间，一个改变自己、重塑自我的起点，一个超越二元对立的所在。安扎尔杜瓦将身处于这片中间地带的人们称作“nepantleras”(in-betweeners)，认为他们是“伟大的边界跨越者”(border-crossers)，拥有多元化、包容的品质，能够“在各种不同文化之间游走。有多样化的个性，以多样化的行为行事”(同上 79)。

莫拉利斯在接受采访时，被问及是否可以用安扎尔杜瓦的“中间地带”概念来阐释《布娃娃瘟疫》，他的回答是：“是的，我认为或许可以”(Neff 176)。由此昭示了他的创作和安扎尔杜瓦所倡导的“中间地带”的连接。小说三个故事中的三位格里高利都经历了危机时刻，在面对瘟疫的时候，他们起初束手无策，后来意识到造成瘟疫的根源是人类社会根深蒂固的二元对立思想，他们改变旧有的观念，消除植根于内心的种族、阶级、文化及时间二元对立观，学会接纳与包容异质元素，最终战胜瘟疫。细读小说文本，从小说对瘟疫的根源、消除及其背后权力关系的呈现，可以窥见疾病书写的深刻意义。

二、瘟疫根源

征服疾病，首先要找到疾病的根源，才能够对症施药，最终铲除疾病。在《布娃娃瘟疫》中，三位格里高利医生都意识到瘟疫并非来自乌有之乡，它是人类社会问题积累到一定程度之后的集中爆发。《布娃娃瘟疫》看似在书写疾病,其实是在思考人类社会,尤其是美国社会的种种顽疾。莫拉利斯在小说中追溯到的瘟疫根源主要包括殖民压迫、种族和阶级歧视及环境问题。

第一个故事中,殖民压迫是瘟疫爆发的根本源头。殖民制度的建立,破坏了美洲原有的自然生态和社会生态,最终导致了瘟疫的爆发和流行。贝尔纳尔·迪亚斯·德尔·卡斯蒂略(Bernal Díaz del Castillo, 1496—1584)在《征服新西班牙信使》(*Historia verdadera de la conquista de la Nueva España*, 1532)中描述了他 1519 年初见墨西哥时的情景:"好似漂浮在水上浸润在山间空气中的城市、华丽的宫殿、花园。所有这一切都让他们误以为自己闯入了一个仙境"(转引自迈耶、毕兹利 263)。然而 50 年后,在殖民者的剥削和掠夺之下,美洲的自然生态严重失衡,卡斯蒂略伤感地说:"所有这些我看到的景象在之后都被摧毁,失落无踪,没有留下半点残余"(同上)。从他的对比中可见殖民者为墨西哥带来的深重生态灾难。环境史学家阿尔弗雷德·克劳斯比(Alfred Crosby, 1931—2018)提出了"生态帝国主义"这一概念,在考察了欧洲对美洲和大洋洲等前殖民地征服的过程之后,他认为殖民者不仅给殖民地带来了疾病,也带来了在当地重建欧洲环境所需要的植物和动物,他将它们称为"生物旅行箱"(partmanteau biota),殖民地以前没有的疾病和动植物使得大片的土著风景被欧洲风景所代替,大量的土著居民被欧洲殖民者所代替,这样的生态改变完成了生态学意义上欧洲对殖民地的征服。西班牙人入侵墨西哥,不仅带去了这片"处女地"从未遇到过的传染病,还将小麦等农作物及多种家畜、家禽带到墨西哥,这些来自欧洲的"生物入侵者"使得墨西哥经历了痛苦的生物替换过程,遭遇了生态殖民。除了大规模生物替换外,殖民者在墨西哥大肆砍伐森林、开采银矿,以破坏生态环境为代价换得的白银源源不断输入西班牙。西班牙入侵 200 多年后,生态殖民的恶果依然持续,"到了 18 世纪末,其社区又开始面临人口过多、土地贫瘠和水源短缺的问题[……]过于拥挤的城市与极差的卫生条件使这些城市再度成为霍乱和伤寒之类的流行病滋生的场所"(同上 278)。

第一个故事中 1788 年"新西班牙"的情景,反映的正是这个背景下殖民剥削给墨西哥带来的生态灾难。故事开篇第一句话,就是对"新西班牙"总督华丽宫殿的描述,而与之形成鲜明对比的是一个广场之隔的"印第安人、梅斯蒂索人、黑人、穆拉托人及其他不道德的种族日常取水的肮脏水池”(Morales 11)。[①] 殖民者为自己建造了世外桃源,躲在里面享受着奢华生活,对于百姓疾苦不闻不问,被压迫的土著居民的卫生条件极端恶劣,即使是香水和鲜花“仍然无法掩盖外面的恶臭”(20)。格里高利奥在去往墨西哥城的路上,看到瘟疫导致尸横遍野,连首都墨西哥城也处处破败不堪。当胡德神父带他熟悉城市的卫生情况的时候,眼前的一幕幕景象令人作呕:人们毫无廉耻之心,当街大小便,城市下水道阻塞,污水横流。这样的卫生条件令人瞠目结舌。居民的道德观念也沦丧殆尽,贫困的男人、女人,甚至是儿童,为了生存而当街卖淫,毫无羞愧之感。胡德神父苦涩地控诉道:“你看到我们的生活状况了吧?无论是教廷还是王国政府,都没有为我们提供过任何帮助”(33)。这样不堪的社会图景是道德失格在自然生态方面的折射,反映出印第安人在殖民统治下的生存之艰难。

殖民主义的暴力不仅为当地人带来了灭顶之灾,殖民者同样难以幸免。自然生态和社会生态灾难最终导致了瘟疫爆发,无论土著人还是西班牙殖民者,无一能够置身其外。胡德神父说:“这种疾病可以感染任何人,无论他们的性别、种族、年龄和职位。这是一种公平的疾病……这种疾病并不像你们的人带到新大陆来的很多欧洲瘟疫一样,仅仅攻击印第安人”(21)。说这番话的神父,显然是作者的代言人,而这些话也有着科学的依据。美国学者威廉·麦克尼尔(William McNeill, 1917—2016)在其《瘟疫与人》(*Plagues and Peoples*, 1977)一书中曾经断言:“如果没有天花,西班牙就不会在墨西哥取得胜利”(124)。此话道出瘟疫的意识形态含义。1520 年,来自欧洲的天花病毒随着援助殖民者科尔特斯的远征军到了墨西哥,在阿兹特克人准备与西班牙人决一死战的关键时刻,天花开始在首都特诺奇蒂特兰肆虐,导致众多反抗者死去,因而无法采取有效行动,最终科尔特斯获胜,阿兹特克帝国和特诺奇蒂特兰城从此湮灭于历史长河之中。天花随着殖民者在美洲登陆,先后夺去三分之一的人口。除天花外,殖民征服还导致了其他瘟疫在美洲大陆的流行。除了无意之中带来的传染病外,白人殖民者还恶意传播疾病,据麦克尼尔所述:“1763 年杰弗瑞·阿姆赫斯特(Jeffrey Amherst, 1717—1797)勋爵命令把感染了天花的毛毡分发给敌对的部落”(151)。可见,新大陆深受旧大陆的传

① 本文所引用的小说内容出自 Morales(1992),此后只随文标注页码。所有引文均为本文作者翻译。

染病之害,新大陆历史上的传染病受害者只有美洲土著一方,在某种程度上,欧洲人甚至是传染病的受益者。而在欧洲入侵 200 多年后,一种"公平的"传染病——"布娃娃瘟疫"出现了,它不像 16、17 世纪美洲的流行病那样只攻击印第安人,而是能够感染所有人,西班牙人同样是易感染者,殖民的恶果最终也反噬到殖民者身上。

种族和阶级歧视是瘟疫肆虐的另外一个温床,是瘟疫在暂时被抑制之后卷土重来的根本原因。安扎尔杜瓦一语道出墨西哥裔在美国社会中的生存状态:他们"身处有 150 年历史的对奇卡诺贫民区的种族主义之中"(Anzaldúa 12)。研究显示:"拉美裔是最贫穷的种族群体,没有健康保险,受教育程度低得多。[……]墨西哥裔是最边缘化的一个群体。他们在拉美裔中拥有最低的受教育程度和最高的贫困率"(Luna 232)。

对于墨西哥裔和西语裔在美国社会中所遭受的种族和阶级歧视,《布娃娃瘟疫》中有着充满戏剧性而又现实的描写。当格里高利的爱人桑德拉主演的戏剧《血色婚礼》在剧院上演的时候,她和格里高利的西语裔朋友们像簇拥女王一样护送她去到剧场,场面之盛大,让人叹为观止。当地两份报纸的报道耐人寻味,《橘县纪事报》对西语裔观众充满了蔑视,批评他们是黑帮分子。而《洛杉矶时报》的报道则是:"来自不同社区的年轻一代西语裔们的亮相非常抢眼。他们看似凶悍,相处起来还可以。剧院加强安保没有必要。橘县西语裔中能够走进剧院的这些人都是他们之中素质最高的"(92)。这种官方大报的报道,看似政治正确,字里行间却充满尖酸刻薄的讽刺和刻板印象。罹患血友病的桑德拉因大出血在医院就医时的遭遇,进一步将美国社会的种族歧视揭露出来。浑身是血、生命垂危的桑德拉由她的墨西哥裔朋友们护送到医院,医护人员想当然地认为桑德拉是在帮派斗争中受伤的,还怀疑桑德拉开的豪车是偷来的,他们置生命垂危的桑德拉于不顾,叫来警察盘问墨西哥裔青年,威胁要将他们送进监狱,并且还想当然地认为桑德拉没有医保而不愿意对她进行救治。在种族主义者眼里,西语裔群体被贴上了"贫穷""湿背""劳工""混混""帮派分子"等标签,受到了媒体和科学理性的多重钳制。就在这次治疗中,桑德拉因为输血感染艾滋病,即"布娃娃瘟疫",不仅没有医生为此负责,她还因为这种病而遭到歧视,无法在美国获得有效的治疗。

生态环境破坏与瘟疫的因果关系,是小说揭示的另一个重要问题。第一个故事中,殖民统治带来的生态环境灾难,是瘟疫滋生的根源。而第三个故事中,即使已到 21 世纪 70 年代末期,科技高度发达,超音速交通工具、赛博格已经成为日常生活的一部分，艾滋病、癌症已经被攻克，然而环境污染问题非但没有解决，反而更加严峻，人类社会被逼迫到随时崩溃的边缘。在距离太平洋海岸线100英里的海洋深处，三个巨大的垃圾团不断生长，并且开始移动，攻击人类社区。美、加、墨三国联盟用船只将这三座垃圾巨山围起来，暂时将它们固定在原地。而污染导致的瘟疫通过空气、陆地和海洋传播，完全不可预见地攻击人类居住的区域，杀死成千上万人。

故事中，虽然美墨边界已经消失，实体的边界不再存在，但是阶级的边界却并未消除，不同的阶级生活在不同的区域。墨西哥城成了三国联盟中污染最严重的城市，更加雪上加霜的是，太平洋海岸还建立了两座大型增殖反应堆，排出的废水经过净化后成为墨西哥城居民的生活用水。美国环境正义运动之父罗伯特·布勒德（Robert Bullard, 1946— ）揭示出一个真相："有毒废物填埋场、污染工业、核废料堆放场或其他危害环境的设施设立在有色人种社区或贫困人口社区"（Bullard 25），他因此认为美国少数族裔社区的环境质量存在"制度化的种族主义"，这些社区承受着"环境非正义"。三国联盟的居民根据阶层聚居在一起：有钱人居住在"上等生命生存区"；墨西哥裔及华裔等族裔居住在"中等生命生存区"；监狱犯人及其家属生活在"下等生命生存区"。污染严重的墨西哥城，是一个中等生命生存区聚集的地方。"下等生命生存区"的生存环境，还要更为恶劣，它们"都建立在旧监狱设施周围，大多数居民由流氓无产者、罪犯和所谓'社会渣滓'组成"，如书中所说，这里是一个"流放地"（penal colony）（137），这里是处理垃圾的地方，生活在这里的人们遭受着严重的环境非正义："连绵不断的垃圾山，已经堆积了有一百多年之久，像巨龟一样突兀在海面上"（166），很多婴儿生下来就死去了。

环境非正义和种族、阶级歧视相互勾连，对人类福祉提出挑战。莫拉利斯在小说中表达了他对人类命运的思考：在全球环境严重污染的大背景下，没有谁能够独善其身。即便是"上等生命生存区"，也只不过是距离垃圾山更远一些，而被污染的空气、水等等污染物一样也会侵袭他们的社区，因此瘟疫也一样一次次袭击"上等生命生存区"。

三、铲除瘟疫：通向"中间地带"

"中间地带"是改变的起点和重塑自我的地方。《布娃娃瘟疫》中三位格里高利都经历了改变，意识到只有通向“中间地带”，抛弃二元对立思想，以接纳及包容态度来对待异质元素，才能铲除瘟疫。

通往中间地带的首要途径就是融合新旧大陆血脉、消除殖民主义暴力的负面影响。第一个故事中，面对殖民地的惨状，深受尊敬的安东尼奥神父对于如何消除瘟疫有着清醒的认识。他不仅是神父，同时也是医者，一直奋战在治疗瘟疫的前线。他给出的疗法直指当时殖民地的所有弊政：“不要再破坏墨西哥的资源；[……] 宗教法庭必须停止对民间药师(curandero)的迫害，他们对于我们来说是财富”(40)。格里高利奥认识到殖民地恶劣的环境和瘟疫互为因果，是一种恶性循环，于是着手对殖民地的环境进行整治。经过三年的努力，环境得到了巨大的改善：“城市比以前干净、安全了。罪犯得到惩治，公共场所的淫秽行为得以禁止。堵塞的下水道系统得到清理”；平等的观念也得到一定程度的贯彻：“医生必须诊治所有的病人；医学院向穷苦百姓敞开了大门”(44)。格里高利奥自己的观点也发生了巨大的改变。他抛开了先前的歧视，将印第安人看作有血有肉有灵魂的人，而不再是“没有灵魂”的生物；刚来到殖民地时，他把禁止民间药师行医当作一项重要任务，他认为民间药师们是危险的，他们导致成千上万人死亡，而后来，他接纳安东尼奥神父的建议，允许民间药师与医生同时行医，还与既是神父又是民间药师的胡德神父成为知己；他决定永远留下来，这是他与殖民者进行割裂的一个象征，标志着他已经由殖民者变成了殖民地的一员；他收养了自己亲手接生的莫妮卡，莫妮卡是总督与土著女子玛丽塞拉的混血女儿，象征着旧大陆与新大陆的血脉融合。当莫妮卡来到人世间，在新大陆游荡四年之久的“布娃娃瘟疫”也随之消退，这有着明显的象征意义，是作者莫拉利斯对于如何治愈瘟疫这一问题的回答：旧大陆殖民者必须消除对新大陆殖民地人民的歧视，新旧大陆之血融为一体，瘟疫的幽灵才会消失。

在 20 世纪的墨西哥，新旧大陆血脉的融合体现在美西文化的互溶互渗、消除彼此偏见之中。第二个故事中格里高利将自己生活的西语裔社区称作“真正的阿兹特兰”，尽管这里并不完美，甚至还存在着各种各样的暴力问题，但是也有着温情和人性。罗西娜夫人虽然从未有过自己的孩子，却把社区的小混混都当成自己的孩子，多年来一直照顾他们，把他们从监狱里保释出来，引导他们远离毒品和暴力，让他们浪子回头，成为对社会有用的人。罗西娜对格里高利说的话发人深思：“你是未来的颜色。我们是明天的颜色”(88)。罗西娜的话代表了莫拉利斯对于西语裔社区未来的态度：来自拉美的棕色皮肤移民及其后裔是美国的明天，像格里高利一样的人们代表美国的未来。弃恶从善的西语裔青少年正是抛弃暴力对抗、接纳异质文化的代表。

莫拉利斯在采访中说："美国人非常害怕一波一波的拉美裔侵入，害怕国家的拉美化，害怕墨西哥化和新移民的影响"（Neff 175）。而他认为这是自然的，"未来美国的历史与墨西哥的未来紧紧联系在一起，这两个国家没有彼此都无法生存"（同上 174）。他在小说中设计了现代医学与民间医术相结合的艾滋病疗法，格里高利夫妇去墨西哥寻求民间医术的帮助，两种截然不同的医疗理念互相补充，何尝不是应对瘟疫的一种很好的尝试？

第三个故事中，生活在污染最为严重的墨西哥城人获得了基因突变，他们的血液发生了"生化量子跃迁"，不仅使他们能够在地球上污染最严重的地方安然生存下来，并且还能够治愈感染瘟疫的病人。那些对墨西哥人倍加歧视的"上等生命"，为了活命也不得不接受输血，他们的身体里也流淌着墨西哥城人的血液。安扎尔杜瓦使用"新混血女性意识"（new Mestiza consciousness）一词，来倡导墨西哥裔女性融合、包容、接纳多元等品质。莫拉利斯则更加直接，他用"输血"的方式，将"上等""中等""下等"生命的血液融合在一起，以此批驳种族及阶级对立的荒谬，同样倡导"新混血意识"。他想表达的观点是："上等""中等""下等"生命生存区构成一个命运共同体，只有抛弃种族主义的狭隘、共同应对危机，人类才能够存续下去。故事中华裔陈泰德和墨西哥裔阿玛丽娅是理想的"中等生命生存区"夫妻，他们的婚姻将两种文化混融在一起，幸福美满，他们有社会责任感、正直热情，他们的孩子"代表了新千年的希望"（200）。可以说，这个孩子代表了莫拉利斯理想的"新混血意识"，因为他身上融合了两种文化、两个种族，继承了父母有责任感、正义的基因，他是人类世即将走到尽头时的亚当，肩负着繁衍人类、重建人类家园的重任。

除"血脉融合"这一铲除瘟疫途径外，小说还将人文主义的回归作为一种重要的根除瘟疫方式。显然，莫拉利斯是一个人文主义者，对瘟疫的书写反映了他对人类生存的关切，也表达了他对人文主义回归的期待。在科技快速发展的今天，人类满怀人类世式微的危机感，人类即将告别传统人文主义、迎来后人类时代的言论甚嚣尘上，以弗朗西斯·福山（Francis Fukuyama，1952— ）为代表的学者对后人类的到来不无担忧，他认为："人性的保留是一个有深远意义的概念"（11），而后人类时代，即使“每个人都健康愉悦地生活,但完全忘记了希望、恐惧与挣扎的意义”(217),那么人也不再成其为人。第三个故事中,科技高度发达,电子书籍完全替代了纸质书籍,赛博格成为日常生活的一部分,而人性却因之走向没落。格里高利在故事一开始就提到电子书籍取代纸质书籍带来的恶果:“世界变得越来越反人性”(136);格里高利的助手加布里埃拉的一只手臂被换成智能机器手臂,拥有了高速的信息处理能力,成为赛博格,而她身上的人性,也被机器性所取代。

人性及人文主义精神的缺失,会使人类遭遇毁灭的命运。对于格里高利来说,纸质书籍代表着人文主义精神。他不仅把阅读当作获取知识和经验的途径,还将它当作汲取人文主义精神的方式。他从纸质书籍记录的历史中找寻解决当下问题的方法,也从祖父的书中体验当下人类社会所缺失的种种情感。在人文主义精神的滋养下,他最终重获人类失落已久的共情能力。对于他人性的回归,阅读纸质书籍起到决定性的作用,阅读让他打破历史与当下的二元对立,将历史与当下融合,最终找回了后人类所缺失的人文主义精神。对于格里高利来说,时间并不是线性的,过去或历史可以预见和指导当下,而当下又是过去或历史的重现。显然,这也是莫拉利斯的观点,正如李保杰对莫拉利斯小说的评价:“以历史为基础,书写的是过去,关照的却是当下,甚至是未来”(58)。莫拉利斯为挽救人性的没落提供了一种策略,即从历史中寻找当下的解决问题之道,融合历史与当下,找回失落的人性。而保留人性,是应对后人类社会种种问题的前提条件。

值得注意的是:在这个故事中,导致人文主义缺失的元凶是人类科技的发展,人性在面对机器性的侵蚀时,步步后退。如果说莫拉利斯在小说中倡导通向“中间地带”,以包容和多元的态度应对二元对立,而对于人性和机器性的二元对立,莫拉利斯给出了坚定的回答,他们之间永远是二元对立的,永远不应该融合。

结　语

正如前文所说,莫拉利斯是一位远远被低估的作家,学者和作家的双重身份使得他娴熟地将文学技巧与理论运用于写作之中,也使得他对于社会问题认识深刻,并且颇有前瞻性。他对于社会问题积累导致瘟疫爆发的预言,他对于医疗不平等的描述,他对于西方医学与民间医术取长补短医治疾病的倡导等等，充分展现了一个有深度、有学识的知识分子的社会责任感。反观他写于30多年前的《布娃娃瘟疫》，不仅没有过时，还预见了当下，“以史为鉴，可以知兴替”，正因为莫拉利斯善于以历史为镜，才使得他能够观照当下，预见未来。他的这种写作观也应和了他在第三个故事中融合历史与当下，从历史中寻找当下问题解决方法的主题。他在小说中提出的瘟疫根源与应对方法，对于解决当下的社会问题，颇具指导意义。

引用作品[Works Cited]：

Anzaldúa, Gloria. *Borderlands/La Frontera: The New Mestiza*. San Francisco: Aunt Lute Books, 1987.

Anzaldúa, Gloria, and AnaLouise Keating. *Light in the Dark*. Durham: Duke UP, 2015.

Bullard, Robert. "Anatomy of Environmental Racism." *Toxic Struggles: The Theory and Practice of Environmental Justice*. Ed. Richard Hofrichter. Philadelphia: New Society Publishers, 1993. 25 - 35.

Franco, Dean. "Working Through the Archive: Trauma and History in Alejandro Morales's *The Rag Doll Plagues*." *PMLA* 120. 2 (2005): 375 - 387.

Luna, Eduardo. "How the Black/White Paradigm Renders Mexicans/Mexican Americans and Discrimination Against Them Invisible." *Berkeley Raza Law Journal* 14 (2003): 225 - 253.

Morales, Alejandro. *The Rag Doll Plagues*. Houston: Arte Public Press, 1992.

Neff, Maja. "Approaches to a Hemispheric America in *The Rag Doll Plagues*: An Interview with Chicano Author Alejandro Morales." *Iberoamericana* 22 (2006): 173 - 178.

弗朗西斯·福山：《我们的后人类未来：生物技术革命的后果》，黄立志译，桂林：广西师范大学出版社，2016年。

李保杰：“城市历史与空间政治——《天使之河》中的洛杉矶”，《山东外语教学》，2017年第5期，第58—64页。

迈克尔·迈耶，威廉·毕兹利：《墨西哥史》（上册），复旦人译，上海：东方出版中心，2012年。

威廉·麦克尼尔：《瘟疫与人》，余新忠、毕会成译，北京：中国环境科学出版社，2010年。

王守仁：“历史与想象的结合——莫拉莱斯的英语小说创作”，《当代外国文学》，2006年第2期，第44—52页。

卡米拉·莎乐美的寻根之旅

——析《以莎乐美之名》的家园重构

林文静*

内容提要：当代美国加勒比女作家茱莉娅·阿尔瓦雷斯的小说《以莎乐美之名》讲述了19世纪多米尼加共和国知名诗人莎乐美·乌雷尼亚和她的小女儿、现旅居美国的卡米拉·莎乐美·亨里克斯·乌雷尼亚的故事。论文结合阿尔瓦雷斯对《以莎乐美之名》这部作品的叙事编排，分析卡米拉和母亲莎乐美之间的联结，论述卡米拉的寻根之旅。卡米拉的寻根之旅不仅追寻母亲和祖国，而且还探索过去、认知自我；在这样的寻根之旅中，卡米拉不仅领悟了家园的含义，而且为自己重构家园并寻得生命的意义。本论文研究的意义在于通过分析《以莎乐美之名》这部作品的家园重构，进而探索流散的加勒比裔群体的文化身份与归属。

关键词：加勒比；寻根；母女关系；家园重构

Abstract: In her representative work *In the Name of Salomé*, Contemporary Caribbean American woman writer Julia Alvarez intertwines the story of 19 century Dominican Republican well-known poetess Salome Ureña and that of her little daughter Camila Salome Henriquez Ureña who is currently living in the United States. This paper analyzes the bonding between Camila and her mother Salome and Camila's journey of seeking her roots. During such a journey, Camila is not only seeking her mother(land) but only exploring the past and her identity, thus learning the meaning of homeland, reconstructing homeland and discovering the significance of life. The significance of this study lies in by analyzing the reconstruction of homeland, the cultural identity and belonging of diasporic Caribbeans.

Key words: Caribbean; root-seeking; mother-daughter bonding; reconstruction of homeland

---

* ［**作者简介**］：林文静，中央财经大学外国语学院副教授，主要从事美国小说、美国族裔小说以及英美女性小说研究。

茱莉娅·阿尔瓦雷斯(Julia Alvarez, 1950—)出生、成长于加勒比西班牙语区的多米尼加共和国,童年时期家境优渥。在阿尔瓦雷斯 10 岁时,全家人为了逃脱独裁者拉斐尔·特鲁希略(Rafael Leonidas Trujillo Molina, 1891—1961)的迫害,紧急逃往美国定居。初到美国的阿尔瓦雷斯一家不仅失去经济上的优势,还得艰难地适应当地的语言文化习俗,这些经历都反映在了她的文学作品中,小说《加西亚家的女孩不再带口音》(*How the Garcia Girls Lost Their Accents*, 1991)即带有相当的自传特征,反映特定历史背景下加西亚一家的移民经历。

《加西亚家的女孩不再带口音》是阿尔瓦雷斯的第一部小说,她在这部小说中将个人历史和民族历史相结合,在之后的小说中基本延续了这一书写范式,《蝴蝶飞舞时》(*In the Time of the Butterflies*, 1994)、《悠!》(*Yo!*, 1997)、《以莎乐美之名》(*In the Name of Salomé*, 2000)、《在我们自由之前》(*Before We Were Free*, 2004)和《拯救世界》(*Saving the World*, 2006)等都属于历史题材小说;散文集《有所宣告》(*Something to Declare*, 1998);少年儿童小说《神秘的脚印》(*The Secret Footprints*, 2000)和《罗拉姑妈是怎么住下来的》(*How Tia Lola Came to Stay*, 2001),以及纪实文学作品《曾经的成人礼:在美国的成长故事》(*Once Upon a Quinceañera: Coming of Age in the USA*, 2007)都带有明显的历史取向。阿尔瓦雷斯对于历史,特别是多米尼加历史的书写,在美国读者中引发了广泛的兴趣,她的作品得到了读者和评论界的广泛关注,其中《加西亚家的女孩不再带口音》一出版便成为畅销书,并荣获 1991 年的 PEN 奥克兰/约瑟芬·迈尔斯文学奖,而《蝴蝶飞舞时》入选美国图书馆协会著名图书系列,并被改编成同名电影。阿尔瓦雷斯的作品深受读者喜爱,与读者之间有较多的互动,散文集《有所宣告》就记录了她与读者分享自己的移民经历及创作历程的故事。

阿尔瓦雷斯的作品突出移民经历、身份建构以及寻找家园的主题,小说尤其给予她充分的创作空间,因而她在小说创作中较多反思多米尼加共和国的历史,特别凸显女性视角下移民经历对女性成长的影响,进而审视移民作家与祖国及移入国的关系。《蝴蝶飞舞时》和《以莎乐美之名》便是如此,这两部作品不仅从女性的视角重新书写历史,而且在创作中对历史进行重新想象,对历史人物加以多层面的解读,让阿尔瓦雷斯更好地认识自己的祖国、对抗被迫流放的创伤以及理解自己流散的身份。

阿尔瓦雷斯小说的精彩之处不仅在于其历史题材,而且叙事也是别具一格。她常常在作品中糅合历史、自传以及虚构叙事这三种文类;其次,非线性叙事及多视角的叙事是她惯常采用的手法。譬如《加西亚家的女孩不再带口音》以及《悠!》这两部作品皆是由若干相互关联且各自独立的短篇小说构成,并且作品中加西亚一家人的移民经历多取材于作家本人的经历,因而常被认为是虚构性自传体小说。多视角叙事将个人历史和民族历史相结合,特鲁希略时期的独裁历史也在人物的经历中不时浮现出来。《以莎乐美之名》具有以上的这几个特点,不过在叙事上更是别出心裁:阿尔瓦雷斯通过不同的时间顺序,讲述 19 世纪多米尼加民族诗人莎乐美·乌雷尼亚和她的小女儿卡米拉·莎乐美·亨里克斯·乌雷尼亚的人生故事,母亲生活在 19 世纪的多米尼加,女儿旅居 20 世纪的美国,母女俩的故事以各自的章节交织一起,她们相隔着时空和生死进行灵魂的交流,从而构成这部奇特而又引人入胜的小说。

阿尔瓦雷斯的小说颇受读者和批评界的欢迎。多数批评者偏爱《加西亚家的女孩不再带口音》和《蝴蝶飞舞时》,所以研究讨论这两部作品的文献颇丰,而关于《以莎乐美之名》的批评文献则为数不多。多数批评者从历史的角度解读这部作品,比如玛雅·索科洛夫斯基(Maya Socolovsky)阐释了阿尔瓦雷斯如何通过历史题材小说的创作思考个人和民族记忆,回忆个体和民族的创伤,以及对于幸存者如何面对过去进行探索(Socolovsky 2006)。另外一些批评者则讨论阿尔瓦雷斯对历史的表征体现在揭开被淹没的女性的声音以及她们真实的内心世界。琼恩·M. 霍夫曼(Joan M. Hoffmann)在《我从母亲这里所学的:茱莉娅·阿尔瓦雷斯〈以莎乐美之名〉的母女关系》这篇文章中讨论莎乐美和卡米拉母女之间的纽带以及女儿与祖国、母语以及母系传统的关联(Hoffmann 2002)。

本文将从阿尔瓦雷斯在《以莎乐美之名》这部作品中的叙事编排入手,分析卡米拉·莎乐美和母亲之间的联结,论述卡米拉的寻根之旅。对于卡米拉而言,寻根之旅不仅是对母亲和祖国的追寻,而且还是一个探索过去、了解自我的旅程;在这样的寻根之旅中,卡米拉逐渐明白家园的含义,她为自己重构了家园,也寻得生命的意义。

一

《以莎乐美之名》按照时间顺序讲述莎乐美 1850—1894 年间的人生

经历，以她的童年、成长、成名、恋爱与婚姻、为人母、遭受病痛与背叛，及最后离开人世为主要的叙事脉络，仿佛引领读者走进历史长河、揭开一位历史人物的面纱，读者得以从小说的每个章节了解到莎乐美的人生经历。不过，小说讲述女儿卡米拉的人生故事时却采用完全不同的叙事形式：从整体叙事时间来看，故事采用了倒叙的方式，小说伊始卡米拉出场时已到了退休之年，小说在卡米拉故事的每个章节讲述的是卡米拉经历的具体事件和地点，这些经历的时间与空间各异，并且相互之间留下空隙。最后一章讲述的是卡米拉于1897出生的场景，而这恰好与莎乐美故事的结尾相衔接，表明这个时间节点正好是莎乐美生下卡米拉遭遇难产之时。在小说最后一章的两个片段包括莎乐美逝世，还有女儿卡米拉三岁时登上一艘船离开圣多明戈的情景。从某种意义上说，莎乐美和卡米拉母女俩似乎从未真正谋面，因为小说没有具体描述从卡米拉出生到莎乐美逝世的这三年都发生了什么。卡米拉三岁的时候同时失去母亲和家园，而她之后似乎也在穷尽一生去找寻母亲和家园；卡米拉多处流散，“每隔十年就更换一个新地址。”直到最后卡米拉意识到：“我一直在寻找的是我的母亲啊”(Alvarez 242)[①]。可见，由于时间、语言和地域的不同，小说中两位女子似乎没有多少交集，甚至她们的故事都未见明显的关联，但通过这样首尾相接式的叙事编排，她们的故事交织一起，向读者呈现历史人物莎乐美和活在当下的卡米拉的故事，进而探索母亲、女儿和祖国家园的关系。

《以莎乐美之名》这样的叙事编排寓示着卡米拉与母亲莎乐美及祖国多米尼加(家园)之间的复杂关系。阿尔瓦雷斯在小说开篇引用了莎乐美的诗句作为题词，同时用西班牙语和英语呈现给读者：“家园是什么？我亲爱的，你知道你在问什么吗?”(4)而诗句中的这两个问题也引导着卡米拉探寻答案。因为小说开始时，卡米拉是一位“高个儿、优雅的女子，柔和的棕色皮肤(意大利南方人？来自地中海的犹太人？还是浅肤色的黑人女子由于高学历而得到认可?)”(1)她虽然美丽优雅，但是这位看似茕茕孑立的女子一生却如同难民，不断漂泊于尘世——从加勒比海地区到美国，辗转古巴，从西语区到英语区。卡米拉出身显赫，母亲莎乐美是多米尼加共和国的民族诗人与英雄，父亲弗兰西斯科·亨利克斯曾于1916年担任多米尼加共和国的总统，哥哥佩德罗是著名的作家、文学批评家和教

① 本文所有引自《以莎乐美之名》的内容均出自Alvarez(2000)，由本文作者翻译。下文仅标注页码，不再一一注明。

授,另外一位哥哥马克斯是大使、历史学家和作家。然而,卡米拉的这些家人似乎都忙于自己的事业与名声,令她感觉自己一直生活在显赫家族的阴影之下。她自认为是家族里唯一的无名之辈,一生的大部分时间都在安静地教书,她情愿隐藏自己的身份,希望不引起注意甚至被遗忘。她总爱把中间名"莎乐美"去掉,因为她觉得自己的中间名字与名声显赫的母亲有着太过明显的关联。卡米拉出生时随母亲取的名字,但长大之后卡米拉总是坚持说"我只是普通的卡米拉"——一位棕色皮肤的寻常女子(37)。在卡米拉后来的人生经历中,她"没有子嗣也没有母亲……一颗从几代家族串成项链掉落的珠子"(2)。对于卡米拉的习惯性谦卑和自我隐匿,同父异母的弟弟罗多洛佛认为这种生活状态来源于她所从事的教师这个职业,职业习惯形成了障碍,即她让自己隐身于任何教学材料中。的确,卡米拉进入教室前就开始隐藏自己,或者把自己变成一个次要人物——奄奄一息的男女主角的最好朋友(或者女儿)(8)。然而,卡米拉这种生活状态也并非完全出于自愿,从小说第一句话卡米拉对自我质疑就可以看出,她缺乏真正的安全感,而且对自己也不够自信。此时,她正面临退休,她的人生也似乎来到一个不知如何抉择的交叉路口。可见,卡米拉的流散经历是她心理漂泊的写照,似乎一生都漂泊不定,难以找到自己的位置,不知何处是家园。

卡米拉对于自我的质疑,在很大程度上源于她对母亲的拒绝,以及她和自我历史的割裂。卡米拉年幼丧母,对母亲的记忆非常模糊;她的中间名字"莎乐美"本来是与母亲的一个意味深远的纽带,但卡米拉一开始拒绝接受母亲的名字,仿佛想切断与母亲的关联。安德烈娅·奥莱利(Adrea O'Reilly)认为卡米拉这样的抗拒不仅切断了对母亲(母系)的传承,也使得她无法更好地认识真实的自我(O'Reilly 20)。因此,卡米拉需要回到过去探寻母亲的故事,了解自己几乎一无所知的家国,如此才能看到自己内心的空白,与失去的母亲和家园重新联结。事实上,卡米拉正是通过母亲的诗歌重新建立起了母女之间的联结。而母亲留存下来的诗歌正是她与母亲、母语和家园唯一触手可及的关联。奥莱利认为,"女孩们需要倾听母亲的故事,从而形成稳固的母女纽带并构建以由女性自己定义的身份"(O'Reilly 19)。确实,小说一开始退休之年的卡米拉正在整理家族的信件和材料。家族的信件,尤其是母亲莎乐美·乌雷尼亚的诗歌让她得以了解母亲的故事,从而填补失去母亲和家国的内心空白。这些信件和诗歌也宛如一把钥匙,一步步解锁了卡米拉对自己身份的疑问和困惑。卡米拉不仅了解自己的母亲和家国，而且最终了解了自我，“我正在谈论的是我自己啊”(8)。可见，寻找母亲的过程也是她认识自我的过程，而语言/叙述使这一切成为可能。

二

引领卡米拉面对过去、重新建立与母亲和家园联结的，正是母亲莎乐美的诗歌。卡米拉通过阅读、教授及赏析莎乐美的诗歌，不仅得以走近母亲，也开始认识祖国：“我得从母亲开始，这就意味着祖国的诞生，因为祖国与母亲几乎是同时诞生的”(8)。而在探寻母亲故事的过程中，卡米拉也更好地认知自我、建构身份。

莎乐美的诗歌对于卡米拉的自我认知、母女关系的联结以及家园的探寻及重构都起了非常重要的作用，而小说别出心裁的叙事编排更是凸显了莎乐美诗歌的意义。读者打开小说就能看到阿尔瓦雷斯为小说写的目录，与其他小说目录不同的是，《以莎乐美之名》的目录采用英西双语书写而成。小说分为两大部分，始于“序言”，结于“尾声”，讲述都是卡米拉的人生经历，构成整部小说的基本叙事框架，喻指卡米拉的寻根之旅。每部分又进一步分成四对看似不相关的章节标题，交替使用西班牙语和英语。序言和尾声西班牙语的章节标题采用的是莎乐美·乌雷尼亚的诗句，西班牙语标题下的故事讲述了莎乐美的人生经历，因为她从未离开过多米尼加，始终生活在西班牙语环境中。英文的标题实际上是从西班牙语的标题翻译过来的，这些英语标题之下的章节讲述的是卡米拉的人生经历，因为卡米拉在人生的大部分时间里四处漂泊，从西语区到英语区，似乎与母亲的影响渐行渐远。然而，当读者依次读着莎乐美和卡米拉的故事，却逐步发现，母亲和女儿的故事仿佛跨越年代、语言和地域的界限连接起来。

莎乐美的故事以第一人称的视角叙事而展开。莎乐美的一生虽然不长，但是却经历了多米尼加的动荡年代，见证了多米尼加摆脱殖民主义影响走向独立的历程。作为一名非传统且颇有激情的女性，莎乐美这样开始讲述自己的故事：“多米尼加独立六年之后，我人生的故事和我的国家的故事一同开启”(13)。这个断言正是莎乐美整个人生的根本基调：她的人生经历折射了国家的发展历程，她先后经历了 30 多个政府的更迭，切实感受到了多米尼加为了寻找合适的道路而做出的努力。小说按照时间顺序,追溯了莎乐美的童年,尤其聚焦于她的诗才的萌发和个人成长,诸如她年轻时以“赫米尼娅”为笔名发表诗歌并开始获得声望,她跟波多黎各知名教育家尤金尼奥·玛利亚·德·霍斯托斯的友谊,她作为校长践行霍斯托斯的教育理念,并以身作则教育多米尼加女孩如何获得独立的人格。小说还聚焦于莎乐美的个人生活,诸如她的婚姻,丈夫的背叛,她的四个子女(其中最小的孩子就是卡米拉),以及人生最后几年里与肺结核的搏斗。可以说,莎乐美的一生中,家庭和国家是同等重要的,甚至可以说,国家意识在她的心里占据了首要的地位,她在年纪尚轻时就不断追问:“何为国家?”作为一位民族诗人,她除了践行独立思想、致力于教育之外,更重要的是用她意识到自己可以用语言为武器,去唤醒、激励多米尼加人为梦想而战斗:“诗歌,我的诗歌,正唤醒身体!”(62)莎乐美一出生便与家国命运紧密关联,这样的联结坚不可摧,也无法磨灭,为了响应她内心的追问,她“决定致力于创作,通过写诗让同胞们在如此艰难时世留存内心对解放的热爱”(133)。莎乐美的力量来自内心的激情,更来自国家命运在心中激荡起的使命感,她以手中的笔为武器,以文字为号角,为了让国之希望永存而毕生不懈奋斗。

卡米拉的故事与莎乐美的故事不同,采用了第三人称的叙事方式,暗示着一直沉默的卡米拉没法讲述自己的故事或找到自己的声音。另外,叙事时间的序列也截然相反:莎乐美的章节按照时间的先后顺序来组织,卡米拉的故事则是从她的退休开始讲起,以倒叙的方式追溯她早年的经历。小说的第一章中是66岁的卡米拉,第八章则是三岁时离开多米尼加的卡米拉。此外,叙事的地点也有着明显的变化,不同于莎乐美故事中多米尼加历史的再现以及强烈国家意识的投射,卡米拉每个年龄阶段所处的地点各不相同,读者在她的故事中不仅看到以下地点的切换:纽约州的波基普西(1960)、福蒙特州的米德尔伯里(1950)、麻省的剑桥(1941)、古巴哈瓦那(1935),首都华盛顿(1923)、明尼苏达州的明尼阿波利斯(1918)、古巴圣地亚哥(1909)以及多米尼加的圣多明戈(1897),而且感受到这些地理概念在卡米拉心理上的投射:她宛若一个无根之人,漂泊不定,难以在任何一个地方获得真正的认同感。再者,卡米拉的叙述在很多时候呈现的并不是她本人的故事,而是他人的故事或者她与他人的关系,比如卡米拉从姑姑莫恩那里了解到母亲莎乐美和继母提维斯提塔的往事,她和家人一起迁居古巴圣地亚哥又辗转美国,在首都华盛顿照顾年老的父亲,到哈佛拜访兄长的经历,在同父异母的弟弟罗多洛佛的鼓励下来到古巴参加文学运动等等。可见,卡米拉很少讲述自己的故事,而是“习惯通过别人的视角来看自己”(243),并且她的叙事声音也不像母亲那般坚定有力,她所呈现的更多是不自信,对自我的困惑,因而在试图通过她和别人的互动来获得自我的认知。

如此看来,莎乐美和卡米拉母女之间似乎差异之处多于相似点。对于莎乐美而言,国家对于自我的身份至关重要,而卡米拉时常觉得自己是无根的,也缺乏对自我的明确认识。再者,莎乐美一生虽然短暂,但她通过诗歌的创作发出自己的声音和信念,通过教育实践影响多米尼加年幼的一代,她的人生态度积极、充满激情。相比之下,卡米拉人过中年却仍然将希望寄托于他处,在期望着外的一番现实:“对她而言抽象地活着比实际活着是不是更容易些?”(151)从这些现象也许可以推断,莎乐美和卡米拉这对母女由于年代、地域和性情的差异,彼此之间似乎无所关联。

然而,细读文本会发现,事实可能并非如此;小说巧妙的叙事让读者分别了解莎乐美和卡米拉的故事之后,重新思考母女之间的关联。在阿尔瓦雷斯的叙事编排下莎乐美的每一个故事都与卡米拉的人生经历重叠一起。比如,小说以西班牙语“el ave y el nido”作为标题的第一章节讲述的是母亲莎乐美童年的故事,而小说以英语“Bird and Nest”作为标题的最后一章讲述的是女儿卡米拉的童年故事。以此类推,读者读完整部小说之后发觉莎乐美和卡米拉母女俩的实际人生经历各不相同,但母女俩的人生阶段几乎重叠一起。此外,西班牙语的章节标题源自莎乐美的诗句,而英文的标题实际上是从西班牙语的诗句翻译而来。作者阿尔瓦雷斯对小说目录的编排寓意母亲和女儿的人生相向而驰却最终重叠一起,彼此映射、回响。读完莎乐美和卡米拉的人生故事,读者停下来思考,这时发现母亲和女儿面对面站着,消解了所有想象出来妨碍母女联结的障碍。

三

在卡米拉审视自我、重新联结与母亲的纽带过程中,莎乐美的诗歌发挥了不可或缺的作用。母亲的诗歌萦绕在卡米拉的耳畔,促使她认知并确认自己的身份,并试图找到得以归属的地方:“甚至现在,在某些孤单的下午[……]她会听到那些声音在脑海里回响,让她吟咏着母亲的诗行回家”(236)。在阅读中她领悟到母亲对于国家的责任,她说“我发誓我听到母亲一个非常低沉而坚定的声音跟我说：热爱你的祖国意义在于此。责任是最高尚的美德”(207)。母亲的诗歌还不断激励着卡米拉，引导她行动起来，去重访加勒比家园。卡米拉下定决心走自己的道路，她回到加勒比通过语言来实践理念；如此，卡米拉变成了母亲莎乐美，传承母亲的精神，延续母亲的故事，也更加真切地认知了自我和家园的含义。在 20 世纪 60 年代，卡米拉在古巴做一个文学运动的项目，其目标在于“(……)当我的某位学生拿起一本书，如饥似渴地阅读，我知道我们又朝着我们想要的国家迈进一步”(347)。像当年母亲通过诗歌表达坚守和希望一样，她也利用语言所构筑的桥梁，帮助人们建立起个人与国家之间的联系。卡米拉曾经因为不了解母亲而认为自己活在母亲光环的阴影之下，如今通过诗歌这个纽带她认识了母亲，并且感受到了母亲的激励，并在寻根之旅中发现了自信和勇气。更重要的是，她在“尾声”中终于获得了自己的叙事声音，得以讲述自己的故事，由此象征性地构建了属于她自己的精神家园：

> 当我意识到她[莎乐美·乌雷尼亚]再也不会回来，我不愿意听到谁提及我的母亲。我想念她——这样的想念会在夜深人静之时涌上心头，让我到处游走。我试过所有的策略。我了解了她的故事。我将她的故事和我的故事放在一起。我将我俩的故事交织起来，编成一股结实的绳子，然后在这根绳子的帮助之下把自己从压抑和自我怀疑中拉出来。但不管我做了什么尝试，她还是走了。直到最后我在死者唯一能够找到的地方发现了她：妈妈仍然活在人间，在古巴活得好好的，而我在这里和其他人一起努力构建她曾经梦想的国家。(335)

卡米拉的寻根之旅不仅让卡米拉真正走近母亲莎乐美，而且母女之间的纽带也随之构建；如果母亲是源头，女儿是延展，两人离开谁都无法完全理解或欣赏对方，如罗西奥·戴维斯(Rocio G. Davis)所说：“通过重构过去、母亲的形象以及家园这个概念，卡米拉超越了离别与死亡，实现了与母亲(祖国)的和解”(Davis 61)。小说的尾声可谓卡米拉人生故事的完结，然而读来却令人意犹未尽。卡米拉通过探索母亲的故事，修复了所有的联结，在这样的寻根之旅中，她发现了母亲、自我、人生目的以及精神家园。

阿尔瓦雷斯选择多米尼加共和国 19 世纪民族诗人莎乐美·乌雷尼

亚作为小说的女主人公，通过引人入胜的叙事编排让莎乐美的小女儿、现旅居美国的卡米拉·莎乐美·亨里克斯·乌雷尼亚从赏析母亲莎乐美的诗歌开始，追寻母亲（祖国）、认知自我和重构家园。阿尔瓦雷斯选择这样的题材及如此的叙事编排其意义不仅向读者展示流散他乡的多米尼加人与祖国之间的关联，更重要的是告诉读者：如同莎乐美的诗歌促成莎乐美和卡米拉跨越时空进行对话，文学作品，不管是流散移民的创作，还是流放他乡的移民阅读本土作家的作品皆有助于联结流散的移民和祖国家园。因此，流散异国他乡的移民如何认知跨国身份并维持与祖国之间的纽带、如何重构家园，在阿尔瓦雷斯看来，答案在于文学作品的阅读与创作，或者用她在采访中常用的一个词"想象力"。想象力使得阿尔瓦雷斯写下《以莎乐美之名》这部作品，想象力使得莎乐美和卡米拉的人生故事交织一起，想象力使得卡米拉最终认知自我、寻得人生意义及精神家园，想象力也促使读者积极思考，从而读懂莎乐美与卡米拉母女俩的对话，把整部小说拼成一幅完整的画。最后，想象力让流散的移民与祖国家园联结起来，彼此不断认知与对话。

引用作品[Works Cited]：

Alvarez, Julia. *In the Name of Salomé*. Chapel Hill: Algonquin Books, 2000.

Davis, Rocio G. "Back to the Future: Mothers, Languages, and Homes in Cristina Garcia's Dreaming in Cuban." *World Literature Today* 74.1 (2000): 60 - 68.

Hoffman, Joan M. "That Much I Learned from My Mother: Shaping the Mother-Daughter Relationship in Julia Alvarez's *In the Name of Salomé*." *Hispanic Journal* 23.2 (2002): 119 - 131.

O'Reilly, Adrea. "Mothers, Daughters, and Feminism Today: Empowerment, Agency, Narrative and Motherline." *Canadian Women's Studies/Les cahiers de la femme* 18.2 - 3 (1998): 16 - 21.

Socolovsky, Maya. "Patriotism, Nationalism, and the Fiction of History in Julia Alvarez's *In the Time of the Butterflies* and *In the Name of Salomé*." *Latin American Literary Review* 34.68 (July-Dec. 2006): 5 - 24.

全球圆形流散视角下《直到世界反映了灵魂最深层的需要》的主题研究

王　刚*

内容提要：《直到世界反映了灵魂最深层的需要》是2020年诺奖得主露易丝·格丽克的代表作，其主题是自我身份的模糊焦虑和心理漂泊游移，这是一个问题的两个层面，浑然一体而不能分离。前者通过自我身份的迷失、自我身份的找寻和自我身份的回归得以体现，后者通过流散的世界、隐藏的世界和神话的世界得以彰显。而这些都是全球圆形流散的典型特征，体现了现代社会的人们对自我生存状态的探究以及对灵魂深处的审视，超越了现实语境下的国家与民族的文化混杂，上升到抽象的全人类精神层面。文学全球圆形流散在理论建构上跨越时空、融合文化、深研生死，并具有全球普遍意义。

关键词：全球圆形流散；露易丝·格丽克；诺贝尔文学奖

Abstract: *Until the World Reflecting the Deepest Needs of the Soul* is a representative work of Louise Glück, winner of the 2020 Nobel Prize in Literature, whose theme is ambiguous anxiety about identity and mental drift, with the former being analyzed through the loss, search and return of self identity, and the latter being revealed in the diasporic world, the hidden world and the mythological world, all of which are typical characteristics of Global Circular Diaspora Theory. These characteristics show the exploration of people's state of self existence in modern society and their examination of the soul, which transcends the boundary of cultural hybridity of countries and nations in the realistic context, and concerns the abstract spirit of human being as a whole. The Global Circular Diaspora is a theory that breaks the boundary of time and space, integrates different cultures, investigates life and death, being endowed with universal significance.

Key words: Global Circular Diaspora; Louise Glück; Nobel Prize in Literature

---

* [**作者简介**]：王刚，台州学院外国语学院教授，博士，主要从事英美文学及翻译学方向的研究。

流散(diaspora)是一个古老的词汇。根据《牛津英语大辞典》,该词来自希腊语"διασποϱά",意为"分散、传播"。自1881年起,各版《不列颠百科全书》都收录该词,用来指称犹太人迁徙和散居的状态。直到20世纪上半叶,全球学术界对"diaspora"一词的使用基本还限定在宗教研究和人类学领域。20世纪90年代,流散成为文化研究领域的重要概念。21世纪初,流散进入国内外的文学研究领域,并逐步受到诺贝尔文学奖评审的重视,从世界文学场域的边缘走向中心。后来,国内外学者对其不断丰富发展,提出了"圆形流散"和"全球圆形流散"概念并用于分析文学作品,如有学者提炼出全球圆形流散理论的"自我身份的模糊焦虑与寻根寻家之旅"及"身心的漂泊体验与四散漂移的呈现"等十大主题(王刚 101—102)。全球圆形流散跨越了时间、打破了疆域、模糊了文化、融合了身心,甚至涵盖了生死,具有了全球性的普遍意义,这与《直到世界反映了灵魂最深层的需要》(以下简称为《直到》)[①]的核心思想和主题紧密对应。基于此,在全球圆形流散视角下对《直到》的主题进行研究具有一定的开拓意义,正如学者所言,"外国文学研究,其实也就是对外国文学的思潮、价值取向、创作特点以及发展规律等展开研究"(乔国强 174)。

2020年诺贝尔文学奖得主、当代美国著名诗人露易丝·格丽克(Louise Glück, 1943—)的诗歌着重描写现代女性日常生活中的细腻感知与心理变化。格丽克早期的作品聚焦于自白体叙事诗,后期的诗歌具有"后自白诗"特征(宋宁刚 127)。她通过奇妙的想象改写神话故事、典故、文学作品,格丽克流露出自己对生命、死亡、个人身份、爱情等的细腻感知,并通过构建生活中的真实场景与虚幻想象形成鲜明的对比,传达从女性视角出发的对身心的深刻思考,使带有自传色彩的诗歌具有了普遍意义,为世界文学提供了新的视角,具有鲜明的共同体意识,而"共同体是历代作家文学想象的重要客体,也是繁衍最久、书写最多、内涵最丰富的题材之一"(李维屏 77)。

国外对格丽克诗歌的研究众多,主要集中于其语言风格及美学价值方面。美国诗歌评论家海伦·文德勒(Helen Vendler, 1933—)认为格丽克谦卑、朴实和平常的语言具有高度的可读性,正是它们富有层次的、神秘的口吻使其与众不同。"这不是一种社会预言,而是一种精神预

---

① 《直到》收录了格丽克的《阿弗尔诺》(*Averno*, 2006)和《村居生活》(*A Village Life*, 2009)两本诗集,以及早期五本诗集的精选。

言——一种没有多少女性有勇气发出的声音"(Vendler 16)。美国诗人亨利·柯尔(Henri Cole, 1956—)提到格丽克的诗歌受到一种美学的影响,在这种美学中,美总是不完美的、无常的或不完整的。"在她的诗歌中,生活似乎不断地被反映在季节的流逝中。灵魂在身体里苏醒,就像一棵开花的李子树,秋天来了就会凋谢"(Cole 97)。

随着格丽克诗歌在国内受重视的程度越来越高,许多学者对其进行了研究。国内现有的对其诗歌的研究大多集中在死亡、神话、自然主题及创造性改写等方面。宋宁刚(2019)从女性视角解读格丽克,认为格丽克颠覆了原有的暗指主体性,在充满创造的重写中赋予了诗歌新的意义。他特别强调了女性的观点:一方面,它使其诗歌更具有普遍性;另一方面,它更巧妙地展现了女性的内心世界和她们的命运。胡铁生(2021)探索了格丽克诗歌的美学价值,认为格丽克的生命诗学立足于个体的存在和个体的生命经验,使其生命哲学美学从个体经验的特殊性上升到集体意识的普遍性。

国内外学者对格丽克作品的研究已涉猎颇广,具有重要的学术价值和启发意义,但其中关于格丽克作品中独特的自我身份和灵魂深处的研究仍比较匮乏。然而这两点也是绝大多数现代人的共同感受,能穿越时空,直击人的灵魂深处,引起强烈的共鸣,因此值得深入探讨。

《直到》的核心内容是生、死、爱和性,它们不是按照传统的模式推进,而是一直循环往复地演变,甚至有时相互转换,这使作者对它们的揭示鞭辟入里,能引起读者的强烈共鸣。《直到》的主题是自我身份的模糊焦虑和心理漂泊游移,它们分别涉及身体和心理两个维度,这是一个问题的两个层面,浑然一体而不能分离。它们与上述全球圆形流散理论十大主题中"自我身份的模糊焦虑与寻根寻家之旅"和"身心的漂泊体验与四散漂移的呈现"两个主题(王刚 101—102)也是高度契合的。为此,本文在全球圆形流散理论视角下,深入分析这两个主题,旨在揭示该作品中变幻无常的身心体验与飘忽不定的心灵居所,生与死的对立和转化,爱与性的冲突和融合。这是格丽克的命运写照,是美国人的命运写照,也可说是全人类共同命运的写照。

一、《直到》中自我身份的模糊焦虑

格丽克通过诗歌中自我身份的变化来传达其反思爱情、渴望控制身体以及体验死亡等经历。格丽克为不同的感受营造独特的情境，将自我代入其中，传递不同的自我在不同情境下的身心感受。在这一过程中，格丽克通过想象变换身份，始终在寻找真正的自我，其内心的声音也因此在全球范围内具有普遍性。格丽克探寻自我身份的过程主要表现在自我身份的迷失、自我身份的找寻与自我身份的回归三个方面。

首先，自我身份的迷失在该书中成为共性。爱情是使人相互依赖相互影响的情感，容易让人迷失自我。恋爱中的男女既有含情脉脉时，也有冷眼相对时。格丽克通过书写现代女性面对爱情时的焦虑与彷徨等感受，细腻地刻画了现代女性的内心世界。在《直到》中，格丽克借描写妻子被迫按丈夫的想法做饭时的内心活动，来表现婚姻生活中的“被迫牺牲”，“他是要我变一个人，一个根本不是我的人，/他觉得这很简单——/把鸡剁了，往锅里扔几个西红柿”(格丽克 2016：207)。爱情往往使人被迫做出改变，而这种改变很容易使人迷失自我，在为爱妥协与坚持自我的纠结中，女性会对自己的身份产生怀疑，并由此使自我产生分离。

在格丽克眼中，自我是处于潜意识中的“个体存在感”。在经历爱情带来的对于自我身份的迷茫后，格丽克将目光转向自省式的身份认知，并以其青年时期与身体、灵魂“博弈”的经历来体现对自己的身份感到陌生的复杂、矛盾的心理。格丽克曾出于“建设一个可信的自我”(格丽克 2017：152)的意愿，在青少年时期便开始长期节食，并最终患上了厌食症。对此，她这样描述：“但这些持续的行动、拒绝，本来是打算用来将自我与他者相隔离的，如今也将自我与身体隔离了开来”(同上)。格丽克在青年时期感受到自己作为独立个体的存在，但使自己独立于物质、贪婪、依赖的尝试未能实现，反而使身体状况恶化，引发身心矛盾以及自我身份的迷失。格丽克是这样，其笔下的人物亦是如此，“那时我的灵魂出现了。/你是谁，我问。/我的灵魂说，/我是你的灵魂，那个迷人的陌生人”(格丽克 2016：66)。

在爱情带来的被动和妥协中，在对自身的执着苛刻却又适得其反的控制中，格丽克对自我身份始终持有的怀疑态度使她对多样的自我身份、自己与他人身份的关系进行了深思。一般来说，出生、成长、壮大、死亡是人类生活的普遍轨迹，死亡则代表个人身份的消失。而在格丽克的笔下，死亡与新生并非截然对立或毫不相干。在格丽克的眼里，新生是死亡的延展。格丽克出生前，她的“妹妹”(亦可视作其姐姐)不幸夭折。她在谈到这位“妹妹”时说，“我没有经历过她的死亡，但我经历了她的缺席；她的死使我出生”(Glück 127)。对这位“妹妹”的追思一直影响着格丽克对死亡、对孤独的看法。诗中“我”与另一个妹妹玩耍,听到家人呼喊自己的名字后并未应答,也未走进门廊内暖黄的光线内,尽管名字使“我”认识到自己真实存在而为“我”带来安全感。诗中的“我”具有格丽克自传性的叙述特征,“我”陪伴死去的“妹妹”玩耍,并将自己代入“妹妹”的身份中,体会她的孤独。在这一过程中,“我”的自我身份分离,原本的“我”消失,“妹妹”成为另一个自我。

其次,对自我身份的找寻成为根本。自我身份的迷失并没有使格丽克停止探索的脚步。格丽克通过精细的观察和思考,以敏感的视角通过生活中的爱情体验与亲子关系来探寻自我身份。在格丽克笔下,女性恋爱、分手、结婚、离婚的情感历程以及亲人之间紧张的代际关系被刻画得丰富而细腻,并在她找寻自我身份的过程中体现出身心游离的变化状态。

在这一过程中,格丽克将自传性的爱情视角转向希腊神话故事,通过“改写”“重构”神话故事,揭示女性找寻自我身份的情感历程。希腊神话中主神宙斯和农神得墨忒耳的女儿——珀耳塞福涅在丛林中采花时被冥王哈得斯劫持为妻。格丽克在《直到》中通过对珀耳塞福涅的一系列猜想,传递出女性面对爱情时细腻的自我身份变化状态,揭示出爱情易使人违背意志、丢掉自我身份的真相,“令人讨厌的/少女身份的斗篷依然贴着她。/在水里,太阳似乎很近。/那是我的叔叔又在监视我,她想——/自然界的每样事物都是她的亲戚”(格丽克 2016: 91)。被劫掠前,珀耳塞福涅在格丽克笔下是一个厌恶自己身份、因时刻受到监视而渴望爱情与自由的天真烂漫又毫无恋爱经验的少女。随后,冥王哈得斯出现,从池塘边带走了她,“从这一刻起/她再不能没有他而活着”(同上 91—92)。这时,格丽克笔下的珀耳塞福涅已对哈得斯产生了依赖,在与哈得斯相恋时,她开始达到身心合一的状态,自我身份在潜移默化中发生了转变。由此,珀耳塞福涅又怀念起逝去的少女身份,并极力找寻,但“从池塘消失的那个女孩/再不会回来。将要回来的是一个妇人,/寻找她曾是的那个女孩”(同上 92)。在这期间,珀耳塞福涅的自我找寻又产生了内在矛盾: 她已为人妻,却怀念身为少女的自己。

格丽克在该作品中还通过母女关系探索身心矛盾和自我身份寻找的主题。在格丽克的眼中,最初,女儿与母亲“在某个点上的确是同一个人”(同上 194—195)。自母亲怀孕到女儿拥有自我意识期间,女儿是母亲身体的一部分,彼时的女儿都依附于母亲。随着成长,女儿感受到个体的意识，并试图寻找自我，“她已认出这东西，这个自我，/开始珍惜它，/而现在，它将被裹在肉里，丢掉——”（同上 195—196）。在女儿试图形成自我意识时，母亲仍将女儿看作另一个自己，忽视其自我意识。囿于母亲的控制与身体的不成熟，女儿无法认识到自我的身份，并为找寻自我身份而殚精竭虑，“我看到以明确的边界分隔自我、建立一个自我的方式，是让自己反对其他人已宣布的欲望，利用他们的意志形成我自己”（格丽克 2017：152）。在这种找寻自我身份的过程中，女儿控制自己身体的愿望更加强烈，与母亲的冲突亦愈发加剧：“在她看来，身体/依然等同于她的心思，那么一致，似乎/透明，几乎如此，/而她又一次/爱上了自己的身体，发誓要保护它”（格丽克 2016：196）。就这样，女儿在与母亲的相处过程中成长，她认识到自己的身份曾经依赖于母亲，承认与母亲曾是同一人后，苦于心思成熟但无法掌控身体后，又坚定寻找身心契合的自我。

最后，自我身份的回归成为必然。经历自我身份的迷失与探寻的过程后，《直到》中的人物通过更为深刻地感悟爱情、体会环境对人的影响而使自我身份变得清晰，自我身份回归成为必然。

在《直到》中，有关爱情的诗作丰富多样，既有前述给人带来绝望色彩的爱情诗，也不乏充满希望和憧憬的爱情诗，它们成为自我身份回归的催化剂，“他与每一个女人生活中，都将一个全新版本的自己活到/极致”（同上 151）。在此基础上，格丽克进一步推演，把自我身份的迷失和自我身份的找寻抛在脑后，为身份的回归奠定了坚实的基础，“早先认识的那个人已不复存在。/他所以存在，就是因为被她们遇见，/而相遇结束，他走开，他便随之消失”（同上 152）。诗中“他”全身心地投入爱情，扮演全新的自己，在爱情结束之后，果断地离开，回归真实的自己。与上文“被迫牺牲”的妻子不同，“他”为爱甘于主动隐藏自己的身份，将每一个新的身份活到极致，且沉浸于其中。这样，爱情与身份就非常巧妙地结合在一起，在爱情中蕴藏着身份，以身份促进爱情。

在《直到》中，自我身份的回归不仅体现为人们在人际交往中所选择的角色，也蕴藏在人们体察周围环境的过程中。如该作品对“蚯蚓”所描述的那样，“做不了人并没什么可悲的，/完全生活在泥土中也不会卑贱/或空虚：心智的本性就是要守护自己的显赫”（同上 216）。一个人的位置对其感受有决定性的影响。格丽克认为，对蚯蚓和人来说，心智与身份都具有统一性。事物都有自己独特的身份，蚯蚓生活在泥土中，它的感受是泥土带给它的，蚯蚓不会因自己的生活条件而自惭形秽。人在世界上占有自己的位置,也会感知到所在位置传递的信息,不应该因为自己的特定身份而妄自菲薄。这是生态女性主义文学中生态化的平等意识的体现,其强调所有生命的平等,认为所有生命都可以生存、发展、实现自身权利。这也正如老子所言,"天下莫柔弱于水,而攻坚强者莫之能胜"(转引自陈剑 51)。

格丽克通过类比蚯蚓的生活来映射她自己和整个人类,其基于自然中的生物来呈现个人特质,体现了生态化、女性化的价值观以及对人类生命的尊重,具有鲜明的生态女性主义特征。格丽克渴望个体的感知与身份相一致。在格丽克眼中,守护自己的思想就是心智的本性;知道自己身处何处,心智便会形成感知,从而使人真正地了解自己,这样的沉浸式生活让人的自我身份得以回归。

二、《直到》中的心理漂泊游移

在《直到》中,除了自我身份的模糊焦虑,与其相辅相成的心理漂泊游移同样值得探讨。格丽克将其对情感、死亡、内心感受等的思考寓于其心理漂泊游移的经历。格丽克渴望激发内心的形象,表达深层的感受。而生活中心灵共鸣的缺失使得格丽克在心理体验上有了更深刻的孤独感,也使得她变幻无常的心理始终游走在寻找心灵寄托的路上,并在流散的、隐藏的以及神话的三个世界中漂泊游移着。

首先,流散的世界是心理反应的共性。格丽克笔下的沉浸式爱情具有典型的流散特征。在该诗集的《夏天》这首诗中,在格丽克的笔下,爱情带来的愉悦使人迷失并进入想象的世界,进入虚幻的"漂流"中。他们放下天性与烦恼,进入忘我之境,在"漂流"中流浪,在流浪中更为惬意地"漂流",从而领略到陌生环境中新奇的景象。而在这一奇特的景象中,他们所在的床便是漂流之圆的圆心,从而为其情感上的流散提供了避风的港湾。

爱的缺席使人流浪于心灵的归处,如格丽克在该诗集的《镜像》一诗中写道,父亲的离开使她意识到:人一旦不能爱别人,就会在世界上消失。这就是说,一个人若没有爱的能力,便在这个世界上失去了立足之地。爱使人在世界上有所期待、有所寄托,寄托之处便是心灵的寓所。一个人若爱另一个人,所爱之人便成为他/她的生命的中心,对所爱之人的想念与依恋使心灵有了寄居之处。进一步来说,个人在表达爱的过程中也与他人、与世界有了千丝万缕的联系。因此，心中有爱之人在世界上占有一席之地，或者说，拥有一个自己的世界。心中无爱之人则处于流散的状态，其存在就像一朵漂浮的云，没有根基，没有固定的位置，转瞬即逝。这首诗也如"镜像"般反映了格丽克的爱情体验：经历过两次婚姻，向往爱情却始终难以企及理想的爱情。

生死循环形成了全球圆形流散世界。在格丽克笔下，生与死并非完全的阴阳相隔，死是新生的开始，如"你已经不在这个世界上了。/你在一个不同的地方，/人的生命没有任何意义的地方。/后来你又回到了这个世界上"（格丽克 2016：119）。从中可以看到，格丽克关于死亡的思考是对法国存在主义哲学家让-保罗·萨特（Jean-Paul Sartre，1905—1980）的死亡观的革新。萨特认为，死亡是对生命意义的取消，"死永远不是将其意义给予生命的那种东西；相反，它正是原则上把一切意义从生命那里去掉的东西。如果我们应当死去，我们的生命便没有意义"（萨特 654）。在格丽克眼中，死亡虽然剥夺了个人生命的意义，但是生与死是紧密交织在一起的，是永恒变换的，人们将经历从现实世界到冥界再回到现实世界的循环。在这个循环中，人们始终处于无身体、无家园、无清晰意识的流散状态。同时，这种无尽的轮回也构成了全球圆形流散。

其次，隐藏的世界是心理的神秘魅力之源。格丽克的诗歌反映了诗与内心形象"犹抱琵琶半遮面"的关系，这使得《直到》有着披上面纱的神秘魅力。格丽克曾说："我并不认为更多信息总能让一首诗更丰富。吸引我的是省略，是未说出的，是暗示，是意味深长，是有意的沉默。那未说出的，对我而言，具有强大的力量"（格丽克 2008：51）。格丽克的这一见解使我们想到了美国著名作家欧内斯特·海明威（Ernest Hemingway，1899—1961）的"冰山原则"——"如果一位作家对于他想写的东西心里有数，那么他可以省略他所知道的东西，读者呢，只要作者写得真实，会强烈地感觉到他所省略的地方，好像作者已经写出来似的。冰山在海里移动很庄严宏伟，这是因为它只有八分之一露在水面上"（海明威 193）。由此看来，格丽克在《直到》中所构建的隐藏世界，类似绘画中的白描手法，是用极其简洁的架构，几笔勾勒出鲜明生动的形象。格丽克在《直到》中寻找心灵寓所，将一个个细小而又耐人寻味的瞬间拼凑成诗中的一个故事、一段记忆抑或一个梦，促使读者通过自己的努力去找寻这些被隐藏的美，正如在海边的乱石堆中寻找光滑靓丽的鹅卵石一样。

更进一步来说,格丽克在《直到》中所刻画的隐藏世界并非单层易感的,而是多层深奥的,读者需要反复细读才能感受其迷人的魅力。《直到》中这些故事、记忆或者梦传达的并不仅限于她真正想要表达的想法,更多的是揭示关于这些想法的预兆。换言之,这其中承载的不仅仅是一段段我们读到的反映事实的文字,更包含格丽克对于内心和周围世界的细腻感知与思考。在该诗集的《预兆》一诗中,格丽克写道,"我们诗人放任自己/沉迷于这些无休止的印象,/在沉默中,虚构着只是事件的预兆,/直到世界反映了灵魂最深层的需要"(格丽克 2016: 118)。这也是该诗集名字的出处,由此可见隐藏的世界在格丽克心中的重要性——它是深深埋在格丽克的灵魂最深处的。

诗人笔下的预兆只是其内心形象的冰山一角。诗人写诗,像朝平静的湖面投掷一块石子,石子落入水中的声音是轻易可感的,就像诗歌的文字;而石子入水后泛起的阵阵涟漪则是需要密切观察才能感觉到的,是容易被忽视的。这与格丽克写诗反映的灵魂深层的需要完全一致。这种对未显露的预兆的深层思考与亚里士多德(Aristotle, 384 BC—322 BC)的诗歌理论不谋而合:"诗人的职责不在于描述已经发生的事,而在于描述可能发生的事,即根据或然或必然的原则可能发生的事"(亚里士多德 81)。亚里士多德认为诗歌应揭示事物的本质和规律,而格丽克正是通过描述现象来表达对生活的深刻思考。由此可见,格丽克通过《直到》为自己构建了一个隐藏的世界,她将内心的声音隐匿在有形可感的诗歌之下,吸引读者通过《直到》这把"钥匙"解读作品中人物丰富多彩、波荡起伏的内心世界,这些人物也因《直到》的存在而具有了隐性、含蓄的寄托。

最后,神话的世界是心理漂泊游移的升华。格丽克在《直到》中营造的神话世界更完整、更深入地反映了诗人的内心形象,也更深入、更彻底地揭示了流散的世界和隐藏的世界中的事物,是心理漂泊游移的升华。

《直到》收录的诗集——《阿基里斯的胜利》(*The Triumph of Achilles*, 1985)、《阿勒山》(*Ararat*, 1990)以及《阿弗尔诺》等——都较多地借用了希腊神话与《圣经》中的典故。格丽克从神话人物的经历中汲取灵感,在叙述神话故事的同时,通过神话表达其在现代社会情境下的经历与思考。这正如诗歌评论家文德勒所说,"(格丽克)以沉着冷静的语气讲述了伊甸园里的男女,讲述了达芙妮、阿波罗以及神秘的动物。然而,在这些神话故事的背后却隐藏着作者萦绕于诗歌中的半透明的心理状态"

(Vendler 16)。

格丽克将《直到》中女性在爱情中的被迫与压抑、女性对理想的爱情的呼唤、对死亡的感知以及内心挣扎矛盾的声音寓于神话,并通过神话世界这一奇异的视角,寻找心灵的安放之处。在《直到》的神话世界中,格丽克笔下人物的内心形象得以完整呈现,他们的所思所想和身心变化借神话人物得以完全表现出来。因此,神话世界成为最佳的心灵寓所。与此同时,读者透过格丽克所改写的神话,与内心深处的思考产生共鸣。因此,格丽克的《直到》在具有自传性的同时"使个人的存在变得普遍",因而具有了全球性意义。

《直到》中人物的心理一直在流散的世界、隐藏的世界以及神话的世界中漂游,其圆心是心灵的寓所。围绕这一圆心,格丽克进行了由浅入深的层层探寻;随着内心形象逐渐清晰,格丽克的心灵寓所也随之显现。在流散的世界中,《直到》中人物的心理在情感与生死循环中处于不同的位置;爱情带来愉悦后的迷失感,寻爱无果时灵魂无所寄托的状态,生死循环中无家园、无身份的状态都体现出诗人的身心处于彷徨无依中的流散之路上。在隐藏的世界中,格丽克借助含蓄的诗歌传达内心形象的"预兆";那些未曾言说的弦外之音因诗歌有迹可循,原本漂泊无依的心理体验也因诗歌这一载体而有所寄托。而在神话世界中,《直到》中人物的心理感应被寓于神话中,通过改写神话人物形象、描写人物内心状态而发出灵魂深处的声音。

结　　语

全球圆形流散贯穿《直到》的始终,是其核心特征。《直到》所揭示的男女主人公们在环境变化中寻找自我身份,在流散状态中寻找心灵寄托。格丽克在该作品中从自己的视角探究各色人等的身心历程,并通过他人的身心历程挖掘并审视真正的自己。在深入的自我剖析中,我们感受到格丽克对自我身份的迷失、找寻和回归的丝丝入扣,对流散、隐藏与神话三个世界的魂牵梦系,并通过把它们升华到生死的高度而将它们紧密联系在一起。

这样一来,作者所揭示的《直到》中的主题 自我身份的模糊焦虑与心理漂泊游移——既是现实的也是虚幻的,既是自我的也是他人的,既论述身体也论述心灵,既涉及生存也涉及死亡,成为典型的全球圆形流散写照。《直到》所揭示的命运具有重要的启示意义,发人深省,它不仅属于该作品中的人物,更属于全人类。

引用作品[Works Cited]:

Cole, Henri. "Louise Glück's 'Messengers'." *Daedalus* 143.1 (2014): 96 - 98.

Glück, Louise. *Proofs & Theories: Essays on Poetry*. New York: The Ecco Press, 1994.

Vendler, Helen. *Soul Says: On Recent Poetry*. Cambridge, MA: Harvard UP, 1995.

Yenser, Stephen. *On Louise Glück: Change What You See*. Ann Arbor: U of Michigan P, 2005.

陈剑:"《老子》'天下莫柔弱于水'章开头几句臆解",《陕西师范大学学报(哲学社会科学版)》,2017 年第 5 期,第 50—56 页。

海明威:《死在午后》,金绍禹译,上海:上海译文出版社,2011 年。

胡铁生:"格丽克诗学的生命哲学美学价值论",《学习与探索》,2021 年第 1 期,第 175—183 页。

李维屏:"英国文学的命运共同体表征与审美研究",《山东外语教学》,2022 年第 5 期,第 77 页。

露易丝·格丽克:"中断、犹豫、沉默",柳向阳译,《诗歌月刊》,2008 年第 3 期,第 51—52 页。

——:《直到世界反映了灵魂最深层的需要:露易丝·格丽克诗集》,柳向阳、范静晔译,上海:上海人民出版社,2016 年。

——:"诗人之教育",《四川文学》,柳向阳译,2017 年第 1 期,第 149—155 页。

乔国强:"'全球大变局'语境中外国文学研究的'变'与'不变'",《社会科学战线》,2021 年第 5 期,第 172—179 页。

萨特:《存在与虚无》,陈宣良等译,北京:三联书店,2007 年。

宋宁刚:"自白、神话与女性叙述——论露易丝·格吕克的诗歌创作",《西安财经学院学报》,2019 年第 1 期,第 123—128 页。

王刚:"全球圆形流散理论建构与文学阐释",《文学理论前沿》,2020 年第 2 期,第 88—116 页。

亚里士多德:《诗学》,陈中梅译注,北京:商务印书馆,2017 年。

音乐剧《怪圈》中的自我建构*

陈一雷**

内容提要：美国黑人剧作家迈克尔·R.杰克逊2020年获普利策戏剧奖作品《怪圈》可以从多方面进行解读，但本文认为自我建构是该剧的重要命题之一。基于此，本文首先通过对剧中人物的家庭、社会、宗教信仰以及职业等背景的分析，指出来自种族、性别与社会内部的歧视是造成主人公自我迷失之根源；然后通过对剧中元戏剧手法的考察，指出戏中戏和对文学、现实与自我的参照是该剧揭示自我成长过程的重要艺术手法；最后借助弗洛伊德的人格理论，通过对剧中人物内心世界的剖析，揭示其自我发现、自我接纳，从而坚守自我的蜕变过程。同性恋者、艾滋病人、有色人种作为边缘群体因受排斥与打压而自我迷失，《怪圈》所揭示的自我建构之路，对边缘群体走出怪圈有着重要的启迪意义。

关键词：迈克尔·R.杰克逊；《怪圈》；自我建构；元戏剧

Abstract: *A Strange Loop*, a musical which won Pulitzer Prize for Drama in 2020 by a young black playwright Michael R. Jackson, can be interpretated from diverse perspectives, but the author of the paper argues that self-construction is one of its most important theses. Based on this, firstly, through an exploration of the protagnist's background of family, society, religion and occupation, the paper points out that injustice from race, gender and society makes the root causes for the protagnist's loss of the self. Then, by surveying the metatheatrical features in the musical, the author points out that the theatrical techniques of play within play, references to literature, reality and self are the means to reveal the process of self-growth of the usher. Finally, with the application of Freud's theory of personality, the paper discusses the process of the major character changing from self-loss to self-discovery, to self-acceptance and in the end to self-holding. People of colors, people with AIDS and queers are usually discriminated and marginalized in American

* ［基金项目］：本文为作者主持的江苏省社科基金一般项目"21世纪好莱坞电影空间生产与价值观建构研究"(21WWB007)和江苏省教育科学"十四五"规划2021年度课题"新时代美育视域下的高校传媒艺术人才培养创新研究"(T-c/2021/92)的阶段性成果。

** ［作者简介］：陈一雷，博士，南京晓庄学院副教授，主要从事美国戏剧影视方向的研究。

society, and because of this, they lose their selves. The successful example set up by the character who sticks to one's self before the dilemma in the musical is of great value for all these marginalized groups.

Key words: Michael R. Jackson; *A Strange Loop*; self-construction; metatheatre

2020 年 5 月 4 日,迈克尔 · R. 杰克逊(Michael R. Jackson, 1958—2007)创作的音乐剧《怪圈》(*A Strange Loop*)获得了美国艺术界每年一度的最高荣誉:普利策戏剧奖。戏剧批评家艾丽莎 · 加德纳(Elysa Gardner, 1963—)在《纽约舞台评论》中评价道:"这是近 20 年来最富有原创性,最让人激动的作品"(转引自 Jackson 扉页)。著名戏剧评论家大卫 · 萨夫兰(David Savran, 1950—)从该剧的情节安排、音乐节奏、主题表达到剧场演出效果,较为全面地对该剧进行了热情洋溢的评价,指出了该剧的魅力所在(Savran 219—221)。萨拉 · K. 惠特菲尔德(Sarah K. Whitfield, 1971—)则聚焦黑人同性恋音乐剧,指出了该剧打破传统规范、与传统音乐剧抗衡、体现后剧场的诸多特征(Whitfield 1—13)。因《怪圈》面世年代较近,国外研究成果并不多,而国内尚无与该剧相关的研究成果,这为本论文研究提供了空间。

《怪圈》讲述的是一个在百老汇剧场工作的黑人同性恋领座员,创作一部有关一个在百老汇剧场工作的黑人同性恋领座员创作一部关于一个在百老汇剧场工作的黑人同性恋领座员创作一部音乐剧的故事。故事有点绕,就好像一个圈。这正是该剧命名的别出心裁之处。其实,音乐剧的名字是一个隐喻,身份问题是其中的核心。作为黑人,主人公在白人主流文化圈中始终处于边缘。作为同性恋,主人公被异性恋文化占主导的社会所唾弃,不仅如此,黑人同性恋还受到白人同性恋的歧视。再加上长相丑陋、特别肥胖、工作地位低下等原因,主人公愈发陷入自卑、自弃、自我憎恨的心理状态之中。这种人时刻在与内心的自我做斗争,试图改变自己。但他又似乎深陷怪圈,难以走出阴影。该剧关注的正是当下生活在以白人、异性恋为主导的美国社会中的黑人、同性恋等边缘群体的生存状态。总体看,自我成为该剧关注的焦点。本文认为自我建构是该剧的重要命题之一,该剧循着自我困惑、拒斥、迷失,到自我觉醒、发现,再到最终接纳自我、坚守自我的发展过程,揭示了黑人同性恋群体从自我迷失走向自信、自强的自我建构历程。

一、自我迷失：难以摆脱的身份

在美国，种族歧视是一个历史顽疾，有色人种、少数族裔一直是受害者。2020年5月25日，美国黑人公民乔治·弗洛伊德（George Floyd，1974—2020）被警察暴力执法致死。2021年3月16日，美国"停止仇视亚太裔"（Stop Asian Hate）组织发布报告显示，自2020年3月19日至2021年2月28日，共收到3 795起针对亚裔的种族歧视事件报告，包括人身攻击、言语攻击等，其中华裔是被攻击最多的族裔。除了亚裔，遭受歧视最多的应该是黑人了。事实证明，在美国，肤色成为重要的歧视因素。黑人、黄种人等有色人种，成为白人排斥、打击的对象。肤色给少数族裔贴上了无形的标签，他们在入学、就业、婚姻等方面受到美国主流社会的排斥与打击。这种明目张胆的歧视行为延伸到每个领域，渗透到生活的方方面面。《怪圈》正是反映黑人遭受社会不公正待遇，表现黑人同性恋生存现状的一部力作。《怪圈》中的主角——剧场领座员是个黑人。剧作者声称，"故事中很多成分是自己的亲身经历，但不是自传"（Jackson 1）。可见，故事带有很强的自我指涉性。杰克逊身为黑人、同性恋者，大学毕业时找工作到处被拒，自己问自己"我为什么找不到工作？"最后不得不继续苦读，2003年考取了纽约大学，进入了音乐剧写作研究生班学习。最终杰克逊通过努力在戏剧创作方面获得成功，得到公众的认可。该剧反映了黑人同性恋追寻自我、战胜自我，最终超越自我的自我建构历程。

《怪圈》除了获得当年度普利策戏剧大奖外，还获得了五个纽约戏剧委员会大奖，其中包括最佳音乐剧奖、最佳音乐剧剧本奖和最佳抒情诗奖（Whitfield 1）。《怪圈》为何能脱颖而出，获得多项大奖？精湛的演艺、漂亮的歌词固然十分重要，但最重要的一条，恐怕是直戳观众与评委人心的主题。这个主题就是黑人、同性恋者的身份困境问题。大卫·科特（David Cote，1969— ）在《观察家》上刊文指出："身份问题是驱动这出具有讽刺性、十分复杂、令人荡气回肠的音乐剧之动力。而且身份问题的讨论恰到好处"（转引自 Jackson 扉页）。

身份问题指什么？讨论了谁的身份？这从剧本人物设置就可以窥见一斑。该剧的主要人物只有一个：一名百老汇的剧场领座员。舞台指令中规定：这是"一个又胖、又黑、长得又丑的黑人同性恋领座员，但他特别聪明，情感丰富。他写剧本、谱曲，是个音乐剧创作人。他非常希望自己的作品能够搬上舞台”(Jackson 1)。[①] 除了主要人物之外,为了清晰地表达主人公思想,剧本还巧妙地设计了六个特殊人物,即思想 1 至思想 6,每个都代表了领座员的内心思想或者外部世界。这六个人物有胖有瘦,高矮不一,但清一色是黑人、同性恋。

不难看出,剧中人物的安排别具匠心,主要人物及其他角色从外形到肤色、到性取向非常特别。黑、胖(该剧演出时,还专门选择了一个身体超重的年轻黑人演员扮演领座员)、长相较差,换句话说,有点丑,还是同性恋。不难想象,一个集这么多弱点于一身者肯定会感到自卑,内在自我的斗争、外部各种压力使得他迷失自我。

从下面的唱段就能体会到主人公的困境与迷茫。

> 领座员:
> 我是迪斯尼剧场的领座员
> 每天清晨当我起床
> 各种各样的烦恼
> 大大小小、奇形怪状爬满了我的心房
> 我告诉自己要努力
> 我提醒自己
> 不能妥协
> 日复一日像这样揪住我不放
> 我讨厌像今天这样的日子
> 我讨厌那些看到自己的日子(同上 36)

以上来自《今天》(“TODAY”)的一部分歌词。从中不难看出,主人公的烦恼与困惑像无形的枷锁,时刻缠绕着他。哪些烦恼?从歌词中可以窥见:生活的重担——“学生贷款”难以偿还;工作不顺心——“见了老板,说我邋里邋遢,满身怪味”,挨了批评,“还得强装笑容,好好侍奉我的顾客上帝”(同上 37—38)等等。一个声音在告诉他:“你的确没用”(同上 39)。

烦恼不止于此,性取向何去何从,更让他困惑不已、进退两难。母亲给他电话留言加深了他的烦恼:

> 思想 2:但是,那……不是我打电话的真正目的。
> 思想 3:我打电话想与儿子商量商量!

---

① 本文所有译文均由笔者自译。

思想 4：你现在是否还是按照你自己的目标行事，让主指引你，为你引路？

思想 5：你的女朋友托娅怎么样了？她还是要嫁给那个男孩？

你是否想过，她也许会改变主意，对你好？（同上 41）

如前所述，为了外化领座员的所思所想，除了一个主要人物，《怪圈》还安排了六个人物。显然，思想 2 至思想 5 的表述反映了母亲对儿子的关心。但同时从母亲的话中，我们也不难看出，领座员的另外一些烦恼。同性恋显然有违宗教信仰，背叛了上帝，按照母亲的说法，人必须在“主的指引下生活”。作为上帝的忠实信徒，父母对于儿子的越轨行为无疑是不能接受的。从母亲对他昔日女友托娅的关心又可以看出，在父母眼中异性恋才是正道。舞台上四人的重复演唱“外化了领座员经历的莫名疑惑和恐惧，同时也表现了领座员努力弄清他到底是谁的痛苦挣扎”（同上 155）。

领座员的烦恼与自我迷茫，也是剧作家自身经历的反映，是剧作家作为黑人、同性恋、音乐剧撰稿人个人遭遇的再现。根据作家自述，这部音乐剧开始只是“记忆之歌”“有点像个人生活独白”（Playbill 2019）。后来的 10 多年中一直修改，最终成形。“好多事是个人的生活经历，当然大部分是虚构”（同上）。杰克逊反复强调，作为黑人、男同性恋的生活体验是多元的。作者注意到在生活的每个角落，“作为一个生活在白人至上，资本主义父权制霸道的世界里，你要不断地转换/变化”（同上）。作为黑人、同性恋，杰克逊要不断地转换角色，甚至“隐藏”自己的身份，以面对现实，适应环境。作为剧作家，他必须学会将所见所思转换成戏剧作品，来抨击现实。

杰克逊坦言，剧本创作还深受由洛伦·汉斯贝利（Larraine Hansberry，1930—1965）的戏剧《阳光下的葡萄干》（*A Raisin in the Sun*，1959）改编成的音乐剧《葡萄干》（*Raisin*，1973）的影响，尤其是音乐剧中的那首歌《不要再这样了》。“当歌中有人很礼貌地要求杨格一家不要再搬进白人居住的社区时，我真是气疯了”（转引自 Greenberg 46）。“这个唱片我放在地下室，一遍又一遍地听。这首歌特别好，讽刺意味十足，对我影响很大”（同上）。显然，无论是作为戏剧的《阳光下的葡萄干》，还是作为音乐剧的《葡萄干》,都反映出对黑人的偏见与排斥由来已久。进入21 世纪,这种情形并未有多大改观。因为身份困扰、自我迷失而不能自拔者不在少数。作为剧作家,杰克逊就是要以率直的方式,暴露这些边缘群体的生活现状,从而唤醒更多的人正视自我,鼓足勇气去接纳自我。对于他本人而言,这也是一次从自我迷失走向自我探索之旅,而他的探索手段就是艺术。

二、自我参照:元戏剧音乐剧

萨拉·霍尔德伦(Sara Holdren, 1971—　)高度赞扬了这部戏剧,指出:"《怪圈》这部作品内容十分丰富,是一部极其睿智的喜剧,作者令人难以想象地直白。这还是一部令人陶醉的元戏剧音乐剧,开场就强烈地吸引观众,讨论了很多社会热门话题。表面上看,探讨的是极度痛苦的私人话题,其实指向了更广泛的社会问题"(转引自 Jackson 扉页)。在对该剧艺术手法的评论中,评论家一致公认的就是元戏剧手法的使用。但遗憾的是,迄今的评论都只是只言片语,未见系统分析之作。那么,该剧用了什么样的元戏剧手法,而如此吸引观众呢?

元戏剧的讨论已经不是什么新鲜话题了。谈到理论家和理论,我们会想到两个人,一是莱昂内尔·阿贝尔(Lionel Abel, 1910—2001)及1963 年他出版的著作《元戏剧:一种新的戏剧形式》(*Metatheatre: A New View of Dramatic Form*)。阿贝尔认为元戏剧的一个根本特点是表现已经戏剧化了的生活(Abel 60)。具体地说,元戏剧通常运用各种手法,让剧中的人物意识到自己是在演戏,让观众知道自己在看戏。另一个就是理查德·霍恩比(Richard Hornby, 1938—　),20 世纪 80 年代他出版的《戏剧,元戏剧,感知》(*Drama, Metadrama and Perception*, 1986),梳理了五种不同的元戏剧类型,即"戏中有戏""戏中的仪式""演中有演""文学参照""现实生活参照"以及"自我参照"。霍恩比对元戏剧的阐释与界定比阿贝尔的阐述更加具体和系统。霍恩比同时指出:"元戏剧很少仅仅属于某一种类型,通常的情况是它们在某个戏剧中一起出现或者相互交融"(Hornby 32)。也就是说,我们能在一部戏剧中发现五种类型的全部或者部分。那么,《怪圈》用了哪些元戏剧形式呢?

首先,"戏中有戏"是《怪圈》采用的艺术手法之一。音乐剧一开始,领座员上场就对着观众喊开了:

"女士们，先生们，请各位回到座位上去，第二场就要开始了。"

"马上在走道里有表演，演员们会穿着大裤衩，还有花哨的长袍，我想这种打扮，无非是要表示他们是非洲大陆的后代。"(Jackson 1)

以上一段文字，是扮演领座员的演员的开场白。作为音乐剧的开场，我们有理由认为，这是剧中人物在向观众表明这是在演戏，他要介绍剧中的人物、接下来将发生什么事等。但是，两个问题出现了：第一，明明音乐剧才拉开大幕，怎么"第二场就要开始了"呢？第二，从观众进入剧场的那一刻，他们就知道是在看戏。既然是看戏，那领座员为何又强调马上就要有表演了？这不是多此一举吗？其实，如果从元戏剧相关理论出发，就不难看出，音乐剧作者这样设计，明显是在告诉观众，接下来的表演只是戏，是虚幻的艺术，不要认为这出戏讲的就是领座员自己个人生活的事。这里"戏中有戏"手法得到了发挥。

领座员接下来要介绍自己，但是，他没有直接采用第一人称"我"，而是用了第三人称"他"：

还有什么？嗯，想起来了，在这些背景的衬托下，有个特别特别胖的同性恋……同志……酷儿……男性……他头脑聪明，上过大学，研究生毕业，他写音乐剧，是迪斯尼剧场的领座员，他是个败落的中产阶级、有极左倾向的黑人，典型的美国生奴隶，骨子里从上到下的娘娘性格，最起码他自我意识上有这么一点。这样一个人，他最近迷恋上创作一部有关自己的音乐剧，叫作《怪圈》，为了这部戏，他一天到晚魂不守舍。(同上)

其实，这一过程是"戏中有戏"的延伸，是角色自我戏剧化的过程，旨在告诉观众他将扮演这样一个角色。霍恩比认为角色扮演可以分为自愿和非自愿两种。在自愿的角色扮演中，演员有意识并且乐意扮演与真实的自我不同的角色。他通常旨在实现一些明确的目标(Hornby 67)。《怪圈》中的领座员通过开场的一段台词，让观众不仅意识到这是演戏，也能看到领座员将自愿扮演戏剧中的角色。

其次，文学参照是《怪圈》采用的另一种元戏剧形式。如前文所述，元戏剧参照分成三种：文学参照、现实生活参照和自我参照。文学参照在定义上是指作为文学结构，戏剧指代其他文学，展现与其他文学作品的联系。现实生活参照,顾名思义,包括对现实生活中人物、地点、物体和事件的想象。文学参照和现实生活参照是戏剧经常用的手法。

上文提到,作者承认该剧的创作深受 1973 年由洛伦·汉斯贝利的戏剧《阳光下的葡萄干》改编成的音乐剧《葡萄干》的影响。这里其实包含了双重文学参照。洛伦·汉斯贝利的戏剧 1959 年在百老汇上演,而音乐剧《葡萄干》则是 1973 年公演。《怪圈》既受到了洛伦·汉斯贝利原作中黑人受到不公正对待一事的启发,也受到了后来改编的音乐剧《葡萄干》中歌词的影响, 并在某种意义上存在故事情节的互文性,因而《怪圈》实现了双重互文性。

另外,剧名"怪圈"的得名,也可以看作广义上的文学参照。剧作家自己承认剧名与利兹·菲尔(Liz Phair, 1967—)的一首歌有关联。剧名还是认知科学上的一个专门术语,该词由道格拉斯·霍夫斯塔特(Douglas Hofstadter, 1945—)杜撰而来,指自我的不可靠性与自反性。剧名还暗指或隐喻威廉·爱德华·伯格哈特·杜波伊斯(William Edward Burghardt Du Bois, 1868—1963)在其散文集《黑人的灵魂》(*The Souls of Black Folk*, 2012)中所描述的黑人生存的双重意识。"这是一种特别的感觉,"杜波伊斯写道,"这种感觉总是通过他者的眼光审视自我。用世界上可笑的鄙夷与同情的标尺衡量自己的灵魂"(转引自 Holdren 2019)。

再次,《怪圈》还是一部现实生活参照之作。正如杰克逊所言,这是一部带有自传色彩之作。他干过领座员的工作,本身就是同性恋,一个白人眼中的黑鬼。他头脑聪明,学历较高;在写音乐剧,既会写歌、又能谱曲,剧本都是自己一手完成。显然,剧中主人公的原型就是他自己,这部音乐剧也是黑人同性恋者生活的真实写照。黑人与白人不仅在众多领域不平等,就是在纽约同性恋市场,也不平等。换句话说,音乐剧中的人物和事件都与现实生活有关。

最后,《怪圈》的自我参照也是十分明显的。自我参照作为一种独特的元戏剧形式能够进一步划分为两种类型,即广义和狭义的。广义上的自我参照是传统戏剧创作的总体呈现,可以被看作间接的自我参照;进一步说,间接自我参照,涉及戏剧创作规则,戏剧的产生和接受,甚至戏剧批评。剧作家涉及人物和角色扮演人物都可以被看成间接的戏剧自我参照。而狭义的自我参照只关注戏剧本身,或者是直接、即刻指代戏剧本身的表演。

虽为音乐剧,《怪圈》从开场的自报家门到领座员的自我戏剧化等,都体现了戏剧应有的特点。就拿人物的自我戏剧化来说,领座员不停地给自己创设角色,安排戏剧化的表演。在整个音乐剧中他是自己的主人,主宰自己的命运。换句话说,领座员的自我戏剧化,体现在人物计划他要说什么。有时,他会考虑他的表演如何更好地让"观众"明白,也就是说,他关注自己的表演姿态,想让观众意识到这是在演戏。

综上,《怪圈》通过巧妙地使用元戏剧艺术手法,展示了主人公自我发展的心路历程,但在创作虚幻的"真实"时,又不断地采用自我戏剧化、自报家门、重复等手法,打破这些虚幻,让观众在观看中思考种族、性别、宗教等社会问题。

三、自我发现:什么都不要改变

戏剧评论家肖莎娜·格林伯格(Shoshana Greenberg)在评述《怪圈》时这样写道:"这不是传统意义上按部就班的音乐剧,而是一部描写一个人克服自我毁灭倾向经历的作品"(Greenberg 44)。这番话不仅指出了这部音乐剧与众不同、别具一格,同时也指出了它的中心议题:黑人同性恋从自我迷失、困惑到勇敢地面对自我、发现自我价值,从而坚守自我的过程。因而,科特与格林伯格有同样的看法,认为:"这部音乐剧描述的是主人公的自我发现之旅"(转引自 Jackson 扉页)。

自我发现体现在如下几个方面:首先,是戏剧主人公的自我发现。在经历了无数次自我怀疑、困惑、憎恨、迷失和极度痛苦之后,《怪圈》中的主人公终于认识到,应该抛弃那个多虑、软弱的自我,鼓起勇气,正视现实,面对自我。在该音乐剧的最后一场戏,也就是主题歌《怪圈》中,主人公经过"是否正视自我?"的思想斗争之后,最后转身面对观众。这一转身,正标志着主人公的改变。他大胆地向世人倾吐了内心世界:

我再也不会妥协
告诉你我已经有了安排

有时我会感到如此丑陋
有时又会感到非常聪明
有些人随波逐流

而我喜欢孤独前行
我是否要放弃希望
现在观点已经改变
让往日的痛苦
成为我伟大的财富

我永远永远不会改变

我不会再胡思乱想
迎接一切困难与挑战(Jackson 97)

经过日复一日的思想斗争,领座员完成了西格蒙德·弗洛伊德(Sigmund Freud, 1856—1939)所说的从本我到自我再到超我的完善过渡过程。一开始本我占据着上风,本我的冲动驱使他经常在纽约同性恋市场出没;自我在潜意识中对肤色、身份感到自卑,不时地自责、怀疑,后来也克服自我的摇摆不定,从而勇敢地正视自我。到了戏剧结尾,他"不再妥协""不再多虑"。此时,超我发挥了作用,最终坚定地认为:"我不需要改变""我就是我"(同上)。勇敢地承认自己的黑人、同性恋身份,事实上也是代表所有黑人的宣示:黑人并不低人一等,黑人同性恋也一样,根本不需要改变自己来顺应白人。

从结构上看,音乐剧《怪圈》也遵循了一般同性恋音乐剧的戏剧结构特点。科迪·艾琳·佩奇(Cody Allyn Page, 1983—)将同性恋音乐剧的整体结构归纳成三部分:"我是谁?""我要干什么?"和"11点钟的歌"。所谓"11点钟的歌",原意是指戏剧一般晚上8:30开场,11点应该结束。由此可见,"11点钟的歌"指终曲,指现实表演结束时间。到了后来的音乐剧中,"11点钟的歌"变成了剧中人物大彻大悟、剧情突然反转或者是主人公心情改变之时,由此带来了音乐剧的结束(Page 166)。慢慢地,音乐剧中"11点钟的歌"变成强化戏剧主题的手段,用一首优美的音乐让观众高高兴兴地离开剧场,从而留下幸福美好的回忆。

在《怪圈》中"11点钟的歌"成为自我反省、自我接纳的时刻。作为"11点钟的歌"的歌曲,同样取名为"怪圈"。通过这部分歌曲,观众看到了主人公的"变"与"不变"。令观众欣慰的是,主人公终于大彻大悟、接纳自我、走出怪圈,思想、观念上终于发生了改变。作为黑人,作为同性恋,他自己觉得没有什么过错，也不低贱。因此，主人公最终选择“永远不变”。这样的结尾让观众震撼，相信也会令所有黑人同性恋受到鼓舞。“按自己的方式生活，用同样的方式讲述你的人生故事，坦诚，不要恐惧”（Jackson 56）。

其次，是自我价值的发现。《怪圈》获得普利策戏剧大奖，无论对作为黑人作家的杰克逊，还是对黑人同性恋群体或黑人音乐剧而言，都是自我价值的发现。

同性恋戏剧或酷儿戏剧，在美国戏剧史上经历了从被排斥、打击到最终被接纳的过程。20 世纪早期到 60 年代，美国戏剧舞台上只有少数隐蔽的与同性恋相关的话题，尚无真正意义上的同性恋戏剧。60—70 年代，随着同性恋的公开化，不少与同性恋相关的人与事被搬上舞台，有学者称这个时期为美国同性恋戏剧的破冰期。80 年代开始至今，美国同性恋戏剧呈现繁荣趋势，越来越多的同性恋戏剧获得大奖，甚至登上百老汇舞台。但应该看到，这些戏剧中纯粹讲述同性恋生活的不多，一般都与其他话题连在一起。例如，马丁·谢尔曼（Martin Sherman，1938— ）的《弯》（*Bent*，1979）将大屠杀与同性情谊连在一起，托尼·库什纳（Tony Kushner，1956— ）的《天使在美国：一首关于国家主题的同性恋幻想曲》（*Angels in America*，*A Gay Fantasia on National Themes*，1994）将历史、政治、艾滋病、宗教多个话题放在一起。单纯讲述同性恋生活并获得成功的戏剧并不多见。黑人同性恋戏剧渐成气候也是 90 年代的事，比较有名的黑人同性恋戏剧有《强烈的爱：黑人同性恋的故事》（*Fierce Love Stories from Black Gay Life*，1991），最有影响的戏剧是《黑色水果》（*Dark Fruit*，1994）。这些作品反映了黑人同性恋者所受到的双重歧视——来自非裔内部的鄙视和白人社会的歧视。

以音乐剧形式反映同性恋生活的作品也有一些。艾尔·卡明（Al Carmine，1936— ）的《同性恋》（*The Faggot*，1973），弗雷德·希雅维亚（Fred Silver，1937— ）的《同性伴侣》（*In Gay Company*，1984）和艾伦·杰伊·勒纳（Alan Jay Lerner，1818—1986）、查尔斯·斯特劳斯（Charles Strouse，1928— ）创作的《舞得再近一些》（*Dance a Little Closer*，1983）等是自 20 世纪 70 年代以来有关同性恋的音乐剧，其中有些比较成功，也有一些反应平平。

然而，完全以黑人同性恋话题为中心，演员清一色的黑人、同性恋，又以音乐剧形式出现，获得巨大成功的作品，《怪圈》还是首部，正如戏剧评论家指出的那样,“这是普利策戏剧奖开始颁奖以来……第一位黑人音乐剧作家获此殊荣”(Whitfield 1)。这不光是个人的荣誉,更是黑人同性恋群体的荣耀。

综上,《怪圈》是黑人同性恋音乐剧的自我发现之旅。它的成功,说明了黑人同性恋的价值,与剧中主人公一样,他们在音乐剧创作上的天赋不输给其他种族、肤色与性别。

最后,对于剧作家杰克逊本人而言,这更是一次具有划时代意义的自我发现之旅。杰克逊尽管此前获得过不少奖项,但是,既作为剧本作家,又作为词、曲作家获此综合性大奖还是第一次。与剧中主人公结局时的顿悟一样,他认识到作为黑人同性恋艺术工作者,自己与其他所有剧作家一样,都可以创造奇迹,有着自身独特的价值。

结　　语

《怪圈》是一部原创、大胆、坦诚之作,剧作家将同性恋、黑人内心的痛苦,生活中的烦恼,家庭与社会对他们的恐惧与排斥,原汁原味地搬上了舞台,难怪扎卡瑞·斯图尔特(Zachary Stewart)评论说它“率直得有点让人感到不自在”(转引自 Jackson 扉页)。然而,应该看到,这是美国社会中同性恋、艾滋病和有色人种等边缘群体生活现状的真实写照。来自社会、家庭、传统道德等方面的排斥使他们憎恨自我,从而丧失自我。但是,在困境面前,他们选择超越自我,勇敢面对。该剧结尾时,主人公发现自身价值,坚守自我,在某种意义上昭示了剧作家号召美国有色人种、同性恋等边缘群体自信、自强,与社会环境、世俗文化和自我抗争的积极倡议。生活中任何人均会遇到各种各样的困难,身处逆境,如何突围?希望这部音乐剧与本文围绕身份建构的讨论能够给出比较好的答案。

引用作品[Works Cited]:

Abel, Lionel. *Metatheatre: A New View of Dramatic Form*. New York: Hill and Wang, 1963.

Greenberg, Shoshana. “Michael R. Jackson What If The Form-Breaking Playwright/Composer Puts His Work, and His Audiences through ‘A Strange Loop’.” *American Theater* April 19(2020): 44 - 46.

Holdren, Sara. "Theater Review: The Influence of Anxiety in *A Strange Loop*". *New York*, June 17, 2019. 〈http://www.vulture.com/2019/06/michael-r-jacksons-a-strange-loop-at-playwrights-horizons.html〉 (Accessed Aug. 23, 2021.)

Hornby, Richard. *Drama, Metadrama and Perception*. London: Associated UP, 1986.

Jackson, Michael R. *A Strange Loop*. New York: Theatre Communications Group, Inc., 2020.

Page, Cody Allyn. *Toward the Horizon: Contemporary Queer Theatre as Utopic Activism*. diss. Bowling Green State University, 2021.

Playbill. "Michael R. Jackson Breaks Down His *A Strange Loop Score*." Oct 3, 2019. 〈http://www.playbill.com/article/michael-r-Jackson-breaks-down-his-a-strange-loop-score.〉 (Accessed Aug.23, 2021.)

Savran, David. "*A Strange Loop* by Michael R. Jackson (review)." *Theatre Journal* 72.2 (2020): 219 - 221.

Whitfield, Sarah K. "Disrupting Heteronormative Temporality through Queer Dramaturgies: Fun Home, Hadestown and *A Strange Loop*." *Arts* 9.69 (2020): 1 - 13.

论查尔斯·赖特“重彼岸、善超验”的诗歌艺术*

甘 婷**

内容提要：美国桂冠诗人查尔斯·赖特的诗歌存在大量以基督教教义为主题、以基督元素为铺垫的作品，其诗歌的灵性与神性受到评论家的广泛关注。但赖特一方面承认“神性及神性之冥思”是其诗歌重要的主题，另一方面又否认自己是虔诚的基督徒，并撇清其诗歌创作具有传教目的。本文围绕赖特在诗歌创作中展现的对基督教教义的核心问题“受难-复活”“罪与原罪”“死亡意义”的探寻，从“徘徊的信仰”“怀疑的忏悔”“死亡的超验”三个维度来勾勒他“重彼岸、善超验”的诗歌图景，从而印证他将诗歌艺术化身为与上帝沟通的桥梁、灵魂建构的工具的诗学理念。

关键词：查尔斯·赖特；“重彼岸、善超验”；诗歌艺术

Abstract: Plenty of Charles Wright's works, who is American Poet Laureate, adopt Christian doctrine as the theme and Christian elements as the foundation. The spirituality and divinity of his poems have been widely concerned by critics. But, on the one hand, Wright admits one of his poetry themes is "a contemplation of the divine and its attendant mysteries", on the other hand, he denies that he was a devout Christian and dismissed his poetry as having a missionary purpose. This paper focuses on Wright's discussion of some major topics of Christian doctrine, that is "Crucifixion and resurrection", "sin and original sin" and "the meaning of death" and outlines his poetic vision of "emphasizing the other side and valuing transcendence" from the three dimensions of "wandering faith", "doubting confession" and "transcendence of death", so as to confirm his poetics of turning poetry into art as a bridge to communicate with God and a tool for soul construction.

---

* ［**基金项目**］：本文为作者主持的福建省社会科学基金项目“文化间性视野中查尔斯·赖特的中华文化认同与利用研究”（FJ2022BF009）及生安锋教授主持的国家社科基金重大项目“美国族裔文学中的文化共同体思想研究”（21&ZD281）的阶段性成果。

** ［**作者简介**］：甘婷，集美大学外国语学院副教授，文学博士，主要从事美国现代诗歌及美国文学与中国文化关系研究。

Key words: Charles Wright; “emphasizing the other side and valuing transcendence”; poetry

桂冠诗人查尔斯·赖特(Charles Wright, 1935—)被认为是美国现代诗歌领域中最重要的诗人之一(Giannelli xi)。他的诗歌常给人留下灵性冥思的印象。多年潜心研究赖特诗歌的大卫·杨(David Young)曾惊诧“无论有多少评论家以何种不同的角度、以何其精妙的论据分析赖特的诗歌,其浓郁的宗教色彩是大家共同关注的重点”(Wright & Young 1995: 122)。不过,悖谬的是,赖特本人一方面承认他的诗歌创作充满“神性”基调:“我在宗教氛围中成长,所以我(诗歌)的参考点、我的语言触点都是基督教式的”(同上);另一方面,他坚决否认其创作具有传教目的,坚称“与其说宗教是他诗歌艺术的燃点,不如说是它的光环”(同上),甚至质疑基督教信仰:“你们知道的,我不是一个传教士。我既不确定,也不信服。我一直在追问,一直在探寻。我所有的断言都是问题式的”(同上 125)。为什么赖特在诗歌创作中热衷于宗教主题却又撇清传教目的?赖特笼罩着团团宗教迷雾、袅袅灵性冥思的作品究竟展现了什么样的诗歌艺术?这样的诗歌艺术又反映了他什么样的诗学理念?我们将从赖特诗歌中呈现的“徘徊的信仰”“怀疑的忏悔”“死亡的超验”三个维度来勾勒他“重彼岸、善超验”的诗歌图景。

一、徘徊的信仰

查尔斯·赖特具有深厚的基督教背景——他出生在一个虔诚的基督教家庭,自小就被父母送到教会学校接受教育:1948—1950 年,赖特在“天空谷”教会学校(Sky Valley School)学习;此后,赖特又被送到另一所名为“基督学校”(Christ School)的圣公会寄宿学校完成高中学业(Friebert et al. 279)。成年后赖特还曾担任圣公会的教士助手。在这样丰富的宗教经验浸润之下,赖特的作品蕴藏着各式各样的宗教元素:既有欧洲著名教堂的再现,如《致敬埃兹拉·庞德》(“Homage to Ezra Pound”, 1973)中的圣塞巴斯蒂安教堂[①]、《奥斯卡·王尔德在圣明尼亚托

① 圣塞巴斯蒂安教堂(Saint Sebastiano)是意大利米兰市中心一座晚期的文艺复兴风格的教堂。

教堂》("Oscar Wilde at San Miniato", 1973)中的圣明尼亚托教堂;也有宗教节日书写,如《链接链》("Link Chain", 1975)中的圣枝主日(Palm Sunday)[①]、《复活节,1974 年》("Easter, 1974", 1975)和《升天节》("Holy Thursday", 1981)中的复活节、升天节等;更有许多宗教主题的诗歌不胜枚举。不过,赖特在诗歌中展现的并非虔诚的信仰,而是真实地再现信仰道路上的困惑与徘徊。《升天节》再现诗人围绕"受难-复活"为冥想主题的踟蹰就是典型例子。该诗共有五节,第一节通过互文英国浪漫主义诗人威廉·布莱克(William Blake, 1757—1827)的同名诗歌《升天节》直入主题:

哀鸽开始咕呜咕呜啼叫
胡椒木上,断裂
山丘顶闪过一道蓝色而分离的光,
我独自穿过南瓜花丛来到圆盘形的田野,
布莱克的孩子们仍蜷缩着身子睡觉,一团
噩梦与来世。
圣歌如潮水般从滴血的心中涌出。
大教堂在水雾中若隐若现。
我磨蹭着光滑的土坯,一只眼
惊奇地探索,一只眼盯着结果。[②] (Wright 1990a: 14)

"升天节"又称"神圣星期四",是新教教派之一英国国教(安立甘宗)庆祝耶稣升天的日子。布莱克曾创作两首《升天节》的同名诗歌,分别收入在诗集《天真之歌》(*Songs of Innocence*, 1789)和《经验之歌》(*Songs of Experience*, 1794)中。《经验之歌》中的《升天节》以升天节里孤儿悲痛的口吻描绘了一个充斥着贫困、疾病和战争的世界:

这是神圣事情一桩?
本来富庶的土地上,
婴儿陷入悲惨境况,
竟让那冰冷的放高利贷的双手喂养?

---

① 圣枝主日是基督教节日,指复活节前的星期日。棕榈叶在西方文化象征着胜利,该节日为纪念耶稣基督胜利进入耶路撒冷,人们在路上撒上棕榈叶以纪念这一功绩。

② 本文中所引查尔斯·赖特的诗歌皆为本文作者自译。

那颤抖哭喊可称之乐章？
那能变成欢乐之歌？
成千上万的孩子陷入饥荒？
那原来是个贫瘠的地方！
他们的太阳永远不会发光。
他们的田野遍地荒凉。
他们的道路荆棘丛生。
那里的天气是永恒的寒冬。
因为只要哪里有阳光普照
只要哪里会降下甘霖：
婴孩不再饥肠辘辘
贫穷也不会威吓心灵。①

再来看收入布莱克另一本诗集《天真之歌》中的《升天节》。尽管布莱克在这首《升天节》描绘了一个不同的世界，但他依然以升天节中的孩童的衣着、行为、生存状况等作为诗歌的主要刻写对象：

升天节天真的孩子们洗净了脸庞
他们都两人一排穿着鲜艳的服装，
前面走着灰发执事拿着雪白手杖，
河水般的长队走向保罗穹顶教堂，

伦敦城的花儿遍地开放斗艳争芳！
相互簇拥在一起焕发出迷人容光。
那里所有的众人都是上帝的羔羊，
数千的孩子将虔诚的双手伸向上方。

洪荒之力将赞美的歌声送上天堂，
抑或是震动天椅的和谐雷声轰响，
上面端坐的智慧老人是穷人保障，
珍惜怜悯以免在门前把天使错伤。②

---

① 该诗翻译参考了杨苡翻译的《天真与经验之歌》(湖南人民出版社，1988年)和“爱吾词诗”网站的翻译〈https://www.52shici.com/posts.php? clearlocalStorage=57703&id=276862〉。

② 同上。

赖特在他的《升天节》中以“布莱克的孩子们仍蜷缩着身子睡觉”互文布莱克的两首经典同名诗歌。布莱克笔下的孩子们一方面在现实的世界中“陷入悲惨境况”“让那冰冷的放高利贷的双手”喂养；另一方面却在信仰的世界中穿戴“鲜艳的服装”整齐地走向“保罗穹顶教堂”，并使用“洪荒之力将赞美的歌声送上天堂”。布莱克通过将“孩子们”悲惨凄苦的现实世界与“体面美好”的信仰世界强烈对比，表达他对基督教控制的精神世界的质疑和批判。赖特在他的同名诗《升天节》中借用“布莱克的孩子们”，并指出他们“仍蜷缩着身子睡觉”，说明他与布莱克的信仰认知一致。他强调纵使孩子们“将虔诚的双手伸向上方(的上帝)”，纵使历史的车轮已碾过布莱克的时代，今天升天节里的孩子们依然贫穷得需要蜷缩着身子睡觉。“噩梦与来世”似乎是诗人喃喃自语的感叹，也再次呼应布莱克对现实与信仰的理解与诠释。如果“噩梦”是布莱克描绘的“孩子们”生存的凄惨世界，那么“来世”是基督教信仰指引我们摆脱痛苦的出路。问题是，赖特是否完全相信基督教的“来世”论呢？赖特以徘徊与迟疑来回答。“圣歌如潮水般从滴血的心中涌出”再次与布莱克的“洪荒之力将赞美的歌声送上天堂”互文，形象地刻画了基督徒忍受着现实的残酷，虔诚地仰赖上帝恩典的形象。因为无论是布莱克诗中的“洪荒之力”还是赖特文本中的潮水般的圣歌应该都是人们向上帝展现的“善功”，但“大教堂在水雾中若隐若现”却暗示赖特对上帝的恩宠能否降临、来世能否获得救赎的困惑，而这也恰恰是“滴血的心”形成的原因。“我磨蹭着光滑的土坯”，“磨蹭”(scuff)——“用双脚来回蹭地的动作”凸显赖特迟疑、犹豫的内心，最终诗人一边继续神性的追索——“一只眼惊奇地探索”；一边静待恩宠的降临——“一只眼盯着结果”。从这后两句诗可见赖特的宗教观远不如布莱克决绝。该诗的第二节以自白的口吻进一步为信仰的徘徊寻找出路：

总有生锈的时候，
为了俯瞰大地和这横链。
总有长草的时候，遍布
四周的四角形紫色小花，
　　　　　　　　　　　　光芒四射地装扮着。
总有沾染灰尘的时候。
缓一缓，缓一缓，苍蝇嗡嗡，它们的翅膀
在玉米丝上越来越炽热。

> 无可回应，四只乌鸦
> 立在桉树的枝干上，以舌言语。
> 它们也无以回应。（Wright 1990a：14）

三个排比“总有生锈的时候”“总有长草的时候”“总有沾染灰尘的时候”，以自然界的基本规律比拟信仰上的犹疑与反复。这似乎是诗人的自我宽慰，或许在赖特看来，尽管清教徒强调信仰上的虔诚，但虔诚并不意味着不假思索的笃定。赖特用“生锈、长草、沾染灰尘”等这些自然现象说明身为自然人的清教徒对基督信仰产生困惑与疑虑是自然规律。赖特进而得出“缓一缓，缓一缓”的结论，即使“无可回应”甚至“无以回应”在诗人看来也是可以宽容的。该诗的最后一节再次回归“复活-救赎”的主题：

> 棕榈树上海浪的声音，
> 沙沙声，风
> 　　　　　从西部大肆而来，
> 孩子们又睡着了，他们的第二个自我
> 开始骚动，月亮
> 倾斜着，他们的梯子滑倒了。
> 从翻滚的死尸下，从他们湿漉漉的双手和救赎的恩典，
> 孩子们开始移动，角度磷光闪闪
> 沿着山脊。
> 　　　　　天使们
> 数着节奏，他们那空洞的歌曲啊
> 赞美诗说了什么，第一页和最后一页。（同上 15）

“孩子们又睡着了”与诗首节“布莱克的孩子们仍蜷缩着身子睡觉”呼应。但这里的“睡着”却不单指物理睡眠，因为从下文“第二个自我”“翻滚的死尸”“救赎的恩典”等词互相关照来看，“睡着”还含有死亡的意义。孩子们从苦难的深渊——“翻滚的死尸下”“湿漉漉的双手”在救赎恩典中开始缓慢移动，这似乎预示着孩子们正等待着走向天国。但他们真的能重生并走向幸福吗？诗歌的最后两行诗“天使们数着节奏，他们那空洞的歌曲啊”、完全不知赞美诗的第一页和最后一页说了什么，暴露了诗人对基督教“复活 救赎”说的质疑　　“空洞”直接揭露高唱圣歌的意义是值得商榷的；“布莱克的孩子们”是否真能获得救赎也是值得怀疑的。统观全诗，赖特的信仰经历了从“怀疑-宽慰-判定”的过程。围绕着基督教教

义中极为重要的“受难-复活”主题，一位在信仰中“迟疑-释然-接受”的清教徒形象逐渐清晰。或许这正是赖特否认“传教士”身份的原因，因为他所展示的不是信仰中的虔诚与笃定，而是信仰中的踟蹰与接受。

二、怀疑的忏悔

围绕“受难-复活”主题，赖特还在《复活节，1974 年》《晨曲》(“Aubade”, 1970)等多首诗歌中从不同的角度冥想与吟唱。不过，他对“彼岸世界”的迷恋还表现在他对基督教教义其他一些基本问题的探究上。他对“罪与原罪”的诠释秉持着一种“追寻问题”式的怀疑精神。追溯基督教“罪”的概念史，“罪”说诞生于基督教母体教派犹太教。犹太教的宗教经典《旧约》记载了世人耳熟能详的罪罚故事：亚当、夏娃在伊甸园中被蛇诱惑，违背神的旨意偷食禁果。不过在犹太民族中，尚未将始祖的犯罪故事升华为深重的“原罪”意识，直到基督教才将“原罪”观与“受难-复活”的赎罪意识统一起来。在基督教的教义中，人们此生此岸实现不了的幸福可在天国实现于复活的灵魂中。但人类因祖先犯下“原罪”，并不具备上天国的资格。耶稣基督通过“受难而死”承担“原罪”打通了选民通往天国的道路，而要成为上帝的选民，就必须虔诚地信仰上帝、信仰基督才有可能蒙获圣恩，接受上帝的拣选。正如学者赵林总结的“在基督教神学中，‘救赎’与‘原罪’构成了一对最基本的辩证范畴——基督向死而生的整个过程无非是为了完成对亚当所犯‘原罪’的‘救赎’”(赵林 57)。“罪”(sin)作为基督神学的基本概念以诗歌元素或诗歌意象出现在赖特的诗歌作品中并不鲜见。不过，要论能集中阐释赖特独特“罪观”的诗歌应属《2035 年的自画像》(“Self-Portrait in 2035”, 1977)和《罪说》(“Peccatology”, 2000)。《2035 年的自画像》全诗如下：

他化身为根，路碾出车辙
那是细粉光下的筛子和谷物
重铸他，下沉他的骨架，
毛毯，爬起来，还好，还好：

虫粪和枕虱；头发
他的胳膊刺痛，黑色鞋子灰尘扑扑

无链无边,模糊不清的他的脸
朽木中,过去暂停……
黑暗,抹去这些线条,遗忘这些文字。
蜘蛛记诵他的一宗罪。(Wright 1982b: 113)

该诗开篇勾勒100年后长眠于地下的"他"。第一、二小节的重点描绘生命的物理消亡:"他"的头发沾满"虫粪和枕虱",肢体一点点腐化——"胳膊刺痛,(随葬的)黑色鞋子灰尘扑扑",骨架不断下沉,脸也变得模糊不清。不过,肢体腐化正是一种大自然的有机化,所以诗歌尽管描述的是死亡,却没有营造阴森恐怖或悲观消极的氛围。第一句"他化身为根"("The root becomes him")中"变成"("become")是双关语。一方面树根蔓延占据了诗人的墓穴;另一方面,他"化身为根"是生命的复归。所以"变成"这个词,既可能是树根变成"他"、也可能是"他"变成"树根"。这与下文中"还好, 还好"呼应——尽管肉体消亡,但生命以另一种样态复现不禁令人发出"还好"的感慨。最后两句为全诗的诗眼:即使黑暗抹去这些线条,遗忘这些文字,蜘蛛仍记诵他的一宗罪。"黑暗抹去线条"互文首句"路碾出车辙";"遗忘这些文字"与"过去暂停"互相关照。死亡分为物理性死亡和社会性死亡,通常社会性死亡才被认为是绝对死亡。那么,什么是社会性死亡呢?社会性死亡简而言之是指任何有关此生命的相关记忆、记录都消失殆尽,比如记得此人的亲友也死亡,世上再没有人记得你的名字,这就是社会性的绝对死亡。如果说前两节诗描绘的是诗人的物理性死亡,那么,最后一节诗描绘的正是社会性的绝对死亡。但即使生命达到绝对死亡的状态,"蜘蛛记诵他的一宗罪"却不能灭亡。蜘蛛记诵的是什么罪呢?为什么是蜘蛛记诵的罪呢?尼采曾在他最重要的作品之一《查拉图斯特拉如是说》(*Also Sprach Zarathustra*, 1883—1885)中描述过"毒蜘蛛"。该文"毒蜘蛛"的隐喻闪现着上帝的影子。尼采眼中的毒蜘蛛比喻"灵魂眩晕之人""平等的说教者""最好的世界之诋毁者与异教徒之焚烧者"(尼采 176—180)。他还将毒蜘蛛的洞穴所在之地描述为"高高耸起一片古代神庙的废墟"(同上)。显而易见蜘蛛记诵的"罪"内涵基督教的"原罪"。赖特正是借用尼采"蜘蛛-上帝"的意象:即使长眠于地下,肉体消亡重归自然,上帝却永远记得他的这一宗罪,并世世代代传承下去。那么赖特在这首诗中呈现的原罪观是怎样的呢?如果说他像尼采一样具有强烈的反叛意识,他却将"毒蜘蛛"替换成"蜘蛛";如果说他完全信仰

"原罪"论,他选择"记诵"(recite)这个词又带有鲜明的讽刺意味。"记诵"这个词在《牛津高阶英汉双解辞典》中有两个释义：一是"在记忆的基础上的大声朗读(尤指向听众)"、二是"列举"(霍恩比 1245)。无论用哪一层意思去诠释上帝"记诵"原罪的行为,都颠覆了上帝"全知全能全善"的形象。因为,"全知"的上帝何须记忆"原罪"?"全能"的上帝又何必(向信徒)"列举""原罪"?上帝以"原罪"为条件施与的恩典和爱又可称为"全善"么?"记诵"这个动词暗含着赖特对基督教原罪意识的嘲弄。可见,赖特的"原罪"观裹挟着浓郁的怀疑色彩。

或许正因为赖特对基督教的"原罪"意识存有疑虑,他在《罪说》这首诗中再提及"罪"时,"罪"的含义就更加立体和丰富：

正如卡夫卡告诉我们的,
　　罪总是堂而皇之地出现：
它随根移动,不必连根拔起。

它是多么容易在感官上消逝,
然而,印第安的夏天[①],
　　常春藤树篱的星脚
踩踏着死去的云杉和铁杉刺,
那落叶到最后就像燃烧的煤块
　　远远地堆积在院子的角落,
阿拉伯数字排列的蝗虫豆荚,从右到左。

它变得多小的一个东西啊！神经紧绷
一半充满刺激,
　　一半被根除,快乐满满。(Wright 2000：42)

《罪说》开篇就互文卡夫卡之"罪",因此,要理解《罪说》中"罪"的内涵,首先要厘清卡夫卡认知体系中"罪"的内涵。弗兰茨·卡夫卡(Franz Kafka, 1883—1924)是一位罪感意识极强的作家,他无论在文学创作还是日常生活中都渗透着浓浓的罪恶意识,甚至可以说"我有罪"就是卡夫

① "印第安的夏天"是用来描述加拿大与美国的交界处,魁北克和安大略南边,一种很特别的天气现象。这种天气发生在深秋时节,冬天来临之前忽然回暖,宛若回到温暖的夏天。

卡的人生格言。概括而言,卡夫卡的"有罪"观不仅指"原罪",还囊括日常生活中的罪感。他曾在随笔中对"罪"与"原罪"做过详细地阐述:"我们为什么要为原罪而抱怨?不是由于它的缘故我们被逐出了天堂,而是由于我们没有吃到生命之树的果子所致。我们之所以有罪,不仅是由于我们吃了知识之树的果子,而且也由于我们还没有吃生命之树的果子。有罪的是我们所处的境况,与罪过无关"(11)。卡夫卡所谓的"有罪的是我们所处的境况"是指什么呢?谢春平等认为"在原罪大背景下产生的现代人之罪,是在现代社会法权系统中产生的现代人之罪。卡夫卡之罪是法权系统强加于现代人身上的莫名之罪,是处于法权系统中的现代人因'缺乏耐心和漫不经心'而给自己带来的罪,是弱者面对强大的法权系统产生的恐惧不安心理衍生而来的悖谬之罪"(20—21)。本文认为赖特开篇提及卡夫卡之"罪"正是借用其丰富内涵。首句罪"堂而皇之"(openly)地出现,"openly"这个词的词义是不隐藏、明目张胆。什么"罪"可以毫不隐藏、堂而皇之地出现呢?能毫不隐藏的罪只能是人人皆有之罪,因为只有每个人都有,才不需要隐藏。那么什么罪是人人皆有呢?那只能是基督教世界中人与生俱来的"原罪"。接着,赖特将"罪"比喻为"可随根移动却不必连根拔起"的植物,再次强调原罪伴随人一生的状态。诗歌的第二节,"它是多么容易在感官上消逝"说明在日常生活中,原罪带来的忏悔之感并不是那么牢固。接着赖特以一系列的自然意象隐喻生命的周而复始:"印第安的夏天""常春藤树篱的星脚""云杉和铁杉刺""蝗虫豆荚"。为什么"常春藤树篱的星脚"会踩踏死去的云杉和铁杉刺?认真观察常春藤的植物特性发现常春藤的根形似星星,因此所谓的"星脚"指代常春藤的根;而显然"踩踏"(treading)这个动词生动再现常春藤树根的生长替代死去的云杉和铁杉刺,从一个侧面刻写了生命的传承与生生不息。在这样的生命延续中,最后一诗节发出这样的感慨:"它变得多小的一个东西啊!"——在绵绵不绝的生命反衬下"原罪"的意义被缩小了。原来总让人神经紧绷的"罪"感,一半被根除,一半充满刺激,却让人"快乐满满"。可见,赖特的"罪"观,既没有完全否定基督教世界对"原罪"认定,但又怀疑它被过于强调了。概而言之,赖特的"罪"观是在怀疑中的忏悔。

三、"死亡"的超验

其实,无论是徘徊的信仰还是怀疑的忏悔都说明赖特深深地依恋彼岸世界,因为这种"徘徊"与"怀疑"恰恰说明他一直走在探寻"神性"的路上。不过,诗歌艺术之于赖特来说,不仅是构建信仰的殿堂,更是安放灵魂的家园,因为在他的诗歌艺术中,诗歌不仅是诗人与上帝沟通的桥梁,更是将俗世经验赋予超验深意的工具,而这集中体现在他通过赋予死亡以积极意义来实践死亡的超验。以《致敬保罗·塞尚》("Homage to Paul Cézanne", 1981)为例,该诗的前半部分是从被动的角度把握死亡的意义,比如通过赋予死者以生者的行为动作和情感思维来打破生死区隔,以塞尚(Paul Cézanne, 1839—1906)的绘画技巧来借喻多维度的死亡存在的形式和空间。但是,所有这些对"死亡"的理解与感受都是"死亡"作为客体的认知,即完成"死亡"是什么、"死亡"在哪里、"死亡"以什么形式存在等问题的追问,却没有回答"死亡"作为主体的能动性功能。如果说"死亡"是什么、"死亡"在哪里、"死亡"以什么形式存在是站在生者的角度来理解"死亡",那么反过来"死亡"之于生者的价值和意义何在呢? 这是赖特在该诗后半部分试图探索的问题。且看第五章从细微的日常琐事着手:

> 他们随身携带他们的彩色线团和一篮子丝缎
> 为我们缝补衣裳,让我们看着得体,
> 修改,缝合,更换纽扣,补齐一个裂口。
> 他们就像我们宽松袖口里平躺的褶皱,他们将我们紧紧聚拢。
>
> (Wright 1990b: 7)

赖特运用"缝补"衣服这件日常生活中最平常不过的小事来隐喻死者对生者的影响。在赖特的描述中,"死者"不仅像至亲长辈一样对生者充满慈爱和关切——为了"让我们看着得体"甚至随身携带"彩色线团"和"一篮子丝缎"来为"我们缝补衣裳",而且还能像"宽松袖口平躺的褶皱"将"我们紧紧聚拢"。缝补衣裳是一件日常小事,但诗歌却令缝补衣裳这件小事不容小觑,因为它关系到我们"得体与否"。缝补这个动作本身暗含"补救""修补"之意,诗人借"缝补衣裳"这个意象说明"死亡"之于生者的价值恰恰在于能让生者反思、修正、整改与弥补。《旧唐书·魏徵传》记载了一个典故:直言敢谏的重臣魏征病死之后,唐太宗非常难过,他流着眼泪说:"夫以铜为镜,可以正衣冠;以史为镜,可以知兴替;以人为镜,可以知得失。"赖特在此处运用缝补衣裳的隐喻与唐太宗的话有异曲同工之妙。"死亡"的经验能为生存带来反观的功效。如果从死亡的角度看待生命，我们的确是更能明白生命的缺口与裂缝，更能了解如何缝补生命的遗失与缺憾，更能体味死亡之于生命的意义。此外，“宽松袖口平躺的褶皱”将“我们紧紧聚拢”则演绎死亡与生存的另一重关系。第三诗章中，“死者”害怕被生者遗忘，一遍又一遍讲述自己的故事，似乎二者的关系完全取决于生者；但其实“死亡”对生者的关系也有能动作用——它能将生者凝聚。有些读者可能会产生疑问：死者的生命已终结，他们又怎么能够帮助生者凝聚？认真回顾历史经验，才恍然大悟赖特捕捉到生命的深层次含义：比如，一个支离破碎的家庭可能会在一位长辈的葬礼上重聚；仇恨已久的死敌可能会因共同在乎的生命逝去而和解；涣散蒙昧的民族可能会因一位民族英雄的牺牲而凝聚开化。这样的例子在人类历史长河中并不鲜见，只是我们经常遗忘了“死亡”并不只代表生命的终结，它也有让生命重聚的力量。

当然，诗人并不满足于“死亡”之于世俗生活的能动作用，他还将“死亡”的功能延展到灵肉分离的世界，且看该诗第六章：

> 他们经常会向下伸出一只手，
> 或说些话，将我们的身体解放出来加入他们（的世界）。
> 在床上我们回忆另一个自己。（同上）

诗歌多次呈现死者位于生者的上方，他们总是“向下”伸出手来。从方位上看，“死者”的位置与地狱相较更似在天堂，而且打破了前文附属的、被动的角色地位。“他们”向下伸出一双手或用一些言语“将我们的身体解放”。身体为什么要解放？它被什么禁锢了呢？为了回答这两个问题我们必须回到西方经典哲学史中去寻找答案。古希腊哲学家柏拉图最早提出的二元论论述的就是灵魂与肉体的关系，只不过在二者关系中柏拉图强调灵魂主导支配肉体，而肉体对灵魂的发展作用是消极的，人的堕落恰是肉体的欲望超越了理性灵魂的外在表现。柏拉图认为“如果我们想获得关于某事物的纯粹知识，我们就必须摆脱肉体”（柏拉图 64）。在西方经典哲学体系中，灵魂的本质是理性的、思维的，而肉身则是追寻真理、知识与智慧的障碍与桎梏。基督教中也大量“使用”肉体一词，但基督教中的肉体与柏拉图的“肉体”相较则更具有罪恶本源的能动性。圣经《罗马书》7 章 14 节中记载“属乎肉体的，是已经卖给罪了”（《新旧约全书》174）；8 章 3—4 节说，神“作了赎罪祭，在肉体中定了罪案，使律法的义成就在我们这不随从肉体，只随从圣灵的人身上”（同上）。可见，不管是柏拉图的二元论还是基督教的身体观，都一脉相承地对身体持否定态度，如此一来我们就不难理解在西方传统文化浸染中成长的诗人赖特“将我们的身体解放”的愿望了。不过，需要注意的是，在柏拉图二元论中战胜肉体的是人的理性灵魂，基督教的世界里能够帮助我们摆脱肉体束缚的是神性，而在这首诗歌中将“我们身体解放”的是死者——“他”伸出的双手、“他”的言语能够拯救被禁锢在生者身体里的(灵魂)，即生者通过死者看到了另一个不受约束的自己。我们不能确定“死亡”是不是具有几乎等同于“上帝”的功能，但我们感受到赖特强烈的追寻死亡超验意义的热忱。赖特本人接受卡罗尔·埃利斯(Carol Ellis)专访时也强调：“死亡是我能想到的最可接触的抽象之物，大部分的人知道死亡的物理意义，但如果你读了(这首)诗歌你就能理解它的超验含义”(Wright 1988b：155)。总之，赖特探索死亡的超验意义说明：死亡不是生命的终结，而是与生对应的存在。赖特探寻“死亡”超验意义归根到底是对“未知死，焉知生”的回答。

结　　语

20世纪美国实用主义大潮风起云涌，接受西方正统智识教育的赖特也卷进了基督教与世俗主义的论争大潮，他的宗教观不可避免地受到“上帝已死”或“主体消亡”思想的影响。这或许是为什么赖特一直以神性的冥思作为创作主题，却又总显露出不完全信服的宗教思想。赖特诗歌作品折射出来的“徘徊的信仰”“怀疑的忏悔”和“死亡的超验”再现了一名清教徒在信仰中真实的状态——既有热切的期盼、耐心的等待，更有间或的迟疑、困惑和迷茫。赖特“重彼岸、善超验”的诗歌艺术源于他一贯坚持的诗学理念，因为他一直坚信“诗歌真正的意图是神性的沉思及对神性之神秘的探寻”(Wright 1988a：5)。

引用作品[Works Cited]：

Friebert, Stuart, David Walker, and David Young, eds. *A Field Guide to Contemporary Poetry and Poetics*. Oberlin: Oberlin College Press, 1997.

Giannelli, Adam, ed. *High Lonesome: On the Poetry of Charles Wright*. Oberlin: Oberlin College Press, 2006.

Wright, Charles. *Country Music: Selected Early Poems*. Middletown: Wesleyan UP,

1982a.

—. "Easter, 1974." *Country Music: Selected Early Poems*. Middletown: Wesleyan UP, 1982b. 53.

—. "Homage to Ezra Pound." *Country Music: Selected Early Poems*. Middletown: Wesleyan UP, 1982c. 11-12.

—. "Link Chain." *Country Music: Selected Early Poems*. Middletown: Wesleyan UP, 1982d. 103.

—. "Oscar Wilde at San Miniato." *Country Music: Selected Early Poems*. Middletown: Wesleyan UP, 1982e. 33.

—. "Self-Portrait in 2035." *Country Music: Selected Early Poems*. Middletown: Wesleyan UP, 1982f. 113.

—. "Improvisations on Form and Measure." *Halflife: Improvisations and Interviews*. Ann Arbor: U of Michigan P, 1988a. 3-6.

—. "With Carol Ellis." *Halflife: Improvisations and Interviews*. Ann Arbor: U of Michigan P, 1988b. 153-168.

—. "Holy Thursday." *The World of the Ten Thousand Things: Poems 1980-1990*. New York: Farrar, Straus & Giroux, 1990a. 14-15.

—. "Homage to Paul Cézanne." *The World of the Ten Thousand Things Poems 1980-1990*. New York: Farrar Straus & Giroux, 1990b. 3-10.

—. "Peccatology." *Negative Blue: Selected Later Poems*. New York: Farrar, Straus & Giroux, 2000. 42.

Wright, Charles, and David Young. "Language, Landscape, and the Idea of God: A Conversation with David Young." *Quarter Notes: Improvisations and Interviews*. Ann Arbor: U of Michigan P, 1995. 122-140.

阿尔伯特·悉尼·霍恩比:《牛津高阶英汉双解辞典》,北京:商务印书馆,2002年。

柏拉图:《柏拉图全集》(第1卷),王晓朝译,北京:人民出版社,2002年。

弗兰茨·卡夫卡:《卡夫卡全集》(第5卷:随笔·谈话录),叶廷芳主编,洪天富等译,石家庄:河北教育出版社,1996年。

尼采:"毒蜘蛛",《查拉图斯特拉如是说:一本为所有人又不为任何人所写之书》,黄明嘉、娄林译,上海:华东师范大学出版社,2009年,第176—180页。

谢春平等:《卡夫卡文学世界中的罪罚与拯救主题研究》,成都:四川大学出版社,2012年。

《新旧约全书》,南京:中国基督教协会印发,1994年。

赵林:《基督教思想文化的演进》,北京:人民出版社,2007年。

从《爱的历史》看美国犹太大屠杀小说叙事伦理的转向

吴敏之*

内容提要：传统美国犹太大屠杀小说在故事层面呈现苦难与死亡，话语层面表达肃穆与沉痛，旨在揭示大屠杀浩劫对犹太个体与民族造成的难以弥合的创伤。然而，当代美国犹太作家妮可·克劳斯在大屠杀小说《爱的历史》中采用诙谐幽默、充满诗性的话语，书写了生命的活力和爱的力量，与传统美国犹太大屠杀小说截然不同。本文借用叙事伦理学的基本概念，从故事建构、叙述话语和作者创作三个层面考察小说在叙事伦理向度上与传统的背离。探讨作者在小说中重塑生命、信仰与爱的信念价值，彰显了克劳斯对历经劫难的犹太民族过去、现在与未来的伦理关怀。

关键词：妮可·克劳斯；《爱的历史》；大屠杀小说；叙事伦理；转向

Abstract: Traditionally, the American-Jewish Holocaust fiction presents death and sufferings in stories, and demonstrates solemnity and grief on discourse, aiming at revealing the irremediable trauma that the Holocaust has imposed on either Jewish individuals or the Jewish nation. Nevertheless, Nicole Krauss, a contemporary American Jewish writer, has employed humorous and poetic discourse, and written about the vitality of life and the strength of love in her Holocaust novel, *The History of Love*, contrasting sharply with the traditional American-Jewish Holocaust narratives. Borrowing concepts in narrative ethics, this paper attempts to examine the turn in narrative ethics from aspects of the story, the discourse and the writing. It thereby explores the writer's effort to reconstruct the faith in life, belief and love after the Holocaust, which suggests the author's ethical concern about the Jewish people's past, present and future.

Key words: Nicole Krauss; *The History of Love*; Holocaust fiction; narrative ethics; turn

---

* [**作者简介**]：吴敏之，上海外国语大学英语学院博士生，讲师，主要从事美国犹太文学和叙事学研究。

妮可·克劳斯(Nicole Krauss，1974—)是一位声誉鹊起的当代美国犹太作家，她的作品总是表达对犹太传统与民族未来的关切。《爱的历史》(*The History of Love*，2005)是她的第二部小说，一经出版即奠定了她作为年轻一代主流作家的地位。小说被认为“绘制了大屠杀文学叙事未来轮廓的图谱”(Aarons & Berger 169)，被尊为第三代大屠杀叙事的典范。围绕小说中对历史的书写策略、犹太身份、记忆等议题，学界皆展开了不乏洞见的探讨。以下几种观点较有代表性：第一，作者采用的书写策略表现了小说介于历史、批评家和当代读者三者张力中的矛盾立场(Lang 44)；第二，小说表现了“当代全球化语境中杂糅的犹太身份”(Selejan 87)；第三，小说实现了对大屠杀记忆塑形和代际传递(Berger & Milbauer 83)。然而，这些研究都没有触及以下问题：一部公认的大屠杀小说为何命名为《爱的历史》？凝结着屈辱、苦难、死亡、创伤等意象的“大屠杀”如何能与“爱”并置？本文认为这些问题可以在小说叙事伦理的阐释路径中获得启发。

大屠杀小说的叙事伦理历来争议不绝。德国哲学家西奥多·阿多诺(Theodor Adorno，1903—1969)的名言“奥斯维辛之后写诗是野蛮的”(Adorno 34)，有力地质疑了文学艺术再现大屠杀苦难的伦理适恰性。美国犹太大屠杀文学研究学者劳伦斯·朗格(Lawrence Langer，1929—)也指出，“将受害者的苦难转化成艺术作品总有一些令人不悦，甚至是羞耻”(Langer 1975：1)。英国文学批评家罗伯特·伊格尔斯通(Robert Eaglestone，1968—)坚持认为只有证词文学才是“承载大屠杀记忆的最佳形式”(Eaglestone 71)。换言之，大屠杀小说只能由幸存者书写，并表现纳粹的暴行和犹太人的苦难。叙事伦理学认为“叙事总是或隐或显地询问着：‘一个人——作者、叙述者、人物和读者——如何思考、判断和行动来成就更大的道义？’”(Phelan 531)显然，上述学者的见解和传统大屠杀小说一致认同的“更大的道义”是在叙事中呈现幸存者创伤，聚焦施害者的残暴、受害者的苦难，使读者产生恐惧、震惊和悲悯的阅读反应，表达作者控诉、悲愤、悼念的伦理情感。然而，克劳斯却在《爱的历史》中书写生命的喜悦和爱的活力，与传统大屠杀文学的叙事伦理截然不同，从聚焦死亡转向聚焦生命，从叙述悲愤转向叙述爱，从沉湎过去转向期待未来。鉴于此，本文将从小说的故事建构、叙述话语以及作者创作三个面向考察《爱的历史》中背离传统的叙事伦理，探讨作者在小说中重塑生命、信仰与爱的信念价值，彰显了克劳斯对历经劫难的犹太民族过去、现在与未来的伦理关怀。

一、故事伦理:从哀悼死走向赞颂生

传统美国犹太大屠杀小说展现幸存者人物充满死亡和暴力的创伤记忆,在人物失常或有违道义的行动选择中凸显大屠杀迫害的烙印。叙事伦理学认为故事伦理回答“人们的行动中蕴含怎样的伦理立场,尤其是他们所面对的矛盾以及为解决矛盾做出的选择中呈现的伦理向度;人物和人物之间的互动揭示了怎样的伦理取向;情节进程如何在人物的伦理问题上表明立场”等问题(同上)。传统美国犹太大屠杀小说通过建构幸存者消极、厌世的行动选择,表现他们尖酸、冷漠的处世态度,表达了控诉和哀悼的伦理态度,进而实现对纳粹暴行的书写。

然而,克劳斯在《爱的历史》中建构了一个展现积极坚韧的生命态度和崇德向善的行动选择的幸存者形象,表现了不同于传统大屠杀叙事的故事伦理。《爱的历史》讲述了主人公利奥波德从青年到老年、从家乡斯洛尼姆到美国纽约的生命历程。在此期间,纳粹屠杀使他失去了所有家人,失去了爱情,失去了成为作家的梦想。他终身未娶,只有一个并不知道他存在的儿子,并且正当他下定决心和儿子相认时,却得悉儿子因病去世。可以说利奥波德的经历代表了大屠杀幸存者失去一切、孤独无依的生存境遇。然而,即使在如此绝望的境遇中,他依然彰显出坚韧的生存意志。他的绝望境遇和他对生命的渴望之间充满张力,这种张力在他讲述自己如何为了减轻心脏的负担而将痛苦转移到身体的每一个器官的隐喻式叙述中展现:

> 我让肝脏承受这些每天小小的羞辱,[……]我把失去一切的痛苦留给胰脏。胰脏那么小,我失去的却那么多。[……]右肾承受了我对自己的失望,左肾则承受别人对我的失望。肠子承受了种种个人失败。[……]脊椎承担了遗忘之苦也承担了记忆的折磨。我总是忽然想起父母已不在人世,即使现在,一想到给予我生命的人已不在人世而我还活在这世上,我依然感到惊讶,我的膝盖承受这些。[……]每次醒来都会片刻地误以为有人在我身边沉睡,我当它是痔疮之痛。至于孤独,没有一个器官能承受得了。(Krauss 10—11)[①]

① 本文中关于《爱的历史》的引文均出自 Krauss(2005),中文为本文作者翻译,下文仅标注页码,不再一一注明。

“心脏”是生命的象征，“将痛苦转移到其他器官”的举动一方面隐喻了大屠杀对利奥波德造成的创伤之重，令他不堪重负；另一方面又表现了他的自我拯救，“减轻心脏的负荷”象征着他对生命延续的渴望。此外，这里的身体书写直陈他年迈孱弱的肉身作为失去、屈辱、悲痛、孤独等精神伤痛的“容器”，更突显了生命个体的倔强顽强。利奥波德这种倔强的生命观与传统大屠杀小说中沉湎于创伤记忆、失去生命活力的幸存者人物形成鲜明对照。从生命哲学的角度看，倔强坚韧的生存意志体现了“生命本身就是神圣”的伦理观念(Schweitzer 310)，生存意志中产生对生命的敬畏，它“含蕴着对生命、世界的肯定与伦理”(同上 330)。由此可见，小说建构了一个在大屠杀后的绝境中坚守生命、肯定生命的幸存者形象，表达了犹太人在历经大屠杀的失序和不义之后，依然对世界和人性抱有肯定信念的伦理态度。

除了执守生命，利奥波德的择善而行也是一种对生命信仰的表达。秉持善念是一种德性伦理，是和谐的人伦共同体中人心秩序的表征，而纳粹对欧洲犹太人的驱逐和屠杀恰是对人心秩序的颠覆。利奥波德在这种颠覆中深受其害，却依然能保持本性的良善和纯真则更显可贵。大屠杀后，利奥波德孑然一身前往美国，被迫成为开锁匠，这与他成为作家的梦想背道而驰。面对现实的难堪和梦想的幻灭他却并不消沉。相反，他让自己喜欢上替人开锁，因为他相信“可以帮助那些被锁在门外的人进去，同时能帮助阻拦那些不该进门的人，让他们可以安眠，免受噩梦惊扰”(5)。这个信念一方面表现了他的至善之性，因为一个自己都处在现实噩梦中的大屠杀幸存者，却希望能为他人驱逐梦魇，是胸怀仁德的。另一方面也喻示了他对于没能阻拦住“不该进门”的纳粹而失去家园的悔恨和遗憾，因此“替人开锁”既是他弥缝缺憾的象征，也是他对人类不再重蹈覆辙的祈愿。从生命哲学的视角，这种对世界的关怀，“对周围所有生命的照拂，并感受到对他们负有责任”是对生命的颂扬和敬畏(Schweitzer 330)。

纳粹控制的世界是一个公平正义伦理极度失常的世界，传统大屠杀文学表现人性的扭曲和善意的缺失来责难大屠杀的失义。然而，在对历史进行伦理审判之后幸存者的生存境遇就改善了吗？答案是否定的。利奥波德在故事中讲述他日常生活中那些小小的羞辱：在公交车站等车的时候，身后的孩子会大声叫嚷“谁身上有屎臭？”(10)；去商店买鞋的时候店员会上下打量他像看一个可怜的傻瓜(4)；去星巴克喝咖啡时，服务员看他就像在看蛋糕里的蟑螂(79)。可见,社会伦理秩序恢复常态的世界并没有给予像利奥波德这样的幸存者应有的善意和体面。面对这样的世界,他坦言也曾"困在彼此厌恶的怒视中"(18),但是某一天,他开始努力试着去原谅,为此他"不得不在镜子前练习微笑"(18)。显然,利奥波德试图用"善"与世界和解,"练习微笑"的隐喻体现了一定程度上背离本意的主动选择,更凸显了他择善而行的意志自律。他在外部世界的不公与自己内心伦理尺度之间的冲突中选择用善意化解矛盾,这种善意体现了"敬畏所有的生命意志,就像敬畏自己的生命意志"的逻辑,它是道德的基本原则,体现了一种朴素的伦理思想,即"维持和鼓励生命谓之善,毁灭或妨碍生命谓之恶"(Schweitzer 309)。

可见,《爱的历史》通过幸存者人物利奥波德在行动中表现对"生"和"善"的伦理立场,在自我与世界的冲突中选择和解原谅的伦理态度,呈现了与传统大屠杀小说不同的故事伦理。作者试图表达幸存者既是创伤和苦难的见证,也应该是生命喜悦和人性不灭的见证。克劳斯也曾在采访中说,"这部小说充满了对生存的颂歌,对生存需要的力量的颂歌,以及对幸存者的喜悦的颂歌"(Mudge & Krauss)。《爱的历史》展现犹太大屠杀幸存者在顽强求生中重建生命价值和人性力量的努力,颂扬活着本身就是一种喜悦、值得敬叹,表现出与传统大屠杀小说不同的叙事伦理考量。如果说传统美国犹太大屠杀小说讲述纳粹屠杀如何摧毁人性和生命,那么《爱的历史》则讲述了它们如何无法被摧毁。

二、话语伦理:从沉肃转向轻逸

文学作品的叙述技巧和形式往往蕴含着伦理情感和价值,叙述者承担着怎样的伦理责任、向读者传达了怎样的伦理情感,都会在话语层面有所呈现。叙述伦理主要涉及文本层面的要素,观照叙事技巧的伦理维度,以及这些技巧的使用如何暗示和传达了故事讲述者、被讲述的事件和人物、以及读者之间投射出来的价值取向(Phelan 531)。传统大屠杀小说的叙事话语严肃庄重,向读者传递对受难者虔敬肃穆的伦理态度,正如美国犹太大屠杀研究学者特伦斯·德斯·普雷斯(Terrence Des Pres, 1939—1987)所言:"大屠杀必须作为庄严、甚至神圣的事件再现,不能容许产生任何模糊暴行或有辱死者尊严的反应"(Des Pres 278)。国内美国犹太文学研究学者乔国强教授也认为大屠杀叙事是"表达创伤的叙事模式","在叙事话语和意象构建上，直接表达某种‘失常’或‘失忆’”(592)。这样的叙事话语旨在引起读者控诉、谴责施害者，悲悯、理解受害者的伦理情感。此外，传统大屠杀小说叙述者的介入性评价往往控制着读者处在恨和惧的情感伦理轴线上。而《爱的历史》中叙事话语诗性、幽默，这样轻逸的话语技巧弱化了控诉和谴责的力度。另一方面，叙述者介入通常引导着读者的焦点在“不幸”的背景中聚焦“幸”，并释放出更多让读者自行思考判断的空间。

小说以利奥波德对自己死亡戏谑的预言开篇：“明天，或者后天，当他们给我写讣告时，讣告上会写着，利奥·古尔斯基身后留下一屋子废话”(3)。叙述者用一种轻松的语调描述了自己随时会死亡的处境，而用“废话”来贬称自己写的小说，则暗示了他对自己作品没能实现应有价值的遗憾。叙述者轻松幽默的话语实则表达了哀伤的内容。类似的叙事话语贯穿小说，它形塑了叙述者乐观风趣的天性，同时也呈现了他孤独悲凉的处境。它在读者心理空间制造着悲和喜的共时情感反应，进而引导读者对造成叙述者如此境遇的缘由产生好奇和思考。另一方面，小说叙述语言还充满流畅的诗性。叙述者这样回忆家乡波兰：“很久以前有一个男孩。他生活在一个再也不存在的村庄里，住在一幢再也不存在的房子里，位于一片再也不存在的田野旁。田野中，什么东西都找得到，什么事情都有可能。木棍可以变成宝剑，石头可以变成钻石，绿树可以变成城堡”(11)。叙述者用诗歌般的语言讲述了家乡经历大屠杀后“再也不存在”的覆灭，讲述了男孩童年的戛然而止和成长的断裂。字面上表达对逝去美好的哀婉叹息，却在叙述者未尽之言中释放出更多读者想象空间，思考“再也不存在”所指向的毁灭悲剧。即使是描述纳粹屠杀的场面，叙述者的语言也是流畅诗性的：“我跑进树林，静静地躺在地上。狗叫声远远传来。时间流逝。然后是枪声，很多枪声。不知为什么，他们没有叫喊。也许只是我们没听到他们叫喊。后来，只剩寂静”(8)。叙述者没有使用任何直接表述死亡和恐怖的词汇，却讲述了一个犹太村庄在纳粹屠杀中从生到死的过程。这种话语策略一方面反驳了学者们的传统共识，即“大屠杀玷污了语言”“异化了语言”(Langer 1995: 77)，限制了作者对语言的掌控力；另一方面，也展现叙述者超凡的文字功力，令读者不时想起他在大屠杀中夭折的作家梦，为他以开锁为生的命运扼腕叹息，使读者更具象地感悟大屠杀对个人生命进程的残害。

此外，小说中叙述者介入对读者伦理价值判断的引导也与传统叙述产生分野。利奥波德采用第一人称回顾性叙述,呈现了经验自我[①]在大屠杀中的苦难和失去,以及幸存的孤独、屈辱和愧疚。在此过程中,叙述自我常常适时地介入,引导着读者聚焦温暖积极的要素。叙述者讲述纳粹侵入他的家乡时,他失去了工作,每日躺在树林里思念被送往美国的初恋,这里的事件链理应引起痛苦和悲伤的情感反应,但是最后叙述者评论道,"你可以说是他对女孩的爱救了他一命"(12)。此处,不仅用"你"的指称直接表达叙述者想要影响读者判断的意图,而且将叙述定格于爱和幸存的互为因果。用爱和生的欣慰取代先前读者产生的痛苦和悲伤的情感,这是因为在阅读时,话语中最新引入的元素通常会留在最靠近指示中心的位置,并在读者感知中形成凸显的图像(Gavins 44)。不无相似,叙述者在回忆藏在地窖中躲避纳粹党卫军搜查时,也将叙事最后落在"爱"与幸存的因果关系上,控制着读者的情感反应从间不容息转向如释重负,将读者的焦点从濒临死亡的窒息引导向意外获救的欣喜。但是不同于叙述者第一次被"真爱"所救,这一次他的幸存是基于纳粹军官太太违背婚姻伦理的"爱"。这两者之间建立的因果序列,又进一步产生反讽的效果,使读者对大屠杀产生超越恐怖和邪恶的认知,感知到它的荒诞、无意义,及其对逻辑和伦理规范的颠覆,进而形成更具有反思性的思考。

值得一提的是叙述者话语对短语"不过嘛"(and yet)的频繁使用。利奥波德的叙述中共出现 74 个"不过嘛",他们本身展现了轻快、超逸的态度。有些地方"不过嘛"服务于语义转折的需要,例如,"至少我维持了生活。什么样的生活? 活着。我活过。这并不容易。不过嘛。我发现这世上不能忍受的事情可真少"(224)。有些地方"不过嘛"并不表达实际意义,仅仅制造话语的开放性。例如,"我想:就让它和其他东西一样都消失吧。没关系,再也无所谓了。不过嘛"(167)。这些短语往往独立成句,甚至有些自成一段,给读者营造出一种希望中藏着失望,绝望中又总孕育着生机的话语效果。美国犹太大屠杀研究学者维多利亚·阿伦斯(Victoria Aarons)和阿兰·伯杰(Alan Berger 1939—)指出,"克劳斯对'不过嘛'的频繁使用进一步提醒着读者,虽然大屠杀的伤害惨无人道,但是犹太历史并不会因此而终结"(Aarons & Berger 167)。可见,"不过嘛"的高频出

---

① 什洛米斯·里蒙·凯南(Shlomith Rimmon-Kenan, 1942—)在第一人称回顾性叙事中区分出叙述自我和经验自我的概念来表示两种不同的感知位置,叙述自我是在回顾的当下讲述的"我",体现一种外部聚焦的感知,而经验自我是被讲述的故事中正在经历事件的"我",其感知是一种内部聚焦(Rimmon-Kenan 76, 83 - 85)。

现是对读者情感反应的一种干预，帮助读者建构起大屠杀后，犹太民族仍然充满希望和信念的认知。

三、写作伦理：从聚焦过去转向观照未来

作品的价值取向和伦理态度归根结底是作者谋篇布局的结果，“叙事的伦理分析如果离开了作者的伦理观念和伦理思考是难以深入文本的，因为伦理本质上是一种心态气质，在一定程度上，正是作者的心态气质操作着文本建构，决定文本的形式结构安排，尽管有时是在一种毫无意识的情况下实现的”（伍茂国 52）。换言之，有意或无意地，作者都会在叙事作品的文本安排和内容选取中传递出他的伦理观念。在叙事伦理上被称为“写作/生产伦理”，涉及叙事建构者对素材选用的伦理责任，作者在特定历史语境对叙述内容选择所体现的伦理意蕴等问题（Phelan 532）。

传统大屠杀小说作者的写作动机在于记录犹太人在大屠杀中遭受的厄难，表达对大屠杀中理性和人性失常的震惊，承担起铭记和见证的伦理责任。如果说传统大屠杀小说作者关注受害者在大屠杀中经历了什么，以及读者应该如何去理解他们的经历，克劳斯的书写则表达了对受害者幸存之后该如何生活、如何与世界重建联结的伦理关切。美国犹太文学研究学者莫妮卡·奥斯本（Monica Osborne, 1977—　）就曾表明，克劳斯“更感兴趣的是描写幸存者如何继续前行，如何过着被称为‘幸存’的生活”（Osborne 151）。

克劳斯写作伦理的转向体现在她对叙事聚焦的选取中，即作者让读者看见什么。首先是对生命的叙事聚焦，事实上，整部小说都在讲述经历生活创伤的人们如何活下去、如何重建生命的意义，例如失去父亲的小艾玛和弟弟伊曼努尔，失去丈夫的夏洛特，以及大屠杀中失去一切的利奥波德和戈德斯坦。克劳斯曾在采访中提及祖父母对她的影响，她说：他们都是大屠杀幸存者，但“他们是热爱生命的人。我记得孩提时跟他们每一次聊天都是关于生命——不是关于悲剧，不是关于历史，也不是关于他们家庭的遭遇——仅仅关于活着”（Mudge & Krauss）。显然，克劳斯对生命的叙事聚焦表达了活着才有希望，活着才能创造未来的生命伦理态度。其次，是对爱的聚焦，小说中的每一个人物之间都被爱维系着：利奥波德和他母亲之间的爱，他与初恋小艾玛之间的爱，小艾玛对她病逝的父亲的爱，小艾玛父亲与母亲之间的爱，小艾玛的弟弟伊曼努尔对他没有记忆的

父亲的爱,他对上帝的爱,甚至剽窃了利奥波德手稿的利特维诺夫对利奥波德都始终怀着深切的关爱。这些在爱的维系中发展的人物关系体现了作者"坚信人类爱的经验的重要性远远超过成就或毁灭——爱战胜死亡"的伦理观念(Rody 348—349)。叙事聚焦于爱体现了作者对"幸存"的犹太人应该以怎样的态度与世界相处的伦理选择。显然,在怨怼与热爱、痛恨与和解之间,作者更倾向于后者。克劳斯对生命和爱的叙事聚焦,体现了她不同于传统大屠杀作家的写作伦理取向:较于聚焦过去,她更关切经历大屠杀的犹太民族的当下和未来。

克劳斯对未来的伦理观照还体现在小说情节结构的编排上。小说设计了两条大屠杀幸存者与当代美国犹太少年相遇、形成精神联结的情节结构。其一是伊曼努尔和劳动营幸存者戈德斯坦的结识,并将其奉为精神上的导师。伊曼努尔通过见证格德斯坦对苦难的隐忍与对信仰的虔诚,开始理解奉行犹太教的真正义理,实现了自我的精神成长。这一情节编排体现了作者对犹太传统与信仰在代际间沿袭的推重,也是作者对大屠杀后犹太人信仰危机的有力反驳。作者显然并不赞同经历过大屠杀的犹太人"很难再相信上帝是公正仁慈、充满爱和力量的。更难相信有意义的人类历史是神对以色列民族的规划"的观点(Roth & Berenbaum 261)。作者试图表达对上帝的信任、对民族历史意义的信念正在年轻一代犹太人身上延续和重塑。值得注意的是,伊曼努尔与戈德斯坦相遇的空间是希伯来文学校,它是美国犹太人在公共教育之外学习本民族传统、语言、文化和信仰的空间。伊曼努尔在这个空间获得精神引导、领悟犹太思想的真谛则更加凸显了犹太传统和信仰在美国世俗社会中传承延续的未来可能。其二是小艾玛与幸存者利奥波德生命轨迹的相交。他们相遇的主要动力就是对记忆的回溯与创造。出于对自己父亲的思念,小艾玛阅读她父亲生前最爱的书《爱的历史》,这种阅读行为本身喻示着她对父亲记忆的回溯。她试图通过理解书中女主角艾玛的爱情,创造关于父亲与母亲相爱的记忆。另一方面,这部小说恰好是利奥波德创作的手稿,由于在大屠杀中托付给朋友保管而最终被朋友剽窃、出版。小说中书写的正是他对初恋小艾玛的思念和记忆。因此,当小艾玛循着书中的线索寻找,最终与利奥波德相遇,也就意味着对记忆的回溯将推动着记忆一代又一代的传递和创造。这些相遇的情节结构形成了巴赫金所谓的"道路时空体",人物命运在此交织,时间注入空间,并在空间流动(巴赫金 437)。时间的流动中记忆和信仰在代际间更迭、交融,作者借此表达了过去和未来、个人和历史不可分割，必然在时间流动中交融、延续的历史观。

最后，作者运用叙事策略“邀请”读者参与叙事建构，也彰显了不同于传统大屠杀作家的写作伦理。利奥波德的手稿和现实中作者的小说同名为《爱的历史》，这个设计模糊了作者创作的小说和人物创作的小说之间的本体界限，打破了作者、人物和读者之间的分际。它使读者产生与自己交流的作者既是现实中的克劳斯，也可能是大屠杀幸存者利奥波德的错觉。此外，小说最后一章中利奥波德见到小艾玛时，作者以利奥波德意识内聚焦的方式写道，“原来这就是天使到来的方式，定格在她最爱你的年纪”(242)。这里用人称代词“你”直呼读者，使读者跨越现实和虚构的本体界限，与叙述者利奥波德的视角融为一体。换言之，读者被拉进了小说的世界，在这个世界中与叙述者、人物以及隐含作者进行“面对面”的交流。同样的，当小艾玛向利奥波德询问谁是布鲁诺，他回答:“他是我写得最棒的一个人物”(249)。再一次，作者用“我写的人物”模糊了现实作者克劳斯和小说中的作者利奥波德之间的界限，同时，再一次使读者产生错觉，分不清自己正在阅读的小说究竟是克劳斯的创作还是人物利奥波德的手笔。这种突破真实和虚构的壁垒，模糊作者、读者和人物之间边际的叙事策略，不仅让读者感觉受邀进入小说的世界，参与叙事的交流与构建，而且也暗示了虚构对现实的形塑力量，以及阅读对于记忆传递和建构的现实意义。这恰恰体现了作者对于大屠杀历史和记忆如何在阅读路径中向未来、向犹太群体之外传递的思考。这与传统大屠杀小说作者的观点，即“没有经历过大屠杀的人永远无法了解它”(Wiesel 234)，形成对比鲜明的写作伦理态度。

结　语

大屠杀文学本质上是一种和遗忘的对抗，其初衷在于对暴行和创伤的铭记。因此，传统大屠杀文学聚焦过去，凸显苦难和屈辱，引发读者产生恐惧和悲悯情感反应，保持控诉大屠杀中人性和正义失序的伦理立场，承担见证纳粹暴行和犹太民族创伤的道义责任。然而，克劳斯在《爱的历史》中呈现了与传统不同的叙事伦理，这种转向展现了当代美国犹太作家扎根过去、面向未来的创作态度和价值取向，表达了年轻一代犹太人不仅要成为大屠杀记忆“残暴的过去的继承者”，也要成为“世世代代彼此相爱的人类的继承者”的价值观(Rody 349)。彼特·诺维克(Peter Novick,

1934—2012)曾说,“忘记自己是希特勒的受害者意味着‘希特勒死后的胜利’,但是把大屠杀视为犹太人的标志性经历,从而默认希特勒对犹太人卑劣种族的诋毁将是他更大的‘死后胜利’”(Novick 281)。在克劳斯看来,如果大屠杀让犹太人只记住悲伤和仇恨而忘记生命、爱和信仰;深陷于过去而忘了拥抱未来,也会成为“希特勒死后的胜利”。

引用作品[Works Cited]:

Aarons, Victoria, and Alan L. Berger. *Third-Generation Holocaust Representation: Trauma, History and Memory*. Evanston: Northwestern UP, 2017.

Adorno, Theodor W. “Cultural Criticism and Society.” *Prisms*. Trans. Samuel and Shierry Weber. Massachusetts: MIT Press, 1981. 17 – 34.

Berger, Alan L., and Asher Z. Milbauer. “The Burden of Inheritance.” *Shofar: An Interdisciplinary Journal of Jewish Studies* 31. 3 (2013): 64 – 85.

Des Pres, Terrence. *Writing into the World*. New York: Viking, 1991.

Eaglestone, Robert. *The Holocaust and the Postmodern*. Oxford: Oxford UP, 2004.

Gavins, Joanna. *Text World Theory: An Introduction*. Edinburgh: Edinburgh UP, 2007.

Krauss, Nicole. *The History of Love*. New York and London: W. W. Norton & Company, 2005.

Lang, Jessica. “*The History of Love*, the Contemporary Reader, and the Transmission of Holocaust Memory.” *Journal of Modern Literature* 33. 1 (2009): 43 – 56.

Langer, Lawrence L. *The Holocaust and the Literary Imagination*. New Haven: Yale UP, 1975.

—. *Admitting the Holocaust*. New York: Oxford UP, 1995.

Mudge, Alden, and Nicole Krauss. “The Strength to Survive.” 〈https://bookpage.com/interviews/8300-nicole-krauss-fiction#.YFqbZi21FWM〉 (accessed Sep. 21, 2022).

Novick, Peter. *The Holocaust in American Life*. Boston: Houghton Mifflin Company, 1999.

Osborne, Monica. “Representing the Holocaust in Third-Generation American Jewish Writers.” *The Edinburgh Companion to Modern Jewish Fiction*. Ed. David Brauner and Axel Stähler. Edinburgh: Edinburgh Press, 2015. 149 – 160.

Phelan, James. “Narrative Ethics.” *Handbook of Narrotology*. Ed. Peter Hühn, et al. Berlin and Boston: De Gruyter, 2014. 531 - 546.

Rimmon-Kenan, Shlomith. *Narrative Fiction: Contemporary Poetics*, 2nd edtion. London and New York: Routledge, 2005.

Rody, Caroline. "The Magical Book-Within-the-Book: IB Singer, Bruno Schulz, and Contemporary Jewish Post-Holocaust Fiction." *The Palgrave Handbook of Magical Realism in the Twenty-First Century*. Ed. Richard Perez and Victoria A. Chevalier. Cham: Palgrave Macmillan, 2020. 333 - 374.

Roth, John K., and Michael Berenbaum, eds. *Holocaust: Religious and Philosophical Implications*. Minnesota: Paragon House, 1989.

Schweitzer, Albert. *The Philosophy of Civilization*. Trans. C. T. Campion. New York: The Macmillan Company, 1950.

Selejan, Corina. "The Opposite of Disappearing: Jewishness and Globality in Nicole Krauss's Novels *The History of Love* and *Great House*." *East-West Cultural Passage* 1 (2011): 87 - 96.

Wiesel, Elie. *A Jew Today*. Trans. Marion Wiesel. New York: Vintage Books, 1979.

巴赫金：《巴赫金全集》(第三卷)，白春仁、晓河译，石家庄：河北教育出版社，2009 年。

乔国强：《美国犹太文学》，上海：上海外语教育出版社，2019 年。

伍茂国：《现代小说叙事伦理》，北京：新华出版社，2008 年。

以"理想化"对抗"想象"：厄德里克三部曲中的成长主题

景一飞*

内容提要：路易丝·厄德里克的《鸽灾》《圆屋》和《拉罗斯》可被解读为美国印第安成长小说三部曲。厄德里克为齐佩瓦青少年描绘了两条可能的成长路径：一条是迎合主流社会"想象"的通往幻灭的成长之路，另一条是实现精神成长的"理想化"成长之路。厄德里克书写"理想化"成长主题的主要策略是强调齐佩瓦部落对个体成长的促进作用，包括以良师、益友和社区等有形的方式参与个体成长，和以口述故事、部落信仰和部落正义观等无形的方式影响个体成长。通过在成长小说中融入印第安元素，厄德里克丰富了成长小说这一体裁；以"理想化"成长之路来对抗"想象"的成长之路，体现了她鲜明的政治立场。

关键词：美国印第安成长小说；路易丝·厄德里克；三部曲；理想化成长

Abstract: Louise Erdrich's three novels, *The Plague of Doves*, *The Round House*, and *LaRose* can be read as a trilogy of Native American Bildungsromane. Erdrich draws two possible growth paths for Chippewa adolescents. The one imagined by the mainstream society only leads them to disillusion. The other, featuring idealization, directs them to Bildung. Erdrich's main strategy to express the theme of idealized initiation is to emphasize the roles assumed by Chippewa Indians in the adolescents' growth. Chippewa Indians witness the growth of the adolescents as mentors, friends, and communities in a visible way, and meanwhile, they exert an influence with oral stories, Chippewa spiritual perspectives, and tribal views of justice in a less visible manner. Through the trilogy, Erdrich not only enriches the genre of the Bildungsroman by introducing Native American elements but also expresses her political stance by using the idealized initiation to counter the imagined one.

Key words: Native American Bildungsroman; Louise Erdrich; trilogy; idealized initiation

---

* ［**作者简介**］：景一飞，北京大学英语系在读博士生，主要从事美国文学方向的研究。

路易丝·厄德里克(Louise Erdrich, 1954—)是美国印第安文艺复兴第二次浪潮的旗手作家。她创作甚丰，已出版18部长篇小说。《鸽灾》(*The Plague of Doves*, 2008)、《圆屋》(*The Round House*, 2012)和《拉罗斯》(*LaRose*, 2016)是她近年来的代表作，被她本人称作“三部曲”(Tedrowe, “Interview”)。“厄德里克的多部作品重点关注孩童及子孙后代在情感、精神和文化层面所遭受的苦痛”(Kurup 14)。三部曲也不例外，主次分明地塑造了数十位生活在行将湮灭的普鲁托小镇及邻近保留地上的齐佩瓦[①]青少年，11岁的埃维莉娜、13岁的乔和“中老年幼稚者”(孙胜忠 102)朗德罗分别是《鸽灾》《圆屋》和《拉罗斯》的主人公，他们或耳闻目睹、或亲历了齐佩瓦人与主流社会在司法和正义等问题上的纷争和冲突，试图寻找情感寄托，获得文化平衡，实现精神成长。

现有研究大多分析三部曲中的正义、创伤书写、文化身份建构、部落主权与生存和叙事艺术等，很少关注成长主题。虽然《成长小说史》(*A History of the Bildungsroman*, 2019)将三部曲归为美国印第安成长小说，认为它们和其他印第安成长小说[②]一样，“从印第安人的视角描写其经

---

① 齐佩瓦人(Chippewa)指如今居住在美国明尼苏达州、北达科他州和加拿大安大略省、曼尼托巴省等地的林地印第安人。齐佩瓦作家杰拉尔德·维兹诺(Gerald Vizenor, 1934—)特别关注印第安人的身份问题。他指出，印第安人这一称谓，“影射了殖民统治下不言自明的拟像和诡计，是西方殖民者的误称，是本土之外的成文的命名，在真正的本土文化或社区中没有任何所指”(Vizenor 1999: vii)。维兹诺还在《春之夏意：阿尼什纳比人抒情诗和故事》(*Summer in the Spring: Anishinaabe Lyric Poems and Stories*, 1993)中专门梳理了齐佩瓦人的称谓变化(Vizenor 1993: 133 - 135)。林地印第安人自称阿尼什纳比人(Anishinaabe)。白人人类学家亨利·斯库尔克拉夫特(Henry Schoolcraft, 1793—1864)称其为奥吉布瓦人(Ojibwa)，他用“ojibwa”一词描述他们独特的语言与声音。阿尼什纳比传教士乔治·考伯威(George Copway, 1818—1869)认为莫卡辛鹿皮鞋专属于阿尼什纳比人，该鞋从脚尖上方逐渐收紧，在脚踝处收口，“ojibwa”即取“收口”之意。阿尼什纳比历史学家威廉·沃伦(William Warren, 1825—1853)不认同以上两种解释。他认为该词由“oji-”(意为“缩拢”)和“-abwe”(意为“火烤”)两部分组成，意为“用火烤直至缩拢”，阿尼什纳比人用该词指代常常火烤俘虏的苏族人(Sioux)，斯库尔克拉夫特或也因而以此称呼阿尼什纳比人。美国政府官员将“ojibwa”误听为“Chippewa”，此后便在政府官方文件或条约中广泛使用。厄德里克往往交替使用三种称谓，本文使用“齐佩瓦”，意在强调美国政府或主流社会对阿尼什纳比人历史、文化、身份、成长和命运的“想象”。

② 同被列为印第安成长小说的有：达西·麦克尼科尔(Darcy Mc'Nickle, 1904—1977)的《身陷重围》(*The Surrounded*, 1936)、N. 斯科特·莫玛迪(N. Scott Momaday, 1934—)的《日诞之地》(*House Made of Dawn*, 1968)、莱斯利·马蒙·希尔科(Leslie Marmon Silko, 1948—)的《典仪》(*Ceremony*, 1977)和谢尔曼·阿莱克西(Sherman Alexie, 1966—)的《独行侠与唐托的天堂搏击》(*The Lone Ranger and Tonto Fistfight in Heaven*, 1993)。

历,将原先边缘化或失语的人物置于叙事中心,描绘并谴责印第安人遭遇的不公”(Graham 136),但寥寥几语未能指出三部曲的特性。本文以现有研究为基础,分析三部曲再现的齐佩瓦个体成长环境,认为个体首先经历了主流社会“想象”中的成长,随后踏上了厄德里克有意为之铺设的“理想化”成长之路,由此探讨厄德里克以“理想化”对抗“想象”所蕴含的政治表达和美学价值。

一、个体成长环境与“想象”的成长之路

自哥伦布“发现”美洲大陆以来,印第安人便沦为殖民者“想象”和凝视的客体,殖民者与印第安人在土地、生产方式、文化、信仰和价值观等方面的冲突不断改写着印第安人的命运。三部曲再现了齐佩瓦人惨遭私刑与强奸等现象,刻画了迷宫般的印第安法律和保留地上的土地纠纷,还聚焦强制同化教育制度和渗入保留地深处的天主教,这些组成了既刺激又阻碍个体成长的非理想化社会环境。正如《圆屋》开篇写道:“小树已侵入我家房子的地基”,“树苗在看不见的墙里扎根,很难撬出来”(厄德里克 2018:1)。该细节描写具有空间隐喻性质,印第安人竭力维护部落社会与主流社会间的边界,但边界早已破坏,印第安个体的成长环境更为恶劣,导致他们往往迎合主流社会对其命运的“想象”,最终停滞不前或走向幻灭。

私刑是主流社会和部落社会间冲突的典型案例。《鸽灾》围绕私刑悲剧展开。穆夏姆是一位老练的讲故事的人,为孙女埃维莉娜讲述小镇历史上的灭门案及由其引发的私刑悲剧。1911 年,经营洛克伦农场的白人一家被杀,穆夏姆和其他三名印第安人路过农场,救下幸存女婴,并上报治安官。不久,被杀家庭的白人邻居们私自绞杀了除穆夏姆外的三名印第安人。穆夏姆在埃维莉娜的追问下极不情愿地讲述故事,且刻意留白,甚至隐藏自己苟活于世的原因和真凶身份等关键细节,使得故事支离破碎,亟待拼凑。埃维莉娜听完故事后感慨:“我再也无法像以前那样看待任何一个人”(厄德里克 2017:87),她意识到小镇和保留地的每个人都因灭门案和私刑悲剧而相互关联。埃维莉娜的成长之路与她探索部落历史和文化的经历几乎平行。她在精神病院做志愿者的经历是她成长的关键。志愿工作期间,灭门案的线索不断涌现,令她手足无措,积郁于胸,近乎抱病。她事后回忆道:“我前阵子进精神病院了”(同上 258)。她的志愿

经历变为一段住院经历，这种反差显然符合主流社会对印第安人命运的扭曲“想象”。

《圆屋》关注当下保留地上频发的强奸案。数量众多的强奸案和“几乎无人被起诉”间的“法律上的缺口将许多非印第安的性侵犯惯犯吸引到部落土地上”(Erdrich,“Rape”)。“法律上的缺口”具体体现在保留地上因土地纠纷而愈加混乱的司法管辖权上。一方面，被西奥多·罗斯福(Theodore Roosevelt, 1858—1919)总统称为“割裂部落民众的强大的粉碎机”(*Complete* 1901)的《道斯法》(*Dawes Act*, 1887)将保留地所有的土地化整为零，导致保留地上出现棋盘式格局：托管土地、部落土地、印第安人个人土地和白人土地等犬牙交错。杰拉尔丁被强奸一案发生在地界不明的圆屋附近，预示此案将无果而终。另一方面，保留地上的司法管辖权如迷宫一般，《重罪法》(*Major Crimes Act*, 1885)、《第 280 号公法》(*Public Law 280*, 1953)、《印第安民权法》(*Indian Civil Rights Act*, 1968)和奥利芬特诉苏魁米什印第安部落案(Oliphant v. Suquamish Indian Tribe, 1798)等削弱了部落政府调查和起诉刑事犯罪的权力(Owens 504)。正因上述“缺口”，州警、部落警察、霍普丹斯地方警察和联邦调查局探员均有权参与调查强奸案，让取证和审理过程愈加繁复。除官方调查外，杰拉尔丁之子乔也秘密展开调查，这是乔成长之路的起点。但白人强奸犯林登深谙保留地的土地与司法乱状，实施了一场“完美犯罪”(厄德里克 2018：127)。在林登的“想象”中，自己将逍遥法外，印第安人渴求的正义将遥遥无期，且乔对印第安法律的认知将停滞不前，更无望成长为部落法官。

部落社会忍受的压迫与摧残更体现在文化和精神层面上。《拉罗斯》通过刻画被迫与原生家庭和部落文化割裂开来的印第安孩童，批判了寄宿学校制度。部落社会崇尚的教育“非课堂教育，而是一种鼓励和促进个人成长的教育”，通过“故事和仪式”“玩耍、体验和以长者为榜样”(Calloway 168)来实现；而在主流社会的“想象”中，野蛮的印第安人缺失文明，“根据历史进步法则和社会发展学说，文明定将战胜野蛮，印第安人终将面临命运的选择：文明还是灭绝”(Adams 5—6)，因此美国政府大力推崇寄宿学校制度，以消灭印第安人及其印第安性。朗德罗九岁时被送往保留地外的寄宿学校，同化教育给他带来了持久的精神危机，如“长期对个人身份痛苦的、时而悲剧性的重新调整和怀疑”(Calloway 179)。出于“对寄宿学校深恶痛绝”，加之“文化涵化压力”“文化断层”和“认知失调”(Adams 223)等心理剧变,朗德罗选择逃离寄宿学校,四处流浪,但不久被捕,被送回学校。寄宿学校的阴影挥之不去,成为五个孩子父亲的朗德罗迟迟无法实现精神成长,沦为“中老年幼稚者”(孙胜忠 102);他只能靠药物麻痹自己,连部落药师都认为“朗德罗身体里住着魔鬼”(厄德里克 2020: 59)。他的精神危机在他枪杀白人邻居彼得之子时达到高潮,两个家庭的矛盾也就此激化。若小说就此而止,朗德罗将身陷囹圄。

三部曲以普鲁托小镇和周边保留地为背景。“保留地上有宗教和历史圣地、社区资源和印第安社会福利机构。对保留地居民或寻根至此的印第安人而言,保留地是文化家园”,保留地边界也是“文化边界和政治边界”(Hoxie 185)。三部曲虽也描绘了边界趋于模糊的画面,如《鸽灾》中的年轻白人约翰竭力反对私刑,《圆屋》中的卡皮与前来传教的青年邂逅基督组织成员齐利亚坠入爱河,林登之胞妹琳达因被齐佩瓦家庭收养而认同自身的齐佩瓦人身份,《拉罗斯》中的白人老太为出逃的朗德罗提供食物和住所,但总体而言,三部曲再现的依然是具有强烈殖民主义色彩的社会环境,齐佩瓦人始终是被凝视的对象。埃维莉娜对部落历史的认识将永远受限于官方历史书写,乔将永远对印第安司法一知半解,朗德罗极可能在狱中度过余生,这些恰恰迎合了主流社会对印第安人命运的固有“想象”。

二、“理想化”成长与厄德里克的书写策略

小说结尾,三位主人公都出人意料地实现了精神成长。埃维莉娜在库茨法官和杰拉尔丁的婚礼上,伴着“令氛围欢快起来”的“无言的演奏”(厄德里克 2017: 277)向前走去。在卡皮的亡灵和父母的陪伴下,乔说:“在这悲伤中,我们径直向前开去。我们只是继续向前”(厄德里克 2018: 328)。在《拉罗斯》末章“大聚会”中,白人邻居彼得一家应邀来朗德罗家相聚。彼得问:“这是信奉印第安传统的朗德罗的行事风格,还是表示人应该向前看呢?”(厄德里克 2020: 435)这个设问句表明朗德罗已准备迎接未来。三位主人公都选择在齐佩瓦部落众人的见证下继续向前,颠覆了主流社会“想象”中的成长之路,这是厄德里克有意为之。她通过突出齐佩瓦部落在个体成长中有形或无形的促进作用这一策略,书写了“理想化”成长主题。

齐佩瓦部落一方面以良师、益友和社区等有形的身份参与个体成长。

“社区和人际联系是厄德里克作品的中心主题”(Kurup 3)，三位主人公在众人的见证下走向未来便是社区参与的最好印证。对埃维莉娜而言，祖父穆夏姆是良师，暗恋对象科温是益友；对朗德罗而言，皮斯太太是良师，罗密欧是益友。不过，良师、益友对齐佩瓦个体成长的影响最能在乔身上得到体现。乔的良师是父亲库茨法官。乔发现父亲面对强奸案无能为力后产生了巨大的心理落差。但父亲巧用腐烂变味的食物和多种餐具堆出“烂摊子”来比喻混乱不堪的印第安法律，直接引发了乔的顿悟，加深了他对保留地法律体系的理解，坚定了他以一己之力为母亲伸张正义的信念。卡皮作为乔成长路上的益友，与乔一道开展秘密调查、收集证据、与特拉维斯神父对峙、从琳达处套取信息、偷盗枪支、枪杀林登、前往蒙大拿州以逃离现实[①]等。正因父亲和卡皮的存在，乔才能意识到联邦法律体系中的正义对齐佩瓦人而言遥不可及。乔于是联想到齐佩瓦神话中的食人魔温迪哥(wiindigoo)，认为林登与温迪哥的形象相符，故意选在“象征印第安人生存之址，而非简单或仅象征基本身体存在的”(Carden 98)圆屋附近犯罪。林登侵害杰拉尔丁，只是他藐视和否认所有印第安人存在的缩影。“杰拉尔丁代表齐佩瓦文化，发生在她身上这桩未被起诉的强奸案，代表‘大多数印第安强奸案’，是范围更广、影响更深远的犯罪的隐喻”(同上110)。[②] 乔决定“切断无穷无尽的暴力循环”(Bender & Maunz-Breese 158)，枪杀林登以防止他继续侵害其他齐佩瓦人。乔的暴力行为获得了齐佩瓦社区的默许。寻求正义的经历“弹射般地将乔推入成人世界”(Erdrich, “In House”)，使他迅速成长为部落正义的捍卫者，更为他日后成为部落法官做铺垫。

---

① 乔和卡皮枪杀林登后陷入“行凶者创伤”(perpetrator trauma)(MacNair 7)的深渊，故前往蒙大拿州。小说结尾，卡皮因车祸离世，这段情节别有深意。一方面，卡皮实现了乔期待已久的解脱或自我救赎；另一方面，卡皮是乔的替罪羊，带着二人的罪恶与愧疚，化身为“蒙大拿公路上的白色十字架”(厄德里克 2018：17)，而乔则带着二人对正义的坚定求索，成长为部落法官。

② 《圆屋》中的另一位印第安女性受害者是梅拉。林登声称钟情梅拉，但他发现梅拉被南达科他州州长柯蒂斯·叶尔托侵犯并生下一女后，杀害了母女二人。有学者指出，叶尔托的原型是威廉·詹克洛(William Janklow, 1939—2012, 1979—1987 年和 1995—2003 年间任南达科他州州长)(Tharp 34—35)。1967 年，詹克洛任玫瑰花蕾苏族法律服务(Rosebud Sioux Legal Services)项目主管，强奸了拉科塔族(Lakota)少女詹西塔·伊格尔·迪尔(Jancita Eagle Deer, 1952—1975)，却未被起诉。詹西塔在 1974 年的听证会后不久死于肇事逃逸事故。其继母继续为其伸张正义，但数月后被一名印第安事务管理局警官殴打致死。詹西塔和继母的两起案件均至今无果。

齐佩瓦部落还以口述故事、部落信仰和部落正义观等无形的方式影响着个体成长。口述故事不仅是娱乐方式、文学形式和部落仪式,还是年轻人了解部落历史和文化以学会在逆境中生存的主要途径。《鸽灾》中,穆夏姆口述的故事具有开放性和破碎化特征,恰恰强化了埃维莉娜作为听者的主观能动性,启发她主动构建故事背后的家族史和部落史。她在精神病院担任志愿者时也不忘儿时听到的口述故事。她与精神病患者沃伦密切接触,观察其反常行为,剖析其心灵创伤和精神失常的根源,最终推定沃伦是灭门案真凶。她如此总结口述故事的意义:“我们还小时,破碎的语句四散在我们周围,故事还未成形。随着年岁渐长,故事渐渐变成我们真实的生活”(厄德里克 2017: 277)。这既表明埃维莉娜的成长之路与将口述故事拼补完整的经历平行,又预示她已由被动的听故事者成长为主动的历史构建者、参与者,甚至新一代讲故事的人。

齐佩瓦部落信仰对个体成长的影响集中体现在朗德罗身上。朗德罗无罪获释后主动向神父忏悔,而天主教无法为他提供能切实修复两个家庭间创伤的良方。他转而诉诸齐佩瓦部落信仰,举行汗屋仪式以追寻幻象;他最终遵从齐佩瓦传统中的修复之道,与彼得一家共享小儿子拉罗斯[①]的抚养权。需要指出的是,朗德罗此举并不意味着他与天主教决绝,更无文本细节印证他的这一决定。相反,这意味着他在齐佩瓦部落信仰和天主教间获得了动态平衡,成为“遵守部落传统”的“虔诚的天主教徒”(厄德里克 2020: 3)。

部落传统正义观对个体命运具有决定性作用。三部曲探索了多种联邦法律体系之外、却符合部落传统的正义观,如“粗暴的正义”(rough justice)、“尽力的正义”(best-we-can-do justice)、“温迪哥正义”(wiindigoo justice)和“修复式正义”(restorative justice)等,后三者有助于表达“理想化”成长主题。比如,乔枪杀林登符合“温迪哥正义”,更是“尽力的正义”,因此齐佩瓦社区默许了其暴力行为,甚至替他销毁罪证,

① “拉罗斯”这一名字“蕴含纯洁而强大的力量,常用来命名家族中的治疗师”(厄德里克 2020: 13)。朗德罗之妻艾玛琳的家族中已有五代拉罗斯,此处提到的“小儿子拉罗斯”是第五代。厄德里克还写道:拉罗斯“是米拉奇,是幻象”(同上 123),这既表明朗德罗期望寻求的修复之道就在拉罗斯身上,又预示与彼得一家共享拉罗斯的抚养权能达到修复和治疗的目的。拉罗斯作为两个家庭间的桥梁,完成了修复家族关系的使命。他提前卸下彼得枪里的子弹,拯救枪口下的朗德罗,还偷偷藏起家中的杀伤性物件,救回因丧子之痛而在自杀边缘徘徊的彼得之妻。

伪造不在场证明；厄德里克将有"多年积累的'好孩子'名声"（厄德里克 2018：271）的乔设定为13岁，也为他摆脱联邦法律制裁增加了一重保险。再比如，厄德里克对科温和朗德罗命运的安排本质上遵从了"修复式正义"。前文提到，科温是埃维莉娜成长之路上的益友。科温盗取小提琴后，部落法官未依照联邦法律进行判决，反而命他师从小提琴主人学习演奏，最后他成了出色的小提琴演奏家。年迈的真凶沃伦听到科温在精神病院的演奏后，回忆起凶杀现场的琴声，最终倒地身亡。科温此举帮助埃维莉娜确定真凶，将口述故事拼凑完整。朗德罗枪杀彼得之子后被带进警察局做酒精测试，齐佩瓦警察在"他的报告里加入了阴性的测试结果，这有助于开脱朗德罗的嫌疑"（厄德里克 2020：174），也赐予他日后主动修复与彼得一家的关系的机会。以上论述表明，厄德里克极为重视齐佩瓦部落在个体成长中有形的参与或无形的影响，旨在呵护笔下的齐佩瓦青少年，甚至不惜改写他们的命运，使之实现精神成长，用"理想化"成长之路颠覆主流社会"想象"中的印第安人成长之路。

三、以"理想化"对抗"想象"：政治表达和美学价值

在成长小说的流变中，经典成长小说中以主人公融入社会的结局"留给读者的平衡感或融合感很快就引起了质疑，以至于在后来的成长小说中，成长主体和谐地融入社会的例子并不多见，他们的社会化过程往往受阻，有的甚至最终走向反面——背离社会"（孙胜忠 501）。由此看来，书写"理想化"成长主题的三部曲颇似一支"异军"。埃维莉娜成长为新一代部落故事讲述者，乔成长为部落法官，朗德罗修复了邻里关系并获得精神平衡。三位主人公以各自的方式回到主流社会和部落社会间边界日趋消亡的现实世界中，可谓实现了社会化过程，正如弗兰克·莫雷蒂（Franco Moretti，1950— ）所写："主体内在的和作为独立自我的形塑过程与融入社会并成为其一小部分的社会化之间没有裂缝"（Moretti 16）。厄德里克描绘的"没有裂缝"的"社会化"过程进一步凸显了三部曲的"理想化"成长主题，这种"理想化"书写蕴含着深刻的政治表达和丰富的美学价值。

三部曲以司法和正义纷争作为齐佩瓦个体的成长环境，具有极强的政治性，也使1986年莱斯利·马蒙·希尔科（Leslie Marmon Silko，

1948—)对厄德里克热衷后现代语言和形式实验而忽略政治表达的批评[①]不攻自破。成长小说是"是少数族裔作家的交流媒介：一方面，他们与少数族裔社区的其他成员分享主人公的人生经历；另一方面，他们将'真实'的少数族裔生活传递给主流社会读者"(Japtok 25)。厄德里克的政治表达可从两方面来解读。一方面，三部曲表明她将印第安人的未来寄托在青少年身上，借三位主人公的成长来启迪当代社会中即将迎来生理、心理成熟期或确立社会身份和文化身份的广大印第安青少年，鼓励他们在归属感甚微、甚至充满敌意的成长环境中，充分调动印第安部落中有形或无形的力量，实现精神成长。另一方面，厄德里克期望与主流社会读者产生交流，促使他们了解相对真实的印第安文化、当代印第安人的生存处境与诉求。早在 1985 年，厄德里克就指出美国主流作家"恰恰在命名或描绘他们所爱之物时失去了它"，"所爱之物"指早已与印第安人的命运休戚与共、且在欧洲殖民者入侵后变得满目疮痍的土地，因此当代印第安作家"必须讲述当代印第安幸存者的故事，同时保护和颂扬灾难后留存下来的各种文化内核"(Erdrich 43 - 50)。厄德里克认为印第安作家才是这片土地和主流社会读者间的使者，须尽可能将最原始的"文化内核"传递出去。厄德里克的祖父勤学善思，天赋异禀，是讲故事的行家里手，她自幼受祖父熏陶，一直借文学创作讲述"幸存者的故事"。三部曲刻画的三位齐佩瓦青少年即灾难的幸存者，他们在主流社会与部落社会的夹缝中求生和历练，向主流社会读者展现齐佩瓦人的精神文化之富足和生命力之勃发。三部曲不仅未脱离社会现实，相反却极力控诉近百年来部落司法管辖权被联邦政府和州政府蚕食的局面，将印第安人的成长和命运与制度化的种族主义紧紧相连，表达了鲜明的政治诉求。

三部曲也绝非寡淡的政治说教，还具有相当的美学和艺术价值。从传统与后现代隔空对话的视角来说，成长小说是一种相对主流和传统的文学体裁，而厄德里克是一位"卓著的文体家"，善将"多重视角、互文性、时序错置"等后现代技巧"与印第安口述传统无缝衔合"(Beidler & Barton

① 希尔科发表《这是件摆在童话故事书架上的古怪的手工艺品》("Here's an Odd Artifact for the Fairy-Tale Shelf")一文，批评厄德里克的第二部小说《甜菜女王》(*The Beet Queen*, 1986)。厄德里克的回应散见于采访中。这一事件被称作"希尔科与厄德里克之争"(Silko and Erdrich Controversy)，30 余年来吸引多位知名印第安作家和学者参与讨论，如伊丽莎白·库克-林恩(Elizabeth Cook-Lynn, 1930—)、维兹诺和路易斯·欧文斯(Louis Owens, 1948—2002)等。

2)。她紧扣成长小说的核心概念“自我教育”，反映“个体内在的、精神上的有机变化”(孙胜忠 96)，遵循大体上由天真到经验的情节模式，同时还依据印第安语境做出相应调整，如突出印第安部落在个体成长中有形和无形的参与，塑造在场的、顾家爱家的、亦父亦友的父亲形象，强调部落社会和主流社会间的边界。从美国主流文学与少数族裔文学不断交融的视角来说，美国文学中的种族元素不容忽视。“长久以来，美国文学一直被划分为主流文学和少数族裔文学，这只会让人们相信主流文学和少数族裔文学即便不是泾渭分明的两类经典，至少可以相互独立，”但若“企图通过大量放血来分离美国文学中的种族血细胞，只会导致美国文学失血过多而死”(Boelhower 451—453)。厄德里克意图讲述当代印第安幸存者的故事，突出当代社会里持久在场的印第安人形象，她通过借用主流文学中的成长小说体裁，使得故事更具信服力，更易被接受，同时也强调少数族裔文学和主流文学的交融和不可分割性。可以说，表达“理想化”成长主题的三部曲不仅印证了厄德里克作品的“文学形式和风格本身就不可避免地具有政治性”(Herman 66)，而且代表着世界的与民族的、主流文学与少数族裔文学、传统与后现代、政治性和审美性交流和碰撞。

结　语

历史上的私刑悲剧、寄宿学校和同化教育制度仍存在于部落记忆、历史、创伤和口述故事中，当下的土地纷争、无果而终的强奸案和混乱的司法管辖权仍与印第安部落主权相互冲突。在三部曲中，这些都成为当代齐佩瓦青少年难以克服的成长阻力，使得他们稍有不慎便走向幻灭与绝望的边缘。厄德里克匠心独运，强调齐佩瓦部落以良师、益友和社区等有形的方式，以口述故事、部落信仰和部落正义观等无形的方式，帮助青少年幸存下来，实现精神成长。这一反转具有理想主义色彩。“理想化”的成长之路最终颠覆了主流社会“想象”中的印第安人成长之路。她笔下的印第安人，正如三部曲两次提及的英国诗人威廉·厄内斯特·亨利(William Ernest Henley, 1849—1903)的诗歌标题那样，“不可征服”(厄德里克 2018：88；2020：29)。三部曲拓展了成长小说这一相对主流、传统又生生不息的文学体裁的疆域，构建了“理想化”和“想象”间的张力，凸显厄德里克作为当代印第安讲故事的人的政治立场、历史使命和责任担当，表达她对印第安人美好未来的憧憬和信心，也向读者展现出印第安人的生命力和创造力。

引用作品[Works Cited]:

Adams, David. *Education for Extinction: American Indians and the Boarding School Experience, 1875 – 1928*. Kansas City: UP of Kansas, 1995.

Beidler, Peter G., and Gay Barton. *A Reader's Guide to the Novels of Louise Erdrich*. Columbia: U of Missouri P, 1999.

Bender, Jacob, and Lydia Maunz-Breese. "Louise Erdrich's *The Round House*, the Wiindigoo, and *Star Trek: The Next Generation*." *The American Indian Quarterly* 43.2 (2018): 141 – 161.

Boelhower, William. "A Modest Ethnic Proposal." *American Literature, American Culture*. Ed. Gordon Hunter. Oxford: Oxford UP, 1999. 443 – 454.

Calloway, Colin. *Our Hearts Fell to the Ground: Plains Indian Views of How the West Was Lost*. London: Palgrave Macmillan, 1996.

Carden, Mary P. "'The Unkillable Mother': Sovereignty and Survivance in Louise Erdrich's *The Round House*." *Studies in American Indian Literatures* 30.1 (2018): 94 – 116.

Complete State of the Union Addresses: From 1790 to 2002. Anaheim: Golgotha Press, 2011.

Erdrich, Louise. "In House, Erdrich Sets Revenge on a Reservation." 〈https://www.npr.org/2012/10/02/162086064/in-house-erdrich-sets-revenge-on-a-reservation.〉 (accessed Sept. 30, 2019).

—. "Rape on the Reservation." 〈https://www.nytimes.com/2013/02/27/opinion/native-americans-and-the-violence-against-women-act.html?hp〉 (accessed Sept. 30, 2019).

—. "Where I Ought to Be: A Writer's Sense of Place." *Louise Erdrich's Love Medicine: A Casebook*. Ed. Hertha D. Sweet Wong. Oxford: Oxford UP, 2000. 43 – 50.

Graham, Susan. "The American Bildungsroman." *A History of the Bildungsroman*. Ed. Susan Graham. Cambridge: Cambridge UP, 2019. 117 – 142.

Herman, Matthew. *Politics and Aesthetics in Contemporary Native American Literature*. New York: Routledge, 2010.

Hoxie, Frederick E. "The Reservation Period, 1880 – 1960." *The Cambridge History of the Native Peoples of the Americas, Volume I, Part 2*. Ed. Bruce G. Trigger and Wilcomb E. Washburn. Cambridge: Cambridge UP, 1996. 183 – 258.

Japtok, Martin. *Growing up Ethnic: Nationalism and the Bildungsroman in African and Jewish American Fiction*. Iowa City: U of Iowa P, 2005.

Kurup, Seema. *Understanding Louise Erdrich*. Columbia: U of South Carolina P,

2016.

MacNair, Rachel M. *Perpetration-Induced Traumatic Stress: The Psychological Consequences of Killing*. Westport: Praeger Publishers, 2002.

Moretti, Franco. *The Way of the World: The Bildungsroman in European Culture*. London: Verso, 2000.

Owens, Jasmine. "Historic in a Bad Way: How the Tribal Law and Order Act Continues the American Tradition of Providing Inadequate Protection to American Indian and Alaska Native Rape Victims." *Journal of Criminal Law and Criminology* 102.2 (2012): 497 - 524.

Tedrowe, Emily. "The Sunday Rumpus Interview: Louise Erdrich." 〈https://therumpus.net/2016/05/the-sunday-rumpus-interview-louise-erdrich/〉 (accessed Sept. 30, 2019).

Tharp, Julie. "Erdrich's Crusade: Sexual Violence in *The Round House*." *Studies in American Indian Literatures* 26.3 (2014): 25 - 40.

Vizenor, Gerald. *Summer in the Spring: Anishinaabe Lyric Poems and Stories*. Norman: U of Oklahoma P, 1993.

—. *Manifest Manners: Narrative on Postindian Survivance*. Lincoln and London: U of Nebraska P, 1999.

路易丝·厄德里克：《鸽灾》，张廷佺、邹欢译，上海：上海译文出版社，2017 年。

——：《圆屋》，张廷佺、秦方云译，上海：上海译文出版社，2018 年。

——：《拉罗斯》，张廷佺译，北京：中信出版集团，2020 年。

孙胜忠：《西方成长小说史》，北京：商务印书馆，2020 年。

英国生态意识的诞生：浪漫派诗歌中的环境问题与环境保护

张　剑*

内容提要：英国浪漫派诗歌所反映出来的生态意识已久为人们所知，然而将这个生态意识置于西方生态思想发展史中进行考察，探讨它在这个发展历史中的重要作用和意义，并不多见，也没有得到深入和充分的探讨。我们现在所说的生态意识，即我们对生态问题的认识水平，以及为保护生态而自觉调整自身经济活动和社会行为，协调人与自然的互相关系，以到达环保的目的，这种意识可以说与浪漫派诗歌中描写的非生态行为和由此产生的负罪感密切相关，它显示在那个时代人们的生态思维发生了显著的变化。本文将以英国浪漫派诗歌为例，说明这种变化的产生和发展，并且说明它与我们今天的生态意识之间的关系。

关键词：浪漫派诗歌；污染；负罪感；生态意识；生态伦理

Abstract: The ecological awareness displayed by British Romantic poetry has long been known, but to place this ecological awareness in its historical context and to examine it as part of western ecological thinking is not often found and requires full and detailed exploration. What we call ecological awareness today, i.e., the level of recognition concerning environmental problems and the willingness to regulate social and economic behavior, to adjust the man-nature relationship in order to protect the environment, is closely related to the environmentally destructive acts and the ensuing feeling of guilt described in Romantic poetry, which shows significant changes in people's ecological thinking. This essay aims to investigate this change through poetry of major Romantic poets and to establish a relation between this change and our ecological awareness today.

Key words: Romantic poetry; pollution; guilt; ecological awareness; environmental ethics

---

* ［**作者简介**］：张剑，男，北京外国语大学英语学院教授，博士，主要从事英美浪漫派诗歌研究、现代派诗歌研究、中外文学关系研究和文学理论方向的研究。

唐纳德·沃斯特(Donald Worster, 1941—)在《自然的经济体系：生态思想史》(*Nature's Economy: A History of Ecological Ideas*, 1999)中讲述了英美生态思想发展的历史，他认为虽然“生态学”(ecology)这个词直到1866年才由德国生物学家恩斯特·海克尔(Ernst Haeckel, 1834—1919)提出，但是生态思想的起源可以追溯到18世纪。吉尔伯特·怀特(Gilbert White, 1720—1793)在《塞尔伯恩的自然史》(*Natural History and Antiquities of Selborne*, 1789)中，以博物学的田野调查方式对一个英格兰村庄和周围的植物、动物、人，以及承载这些生物的自然环境进行了细致的考察，从而呈现了一幅各个物种相互依存的“阿卡迪亚田园”(Arcadia)景象。沃斯特认为，怀特代表了一种**田园模式**的自然观，主张自然天成，与自然和谐相处，形成一种“天人合一”的状态(沃斯特 14)。

但是18世纪自然观还有一个模式：即**帝国模式**，它主张管理自然、改变自然、开发自然。这种“帝国模式”是当时英国自然观的主流，它暗示了“征服”“支配”“掠夺”，人与自然的关系就像帝国和殖民地的关系一样：不是“天人合一”，而是管理与被管理、利用与被利用、主体与客体的关系。沃斯特认为，弗朗西斯·培根(Francis Bacon, 1561—1626)就是这个帝国思维模式的典型代表，他相信理性和科学能够穿透自然界的所有奥秘，人类可以通过科学管理，改造自然，创造出一个乌托邦式人间乐园，从而恢复人类在伊甸园曾经享有的尊严和崇高地位。培根的科学是一个主动出击的学问，而不是顺应自然规律的科学，他要“扩大人类帝国的疆域，尽一切可能影响到一切事物”(同上 50—51)。

生态学的创始人之一、瑞典科学家卡尔·林奈(Carl von Linné, 1707—1778)也没有超出这种帝国式的思维。他1749年提出的“自然经济体系”(Economy of Nature)概念，被沃斯特采用为书的题目。林奈认为自然中的所有生物都不是任意的存在，而是经过精心设计的。自然的总设计师就是上帝，世界按照天意运转。林奈的“自然经济体系”之所以叫经济体系，是因为他主张人类对地球进行开发和管理，发挥最大效能和生产力，以服务于人类的福祉。在林奈的自然经济体系中，上帝是自然的“超级经济师”，是“使其有效运转的大管家”。上帝不仅设计了这个自然经济体系，而且其中“所有的东西生来都是为人类服务的”(转引自沃斯特 58—59)。

我们应该注意到的是，威廉·华兹华斯(William Wordsworth, 1770—1850)、塞缪尔·泰勒·柯尔律治(Samuel Taylor Coleridge,

1772—1834)、威廉·布莱克(William Blake, 1757—1827)等浪漫派诗人也参与了英国生态意识的建构。他们的生态思想正好产生于"生态学"从酝酿到诞生的过程中,这不是一个偶然的巧合,他们就是那个时代生态思想的一个组成部分。如果按照沃斯特的说法,英国的生态思想起源于18世纪末的塞尔伯恩(Selborne,地处伦敦西南50英里的一个偏僻村落),那么华兹华斯、柯尔律治和布莱克就处于这一思想的源头,与这一思想一脉相承。本文将以以上诗人为例,从文学角度展示英国生态意识的诞生,以及他们对于生态学的成熟和发展的重要意义。

一

浪漫派诗人华兹华斯的诗歌《采坚果》("Nutting")可能是探讨英国诗人参与生态思想建构的最佳的切入口。在英国湖区,榛子树是的一种常见的树木,采榛子也是那里的乡村的一种常见的行为,但是这次采坚果的经历却给诗人留下了刻骨铭心的记忆,这里边的意义值得仔细探讨。从诗歌的批评史来看,它在过去的半个多世纪中吸引了大量的注意力,引起了诸多的评论和争论(张旭春 64—70)。这些评论的焦点集中在少年华兹华斯对那片榛子林实施的"暴力"之上。在诗歌中,他手拿镰刀,身背布袋,穿着防护的服装,进入了大山,来到一处人迹罕至的地方。这里,榛子树遮天蔽日;附近,流水潺潺,鸟语花香,一副"原生态"的景象。然而,他没有放过这片美景,而是砍断树枝,摘下果实,仿佛是在享用一场"盛宴"(banquet)(Wordsworth 70)。

最终,当他采集到足够的果实,正要庆幸自己像国王一样富有的时候,他惊奇地发现,这一片美景已经被他完全毁掉:满地都是折断的树枝,天空已经露出了"惨白"(pallor),树林遭到无情地损毁(deformed and sullied)。此时,他感到了一种内心的疼痛,一种悔恨,甚至是一种强烈的自责。

批评界也对这个"暴力"的性质进行了诸多评论。首先,诗人把这个人迹罕至的地方描写为"处女地"(virgin scene),然后,他又把它称为"安乐窝"(bower)。在这里,榛子树结出了"诱人"(tempting)的果实,他用"淫迷"(voluptuous)的眼光看着它们,感到了一种"幸福",一种期待已久、最终见到了爱人那种激动(blessed with sudden happiness)(同上 69—70)。他甚至躺了下来,让面庞贴在地上,听着低声吟唱的流水,呼吸着香气浓郁的空气，对那里的一草一木充满了爱意。

然后，他将浓密的榛子树枝猛力拽下，无情折断，发出咔嚓的声响(with crashand merciless ravage)。不久，那遮天蔽日的榛子林便乖乖地献出了"宁静的身体"(gave up its quiet being)(同上 69—70)。树木没有反抗，只是"宁静"(silent)地接受了这一切。的确，在这些描写中，少年对树林施暴有了一种"性"暗示，其行为就像是对自然的一种"强奸"。

在西方传统中，自然往往被比喻为女性，"大地母亲"的比喻就是把自然与女性联系在一起的例子。"大地母亲"的比喻对开发自然的行为也形成一道无形的道德约束(麦茜特 33—49)。如果开采自然在某种意义上说等同于对母亲的强暴，那么它可能在思想上制止这种行为的发生。在《仙后》(*The Faerie Queene*, 1590)和《失乐园》(*Paradise Lost*, 1665)中，埃德蒙·斯宾塞(Edmund Spenser, 1552—1599)和约翰·弥尔顿(John Milton, 1608—1674)分别使用了这一比喻抨击世人对黄金的疯狂追逐。他们受到贪欲之神(Mammon)误导，"用不虔敬的手，/搜寻地球母亲的全身/以获取隐藏更深的财富"(Milton *Book I:* 684—690)。

然而，在科学和理性的时代，自然要么被视为没有灵魂的物质，要么被视为需要进行控制的"女巫"。男权社会的逻辑被广泛运用到自然之上，自然和女性都沦为被支配对象和被压迫对象。在这样一个时代，我们不难理解华兹华斯在《采坚果》中感到一阵"内心的疼痛"(a sense of pain)，因为他可能已经意识到，自己的"暴力"行为具有既不"生态"，又不"道德"的性质。

卡尔·克洛伯(Karl Kroeber, 1926—2009)曾经批评评论界过度关注少年的暴力的"性"，而忽视了其中的"生态"(Kroeber 65—66)。的确，从结构上看，诗歌的发展可以分为三个阶段：第一阶段是诗人与自然和谐相处的阶段；第二阶段是诗人毁坏树林的阶段；第三阶段是诗人充满悔恨的阶段。在个人层面上，诗歌显示了诗人心灵的成长、认识的提高；在历史层面，诗歌隐喻了历史的变迁、自然的损毁。

也就是说，诗歌可以被解读为一个寓言：人与自然关系的发展也经历了三个类似的阶段：一开始，人类在大地母亲的怀抱获取营养，与自然融为一体，人类就是自然的一部分。然后，科技的进步给人类带来了更多的掌控能力，人类开始将自然视为对立面，进而产生了征服自然、改变自然的思想。最后，也许正是在华兹华斯的时代，人类认识到无节制的开发自然是一个错误，因此寻求转变思想，纠正错误，以逆转生态恶化的趋势。

二

从历史角度来看,英国是全世界最早工业化的国家,也是环境问题出现最早的国家。英国工业化是从大机器生产和动力革命开始的,英国人在纺织行业陆续发明了飞梭、珍妮纺纱机、缪尔纺纱机等。机器的运用使纺织行业突破了手工工场的生产方式,实现了大规模生产。1769 年,蒸汽机的发明改变了传统的人力或动物驱动的工业生产,一台蒸汽机的动力可能相当于几百匹马的动力,可以想象,它对生产力和生产效率的提高产生了多么巨大的作用。

1771 年,英国建立了第一座棉纱厂,雇了 600 个工人。随后,纺纱厂在英国如雨后春笋般出现。纺织业的发展又推动了制造业和交通运输业的发展。一方面,纺织业需要更多的织布机器;另一方面,工业产品也需要更加强大的交通运输能力,以将纺织产品运往世界各地。蒸汽火车和蒸汽轮船的发明,促进了交通运输的发展,大大缩短了英国国内和英国前往世界各地的交通运输时间。

机器的广泛应用给 18 世纪的英国工业释放了疯狂的活力。到处都在轰鸣,到处都在冒烟。诗人威廉·布莱克在其作品中反映了这一工业化的现实。冶炼厂和制造厂开足了马力,为英国生产"拿破仑战争"中所需要的武器和弹药:"泰晤士河在钢铁制造的重压下呻吟"(Blake *Milton*: Plate 6)。在伦敦郊外,砖窑的火光点燃了夜空,为工业革命的基础设施生产建筑材料。在这些"被迫在火焰中劳作,不分白天与黑夜"的砖窑中,瓦拉(Vala)在哀号:"啊,主啊,难道你没有看见我们的痛苦吗? /在这些火焰中不停地劳作? 铁石心肠的监工/ 还讥笑我们的悲伤"(同上 *Four Zoas*: 31)。

煤炭已经不能满足这些生产活动对能源的巨大需求,人们将目光投向了伦敦郊外的山丘,以及那里生长的树木。布莱克也描写了那些山丘上生长的古老"橡树林"(Oak Grove)被大量砍伐的情景:"萨里郡的山丘上火光冲天,像熔炉中的缸砖[……],黑暗在熔炉的入口闪烁,一堆烧焦的灰烬"(同上 *Milton*: Plate 6)。

这样,以蒸汽机为特征的现代工业在英国发展起来。在伦敦,大约 100 座蒸汽机在不停运转,英国人建起了世界上最大的磨坊:"英国磨坊"(Albion Mill),它的蒸汽机动力在当时是世界第一,相当于 200 匹马力。生产力的成倍提高使它对资源的需求,包括原材料和燃料的需求,也成几何级数地提高。纺织厂、炼钢厂、机器制造厂、制革厂、酿酒厂等等飞速运转，它们的烟囱不停地冒出黑烟，污染了英国的空气，给英国环境造成了很大的污染。这些工厂和磨坊的运转消耗了大量煤炭和木材，对自然资源也是一个极大的消耗。

布莱克曾经把伦敦那些大大小小、烟囱冒烟的工厂称为“魔鬼磨坊”(Satanic mills)，它们的黑烟污染了空气，熏黑了建筑，引发了呼吸疾病。在《伦敦》(“London”)一诗中，布莱克描写了圣保罗大教堂等著名中世纪建筑被蒙上了一层黑黑的烟尘。他把“齿轮”(wheels)视为“魔鬼磨坊”的突出特征：一个个相互咬合、转动的齿轮，形成了大机器生产的标志性形象。在《耶路撒冷》(“Jerusalem”)一诗中，他描绘了这些工厂的齿轮机械地转动的情景。“我看到残忍的工厂/由无数的轮盘构成，轮盘套着轮盘，/独断专行的齿轮迫于强力，相互驱动”(同上 *Jerusalem*：Plate 15)。相对于“在自由中转动，和谐而安宁”的伊甸园的轮盘，这些齿轮显示出一种“独断专行”。布莱克在这些诗行中表达了他对大机器工业的非人性本质的批判。

到华兹华斯的时代，伦敦已经是一个污染非常严重的城市。1797年，华兹华斯从伦敦回到了他的家乡坎伯兰的“湖区”(Lake District)，就像逃离了一个“监狱”(Wordsworth 157)。在故乡的山水间，他感到一种久违的“自由”。到19世纪50年代，狄更斯已经将伦敦描写成了一座“雾都”。这种雾不是一般的雾，而是一种雾霾。泰晤士河水也已经变成了黑色，其中的鱼已经不能食用。在这样的背景中，也许我们可以理解，为什么华兹华斯在《采坚果》中会产生一阵“内心的疼痛”。

三

当然，《采坚果》是一首回溯性诗歌，是诗人成年后对少年时期经历的回忆。它说明，诗人已经从年少轻狂的年代，成长到成熟睿智的年代。在事情发生的当年，那位少年的心中是否产生过那种悔恨和自责，我们不得而知。至少在诗人的成熟睿智之年，在他获得了那么多的人生经历之后，在见证了伦敦的空气和河水被污染之后，再看到那样的事情发生，他肯定会有“内心疼痛”。

诗歌的创作历史显示，它曾经有六个不同版本，三长三短：其中一个长本还包含另一个故事，也涉及对自然实施暴力，施暴者是他的妹妹多萝西,即诗歌中“最亲爱的女孩”(dearest Maiden)(张旭春 60—64)。在诗歌中,华兹华斯讲自己少年时期的故事,不是讲给读者听,而是讲给多萝西听。他的意图是以此作为反面教材,或以此作为深刻教训,警示多萝西,教导她爱护林木、尊重自然:“要用心灵的温柔,/在此林荫中行走,要用温柔的手/触摸——因为这林中有精灵”(a spirit in the woods)。

“林中有精灵”是古希腊、古罗马和中世纪的思维。按照这个古老的信仰,自然充满了活力和生命。在那时,人们相信山有山神,树有树精,花有花仙,大地有土地神。这个思维模式不是理性的思维,也不是科学的世界观,但是它对环境更友好,因为这个古代思维模式,包括泛灵论(animism)和拟人论(anthropomorphism)(莫斯科维奇 93),让人们对自然心存更多的敬畏,因为它认为树林和人一样,受到伤害会疼痛和流血。

但是,在科学到来后,这种古老的思维模式就变成了一种迷信。科学把自然完全看成了一种没有生命的物质。如果自然完全是物质,那么你就可以随便对它做什么,因为它没有感知,你也不用感到自责。既然它是物质,那么它就是一种资源,你就可以随便取用。马克思·韦伯(Max Weber, 1864—1920)认为,科学的到来驱逐了那些古老的信仰,那个魔幻的生机世界也不复存在,“林中有精灵”的说法也就逐渐消失,这就是所谓的大自然的“祛魅”(disenchantment)(Weber 129—133)。

人类世界观从魔幻到科学的转变是“现代性”的一大特征,“祛魅”也是这个转变的一个重要比喻,因此韦伯被视为“现代性的哥伦布”(莫斯科维奇 94)。17—18 世纪,科学成为唯一正确的思维模式。“现代科学垄断了真理,并淘汰了从常识到哲学,从艺术到宗教,从实用技术到传统的一切其他知识形式”(同上)。科学变为科学主义,它认为理性能够穿透世界上所有的神秘,我们可以用理性去解释它、把握它、征服它,从而促进了征服自然、战胜自然的思想的形成。

科学的思维模式,从某种意义上讲,是“非生态的”。在浪漫派时代,人们显然已经认识到,科学主义和理性主义走得太远,以至于精神世界都被机械化和程式化了,客观世界完全丧失了它的神秘性。华兹华斯的“林中有精灵”的说法显然是一种“反理性”的话语,他是在用更加古老的思维模式,来替代他那个时代的科学思维,以“林中有精灵”的说法对大自然进行“复魅”(re-enchantment),将生命和活力重新赋予大自然。

联合国教科文组织从 1970 年开始提倡的、旨在增加公民的环境素养(environmental literacy)的环境教育,一般包括两个方面的内容:对“环境问题的了解”和拥有“环境行动的技能”。换句话说，环境素养通常有两个方面的含义，第一是对环境问题的认识水平，第二是保护环境的自觉程度。《采坚果》实现了这两个层面上的意义：一方面，它是诗人对自己的“反生态”的行为的一种反思，认识错误和改正错误；另一方面，它通过传播自身的教训，达到教育他人参与环保的目的，从这个意义上讲，它也是一种环保行动。

四

英国浪漫派诗歌中还有一个关于犯罪与赎罪的故事，也充满了自责和负罪感。柯尔律治也是英国浪漫派诗歌的代表人物之一，虽然他创作的诗歌并不多，但是其重要性在某种意义上讲不亚于华兹华斯，在思想性上甚至可能超过华兹华斯。他的《古舟子咏》(“The Rime of the Ancient Mariner”)一诗到底描写了什么犯罪？是谁对谁的犯罪？

首先，这是一个关于“航海”的故事。老水手登上了一艘探险船，从英国某港口出发，辞别了家乡、教堂和山丘，开始了这次冒险航行。他们向南跨过了赤道，绕过了非洲最南端的好望角，进入印度洋和太平洋，但是一阵风暴将他们吹到了南极。在这个冰天雪地，海水都凝固了的地方(land of ice)，老水手突然掏出了弓箭，瞄准了一只跟随他们的信天翁，残酷地将它射死。

在18世纪的英国，航海故事在是一种非常普及的读物。姑且不用说《鲁滨逊漂流记》(*The Adventures of Robinson Crusoe*, 1719)和《格列佛游记》(*Gulliver's Travels*, 1726)等小说，其他关于美洲探险、非洲探险、特别是南太平洋探险的故事也充斥着阅读市场。柯尔律治曾经细读《鲁滨逊漂流记》，并在空白处做了详细的注释和评论(Keane 22—45)。他的中学老师威廉·威尔斯(William Wales, 1734—1798)曾经参加了库克船长发现了澳大利亚的南太平洋探险之旅。另一个发生在南太平洋的真实故事，邦迪号的叛乱(The Bounty Mutiny)，也在英国广泛流传。特别是1794年，叛乱的首领克里斯蒂安出版了一本小册子，讲述他们如何不满船长布莱的专制暴政，劫持船只，驱逐船长，逃亡大溪地岛，以及后来他们如何被捕，被带回英国受审，引起了巨大轰动(Fulford & Kitson 107—112)。

柯尔律治对这些航海故事、航海日志很感兴趣，特别是库克船长航海纪事的第二卷,他的《古舟子咏》可能从中吸取了丰富的营养(Lowes 84)。然而,他的"航海故事"不完全是一个现实的故事,而是充满了离奇的想象。比如,当船员们从南极回到了赤道,他们发现风停了,船也不动了。在烈日当空(hot and copper sky)、淡水耗尽、干渴难耐(utter drought)的情况下,在地狱般的炙烤中,所有人在死亡的边缘挣扎。这时,远处来了一条船,但这不是普通的船,而是一条鬼船(spectre bark),它无风而疾驰。船上一男一女,一个叫"死亡"(DEATH),一个叫"生不如死"(LIFE-IN-DEATH)。他们正在掷骰子(casting dice),为得到这些水手的灵魂而赌博。最后,"生不如死"赢得了老水手的灵魂,"死亡"赢得了其他所有人的灵魂。随即,所有人倒地而死,只剩下老水手茕茕孑立,忍受着孤独和痛苦。

显然,老水手无端的残忍行为引来了神秘的怒火。在这些情节中,有不少令人困惑的细节。第一,杀死一只信天翁受到如此严厉的惩罚,似乎有一些不合情理。约翰·利文斯顿·罗伊斯(John Livingston Lowes,1867—1945)说,如果把老水手杀死的那只信天翁换为一个人,事情就可能大不一样了(Lowes 277; Bodkin 57)。第二,老水手杀死信天翁,受到惩罚理所应当,而船员没有杀戮也受到了惩罚,这又如何解释?柯尔律治告诉我们,船员们之所以受到了如此严厉的惩罚,是因为他们对老水手的行为表示认同,说信天翁"杀得对!"他们实际上参与了犯罪,成为老水手罪孽的帮凶和"同谋"(accomplices in the crime)。老水手存活下来,并不一定是福分,而可能是一个更可怕的诅咒(curse):他将在"生不如死"中度过余生。

"负罪感"是这个故事最重要的情节之一。老水手从杀死信天翁那一刻就被一种悔恨和罪孽感困扰,他不知道为什么发生那样的事情,惶恐和困惑清晰地写在了他惊讶的脸之上。水手们把死亡的信天翁挂在他的脖子上,他就像背负了一个沉重的十字架。虽然在他为水蛇祈祷后,信天翁从他脖子上掉落下来,但是他心里的十字架似乎永远也无法掉下。老水手除了在南太平洋度过了由酷热、干渴、孤独、绝望构成的"灵魂的黑夜"(Dark Night of the Soul),那些死不瞑目的船员,怒目圆睁地瞪着他,责备他给他们带来了厄运,像地狱一样折磨他的灵魂。即使在他最终回到英国之后,他仍然得不到内心的安宁。除了受到一种"幸存者负罪感"(survivor's guilt)的困扰外,一种"内心的疼痛"使得他不得不云游四方,"像个幽灵,从一地飘到另一地"(Coleridge 1970b: 68 - 70)。

五

罗伊斯认为，老水手的原型可能是《圣经》中的该隐，或永世流浪的犹太人，或传说中的“飞翔的荷兰人（Flying Dutchman）”（Lowes 235—236；Bodkin 55—56）。这里的“飞翔”有“逃离”之意，虽然这个神秘的荷兰水手在非洲的好望角以外的海面出没，但只有人远远望见，没有人真正与之对话。那位“永世流浪”的犹太人，因为讥笑十字架上受难的耶稣，而被注定永世流浪，无法得到内心的安宁，直到“最后的审判”。该隐则是杀害亲兄弟的凶手，违背了天理伦常。老水手与这些人的罪孽比起来，用罗伊斯的话说，是“微不足道”的，那么他何来如此深重的罪孽感？（Lowes 84）

马尔科姆·威尔（Malcolm Ware）认为，老水手的罪孽感可能与黑奴贸易有关（Ware 589—593）。在那个帝国扩张、殖民侵略的时代，欧洲人所到之处都留下了悲惨的痕迹。所谓的探险，其实就是掠夺和占领。他们所掠夺的物品包括大量黄金、象牙、咖啡、甘蔗、棉花等，但是为他们带来最大利润的还是奴隶贸易。历史上所谓的三角贸易，特别是它的“中间航程”（middle passage），将数以百万计的黑人从非洲带到美洲，将他们出售为奴隶，欧洲人从中赚取了血腥的利益。1795 年柯尔律治在英国多地发表演讲，揭露奴隶贸易不可言状的残忍，以及由此造成的巨大痛苦和生命代价（Coleridge 1970a：138）。他认为奴隶贸易是人类的耻辱，违反了一切道德和良知，应该予以禁止。老水手在某种程度上代表了欧洲人对黑奴贸易的集体的负罪感，他为整个欧洲在奴隶贸易中所犯罪行背起了十字架。

然而，这种解释可能忽视了一些重要的细节。比如，故事情节的转折点恰恰是来自与杀戮相反的行为，即对自然界生物的爱。老水手一开始感到自己与海里的水蛇一样“肮脏”（slimy）和“腐败”（rotting），只能与它们为伍，表现出了一种自我意识上的“谦卑”。很快他又意识到，水蛇是大自然的一员，是上帝创造的生命，随即还对这些水蛇产生了一种油然而生的怜爱（a spring of love）。他态度的转变，使水蛇不再“肮脏”和“腐败”，而是变成了“快乐的生灵，没有语言/能够描述它们的美丽”。正是这种对自然的态度的转变，开启了老水手灵魂的救赎。

另外，诗歌凸显了自然所具有的神秘力量。天空的骚动、水下的轰鸣都是我们无法理解的神力。在诗歌开篇，柯尔律治引用 17 世纪神学家托马斯·本奈特（Thomas Burnet，1635—1715）的话说，“我相信在这个宇宙中,看不见的部分要比看得见的部分大得多。但是有谁能为我们解释这些生命的类别、等级和相互关系,以及每一种的突出特征和作用呢?[……]同时我不否认,在心里想象出一个更宏大、更美好的世界是有益的,它可以避免心智因长期纠缠于日常的事务而变得狭隘,沉沦于细枝末节”(转引自 Coleridge 1970b: xii)。

信天翁和水蛇显然是大自然“看得见的部分”,实施惩罚的神秘力量是“看不见的部分”,天空的骚动、水下的轰鸣也是“看不见的部分”。在诗歌中,这些“看不见的部分”远远大于“看得见的部分”。柯尔律治说,这些神秘力量既不是天使,也不是鬼魂,仅仅是“精灵”(Spirit)。正是一群精灵钻进了死去的船员的身体,使那些船员们神奇地站了起来,各就其位、各司其职,像他们生前一样,将那条大船驶回了英国。当这些精灵离开后,船员们又再次倒下,回到死亡状态。这些神秘力量不是迷信,而是比喻和修辞。它要说明的是,自然中有许多我们无法认知的东西,不是理性能够穿透和解释的。从某种意义上讲,这些水蛇和信天翁都只是大自然的一个缩影:水下的轰鸣、天空的骚动,最终可以理解为大海版的“林中有精灵”。

最后,老水手背负的如此强烈的负罪感,即使是谋杀一个人,可能都不会产生如此强的负罪感。只有讲述自己的故事之后,他才能得到暂时的安宁。那个参加婚礼的人,就是他选择非要给他讲故事的人。这个人不愿意听,他就用神秘的眼光,控制了这个可怜的人,强行把他留下来。如果《古舟子咏》仅是一个简单的航海故事,那么这样的负罪感的确很难解释。

这说明诗中信天翁的意义远远超出了它自身。诗歌具有了一种寓言的特征,在它的魔幻的故事背后,蕴含着这样一个更大的道理。用柯尔律治的话说,老水手的行为违背了人类与自然关系的“好客法则”(law of hospitality)。按照德里达的阐释,真正的“好客”是一种无需任何提问、无需任何条件的绝对的好客,超越了权利和义务,“不管新来者是另一个国家的公民与否,人、动物或神,活或死,男或女”(Derrida 77)。“好客”暗示了我们对“他者”所应该持有的态度,它是一个伦常法纪或道德底线。在这样一个层面,柯尔律治的“好客法则”又有了新的意义:它涉及人与动物的伦理关系,即人类对自然负有生态意义上的责任。

从环境意识来讲,老水手在认识到自己的罪行之后,能够努力去改变了他人。通过讲述自己的故事,他使那位参加婚礼的人提高认识,最终变成了一个“更加悲伤、更富有智慧的人”，这说明生态意识已经在他的心中诞生。另外，诗歌也显示，柯尔律治已经对自然有一个整体性认识，已经明白这样一个道理：世界上所有生命形式，即使是最卑微的生命，在自然界都有它不可或缺的价值；伤害自然的任何部分，就等于伤害自然的整体。

六

约纳森·贝特（Jonathan Bate，1958— ）认为，华兹华斯的湖区，以及其中的动物、植物、人类的存在方式，就是一个“自然经济体系”。华兹华斯在《湖区指南》（*A Guide to the Lakes*，1835）中，“以林奈的方式给有机物进行分类，就是揭示自然中复杂的、上帝创造的秩序”（Bate 37）。但是华兹华斯没有林奈的开发自然的人类中心主义思想，“在科学家极力描述自然的复杂的经济体系的同时，浪漫派诗人也在极力教导人类如何与自然共存”（同上 40）。

林奈的“自然经济体系”有点像亚当·斯密的自由市场经济学。自然就像一个市场经济体，它自由，但也不完全自由，背后有“一只无形的手在控制着个人行动的结果”（McKusick 39）。柯尔律治的老水手伤害了自然经济体系，因此受到了“一只无形的手”的惩罚。在《失意吟》（“Dejection: An Ode”）中，他进一步提出“同一生命”或“太一”（One Life）的概念，把人类与自然紧密连接起来。人类不是与自然分离的、高高在上的生命，而是与自然连成一体的，是自然的组成部分。这是林奈式的整体论，但是没有林奈的帝国式思维。

在 20 世纪，美国生态学者麦克斯·利奥波德（Max Leopold，1942— ）在《沙乡纪年》（*The Sand Country Almanac*，1949）记录了一个特别的葬礼。旅鸽曾经是美国天空的一道风景，但是在 20 世纪 40 年代它消失了。他说，“我们竖立纪念碑，用它追念一个物种”（利奥波德 124）。这个旅鸽纪念碑背后的环境伦理（environmental ethics）有这样几个基本假设：第一，人针对自然的行为应该受到道德规范的约束；第二，人类的行为对环境和未来具有道德责任（贾斯汀 12）。也就是说，仅仅认识到环境问题是不够的，还需要为保护环境承担责任。

2019 年，一座名叫“奥克”的冰川融化了。在冰川融化的地方，冰岛人也举行了一个隆重的葬礼，树立了一个纪念碑，上面刻有《给未来的一封信》:"奥克是冰岛的第一座消逝的冰川。未来 200 年,冰岛的所有冰川都会遭遇同样的命运。这个纪念碑是为了承认我们知道在发生什么,也知道应该做什么,但只有你们知道我们是否真的做了。"这些纪念碑代表了当代人对生态问题的深刻反思,以及采取行动的决心。它们所反映的生态行动和生态思想都可以追溯到 18 世纪末和 19 世纪初浪漫派兴起的时代。

引用文献[Works Cited]:

Bate, Jonathan. *Romantic Ecology: William Wordsworth and the Environmental Tradition*. London: Routledge, 1991.

Blake, William. *The Complete Poems*. Ed. Alicia Ostriker. London: Penguin, 2004.

Bodkin, Maud. *Archetypal Patterns in Poetry*. Oxford: Oxford UP, 1934.

Coleridge, Samuel Taylor. *The Watchman: On the Slave Trade*. Ed. Lewis Patton. Vol. 2 of *Collected Works of Samuel Taylor Coleridge*. 16 vols. London: Routledge and Kegan Paul, 1970a.

—. *The Rime of the Ancient Mariner*. New York: Dover Publications, 1970b.

Cook, James. *A Voyage towards the South Pole and Round the World. Performed in His Majesty's Ships the Resolution and Adventure. In the Years 1772, 1773, 1774 and 1775*. 4 vols. London: W. Strahan and Cadell, 1777.

Derrida, Jacques, and Anne Dufourmantelle. *Of Hospitality*. Trans. Rachel Bowlby. Stanford: Stanford UP, 2000.

Fulford, Tim, and Peter Kitson. *Romanticism and Colonialism: Writing and Empire 1780 -1830*. Cambridge: Cambridge UP, 1998.

Keane, Patrick. *Coleridge's Submerged Politics: Ancient Mariner and Robinson Crusoe*. Columbia: Missouri UP, 1994.

Kroeber, Karl. *Ecological Literary Criticism: Romantic Imagining and the Biology of Mind*. New York: Columbia UP, 1994.

Lowes, John Livingston. *Road to Xanadu: A Study in the Ways of the Imagination*. Princeton: Princeton UP, 1959.

McKusick, James. *Green Writing: Romanticism and Ecology*. Basingstoke: Macmillan, 2000.

Milton, John. *Paradise Lost and Other Poems*. New York: Mentor Books, 1961.

Ware, Malcolm. "Coleridge's 'Spectre Bark': A Slave Ship?" *Philological Quarterly*

40 (1961): 589 - 593.

Weber, Max: "Disenchantment of Modern Life." *From Max Weber: Essays in Sociology*. Trans. and eds. H. H. Gerth, and C. Wright Mills. New York: OUP, 1946. 129 - 156.

Wordsworth, William. *Selected Poetry*. Ed. Stephen Gill, and Duncan Wu. Oxford: Oxford UP, 1997.

奥尔多·利奥波德：《沙乡年鉴》，侯文惠译，南京：译林出版社，2019 年。

卡洛琳·麦茜特：《自然之死：妇女、生态和科学革命》，吴国盛等译，长春：吉林人民出版社，1999 年。

塞尔日·莫斯科维奇：《还自然之魅：对生态运动的思考》，庄晨燕译，北京：三联书店，2005 年。

唐纳德·沃斯特：《自然的经济体系：生态思想史》，侯文蕙译，北京：商务印书馆，1999 年。

约瑟夫·戴斯·贾斯汀：《环境伦理学》，林官明、杨爱民译，北京：北京大学出版社，2002 年。

张旭春："《采坚果》的版本考辨与批评谱系"，《外国文学评论》，2006 年第 1 期，第 59—70 页。

I. A. 瑞恰慈在中国的接受与意义

曹　莉*

内容提要：瑞恰慈是第一位与中国有直接接触的英国批评家。中国学界对现代批评理论的兴趣可以追溯至瑞恰慈 1929—1930 年间在清华大学的讲学岁月，其时，瑞恰慈所倡导的带有科学特质的文学批评理论与新文化运动以来普遍流行的科学话语相契合，因而在中国学界引起热烈反响。改革开放初期，国内对瑞恰慈的接受主要切合了对"新批评"的兴趣和当时的形式主义审美趋势。进入 21 世纪以来，学界对其批评原理、文化理想以及与中国的学术交往的研究进入了一个新阶段。本文在梳理和分析瑞恰慈在不同的历史时期接受过程和逻辑的基础上，指出瑞恰慈在中国的接受与中国学术的自身发展和中国现代化的进程密切相关，他对于中国的当下意义在于将其理论中所包含的人文理想、科学观念以及跨文化和跨学科意识融入文论创新和文学研究的具体实践之中。

关键词：瑞恰慈；批评理论；中国

Abstract: I. A. Richards is the first English critic who has direct contact with China whereas the interest of the Chinese academia in modern western critical theory can be traced back to the time when he taught at Tsinghua University from 1929 to 1930. During this time his principles of literary criticism of a scientific nature was received warmly among the Chinese academics as they corresponded well with the so-called scientific discourse which had gained momentum since the New Culture Movement. In the earlier years of Reform and Open-up, the reception of Richards catches up with an emerging interest in "New Criticism" and aesthetics of formalism. Since the beginning of the 21st century, research on Richard's principles of literary criticism, his cultural aspiration and his academic contact with China comes to a new stage. This paper examines the situation and rationale of Richards' reception across the time while pointing out the humane aspiration, the scientific idea and the cross-cultural and inter-disciplinary awareness contained in Richards' theory is significantly relevant to the innovation and development of contemporary critical theory and

* ［**作者简介**］：曹莉，清华大学外文系教授，博士生导师，主要从事英美文学与批评理论和比较文学方向的研究。

literary studies in China today.

Key words: I. A. Richards; critical theory; China

I. A. 瑞恰慈(Ivor Armstrong Richards, 1893—1979)是20世纪西方文学批评理论的拓荒者和奠基人。他将科学与诗、语义学和心理学、交流理论和价值理论结合在一起,使以"实用批评"为核心的文学研究和批评在20世纪初的剑桥大学成为一个新兴的制度化的学科。与此同时,瑞恰慈是第一位与中国有直接接触的英国批评家——中国对现代西方批评理论的兴趣可以追溯至瑞恰慈1929—1930年间在清华大学的讲学岁月。他在中国的讲学,不仅促成了中英两国学者的相遇和"接受",而且还开启了中西人文交流的新航——20世纪30年代和70年代瑞恰慈先后两度在中国多省推广英语基本语(BASIC),是20世纪最杰出的世界主义者和中西人文交流使者。本文主要考察瑞恰慈的批评原理在中国不同时期的接受情况,以期揭示对于当下中国的参考价值和思想意义。

1929年9月14日,受清华大学首任校长罗家伦之邀,瑞恰慈夫妇乘横跨西伯利亚的特快列车取道苏联抵达北京,开始了为期三个学期的讲学活动,这是他们继1927年首次访问中国的第二次访华之旅。1929年9月—1930年12月,瑞恰慈在清华大学开设"大一英文""西洋小说""文学批评""现代西洋文学(一)诗,(二)戏剧,(三)小说"等课程,同时还先后在北京大学开设"小说及文学批评"、在燕京大学开设"意义底逻辑"与"文艺批评"(齐家莹 125;李安宅 4)。

在华期间,瑞恰慈运用现代美学、语义学、意义学和心理学所建构的富有科学色彩的文学理论和分析方法得到迅速译介与传播。其中《科学与诗》译本最多,译者主要有伊人、曹葆华、缪灵珠等。《实用批评》没有完整的译本,曹葆华曾译出其中的引论和《诗中的四种意义》等,收入1937年商务印书馆版《现代诗论》。《文学批评原理》第一章由清华大学1934年毕业生施宏告以《批评理论的分歧》为题译出,刊登在1935年9月出版的《文学季刊》上。[①] 在译者附记中施宏告引用利维斯新近出版的论文集《决断》(*Determination*, 1931)序言中的一句话来强调瑞恰慈的重要性:"在今日有谁对于文学有兴味而对于瑞恰慈不感到兴味呢?"(陈越 98)

① 关于各种翻译版本和译者,参阅徐葆耕(2003);陈越(2009)。

除翻译之外,对瑞恰慈的接受更多见诸中国学者和学生撰写的评介性文章和毕业论文。1932 年 12 月 1 日,清华大学四年级学生钱锺书在《新月月刊》第四卷第五期上撰文介绍西惠尔著《美的生理学》,其中提到"瑞恰慈先生的《文学批评原理》确是在英美批评界中一本破天荒的书。它至少教我们知道,假使文学批评要有准确性的话,那末,决不是吟啸于书斋之中,一味'泛览乎诗书之典籍'可以了事的。我们在转眼故纸之余,对于日新又新的科学——尤其是心理学和生物学,应当有所籍重。换句话讲,文学评论家以后宜少在图书馆里埋头,而多在实验室中动手"(转引自徐葆耕 116)。数学入学考试不及格仍被清华破格录取,并发誓要"横扫清华图书馆",一直埋头于书斋、钻研学问的钱锺书此时也难免不受科学话语的影响,竟也呼吁文学批评从图书馆移至实验室了。

北京大学社会学系出身的李安宅,对瑞恰慈的语义学很感兴趣,著有《意义学》《语言的魔力》和《美学》,并在报刊上发表多篇关于艺术批评、美学和语言用途的文章。[①] 他在《意义学》的自序中宣称"这本东西直接,间接都是吕嘉慈教授的惠舆"(李安宅 1)。实际上《意义学》很多内容系根据瑞恰慈的著作编译而成,书中辟有专章对瑞恰慈的"意义""美"和"信仰"三个词进行辨析,书后另附有瑞恰慈最初发表于《清华学报》1930 年第 6 卷第 1 期的"The Meaning of *The Meaning of Meaning*"(《意义底意义》底意义)和清华美籍教授翟孟生(R. D. Jameson)的文章《以中国为例评〈孟子论心〉》。[②]《孟子论心》是瑞恰慈 1932 年出版的一部关于语言与交流、含混与多义的"中国之书",其中有相当一部分是在中国写成的。其时燕京大学哲学系的黄子通、博晨光(Lucius Porter)及社会学系的李安宅等人曾帮助瑞恰慈逐字逐句地翻译《孟子》中的某些段落,以试验"在两种不同的思想传统之间进行翻译的可能性"(Koeneke 79),后来结集出版为《孟子论心》。

1932 年,燕京大学学生高庆赐、吴世昌同时以瑞恰慈的文学批评理论作为毕业论文的选题。吴世昌毕业论文的精华部分曾以《吕嘉慈的批评学术述评》为题发表在《中山文化教育馆季刊》1936 年 6 月号上。1935 年,萧乾毕业于燕京大学,毕业论文《书评研究》明显受到瑞恰慈的影响,

---

① 如,《我们对于语言底用途所应有的认识》(《大公报·现代思潮》第 15 期,1931 年 12 月 26 日)、《甚么是意义》(同上第 18 期,1932 年 1 月 23 日)、《甚么是"意义学"》(即《意义学》一书的自序,《燕大月刊》第 10 卷第 1 期,1933 年 12 月)、《论艺术批评》(《北晨评论》,1931 年)等。

② 收入徐葆耕(2003)。

其中《认识四种意义》和《阅读的艺术》等章节，几乎是直接借用或出自瑞恰慈《意义的意义》一书。[①] 其他从事瑞恰慈理论研究和传播的学者还有陈西滢、傅东华、温源宁、洪深、邢光祖、水天同、费鉴照、常风、萧望卿、杨振声、邵询美、李长之以及外籍学者翟孟生和朱利安·贝尔(Julian Bell)，他们或在清华、北大执教或在武汉大学任教，然而他们都曾以各自的方式介绍并批评瑞恰慈的关键概念和理论方法。一时间瑞恰慈成为当时学院派心目中西方文学批评理论前沿的"神明"。

以上翻译和评介多以清华和北大学生为主，这与叶公超的鼓励不无关系，他在引介和传播瑞恰慈的理论方面做出了特殊的贡献。叶公超曾就读于瑞恰慈和燕卜荪师生二人同在的剑桥玛德琳学院，1925 年回国任教，在清华"以讲授《西方文学理论》和《英美当代诗人》名重一时"(闻家驷 14)。他对以作品为对象的"实用批评"非常赞赏，认为批评家的目的是"要往作品里去讨经验，并不是要埋没在他个人经验的感伤中"；批评的功用"还是能领我们走到评价的道上去，使我们对于作品能达到一个价格的结论"(叶公超 18—19)。叶公超对瑞恰慈的价值理论有一种自然的亲和力，他不但鼓励学生曹葆华翻译瑞恰慈，还专门为曹译《科学与诗》写序。《序言》言简意赅，点到为止，高度概括瑞恰慈理论的学术渊源和科学背景。叶公超从瑞恰慈在《文学批评原理》和《实用批评》的引文和注释里看出瑞恰慈的价值论和传达论可溯源于柯尔律治的《文学传记》，但是他认为柯尔律治的《文学传记》苦于没有找到明晰的文字来表达，而"瑞恰慈能从文字的意义上发端，这足以补救克律利己(柯尔律治)这点缺憾"(徐葆耕 6)，足见他名不虚传的西学涵养。对瑞恰慈的批评观，叶公超总结得也很到位："瑞恰慈的目的，一方面是分析读者的反应，一方面是研究这些反应在现代生活中的价值。"该序最后指出，"国内现在最缺乏的，不是浪漫主义，不是写实主义，不是象征主义，而是这种分析文学作品的理论。"[②]叶公超 1932 年接任《新月》主编后，针对当时"只有主义与标语而没有批评"的左翼思潮，尤其是"死文学""活文学""大众化"等概念性话语，集中介绍了"分析文学作品的理论"，进而表达学院派当时感兴趣的不是观念化的文学理论和空洞模糊的口号术语，而是分析具体作品即"实用批评"的工

① 参见萧乾(480)。

② 参见叶公超为 I. A.瑞恰慈著，曹葆华译《科学与诗》(上海，1937)撰写的前言，后收入徐葆耕(2003)，详见 5—7 页。袁可嘉在 20 世纪 40 年代发表的一系列"论新诗现代化"的文章里，也认为印象派和浪漫派的批评不足取，参见袁可嘉(1988)。

具和方法(叶公超 30)。瑞恰慈注重工具理性和实用价值的“实用批评”可谓雪中送炭,正逢其时。它及时满足了中国学院派对文学批评方法论的实际要求,同时也反映了 20 世纪上半叶新文化运动所催生的对于科学和实用工具的普遍向往和期待。

除叶公超外,朱自清、吴世昌、朱光潜、李健吾、钱锺书、袁可嘉等人积极地将瑞恰慈的语义学和燕卜荪的复义分析法,运用于中国古典文学作品的分析和中国现代诗论中。吴世昌的论文《诗与语音》(1933)、《新诗与旧诗》(1934),朱自清的《诗多义举例》(1935)、《语文学常谈》(1936),刘西渭(李健吾)的《咀华集》(1936),朱光潜的《谈晦涩》(1936)以及后来袁可嘉的《论新诗现代化》(1988),钱锺书的《谈艺录》(1948)、《宋诗选注》(1958)、《管锥编》(1979)等都有瑞恰慈、燕卜荪文本细读、多义分析和诗歌现代化的痕迹。[①] 钱锺书在《管锥编》所言文学艺术的“虚而非伪”“通感”等概念与瑞恰慈的“非指称性伪陈述”(non-referentialpseudo-statement,钱锺书译为“羌无实指之假充陈述”)和瑞恰慈从朱熹《中庸》引借出的综感概念可谓同出一辙。[②] 钱锺书在 1933 年 11 月 4 日《大公报》上发表《论俗气》一文中谈到“形形式式”的“俗”时,也不忘提到瑞恰慈:“批评家对于他们认为‘感伤主义’的作品,同声说‘俗’,因为‘感伤主义是对于一桩事物的过量的反应’(A response is sentimental if it is too great for the occasion)——这是理查兹(I. A. Richards)先生的话,跟我们的理论不是一拍就合么?”[③]

20 世纪 30 年代可谓中国对现当代西方文论接受的童年期,尽管如此,中国学者在接纳和采用瑞恰慈的理论和方法的同时,并未一味叫好,而是提出了恰如其分的质疑乃至批评。朱自清认为瑞恰慈的价值理论“未必是定论”,“独立成一科大概还早”(徐葆耕 3);武汉大学教授张沅长指出瑞恰慈的文学批评实为主观批评,其关于读者的心理学反应的理论使文学批评成为心理学的附属学科;梁实秋明确反对郁达夫所提出的将瑞恰慈的《文学批评原理》列为中国大学教科书的倡议,梁实秋承认瑞恰慈的理论与他之前的那些模棱两可、笼而统之的批评学说相比,别具一格而且更为严密,但认为能否将心理学和生理学作为文学批评的依据和基

① 详细举证可参见徐葆耕(2003)、季进(2002)、王先霈(1996)、赵毅衡(2015)。

② 详见赵毅衡(2011: 15—25)。

③ 后收录于钱锺书(1997)。钱锺书在文章的开头幽默地写道:“找遍了化学书,在炭气、氧气以至于氯气之外,你看不到俗气的。”当时国内普遍流行的科学话语及其影响可见一斑。

础有待考量。[①] 中国学者的上述疑虑与西方学界如韦勒克(René Wellek, 1903—1995)等人肯定其语义学批评,否定其心理学批评的意见基本一致。令人称奇的是,当时在燕京大学攻读哲学和神学的郭本道撰写了长文《对于李嘉慈教授文学批评的讨论》,对瑞恰慈的批评理论从心理学、逻辑学、传达理论、价值论和实际应用等五个方面进行了详细有力的介绍和分析,得出了令人信服的结论:

> 李嘉慈文学批评的精华,全在它的价值论上,他不主张价值是在客观的事物上,或者是事物的关系上,他以为美的价值,不过是我们主观心理上的一种中和态度。凡能够使我们心理上,发生和谐情感的刺激,便是有价值的东西。这种学说,也是李嘉慈教授所独有的;不过他这种学说,也有他不能自圆其说之处,我们固然可以籍着和谐的心理状态,去认识有价值的作品,但不能说和谐的心理状态,是价值的本身。(郭本道 170)

郭本道一语中的地指出了瑞恰慈诗歌价值论存在的问题:过分倚重因人而异的个人体验是这种科学方法的局限所在。即便对冲动的调谐与平衡程度可被用作衡量一部文学作品价值大小的标准,但这却不能代表作品本身的内在价值,"因为世人的修养不同,经验不同,环境不同",以谁的心理状态来确定文学作品的价值,依然是一个问题(同上 171)。

继瑞恰慈之后,燕卜荪(William Empson, 1906—1984)步其导师的后尘先后两次来华讲学。燕卜荪的到来特别是他对西南联大学生所进行的西方现代诗歌及其细读方法的启蒙,使得瑞恰慈的文学理论在中国现代诗歌创作和现代诗歌评论界得到进一步的消化和吸收,这在袁可嘉1940年代在《大公报》《文学杂志》上发表的一系列谈"新诗现代化"的论文中得到最集中的体现。

袁可嘉"因建构九叶派诗论而成名",堪称"九叶派的理论家"(蓝棣之45)。而他建构九叶派诗论或中国现代诗论的理论基础就源自T. S. 艾略特(T. S. Eliot, 1888—1965)、瑞恰慈等人的现代文学批评观。1946—1948年间,他在沈从文主编的《大公报》星期文艺、《益世报》文艺周刊和朱光潜主编的《文学杂志》、杭约赫主编的《诗创造》上,就"诗与政治""诗与生活""诗与民主""诗与主题""诗与意义"等问题发表了一系列讨论"新诗

① 参见陈越(2009)。

现代化"的文章。文章中的观点多以艾略特、瑞恰慈和燕卜荪的诗评思想为依据,吸取"最大量意识状态""包容诗"和"排他诗"以及中和冲突以达到和谐张力的理论,提出"诗歌的现代化就是诗歌的戏剧化",诗最重要的是把意志和情感转化为诗的经验,并设法"将意志和情感都得着戏剧的表现,而闪避说教和感伤的恶劣倾向"(袁可嘉 25)。袁可嘉认为,诗歌的戏剧性意味着诗歌的现代性,过度的政治感伤和情绪感伤必须摒弃。很显然,袁可嘉正是从中国现代诗歌新动向、新要求出发,试图在英美现代诗论和中国诗歌现代新潮之间找到契合点,在诗歌的政治性和艺术性之间寻找平衡,提出形成融"现实、象征、玄学"为一体的综合传统的。这里的现实是中国的现实,象征是指 19 世纪法国象征主义诗歌,而玄学乃是艾略特所挖掘的英国 17 世纪玄学派诗人的传统,这三者的综合就是袁可嘉努力探索的一条推进中国诗论现代化的中西合璧之路,它不但富有时代气息,而且具有自觉选择和兼容并包的双重品质。

在诗论方面,袁可嘉所寻到的"契合点"就是他所强调的"新诗戏剧化"理论(同上 47)。该理论的核心部分深受瑞恰慈诗歌价值论和"包容诗"等概念的影响,认为"人生本身是戏剧的,因为它无时无刻不在调和配合各种不同的冲动,而人生的健康与否,价值高低,意义有无也就取决于他的戏剧性的高低"(同上 32)。瑞恰慈把诗分为"包含的诗"(inclusive poetry)和"排斥的诗"(exclusive poetry)。包含的诗容纳多种冲突和矛盾,具有对立统一的辩证特点,如威廉·莎士比亚(William Shakespeare, 1564—1616)的戏剧、玄学派约翰·邓恩(John Donne, 1572—1631)和现代派艾略特等人的诗歌,包含了最复杂的冲动、经验和"最大量意识状态",从而符合复杂矛盾的人生实际,同时赋予了诗歌以张力和弹性。与"包含的诗"相对的"排斥的诗"往往满足于表达某一单纯的、极端的情感和人生态度,唯情的浪漫主义、感伤主义和 18 世纪的假古典主义诗歌大多属于"排斥的诗",这类诗或者感伤或者说教,诗品不高。袁可嘉显然青睐包容诗。由诗歌戏剧化,袁可嘉又提出"戏剧主义"的批评体系和剥笋的分析方法,重点强调"机智"(wit)、"是似而非"(paradox)、"讽刺感"(sense of irony)、"辩证性"(dialectic)等批评概念的有用价值(同上 38)。袁可嘉还注意到作为科学的、注重美学原理和理论体系建构的广义的"文学的批评"和重在探索作家作品的精神轨迹和酸甜甘苦的"批评的文学"之间的区别,指出亚里士多德(Aristotle, 427 BCE—347 BCE)、让·拉辛(Jean Racine, 1639—1699)、瑞恰慈等属于前者,马修·阿诺德(Matthew

Arnold，1822—1888)、艾略特等属于后者，表现出对西方文学和批评历史源流的整体把握(同上 143—144)。

初步考察 20 世纪三四十年代中国学界对于瑞恰慈的接受情况，可以得出如下几点结论：

首先，瑞恰慈在中国的译介虽然形成一定规模，但多散见于三四十年代学者个人的评论中，并未构成在中国文学批评史中有明显沉淀的系统学术；对瑞恰慈的研究多集中于语言分析和意义阐释等方面，且译介多于研究，对其方法论的兴趣远大于对其西方思想传统的渊源和自身理论根基和内涵的思考，这是时代的局限，也是时代的特点。

其次，瑞恰慈注重心理反应的批评理论与中国"文以载道"的传统诗学看似存在根本性的差异，但也不缺同质部分。前者强调文本细读，与中国传统诗学强调"言筌"有异曲同工之妙，脂砚斋重评《石头记》和金圣叹细评《水浒》都是这方面的典范之作；从冲突、矛盾走向调和的"包容诗"概念与中国艺术传统中的"中和"观念也有结构性的相似。瑞恰慈的批评理论虽然强调文本自足，但也突出文学的价值意义和交流意义，这与中国传统诗学主张诗以言志，文以载道，视文学为工具有所共鸣。瑞恰慈诗论中的工具性质并不排斥人文关怀和精神向往，他所提供的工具理论直接服务于对文学文本的解读，并以此收获美学价值，这种工具理性和价值理性互相渗透的倾向和选择恰好满足了中国当时学院派知识分子对"审美现代性"的现实诉求。

再次，瑞恰慈的理论引起当时学界的关注与近现代以来中国思想界的特有氛围和时代诉求相吻合。五四新文化运动以来，在现代中国普遍存在"科学话语共同体"的情况下[①]，瑞恰慈这种显得科学化的批评方式得到中国学者的推崇，可以被看作一种历史的必然。正如徐葆耕所言，"'五四'新文化运动竖起了'科学'与'民主'两面大旗，又经过 20 年代的'科学与玄学'的大论战，'科学'的声名鹊起。在许多学界人士看来，'科学'的意义远远超出了认识与改造物质世界的范畴。科学意味着反传统、反封建、反愚昧，意味着进步、启蒙和革命，'科学'成了中国知识分子赖以拯救国家与民族的法宝。如何运用科学的世界观来考察与改革文学、艺术，已然就成了学界关心的重要课题"(151)。科学性是瑞恰慈学说的重要特征，当时学界对于科学的普遍信仰构成其接受的心理基础。瑞恰慈的批

① 有关"科学共同体"的详细论述，参见汪晖(1107—1125)。

评学说是科学的，所以其理论和方法应该被加以接受和运用，此乃瑞恰慈的学说在彼时中国被接受和传播的基本逻辑。

由于历史原因，国内对瑞恰慈的研究从 20 世纪 40 年代末到 70 年代末之间曾有一个断层。改革开放后，中国学界开始重温当年对西方文论及新批评在中国的传播和接受。此时，新批评在英美文论界已大势已去，各种超越文本的后学理论进而取而代之。但这并未影响中国当代学人对包括新批评在内的所有现代理论背后的底蕴与规律的好奇，瑞恰慈和燕卜荪也随着 80 年代一股新批评研究的新浪潮，在中国学界得到更系统更全面的译介和研究。

如果第一阶段的接受与五四新文化运动之后普遍流行的科学话语相契合，是学院派满足实际需要而做出的主动选择，那么第二阶段的接受则与改革开放后国内学界对文学艺术的形式和审美价值的反思性探讨密切相关。80 年代以来，随着俄国形式主义、读者接受理论、解构主义、精神分析、现象学等现代西方文论的引进，瑞恰慈等人作为新批评的主要角色重新进入中国当代学人的视野。其中，就新批评研究而论，最早也是最有影响的当数赵毅衡所著《新批评——一种独特的形式主义文论》(1986)及其编选的《"新批评"文集》(1988)，他的著作由于其系统性和全面性"深刻影响了中国学者的文论思考，塑造了他们对新批评的基本认识"(赵毅衡、姜飞 202)。史亮同时期编辑出版的《新批评》(1989)也是一部在国内使用广泛的关于新批评的译介著作，与赵编《"新批评"文集》相得益彰。21 世纪初问世的由赵毅衡和姜飞合写的《英美"新批评"在中国"新时期"——历史、研究和影响回顾》(2009)以及姜飞独撰的四万字的长文《英美新批评在中国》(2000)，系统总结了新批评在中国的接受和讨论，凸显了源流的辩证和历史的思考。后来的学者基本沿袭赵著的理路进行历史溯源和对比、接受研究。杨自伍翻译的瑞恰慈著《文学批评原理》1992 年由江西百花洲文艺出版社出版，这是改革开放后唯一翻译出版的瑞恰慈批评著作，杨译本忠实原著，语言流畅准确，具有很高的学术价值。

由于上述学者对新批评以及瑞恰慈和燕卜荪的奠基性研究和译介，中国语言文学、外国语言文学和文艺学学科的本科生和研究生很快拿到了打开英美新批评学术之门的钥匙。对于早已厌倦了"文革"期间文艺批评中的极左思潮和工具理性的中国学者而言，新批评强调文学的本体性和文学性的观念和方法犹如一袭春风吹动了 20 世纪 80 年代中国西方文论研究界的一池春水，一时间，对文学艺术的形式和审美价值的探讨成为

80年代中期的学术风潮。这与其说是对新批评等形式主义文论的主动接受，还不如说是对"文革"中广泛流行的教条主义的批评方法和文学为政治服务"极左思潮"的逆反和反拨。换言之，改革开放之前遭受压制的形式主义文论批评方法，在"拨乱反正"的新时期，连同"解放思想，实事求是"等改革开放的新理念为中国外国文学研究界带来了新的活力和生机。与此同时，关注不同的语境下文字的多重意义和含混类型的细读方法被当为一种富有成效的教学方法广泛应用于中国大学外国文学特别是英语文学教学的一方讲堂(Zhou & Shen 141)。正是在这样的氛围中，瑞恰慈和燕卜荪在中国讲学授道的经历得到了新的关注和挖掘，而瑞恰慈、燕卜荪所倡导的文本细读和语义分析的方法，也一度被乐黛云、孙绍振、王先霈等中国当代批评家自觉运用到对中国现当代文学、古典诗学和古典文学的研究和批评之中，一时间，中国学界尤其是中国文学和比较文学学届出现了一批新批评派(赵毅衡 2012：144—145)。

21世纪以来，关于瑞恰慈批评理论的专题研究有了新的拓展，主要成果来自一批中青年学者，较为突出的代表著作有：徐葆耕主编的《瑞恰慈：科学与诗》(2003)及其论文《科技时代的诗之惑——回眸韦勒克与瑞恰慈之辩》(2003)、刘世文的硕士论文《瑞恰慈文学批评交流与价值理论研究》(2007)、季剑青的期刊论文《"实际批评"的兴起：1930年代北平的学院文学批评——以叶公超、瑞恰慈为中心》(2008)、陈越的期刊论文《重审与辨正——瑞恰慈文艺理论在现代中国的译介与反应》(2009)、孔帅的博士论文《瑞恰慈文学批评理论研究》(2011)、唐颖的博士论文《理查兹诗歌理论研究》(2013)、杨风岸的博士论文《I. A.理查兹与英国文化批评》(2015)及其论文《文化使命与范式建构——重读I. A.瑞恰慈的文学批评》(2017)、曹莉的期刊论文《文学、批评与大学　　从阿诺德、瑞恰慈和利维斯谈起》(2013)、《瑞恰慈"实际用批评"的价值与局限》(2015)、《"实用批评"：缘起与目的》(2019)等。近十来年中，一些学者将注意力更多地转向瑞恰慈的社会文化批评和文化理念以及与中国思想文化的相遇，容新芳的专著《I. A.瑞恰慈与中国文化：中西方文化的对话及其影响》(2010)、童庆生的论文"The Bathos of a Universalism：I. A. Richards and his Basic English"、陶家俊的论文《文化全球化视野中瑞查兹的跨文化异位认同研究》(2020)、张喻的硕士论文《瑞恰慈的文化理想研究》(2021)是这方面的突出案例。赵毅衡在总结中华人民共和国60年新批评的研究成果时指出，近几年"新批评的影响不再是轰动性的，却渐渐深入，表明中国青年学者对新批评的兴趣渐渐化作知识性的追求”(同上 143)。

如果对包括瑞恰慈和燕卜荪在内的新批评首先展开系统研究的是赵毅衡,那么新时期开启瑞恰慈专题研究并将瑞恰慈的“科学与诗”理念付诸实践的先驱当数清华大学中文系教授徐葆耕。2000 年前后,清华提出建设世界一流大学的目标,沿着“古今会通、中西融合”的传统重振清华人文学科的思路被正式提上议事日程。回到中西交流的长河中寻找新的思想资源和发展动力成为历史的必然和现实的需要。其时,中文系系主任徐葆耕,一位当年立志成为一名优秀的水利工程师的当代比较文学学者,在重振清华文科的总体发展目标的感召下,出面领衔主持系列人文丛书《清华文丛》的编辑和出版,并同时开展以“文理结合”为特色的中文系科技编辑实验班和以“中西合璧”为标志的中外文化综合班的人才培养创新实验。在他的推动和亲历亲为下,反映当年清华人文风貌的系列丛书《吴宓与陈寅恪》(吴学昭著)、《文学与人生》(吴宓著、王岷源译)、《史书新证》(王国维著)、《清华人文学科年谱》(齐家莹著)等先后出版。2003 年,该系列丛书的第九本,也是最后一本《瑞恰慈:科学与诗》由徐葆耕本人编著出版。该书成为国内第一本综合介绍瑞恰慈的学术著作,它不但在史料收集而且在历史研究和理论探讨等方面做出了极为珍贵的基础性工作。该书不仅收集了叶公超、曹葆华、李安宅、吴世昌、朱自清、钱锺书等人早年对瑞恰慈著作的译作和评论,还编入了几篇当代学者新近发表的研究论文,为后人研究瑞恰慈在中国的接受提供了重要线索,同时也将瑞恰慈的文学理论及其在中国的影响和意义作为一个中西学术交流史的新课题推到前台。在该书的《序言》中,徐葆耕以他一贯的思想高度语重心长地写道:“办世界一流大学,必须坚持对外开放的方针,加强与世界一流大学、一流学者的交流。过去的清华大学,很重视聘请海外一流学者来校任教,在直接汲取海外最新学术营养的基础上创造自己的新学术。在这方面成功的例子有两个:理科是聘请了控制论专家维纳;文科则是聘请了瑞恰慈。现在清华大学要办一流文科,过去的经验不能不注意”(徐葆耕 4)。

收入该书的《科技时代的诗之惑——回眸韦勒克与瑞恰慈之辩》一文是徐葆耕本人撰写的一篇极有分量的瑞恰慈研究论文。文章结合中西科学和人文发展的共性和个性规律,详细辨析了瑞恰慈融语义学和心理学为一炉的诗歌价值理论的利弊,对韦勒克从审美的独立性出发,否定瑞恰慈诉诸心理学的文学批评表示基本同意,对瑞恰慈当年所忧虑的科技时代令人担忧的诗歌状况及其未来喜忧参半,表达了作者对西方科学和诗学发展过程及其问题的深刻认识和整体把握。文章结尾处，作者笔锋一转，就瑞恰慈20世纪二三十年代在中国学界几乎“没有阻碍的欢迎”做出了切中要害的分析：“中国学人对瑞恰慈的科学化批评的肯定，恰恰证明中国学界的科学思维的贫弱。近20年来，在引进西方文化理论时，‘西云亦云’，缺少批评分析的状态表明，我们在形而上思维方面并没有很大的进步”（同上 152）。

纵观瑞恰慈在中国的接受和影响及其背后的成因和逻辑，可以得出如下结论：中国学界对西方文论的接受与中国学术的自身发展和中国现代化的进程紧密相连，对瑞恰慈的接受是时代风潮驱动下的针对性目的性选择。如果20世纪上半叶图存救亡的中国需要的是科学和理性的学说和方法，那么大半个世纪之后，当中国继续沿着科学和理性的道路奋力前行，在继续解决旧问题、勇敢面对新问题和新挑战的新时代，重温瑞恰慈这位当年将新的科学方法和诗学思想引入中国学界的英国批评家在中国的接受和消长将帮助我们重新认识西方文论在中国传播的过程和得失，并在此基础上更加自觉地认识和检讨我们自身在形而上思维和理论建构方面的不足。如果我们能重拾瑞恰慈在中国“中庸之道”影响下提出的“从矛盾求统一”的诗论原则，将它与人文学、诗学所承载的更大的社会关切相结合，我们就有望将其理论中所包含的人文理想、科学观念、以及跨文化和跨学科意识融入当代文论建设和文学研究的具体实践中去。若如此，瑞恰慈当年所提出的科学化的批评理念，尽管只是一个难以实现的理论乌托邦，但他寄托在文学及其批评之上的心灵和谐与文化救赎的理想也许会让我们对文学和批评的未来抱有一丝希望。

引用文献[Works Cited]：

Koeneke, Rodney. *Empires of the Mind: I. A. Richards and Basic English in China, 1929–1979*. California: Stanford UP, 2004.

Zhou, Xiaoyi, and Shen Dan. “Western Literary Theories in China: Reception, Influence and Resistance.” *Comparative Critical Studies* 3.1–2 (2006): 139–155.

曹莉：“置身名流：燕卜荪对中国现代派诗歌和诗论的影响”，《外国文学》，2018年第6期，第163—172页。

陈越：“重审与辨正——瑞恰慈文艺理论在现代中国的译介与反应”，《中国现代文学研究丛刊》，2009年第2期，第95—107页。

蓝棣之:《现代诗歌理论:渊源与走势》,北京:清华大学出版社,2002 年。

郭本道:"对于李嘉慈教授文学批评的讨论",《行健月刊》,1935 年第 6 卷第 1 期,第 154—171 页。

季剑青:"'实际批评'的兴起:1930 年代北平的学院文学批评——以叶公超、瑞恰慈为中心",《中国现代文学研究丛刊》,2008 年第 1 期,第 161—169 页。

季进:"论钱锺书与形式批评",《中国现代文学研究丛刊》,2002 年第 3 期,第 93—110 页。

姜飞:"从'淡入'到'淡出'——英美新批评在中国的传播历程简述",《社会科学研究》,1999 年第 1 期,第 122—126 页。

——:"英美新批评在中国",《西方当代文学批评在中国》,陈厚诚、王宁主编,天津:百花文艺出版社,2000 年,第 43—98 页。

李安宅:《意义学》,上海:商务印书馆,1934 年。

齐家莹:"瑞恰慈在清华",徐葆耕编,《瑞恰慈:科学与诗》,北京:清华大学出版社,2003 年,第 122—125 页。

钱锺书:《钱锺书散文集》,杭州:浙江文艺出版社,1997 年。

汪晖:《现代中国思想的兴起》(下卷),北京:三联书店,2004 年。

王先霈:《文学批评原理》,武汉:华中师范大学出版社,1996 年。

闻家驷:"怀念公超先生",叶崇德编,《回忆叶公超》,上海:学林出版社,1993 年,第 12—15 页。

吴世昌:《吴世昌全集》(第 2 卷),石家庄:河北教育出版社,2003 年。

萧乾:《萧乾全集》(第 5 卷),武汉:湖北人民出版社,2005 年。

徐葆耕编:《瑞恰慈:科学与诗》,北京:清华大学出版社,2003 年。

叶公超:《叶公超批评文集》,陈子善编,珠海:珠海出版社,1998 年。

袁可嘉:《论新诗现代化》,北京:三联书店,1988 年。

赵毅衡:《反讽时代:形式论与文化批评》,上海:复旦大学出版社,2011 年。

——:"新中国六十年新批评研究",《浙江大学学报(人文社会科学版)》,2012 年第 1 期,第 139—147 页。

——:"意义的意义之意义:论符号学与现象学的结合部",《学习与探索》,2015 年第 1 期,第 121—129 页。

赵毅衡,姜飞:"英美'新批评'在中国'新时期'——历史、研究和影响回顾",《学习与探索》,2009 年第 5 期,第 201—205 页。

创异与坚守：论唐·帕特森的十四行诗创作

王改娣*

内容提要：自16世纪从意大利文学引入英国，十四行诗在英诗中已有400多年的历史。进入21世纪，苏格兰诗人唐·帕特森在《40首十四行诗》中颠覆与重建了十四行诗的诗学传统。他用图案、令人费解的符号以及散文等新形式来创作十四行诗，取代了传统的彼得拉克体或莎士比亚体，打破了十四行诗与当代大众通俗文化之间的壁垒。然而，帕特森的十四行诗又根植于传统。他借助具象诗的形式，使趣味性重新回归十四行诗，并尝试用十四行诗中传统彼得拉克式人物关系来诠释21世纪的社会人际关系。在对莎士比亚十四行诗的仿写和重释过程中，帕特森在传统和当代之间架起了一座桥梁，使英语十四行诗从形式到主题展现出多元化的时代特征。

关键词：帕特森；十四行诗；创新；传统

Abstract: The sonnet as a poetic form has retained its vitality in English poetry for more than four hundred years since it was introduced from Italian literature, while Don Paterson, a Scottish poet in the 21st century, subverted and reconstructed the poetic norms in *40 Sonnets*. A new style characterized with patterns, nonsense letters and prose forms instead of the Petrarchan or Shakespearean convention has been applied in Paterson's sonnet composition, which breaks the barrier between sonnets and contemporary popular culture. However, Paterson has never put the sonnet tradition aside. Through the form of concrete poetry, he has brought entertainment back to the sonnet and attempted to interpret the social interpersonal relationship in the 21st century with the character relationship mode in the Petrarchan convention. While rewriting and reinterpreting Shakespeare's sonnets, Paterson has built a bridge between the contemporary time and the Renaissance age, and infused the multicultural elements into both the form and the theme of the sonnet in English poetry.

Key words: Paterson; sonnets; innovation; conventionality

---

* ［**作者简介**］：王改娣，华东师范大学教授、博士主要从事英美文学及比较文学方向的研究。

自16世纪上半叶至21世纪初，十四行诗在英语诗歌中已有400多年历史。这种从意大利借鉴来的诗歌形式，甫入英国，立即引起诗人们的关注。经过各时期诗人的改良和发展，英语十四行诗至今依然保持着蓬勃的生命力。

引进十四行诗的托马斯·怀特爵士(Sir Thomas Wyatt, 1503—1542)也是英语十四行诗最早的改良者，他把彼得拉克十四行诗的最后两行调整为一组双行联韵诗句，这一点在弗兰齐斯卡·彼得拉克(Francesco Petrarca, 1304—1374)本人的意大利语十四行诗中很少出现。萨里伯爵(Earl of Surrey, 1517—1547)在此基础上进一步改变十四行诗的内部逻辑，把诗内的"转折"(volta)由第九行挪移到第十三行，改变了前八行的韵式，由二元"抱韵"abba abba调整为四元"交韵"abab cdcd，这就是英国文艺复兴时期广为流行的"英国体十四行诗""伊丽莎白体十四行诗"或"莎士比亚体十四行诗"。17世纪诗人则拓展了十四行诗的主题，把传统爱情主题扩展到宗教、政治等方面，增强了十四行诗的表现力。18世纪新古典主义诗人的理性与十四行诗的抒情性略显隔膜，因此直至18世纪中后期的感伤主义诗人托马斯·格雷(Thomas Gray, 1716—1771)笔下，十四行诗才再获关注。19世纪浪漫主义诗人最重情感，十四行诗又大行其道，在主题表达上更为丰富自由。在形式上，十四行诗则相对比较稳定。从17世纪初的约翰·邓恩(John Donne, 1572—1631)到20世纪末的谢默斯·希尼(Seamus Heaney, 1939—2013)，基本延续着于16世纪定型的十四行诗模式。2015年，苏格兰诗人唐·帕特森(Don Paterson, 1963—)出版《40首十四行诗》(*40 Sonnets*)，在形式上对英语十四行诗进行了较大的创新，表现出典型的后现代风格。

帕特森创作过多种形式的诗歌，但对十四行诗情有独钟。他的诗集《零比零》(*Nil Nil*, 1993)、《上帝给女性的礼物》(*God's Gift to Women*, 1997)、《着陆灯》(*Landing Light*, 2003)、《雨》(*Rain*, 2009)等都含有十四行诗的创作(Haughton 36)。除此之外，帕特森出版了一系列与十四行诗相关的作品，比如他编选了《101首十四行诗》(*101 Sonnets*, 1999)，翻译了奥地利诗人赖内·马利亚·里尔克(Rainer Maria Rilke, 1875—1926)的十四行诗集《奥菲斯》(*Orpheus*, 2006)，出版了《读莎士比亚十四行诗：新评论》(*Reading Shakespeare's Sonnets: A New Commentary*, 2012)等。《40首十四行诗》是帕特森对十四行诗进行深入研究之后的原创诗集，较为全面地体现出他的十四行诗诗学观念。

在部分作品中，帕特森颠覆了传统的十四行诗形式。彼得拉克体或莎士比亚体十四行诗中整齐的抑扬格五音步和严格的韵式消失，取而代之的是不同形状的具象诗或者看似毫无意义的符号。他改变了十四行诗的传统书写伦理，使文字表层意义远远大于文字本身所传达的涵义，解构了十四行诗的精英性，打破了十四行诗与当代大众通俗文化之间的壁垒。

然而，《40首十四行诗》并非全部都是标新立异之作。在大部分诗歌中，帕特森与希尼、威廉·华兹华斯（William Wordsworth，1770—1850）、威廉·莎士比亚（William Shakespeare，1564—1616）甚至彼得拉克在创作伦理上基本保持一致。帕特森对传统的颠覆和恪守在十四行诗创作中并行不悖。打破传统的背后，诗人在《40首十四行诗》中体现的恰恰是对传统的坚守和传承。

一、帕特森十四行诗中的标新

在帕特森的40首十四行诗中，十四行诗的形式不再单一，而是呈现出不同的变化。

首先，帕特森把具象诗引入十四行诗，使传统十四行诗面目全非。具象诗也叫图案诗，强调诗歌的视觉效果，比如《聚会上》（“At the Party”）、《百叶窗》（“Shutter”）和《降神会》（“Séance”）等。

《聚会上》使用苏格兰方言，按照石川馨（Ishikawa Kaoru，1915—1989）表示因果关系的鱼骨图架构起一首十四行诗。除第四行仅有一个字母t’构成半个音节外，其余13行各含一个音节。第二行clapped和第十行stapped最长，各有七个字母，其余每行各有二到五个字母。不同的诗行长度使这首十四行诗如鱼骨般延展开来，骨架修长完整，粗细分明：

Jack
clapped
Ma

t’
ma
back

left—
richt—
left—

stapped

grat
she
’s that
licht
(Paterson 2017: 15)

《百叶窗》中,三音节诗行、二音节诗行和单音节诗行排列错落有致,营造出百叶窗漏进室内的斑驳光影:

As she slept
late
below
the naked
skylight
he lapped
her breast
sky-blue

had she blinked
at the crow
or rook,
some four-square
burst
of the dark?
(同上: 35)

《降神会》则全部由表示声音的咒语组成,是一首音效诗,如“Speke. — see sskseek/ieiksesse-. -eskkse - ssk”(第 1—2 行,同上: 40)。

其次是散文诗《译文》(“The Version”)的出现。此诗标题下注有“译自尼卡诺·帕拉”。尼卡诺·帕拉(Nicanor Parra，1914—2018)是一位拉美诗人。帕特森在诗中虚构了一个有关诗歌创作和翻译的荒诞故事。结构虽紧凑，却不断行；句子虽有力，却缺少规律的节奏和押韵。这篇散文诗长达700多词，洋洋洒洒有三页之多，远非传统十四行的长度可及。

具象诗和散文诗形式独特，通过视觉效果和散体书写赋予《40首十四行诗》鲜明个性。具象诗对图像的依赖更像文字游戏，而散文诗则松散冗长，两者在不同程度上消解了传统十四行诗的严谨和精致，挑战了严格韵式以及抑扬格五音步格律。

除了对传统十四行诗形式进行颠覆性的变革之外，《40首十四行诗》中还有一部分诗歌对传统十四行诗的形式进行了小幅度调整，表现为分节式、缩减式和问答式。

《弗兰瑟斯卡·伍德曼》(“Francesca Woodman”)和《伍德曼摄影有感》(“On Woodman’s Photography”)采取双行分节的形式，把十四行分为七节。帕特森用这两首诗致敬美国摄影家弗兰瑟斯卡·伍德曼(Francesca Woodman，1958—1981)。伍德曼以拍摄女性人体闻名，她的作品常把人体消融于老房子或自然的场景内，反映出20世纪70年代西方女性审美意识，引发人们对身体和影像界限的思考。《弗兰瑟斯卡·伍德曼》中的每对诗行都以小写罗马数字标示。伍德曼本身的摄影作品大多没有标题，题材和表现手法比较相似，因此这首诗的每一节都可以看作对伍德曼某一幅未命名作品的解读，七节又合而为一，共同表达同一主题思想。《伍德曼摄影有感》中的小标题显示这首诗是帕特森写给德国当代诗人杜尔斯·格林拜恩(Durs Gruenbein，1962—)的，同样分为七个小节，节标题依次为“艺术”“首次亮相”“技巧”“展览”“程式”“焦点”和“速度”。帕特森的七节十四行诗宛如把伍德曼的摄影作品贯穿在一起，模仿摄影展中照片的次第排列。

《致沉水的诗人》(“For a Drowned Poet”)则表现为缩减式，如“An October wind / has cleared the sky”(同上：31)。这首诗在外形上是一首削去一半的十四行诗，每一行只有五个音节，比传统十四行诗每行十个音节减少了一半：

十月的风
肃清了天空

浑黄水流
昭示深邃。

何念由心生
值此空茫时?

鸿雁何时
高飞传书?

我与一雁悄言
妄想择其

完成使命。
内心狂喜。

我寄诗给他
由江水传递。(同上)[①]

这首诗虽注明与杜甫相关,但诗中坠水而逝的诗人有李白、屈原和杜甫等中国古代诗人的影子。杜甫离世与洪水相关,却非溺水。北宋时期的《新唐书》有较为详细的记载:“大历中,出瞿唐,下江陵,溯沅、湘以登衡山,因客耒阳。游岳祠,大水遽至,涉旬不得食,县令具舟迎之,乃得还。令尝馈牛炙、白酒,大醉,一昔卒,年五十九”(欧阳修 4318)。成书于元代的《唐才子传》记载沉水的诗人是李白:“白晚节好黄老,度牛渚矶,乘酒捉月,沉水中”(辛文房 131)。五代时期的《旧唐书》则记载:“永王谋乱,兵败,白坐长流夜郎。后遇赦得还,竟以饮酒过度,醉死于宣城”(刘昫 4343)。与《旧唐书》相比,《唐才子传》距离李白的年代远,文学虚构性更强,故“饮酒过度”比“乘酒捉月”较为可信。帕特森以诗投水寄书则与以粽投水怀屈子的中国传统风俗相仿。《史记·屈原贾生列传》记载屈原沉江:“乃作怀沙之赋。其辞曰……于是怀石遂自沉汨罗以死”(司马迁 506—507)。尽管《致沉水的诗人》描述的中国诗人身份存疑,帕特森仍用

① 本文所引十四行诗中文版均由本文作者自译。

头，用整齐的排比句列出现实社会的种种不公，表露了诗人对人生的失望和不满。在《停电》（"A Powercut"）中，帕特森摹仿莎士比亚第 66 首的风格，全篇十四行均使用 This 开头的排比句，如莎士比亚般抱怨生活中处处不如意，最后用 this 一词来结束全诗，和第一行起始词 This 形成首尾相接的闭合结构。

莎士比亚体十四行诗押韵格式为 abab cdcd efef gg，只有第 126 首十四行诗采用的是 aa bb cc dd ee ff 六组双行联韵的英雄双韵体。这是莎士比亚十四行诗中"青年友人"系列的最后一首，表达了诗人对青春和生命消逝的悲伤。尽管诗中的青年友人比诗人更得造物主厚爱，青春能延续更长时间，但衰老终究还会到来，死亡是不可避免的。

书写死亡主题时，帕特森同样采取了英雄双韵体，比如《40 首十四行诗》的第一首《这里》（"Here"）。诗人由惯常的午睡想到心脏的骤停和死亡。双行联韵的诗句形成规律的 aa bb 节拍，正如心脏"咚咚"的跳动。诗人在后六行联想到出生前在母亲子宫中，母亲的心跳就像房东在敲门，让婴儿明白自己在子宫中的租期将近。出生即预示着死亡。离开了子宫，终究会再回到密闭的空间——坟墓。在《葬礼悼词》（"Funeral Prayer"）中，帕特森用双韵诗句来表达对朋友的追思和悼念："今天朋友和陌生人聚在一起/因为我们的朋友离别而去"（第 1—2 行，同上：14）。《弗兰瑟斯卡·伍德曼》也是一首悼亡诗，表达了帕特森对早夭摄影家伍德曼的纪念和敬意：

i

内心有一个空空的太阳
由此我们生存和灭亡

ii

在镜子背后。最爱的藏身地。
我停止呼吸。我死了，他们凝视。

iii

我们摘掉面纱、暴露、脱去衣服，展出
不过是承诺，成为空无

iv

鬼魂一面庞。不是因为我转过头去，
只是凝视我已死去。

v

——我们不存在——我们只是我梦故我在——

这意味着我们永不死——我们消逝不再来——

vi

我们在“前生”遇见过,他相信了。

是呀,我想。再也没说过。

vii

所有的房间会把你藏住,若你就那样站住。

所有鬼魂对此都明白。这是他们所知的全部。(同上:17)

房间、镜子、裸露的女人、模糊的身影,这些是伍德曼摄影作品中的常见元素。拍下这些作品之后,22 岁的伍德曼自杀身亡。她的离世和她的作品一样,带有浓郁的诡秘色彩。借用英雄双韵体的两行一停顿,帕特森把对伍德曼的追忆变成了一帧帧黑白照片,使读者一个片段一个片段地细细感受这位天才摄影家的神秘和忧伤。

莎士比亚十四行诗通常是抑扬格五音步,但第 145 首十四行诗是唯一的抑扬格四音步。帕特森认为这种格律传达出非同寻常的活泼和快乐,尤其在阅读了 144 首五音步诗歌之后(Paterson 2012b)。在《40 首十四行诗》中,帕特森在《苦艾星》(“Apsinthion”)、《合身》(“Fit”)、《请求》等诗中均使用抑扬格四音步。

帕特森曾两次获得惠特布莱德/科斯塔诗歌奖(The Whitbread/Costa Poetry Prize, 2003、2015)和 T. S. 艾略特奖(the T. S. Eliot Prize, 1997、2003),以及许多其他奖项,如杰弗里·费伯纪念奖(the Geoffrey Faber Memorial Prize, 1997)、三次英国著名的诗歌大奖“前瞻诗歌奖”(Forward Prizes for Poetry, 1994、2009、2010)、女王诗歌金质奖章(Queen Gold Medal for Poetry, 2010)等等。因此,帕特森经常被邀请朗读他的诗歌。在《请求》中,面对台下听他读诗的听众,诗人用听众的口吻做了个自我揶揄的开场白,表达了舞台之上诗人的尴尬和无奈:

给我们多讲讲你的老爸

或者你的第二个老婆为何疯傻,

或者你怎么做,身临绝境

只能给那些人一个声明;

唱一下康沃尔摇篮曲

你让孩子安静，当他们哭啼，
口袋里掏个煮鸡子
夹克里摸出竖笛
谈谈你的想法，押韵
死掉了，或者跟我们说说那一瞬
当你把手机掉进马桶
说个笑话，学学鸟叫——别扫兴，
继续你精彩的开场白！
除了读你的诗，啥都爱。(Paterson 2017：30)

双行押韵的节拍既清晰地列举出听众接二连三的无理要求，同时让读者感受到诗人一重又一重的难堪。但抑扬格四音步的加入，又让诗句活泼起来，与诗人幽默的自嘲相呼应。

“诗的影响——当涉及两位强大的真正诗人时——总是以对前一位诗人的误读而进行的。这是一种创造性的校正，事实上必然是一种误释”(Bloom 30)。帕特森对莎士比亚的重释是有意的误读。帕特森紧紧跟随莎士比亚，对莎士比亚十四行诗的主题或形式进行了亦步亦趋的摹仿，同时对莎士比亚十四行诗进行了创造性补缺和校正，正如《两个》的创作针对的是莎士比亚第 36 首十四行诗中情感表达的缺憾。在《这里》《请求》等诗中，帕特森凭借主题或形式与莎士比亚十四行诗的关联，把 21 世纪和 16 世纪的时空并置在一起，体现出他在十四行诗创作上根植于经典的创造力。

结　　语

在英国十四行诗的发展史中，形式和内容呈现出不同的轨迹。彼得拉克体、莎士比亚体和斯宾塞体等十四行诗形式在 16 世纪成型，并沿用到 21 世纪初。16 世纪十四行诗的主题基本延续了意大利彼得拉克对爱情的书写，直到 17 世纪开始变化，从此随着时代发展而发展，不再局限于爱情的表达。这种形式与内容发展节奏的非同步状态在帕特森的《40 首十四行诗》得到了改变。帕特森延续了英语十四行诗在主题上的成长，并对英语十四行诗形式进行了大刀阔斧的变革，在传统和当代之间架起了一座桥梁，使十四行诗的形式更丰富多样，从而更好地表达相应的主题。

但帕特森的创新并没有偏离传统,而是根植于传统,是十四行诗传统性和经典性在当代语境中的重释和再现。帕特森的十四行诗创作体现出十四行诗极强的生命力和包容性,同时也证明了当今多元化时代之下,十四行诗的发展具有无限可能性。

引用作品[Works Cited]:

Abrams, M. H. *A Glossary of Literary Terms*. Boston: Heinle & Heinle, 1999.

Bassnett, Susan. "Concrete Poetry, Playfulness and Translation." Ed. John Corbett and Ting Huang. *The Translation and Transmission of Concrete Poetry*. New York: Routledge, 2020. 9 - 20.

Bloom, Harold. *The Anxiety of Influence: A Theory of Poetry*. New York: Oxford UP, 1997.

Haughton, Hugh. "Golden Means: Music, Translation and the Patersonnet." *Don Paterson Contemporary Critical Essays*. Edinburgh: Edinburgh UP, 2014. 34 - 48.

Hirsch, Edward. *A Poet's Glossary*. Boston: Houghton Mifflin Harcourt, 2014.

Melchiori, Giorgio. *Shakespeare's Dramatic Meditations: An Experiment in Criticism*. Oxford: Clarendon Press, 1976.

Paterson, Don. *101 Sonnets*. London: Faber & Faber, 1999.

—. "Introduction." *Reading Shakespeare's Sonnets: A New Commentary*. London: Faber & Faber, 2012a.

—. "145." *Reading Shakespeare's Sonnets: A New Commentary*. London: Faber & Faber, 2012b.

—. *40 Sonnets*. London: Faber & Faber, 2015. New York: Farrar, Straus and Giroux, 2017.

Schalkwyk, David. *Speech and Performance in Shakespeare's Sonnets and Plays*. Cambridge: Cambridge UP, 2002.

Shakespeare, William. *Sonnets*. Ed. Alessandro Gallenzi. Richmond: Alma Classics Ltd, 2016.

Sidney, Philip. *The Complete Poems of Sir Philip Sidney*. Vol.1. Ed. Alexander B. Grosart. London: Chatto and Windus, 1877.

Spiller, Michael R. G. *The Development of Sonnet*. London and New York: The Taylor & Francis e-Library, 2005.

刘昫:《二十四史全译 旧唐书》(第六册),许嘉璐主编,上海:汉语大词典出版社,

2004 年。
欧阳修：《二十四史全译 新唐书》(第七册)，许嘉璐主编，上海：汉语大词典出版社，2004 年。
司马迁：《史记》，北京：中华书局，2006 年。
辛文房：《唐才子传》，关鹏飞译注，北京：中华书局，2020 年。

苏格兰启蒙时代文学评价及时期划分*

吕洪灵**

内容提要： 目前，学界对苏格兰启蒙运动的成就较为肯定，但对相应时期的苏格兰文学的成就评价不一，尤其是对于苏格兰启蒙运动与文学的互动关系研究尚待完善。不过，现有的研究已在逐步扭转人们对苏格兰启蒙时代文学的作用与重要性的认知，并更多关注到思想文化与文学发展的关系问题。在相关讨论中尚需明晰相应研究的时间范畴这一基础问题。基于已有的讨论，本文将苏格兰启蒙时代文学的时期划定为18世纪20年代至19世纪30年代，并分为三个阶段进行探讨，这有助于辩证地看待启蒙思想与文学发展的相互作用。

关键词： 苏格兰启蒙时代文学；评价概况；时期划分

Abstract: While the achievements of the Scottish Enlightenment are increasingly recognized by the academia, no general consensus on the significance of Scottish lterature in this period is achieved, and the interaction between the Scottish Enlightenment and its literature calls for more discussion. Nevertheless, the current studies have been reshaping our understanding of the siginifcant roles Scottish literature played, with increasing concerns about the relation between culture and literature. In these research efforts, to clarify the period of Scottish literature in Scottish Enlightenment is of primary importance. Based on relevant studies, the paper holds the time range could be set as from the 1720s to the 1830s, with a further division into three phases. Such periodization will facilitate a dialectical view of how intellectual thinking interacts with literary development.

Key words: Scottish literature in Scottish Enlightenment; critical reviews; periodization

---

* ［**基金项目**］：本文系作者主持的国家社会科学基金项目“苏格兰启蒙时代文学研究”（18BWW049）的阶段性研究成果。

** ［**作者简介**］：吕洪灵，南京师范大学外国语学院教授，主要从事英美文学方向的研究。

一、苏格兰启蒙时代文学匮乏说

在欧洲文学史上，启蒙运动被视为是一场对文学发展起着积极作用的思想运动，该运动与文学的关系也一直是学界关注的焦点之一。然而，在探讨苏格兰启蒙运动对苏格兰文学的影响上，学界则通常持否定态度，认为苏格兰启蒙时代的文学成就并不出色，不像法国启蒙运动带来了文学的繁盛，出现了孟德斯鸠（Montesquieu，1689—1755）、伏尔泰（Voltaire，1694—1778）、德尼·狄德罗（Denis Diderot，1713—1784）和让-雅克·卢梭（Jean-Jacques Rousseau，1712—1778）等文学大师。也许是为了突出苏格兰启蒙运动在哲学和科学等方面的杰出成绩，有评论称在苏格兰的黄金时代，想象文学成就"惊人得匮乏"（Craig 15），而且，这种认知并不是一时的，苏格兰启蒙运动"'太过经常地'令人认为它让想象文学靠边站了"（Crawford 271）。历史学家休·特雷弗-罗珀（Hugh Trevor-Roper，1914—2003）在1967年讲述苏格兰启蒙运动时虽然提到了文学家和艺术家们，却是为了把他们排除在苏格兰启蒙运动之外："我们也无需将注意力转移到那些更吸引人却不相干的艺术家和作家身上，艾伦·拉姆齐，卡梅伦，亚当家族，鲍斯威尔，或者那个最有影响力的苏格兰人——《莪相集》（*The Poems of Ossian*，1765）的作者詹姆斯·麦克弗森。我们必须聚焦在真正的智识先锋身上：弗朗西斯·哈奇森、大卫·休谟、亚当·弗格森、威廉·罗伯逊，亚当·斯密、约翰·米勒……因为，他们才代表着真正的苏格兰启蒙运动"（转引自 McLean et al. 4）。此话中唯哲学家思想家独尊，要把艺术家和作家推到一边的意图比较明显。苏格兰启蒙时代的苏格兰文学有那么匮乏吗？回答这个问题之前，可以追溯下苏格兰在启蒙运动前后的状况。18世纪以前，苏格兰是欧洲版图上几乎不为人知的一个遥远的北部地区。1824年的《爱丁堡评论》上自嘲苏格兰曾为"遥远岛屿上那个破败贫瘠的角落，那里的天气苹果都熟不了"（Hook 308）。在历史上，罗马人曾经征服当地的原住民，14世纪英国国王爱德华一世（Edward I，1239—1307）入侵过苏格兰，但历史学家往往对这些历史语焉不详。从命运多舛的玛丽女王（Mary，Queen of Scots，1542—1587）开始，苏格兰较以往更多地进入人们的视野。约翰·诺克斯（John Knox，1514—1572）在16世纪席卷欧洲的宗教改革运动中，引领苏格兰教会，推进了教育理念。圣安德鲁斯大学、格拉斯哥大学、阿伯丁大学和爱丁堡大学在当时相继建立。1603年玛丽女王之子苏格兰王詹姆士六世（James

VI, James Stuart, 1566—1625)成为英格兰王詹姆士一世(James I, 1603—1625 在位),苏格兰和其他欧洲国家拓展了自中世纪后期就有的贸易往来,和外界的文化交流也日益频繁起来。但由于政乱和灾害等原因苏格兰贫穷落后的样貌并未有所改变。17 世纪末 18 世纪初苏格兰与英格兰进行国家整合,苏格兰失去了独立的政治地位。然而,也正是在国家整合前后,相伴而行的苏格兰启蒙运动促成了苏格兰翻天覆地的变化,苏格兰在哲学、宗教、历史、医药、科技、文化领域取得了令人惊叹的成就,成为堂皇的学问之地,经济也得以发展,苏格兰不再是那个野蛮贫穷遥远的小岛,而跃然成为思想爆发融汇之地,堪称现代文明的一个缘起。

从贫瘠落后的角落变成为现代化的摇篮,苏格兰在人们的心目中变得更具有浪漫色彩和文化想象性。擅长挥笔与时舒卷的文人们自然不会对此无动于衷,他们纷纷通过各种创作形式展现苏格兰人思想的辉煌、再现或重写苏格兰的历史文化以重塑它的形象。休·特雷弗-罗珀对詹姆斯·鲍斯威尔(James Boswell, 1740—1795)等文人的排斥其实与当时的文学域设有关,当时尚未特别明确文类的区别,文学包括各领域的散文、论著、祈祷文和小说、诗歌、戏剧等类作品。大卫·休谟(David Hume, 1711—1776)的《人性论》(*A Treatise of Human Nature*, 1739—1740)等类作品以当时的范畴来说都在文学之列,从这层意义上来看它们亦可以是苏格兰启蒙时代文学研究的内容。即便除了休谟、亚当·斯密(Adam Smith, 1723—1790)、休·布莱尔(Hugh Blair, 1718—1800)等所作以思想内容见长的随笔和论著以外,从如今意义上的文学范畴来看,当时的创作也是非常丰富的,小说、诗歌、戏剧方面都有其代表人物。亨利·麦肯齐(Henry Mackenzie, 1745—1831)、约翰·摩尔(John Moore, 1729—1802)、威廉·汤姆森(William Thomson, 1746—1817)、托比亚斯·斯摩莱特(Tobias Smollett, 1721—1771)、伊丽莎白·汉密尔顿(Elizabeth Hamilton, 1756—1816)、沃尔特·司各特(Walter Scott, 1771—1832)等以情感、旅途和历史故事见长的小说,艾伦·拉姆齐(Allan Ramsay, 1686—1758)、詹姆斯·汤姆森(James Thomson, 1700—1748)、詹姆斯·麦克弗森(James Macpherson, 1736—1796)、罗伯特·弗格森(Robert Fergusson, 1750—1774)、罗伯特·彭斯(Robert Burns, 1759—1796)等人唱古谈今的民谣与诗歌,艾伦·拉姆齐、乔安娜·贝莉(Joanna Baillie, 1762—1851)、约翰·霍姆(John Home, 1722—1808)、大卫·马利特(David Mallet, 1705—1765)、纽伯格·汉密尔顿(Newburgh Hamilton,

1691—1761)等写成的民族特色浓厚的戏剧作品，还有为现代传记文学创作奠定基础的鲍斯威尔所著《约翰逊传》(*Life of Johnson*, 1791)等等，都是苏格兰启蒙时代文学的核心作品。它们不仅是启蒙运动时代的产物，也在表征着启蒙运动的思想与成就，其中很多作品在当时就已经声名远播，被翻译成法语、德语、俄语等多种语言在各地流传。彭斯优美的方言诗歌、司各特开创性的历史小说，对于我们而言已经是耳熟能详，麦克弗森虽以伪作闻名，但他的《莪相集》对于浪漫主义的影响已经为人首肯。麦肯齐、拉姆齐等其他大众了解或不甚了解的作家作品都在文学史上留下了或深或浅的印记，需要给予更多的关注和研究。对于我们比较熟悉的作家作品，如司各特作品中的苏格兰元素亟待进一步凸显，其创作和苏格兰启蒙运动的关联也尚待研究。这一时代的苏格兰作家浸染于风云变化和思想碰撞，所创作的作品有现代启蒙精神的渗透，有苏格兰文学传统的精髓，也有英格兰文学和欧洲文学的印记，是苏格兰启蒙时代成就不可或缺的部分。

二、苏格兰启蒙时代文学研究的兴起

一般说来，对于苏格兰启蒙时代文学的认同，在20世纪末才渐有起色。拉尔夫·麦克莱恩(Ralph McLean, 1957—2010)指出，1987年阿伯丁大学出版社出版了《苏格兰文学史》(*A History of Scottish Literature*)，这才开始渐渐地扭转人们对苏格兰文学的看法，促使学者更细致地考察并重新审视苏格兰启蒙运动和文学之间的关系以及当时文学的成就(McLean et al. 1)。其实，在这之前也有学者注意到苏格兰启蒙时代文学的不平凡，如约翰·赫本·米勒(John Hepburn Millar, 1864—1929)在1912年出版的《17世纪与18世纪苏格兰散文》(*Scottish Prose of the Seventeenth & Eighteenth Century*)和约翰·麦奎因(John Macqueen)1982年出版的《启蒙与苏格兰文学》第一卷(*The Enlightenment and Scottish Literature I*)，对于启蒙时代的代表性散文作家和诗人等的创作就已经展开了分析与研讨。米勒在书中声称：18世纪“苏格兰文学获得了了不起的复兴”(Millar 174)。麦克莱恩所提的《苏格兰文学史》主要指1987年安德鲁·胡克(Andrew Hook, 1932—)负责主编的以苏格兰18世纪文学为内容的《苏格兰文学史》第二卷，该书并不是传统形式上的文学历史演绎，而是针对一些代表性的作家和文学现象进行分析，其中有文章特别提出了斯摩莱特小说创作与苏格兰启蒙运动的关联,该类文章确实起到了扭转人们认知启蒙时代文学的作用。

道格拉斯·吉福德(Douglas Gifford, 1940—2020)2002 年主持编写的《苏格兰文学:英语文学和苏格兰语文学》(*Scottish Literature: In English and Scots*)明确提出"这一时期的文学依然没有得到应有的充分的研究"(Gifford et al. 182),该书追随历史的发展,用两章介绍分析 18 世纪苏格兰文学和司各特时期的文学,启蒙运动为相关讨论提供了背景语境。罗伯特·克劳福德(Robert Crawford, 1959—)亦在《苏格兰作品:企鹅苏格兰文学史》(*Scotland Books: The Penguin History of Scottish Literature*, 2007)中肯定地指出,认为这一时期的创作与哲学家理性、温和、新古典主义的基调不协调的观点是错误的(Crawford 326)。戴维·艾伦(David Allan)在 2008 年出版的《打造不列颠文化:英语读者与苏格兰启蒙运动,1740—1830 年》(*Making British Culture: English Readers and the Scottish Enlightenment, 1740—1830*)中研讨了英国文化中苏格兰文学的作用及读者反应,突出了包括休谟、斯密、彭斯、司各特等知名苏格兰思想家和作家对于建构不列颠文化的贡献。马歇尔·沃克(Marshall Walker)1996 年编著出版《1707 年以来的苏格兰文学》(*Scottish Literature Since 1707*),其中的文章不仅探讨启蒙运动与联合的关系,并专门探讨苏格兰启蒙时代斯摩莱特、麦肯齐、拉姆齐、弗格森等代表作家的创作。特别侧重于启蒙运动与启蒙文学关系的研究当属麦克莱恩等在 2016 年编撰的《苏格兰启蒙运动与文学文化》(*The Scottish Enlightenment and Literary Culture*)。该书立足苏格兰语境,探讨 18 世纪苏格兰文学想象与苏格兰精英主导的启蒙文化之间的关系,认为"苏格兰启蒙运动,远非'理性'和'逻辑'的闲田荒土,而是为情感文学提供了肥沃的土地"(McLean et al. 2)。吉拉德·卡鲁瑟斯(Gerard Carruthers, 1963—)等 2018 年出版的《文学与联合:苏格兰文本和不列颠语境》(*Literature and Union: Scottish Texts, British Contexts*)则从王权和政权联合的视角看待苏格兰文学,为研讨苏格兰启蒙时代的文学创作提供了重要的线索与内容。

国内对苏格兰启蒙运动从 20 世纪末开始已有研究,而且诸多相关经典书籍已被译成中文,但尚少有成果专注于苏格兰启蒙运动和文学发展关系的研究。就笔者视野所及,最具相关性的有三部。一部是刘意青在 2006 年主编的增补版《英国 18 世纪文学史》,该书专节谈论"18 世纪奇特的苏格兰现象”，认为苏格兰在18世纪文学和思想等方面形成了“空前绝后的一次繁荣兴盛的局面”(261)，然而现有研究严重不足。在对苏格兰启蒙思想家和知名作家整体评析之时，该文引介了数位尚待研究的作家。另一部比较关注苏格兰启蒙运动与文学的作品是王守仁和胡宝平于2012年主编的《英国文学批评史》，该书中有专节评述苏格兰启蒙运动，对休谟、斯密等苏格兰思想家在文学批评和美学领域的创作进行梳理评析(93—107)。王卫新等2017年出版的《苏格兰小说史》则是着眼于小说的发展，专门一节谈到苏格兰启蒙运动与苏格兰小说的发展，认同苏格兰启蒙运动对于苏格兰小说的重要影响(21—29)。

沿着时间的脉络可以看出，自20世纪80年代起苏格兰启蒙时代文学受到国内外学者的关注，它与苏格兰启蒙运动的关系也在近年来引发更多研究者的兴趣，然而专门的评介与研究尚有待推进。我们需要在已有的研究基础上，深入考察苏格兰启蒙运动与文学的互动作用，解析苏格兰启蒙时代文学特有的形式与内容，从而深刻认识文化与文学间复杂的动态关系。不过，研究苏格兰启蒙时代的文学，尚需解决一个貌似浅显却又答案模糊的问题：苏格兰启蒙时代文学作为一个阶段性文学概念，它的时间范畴为何？

三、苏格兰启蒙时代文学的时间界定

对于苏格兰启蒙时代文学的时间界定，必然要基于对苏格兰启蒙运动时期的考量。该启蒙运动涉及多个领域，“以多种形式发生，不能用一段单一的定义或历史叙述来概括”(谢尔 13)，然而，出于研究的需要，人们也在试图为它勾勒出大致的时间轮廓，尽管至今没有形成统一的看法。泛泛而言，苏格兰启蒙运动始于17世纪末18世纪初，18世纪中期达到高潮，到19世纪初落下帷幕。有学者从政治社会学的立场将该启蒙运动起始时间推前到1688年光荣革命之后：“苏格兰启蒙运动发生于光荣革命之后，1707年与英格兰的政治合并更进一步确认与保障了自由宪政体制，因而可以说它本身就是在一种自由主义的政治生态下兴起的”(项松林 2009：87)。也有学者从法律和哲学等成果的角度定义，如，亚历山大·布罗迪(Alexander Broadie，1942—)编写的“苏格兰启蒙运动大事年表”中，开场事件为1681年斯达尔爵士(Viscount Stair，1619—1695)出版《苏格兰的法律制度》(*The Institution of the Laws of Scotland*)，终结事件为 1795 年亚当·斯密出版《哲学论文集》(*Essays on Philosophical Subjects*)(Broadie xii,xvi)。阿米·斯特基斯将苏格兰启蒙运动的起止时间定为 1714—1817 年,认为英格兰人"曼德维尔于 1714 年出版的《蜜蜂的寓言》开启了苏格兰启蒙运动的时代,苏格兰启蒙运动的私淑弟子李嘉图于 1817 年出版的《论政治经济学与赋税原理》,宣告了苏格兰启蒙运动的终结"(转引自项松林 2011: 87)。他的界定不是以苏格兰人为基准,而是以影响苏格兰启蒙运动产生的著作或受之影响产生的著作为基准。戴维·艾伦则在《美德、学养与苏格兰启蒙运动》(*Virtue, Learning and the Scottish Enlightenment*, 1993)中认为苏格兰启蒙运动是一场文化与智识的活动,并将运动的开始时间定为 18 世纪二三十年代。默里·皮托克(Murray Pittock, 1962—)在他的新作《智慧城市的启蒙运动:1660—1750 年爱丁堡市政发展》(*Enlightenment in a Smart City: Edinburgh's Civic Development, 1660—1750*, 2019)中创新性地讨论了启蒙运动的机制,他没有把重心放在休谟、斯密等思想家的身上,而是把他们的思想当成"文化变迁中上层建筑"般的存在(Pittock 16),从科技教育、艺术、民政建设等角度讨论启蒙运动的生成,认为启蒙运动始于 17 世纪晚期的爱丁堡。

对于苏格兰启蒙运动的高潮期,学者们认知也不相同,苏格兰历史专家 T. M. 迪瓦恩(T. M. Devine, 1945—)大致把它圈定在 18 世纪 30 年代以后,认为在那段时间,"苏格兰在哲学、历史、科学、法律和医药等方面的广泛探索已经获得了世界声誉"(Devine 65)。克里斯托弗·J. 贝利(Christopher J. Berry)观点类似,认为"大约 1740 年休谟的《人性论》第三卷出版至 1790 年斯密的《道德情操论》第六版暨最终版期间",是苏格兰启蒙运动硕果累累的时期(Berry vii)。谢尔从出版的角度认为,18 世纪 50 年代苏格兰启蒙运动"突然成熟"(30),标志性的事件是阿奇巴尔德·康斯特布尔(Archibald Constable, 1774—1827)取代威廉·克里奇(William Creech, 1745—1815)成为最主要的苏格兰出版商。国内学者刘意青则是以大学的角色论启蒙运动高潮时间,在《18 世纪英国文学史》中认为苏格兰启蒙运动"于 18 世纪早期发自格拉斯哥大学,在 1750—1800 年期间转到爱丁堡大学,并达到盛期"(266)。各种说法都有理据可寻,时间的不确定,愈发说明苏格兰启蒙运动不是一蹴而就的运动。

对于启蒙时代文学的讨论,起点更是语焉不详,通常是将起点放在 18 世纪哲学思想渐渐丰富起来的时候。吉福德等编写的《苏格兰文学:英语文学和苏格兰语文学》将哲学和文学成果结合起来界定时间,这很有借鉴价值。该书认为苏格兰启蒙运动早期萌芽表现在以弗朗西斯·哈奇森(Francis Hutcheson, 1694—1746)和大卫·休谟为代表的新苏格兰哲学和文化自由主义(Gifford et al. 112)。暂且不说大家都比较熟悉的休谟,哈奇森以《论美与德性概念的根源》(*An Inquiry into the Original of Our Ideas of Beauty and Virtue*, 1725)闻名,他"在整个国家传播了对哲学和文学研究的一种愉快爱好,他撒播下的那些多产的种子结出了如此丰硕、富有营养的果实"(谢尔 70)。哈奇森虽然出生在爱尔兰,但父母均为苏格兰人,而且后来长期在格拉斯哥大学任教,已被公认为苏格兰的启蒙思想家,甚至被尊称为"苏格兰启蒙运动之父"。他的《论美与德性概念的根源》据说是"首部在英伦诸岛上发表的涉及美学的著作"(Hook 239),也是沙夫茨伯里伯爵(1st Earl of Shaftesbury, 1621—1683)、约翰·洛克(John Locke, 1632—1704)与苏格兰学派之间的重要连结性作品。《苏格兰文学:英语文学和苏格兰语文学》对启蒙时代文学结束时间的表述落在大作家沃特·司各特身上,"司各特的时代和苏格兰启蒙运动的伟大时代是重叠的,公平地说,司各特 1832 年去世,之后不久詹姆斯·霍格(James Hogg, 1770—1835)和约翰·高尔特(John Galt, 1779—1839)相继去世,他们去世的时间与启蒙运动的结束时间一致"(Gifford et al. 194)。谢尔在其著作中对于结束期的划定也落在作家司各特身上,他认为,随着司各特和《爱丁堡新闻综述》的时代开始,苏格兰启蒙运动"渐渐落幕"(36)。

早于司各特的年代,18 世纪末已然见证了启蒙运动重要人物的离世:大卫·休谟于 1776 年去世。1782 年,有"精神导师"之称的凯姆斯勋爵(Henry Home, Lord Kames, 1696—1782)去世(赫尔曼 88)。1790 年,经济学家亚当·斯密撒手人寰。建筑师罗伯特·亚当斯(Robert Adams, 1728—1792)、苏格兰史学家威廉·罗伯逊(William Robertson, 1721—1793)、常识派学者托马斯·里德(Thomas Reid, 1710—1796)也相继离世。1795 年,鲍斯威尔去世。他们的离世代表着苏格兰启蒙运动成熟期已经过去,但由他们所形成的时代精神还在持续,并在文学创作中得到反映,可以说这种影响一直持续到司各特时期,这也是为何谢尔和吉福德等学者对于启蒙时代文学时间的划分尤其是对结束时间的界定是基本一致的,对此麦克莱恩亦有相似的观点。

麦克莱恩提出,苏格兰启蒙运动可以与"环绕"(surround)苏格兰启蒙运动的文学运动相互定义(McLean et al. 6)。他所谓环绕启蒙运动的文学运动主要是指以拉姆齐为代表的18世纪早期苏格兰方言文学复兴至以司各特为代表的18世纪末逐渐兴起的浪漫主义文学运动。拉姆齐在1725年发表了戏剧《文雅的牧羊人》(*The Gentle Shepherd*),引导了苏格兰方言文学的复兴。也许会有质疑:为何麦克莱恩和吉福德他们都将在19世纪盛行而且一向被单列的浪漫主义文学归入18世纪为主的启蒙时代文学?这是个追本溯源的问题,我们知道,“尤其在苏格兰文化中,‘启蒙运动’,‘浪漫主义时期’和‘维多利亚时期’这几个概念有很多重合之处”(Crawford 271)。浪漫主义文学是18世纪末期受启蒙主义运动影响发展起来的。无论是我们称之为前浪漫主义诗人的彭斯还是浪漫主义文学大师的司各特,他们与启蒙运动都有着密切的关系。彭斯创作于启蒙运动鼎盛期,与亚当·斯密等人有交集,司各特则是“爱丁堡启蒙运动之子”(McLean et al. 7),他和彭斯还在亚当·弗格森(Adam Ferguson, 1723—1816)的文人聚会上见过面。他们都受到苏格兰启蒙主义思想的浸染,其创作也都成为启蒙运动表征的一部分。学者伊恩·邓肯(Ian Duncan)一向主张将启蒙运动与浪漫主义运动结合起来考察,提出了“启蒙的浪漫主义”(Enlightened Romanticism),皮托克表达了相近的立场:“苏格兰浪漫主义文学最伟大的作品之所以伟大是因为它们与苏格兰启蒙运动的论争形成对话,既不与之完全对立亦不对之俯首帖耳”(转引自McLean et al. 6)。在启蒙运动高潮期出现的《莪相》更被当作浪漫主义文学的缘起之作。可以说,苏格兰浪漫主义文学是启蒙运动的产物,也是启蒙运动文学的一部分。如此可见,麦克莱恩等学者的相互定义法将哲学运动与文学运动结合起来互相关照,而且强调了文学的独立地位,对我们的分析探讨很有启示意义。

综合以上学者的观点,尤其是麦克莱恩和吉福德等学者的观点,同时基于哲学与文学相互勾连的立场,我们不妨把苏格兰启蒙时代文学的发展时期界定为:18世纪20年代至19世纪30年代。启蒙运动之父哈奇森于1725年发表《论美与德性概念的根源》,以及同年艾伦·拉姆齐发表的具有开创性的苏格兰语戏剧《文雅的牧羊人》拉开了启蒙时代文学的帷幕;结束则以启蒙运动之子司各特的创作生涯结束为标志性事件。在研究中,可以将具体的研究作家和作品限定在这百年左右的时期内,并对论述的历史语境做相应的延伸,以更好地理解启蒙运动时代文学的缘起和发展。

这是一段相当长的时间,如同人们习惯于把18世纪称为“悠长的18

世纪”，启蒙运动时代的苏格兰文学相应的也有一个悠长的发展过程，历经了启蒙思想的萌发、普及，以及法国革命带来的反启蒙情绪，在各种因素的影响下，发展了方言文学、地方文学，融进了英语文学，推动了18世纪后期浪漫主义文学。随应着欧洲文学的发展总趋势，苏格兰文学在某些方面先进些，某些方面又滞后些。当时的欧洲文学从整体上来看，小说从不为人所重视到渐渐发展成主要文学形式，史诗悲剧的重要性或普及性渐渐弱于以前。苏格兰文学表现出类似的特点，其论述性历史性散文写作力量强大，小说逐步营建声誉，在启蒙时代后期尤其成果丰富；戏剧由于受到时政禁令的影响而一度成果有限，诗歌民谣中的方言创作盛行一时而引人瞩目。邓肯在《司各特的影子：浪漫爱丁堡的小说》(*Scott's Shadow: The Novel in Romantic Edinburgh*, 2007)里专门提出，爱丁堡出版业、期刊及小说的兴起标志着19世纪早期文学史上形成“后启蒙”(“post-Enlightenment”)取代了启蒙(Duncan 23)，该说法强调了对于启蒙运动的背离和差异性。不过，鉴于苏格兰启蒙时代时间的不确定性，以及启蒙思想对于司各特等作家直接影响的复杂性，我们采用了启蒙时代后期文学这一说法，并将之分为如下阶段。第一阶段：启蒙时代初期文学(18世纪20—50年代)：在这一阶段，艾伦·拉姆齐的诗剧《文雅的牧羊人》(1725)，弗朗西斯·哈奇森的《论美与德性概念的根源》(1725)，大卫·休谟的《人性论》(1737)等各类作品交相辉映，重要文学评论期刊《爱丁堡评论》(1755)也开始发行。第二阶段：启蒙时代中期文学(18世纪60—90年代)。诗歌方面以詹姆斯·麦克弗森的《莪相集》和罗伯特·彭斯的民谣诗歌为代表，亨利·麦肯齐、斯摩莱特、约翰·摩尔等人的小说在这一阶段纷纷面世，《镜报》(*The Mirror*, 1779—1780)、《闲人》(*The Lounger*, 1785—1786)等期刊陆续创刊，该时期亦是哲学专著的高潮期：亚当·斯密、托马斯·里德、休·布莱尔，亚当·弗格森的代表作大多发表于此时段。第三阶段，启蒙时代后期文学(19世纪初30余年)。这一阶段是苏格兰启蒙思想的传播延展期和小说的兴盛期。以乔安娜·贝利(Joanna Baillie, 1762—1851)为代表的诗歌和戏剧创作在该时期持续发展，与之同时，小说创作日渐兴盛，并与启蒙思想交互频繁。伊丽莎白·汉密尔顿的智识性小说多发表于该阶段初期，詹姆斯·霍格、约翰·高尔特和沃尔特·司各特等的小说创作则进一步将苏格兰文学提升到新的高度。

苏格兰启蒙时代文学形式多样且思想活跃，在发展的三个阶段中，其创作显示出文化传统与时代发展、民族意识与历史建构、语言应用、固本传承与艺术创新等多方面具有张力性的问题。其中，启蒙思想与文学创作既有交集也有着各自的轨迹，影响到苏格兰文学发展的内涵。将两者联系在一起是研究苏格兰启蒙时代文学的一个基点，可以更深入地挖掘苏格兰文学的底蕴，有助于辩证地看待启蒙运动与文学发展的关系。

引用作品[Works Cited]:

Berry, Christopher J. *Social Theory of the Scottish Enlightenment*. Edinburgh: Edinburgh UP, 1997.

Broadie, Alexander. *The Scottish Enlightenment*. Cambridge: Cambridge UP, 2003.

Carruthers, Gerard, and Colin Kidd, eds. *Literature and Union: Scottish Texts, British Contexts*. Oxford: Oxford UP, 2018.

Craig, David. *Scottish Literature and the Scottish People: 1660 – 1830*. London: Chatto & Windus, 1961.

Crawford, Robert. *Scotland Books: The Penguin History of Scottish Literature*. London: Penguin Books, 2007.

Dervine, T. M. *The Scottish Nation: A Modern History*. London: Penguin Books, 2012.

Duncan, Ian. *Scott's Shadow: The Novel in Romantic Edinburgh*. Princeton and Oxford: Princeton UP, 2007.

Gifford, Douglas, Sarah Dunnigan, and Alan MacGillivray, eds. *Scottish Literature: In English and Scots*. Edinburgh: Edinburgh UP, 2002.

Hook, Andrew, ed. *The History of Scottish Literature: 1660 – 1800*. Aberdeen: Aberdeen UP, 1987.

McLean, Ralph, Ronnie Young, and Kenneth Simpson, eds. *The Scottish Enlightenment and Literary Culture*. Lewisburg: Bucknell UP, 2016.

Millar, John Hepburn. *Scottish Prose of the Seventeenth & Eighteenth Century*. Glasgow: James MacLehose and Sons, 1912.

Pittock, Murray. *Enlightenment in a Smart City: Edinburgh's Civic Development, 1660 – 1750*. Edinburgh: Edinburgh UP, 2019.

阿瑟·赫尔曼:《苏格兰:现代世界文明的起点》,启蒙编译所译,上海:上海社会科学院出版社,2018 年。

刘意青主编:《英国 18 世纪文学史》(增补版),北京:外语教学与研究出版社,

2006 年。
王守仁、胡宝平等：《英国文学批评史》，南京：南京大学出版社，2012 年。
王卫新等：《苏格兰小说史》，北京：商务印书馆，2017 年。
项松林："苏格兰启蒙运动的历史、思想及其现实意义探析"，《浙江社会科学》，2009 年第 11 期，第 84—89 页。
——："苏格兰启蒙运动的思想主题：市民社会的启蒙"，《同济大学学报（社会科学版）》，2011 年第 2 期，第 87—94 页。
理查德·B.谢尔：《启蒙与出版：苏格兰作家和 18 世纪英国、爱尔兰、美国的出版商》上、下册，启蒙编译所译，上海：复旦大学出版社，2012 年。

身份危机与道德困境*

——解读麦克尤恩的《阿姆斯特丹》

罗　媛**

内容提要：本文借助后现代理论家齐格蒙特·鲍曼有关后现代道德的理论，探讨英国当代作家伊恩·麦可尤恩的小说《阿姆斯特丹》里主人公遭遇的中年身份危机和道德困境问题。无论是从事高雅艺术的作曲家克莱夫还是大众通俗报业传媒人弗农，都遭遇了中年身份危机——外在社会"角色"自我和内在真我之间存有强烈冲突。他们在体验对死亡和疾病的恐惧后，并没有发展出有力量的内在真我，没有抱持肯定人性尊严、滋养内在真我的价值取向；在面临后现代道德困境做出选择时，他们始终摆脱不了"角色"自我追逐名利的价值取向；在社会道德退化的大环境下，克莱夫和费农沦为社会黑色讽刺剧的棋子，这对好友最终反目为仇，谋杀了对方。小说辛辣地讽刺了后现代时期"文明生存的本质"。

关键词：《阿姆斯特丹》；身份危机；"角色"自我；内在真我；道德困境

Abstract: Drawing on postmodern theorist Zygmunt Bauman's theories about postmodern morality, this paper examines the midlife identity crisis and moral dilemma of the protagonists in the novel *Amsterdam* by the contemporary British writer Ian McEwan. Both Clive, a music composer in the refined arts, and Vernon, a media man in the popular press, suffer from a midlife identity crisis — a strong conflict between their external social "role" selves and their fragile inner selves. After experiencing the fear of death and illness, they fail to develop a powerful inner self, and do not embrace the value of affirming human dignity that nourishes the inner self; when confronting the moral dilemma of making a choice in the postmodern era, they are guided by the value of chasing fame and fortune by the "role" self. In the context of social moral degradation, Clive and Vernon become the pawns of social black satire, and the two friends eventually turn against each other

---

* ［**基金项目**］：本文系作者主持的教育部人文社科基金一般项目"麦克尤恩小说危机叙事艺术与疾病书写研究"（21YJA752006）的阶段性成果，同时受 2022 年国家留学基金项目（202208320170）资助。

** ［**作者简介**］：罗媛，苏州科技大学外国语学院教授，文学博士，主要从事当代英国小说研究。

and murder each other. The novel sarcastically reveals the "nature of civilized existence" in the post-modern era.

Key words: *Amsterdam*; identity crisis; "role" self; inner self; moral dilemma

伊恩·麦克尤恩(Ian McEwan, 1948—)是自20世纪70年代以来活跃于英国当代文坛的重要作家,1998年以《阿姆斯特丹》(*Amsterdam*)折桂布克奖,至今已经出版16部小说,在英国被誉为"国民作家"。从20世纪90年代起麦克尤恩进入国内学者的研究视野,研究者们从不同视角深入解读《时间中孩子》(*The Child in Time*, 1987)、《黑犬》(*Black Dogs*, 1992)、《赎罪》(*Atonement*, 2001)、《星期六》(*Saturday*, 2005)、《儿童法案》(*The Children Act*, 2014)等作品,但是对《阿姆斯特丹》的研究不多。陆建德于2000年最早探析《阿姆斯特丹》的主题内涵,认为该作品从人际关系、媒体影响等方面揭示了"文明生活的本质",流露出对当今英国社会流行价值的辛辣讽刺(289—300)。李桂荣运用哈贝马斯的交往行为理论,分析克莱夫和费农共识的基础、必要性及共识失落的原因,从而展现后现代语境下社会交往的弊端(8—9)。国外对《阿姆斯特丹》的研究主要探讨"城市的终结"的叙事隐喻意义、城市互文性、道德语境下音乐冲突话语等深层内涵(参见 Ingersoll 123—138; Kohnt 2004: 89—106; Cojocaru 9—22)。国内外已有的研究尚未深入探析作品中的身份危机和道德困境问题,本文借助后现代理论家齐格蒙·鲍曼(Zygmunt Bauman, 1925—2017)有关后现代伦理的理论,探讨《阿姆斯特丹》所呈现的中年身份危机和道德困境问题。

一

小说以莫利的葬礼而开场,人们到火葬场礼拜堂与莫利·莱恩告别。出席莫利葬礼的有莫利的丈夫乔治·莱恩及莫利生前不同时期的情人:作曲家克莱夫·林利,《法官报》主编弗农·哈利戴,以及外交大臣朱利安·加莫尼。克莱夫、弗农在莫利婚后仍然和她保持朋友关系,且两人也保持友谊,都很反感外交大臣朱利安。乔治·莱恩这位富有的出版商,在妻子的葬礼上看见妻子生前的情人彼此交换眼神,无疑饱受屈辱。莫利生前趣味高雅,具有非凡的艺术鉴赏力,但由于脑死亡,离世前很长一段时间里就已经丧失了意识。在克莱夫看来,生前成为病室囚徒的莫利,受控于她的丈夫,毫无尊严。克莱夫、弗农这两位老朋友达成协定,绝对不能重蹈莫利的覆辙,万一丧失自理能力不能再过有尊严的生活的时候,对方将在阿姆斯特丹帮助自己以安乐死的方式结束生命,这是一份基于朋友间深度信任和同情的君子约定。然而,这一对好友最后却演变成了在阿姆斯特丹谋杀彼此的凶手,小说的戏剧化讽刺淋漓尽致,揭示了后现代时期的"文明生存的本质"。

小说开场就已经死亡的莫利,生前无疑是一位思想独立的女性,是位饭店评论人兼摄影师,自由地拥有几段亲密关系,出现在她葬礼的情人们以及她的丈夫还在因为莫利而争风吃醋,并以恶毒的言语彼此中伤。这些中上阶层的男人们,虽然都有光鲜的社会自我的外壳,他们的内在真我却虚弱无力,正经历一场深陷身份危机的挣扎与考验。参加莫利的葬礼后,作曲家克莱夫表现出对疾病和死亡的恐惧。他"对工作的焦虑,蜕变成了那种更加可鄙的气质,那种纯粹就是对夜晚的恐惧;疾病和死亡,种种抽象的概念,它们很快来到了他在左手仍可感觉到的那种感觉的中心。那种感觉是寒冷的,顽固的,针一般刺痛,就好像他在那感觉上坐了有半个小时"(29)。[①] 想到即使医生也不能帮你处理你身体的衰竭,他决定"那么敬医生而远之吧,密切注意你自己的身体衰退,那么在工作不再成为可能的时候,或者尊严的生活不再成为可能的时候,就自己了结自己"(30)。但是,克莱夫又担心自己变得太无能为力,太不知所措以至不能了结自己,他也担心自己怎能不走到那一步,也就是莫利很快走到的那一步呢?工作是克莱夫生活的全部,莫利的葬礼一结束他就径直回到了家里的工作室,草草地写下脑子里构思的音符。他要通宵工作,然后睡到吃午饭的时候。他确实没有多少别的事情可做。他想做出点什么,然后死去。可以看出工作几乎是克莱夫生活的全部内容,是他对抗死亡恐惧的法门。然而面临作曲创作灵感枯竭的威胁,他又陷入了对工作的无比焦虑之中。尽管如此,似乎也只有回到没完没了的工作中才会暂时逃脱对疾病和死亡的恐惧。

无独有偶,作为《法官报》主编的弗农近期也心存忧惧,怀疑自己是否真实存在:"在上午的一次难得的暂时平静当中弗农突然产生了这么一个

① 本文中凡出自小说文本的引文均随文注明页码,不再一一注明。引文皆出自麦克尤恩(2001)。

念头，他可能并不存在。在30秒不间断的时间里，他一直坐在桌子旁，用手指尖触摸着头，担忧着”(32)。作为《法官报》主编的弗农和作为作曲家的克莱夫一样拥有光鲜的社会自我的外壳，平常在繁忙的工作中发号施令，正是在施展权威的工作过程中拥有稳固的自我身份。但是如今情况却迥然不同，“通常，权威使得他的自我感变得敏锐了，但是这一次却不然；相反，弗农觉得他是被无限地削弱了；他只不过是那些所有那些听他讲话的人的总和，而当他独自一人的时候，什么也不是”(32)。在参加莫利的葬礼后，弗农的“这种缺席感增强了”(33)。这种感觉正在消耗着他，“昨天晚上，他在正睡着的妻子旁边醒了，不得不触摸自己的脸，以使自己放心，他还是一个有形的实体”(33)。可见，和克莱夫相似，弗农也正经历中年身份危机，其外在社会自我和内在真我之间冲突剧烈，貌似光鲜的社会自我外壳并没有给他稳固的内在自我的身份感。相反，外在的社会自我越耀眼，他内在的真实自我感却越虚弱，而且自从参加了莫利的葬礼以来，这种内在真实自我的缺席感增强了，强烈地感受到对死亡的恐惧，“现在他坐在桌子旁，试探性地按摩着他的头皮。近来他意识到，他正在学着和非存在生活在一起。他不能长久地哀悼某个他再也不能回顾的东西的逝去，也就是他的自我的逝去”(35)。忧心忡忡的他出现了一种身体上的疾病症状，“这个症状涉及他的头的整个右边，在某种程度上讲既包括颅骨又包括脑子，那是一种纯粹说不出来的感觉。或者，它又可能是一种感觉的突然中断……他的大脑的右半球已经死去了”(35—36)。和克莱夫相似，弗农只有全心投入忙碌的工作中才会暂时地逃离自我的不确定感和对死亡的恐惧，当会议桌边的椅子上都坐满了人，弗农坐下来，他触了触他头的一侧，感觉自己又在人们的面前了，“回到工作中去了，他内心的那种缺席感不再折磨他了”(39)。工作状态中的弗农似乎摆脱了自我的缺席感和身体病症的困扰，但是他内心对死亡的恐惧并没有彻底消除。

事实上，作曲家克莱夫和《法官报》主编弗农经历了对死亡的恐惧后，他们其实有机会重新思考何为真正有意义、有价值的生活，“对死亡的思考可以使人带有新发现的严肃的精神回到家里。死亡的想法对我们的影响或许就是引领我们去追求任何对我们真正重要的东西”(德波顿 219)。他们从莫利的葬礼归来，遭遇对死亡的忧惧以后，正好有机会向内审视自己的中年身份危机，发展出有力量的内在真我，追求对自己真正重要且真正有意义的生活，从而安度身份危机。鲍曼曾讨论后现代时代的不朽的问题，指出，“人类生活中的一切，由于终有一死并知道这一事实才变得有意义;人类所做的一切,由于那一知识才变得有意义"(鲍曼 186)。现实生活中的克莱夫和弗农都有急需完成的重要工作,克莱夫要谱写千禧年的交响乐,弗农则需要扭转《法官报》的销售量下降的局面。克莱夫和弗农在遭遇对死亡和疾病的恐惧后都转向投入各自的工作,都企图在工作中寻求有意义和有价值的生活,以此医治脆弱的内在自我。然而,在后现代社会环境中,碎片化的存在感及碎片化的社会角色里很难有确定的内在真我感和整体自我感,"我们在每一种环境中的存在正如工作本身一样被碎片化了。在每一种情境中,我们都仅仅以'角色'的面目出现,是我们所扮演的很多角色中的一种。似乎没有一种角色抓住了我们'整体自我'的本质,没有一种角色能被假定与作为'整体的'和'唯一的'个体的'真实状况'完全一致。作为个体我们是不可替代,然而作为我们很多角色中的任何一种角色,我们并非不可替代"(同上 22)。可见,我们的社会角色不等同于"我是谁"的内在真我和整体自我,即社会"角色"和内在真我之间有很大的张力和冲突。这就预示了遭遇身份危机的克莱夫和弗农在面临道德困境需要做出道德选择的时候,他们都倾向选择加固各自社会"角色"自我的价值取向而不是选择滋养内在真我的价值导向。

二

鲍曼指出,后现代社会是一个充满道德不确定性的时代,每当社会角色自我该做出道德决断的时候,往往摇摆不定,"在很多情形下,选择做什么是我们,并且很明显仅仅是我们自己的事,我们徒劳地寻求固定的、值得信赖的规则,这种规则将确保一旦我们听从它,我们肯定将是正确的……它们相互冲突和矛盾,每一种规范都主张另一种规范拒绝的东西为权威……在规范的多元状态下,对我们而言,道德选择在本质上不可避免地是摇摆不定的(矛盾的)。我们的时代是一个强烈地感受到了道德模糊性的时代,这个时代给我们提供了以前从未享受过的选择自由,同时也把我们抛入了一种前所未有的令人烦恼的不确定状态,道德决断也是摇摆不定的"(同上 23—24)。正如鲍曼所阐释的,在后现代道德模糊性的时代,弗农、克莱夫在面临道德选择的时候注定会经历道德决断的摇摆不定,而且他们最后的选择和决断也因各自不同的社会"角色"自我而发生分歧。

首先,在是否应该公开外交大臣朱利安·加莫尼的异装癖隐私照片的问题上，弗农和克莱夫的道德选择发生了分歧。当弗农在乔治家里看到莫利曾为朱利安拍摄的带有浓烈性挑逗意味的异装癖隐私照片后，先是感到很惊讶，接着是一种难以约束内心的兴高采烈，“一个人的生活，起码他的事业，就掌握在他的手里。而谁又说得清呢？也许他有可能改变国家的命运，而且也改善他报纸的发行量”(67)。身为《法官报》主编的弗农，首先想到的是，曝光朱利安的性隐私迎合大众猎奇的低级趣味引起轰动效应，从而殃及朱利安的事业，并可以借此扭转自己所掌管报纸的发行量。弗农选择漠视人性、背信弃义、损人利己、不择手段地牟取名利为价值导向，无疑是非道德的。当弗农把这些照片拿到好友克莱夫住处寻求支持时，克莱夫认为这些照片是莫利与朱利安之间的隐私，公布其隐私无异于是对莫利的背叛。生前的莫利不仅思想独立而且生性善良、极具同理心，能穿透情人朱利安的外在社会角色自我，共情其内在真我隐秘复杂的内心情感和性向癖好，并尊重接纳他，信守其秘密。如果不是因为她临死前已经丧失意识，朱利安的异装癖照片永远都不会被泄露。在信守和保护朋友秘密这一点上，克莱夫理解并尊重莫利，明确反对弗农企图登报曝光朱利安隐私照片而追逐自我名利的做法。而且，透过莫利镜头下朱利安自在而性感的女人装扮照片，克莱夫感到惊愕的同时，深深感叹：“我们彼此之间的了解原来是这么少，我们的大部分是被淹没了的，就像浮冰一样，我们的可见的社会自我只是冷漠苍白地凸显了出来，这儿是在波浪下面的一个罕见的景象，是一个人的隐私和骚动的景象……”(82)克莱夫透过朱利安这些隐私照片，对朱利安社会自我和隐秘真我之间的巨大反差有了很深的了解，在感叹他人自我身份和人性的复杂性的同时，也是对自己社会身份和内在真我的反思和照见。当弗农仍然坚持要登报曝光照片时，克莱夫明确质问他，“告诉我，难道你认为男人穿女人衣服在原则上是错误的吗？”(84)并质疑弗农，“你曾经是性革命的辩护者。你支持同性恋”(84—85)。无疑，关于如何处置朱利安隐私照片的问题，克莱夫坚决反对弗农欲登报曝光朱利安隐私的恶劣行径，表现出明确的道德意识。然而，接下来在湖区大自然所遭遇的事件需要他做出道德选择时，克莱夫的道德决断却模棱两可、摇摆不定。

待在伦敦的克莱夫，强烈地感觉到艺术创作才思枯竭，只是对已有作品或拙劣或巧妙的援引，他再也创作不下去。克莱夫决定离开都市远足到英国文学史上著名浪漫主义诗人曾居住的湖区汲取创作的灵感。在大自然的怀抱，克莱夫有感于群山的俊美、自我的渺小，亦获得了创作的灵感。他感叹都市文明里现实生活的毫无意义:“那些本来是要使他的顾虑变小的开阔的空间,正在使得一切都变小了:努力似乎毫无意义,交响乐尤其毫无意义,虚弱的吹奏,浮夸的语言,那是要用声音建造出一座大山的注定要失败的尝试。充满激情的奋斗。那又是为了什么呢?为了获得金钱,获得尊敬,获得不朽。人们实际用这种方式来否认我们被生育出来是一种随意行为,来抵挡对死亡的恐惧”(91)。即便有这些顿悟,克莱夫仍然不能从身份危机中解脱出来,这也是当代人在后现代时期遭遇的生命无意义的迷惘。近年来克莱夫总是陷入这种生命无意义感的强迫性的念头,这其实是“强迫性神经质”精神疾病患者常感困扰的表征之一,在英格兰他却没有亲密的爱人、朋友可以分担他的苦恼,抚慰他的心灵。可以看出克莱夫的精神世界是孤独的,即便他可能已经罹患精神疾病,也没有人走进他的内心共情他的感受并分担他的困惑和苦恼。弗农或许还算一个朋友,在湖区大自然里克莱夫重新思考与弗农之间的友情。

有了这些宽厚的想法,他爬到了山脊上,并到了险崖的顶上听到了一直在寻找的音乐,灵感源于耳旁飞鸟的叫声并开始捕捉记录音符。在他创作的过程中,不远的山中小湖处一男一女的争吵声也传入他耳里,并且他可以清晰地窥见他们的举止。他们从争吵到扭打的整个过程,克莱夫在高处窥视得清清楚楚,是去干预阻止可能发生的暴力事件还是继续捕捉灵感?克莱夫面临着道德抉择。短暂的时间里他在脑子里假设各种可能性,他意识到一旦去干预,他脆弱的灵感会毁于一旦。在剧烈的思想斗争中,他在寻找让自己心安理得的理由,甚至假定自己上山时如果没有选择这条路径,那么“这儿不管发生什么都听天由命了”(102)。他感到有某个珍贵的东西,一块小小的宝石正从他的身边滚下去:

> 他们的命运,他的命运。那块宝石,那个旋律。它的重大意义正在挤压着他。有这么多事情依赖于它:那部交响乐,庆祝活动,他的声望,这个令人遗憾的世纪的欢乐颂,都依赖于它。他并不怀疑,他多多少少听到的声音能够承受这个重量。在那个声音的淳朴之中有着一生工作的所有成就……(102)

此处的心理描写强调了克莱夫内心深处最在乎的是自己的声望和名利,这首新千年交响乐关乎他一生工作的所有成就,但是还有另一个道德正义的声音在暗示他此时该如何决策,他意识到是该做出选择的时候了,是下去保护那名妇女,还是绕路到“受到保护”的地方继续创作……“他的命运,他们的命运,是不同的小径。那不关他的事,这才是他的事,而且并不容易,而且他不需要任何人的帮助”(104)。激烈的思想斗争后,克莱夫最终选择继续自己的创作,没有去阻止视线内可能发生的暴力事件。麦克尤恩以克莱夫优先选择艺术,“戏仿了的浪漫主义传统的男性世界观”(Wells 89),艺术高于一切。尽管后来得知那位女性侥幸逃离暴力侵犯,但是克莱夫因为没有向警察局及时提供信息,造成那位游荡湖区的强奸犯罪嫌疑人后来强奸了另一名女性。

事实上,来自克莱夫心灵深处的自我开脱之声越强烈,越说明他深陷不确定性的道德困境之中,作为作曲家的社会“角色”自我和他的内在真我之间存有巨大冲突。诚然,克莱夫在爬山的旅途中感叹,处于现代文明的人类为名望、金钱和不朽做出很多毫无意义的努力,并在大自然的怀抱里领悟了很多肯定人性、抱持内在真我的价值取向,然而,当他远离社会群体约束,独自面临道德抉择的时候,最终没有选择牺牲自己的创作灵感去挺身阻止眼下可能发生的一桩暴力案件并及时向警局禀报实情。正如鲍曼所指出的,

> 与角色履行相连接的行为规范和选择准绳并不能抓住“真我”。真我是自由的。逃离了仅仅是“角色扮演者”的命运后,我们事实上找回了“我们自己”,因此只有我们自己为我们的行为负责,我们可以自由地做出自己的选择,我们只被我们值得追求的东西所指引。然而,正如我们很快就会发现的那样,这并没有使我们的生活变得更轻松一些。依赖于规则已经成为习惯,没有这种疲劳,我们会感到脆弱和无助。(鲍曼:23)

可见,在后现代社会的个体,真正需要脱离社会角色扮演者,以“真我”做出道德决断的时候,可能身陷道德困境,内在真我会感觉脆弱和无助。克莱夫在经过一番思想斗争的煎熬之后,最终没有摆脱作为追逐名利的成功作曲家的社会“角色”自我的价值诉求,为了继续捕捉创作灵感,没有选择去干涉那男子对女人的暴行。面临道德决断和选择时,他的内在真我是如此脆弱无力,最终把艺术凌驾于活生生的“人”之上的选择和行为无疑是不道德的,而且最终他的千禧年创作也涉嫌对贝多芬《欢乐颂》的拙劣抄袭。

当然,事后克莱夫并没有能坦然地将之忘掉,他急不可待地从湖区逃离,“再次想到在城市里隐姓埋名,再次想关在他的地下室里……”(105),

可以看出他内心深处的忐忑不安。尽管在创作上有了突破,捕捉了自己想要的艺术灵感,他并不能坦然直面自己在湖区所做的选择,而是急着回到自己深感厌倦的城市,离群索居地沉浸于工作中,以此掩饰自己惶恐、矛盾和内疚的内心。克莱夫在电话里无意间向好友弗农提及此事,这却成了弗农质疑克莱夫道德操守的把柄。弗农敏锐地看见,克莱夫并没有意识到比交响乐更重要的是"人"。当弗农敦促克莱夫直接去警察局陈述情况,以帮助辨认罪犯时,克莱夫和弗农再次发生了激烈的争执。

这两位昔日彼此深度信任并已然达成生死协定的朋友却转向了相互指责和怨恨,他们在审视对方的道德选择时,能够一针见血地洞察对方看似合理的选择后面隐秘黑暗的个人欲望。然而,当他们自己做出道德选择时,却始终摆脱不了社会"角色"自我的价值取向。

三

正如克莱夫在湖区陷入道德困境时经历了矛盾的心理纠结,努力说服自己所选择的行为是合理的,弗农同样煞费心机,为自己做出的在《法官报》刊发外交大臣朱利安·加莫尼的异装癖照片的决定,寻求道德合理化的理由。尽管他企图刊发照片的直接动机是为了曝光朱利安的性隐私丑闻而使其倒台,迎合毫无独立思想的庸俗大众的低俗口味引起轰动效应,从而提升自己担任主编的《法官报》的销售量,收获个人名利。然而,他给自己的行为披上合理的道德外衣,信誓旦旦强调自己作为重要报纸的主编对民族、国家肩负责任,并致力于在道义上赢得大众舆论的支持。果然,一个星期的讨论后舆论界达成广泛的共识:

> 认为《法官报》是一个体面的、富有战斗性的报纸,认为这届政府掌权的时间太长了,在财政上、道德上和性关系上都腐败了。朱利安·加莫尼就是典型,加莫尼是一个卑鄙的人,把他的照片刊登出来是急迫的需要。(114)

弗农最根本的目的是要提高《法官报》的销售量,但是在道义上却虚伪地要与拯救国家的责任相联系,以此捍卫自己选择的道德正义性与崇高性。小说从弗农的视角叙事,展示出他内心的道德正义感,恰恰暴露了他虚伪的本质。事实上弗农与克莱夫一样,在面临道德选择时,坚持自己身为《法官报》主编的社会"角色"追逐名利的价值取向,背叛了莫利生前尊重并信守朱利安隐秘私生活的初衷。无疑,弗农的行为是不道德的。

外交大臣朱利安·加莫尼的党内工作人员对隐私照片一事做了积极的回应,让在儿童医院任外科医生的加莫尼太太出来挽救局面。加莫尼太太善于演戏,以夫妻恩爱家庭幸福的太太形象出现在媒体,夫妻间真爱无敌、坦诚包容,主动披露了丈夫和他们共同的朋友莫利拥有的隐私照片,坚定地表示那家想把朱利安赶下台的报纸不会成功的,"因为爱是一种比恶意更强的力量"(145)。舆论的批判矛头立即指向了弗农,他被加莫尼太太称作具有跳蚤的道德境界。最终各家报纸头版的标题不是"讹诈者"就是"跳蚤",并附上一张弗农在宴会上醉酒的照片。舆论界达成了共识,《法官报》走得太远了,朱利安是一个体面的人,而弗农(小跳蚤)是可鄙的。于是,极具黑色幽默的是,几天前还获得董事会全票支持的弗农,在舆论的压力下,被以"编辑判断上的一个严重错误"为由解雇了,尽管报纸的销售量已经大大提高了。同一个人做的同一件事情,先由于"肩负拯救国家的道德责任"而受到董事会支持,却很快又沦落成众矢之的,只有"跳蚤"的道德境界。在这个充满道德不确定性的后现代时代,弗农深陷道德困境。他把自己作为《法官报》主编的社会"角色"自我的诉求放在首位,选择曝光外交大臣的性隐私丑闻提升《法官报》的销售量,自己也从中收获名利。然而,在加莫尼太太反戈一击之后,他却惨遭解雇。于是,弗农作为报刊主编的社会角色的身份被彻底剥离后,原本就很脆弱的内在真我,在没有社会"角色"自我外壳的庇护时则更加不堪一击。他饱受屈辱,充满愤怒,遭遇了严重的身份危机,"整个国家都在庆祝这个跳蚤被碾死,而加莫尼仍然逍遥法外"(171)。危急时刻如果有朋友或家人给予他脆弱的内在真我以情感支持或许可以助他一臂之力安度危机。

然而,弗农唯一的老朋友克莱夫,这位曾经在他遭遇两次婚姻破裂变故以及罹患脊柱炎重病时给予他关怀和陪伴的亲密好友,这一次却没有给他任何情感的支持和慰藉。相反,他收到克莱夫发来的恶毒的明信片"你的威胁使我惊恐万分,你的新闻也使我惊恐万分。你该被炒鱿鱼"(159)。克莱夫落井下石的冷言恶语无异于在弗农的伤口上撒盐,弗农忍无可忍。在弗农看来"在世人恶劣地对待他的时候,当他的生活被毁掉的时候,最恶劣地对待他的莫过于他的老朋友了。而这又是不可饶恕的"(174)。而且在他眼里,克莱夫"在道德上太卓越了,卓越到宁可眼看着一个女人在他面前被强暴,也不愿让他的工作被打断。他是可恶之至。发疯了,他是在报复"(171)。弗农觉得是时候发起终结克莱夫生命的战争了。与此同时,克莱夫同样将弗农看成是可恶的失去理智的疯子,有必要终结其生命。这两个曾经定下君子协定的好友,最终不谋而合,到阿姆斯特丹,两人在对方酒杯投毒而相互谋杀。死亡事件作为医学丑闻在《法官报》上被披露出来,他们违背了原先好友间定下君子协定的初衷,演变成了相互谋杀对方的罪犯。两位老友在后现代不确定的道德困境里,以谋杀对方的悲剧方式终结了各自遭遇的中年身份危机。其间他们各自的内在真我所经历的那些尴尬、屈辱、绝望、痛苦、内疚、愤怒和怨恨等复杂情绪也随之湮灭。

结　　语

小说以黑色讽刺剧的方式结局。莫利的丈夫乔治提供了外交大臣朱利安·加莫尼的隐私照片,最终使得他两个情敌克莱夫和弗农相互谋杀,另一个情敌外交大臣朱利安也淡出了政界,因为尽管公众的舆论潮流有利于朱利安,政治家们却不能赞同未来的领袖如此脆弱。所有的情敌都已经被打倒了,乔治似乎可以为过时的莫利举行纪念仪式了,不会遭受情敌在纪念仪式上交换眼神所带来的屈辱了。而这唯一的胜利者又何尝不是可悲的受害者呢?乔治在莫利脑死亡之后似乎才真正“拥有”了莫利。小说结尾处他已经打算和弗农的遗孀——一个“相当放荡”的女人约会了。

无论是从事高雅艺术的作曲家克莱夫还是供职于大众通俗报业的传媒人弗农,都遭遇了中年身份危机——其社会“角色”自我和内在真我之间存有强烈的冲突。他们在体验对死亡和疾病的恐惧后,并没有抱持肯定人性尊严和生命意义的正向价值取向以滋养内在真我的成长,在面临道德困境做出行为选择时,他们仍然坚持社会“角色”自我的名利优先的价值取向,而内在真我则极其虚弱、不堪一击,在道德衰退的社会大环境下,都沦为社会黑色讽刺剧的棋子,并最终谋杀了对方。小说辛辣地讽刺了后现代时期“文明生存的本质”,“这是对当前英国的生活方式和道德的一个粗野、乖张的讽刺……是描写当代英国道德衰退的一部粗野的黑色喜剧”(2)。

引用作品[Works Cited]:

Burrows, Stuart. “*Amsterdam* by Ian McEwan.” 〈https://www.elibrary.ru/item.

asp? id=3290286〉(accessed April 15, 2012).

Cojocaru, Monica. "Misinterpreting the Other: Music as Conflict in Ian McEwan's *Amsterdam* and *On Chesil Beach*." *East-West Cultural Passage* 12(2012): 9-22.

Ingersoll, G. Earl. "City of Endings: Ian McEwan's *Amsterdam*." *Midwest Quarterly: A Journal of Contemporary Thought*. 46.2(2005): 123-138.

Kohnt, E. Robert. "The Fivesquare Amsterdam of Ian McEwan." *Critical Survey* 16(2004): 89-106.

McEwan, Ian. *Amsterdam*, London: Jonathan Cape, 1998.

Wells, Lynn. *Ian McEwan*. New York: Palgrave, 2010.

阿兰·德波顿:《身份的焦虑》,陈广兴、南治国译,上海:上海译文出版社,2007年。

李桂荣:"《阿姆斯特丹》中失落的共识",《安徽文学(下半月)》,2010年第3期,第8—9页。

陆建德:"'文明生活的本质'——读麦克尤恩的《阿姆斯特丹》",《世界文学》,2000年第6期,第289—300页。

齐格蒙特·鲍曼:《后现代伦理学》,张成岗译,南京:江苏人民出版社,2002年。

伊恩·麦克尤恩:《阿姆斯特丹》,王义国译,南京:译林出版社,2001年。

反常规叙事视阈下伊恩·麦克尤恩小说家庭伦理解读*

曲　涛**

内容提要： 英国当代作家伊恩·麦克尤恩擅长运用反常规叙事技巧进行创作，其大部分作品都以家庭为单位进行书写，聚焦家庭伦理问题。本文基于反常规叙事相关理论，从反常规叙述者、反常规情感和反常规事件三个维度来解读麦克尤恩小说故事中的不可能世界，进而阐释其作品中的“反常规性”不仅体现在其小说叙事形式上，同时影射在其创作主题中，即反常规的家庭伦理。通过考察和剖析作品中反常规的家庭伦理关系和伦理身份，表明其作品中反常规叙事手法的运用使反常规家庭伦理主题更加鲜明，反之亦然，作品中所隐匿的反常规家庭伦理主题也提升了文本的反常规性，从而揭示出麦克尤恩通过反常规的叙事形式反映家庭伦理的反常规性，给读者以警示的创作意图。

关键词： 伊恩·麦克尤恩；反常规叙事；家庭伦理；伦理身份

Abstract: Ian McEwan, a contemporary British writer, is good at writing with unnatural narrative techniques and always focuses on the theme of family ethics in his most novels written in family units. Based on the theory of unnatural narrative, this paper interprets the impossible world in McEwan's novels from three dimensions: unnatural narrators, unnatural emotions and unnatural events, and further explains that the "unnaturalness" in his works is not only reflected in the narrative form, but also insinuated in the theme of his novels, namely, unnatural family ethics. By exploring and analyzing the unnatural family ethical relationship and ethical identity in McEwan's works, the paper attempts to show that the theme of unnatural family ethics becomes more vivid because of the application of unnatural narrative and the unnatural family ethics implied in his works also enhances the unnaturalness of the

* [基金项目]：本文系作者主持的 2020 年教育部人文社会科学研究规划基金项目“英国维多利亚文学中的犹太性书写及其史学价值研究(1837—1914)”(20YJA752010)和 2022 年度辽宁省教育厅高校基本科研项目(面上项目)“19 世纪英国作家作品中乌托邦共同体书写及其史学价值研究”阶段性成果。

** [作者简介]：曲涛，大连外国语大学英语学院副教授，主要从事英语小说和叙事学研究。

novels, and also demonstrate McEwan's intention to warn the readers by revealing the unconventional phenomenon of family ethics through the unnatural narrative form.

Key words: Ian McEwan; unnatural narrative; family ethics; ethical identity

伊恩·麦克尤恩(Ian McEwan, 1948—)是当代英国文坛最具影响力的作家之一,与马丁·艾米斯(Matin Amis, 1949—)和朱利安·巴恩斯(Julian Barnes, 1946—)并称为"英国文坛三巨头"。麦克尤恩的早期作品关注乱伦、谋杀和暴力等主题,他以犀利精妙的笔触书写现代人内心的惶恐与不安,旨在揭露丑陋的人性。因此,麦克尤恩早期作品被称为"令人不安的艺术"(the art of unease),麦克尤恩也由此被称为"恐怖伊恩"(Ian Macabre)。然而,自《时间的孩子》(*The Child in Time*, 1987)问世之后,麦克尤恩写作风格突转,写作主题转向更加广阔的国际视野,其作品将关注点从人物内心世界的书写转向家庭问题、国际政治和社会热点话题。作为一个更具有社会责任感的作家,麦克尤恩被英国文学评论界称为"国民作家"。

麦克尤恩在文学界声誉的提高引发了国内外学者对其人其作的研究热潮。在国外,自《最初的爱情,最后的仪式》(*First Love, Last Rites*, 1975)出版以来,学界就开始了对麦克尤恩及其作品的研究,研究热度逐渐上升。国外学者多从道德研究、女性主义、心理分析、伦理学、生态批评和文化研究等视角解读麦克尤恩小说。国内学界对麦克尤恩的研究始于20世纪90年代,学者们主要从性别研究、成长主题和创伤研究等方面阐释麦克尤恩的小说。虽然国内外学者目前对麦克尤恩作品的研究较为全面、系统,但是鲜有学者关注麦克尤恩在作品中持续采用的反常规叙事手法。反常规叙事(unnatural narrative)[①]作为后经典叙事的重要分支发展迅猛,影响深远,与女性主义叙事学及认知叙事学等齐肩发展。"近年来,反常规叙事学已经发展成叙事理论中最为激动人心的一个新范式,是继认知叙事学之后一个重要的新方法"(Alber et al. 2013: 1)。虽然叙事学家们对反常规叙事的定义各有侧重,但是其定义都集中体现在反常规叙

① unnatural narrative 国内亦有学者翻译为"非自然叙事""不自然叙事""逆向叙事"等,本文根据所论述的重心译为"反常规叙事",意即打破传统和常规的叙事手法。

事对传统叙事的挑战,反常规叙事中的反模仿性或不可能性以及由此带来的陌生化效果,其着眼点集中于叙事作品中的反常规人物、时间、空间、叙述者、事件、心理、思维和场景等。作为后经典叙事的新兴分支,国内外叙事学家们仍致力于对反常规叙事的补充和发展,国内学者尚必武(2016)先后提出并界定了反常规聚焦和反常规情感这两个理论概念。

麦克尤恩的写作技巧娴熟,他的反常规叙事贯穿其作品始终,不管是早期的短篇小说《立体几何》("Solid Geometry", 1975)、《一只豢养猿猴的沉思》("Reflections of a Kept Ape", 1978)和《既仙既死》("Dead As They Come", 1978)还是他的长篇小说《坚果壳》(*Nutshell*, 2016)都是反常规叙事书写的经典之作。本文试图运用反常规叙事相关理论,通过反常规叙述者、反常规情感和反常规事件三个层面解读和剖析麦克尤恩小说中的反常规家庭伦理关系和伦理身份等问题,进而阐释麦克尤恩作品中的"反常规性"不仅体现在其小说叙事形式上,同时表现在作品的伦理主题上。

一、麦克尤恩笔下的不可能世界

麦克尤恩始终致力于在其作品中编织一个不可能的、反常规的故事世界,并将读者带入其中。在扬·阿尔贝(Jan Alber)等人看来,"一个反常规的故事世界包含着关于再现世界的时间和空间组织在物理上和逻辑上的不可能性"(Alber et al. 2010: 116)。麦克尤恩在其早期作品中就开始尝试运用反常规叙事使其小说怪诞、恐怖的主题更加鲜明;其怪异恐怖的主题也挑战读者的认知框架,恐怖阴森的故事世界则提升文本的反常规性。麦克尤恩首部短篇小说集《最初的爱情,最后的仪式》中的《立体几何》、第二部短篇小说集《床第之间》(*In Between the Sheets*, 1978)中的《一只豢养猿猴的沉思》和《既仙既死》及长篇小说《坚果壳》等作品无一不体现出他对反常规叙事的精湛书写和独到运用。

在麦克尤恩的文学创作中,作家通过反常规叙述者、反常规情感和反常规事件来构建小说故事中的不可能世界。

(一)反常规叙述者

麦克尤恩笔下的很多叙述者挑战读者的认知,不再模仿真实世界的人物叙述者而是采用动物叙述者或胎儿叙述者,具有明显的反常规性。长久以来,学界对叙述者的界定普遍存在模仿偏见,而忽视那些反模仿、反常规和反传统的叙述者。叙述者通常被定义为"代理人,或者用一个没那么拟人的术语，一个代理或实体将叙事中存在的事物、状态或事件讲述或传达给受述者”(Phelan & Booth 388)。对此，反常规叙事学家们对那些非人的或者不具备人类属性的叙述者给予高度的关注。布莱恩·理查森(Brian Richardson)将反常规叙述称作“极端化叙述”，在他看来，极端化叙述包括第二人称叙述、第一人称复数叙述、多重人称叙述、极端化叙述者和不可靠叙述(Richardson 2006)。相比之下，阿尔贝基于认知框架上对反常规叙述者的界定更加明晰。他将反常规叙述者界定为物理上、逻辑上和人类属性上不可能的叙述者(Alber 2016)。具体而言，阿尔贝将反常规叙述者分为动物叙述者、会说话的身体部位和物体叙述者及“心灵感应”。反常规叙述者是搭建不可能故事世界的关键因素，麦克尤恩在其小说《一只豢养猿猴的沉思》和《坚果壳》中通过猿猴这一动物叙述者和胎儿叙述者构建出一个又一个不可能的故事世界。

在《一只豢养猿猴的沉思》中，叙述者是一只被女作家萨丽·克里豢养的猿猴，它虽然外形上是一只猿猴，却具有同人一样的叙述能力，有着复杂的思考能力。麦克尤恩笔下的动物叙述者具有在物理上不可能的能力，他先后经历了女主人的宠爱和无视，从萨丽的“情人”变成被忽视的普通猿猴。作为一只猿猴，他能如人一般真切地感受到萨丽对它的冷落，细致地向受述者讲述他们之间的感情变化：“我们曾经是情人，几乎就像男人和老婆那样生活着，但比大部分夫妻要快乐的多。后来，她对我的好多方面都厌烦了，而我每天却以自己的固执让她的不悦变本加厉，现在我们住在各自不同的房间”(麦克尤恩 2010：34)。当它与萨丽的关系渐行渐远时，这位具有人类属性和思维的反常规叙述者有意识地去维护他们即将破碎的“情人”关系。显然，猿猴身上具备了人类的特质，它把自己视为萨丽的丈夫，与其发生关系，为她冲泡咖啡，能够执笔写字、通晓诗词，成了有思想有知识的故事内叙述者。麦克尤恩采用动物叙述者视角从而能够更加自由的书写人类社会所面临的问题，“这些动物叙述者虽然有着人一样复杂的思想，但他们思考问题的方式通常都与人的思维方式不同，他们经常从动物自身的角度或眼光出发来理解故事中发生的各种事件，甚至嘲讽或戏仿人类的荒谬和错误，进而让读者反思人类自身所存在的问题和不足”(杨绍梁 86)。麦克尤恩通过塑造猿猴叙述者这一形象，描写动物与人之间的反常规关系，旨在讽刺后现代语境下人与人、人与社会、人与自然以及人与动物之间反常规的伦理关系。

在其新作《坚果壳》中，麦克尤恩沿用其早期作品中的反常规叙事技巧,采用胎儿叙述者讲述了一部现代版的哈姆雷特式的故事。小说中的胎儿是位博学的叙述者,不仅对红酒颇有研究,对诗词信手拈来,对国际政治状况也了然于心,甚至对世界局面有着自己独到的见解。对于评论家的悲观态度,胎儿反驳说:“这类讲座我听多了,已经学会引用那些反驳的观点。对各地的知识分子来说,悲观主义唾手可得,甚至美妙绝伦……我们为什么要听信这种悲观的论调?现在,现在人类正前所未有的富裕、健康、长寿”(麦克尤恩 2018: 30)。小说中的胎儿叙述者具有物理上和人类属性上不可能的能力,极度挑战读者的认知。对于胎儿叙述者的解读和阐释可以运用阿尔贝的主题前置化阅读策略,即老麦旨在通过胎儿这一反常规叙述者搭建出胎儿与父母和叔叔之间反常规的伦理关系、迷失的伦理身份以及经过伦理启蒙的成年人的伦理缺失。

(二) 反常规情感

麦克尤恩作品中动物叙述者和胎儿叙述者等反常规叙述者同时也是故事内叙述者,即既是叙述者又是故事中的人物,这些反常规叙述者在讲述故事时会将其情感进行传递或释放,这些感情即为人类属性上不可能的情感,属于反常规情感。反常规情感指的是“人类属性上不可能的情感,指的是叙事作品中的非人类存在物所发出的情感”(尚必武 11)。麦克尤恩编织的不可能故事世界不仅有反常规叙述者的参与,反常规情感的精妙书写也起着关键作用。

在《一只豢养猿猴的沉思》中,猿猴对女主人产生了反常规情感,小说中细致地描写猿猴受到主人喜爱时的欢喜和受到冷落时候的失望阴郁情感。当猿猴成为萨丽的情人时,它毫不犹豫地展露彼时的欣喜,他直言“我感到心醉神秘,无时无刻不在庆幸自己最近从宠物上升到了情人”(麦克尤恩 2010: 42)。当萨丽乘车离开时,留它独自在家,它的孤寂感和失落感油然而生,“汽车来了,人行道骤然明显空旷了。我被一种短暂的失落感弄得触景生情,从窗前转身离开”(同上 49)。猿猴不仅直言他内心的失落感,更通过空旷的人行道影射萨丽离家后它内心空荡荡的感觉。这部作品中的反常规情感不仅体现在猿猴和人类之间产生的不可能情感,更体现在猿猴产生了如人一般的悲伤、喜悦和落寞等反常规情感。

在《既仙既死》中,作为富商的“我”疯狂地迷恋上橱窗里的模特,与其产生了物理上不可能的情感,“即那些不存在于真实世界或者跨越真实世界和虚构世界之间界限的情感”(尚必武 10)。叙述者“我”沉醉于橱窗中的模特,将她买回家取名为海伦,开始了与海伦的同居生活,把她视为妻子。此时的"我"因为占有海伦而感到快乐,"我对这个世界充满了爱,因为我已经找到了完美的配偶。我爱海伦,而且知道自己也被爱着"(麦克尤恩 2010: 99)。然而塑料模特无论是在物理上还是人类属性上都不可能对"我"产生爱的情感。然而,与海伦的生活并不是始终如一的,"我"通过对海伦的观察怀疑海伦与"我"的司机有私情,最后将海伦虐杀致死。这篇小说的反常规性在于海伦作为一个塑料模特不可能产生任何情感,同时,"我"与海伦作为两个物种不可能产生爱恨情感,这种情感是不存在于真实世界的。"我"作为一个富商,虽然在物质上极其富有,但精神财富非常匮乏,甚至迷失了伦理意识。

(三)反常规事件

麦克尤恩的作品不仅对反常规叙述者和反常规情感进行细致地描写,作品中的反常规事件也使其小说的反常规叙事体现得淋漓尽致。根据《叙事学词典》中的定义,事件是"状态的一种改变,通过对事情做出或发生过程的陈述呈现在话语中[……]事件是故事的基本构成"(Prince 28)。反常规叙事学家也对叙事作品中那些在真实世界中不存在的反常规事件给予关注,在阿尔贝看来,"叙事可能用反常规的场景和反常规事件来讽刺、嘲弄、挖苦某种心理状态或事态"(Alber 2016: 52)。麦克尤恩小说中频繁出现反常规事件,尤以短篇小说《立体几何》最为突出。在小说中,"我"整日研究编写曾祖父留下的日记,在关于几何的记叙中寻找M消失的蛛丝马迹,与妻子关系不睦,最后根据数学家的"无表面的平面"的立体几何结论将妻子折叠,使妻子消失,"她的声音十分遥远。而后她不见了[……]还没有消失:她的声音非常细微,'怎么回事?'深蓝色的床单上只剩下她追问的回声"(麦克尤恩 2011: 34)。妻子在立体几何中消失,这一反常规事件使读者不寒而栗,为读者带来阅读的乐趣,同时,通过丈夫对妻子的无情杀害冷峻地揭示出在家庭伦理中疏离的两性伦理关系和迷失的伦理身份。

二、麦克尤恩小说中的反常规家庭伦理

麦克尤恩作品的反常规性不仅表现在其反常规叙事形式上,同时影射在其创作主题上,即反常规的家庭伦理。家庭伦理始终是麦克尤恩作品所着眼的创作主题,其作品多以家庭为单位进行书写,其反常规叙事作品更是将笔锋指向后现代语境中反常规的家庭伦理关系和伦理身份。追

其究竟,麦克尤恩旨在通过反常规的叙事形式反映出家庭伦理的反常规性,给读者以警示。

短篇小说《立体几何》中丈夫和妻子关系始终不睦,妻子抱怨丈夫的漠不关心,丈夫无法忍受妻子的烦扰。丈夫在家庭伦理中迷失了自己作为丈夫的伦理身份,对妻子缺乏关爱,整日沉迷于曾祖父所留下的日记,足不出户,没有承担起作为丈夫应该承担的伦理责任,根本原因在于他迷失了伦理身份,因为"在文学文本中,所有伦理问题的产生往往都同伦理身份相关"(聂珍钊 263)。丈夫和妻子伦理身份迷失使二人在正确处理夫妻伦理关系时受阻,矛盾不断,直到妻子打碎玻璃樽导致他们的矛盾达到白热化,激发了丈夫积蓄已久的愤怒。最后,丈夫通过在日记中发现的几何"无表面的平面"将妻子折叠谋杀,夫妻伦理关系彻底毁灭。丈夫的这一行为触犯了弑亲的伦理禁忌,"不论文化的差异有多大,在现在的所有民族中乱伦和弑亲都是被严格禁止的"(同上 261)。丈夫在夫妻伦理关系中迷失了伦理身份,非但没有履行自己作为丈夫的伦理义务,还将妻子折叠致死。麦克尤恩通过这一反常规事件使故事发展达到高潮,故事随着妻子的"消失"而结束。读者在惊恐的同时反思本应健康的夫妻伦理关系为何变得如此反常和易碎,以至于丈夫将妻子杀害。反常规的叙事手法更使读者深思,在反常规的写作形式背后所隐藏的是夫妻之间反常规的伦理关系。麦克尤恩在《立体几何》中,通过书写"无表面平面"几何谋杀的反常规事件,给读者带来审美上的愉悦、心灵上的震撼和伦理上的警醒。

《既仙既死》中书写了"我"的夫妻伦理关系屡次破碎,妻子伦理身份的缺失导致"我"内心的孤独和恐惧,最后对橱窗中塑料模特产生的反常规情感。小说中的"我"是一位成功的商人却经历了三次失败的婚姻,"我很富有,我的钱是在电话行业上赚的[……]我结过三次婚,按时间顺序,三次婚姻维持的时间依次为八年、五年和两年"(麦克尤恩 2010: 89)。"我"的三段婚姻持续时间越来越短,"我"对结婚伴侣的要求也变得越来越反常,并直言"我更喜欢默默无声的女人,带着明显默然的神情接受着欢愉"(同上 90)。在三次婚姻失败之后,"我"已经迷失了作为丈夫的伦理身份,不知道在家庭中如何扮演丈夫的角色,所以喜欢安静沉默的女人。"我"所向往的婚姻关系有别于常人,"我"爱上了橱窗里的塑料模特,给她取名,把她视为妻子,对其产生反常规情感。根据文学伦理学批评,"我"对海伦产生的感情是自然情感,即"不受道德约束的一种生理和心理反应”(聂珍钊 280)。“我”作为一个富商虽然在物质上极其富有,但精神上无比空虚,迷失了伦理意识,对塑料模特产生情感。但“我”并不是一个完全丧失伦理意识的人,“我”清楚地知道海伦是橱窗中的塑料模特,“叙述者对于自己爱上的是一个商店橱窗中陈列的假人模特这一事实有清醒的认识”(姜燕燕 73)。所以,在购买的时候他显得异常冷静,精心筹划,并清醒地知道这只是一桩买卖。“我”并没有完全迷失伦理意识,最后做出了“杀死”海伦的伦理选择表面上看是因为“我”怀疑海伦与司机有不洁关系,实际上是“我”为了重获伦理意识和走出伦理混沌所做出的努力。《既仙既死》通过描写一段反常规的情感及其情感变化,揭示了在物质条件极其优越下所隐藏的家庭伦理问题,最后迷失了伦理意识,在家庭伦理关系中迷失伦理身份,产生反常规情感及病态心理。

小说《一只豢养猿猴的沉思》中的猿猴具有人类的情感并对女主人产生了爱的反常规情感。猿猴在家中以男主人的姿态自居,俨然已经超过了宠物在家中应有的地位。萨丽家中缺乏丈夫的角色,猿猴试图通过自己扮演丈夫这一角色来弥补家中缺失的夫妻伦理关系,承担作为丈夫的伦理责任,它声称“我会成为顾家的男人,以疼爱妻子的那种轻松自在,爬上排水管道去检查屋顶的水槽,把自己悬在点灯装置上,去重新装天花板。晚上,带着我作为丈夫的证件到小酒馆去结识新朋友,为自己编造一个名字,好馈赠给妻子,待在家里时穿上拖鞋,在室外甚至会穿上鞋子和袜子”(麦克尤恩 2010: 42)。猿猴为了明确自己作为丈夫的伦理身份使自己在行为上看起来像人,承担丈夫的伦理责任,因为“人的身份是一个人在社会中存在的标识,人需要承担身份所赋予的责任与义务”(聂珍钊 263)。猿猴试图确立自己在家中作为丈夫或情人的伦理身份,与萨丽形成反常规的夫妻伦理关系,但由于它是非人类的存在物,他们之间的关系变得异常荒诞。

在长篇小说《坚果壳》中,麦克尤恩再次用反常规叙述者讲述一部哈姆莱特式的家庭伦理故事。小说通过胎儿叙述者讲述了胎儿、叔叔克劳德、父亲约翰和母亲特鲁迪之间混乱的伦理关系,即克劳德与特鲁迪有染,合谋毒害约翰。麦克尤恩通过胎儿之口表达了小说在家庭伦理关系上的反常规性,“我的母亲钟情于我父亲的弟弟,背叛了她的丈夫,毁了她的儿子。我的叔叔偷了他哥哥的妻子,欺骗了他侄子的父亲,无耻地侮辱了他嫂子的儿子”(麦克尤恩 2018: 36)。胎儿叙述者在混乱的伦理关系中缺少道德榜样,迷失了自己的伦理身份,陷入了伦理混乱。在反常规的伦理关系中胎儿既是约翰生物学上的儿子又是伦理上的侄子,既是克劳德生物学上的侄子又是伦理上的儿子,错位的伦理关系使胎儿的伦理身份具有反常规性。同时,反常规的伦理关系和伦理身份使胎儿陷入了“生存还是毁灭”的伦理两难。“伦理两难由两个道德命题构成,如果选择者对它们各自单独地做出道德判断,每一个选择都是正确的,并且每一种选择都符合普遍道德原则。但是,一旦选择者在二者之间做出一项选择,就会导致另一选择伦理,即违背普遍道德原则”(聂珍钊 262)。胎儿作为约翰的儿子有“为父报仇”的伦理责任,采取行动是道德的。但是,如果他向特鲁迪和伦理上的父亲克劳德复仇母亲会锒铛入狱,这又是不道德的。所以报仇这一行为既是道德的又是不道德的,胎儿面对伦理困境不知道如何选择,在特鲁迪的子宫中权衡利弊。最后,他选择在克劳德和特鲁迪即将逃跑逍遥法外的关键时刻出生,这一伦理选择既使自己保全性命又使谋杀凶手受到法律的制裁。“伦理选择往往同解决伦理困境联系在一起,因此伦理选择需要解决伦理两难的问题”(同上 268)。胎儿通过最后的伦理选择解决了伦理两难问题,走出了伦理困境伦理,恢复了错位的伦理关系和迷失的伦理身份。

结　语

麦克尤恩从早期的短篇小说创作伊始就试图采用反常规叙事技巧进行创作,长篇新作《坚果壳》的出版则标志着麦克尤恩对这一叙事手法运用已经达到成熟阶段。麦克尤恩已将反常规叙述者、人物、空间、情感、心理渗透到其叙事作品中,营造了其作品叙事形式上的反常规性。他采用反常规叙事对其作品进行书写,不仅为读者带来审美的愉悦感,同时反映出他对家庭伦理问题的持续关注,尤其是反常规家庭伦理。麦克尤恩作品的“反常规性”不仅体现在其作品形式上的反常规性,更加体现在伦理上的反常规性,特别是家庭伦理上的反常规性,即反常规的家庭伦理关系和反常规的伦理身份等。通过采用反常规叙事麦克尤恩可以更自由地书写,将伦理问题以胎儿或者动物之口进行讲述,给读者带来更广阔的想象空间。麦克尤恩的反常规叙事作品在形式上的反常规是为了更好地突出作品在伦理上的反常规,在给人带来视觉冲击和阅读快感的同时引起深思,发人警醒。

引用作品[Works Cited]:

Alber, Jan. "Unnatural Narratology: Developments and Perspectives." *Germanisch-Romanische Monatsschrift* 63.1(2013): 69 - 84.

—. *Unnatural Narrative: Impossible World in Fiction and Drama*. Lincoln: U of Nebraska P, 2016.

Alber, Jan, Stefan Iversen, Henrik Skov Nielsen, and Brian Richardson. "Unnatural Narratives, Unnatural Narratology: Beyond Mimetic Models." *NARRATIVE* 2 (2010): 113 - 136.

Alber, Jan, Henrik Skov Nielsen, and Brian Richardson. *A Poetics of Unnatural Narrative*. Columbus: Ohio State UP, 2013.

Culler, Jonathan. *Structuralist Poetics: Structuralism, Linguistics and the Study of Literature*. London and New York: Routledge, 2002.

Fludernik, Monika. *Towards a "Natural" Narratology*. London: Routledge, 1996.

Iversen, Stefan. "Broken or Unnatural? On the Distinction of Fiction in Non-Conventional First Person Narration." *The Travelling Concepts of Narrative*. Ed. Matti Hyvarinen, et al. Amsterdam: John Benjamins, 2013. 141 - 162.

Nielsen, Skov Henrik. "The Unnatural in E.A Poe's 'The Oval Portrait'." *Beyond Classical Narration: Transmedial and Unnatural Challenges*. Ed. Jan Alber and Perkrogh Hansen. Berlin: De Gruyter, 2014. 239 - 260.

Prince, Gerald. *A Dictionary of Narratology*. Lincoln & London: U of Nebraska P, 2003.

Phelan, James, and Wayne C. Booth. "Narrator." *Routledge Encyclopedia of Narrative Theory*. Ed. David Herman, Manfred Jahn, and Marie-Laure Ryan. London: Routledge, 2005. 388 - 392.

Richardson, Brian. *Unnatural Voices: Extreme Narration in Modern and Contemporary Fiction*. Columbus: Ohio State UP, 2006.

—. "Unnatural Narratology: Basic Concepts and Recent Work." *Diegesis* 1.1 (2012): 95 - 102.

—. *Unnatural Narrative: Theory, History and Practice*. Ohio: Ohio State UP, 2015.

姜燕燕:"试析伊恩·麦克尤恩小说《既仙既死》中的不可靠叙述",《楚雄师范学院学报》,2011 年第 12 期,第 71—76 页。

聂珍钊:《文学伦理学批评导论》,北京:北京大学出版社,2014 年。

尚必武:"文学叙事中的非自然情感:基本类型与阐释选择",《上海交通大学学报(哲社版)》,2016 年第 4 期,第 5—16 页。

杨绍梁:"叙事学研究的新维度——《非自然叙事:小说和戏剧中的不可能世界》评

述”,《外国文学研究动态》,2016 年第 5 期,第 84—89 页。
伊恩·麦克尤恩:《床第之间》,杨向荣译,上海:上海译文出版社,2010 年。
——:《最初的爱情,最后的仪式》,潘帕译,上海:上海译文出版社,2011 年。
——:《坚果壳》,郭国良译,上海:上海译文出版社,2018 年。

图 绘 世 界

——论詹姆逊《地缘政治美学》中的电影与空间*

张 文**

内容提要：《地缘政治美学》在国内学界尚未受到充分重视，其作者詹姆逊在这部论文集中提出了以电影来图绘新世界体系的核心论题。本文一方面揭示了新世界体系的所指，探讨了电影图绘世界体系的可能性和方法路径，而且还结合了詹姆逊视野中的电影文本，阐发了他如何从空间的角度来解析电影的空间化叙事，从而释放出被高度物化的资本主义现实和意识形态的"遏制策略"抑制的"地缘政治无意识"。最后，本文指出詹姆逊对新世界体系的图绘只能是一种乌托邦，但他那另辟蹊径的全球化视角让我们窥见了笼罩在晚期资本主义社会之上的跨国资本主义权力网，激活了主体被晚期资本主义体系日渐腐蚀的想象力。

关键词：地缘政治；认知图绘；世界体系；空间；无意识

Abstract: Not so much attention in domestic academia has been given to Frederic Jameson's anthology *The Geopolitical Aesthetic* in which he proposed a core thesis of mapping the new world system through films. This paper not only discloses the signified of the new world system and explores the possibilities of and paths to mapping the system, but also expounds on how Jameson released the geopolitical unconsciousness repressed by "strategies of containment" of ideology through interpretation of spatial narratives in films based on a global view. Lastly, the paper concludes that Jameson's mapping of the new world system remains as a utopia, but his unique global perspective enables us to take a glance at the power network of multinational capitalism, activating subjects' imagination eroded by late capitalist system.

Key words: geopolitical; cognitive mapping; world system; space; unconsciousness

* ［**基金项目**］：本文系作者主持的教育部人文社会科学青年基金项目"詹姆逊后现代艺术理论与批评研究"（20YJC760132）的阶段性成果。

* ［**作者简介**］：张文，湖州学院人文学院副教授，博士，主要从事西方文艺理论方向的研究。

弗雷德里克·詹姆逊(Fredric Jameson, 1934—)是一位具有当代视野的马克思主义理论家与批评家,他通过广泛介入晚期资本主义艺术领域来考察后现代主义这一晚期资本主义的文化逻辑。在当代诸多艺术门类中,詹姆逊的研究重心在于电影。20世纪90年代初,詹姆逊出版了两部电影批评论文集,即《可见的签名》(*Signatures of the Visible*, 1992)和《地缘政治美学:世界体系中的电影与空间》(*The Geopolitical Aesthetic: Cinema and Space in the World System*, 1992,以下简称为《地缘政治美学》)中。这两部文集充分体现了詹姆逊对电影的浓厚兴趣。据詹姆逊的好友王逢振介绍,为了写好相关论文,詹姆逊曾亲自观看了400多部来自世界各地的影片,可见他对电影的热爱非同一般。然而,这两部文集在国内学界没有得到重视。与《可见的签名》相比,《地缘政治美学》得到的关注更少,只有极个别的相关论文提及,这是当前詹姆逊研究的重要缺口。事实上,《地缘政治美学》是詹姆逊后现代主义研究的重要延续,这部文集中的所有文章均是在其代表作《后现代主义,或晚期资本主义的文化逻辑》("Postmodernism, or the Culture Logic of Late Capitalism", 1984)发表之后完成的。如果说后者是詹姆逊全面阐述后现代主义的理论力作,那么前者就是他将理论付诸实践的重要成果。

《地缘政治美学》中的论文皆来自詹姆逊在英国电影学院的系列演讲,其学术价值不可忽视。这部文集分为两个部分:第一部分名为"作为阴谋的总体",仅包括一篇论文,是该书中最引人入胜的部分。这篇论文虽与其余论文鲜有关联,但开篇就明确表达了作者对"总体性"的关切,这或许是因为詹姆逊希望读者将这部文集当作一个整体来阅读,从而避免读者在第二部分中错过他的观点。第二部分名为"环球旅行",詹姆逊在这一部分依次解读了亚历山大·索科洛夫(Alexander Sokurov, 1951—)的《日食的日子》(*The Days of Eclipse*, 1988)、杨德昌(Edward Yang, 1947—2007)的《恐怖分子》(*The Terrorizers*, 1986)、让-吕克·戈达尔(Jean-Luc Godard, 1930—2022)的《激情》(*Passion*, 1982)和奇拉·塔西米克(Kidlat Tahimik, 1942—)的《甜蜜的梦魇》(*The Perfumed Nightmare*, 1977)。他将这些电影置于全球关系的经济政治语境中对它们进行"认知图绘",试图再现"阴谋的总体"。

如果说詹姆逊的《政治无意识》(*Political Unconsciousness*, 1981)是在19世纪和20世纪早期小说的语境中阐述理论,那么《地缘政治美学》则通过探讨当代电影文本来建立分析社会历史和经济的方法论。电影文本中的"地缘政治无意识"提供了图绘世界体系的新途径。作为当下最明显的后现代艺术形式,电影是分析"地缘政治无意识"的有效场域。这是詹姆逊在《地缘政治美学》中下的赌注。于是,一部部电影成为詹姆逊"认知图绘"美学的实践场,他穿梭在各具特色的叙事空间中,以期最大限度地接触到晚期资本主义时期的世界体系。

一、图绘世界的内在逻辑

《地缘政治美学:世界体系中的电影与空间》的标题与副标题直截了当地表明了詹姆逊在论文集中探讨的核心论题与方法:电影是当代地缘政治的寓言,我们可以通过"空间"图绘出晚期资本主义世界体系这一新的"总体"。

首先,图绘的对象,即詹姆逊反复论及的世界体系究竟为何物?实际上,这是一种全新类型的空间,它不同于古典资本主义时期无限对等和延伸的欧几里得式的几何空间,也有别于19世纪末垄断资本主义时期生活经验与结构相互对立的断裂的帝国殖民空间,这种空间类型产生于第二次世界大战后,此时旧的帝国体系已被推翻,一个由跨国公司控制的新的"世界体系"取而代之。这一世界体系显然比之前的帝国主义时代更具"全球"规模(Jameson 1996: 2)。这个巨大的、全球性的、非中心的交流空间由迅速扩张的资本和不断发展的通信技术衍生而来。在这个空间中,跨国企业独占鳌头,新的通信技术遍布全球各个角落,诸如国界、区域等传统界限已经消失,民族国家不再扮演核心角色。这个超越传统与现代的崭新空间,不仅仅指某种超都市结构,也指愈来愈抽象化的由数据信息和金融资本构成的全球化信息技术网状组织,其极端形式就是跨国资本主义权力网,它消解了时空的界限和地缘社会真实的人际关系网。作为新型空间的世界体系是资本主义第三次扩张的产物,它注定是一个非同寻常的空间,"无方位性"是它最为本质的特征。因此,传统的测量方式已不适用于这一新型空间形态,这也是詹姆逊的术语"cognitive mapping"中的"mapping"一词被翻译为"图绘"而非"测绘"的原因:后者往往更具有地理学上的意义。

在众多艺术门类中,为何只有电影才能够实现图绘世界体系的重任?这与电影本身的后现代主义性质有关。早在《后现代主义,或晚期资本主义的文化逻辑》一文中,詹姆逊就指出深度感的消失即平面化是后现代主义的首要特征，这种平面感可以在当前社会以“形象”(image)和“拟真”(simulacrum)为主导的新文化形式中体验到。无论是“形象”还是“拟真”，都是对没有原作的东西的机械性复制和大规模生产的结果，而电影这一视觉艺术形式充分体现了世界沦为其自身表象的景观社会性质，这种平面感和无深度感只有在电影中才得到最有力、最充分的体现。这正是詹姆逊对电影投入极大热情的重要原因。

那么，电影如何对当下复杂的世界体系进行图绘？或者说詹姆逊利用电影来图绘世界的理论支撑点是什么？这源于詹姆逊在《地缘政治美学》“导论”中提出的新概念“地缘政治无意识”。然而，正如“政治无意识”，“地缘政治无意识”未曾得到詹姆逊的确切定义，它甚至仅在“导论”中出现一次：“还需要对此补充的是我现在所说的地缘政治无意识。它现在正试图将国家寓言重塑为一个概念工具以便理解我们这个新的正在形成中的世界”(Jameson 1992：3)。尽管这个概念出现频率低，但它极为重要，因为它首次将生产方式、空间与精神分析有机结合起来。那么，究竟如何理解这一未曾得到詹姆逊明确定义的概念？从字面上看，这一概念是地缘政治学说和精神分析理论中“无意识”概念相结合的结果。首先，“地缘政治”是地理政治学的一部分，是地理空间与国际关系的一门学科，但詹姆逊显然不是从学科的角度来定义“地缘政治”，而是从经济角度来讨论空间生产，这出于詹姆逊对马克思主义的坚定信仰。对于詹姆逊而言，资本主义生产方式是“地缘政治”概念的核心构成，因此生产方式与空间的关系是理解地缘政治关系的重要维度。① “无意识”则是一个较为熟悉的概念，詹姆逊显然是受到了精神分析学说的启发。弗洛姆曾依据马克思的社会理论将弗洛伊德的“个人无意识”和荣格的“集体无意识”的概念用于社会群体，认为社会中大多数成员由于受到社会压抑而无法意识到部分经验(转引自朱立元、张德兴：767)。詹姆逊借助了精神分析学说关于“无意识”是压抑产物的观点，提出了“地缘政治无意识”：作为“缺场的原因”的生产方式显然无法被大多数社会成员意识到，因此“生产方式”成为一种无意识存在，“地缘政治无意识”由此形成。也就是说，意识形态

---

① 关于詹姆逊提出的“地缘政治无意识”一词中“地缘政治”内涵，可以借鉴张开焱对“政治无意识”一词中“政治”内涵的理解：詹姆逊拒绝从政治角度谈论社会，也不认同从权力角度理解政治，因为前者试图以政治自由的讨论取代经济异化和商品制度的概念；后者是反马克思主义的，旨在取代生产方式的分析。同样，詹姆逊不是从现代政治学和权力角度讨论地缘政治。详见张开焱(2015)。

的“遏制策略”的压抑、转移和遮蔽功能使人们对地缘政治关系的总体性认知成为无意识的存在，而这种无意识又会通过文化制品以隐蔽和曲折的方式表达自己，因此詹姆逊提出了“地缘政治美学”或“地缘政治叙事”，这是一种作为社会象征行为的叙事，或者说是被压抑的“地缘政治无意识”的表达。值得注意的是，这里的叙事媒介是电影，一如书名“地缘政治美学：世界体系中的电影与空间”所示。

同样，如果从阐释论的角度来看，“寓言”这种艺术形式得到了充分发展。詹姆逊将电影视为被意识形态的“遏制策略”压抑和遮蔽而无法充分表达的地缘政治寓言，也就是说“地缘政治无意识”是寓言的所指。由于寓言本身的多义性、分裂性等特征，詹姆逊不仅关注电影叙事表面的内容，还关注导演有意或无意通过各种方法和手段遮盖的内容，挖掘电影文本中的断裂与异质，以揭示表象之下被意识形态的“遏制策略”转移的、压抑的地缘政治关系，即被无意识化了的内容，这正是詹姆逊马克思主义批评的重要使命。在这一使命的敦促之下，詹姆逊从空间的角度力图揭示电影对晚期资本主义超国家本质力量的描绘。对詹姆逊而言，电影对于空间的处理是对地缘政治身份的寓言化，他将来自世界各地的电影文本置入全球关系的经济政治语境中，对电影文本中的各类空间进行认知图绘，试图揭示电影文本与生产方式之间的暗合关系。

二、穿越空间的世界之旅

在《地缘政治美学》的第二部分，詹姆逊开启了世界之旅。他试图通过阐释电影的空间化叙事来解析当下的地缘政治现实。他挑选了四部来自世界各地的电影，利用“认知图绘”的方法，为 20 世纪晚期全球资本主义的世界体系绘制地图。此处将以詹姆逊提到的三部非西方世界电影，即索科洛夫的《日食的日子》、杨德昌的《恐怖分子》和塔西米克的《甜蜜的梦魇》为例，来展现詹姆逊如何依托电影文本与空间的关系来透析新世界体系中的地缘政治现实。

《日食的日子》《恐怖分子》以及《甜蜜的梦魇》都是对空间的叙事。“空间”是詹姆逊用来阐释电影中地缘政治寓言的重要范畴，也就是说“空间化”是詹姆逊理解世界体系的新方式。正如他在访谈中指出：“很多人现在倾向于通过空间来看总体性，因为我们越来越为空间的概念和范畴所主导。但必须更为抽象地考虑空间并提出新的思考空间的范畴……今天必须用我们更为空间化的看问题的方式来看历史”(何卫华、朱国华 6)。这意味着“空间”已经从爱德华·苏贾(Edward Soja，1940—　)所言的“从属地位”一跃成为“主导地位”。值得注意的是，詹姆逊所言的“空间”并非物理意义上的自然空间，而是亨利·列斐伏尔(Henri Lefebvre，1901—1991)讨论的“空间”，即它不是被给予的，不是客观中立的范畴，而是被生产出来的，是社会实践的产物；或者说“空间”既不是静止的，也不是客观的，而是正在形成的社会关系。沿着列斐伏尔的空间生产的本体论构架，詹姆逊将空间与资本主义生产方式联系在一起。他试图利用“认知图绘”的方法对电影文本中的各种空间进行图绘，致力于揭示晚期资本主义生产方式渗透国家民族的巨大力量。所谓“认知图绘”，就是一种以空间概念为核心的后现代文化政治策略，是一种可以阐释个人与总体性、地方性与全球性的模式。这一概念是詹姆逊融合凯文·林奇(Kevin Lynch，1918—1984)和路易斯·阿尔都塞(Louis Althusser，1918—1990)思想的结果，他将林奇构想城市经验的方式与阿尔都塞的意识形态是对实在生存条件进行想象性置换的观点做了相似的空间类比，强调“认知图绘”对于政治经验的重要性。事实上，“认知图绘”是“再现”的同义词(2004：124)。詹姆逊希望从空间角度入手，再现晚期资本主义时期的世界体系。例如在分析《日食的日子》时，詹姆逊就发现了一个重要主题——消失的空间。在影片中，主人公马利亚诺夫背后的城镇突然消失了，最终成为一片废墟，仿佛回到了地质的、化石的、前人类的状态。詹姆逊认为，这不是简单的自然空间的消失，而是苏联消解的预言，影片中的无名小城在他眼中就是影片的拍摄地克拉斯诺沃茨克，这座多元化小城是苏联身份的寓言化。马利亚诺夫不仅是与一座小城永别，也是与一个帝国永别。《日食的日子》拍摄于 1987 年，四年后苏联突然解体，正如这部影片呈现的末日来临时的景象：一切都笼罩在恐惧之中，最后整个城市沦为一片废墟。詹姆逊又进一步指出，影片中那股不祥的力量，或者说恐惧的真正来源，是一股限制和阻碍社会主义本身的力量。这股力量再也不是社会主义本身，或者说斯大林主义或共产主义，而是挫败社会主义改革事业的晚期资本主义的力量——西方正在逼近，晚期资本主义如同劫难中神秘的、不可知的外部力量带来不可估量的影响。如此，这部影片成为一种“严肃的历史评论”(Jameson 2006：4)，即针对社会主义集团的第二世界的地缘政治评论，它向人们发出了晚期资本主义力量影响下苏联走向历史解体的新声。

詹姆逊对《恐怖分子》的分析更是凸显了空间的意义，他认为这部影片通过各种再现城市空间的原创性方式回应了第三世界城市在晚期资本主义世界体系中的地位。詹姆逊首先注意到了影片中各式各样的空间：女作家终日写作的书房、男主人公经常出入的狭小洗手间、摄影师的暗房、警察的营房式公寓等等。这些空间与情节交织在一起，使得影片成为一部有关城市空间的电影。更有意思的是，詹姆逊还注意到了空间的"囚禁"本质，无论男性还是女性都深陷"囚笼"。影片中的中国台北被再现为一系列互相叠加的盒装住宅，里面"囚禁"了各式人物，他们只能从自己幽闭的空间远望"叠加的盒子"。从这些封闭的、相互隔绝的囚禁空间中，詹姆逊对高度资本主义化与现代化的中国台北都市做出后现代式的反思：《恐怖分子》中的中国台北在本质上是"晚期资本主义城市化的一个例子"(Jameson 1992：117)。詹姆逊对影片中中国台北的寓言式批评，其实是针对某种类型的第三世界城市的评论，展现了晚期资本主义世界中第三世界城市化的经验(同上 155)。在此有必要指出的是，詹姆逊并非随意使用"第三世界"一词，该词是为了描述资本主义的第一世界、社会主义集团的第二世界，以及受到殖民主义和帝国主义侵略的国家之间的根本性区分，而不具备"发达"国家和"欠发达"或"发展中"国家等对立术语的意识形态内涵，更无意于抹杀非西方国家和环境内部之间的深刻差别。在詹姆逊看来，《恐怖分子》通过再现各种城市空间，回应了中国台湾在晚期资本主义世界体系中的地位，有助于我们理解戒严令解除后的中国台湾如何以其政治和文化的特殊性来回应全球化。

继续从空间的维度切入，詹姆逊将《甜蜜的梦魇》置于晚期资本主义语境中加以分析。詹姆逊拒绝将这部影片归于"第三电影"的范畴中。"第三电影"往往关注殖民主义和新殖民主义造成的社会断裂，或者通过描述民族性或神话之类的古老范畴来激发民族主义；而詹姆逊认为塔西米克的这部既植根于本土语境又超越本土语境的影片是一部与第一世界相关的作品，因为它直面的并不是第三世界的本土经验，而是第一世界的经济、技术和美学，或者说是一个包括了第一世界和第三世界的全球化世界。詹姆逊以影片中的"桥"来论证他的观点，"桥"使每一个空间都与其他空间紧密联系起来，将我们引入纯粹的空间中："这座桥从亚洲引向欧洲，往返于第一世界和第三世界之间，从马尼拉引向巴黎(并且从巴黎再到莱茵河)，从菲律宾的现在到正被巴黎共同市场的未来所消灭的巴黎的传统的过去。所有这些空间都处于不断的分解和现代化中，异质性地混合彼此,叙述因此变得无法想象”(同上 197—198)。“桥”这一联系过去与未来,现实与梦想、乡村与城市、传统与现代的纽带消解了每一个地方的独立特征,形成了一种后现代空间。在这一空间中,民族国家不再扮演核心角色,因此这部影片所再现的空间已经不是第一世界于第三世界之间的简单对立,确切地说,“电影所展现的命题是第一世界而不是第三世界”(同上 204)。

在上述电影文本中,詹姆逊从空间的角度释放出被高度物化的资本主义现实和意识形态的“遏制策略”抑制的“地缘政治无意识”,展现了电影的认知图绘功能——电影文本能够将地方性与全球性关系进行形象化,并揭示生产方式的痕迹或预示,从而最大限度地再现晚期资本主义时期的总体性。

三、图绘世界:现实还是乌托邦

在探索世界的意义上,晚期资本主义时期的詹姆逊就像是大航海时代的哥伦布,但他们面对的世界不可同日而语。如果说哥伦布面对的是“积极”的世界,那么詹姆逊面对的则是“消极”的世界,所谓“消极”是指今天的世界体系远比大航海时代的世界复杂或抽象的多:二战后资本主义生产力的恢复使物化力量持续发展并以信息技术和资本的新面目开始统治资本主义社会,物化力量的巨大压力最终将索绪尔符号中的“能指”与“所指”分离开来,符号链条彻底断裂,成为一种“纯能指”的逻辑。传统的地理空间已经消失,取而代之的是资本扩张和信息技术发展所衍生出来的愈来愈抽象化的由数据信息和金融资本构成的全球化信息技术网络组织,其极端形式就是跨国资本主义权力网,时空界限和地缘社会真实的人际关系在其中消解,因此难以被再现,呈现出“消极”的特征。换言之,如果说哥伦布从地理意义上开辟了横渡大西洋到美洲的航路,把美洲和欧洲,新世界和旧世界联系起来;那么詹姆逊则是从认知层面上竭力图绘出电影中生产方式与文化、地区性与全球性的关系,揭示晚期资本主义时期难以触及的地缘政治现实。因此,詹姆逊可谓任重而道远。其实,詹姆逊曾指出当下主体未能演化出适当的感官机能来适应新的空间变化,他在一次访谈中感叹道:“认知图绘只是停留在这种程度——这只是一种渴望,而非现实”(转引自何卫华、朱国华 6)。即便如此,作为一名具有强烈责任感的马克思主义理论家和批评家,詹姆逊仍然积极建构“认知图绘”

美学，并将电影作为实践场来最大限度地勾勒世界体系的面貌。他穿梭在各类电影文本的不同空间中，希冀掌握外在的、广大的、去中心的跨国资本主义网络。

尽管詹姆逊为图绘世界体系付出了极大的心血和精力，但他在《地缘政治美学》中流露出来的“野心”仍然遭到了一些批评，这些批评主要围绕一点：詹姆逊因为过于迷恋世界体系的总体性，而忽视了电影中地方语境的政治性。例如，吴娱玉在《为詹姆逊重绘中国台北地图？——再探中国台北本土性、全球化与后现代》一文中提出质疑：“这种阐释方式，是否存在理论先行、主观论断的嫌疑？”(113)她不满于詹姆逊将中国台北分为前世(本土性)和今生(全球化)的线性历史的思考模式，坚持将中国台北置于自身的历史脉络中重新考量，关注多重语境的叠合与杂糅，凸显中国台北本土性与全球性在多重语境中的交叉和共生，最终得出与詹姆逊不同的结论：“中国台北是一个前现代、现代、后现代彼此交错的混杂语境，是各种文化相互叠合的交叉地带，从这个意义上来说，后现代并没有驱散本土性，而是叠合在前现代、现代性之上扩充了本土性原有的内涵和外延”(116)。罗兰·托伦蒂诺(Roland Tolentino)也指出了詹姆逊在分析《甜蜜的梦魇》时显露出来的局限性，认为詹姆逊缺乏“本土报告人”(native informant)的立场(Tolentino 123)。他认为这部影片并非像詹姆逊所认为的那样缺乏对国家政权的影射，相反是对菲律宾前总统马科斯专制政权的介入，因为影片中出现的仪式文化制度都是马科斯专制统治下的政治文化。这些批评的声音表明，为了追求“图绘世界”的乌托邦，詹姆逊付出了极大的代价：所有电影文本经过他的空间化解读，最终会呈现出相同的内容——本土性正遭受或已经被跨国资本主义无形权力网渗透和吞噬。

那么，詹姆逊真的不过是通过有限的电影文本来对世界体系进行概约化吗？图绘世界的乌托邦究竟有何意义？事实上，詹姆逊的“认知图绘”美学表现出他对“总体性”的坚守。众所周知，总是与同一性、压制性等概念联系在一起的“总体性”一直是后结构主义者攻击的重要目标，让-弗朗索瓦·利奥塔(Jean-Francois Lyotard, 1924—1998)甚至喊出了“向总体性开战”的口号。在一片质疑和反对声中，詹姆逊却试图恢复总体性的地位，致力于再现晚期资本主义的世界体系，《地缘政治美学》便是最好的证明。詹姆逊深知再现总体性极为不易。“问题仍然是再现和再现的可能性的问题：我们知道我们被困在这些更复杂的全球性网络里，因为我们在日常生活中处处明显地忍受共同空间的延伸。然而在想象中,我们无法去思考它们、塑造它们(不管是多么抽象地)”(詹姆逊 1998: 161)。尽管詹姆逊意识到再现总体性只能是一种渴望,但他依旧试图在有限的电影文本中揭示晚期资本主义世界体系。这种乌托邦思考的意义也许并不在于创建革命性的政治实践,而在于重建一种积极的思考形式,特别是在总体性想象变得日益困难的晚期资本主义社会中,乌托邦思考更是一种刻不容缓的需要,它能够重建晚期资本主义主体对总体性的想象能力。

或许乌托邦思考在一定程度上使詹姆逊在图绘电影文本的过程中出现了搁置地方语境的倾向,但这也可能是詹姆逊有意为之,是“解读优先性”选择的结果。以《甜蜜的梦魇》为例,詹姆逊其实注意到了影片高潮处象征第三世界伟大革命力量的台风,虽然娇嫩但仍然展翅拥抱太阳的蝴蝶,反抗美国帝国主义而遭到枪杀的父亲等等,但他认为这些与第三世界相关的形象必须与桥、吉普尼车、洋葱圆顶、超级市场、飞机和登录月球的人类相互竞争(Jameson 1992: 209)。詹姆逊坦言自己没有遗忘或压抑地方语境的政治维度,只是这一维度现在被指定于次要的位置和角色(同上 212)。实际上,这种“解读优先性”可以由詹姆逊在《政治无意识》中提出的三层次马克思主义阐释学来解释。在马克思主义阐释学中,以“生产方式”为主符码的最终视阈能够揭示特定历史时期共存的“生产方式”所带来的政治、社会和历史矛盾。具体来说,詹姆逊在第一个狭义的历史视阈中读出了影片中历史事件发生的时间,即美国实现 1968 年登月计划不久;在第二个语义学视阈中他窥见了价值分裂的意识形态素,即迷恋西方科技的主人公与植根于本土文化的母亲和凯亚之间的对立;在最后的终极视阈中,詹姆逊将语义分析与生产方式联系起来,把影片置于晚期资本主义的框架中加以分析,最终撕掉了这部影片的“第三电影”标签,将之视为一部与晚期资本主义密切相关的作品。

结　　语

尽管詹姆逊将自己所处的跨国资本主义和全球化时代定义为资本主义的“晚期”阶段,但这并不意味着资本主义即将寿终正寝,相反这是资本主义发展最为充分和纯粹的阶段,因为此时资本的扩张、商品的生产和通信技术的发展使资本主义物化力量不断渗透和加强。今天的“世界体系”显然比以往任何时候都更具复杂性和抽象性,为此詹姆逊深刻意识到图绘世界的必要性和紧迫性，否则晚期资本主义时期主体的想象力将消失殆尽，文化政治更是无从谈起。作为具有强烈责任感的马克思主义者，詹姆逊致力于再现新世界体系的总体性，重建晚期资本主义时期主体的认知体系，最终他在电影这一最典型的后现代艺术中找到了图绘世界的可能性，并将自己的心血整理成书。在《地缘政治美学》中，詹姆逊穿梭于各类电影文本的不同空间中，试图释放隐匿于文本中的“地缘政治无意识”，揭示空间与生产方式之间的联系，以期最大限度地接触到晚期资本主义时期的总体性。《地缘政治美学》的令人兴奋之处在于，它让我们以一种全新的视角来看待电影和地缘政治问题：只有当我们把电影置于地方性和全球性的语境中，我们才能理解电影政治。这对电影文本阐释具有很大启发性。通过探讨詹姆逊在《地缘政治美学》一书中试图解决的问题，我们可以发现：如果说后现代主义的本质是异质性、非连续性、不稳定和无序性，那么詹姆逊在该文集中的任务就是通过解读电影文本中各类空间的寓言来恢复“总体性”的概念，建构一种以“生产方式”为主导符码的马克思主义总体性批评，这正是詹姆逊与后现代主义者的本质分歧所在。马克思主义总体性批评的阐释模式帮助詹姆逊打破了马克思主义之外的各种阐释模式的隐蔽封闭线，将经济、文化、政治和意识形态等等都纳入批评框架中，于是詹姆逊成功地将电影叙事表象下被意识形态的“遏制策略”压抑的“地缘政治无意识”从“遏制状态”中解放出来，绘制出一幅电影与政治、文化与生产方式、心理和社会的关系图。尽管图绘世界的宏大视野可能使詹姆逊在阐释电影文本时出现误读或忽略地方历史语境的倾向，但另辟蹊径的全球化视角使我们窥见了笼罩在晚期资本主义社会之上的跨国资本主义权力网，激活了主体被晚期资本主义体系日渐腐蚀的想象力，在这一点上，詹姆逊可谓功不可没。

引用作品[Works Cited]：

Jameson, Fredric R. *The Geopolitical Aesthetic: Cinema and Space in the World System*. Bloomington: Indiana UP, 1992.

—. "Five Theses on Actually Existing Marxism." *Monthly Review* 47.11(1996): 1-10.

—. "History and Elegy in Sokurov." *Critical Inquiry* 33.11(2006): 1-12.

Tolentino, Roland B. "Jameson and Kidlat Tahimik." *Philippine Studies* 44.1

(1996): 113-125.

弗雷德里克·詹姆逊:《后现代主义,或晚期资本主义的文化逻辑》,吴美真译,台北:时报文化出版企业股份有限公司,1998年。

——:"再现全球化论",郝素玲、郭英剑译,《郑州大学学报(哲社版)》,2004年第5期,第124—127页。

何卫华,朱国华:"图绘世界:弗雷德里克·詹姆逊教授访谈录",《文艺理论研究》,2009年第6期,第2—11页。

吴娱玉:"为詹姆逊重绘中国台北地图?——再探中国台北本土性、全球化与后现代",《福建论坛(人文社会科学版)》,2017年第2期,第109—118页。

张开焱:"'政治无意识'基本构成再探——詹姆逊叙事政治学主符码评析之一",《英美文学研究论丛》,2015年第2期,第311—331页。

朱立元,张德兴:《西方美学通史·第6卷:二十世纪美学》,上海:上海文艺出版社,1999年。

叶芝的生态反殖民诗学与诗歌创作*

胡则远**

内容提要：长期以来，国内外叶芝研究界对叶芝“文化民族主义”的研究往往侧重其政治和文化方面，而其生态反殖民诗学和实践往往被忽视。从当代后殖民生态批评视角来看，叶芝的生态反殖民诗学和实践颇具先锋性。本文从叶芝的文论中梳理叶芝的生态反殖民诗学思想的来源和主要内容，并对叶芝作品中的生态反殖民书写进行阐释。叶芝的“文化民族主义”除了主张爱尔兰实现文化上的独立之外，最大的创新点便是对英国所代表的工业理性和商业文明及相应的“进步”话语进行了批判，提出了一套区别于英国的爱尔兰式的生态发展模式。通过对生态反殖民书写，叶芝颠覆了英国对爱尔兰大自然的妖魔化书写，实现了爱尔兰文化反殖民。

关键词：叶芝；生态；反殖民书写

Abstract: For a long time, the domestic and foreign studies on W. B. Yeats have been focusing on the political and cultural aspects of Yeats's "Cultural Nationalism" while its ecological anti-colonial poetics and practice was neglected. From the perspective of contemporary post-colonial eco-criticism, Yeats' poetics and practice with eco-anticolonial attribute is quite pioneering. The paper concludes the origin and the main contents of the eco-anticolonial poetics of Yeats and makes interpretations of the eco-anticolonial works of W. B. Yeats. Except for the ideal for Irish cultural independence, the biggest creation of Yeats's "Cultural Independence" is that it criticizes the industrial reason, commercial culture and the discourse of "progress" represented by England and further proposes a unique ecological mode of development for Ireland which is different from that of England. By eco-anticolonial writing, Yeats subverted the demonizing writing toward Irish nature by British writers and realized the cultural anti-colonialization of Ireland.

Key words: W. B. Yeats; ecological; anti-colonial writing

---

* ［**基金项目**］：本文系作者主持的国家社科基金项目“叶芝文学创作与爱尔兰国民教育研究”(18BWW051)阶段性成果。

** ［**作者简介**］：胡则远，浙江海洋大学外国语学院教授，博士，主要从事爱尔兰文学研究。

随着后殖民生态批评理论的兴起,学术界逐渐意识到生态批评与后殖民批评有着紧密的联系。格雷汉姆·哈根(Graham Huggan)和海伦·提芬(Helen Tiffin)的《后殖民生态批评:文学、动物和环境》(*Postcolonial Ecocriticism: Literature, Animals and Environment*, 2010)将后殖民主义研究和生态批评进行了结合,揭示了生态殖民也是帝国主义殖民的一部分。为使其殖民合法化,帝国主义文本往往对殖民地的一切都进行妖魔化,尤其是其生态环境。而殖民地作家为反抗这种文化殖民主义,只好对这种文化霸权进行解构和逆写,对殖民地美丽宜人的生态环境进行真诚的赞美和真实的书写。在 W. B.叶芝(W. B. Yeats, 1865—1939)研究领域,批评家们对叶芝"文化民族主义"的研究往往侧重其政治和文化反殖民话语而忽视其中的生态反殖民话语。如爱德华·萨义德(Edward Said, 1935—2003)在《文化与帝国主义》(*Culture and Imperialism*, 1994)中将叶芝作为殖民地文化反殖民的榜样,提到了帝国主义对殖民地的生态殖民,却没有阐述殖民地的生态反殖民文化实践。然而,叶芝在这反殖民书写方面可谓开风气之先、引领潮流。通过细读叶芝文论和作品,我们发现叶芝很早便自觉地形成了自己的生态反殖民思想并有意识地在诗歌创作中进行实践。纵观叶芝的作品,英格兰/爱尔兰、工业化/农业化、现代化喧嚣/自然宁静在叶芝作品中形成了鲜明的对照。叶芝通过这种对爱尔兰自然的美丽描写对抗英国的妖魔化和丑化,即以生态写作为手段,反抗英国的殖民,我们可称之为生态反殖民。叶芝的生态反殖民体现在诗学和实践两个方面。

叶芝的生态反殖民诗学

通过对叶芝的文论进行细读,我们会发现叶芝生态反殖民诗学思想绝非空穴来风。王诺将亨利·戴维·梭罗(Henry David Thoreau, 1817—1862)一生的生活概括为两个方面:一是"追求简朴,不仅在生活上、经济上,而且是整个物质生活的简单化",尽可能"过原始人、特别是古希腊人那样的质朴生活";另一是"全身心投入地体验田园风光","认识自然史","认识自然美学,发掘大自然的奇妙神秘的美"(王诺 107)。在梭罗看来,人的发展绝不是物质财富越来越多的占有,而是精神生活的充实和丰富、人格的提升,与自然越来越和谐的同时人与人之间也越来越和谐。

无独有偶,叶芝曾梦想模仿梭罗,在茵尼斯弗利岛(The Lake Isle of

Innisfree)居住,过简朴的生活:

> 我仍有个十几岁时萌生于斯莱戈的夙愿,即模仿梭罗在茵尼斯弗利岛生活。那是位于吉尔的一个小岛。一天我在福利特街散步的时候很想家,这时听到水的滴嗒声,抬头看见一个橱窗里的喷泉,其喷口有一只小球在转动。这使我想起茵尼斯弗利的湖水。我的诗《茵尼斯弗利岛》从这回忆中跃然纸上,这是我第一首有自己音乐节奏的抒情诗。我开始放缓节奏,作为对修辞及其给人们带来感情的逃避。但我只模糊和偶尔地懂得,为了特殊目的,我只能用常见句法。如若多年后写作,我就不会在第一行用传统的古语了——"Arise and go"(来自《圣经》)——也不会在最后一节中用倒装。(Yeats 1965: 103)

叶芝在自传中指出梭罗影响自己,使自己喜欢孤独的生活,"父亲给我读过《瓦尔登湖》(*Walden*)的某些篇章。我曾打算在茵尼斯弗利小岛上的一间小屋中住些日子,那个小岛在斯利士森林对面……我想我应该像梭罗那样生活,追求智慧"(同上 47)。与梭罗对都市生活的排斥类似,尽管叶芝人生的一半时间都在伦敦度过,他对伦敦所代表的都市生活深恶痛绝。1890 年叶芝在给凯瑟琳·悌南(Katherine Tynan, 1861—1931)的信中写道:"伦敦对我来说一直令人恐惧。但我在这里可以比在其他地方更好地学到许多我所喜欢的东西,这是唯一的补偿。更多文化人的存在本身就是一种收获,然而世上没有什么可以弥补失去绿色田野和山坡以及自己国家乡下宁静时光的损失。当一个人疲倦了或心情很糟糕时,在这里生活显得尤其不幸——就像有许多岁月从生命中被吸走一样"(Yeats 1986: 231)。叶芝对乡村生活酷爱有加。即使在伦敦,叶芝也总要寻找机会亲近大自然,回味爱尔兰乡村的体验,经常天黑以后在安静空旷的地方散步,周日早上独自一人坐在喷泉边上想象着自己在家乡的田野(Yeats 1965: 322)。"[1918 年 2 月]本周我去了伦敦一天,离开后希望再也不要去那里了。回来后在这些安静和庄严的街道上散步是一种极大的愉快"(Yeats 1955: 647)。

叶芝对英国维多利亚时期的科学理性深恶痛绝,称自己对科学有着"一种僧侣般的恨"(a monkish hate)。不仅如此,文学上的自然主义因为与科学有着联系,叶芝也颇为反感(Howes & Kelly 37)。叶芝为自己创造了一种新的宗教:"(这一新宗教)几乎是诗歌传统永不衰弱的教堂,充满了故事、人物和情感,与它们最开始的表达不可分离,经由诗人和画家在哲学家和神学家们的帮助下代代相传……我甚至创造了一种学说:因为那些想象的人民是从人类最深层次的本能中创造出来,作为人类的标准和规范,我能想象那些人所说的一切都是我所获得的离真理最近的东西”(Jeffares 1968:4)。1908年9月4日,阿贝剧院为英国协会以科学进步为主题表演一个午场,叶芝发表演讲,分析了科学与文学的不同,“你们忙于外部世界,而我们忙于内部世界”(Yeats 2000:284)。叶芝编撰的《爱尔兰农民童话和民间故事》(*Fairy and Folk Tales of the Irish Peasantry*)于1888年出版。针对某位评论家认为这本童话集“不科学”的批评,叶芝回应道,“仅仅科学”的民俗学家难免“缺乏必要的细腻想象,而不能很好地讲故事[……]搞科学的人通常为了获得一个公式而出卖灵魂。一个民间故事只要经过他折腾,就只剩下一点可怜的毫无生命的东西”(Yeats 1975:189)。

工业文明的特征就是为了获取利润最大化不断生产,为此就必须刺激消费,因此直接导致拜金主义,叶芝对维多利亚时期消费主义进行了猛烈的批判。叶芝视建立一个爱尔兰独立的文化为己任,并对爱尔兰中产阶级的文化进行了尖锐的批判。作为一名文化批评家,叶芝和马修·阿诺德(Matthew Arnold, 1822—1888)分别在各自的社会中批判“非利士主义”(phlilistinism)。1892年7月一篇发表在《联合爱尔兰》上的文章表明叶芝曾仔细地阅读过阿诺德的著作。他熟练地将阿诺德的术语借用来讨论爱尔兰的“非利士主义”。叶芝首先描述了他在国家图书馆见到的情景:

> 这间图书馆里没有人在进行着非功利的阅读,没有任何人是为了文字之美、思想之辉而全神贯注地读书,所有人都是为了通过考试而读书。(三一学院)已经完完全全走向了经院哲学,而经院哲学只是非利士人的大衮(《圣经·旧约》中非利士人的主神,上半身是人,下半身是鱼)的一个方面。马修·阿诺德曾如是评价牛津:“她正献身于许多事业,虽不是我的事业,但从来不是非利士人的事业。”哎,当我们说起我们自己的大学时,我们可以将这几句话倒过来,“从来不属于任何事业,只是属于非利士人的事业。”(Howes & Kelly:44—45)

叶芝在诗歌中对深受英国商业文化腐蚀的爱尔兰天主教中产阶级进

行了讽刺，如“亚当所受的诅咒”(Adam's Curse)中“聒噪的钱商、教员和牧师之辈”“在戈尔韦赛马会上”中“呼出怯懦的气息”的商贾和职员、“1913 年 9 月”中“在油腻的抽屉里摸索，给一个便士再加上一个便士”的“你们”。

与英国所代表的科学和工业文明相比，爱尔兰则有着悠久的文学和农业文明传统。作为工业文明的对立面，农业文明才具有叶芝所崇尚的未被现代文明破坏、原始的贵族特质。古代爱尔兰就有这样的文明。因此，叶芝认为“精神的”爱尔兰要比“物质的”英国优越，如同当年希腊文化征服了罗马，爱尔兰文化也同样可以征服英国，所谓“被殖民者在文化上征服殖民者”，实现文化对政治的反制，从文化上实现反殖民。叶芝对爱尔兰的国家定位是：我们爱尔兰人不愿像英国人那样建立一个有着非常富有的阶级和非常贫穷的阶级的国家。爱尔兰将总体上是一个农业国家。我们可以有工业，但我们不会像英国那样有一个非常富有的阶级，也不会有整个被烟熏黑的地区，如在英国人们所谓的“黑色乡村”(Ellmann 116—117)。

为了抵制英国科学，叶芝甚至建立了自己的一套神秘主义哲学，其中的核心概念是他的生命统一论(Unity of Being)，该理论认为自然界、超自然界和人类精神世界存在着统一性，三界相通。它将自然人性化，认为自然本身是有记忆和灵性的：我们记忆的边界也是游移不定的，而且我们的记忆是一个大记忆——自然本身之记忆的一部分。我们的记忆可以通过象征召唤出来(Yeats 2000：275)。在叶芝看来，自然界的事物和人的心灵相通，而自然和心灵之间相通的媒介则是象征。

简要地说，叶芝文论中所提出的这种生态思想相对于英国的线性发展理念与所谓“进步”话语迥然不同。按照叶芝的神秘主义哲学，人类社会的发展并不是线性的，科学与工业并不能把人类带向更加幸福的乐园。相反，农业比工业更为优越，更有生态性，而工业只会把英国变成一个“满地烟囱”的可怕国家。这些观点对于处于后工业后现代化时代的今天而言，可谓先知先觉。

叶芝的生态反殖民诗歌

叶芝不仅形成了自己独特的生态反殖民诗学思想，而且有意识自觉地在自己的文学创作中进行实践。诗歌《快乐的牧人之歌》(“The Song of

The Happy Shepherd”)中叶芝直接将科学所揭示的真理称为“灰色真理”,而崇尚精神世界的“真理”,即“心中的真理”。“阿卡狄的森林已经死了,/它们那古朴的欢乐也已结束;/这世界靠梦想往昔过活;/灰色真理如今是她的彩绘玩物”(叶芝 2003: 3)。诗中对古代君王的文治武功进行了嘲笑,“黩武的君王如今安在?”只不过是儿童们口中纠缠不清的故事和结结巴巴说出的废话罢了,所谓的不朽之“光荣”早就荡然无存,因此“崇拜尘封的遗迹”“并不聪明”。接着,诗人又对那些“用天文镜追踪流行旋转的路”的占星家所发现的真理进行了否定,因为“冰冷的星毒已经劈开和分裂了他们的心灵”,因此,“他们关于人的真理已经死尽”。诗中的“我”最后选择“取悦于不幸的牧神”,牧神所埋葬的地方充满着大自然的美丽,“在一座坟上,百合和黄水仙飘荡”,“他行走草地,在露水间幽魂般游荡”,最后一句用自然界的美(鲜花的美丽)号召读者“做梦”,因为这也是真理。

同时,叶芝充满深情地对爱尔兰的美丽自然风光进行了大量歌颂。在叶芝的诗歌中人与自然的和谐共处:自然界中的动物、植物和精灵和孩子、老人、英雄、女人等快乐地舞蹈、歌唱、交谈。叶芝诗歌中出现的爱尔兰大自然意象有大海、溪水、山峦、榛树、玫瑰、水仙、百合、羊群、罂粟花、苹果花、独角兽、天鹅、鳟鱼、海豚、白鸟、麋鹿、白鹭、鲱鱼、老鹰、猪猡、晨鸡、松鼠、花猫、蝴蝶、美人鱼、公驴、海鸥等,而这些自然意象象征着精神世界的某种状态或力量。一般而言,水的意象象征着人类心态的平和以及沉思;玫瑰、罂粟花、苹果花、水仙、百合等则代表着美女或女性;鸟类则象征人类的灵魂;猪猡象征着人的肉欲;独角兽象征着神秘的超自然力量。

诗歌《被盗的孩子》(“The Stolen Child”)描绘了一个远离世界的烦恼、无忧无虑、万物和谐、自由欢腾的自然世界。这个“世外桃源”就是爱尔兰西部斯莱戈郡(Sligo)境内的斯硫斯丛林(Sleuth Wood)中的一个小岛。在这里存在着三个世界:超自然界、自然界、人类世界,三者相通,和谐相处。动物们则被拟人化,如“苍鹭拍打着翅膀,把瞌睡的小鼠惊醒”。在斯莱戈附近一个海滨渔村罗西斯海滨(Rosses),仙子盗来的孩子们在月光下彻夜舞蹈、追逐浪花。在斯莱戈的格伦卡山头上喷涌而形成、长满芦苇的水潭中,孩子们寻找睡眠中的鳟鱼,“向它们耳边诉说,给它们不安的梦”,而看到正在“垂泪的蕨类”,他们悄悄侧身而出。被盗来的孩子来到了湖滨和旷野,手拉着手,和仙子们一道,远离了“充满泪水的”世界。显然,这是叶芝早期充满幻想的世外桃源,颇具乌托邦色彩。该诗歌的创作受爱尔兰西部民间传说启发，重新激活了爱尔兰民族的早期文化记忆。

诗歌《去那水中一小岛》（“To an Isle in the Water”）中诗人和自己羞答答的心上人来到水中的一个小岛，过着远离俗世的两人世界。该诗有着明显的梭罗式风格。《经柳园而下》（“Down by the Sally Gardens”）中“我的爱人”劝“我”从容地看待爱情与人生，“如树头生绿叶”“如堰上长青草”，遵从自然规律，男女之间的爱情和人生都要遵守自然规律，顺其自然，不可强求。作为诗人的“我”因为没有听从恋人的好意相劝，一味强求、执意相恋，“年少无知，不愿听从她的劝诫”，结果青春丧失，处于老年的我“如今悔泪滔滔”，受到自然的无情惩罚。该诗把男女之间的爱情也纳入自然法则之中，违背了自然法则的“我”经过多年失恋之苦后，悔恨不已。

诗集《玫瑰》（*Rose*）以玫瑰为主体象征，象征爱情。该诗集中许多诗歌对爱尔兰西部自然风光进行象征式抒情，将超自然界、自然界和人类世界有机地联系在一起。其中《茵尼斯弗利岛》（“The Lake Isle of Innisfree”）最广为人知。该诗延续了《去那水中一小岛》的情调，不过描写得更为细腻：

> 我就要动身了，去茵尼斯弗利岛，
> 搭起一个小屋子，筑起泥巴房；
> 支起九行豆架，一排蜜蜂巢，
> 独自儿住着，荫阴下听蜂群歌唱。
> 我就会得到安宁，它徐徐下降，
> 从朝露落到蟋蟀歌唱的地方；
> 午夜是一片闪亮，正午是一片紫光，
> 傍晚到处飞舞着红雀的翅膀。
> 我就要动身走了，因为我听到
> 那水声日日夜夜轻拍着湖滨；
> 不管我站在车行道或灰暗的人行道，
> 都在我心灵的深处听见这声音。（叶芝 2012：45—46）

诗中第二行“And a small cabin build there, of clay and wattles made”中的“wattle”指用来编筑篱笆或围墙的编条结构。如美国批评家休·肯纳（Hugh Kenner）指出，该词本来是英国人用来描述爱尔兰土著人造房子的贬义词，其中的暗含是英国人对爱尔兰农舍的一种鄙视

(Kenner 73)。叶芝则反其道而行之,直接挪用过来,颠覆其中的贬义,赋予新的褒义,暗示这种"泥巴房"不像英国的那些建造需要污染环境的砖瓦水泥房子,而是纯手工打造,有着一种纯天然的生态美感。有论者曾将此诗与陶渊明的《饮酒》和《归园田居》进行比较。两者意境颇有相似之处,然而,两位诗人的人生观却有着较大区别,创作该诗的背景完全不同。叶芝写这首诗是因为在伦敦街道散步看到橱窗中的喷泉展品而萌发思乡之情,陶渊明则是辞官后归园田居所作。叶芝一生积极投入爱尔兰的文学和政治生活中,致力于爱尔兰的"文化民族主义"和反英殖民斗争,与中国传统文人的田园情结有着本质的差异。

诗歌《白鸟》("The White Bird")中叶芝将自己和心爱之人毛特·冈(Maud Gonne)想象为飞翔于海波上的白鸟。爱尔兰是个岛国,叶芝所熟悉的爱尔兰西部面朝大西洋,更是海阔天空、风景优美。诗人劝导"亲爱的"爱人"快快离开百合和玫瑰"和"愁人的星光","飞翔于海波之上",因为"无数的岛屿和优美的海岸使我陶醉",只有这样"时间会忘却我们,痛苦也不会再来"。

诗歌《两棵树》("The Two Trees")中叶芝劝导所爱之人要多看看自己心中的"神圣之树",而不要看邪恶之镜中的树,即"邪恶之树"。叶芝这里借用了卡巴拉神秘主义中的生命之树的意象。生命之树有两面,一面代表着善,一面代表着恶。卡巴拉教义认为人是一个小宇宙,善恶树是宇宙和人类精神世界的象征。著名批评家弗兰克·克莫德(Frank Kermode, 1919—2010)认为威廉·布莱克(William Blake, 1757—1827)对卡巴拉(Kabala)的兴趣影响了叶芝,布莱克曾言"艺术是生命之树,科学是死亡之树"(转引自 Ross 2009: 263)。叶芝在《散文与序言集》(*Essays and Introductions*)中写道:"布莱克认为,正在消失的王国是知识之树的王国,正在到来的王国是生命之树的王国。从知识之树中获得食物的人在愤怒中耗费时日,以大网互相陷害,而从生命之树的树叶中寻找食物的人只诅咒那些毫无想象力和游手好闲的人以及那些忘记了爱情、死亡和年老甚至都是一种想象艺术的人"(Jeffares 1984: 38—39)。

诗歌《柯勒的野天鹅》("The Wild Swans at Coole")描写的是象征着爱尔兰早期贵族生活的柯尔庄园。"树木披上了美丽的秋装,/林间的小径已变干,/在十月的暮霭笼罩下,湖水/反映着一片宁静的天;/在乱石间那流溢的溪水上/有五十九只天鹅"(叶芝 2003: 305)。

相反,叶芝诗歌中的科学意象则代表着战争和堕落。叶芝的诗中或隐晦或直接地出现科学技术词汇和与第一次世界大战相关的词汇。从象征主义的"声音响亮的鹰"到"飞机和齐柏林飞艇将会出现/像比利王那样扔下炸弹"。《布尔本山下》("Under Ben Bulben")一段被叶芝删去的诗行也是关于空中轰炸的。工业词汇,如纺纱机,出现在《断章》("Fragments")中,象征着洛基机械哲学之后产生的工业革命。"洛克晕倒过去;/乐园死去;/上帝从他的肋下/取出珍妮纺纱机"(同上 513)。在日记中,叶芝写道"笛卡尔、洛基和牛顿带走了世界,给我们留下了它的粪便"(Yeats 1961: 325)。这首诗是对圣经《创世记》(*Genesis*)中第 18—23 句话上帝取亚当肋骨创造夏娃的戏仿,暗讽工业使人类失去了伊甸园。

结　　语

叶芝的生态反殖民诗学思想是其"文化民族主义"的重要组成部分。生态反殖民书写是通过生态逆写反抗英国文化殖民的重要手段之一。叶芝在文论中对英国的工业发展模式进行了批判,为爱尔兰指明了一条生态发展之路,建构了一套不同于英国的进步话语体系,而叶芝的诗歌创作则对爱尔兰的自然美进行了生态书写。叶芝的文论与诗歌交相辉映,相得益彰,奏响了一曲生态反殖民高歌。

引用作品[Works Cited]:

Ellmann, Richard. *Yeats: The Man and the Mask*. London: Norton Company, 1948.

Howes, Marjorie, and John Kelly, eds. *The Cambridge Companion to W. B. Yeats*. Cambridge: Cambridge UP, 2006.

Huggan, Graham, and Helen Tiffin. *Postcolonial Ecocriticism: Literature, Animals, Environment*. New York & London: Routledge, 2010.

Jeffares, A. Norman. *A Commentary on the Collected Poems of W. B. Yeats*. Stanford: Stanford UP, 1968.

—. *A New Commentary on the Poems of W. B. Yeats*. Stanford: Stanford UP, 1984.

Kenner, Hugh. *A Colder Eye: The Modern Irish Writers*. New York: Knopf, 1983.

Ross, David A. *Critical Companion to W. B. Yeats*. New York: Facts on File, Inc, 2009.

Yeats, W. B. *The Letters of W. B. Yeats*. Ed. Allan Wade. New York: Macmillan, 1955.

—. *Explorations*. New York: Macmillan, 1961.

—. *Autobiography*. London: Macmillan, 1965.

—. *Uncollected Prose by W. B. Yeats*. Ed. John P. Frayne and Colton Johnson. London: Macmillan, 1975.

—. *The Collected Letters of W. B. Yeats*. Oxford: Clarendon Press; New York: Oxford UP, 1986.

—. *Yeats's Poetry, Drama and Prose*. New York: W. W . Norton & Company, 2000.

爱德华·萨义德:《文化与帝国主义》,李琨译,北京:三联书店,2003年。

王诺:《欧美生态文学》,北京:北京大学出版社,2005年。

威廉·B.叶芝:《叶芝诗集》,傅浩译,石家庄:河北教育出版社,2003年。

——:《叶芝诗选》,袁可嘉译,长沙:湖南文艺出版社,2012年。

王尔德唯美个人主义观
人物呈现形态分析

尹尧鸿*

内容提要：王尔德"为艺术而艺术"和"生活模仿艺术"的唯美主义观已人所共知，但其唯美主义色彩的个人主义观并未引起充分的重视和研究。实际上，王尔德的唯美主义是一种个人主义，是要以审美作为一种价值标准，以摆脱维多利亚时代的传统价值观对人的束缚，从而实现个人主义。本文以王尔德作品中的三种人物形象——"罪人""基督"和"浪荡子"——说明王尔德唯美个人主义观的内涵以及具体体现。三种形象的塑造分别凸显了唯美个人主义观的物质层面、精神层面和智性层面。王尔德不仅通过塑造这三种文学形象呈现他的唯美个人主义思想，这三种形象也反过来影响和建构了他的人生。

关键词：唯美个人主义；罪人；基督；浪荡子

Abstract: Oscar Wilde is well-known for his aestheticism featuring "art for art's sake" and "life imitating art". However, his aesthetic views of individualism have not attracted sufficient attention for research. The paper holds that Wilde's aestheticism is fundamentally a kind of individualism which advocates aesthetic value so that people can get rid of burdens imposed by traditional values of Victorian era in order to realize individualism. The paper focuses on three character images in Oscar Wilde's literary works which are image of criminals, Christ and dandies to explore the connotations of aesthetic individualism and present their concrete manifestations. The three images emphasize respectively the material, spiritual and intelligent aspect of aesthetic individualism. Wilde embodies aesthetic individualism through the creation of the three character images while they affect and construct Wilde's life in return.

Key words: aesthetic individualism; criminal; Christ; dandy

* ［**作者简介**］：尹尧鸿，讲师，同济大学外国语学院在读博士生，主要从事比较文学和英美文学方向的研究。

个人主义是贯穿王尔德(Oscar Wilde, 1854—1900)创作的重要理念。与启蒙运动时期推崇理性的个人主义不同,王尔德提倡的个人主义以反理性、反功利、反庸俗的姿势对抗资本主义对人的异化。王尔德因此也常被误解为鼓吹自私自利的道德败坏者,实际上并非如此。在《作为艺术家的批评家》(“The Critic as Artist”)一文中,王尔德这样写道:“如果你想了解别人,就必须强化自己的个人主义”(王尔德 2004: 137)。可见,王尔德的个人主义并没有切断人与人之间的关系。相反,由于他认为连接人的同理心应通过一个人真切的“个人主义体会”的途径获得,而非迫于道德的压力而产生,因此王尔德将个人主义视为人们产生连接的基础。

王尔德的个人主义观和他的唯美主义有着紧密的联系。在《社会主义制度下人的灵魂》(“The Soul of Man Under Socialism”)一文中,王尔德第一次详细阐述了他的个人主义理念,人的个性的全面发展是其核心。“社会主义是通往个人主义的,这就是它的价值所在”(同上 225)。可见,王尔德支持建立社会主义制度的目的,是创造一个自我实现的理想环境,使人们不再受困于鼓吹功利主义和道德至上的维多利亚英国社会。在王尔德的社会主义蓝图中,“国家制造有用的东西,个人创造美好的东西”(同上 238)。也就是说,在废除私有财产制后,国家将人从生存的目标中解脱出来,审美取代实用成为价值评判的标准,人才得以以“发展自己的个性”为唯一目标。显然,在“实用和理性至上”的维多利亚时代,这只是一种乌托邦设想。王尔德的个人主义观和社会现实存在明显矛盾,而艺术正是这些矛盾的缓冲地带。就此而言“唯美主义是一种通过在远离现实生活的限制和偶发因素的束缚的想象层面实现自己个性的行为模式”(Wilde 2003: 302)。唯美主义是实现个人主义的艺术手段乃至生活方式,而个人主义则是唯美主义的本质表现。王尔德也曾说:“艺术是世人所知的个人主义模式中最激烈的一种。我倾向于说,它是世人所知道的唯一真正的个人主义模式”(王尔德 2004: 241)。本文提出“唯美个人主义观”这一概念,一方面为了进一步挖掘唯美主义的个人主义本质,另一方面也以这一概念为基础,探索王尔德作品中人物的具体呈现形态。唯美个人主义观既是王尔德的艺术观,也是他的人生观。

以唯美个人主义为核心,王尔德有意识地发展出“面具观”的人物创作方式,用以对抗“追求深度”的单一而虚伪的维多利亚价值标准。与浪漫主义和现实主义对自我的认知不同,王尔德的自我观是反本质主义的,它与后现代思潮的去中心化有相通之处。对他来说,并不存在一个固定的、一成不变的自我。王尔德的自我观是对“深刻的、完整的、真实的自我”这一概念的解构,据此他也反对所谓的“真诚”(Sammells 4)。德克兰·基贝德(Declan Kiberd, 1951—)认为:“王尔德是第一个抛弃了浪漫主义的真诚理念,而以更重要的真实性取代它的艺术家。他认为只忠于一个自我,是对其他自我的虚伪”(Kiberd 38)。人的自我处于不断的生成变化中,不真诚反而是“我们用来增殖自己人格的手段”(王尔德 2004: 165)。就这样,王尔德采用一种“反真诚”的方式为自己的人物戴上面具,而每一张面具都是他有意强化个性的结果。通过人物形象的“面具化”处理,王尔德实现了艺术上的自我生成,充分表现了唯美个人主义观的实质。其中最能体现其唯美个人主义观的,是其作品中的三种典型人物形象:“罪人”“基督”和“浪荡子”。

一、唯美个人主义的殉道者——罪人形象

王尔德在《社会主义制度下人的灵魂》中表示:“在某些情形下,犯罪似乎创造了个人主义,但它必须承认他人的存在,还会和别人发生冲突,它是属于行动范畴的”(同上 241)。尽管王尔德承认犯罪在行动层面存在的问题,但从美学的角度来看,王尔德则认为罪行“是进步的实质因素,没有它世界就会停滞不前,要么就会变得衰老或苍白无色”(同上 116)。王尔德对罪恶的赞美和 19 世纪下半叶犯罪美学的兴起有关。他曾为英国诗人、画家兼艺术评论家托马斯·格里菲思·温赖特(Thomas Griffiths Wainewright, 1794—1847)写过一篇传记文章《笔杆子、画笔和毒药》(“Pen, Pencil, and Poison”, 1885),这篇文章常被视为犯罪美学的代表作而和英国作家托马斯·德·昆西(Thomas Penson De Quincey, 1785—1859)的《谋杀的艺术》(“On Murder Considered as One of the Fine Arts”, 1827)一文相提并论。这篇传记详细地描述了温赖特的种种罪行,同时也展现了他非凡的艺术领悟力和创作力。王尔德写道:“他的犯罪行为对他的艺术似乎有很重要的影响。它们为他的风格带来了强悍的个性”(同上 83—84)。王尔德对犯罪美学的关注反映出其对道德和自我实现的智性思考。善与恶的分别并非与生俱来,而是基于社会的权力构建的道德体系而形成。米歇尔·福柯(Michel Foucault, 1926—1984)曾在采访中说:“从古希腊时期到基督教时期,人类的道德从对个人伦理的寻求发展成为对体系规则的服从”(Foucault 451)。王尔德在《道林·

格雷的画像》(*The Picture of Dorian Gray*, 1891)里也有过类似的观点:"害怕社会,这是道德的基础;害怕上帝,这是宗教的秘密"(王尔德 2017a: 19)。体系规则强大的震慑力使人不敢面对自我的真实欲望,以致几乎放弃对自我成长的关注,而成为伪善的道德崇拜者。被压抑的现实欲望在罪人形象的身上得以实现,表现为罪人极强的反叛精神。

王尔德笔下的罪人形象彰显了非理性力量的张扬,在激情迸发的同时,也产生了强大的摧毁力。莎乐美迷恋先知约翰美丽的外表,癫狂到宁愿杀死先知也要满足自己的感官欲望。道林被西比尔的舞台艺术形象深深吸引,以至于西比尔演出一失败就立刻绝情地将她抛弃,西比尔因绝望而自杀。不难发现,这些"罪行"都源于对美和艺术的追求。王尔德所说的罪是"世俗意义上的罪而非宗教意义上的罪",即希腊文化中所谓的"过度"(Tapper 36)。节制在希腊文化中被视为美德,超越节制的边界就是过度,这才是王尔德所说的"罪"。也正因此,王尔德创作的罪人形象对美和艺术都有过度的追求,且表现出非理性的激情。王尔德的老师沃特·佩特(Walter Pater, 1839—1894)认为,只有激情才能加强生命的感知力,甚至延长生命的长度。他说:"永远和这宝石般的烈焰一起燃烧,保持这种狂喜的激情,是人生的成功"(Pater 189)。莎乐美亲吻约翰带血的头颅,是她流淌于整部剧作的情欲化为激情燃烧的瞬间。道林的激情则来自一种新的生活方式——新享乐主义,他在感官享受中升华自己的智性,在黑夜中寻找奇异的光。

王尔德的罪人形象大多最初是一副天真无邪的样貌,这反映出他对罪人的建构性塑造,而非定义性塑造。亨利爵士对道林的初次印象是一位"远离了一切世俗的玷污"的少年(王尔德 2017a: 17)。在他用语言和书籍不断向道林宣扬"新享乐主义"思想的过程中,道林走上了一条连亨利爵士自己都没有预料到的堕落之路。莎乐美出场时像一位从未被亵渎的处女一样纯洁,但一旦约翰的美激发了她所有的爱欲,她对约翰身体的渴望就超越了一切,欲女取代了纯洁的公主形象。处于纯真状态的莎乐美和道林彼时尚未发现真正的自我,当她或他被美激发出实现自我的激情和渴求时,他们就变成复杂而神秘的矛盾个体。罪人形象的结局通常是悲剧性的,无论出于外部原因,如莎乐美因为不能为希律所容而被杀,还是由于自身的原因,如道林无法忍受良心的谴责,亲手杀死了自己。悲剧结局并不意味着王尔德对罪人形象持批判态度。相反,他以罪人的悲剧性赋予唯美个人主义殉道者的崇高与美。

罪人形象在此岸世界的欲望燃烧凸显了唯美个人主义观物质性的一面。这也是唯美个人主义最为人诟病的一面。尽管罪人形象在王尔德的艺术加工下充满力量,但伦理角度下的罪人形象无论如何都无法得到世俗的认同。王尔德的欲望书写和以灵魂为信仰的西方传统针锋相对。在道德规范严苛的英国维多利亚时代,"物质性"突出的罪人形象可以说是对英国社会的公然挑衅,尤其冒犯了"不敢正视自身欲望的"维多利亚中产阶级。《道林·格雷的画像》因此受到当时的英国批评界的猛烈抨击。尽管王尔德对艺术审美性的强调并不能使作品免于社会的评判,罪人形象已成功地为王尔德发出了打破灵魂专制的呐喊。欲望如果只能被压抑,那么"灵魂就会渴望自己被禁止的东西,渴求那些被可怕的法律弄得可怕和非法的东西,灵魂就会得病"(同上 20)。打破灵魂的专制恰恰是为了灵魂的健康生长。可见,王尔德的罪人形象不仅凸显了唯美个人主义观的物质性,背后的精神和智性思考同样不可忽视。

二、唯美个人主义的先驱者——基督形象

罪人形象通过直面欲望实现唯美个人主义,基督形象则以广泛地共情痛苦彰显唯美个人主义的精神性。在王尔德看来,人的个性应该"自然而又简朴地生长起来,像花朵似的,或像树木一样成长。它不会置身于冲突之中,也从不争执或辩论[……]它一无所有,却又拥有一切,无论人们从它那里拿走什么,它也不会有所缺少,它是如此富裕"(王尔德 2004:231—232)。尽管这是一种脱离了现实土壤的完美设想,但它恰好反映了王尔德唯美个人主义观的最高理想。这一理想正源于王尔德在基督身上获得的启示。王尔德眼中的基督是拥有理想个性的代表人物。他已不再受外部世界的影响,完全忠于自我,也不干涉他人。王尔德将基督的秘密解读为"做你自己"。人的完美与所拥有的财富无关,只与"你是什么"有关。而且,"做你自己"本身就是对别人的帮助,因为"美好事物帮助我们的方式就是如实地展现它自己"(同上 232)。从这个意义上说,"做你自己"代表一种精神上与自我和他者的深度连接。

在王尔德笔下,基督既是唯美个人主义最完美的践行者,也是先驱者。他在《狱中记》中说:"基督不仅是一个最高的个人主义者,他也是有史以来第一个个人主义者"(王尔德 2000a:81)。基督有着如艺术家般广泛共情的想象力,他能洞悉人性的各个方面。他不仅同情人们身体遭受

的痛苦,如麻风病或失明的痛苦,也能窥见灵魂背后的黑洞,如"为快乐而生活的人们的可怕的悲哀""富人的奇怪的贫穷"(同上 77)。在深切的共情力的基础上,基督对自我和他人的生活不再分别,他的个性变得宽广而有力,由此产生了对人类的仁慈和包容。"他宽恕别人的原因是为了自己,因为爱比恨美丽"(同上 82)。共情是基督的"道德",而爱则是基督的浪漫主义本质,尤其"当他在处理犯罪者时他是最浪漫的"(同上 92)。这种超越世俗的爱使得基督被王尔德称为最高的个人主义者。不仅如此,基督甚至是"第一个个人主义者"。上帝赋予了人类作为理性个体的自由意志,并通过爱人类树立了人人平等的自由思想。"从根本上来说,西方的自由主义起源于基督教"(Siedentop 332)。只要和上帝连接,每个人都可以通过自己的自由选择摆脱僵化和固定的社会身份属性。基督将上帝的理念具象化并变为现实,从这个角度出发,王尔德认为基督是唯美个人主义的先驱者。

尽管王尔德在入狱后才真实地体会到悲哀的基督形象的艺术内涵,但实际上他在早期的童话作品中就已有多处"艺术"的暗示。他在童话作品中创作的基督形象主要分为两类:第一类基于自己与生俱来的共情能力而对他人的痛苦感同身受,所以自觉地奉献自己以减少他人的痛苦。快乐王子目睹这座城市的丑陋和底层人民遭受的痛苦,请求燕子将自己身上的黄金送给他们;夜莺发现大学生因为爱情失意而倍感痛苦,它献出自己的生命帮大学生获得玫瑰;少年国王梦见老百姓为他的加冕赶制服饰而劳累受苦,便放弃穿戴这些服饰。第二类出于对美的感受而领悟到自私自利的不可取,从而转变为拥有博爱精神的基督形象。自私的巨人的花园四季如冬,美丽的春、夏、秋都与之远离。当巨人意识到这是由于他不愿与孩子分享花园导致的,他开始敞开心胸,让孩子们入园,与他们同乐。当星孩失去了自己的美貌,变得丑陋无比,他才反省自己过去自私冷酷的行为,于是他变得能共情他人的痛苦,并不顾自己地帮助他们。不过,和传统的童话故事不同,快乐王子、夜莺、少年国王、星孩这些"正面形象"并不因为他们的美好品质而受到大家的欢迎和爱护,反而遭遇了重重困难甚至遭到世人的威胁和唾弃。从某种意义上说,他们既是基督形象的象征,同时也代表着英国维多利亚时期的艺术家。在一个功利和实用至上的社会,艺术家是危险和绝望的,他们常面临社会的误解、嘲讽甚至致命打击,但却始终坚信唯美个人主义是唯一的出路。

需要说明的是,王尔德对基督形象的塑造始终是文学的,而非宗教的。在王尔德看来，“他（基督）的正义是诗的正义”（王尔德 2000a：90）。他只是试图用艺术或美代替宗教，并获得宗教赋予人们的远离俗世的精神气质。王尔德视基督为“浪漫运动的真正先驱”，灵肉合一的最佳艺术典范（同上 89）。他的一生如同一首悲怆的诗歌，基督通过神秘的想象力与世人展现的种种心境共情，尤其那些人类因罪恶必将面临的痛苦。为了救赎人类，他以一己之力承担起所有人的罪恶。“当我们只从艺术的角度思考这一切时，我们应该感谢教会把表演不流血的悲剧作为自己的最高使命”（同上 79）。王尔德从悲剧美学的角度看待基督的一生，他领悟到：“悲哀是人所能表现出的最高贵的感情，同时也是一切伟大艺术的典型和试金石”（同上 72）。通过在《狱中记》中对基督的艺术化书写，王尔德不仅在痛苦的淬炼中发掘了悲哀之美，同时也将自己塑造成基督形象本身。悲哀之美使得王尔德清醒地认识到仅以“快乐”作为实现唯美个人主义的基石是有缺陷的，痛苦的侵蚀才能使灵魂得到滋养。因此，王尔德认为自己比入狱前更像一个个人主义者。可见，此时王尔德对基督形象的塑造并不意味着他对前期享乐主义思想的否定，而是对唯美个人主义的深化。

三、唯美个人主义的游戏者——浪荡子形象

浪荡子形象在思想上和罪人形象有相似之处。伊林·沃思勋爵说：“人生的目的，真有的话，不过是永远在寻找诱惑”（王尔德 2017b：320）。显然，浪荡子也在“危险”思想的边缘徘徊，只是他们并不像罪人形象那样勇于行动。达林顿勋爵就对其“这一辈子就没有真正做过一件坏事”而感到“遗憾”（同上 384）。换言之，浪荡子的自我实现更多地停留在想和说的层面。“浪荡子一旦被卷入情节的发展中，就失去了他本有的权威性、姿态和一针见血的语言风格”（Wilde 2000：XV）。可以说，浪荡子更像一个旁观者的角色。他们不以行动主动挑战维多利亚社会，但远离社会主流价值的“熏染”，过着“无所事事”的生活。高林勋爵“早上十点钟去海德公园骑马，每星期看三次歌剧，每天至少换五次衣服，到社交季节更是每晚在外头吃饭”（王尔德 2017b：132）。这不仅在以勤奋工作为原则的中产阶级看来荒唐至极，就连高林勋爵的父亲也感叹自己的儿子“一无是处”。然而，浪荡子形象并不像外界认为的那么肤浅，相反，浪荡子“无所事事”的生活态度突出体现了唯美个人主义智性的一面。

王尔德在《作为艺术家的批评家》一文中提出：“无所事事才是这个世

界上最难也是最富有智性的事”(王尔德 2004：148)。王尔德所说的“无所事事”，是指一种理想化的沉思生活状态，“通过远离行动的方式来达到精神化，通过拒绝活力的方式来抵达完美”(同上 153)。就“无所事事”的生活态度来说，浪荡子与中国著名的思想家庄子笔下的至人有相似之处。杰鲁沙·麦柯马克(Jerusha McCormack，1943—　)曾指出：“庄子的思想在王尔德对浪荡子这一概念的塑造上至关重要”(McCormack 92)。在王尔德为翟理斯(Herbert Giles，1845—1935)翻译的《庄子：神秘主义者、伦理学家、社会改革家》(*Chuang Tzŭ: Mystic, Moralist, and Social Reformer*，1889)写的书评中，王尔德对“至人”有过这样的描述：“他(至人)不采取任何绝对的立场。[……]他是被动的，并接受生命的规律。[……]他在无为中休息，[……]他从不刻意尚行，[……]不为道德的分别烦心”(王尔德 2000b：278)。浪荡子和至人一样，都怀抱着对生命本身的律动的尊重，绝不会将自己受限于行动所要求的条条框框中。他们以智性而非感性的态度面对生活，关注自我个性的完善胜过关心他人的生活。他们的不同在于至人已经远离了世俗世界，而浪荡子仍在俗世中以游戏精神践行着唯美个人主义观。

首先，王尔德以着装和举止展现浪荡子对美和个性的追求。高林勋爵“戴着绸帽，披着有披肩的大氅，戴白手套的手里挥着一支路易十六式手杖。一身打扮全是纨绔子弟时装的精品”(王尔德 2017b：196)。着装体现的不是人物的地位而是他的品位。他虽举止得体但却面无表情，疏离的特质带来难以捉摸的神秘感，增加了浪荡子的魅力。与事业成功但不易亲近的切尔顿爵士相比，“无所事事”的高林勋爵更具个人魅力。在王尔德的唯美个人主义观中，个性魅力(美学价值)比社会地位(实用价值)是更能衡量人是否走上自我实现道路的标准。而且，“他是思想史上第一位穿得体面的哲学家”(同上 196)。王尔德对高林勋爵的这一评价说明另一展现浪荡子的唯美个人主义观的方面在于他们对社会和生活的洞见。浪荡子们总是妙语如珠，用悖论和警句嘲讽和揶揄英国上流社会这一名利场的伪善，同时也解构了维多利亚时期功利的价值评价体系。达林顿勋爵认为人不分好坏，只有“迷人和乏味”两类。这一观点质疑了维多利亚时期单一的伦理价值体系，而建立起一种新的以趣味为标准的审美价值体系。浪荡子是快乐的簇拥者，与罪人形象追求快乐的极致不同，他们追求快乐的方式更加轻佻，吃喝玩乐，游戏人生。《认真的重要性》(*The Importance of Being Earnest*，1899)完美地呈现了作为唯美个人主义的游戏者——浪荡子的形象。两位浪荡子杰克和阿尔杰农都捏造了一个不存在的身份，以逃离自己原来的生活，外出寻欢作乐。浪荡子的言论听起来荒谬绝伦但又趣味横生。阿尔杰农说："只要是漫无目的，苦差事我也不在乎"（同上56）。而杰克则对格温德伦说："一个人突然发现，自己一辈子讲的全是真话，太可怕了，你能原谅我吗？"（同上 110）这些看似荒诞的言论实际上隐含着王尔德对"认真"这一维多利亚英国社会的核心价值理念的解构。浪荡子们对维多利亚时期英国的社会管理也有着犀利的评论。对于英国的教育，伊林·沃思勋爵认为"只有这种人（没受过教育的人）可以投票"（同上 274）。同时，他也对英国政府通过同情奴隶来解决奴隶制的做法嗤之以鼻。浪荡子犹如生活的批评家，以游戏的态度嘲讽资本主义制度下的庸俗文化。对于将批评家视为艺术家的王尔德而言，浪荡子就是艺术家。

结　　语

唯美个人主义是王尔德通过对审美价值的追求而实现自我的创作观和人生观。从艺术创作角度来说，美是灵与肉的合一。从自我实现的角度来说，美是人和自我本性的高度统一。欲望在智性的发展中得到升华，物质和精神不可分离。因此，唯美个人主义表现在物质、精神、智性三个方面，缺一不可。但由于前文所述的三种人物形象在某一方面有所突出，所以笔者重点刻画了其在该方面的具体表现。三种形象并非孤立存在的，而是相互联系的，甚至两种形象的特征同时存在于一个文学角色身上。道林是罪人形象，但在外界看来他只是一名浪荡子。星孩虽然最终呈现为基督形象，但却曾经是伤害他人的罪人。伊林·沃思勋爵是一名浪荡子，但他多年前是一个抛妻弃子的罪人。罪人是浪荡子生活理念的坚定执行者，基督则是对罪人形象的升华。同时，这三种形象都可以说是艺术家的隐喻。艺术家既是人们眼中的"罪人"，也是为他们承受罪行的"基督"，还是时尚先锋的浪荡子。就王尔德本人的生活而言，他自己也曾扮演过这三种"角色"。他的"无法言说的爱"使他成为维多利亚时期的英国社会的罪人，而他面对牢狱之灾时所表现的勇敢以及在狱中的思想升华又赋予了其基督形象的色彩，至于浪荡子更是他为英国公众熟知的形象。这三种形象都可以视为王尔德的面具，但没有任何一种形象可以简单地定义王尔德。"与其说面具将我们引导到离真理更远的地方，不如说面具本身就参与了真理的建构"（Whiteley 4）。我们从面具中窥见了王尔德的灵魂和激情,但无法据此描绘出他复杂多变的自我。它们都只是王尔德通过艺术创作生成自我时所呈现的某种艺术风格。因此,通过面具化的创作方式,流动的生命之河在艺术的自我表达中找到出口。王尔德不仅通过塑造这三种文学形象来呈现他的唯美个人主义观,这三种形象也反过来影响和建构了他的生活。总之,唯美个人主义是王尔德始终如一的创作原则,角色创作如此,人生创作亦然。

引用作品[Works Cited]:

Foucault, Michel. *Foucault Live: Collected Interviews, 1961 – 1984*. Trans. Lysa Hochroth and John Johnston. Ed. Sylvère Lotringer. New York: Semiotext (e), 1996.

Kiberd, Declan. *Inventing Ireland: The Literature of a Modern Nation*. Cambridge: Harvard UP, 1996.

McCormack, Jerusha. "Oscar Wilde: As Daoist Sage." *Philosophy and Oscar Wilde*. Ed. Michael Y. Bennett. New York: Palgrave Macmillan, 2017. 73 – 104.

Pater, Walter. *The Renaissance Studies in Art and Poetry*. Ed. Donald L. Hill. Berkeley: U of California P, 1980.

Siedentop, Larry. *Inventing the Individual: The Origins of Western Liberalism*. Cambridge: Belknap Press, 2014.

Sammells, Neil. *Wilde Style: The Plays and Prose of Oscar Wilde*. London and New York: Routledge, 2015.

Tapper, Julie-Ann. "Sin, Excess and Nemesis: Oscar Wilde and the Limits of Action." *The Harp* 13 (1998): 34 – 38.

Whiteley, Giles. *Oscar Wilde and the Simulacrum*. London and New York: Routledge, 2015.

Wilde, Oscar. *The Plays of Oscar Wilde*. Ed. Anne Varty. Hertfordshire: Wordsworth Editions, 2000.

—. *Complete Works of Oscar Wilde*. London: HarperCollis Publishers, 2003.

奥斯卡·王尔德:《狱中记》,孙宜学译,桂林:广西师范大学出版社,2000a 年。

——:《王尔德全集·评论随笔卷》,杨东霞、杨烈译,香港:中国文学出版社,2000b 年。

——:《谎言的衰落:王尔德艺术批评文选》,萧易译,南京:江苏教育出版社,2004 年。

——:《道林·格雷的画像》,孙宜学译,杭州:浙江文艺出版社,2017a 年。

——:《王尔德喜剧:对话·悬念·节奏》,余光中译,南京:江苏凤凰文艺出版社,2017b 年。

国内塞缪尔·约翰逊研究述评*

聂晓戌**

内容提要：塞缪尔·约翰逊是18世纪英国著名的散文家和文学批评家。国内有关约翰逊及其作品的译介和研究最早始于19世纪70年代，此后100多年间，相关研究论文和作品译文层出不穷。本文系统梳理国内不同时期约翰逊作品的译介和研究状况，理清脉络，发现目前国内在约翰逊生平、《英语大词典》《诗人传》研究及散文译介等方面成果颇丰，但在研究范畴的完整性、系统性方面有待拓展，尤其是对作为文学批评家的约翰逊及其对后世文学批评理论的影响这一特定领域的研究尚不充分。本文在梳理并总结国内约翰逊研究及译介文献的基础上，采用考证和文献分析的方法，尝试呈现出国内约翰逊研究及译介的整体状况，以期为未来国内外相关研究提供参考。

关键词：塞缪尔·约翰逊；述评；中国

Abstract: Samuel Johnson is a famous English essayist and literary critic in the 18th century. The study of Johnson and his works in China can be traced back to 1870s. Over the past 100 years, related academic papers and translations of his works has emerged continually. After examining the research status of Johnson's works in different periods, it is found that there has been a large sum of research producing abundant productions in Johnson's life, *A Dictionary of the English Language*, *Lives of the Poets* and the translation of his prose, but the completeness and systematicness of the research category need to be expanded, as for the research in this particular area of Johnson as a literacy critic and his influence on the literacy criticism theories of later generations is inadequate. By reviewing the domestic research and translation on Samuel Johnson, this paper attempts to present the whole picture of Johnson's domestic research statue by means of textual research and literature analysis, in order to provide reference for future related research at home and abroad.

---

* [**基金项目**]：本文系作者参加的、由王欣教授主持的上海市哲学社会科学一般项目"英国18世纪前浪漫主义时期的文学社区研究"(2018BWY020)的阶段性成果。

** [**作者简介**]：聂晓戌，上海外国语大学英语学院在读博士生，主要从事英美文学方向的研究。

Key words: Samuel Johnson; review; China

塞缪尔·约翰逊[①](Samuel Johnson, 1709—1784)是18世纪英国著名的字典编纂家、散文家、文学批评家、小说家和诗人。哈罗德·布鲁姆(Harold Bloom, 1930—2019)认为"他是西方最伟大的文学批评家,迄今难有与之比肩者"(2)。约翰逊作为"大文豪"的声名在19世纪末就传入中国,并逐渐受到越来越多国内学者的关注。尤其是进入21世纪之后,约翰逊的作品被广泛地阅读和评论,研究论文层出不穷,研究专著时有面世。但是目前国内学界对约翰逊及其作品的研究还有待深入。面对这种情况,本文详细梳理约翰逊作品的译介和研究在不同时期的特点和研究视域,总结100多年来中国学者对这位文学大家的研究总体状况,并尝试指出研究中尚待挖掘的领域,以期助力未来该领域研究。

本文根据国内学者对约翰逊作品译介及研究总体态势,将约翰逊及其作品在中国的研究分为以下五个阶段:19世纪70年代至20世纪初、1911—1949年、1949—1979年、1980—1999年和2001—2020年。

一、约翰逊初传中国考:19世纪70年代至20世纪初

通常认为,随着中国学者在20世纪20年代开始关注作为"古典主义时代"文学的18世纪英国文学,约翰逊才开始进入国内学者的视野。然而,经过搜集和考证大量的文献资料,笔者认为,约翰逊初传中国要追溯到19世纪70年代至20世纪初在上海租界内发行的诸多英文报刊。1878年8月7日,《上海差报》(*The Shanghai Courier*)刊载了一篇名为"Dr. Johnson and the Church"的报道,此报道简要讲述约翰逊的宗教观及其与宗教的关系。[②] 此后,代表英国在华"特殊商务利益"的"英国官报"——《字林西报》(*The North-China Daily News*)、由字林洋行印刷出版的英文

① "Samuel Johnson"在国内有"塞缪尔·约翰生""撒母耳·约翰生""塞缪尔·约翰孙""塞缪尔·约翰逊"等多种译法,本文中除直接引文外,统一采用"塞缪尔·约翰逊"这一译名。

② "Dr. Johnson and the Church." *The Shanghai Courier*, 7 Aug. 1878. Portfolio Sec. 4. Print.

报刊[1]以及中国其他英文报刊[2]持续刊登了有关约翰逊的文章。根据“全国报刊索引”数据库显示，截至1951年《字林西报》停刊为止，除散见于各种英文报刊的约翰逊的名言警句之外，这些英文报刊共刊载包括来自路透社（Reuters）、《泰晤士报》（*The Times*）等有关约翰逊的文章52篇，内容大致可以分为约翰逊纪念活动报道、约翰逊研究相关作品出版、约翰逊及其作品评介以及约翰逊个人事迹材料等几个方面，这些文章为研究晚清民国时期的约翰逊与中国提供了丰富的材料。其中，真正意义上关于文学方面的报道有五篇，大多从整体上简要评介约翰逊的文学成就及其在文学史上的地位和影响，将其定位为诗人、传记作者、散文家、词典编纂家、谈话家等，涉及约翰逊的主要文学作品、语言风格以及约翰逊诗学观等方面。

在52篇相关的英文报道中，发行时间在1900年之前的有四篇，且已对约翰逊其人其作有所涉及。《字林西报》与《上海差报》在1878年先后转载了英国《旁观者》（*The Spectator*）杂志长达约2 000字的文章“Samuel Johnson”，文中提及约翰逊的诗歌、传记、散文、谈话等主要文学作品，认为约翰逊之所以伟大不仅因为其作品，更是因为其人格魅力，赞扬他不与世人同流合污、坚持自我的可贵品质。[3]《北华捷报及最高法庭与领事公报》于1884年12月31日刊载题为“The Johnson Centenary”一文，此文是为纪念约翰逊逝世100周年而作。文章作者首先高度评价《诗人传》（*Lives of the Poets*，1781）及其语言特点，在肯定《英语大词典》（*A Dictionary of the English Language*，1755）成就的同时也指出约翰逊在编纂辞典过程中出现的词源上的错误。文章作者认为约翰逊的语言风格不同于奥利弗·哥尔德史密斯（Oliver Goldsmith，1730—1774）和约瑟夫·艾迪生（Joseph Addison，1672—1719）语言特有的那种自然造就的形式之美，而是一种粗犷而繁复的美，进而指出约翰逊对荷马（Homer，约前9

① 由字林洋行印刷出版的英文报刊主要包括《北华捷报及最高法庭与领事公报》（*The North-China Herald and Supreme Court & Consular Gazette*）、《北华每日新闻杂志》（*The North-China Daily News Bulletins*）、《北华捷报星期新闻增刊》（*The North-China Sunday News Magazine Supplement*）。

② 这类英文报纸主要包括《大陆报》（*The China Press*）、《上海泰晤士报》（*The Shanghai Times*）、《上海泰晤士报星期刊》（*Shanghai Sunday Times*）、《上海差报》（*The Shanghai Courier*）和《中华快报》（*The Shanghai Courier & China Gazette*）等。

③ “Samuel Johnson.” *The North China Daily News*, 9 Aug. 1878. Sec. 139. Print.

世纪—前8世纪)诗歌的赞扬表现了他推崇古典主义的诗学观,并提到约翰逊称赞威廉·莎士比亚(William Shakespeare, 1564—1616)的作品犹如一片繁茂的森林,①由此可见约翰逊对莎士比亚文学作品的肯定,也体现了其在莎士比亚经典化过程中所起到的积极作用。1910年11月9日,《字林西报》刊载了美国总领事艾莫斯·P.维礼德博士(Amos P. Wilder)将在上海新天安堂文学与社会学会(Union Church Literary and Social Guild)发表题为"Dr. Samuel Johnson"的演讲的新闻,并于11日刊载了维礼德演讲稿全文。维礼德在演讲中肯定了约翰逊的文学成就及其在文学史上的影响和地位,从传记研究的视角剖析了约翰逊的生活环境对其文学成就和人生哲学的影响,②并首次提及在英国文学史上占有一席之地的"文学社"(The Club)。③ 以上新闻报道充分说明,当时上海租界内的居民对约翰逊及其作品并不陌生。晚清时期的上海公共租界华洋杂居,华人民众中自然不乏能够接触乃至阅读约翰逊的人,这大概是国内最早接触到约翰逊的一批读者。

字林洋行④的英文报刊文章关于约翰逊的介绍与其维护英国在华利益、宣扬英国殖民政策的根本目的相一致,可以说是英国对中国的一种文化输出。在这些文章中,约翰逊更多的是被提及,而不是被研究,文章也尚未对约翰逊的作品加以系统介绍,没有产生实质性的翻译成果,在中国的影响有限。国内读者从真正意义上了解约翰逊,始于托马斯·巴宾

---

① "The Johnson Centenary." *The North-China Herald and Supreme Court & Consular Gazette (1870 -1941)* 31 Dec. (1884): 727. *ProQuest Historical Newspapers: Chinese Newspapers Collection*. Web. 28 Nov. 2022.

② Dr. Wilder. "Dr. Samuel Johnson." *The North-China Herald and Supreme Court & Consular Gazette (1870 -1941)*, 11 Nov. (1910): 332. *ProQuest Historical Newspapers: Chinese Newspapers Collection*. Web. 28 Nov. 2022.

③ "文学社"(或译为"俱乐部")创建于1764年,由一群才华横溢、颇有影响力的人物组成,20年后逐渐式微,其成员对同时代和后代的文化产生了深远的影响。成员包括评论家塞缪尔·约翰逊、政治哲学家埃德蒙·柏克(Edmund Burke, 1729—1797)、经济学家亚当·斯密(Adam Smith, 1723—1790)、画家约书亚·雷诺兹(Joshua Reynolds, 1723—1792)、剧作家理查德·布林斯利·谢利丹(Richard Brinsley Sheridan, 1751—1816)、历史学家爱德华·吉本(Edward Gibbon, 1737—1794)、奥利弗·哥尔德史密斯和传记作家詹姆斯·鲍斯威尔(James Boswell, 1740—1795)等人。

④ 字林洋行是19世纪由英国人创办的重要的新闻出版机构,也是当时英国在上海最大的报业印刷出版集团。影响力最大、发行量最大的英文报纸《字林西报》和《北华捷报》(*The North-China Herald*)都隶属于字林洋行,这些报纸的读者遍布上海、南洋各地甚至英国本土。这些英文报纸从19世纪60年代开始刊载英国主要作家的图书广告。

顿·麦皋莱(Thomas Babington Macaulay, 1800—1859)所著、由梁溪、裘锴译注的《约翰生行述》(*Life of Samuel Johnson*, 1915)。[①] 然而,无论如何,字林洋行英文报刊中有关约翰逊的文章,可以算得上是中国读者接触并认识约翰逊的起点,可以将我国的约翰逊学术史研究从20世纪初至少往前推进30多年,追溯至19世纪70年代。以此为起点,国内开始了解约翰逊并把他介绍到中国来。从19世纪70年代开始到20世纪初,这段时间可以说是预热期,国内学界对约翰逊的理解从未知到了解,但并未上升到系统研究的阶段。1910年之后,约翰逊研究开始进入到一个新的阶段。

二、初具规模: 1911—1949年

根据以上研究,尽管早在19世纪70年代,约翰逊就被介绍到中国,但这位作家开始受到国内学者的关注是在20世纪初。1922年,《学衡》第12期首次刊登了约翰逊的肖像。当时,18世纪的英国文学作为"古典主义时代"的文学被介绍到中国,陈培森、郑振铎等在论述英国古典主义时,认为约翰逊是英国重要的古典主义作家之一,并认为他是"18世纪英国作家中集古典主义文学之大成者"(转引自张和龙 131)。

国内最早出现关于约翰逊的研究著作是1915年由英国的麦皋莱所著,由梁溪、裘锴译注的《约翰生行述》,全书在《英文杂志》(*The English Student*)第1卷分12期连载,并在每期连载文章后面附有"约翰生行述难句之研究"。原著作者麦皋莱在书中基本否定约翰逊的文章而肯定其谈话。这可能是除英文报刊之外国内读者们最早接触到的有关约翰逊的研究和介绍文献。1916年《中华童子界》第23期刊登《撒母耳约翰生之童子时代》一文,文中提及约翰逊幼年、成年的许多轶事。作者着重赞扬了约翰逊富有自省、善良、不屈等优良品德,意在教化读者世人,其重点并不在于肯定、宣扬约翰逊的文学成就。1917年《新青年》第3卷第5期刊登刘半农的《诗与小说精神之革新:介绍约翰生樊戴克两氏之文学思想》一文,为国内首次以专文形式介绍约翰逊文学思想的文献。刘半农借约翰逊《拉塞拉斯》(*Rasselas*, 1759)这一寓言体小说中的人物应白克之口评价

① 麦皋莱为《大英百科全书》写"约翰逊"词条,其文先在商务印书馆《英文杂志》第1卷连载,中英对照,后来由商务印书馆出版。详见后文。

诗之优劣以及诗人创作应遵循的规则,这些观点与约翰逊推崇古典、注重观察、提倡模仿自然等新古典主义诗学思想相契合。

这一时期重要的文学史著作中也开始出现约翰逊的身影。当时,国内对 18 世纪英国文学较早作出全面评论的主要有周作人的《欧洲文学史》(1918)与郑振铎的《文学大纲》(1927)。周作人的《欧洲文学史》设有“十八世纪英国之文学”一节,集中介绍了诗人亚历山大·蒲柏(Alexander Pope, 1688—1744)、威廉·布莱克(William Blake, 1757—1827)及小说家丹尼尔·笛福(Daniel Defoe, 1660—1731)、乔纳森·斯威夫特(Jonathan Swift, 1667—1745)、哥尔德史密斯等人,但对约翰逊的介绍文字仅寥寥几行。[①] 而在郑振铎的《文学大纲》的“十八世纪的英国文学”一节中将 18 世纪中叶的英国文坛定义为约翰逊的时代,并尊约翰逊为当时文人的领袖。国内第一部英国文学史——王靖的《英国文学史》(1920)——中“英国十八世纪之文学及文学家”一章里,“萨木耳约翰生”独立成节,作者以将近 10 页的篇幅介绍约翰逊的成长经历、生平事迹、文学成就,是当时国内最翔实的关于约翰逊的介绍。另外,欧阳兰的《英国文学史》(1927)、曾虚白的《英国文学 ABC》(1928)和金东雷的《英国文学史纲》(1937)都以较多的篇幅来评介约翰逊及其作品和影响。由此可见,这一时期主要的文学史著作中都对约翰逊有所介绍,且多为独立成节、甚至成章,这表明当时国内的文学研究者们已经充分认识到约翰逊在英国及欧洲文学史上举足轻重的地位。

国内最早关注并开始对约翰逊进行研究的重要学者有范存忠和梁实秋。范存忠发表的两篇学术论文《约翰生、高尔斯密与中国文化》(1931)和《鲍士伟尔的约翰生传》(1943),对约翰逊的生平与创作做出重要评述;梁实秋编译的《约翰孙》(1934)一书概述了约翰逊作为 18 世纪英国文学评论家、诗人的生平与创作。这是第一本由国人撰写的约翰逊传记。

另外,在这一时期的约翰逊研究中,不乏从比较文学视角出发来进行研究的学者。此类研究多为平行研究,学者们将约翰逊与中国的孔夫子相比较,其中有代表性的是范存忠和林语堂。在《约翰生、高尔斯密与中

---

① 对约翰逊的介绍只有如下文字,“Johnson(1709—1784)继 Pope 为文人领袖,编刊 *Rambler*。其作 *Rasselas*,七日而成,但以寄意,初无结构,虽无与于小说之发达,然足见当时小说流行之盛况矣。Johnson 为文,厚重雅正,足为一世模范。且性情高洁,谢绝王公餉遗,一改前此依附之气,立文士之气节,此其功又在文字之外者也。”与其他几位文人大家相比,确实可称得上是“寥寥几句”。

国文化》一文中，范存忠考证了约翰逊与中国的渊源，认为约翰逊与中国的孔子在性情脾气、治学等方面有相似之处；但是认为约翰逊对中国（以及包括中国在内的东方国家）存有偏见，批评约翰逊"缺少世界眼光"（范存忠 1931：394）。范存忠曾于 1945 年在伦敦作题为"约翰生与中国"的报告；1935 年 9 月，林语堂在上海汎太平洋会上的演讲词《中国人与英国人》中也将孔夫子和约翰逊相提并论，认为二者有很多共同之处，"中国最典型的思想家是孔夫子，英国最典型的思想家是约翰生，两个都是常识的哲学家。假使孔夫子和约翰生见面的话，他们一定会相视而笑，莫逆于心。二人都不能恬然地容忍傻瓜；二人都不耐无意识的事。二人都显露着锐利的智慧和坚决的判断力。二人都用权变，而二人都是运用着杂拌儿的思想。二人对于踁踁的求全都极端蔑视"（林语堂 762）。

这一时期，约翰逊的作品也开始被译介到中国，主要有散文、书信和《诗人传》（节译）等。梁遇春翻译的《小品文选》最早收录约翰逊的散文《悲哀》（"Dealing with Sorrow"）。约翰逊的《致切斯特菲尔德伯爵书》（"Letter to Lord Chesterfield"，1755，下文称"致伯爵书"）在国内有曾虚白、李赋宁、周珏良、黄继忠等人的多种译本，国内最早出现的版本是 1916 年刊发在《英文杂志》第 2 卷第 3 期上、由宪承译注的《约翰生让乞斯德斐尔特伯爵书》（中英对照），并在译文前附约翰逊简介。《杏坛杂志》第 1 卷第 2 期刊登了节选自《诗人传》、俞之柏翻译的《安迪生行述》（"Life of Addison"），这是约翰逊的《诗人传》（节译）首次进入国内读者的视野。

在当时，约翰逊虽被尊为文坛领袖，但国内学者对其文学成就也并非完全都是正面的评价，其中不乏质疑的声音，例如曾虚白对约翰逊的文学成就颇有微词，称"约翰孙博士的伟大，并不在他的作品上"（62）。另外，约翰逊在当时多作为伟人被介绍，不少文章突出其贫苦童年，讲究出身论，称其为"平民作家""半盲的贫儿"等，并着重评价其道德品行，提倡读者模仿他的言行，这与当时的政治环境有密切关系。

总体来看，1911—1949 年期间，国内对于约翰逊研究已经初具规模，但仍多为介绍性文字，主要是对其生平和创作进行评述，其中不乏比较文学的研究视角。相对而言，约翰逊作品的译介数量极少。当时国内的约翰逊研究与同时期国外约翰逊学相比较，无论在深度还是广度上，都还有很大的差距。

三、慢节奏发展:1949—1979 年

1949 年之后,由于外国文学研究整体趋势逐渐趋缓,国内约翰逊研究开始走向慢节奏发展的阶段。除了中华书局辞海编辑所修订的《辞海试行本/文学·语言文字》(第 10 分册)收录"约翰生"词条外,"1949—1979 翻译出版外国文学著作目录和提要"显示,此时期国内没有约翰逊研究相关书籍出版,约翰逊的作品译介和研究成果也是屈指可数,出现在国内读者视野中的也只有山东临沂师专外语系编写的《外国文学家小传》第一分册里"约翰生"一节,《〈莎士比亚戏剧集〉序言》("The Preface to Shakespeare",1765)、《致伯爵书》、《〈英语词典〉序言》(节选)、《诗人传》(节选)等几篇文章。

1958 年第 4 期《文艺理论译丛》收录了由李赋宁、潘家洵翻译的《〈莎士比亚戏剧集〉序言》,此序言集中体现了约翰逊反对教条地遵守"三一律"、强调文学的作用等文艺理论思想。此后,这篇被誉为"18 世纪写得最好的评论莎士比亚的文章"(Ambras 2347)又被收录在伍蠡甫主编的《西方文论选》(1964)、杨周翰选编的《莎士比亚评论汇编》(1979)和《文艺理论教学参考资料·文艺与政治部分》(1979)中。

1962 年,《英美文学活叶文选》第 10 期收录了约翰逊的《致伯爵书》和《〈英语词典〉序言》("The Preface to *The English Dictionary*", 1755)(选段)英文版并附"题解与注释"。选注者李赋宁不仅对约翰逊修辞造句的技巧和匠心予以肯定,还在"作者简介"中首次高度评价了约翰逊作为文学批评家的成就,认为他在某些方面突破了古典主义文艺理论的藩篱,肯定了约翰逊《英语词典》对规范英语语言所起的重要作用以及约翰逊在推动莎士比亚研究方面的贡献。李赋宁认为约翰逊是英国古典主义重要作家之一,虽然思想保守,但在散文写作和文学批评方面有不小的贡献,同时又是优秀的学者和语言学家,并对其散文风格、文章结构特点等作出评价。在"题解与注释"部分,李赋宁认为《致伯爵书》是英国历代散文中最有名的范文中的一篇,它表现了新兴资产阶级作家向封建贵族宣布独立自主的反抗精神,因此可以看作欧洲文学史中作家的"独立宣言"(李赋宁 1962: 7)。1964 年《英美文学活页文选》第 30 期选注了约翰逊的《诗人传》中的《德莱顿传》("Life of Dryden")和《考利传》("Life of Cowley"),此时距离《杏坛杂志》(1926)刊登《安迪生行述》("Life of Addison")已有将近 40 年之久。李赋宁指出《诗人传》既是传记文学作品,同时又是文学

批评论文,它们是约翰逊对英国文学最重要的贡献。同时,在"作者简介"中,李赋宁将《〈莎士比亚戏剧集〉序言》称为约翰孙"最好的文学批评论文之一"(李赋宁 1964: 9)。

尤其值得一提的是,《英美文学活叶文选》将约翰逊的作品介绍给国内读者的同时,选注者在"题解"和"注释"部分不仅对所选作品的主要内容加以说明,并且夹叙夹议,评论约翰逊在《诗人传》中对诗人的评价。例如在对"德莱顿传"注解说明的时候,李赋宁就认为"约翰孙对于德莱登(John Dryden, 1631—1700)的文学批评才能显然评价过高[……]难令读者信服"(同上 12)。李赋宁还从约翰逊对所选诗人的评价中窥见约翰逊的阶级属性,认为约翰逊是轻视群众的资产阶级知识分子,其轻视群众的观点反映约翰逊的资产阶级唯心主义的观点,并批判了这种观点(同上 10)。

尽管在这一时期国内学者对约翰逊研究关注不多,相关成果也寥寥无几,但是钱锺书在《管锥编》中引用约翰逊和沃尔特·杰克逊·贝特(Walter Jackson Bate, 1918—1999)的经典作品《约翰生传》(*Samuel Johnson*, 1977)的出版等事例表明,中国学者一直在关注这个领域的研究进展和成果。

四、破冰阶段:1980—1999 年

虽然 1980—1999 年期间国内仍然没有约翰逊研究相关著作出版,但是对约翰的研究在长久的慢节奏发展期之后已经呈现出"二月初惊见草芽"之势。1981 年,李荫华发表在《辞书研究》第 4 期的文章《不朽的"苦力"——塞缪尔·约翰逊传略》正式拉开了这一时期国内约翰逊研究的帷幕。1984 年《辞书研究》第 6 期刊登了"英美等国纪念约翰逊逝世 200 周年"的消息,说明国内学界仍在密切关注国际上约翰逊研究的相关消息和进展。这一时期,国内的约翰逊研究大致分为关于《英语词典》的研究、约翰逊作为文学批评家的研究和约翰逊作为作家的研究等几个方面。

词典编纂家是约翰逊的重要身份之一。自 20 世纪 80 年代开始,国内学者开始关注约翰逊的《英语词典》。郑述谱、梁实秋等学者肯定《英语词典》在词典史上的地位和影响,认为它是西方规范化详解词典的奠基之作,具有词源丰富、固定了词语的形体(拼法)、分析词义透彻等优点,称赞其"在规模上、在分量上、在实质上不愧为第一部重要的字典"(梁实秋

47)。同时,也有学者指出《英语词典》的不足之处,如戴镏龄、范存忠和梁实秋等,他们认为词典有词源不可靠、具有"浓厚的个人色彩"等缺点(戴镏龄 6)。通过当时国内重要的学者们对约翰逊《英语词典》的评价可以看出,当时的学者多从宏观上对《英语词典》的特点、价值和意义作出概括性的评价。

约翰逊作为评论家的身份在这一时期开始受到国内学者的关注,出现了以"作为批评家的约翰逊"为研究对象的学术论文。其中,刘庆璋详细阐述了约翰逊主要的诗学观(65—67),虽然作者在文章中有些表述有失客观,但在当时,此文的研究视角和论点的确是比较新颖的。狄兆俊在《中英比较诗学》(1992)中系统阐述约翰逊的诗学理论,并将其定义为"功用诗学"。国际文化出版公司出版的《艾略特诗学文集》(1989)收录了 T. S. 艾略特(T. S. Eliot, 1888—1965)的名篇《批评家和诗人约翰逊》("Johnson as Critic and Poet", 1944)。作为文学史上最伟大的诗人和最有影响力的批评家之一,艾略特认为约翰逊是"英国文学中最伟大的三个诗评家之一"(236),着重强调了约翰逊作为批评家的身份和在文学史上的影响,极大地提高了约翰逊在英诗批评传统中的地位。此文为国内学者更加全面地认识约翰逊、进一步拓展约翰逊研究的领域打开了新的局面。另外,作为批评家的约翰逊在莎士比亚批评史上有举足轻重的地位。以范存忠、张月超为代表的学者论述并肯定了约翰逊在确立莎士比亚经典地位过程中起到的积极推动作用:前者认为约翰逊在为莎士比亚进行辩护的同时也对其有所批判,并鞭辟入里地指出"约翰逊的根本局限性还是在于他是一个资产阶级人性论者"(范存忠 2015: 122);后者在文中提到"约翰生在他所编的莎士比亚戏剧集而作的长篇序言(1765)里[……]为莎士比亚做了最有力、最令人信服的辩护,对于转变当时的文风以及对以后文艺批评理论的发展都有极深刻的影响,因而使这篇序言不仅在莎士比亚批评史中而且在整个欧洲文学批评史中占有特别重要的地位"(张月超 121)。安徽文艺出版社出版的《莎士比亚辞典》(1992)里专设"约翰孙"一节,概述了约翰逊在莎士比亚研究方面的成就和贡献,认为他为《莎士比亚戏剧集》所撰写的长篇序言集中反映了约翰逊的莎评的基本观点,"为数百年的莎评奠定了基调"(朱雯、张君川 556)。从以上观点可以看出,当时国内学者们已经充分认识到约翰逊在确立莎士比亚文学经典地位过程中所起到的重要作用。此外,当时具有较大影响力的文学批评史著作[①]在谈及约翰逊时几乎都是独立成章或者成节，以较多的篇幅介绍约翰逊的批评理论。这说明国内学者越来越重视约翰逊作为“文学批评家”的身份及其在文学批评史上的重要地位。不过，这一时期的研究大都集中在讨论约翰逊所坚持的新古典主义批评理论和约翰逊在莎士比亚批评史上的贡献和地位这两方面，对约翰逊作为评论家的探讨还不够深入和全面。

约翰逊的诗歌《人生希望多空幻》(“The Vanity of Human Wishes”, 1749)在这一时期首次被译介到国内，但此时对于约翰逊作为作家的研究，主要体现在散文方面。虽然在1949年之前国内就出现了约翰逊的散文译文，然而除《〈英语词典〉序言》和《〈莎士比亚戏剧集〉序言》外，约翰逊载于《漫步者》(*The Rambler*)[②]上的散文名篇，如《说春》(“Spring”)、《谈懒惰》(“On Idleness”)等，在这一时期才开始被大量译介到国内。最早且收录约翰逊散文数量最多的是湖南人民出版社出版的《英国十八世纪散文选》(1986)，书中收录了由黄绍鑫、张国佐翻译的约翰逊散文共九篇，并在代译序中谈及约翰逊笔触简练、风格雄健的散文文风。根据“读秀数据库”统计资料显示，在这一时期出版的收录约翰逊散文名篇的书籍多达30余种，足见当时国内读者对约翰逊散文的喜爱。王佐良在《十八世纪后半期的英国散文》一文中评述了约翰逊散文风格，指出其明显的缺点的同时，也认为“英国散文发展到约翰逊的对仗句、圆周句，是达到了一个高峰”(80)。姚春树对英国散文的发展流变作详细梳理，认为“约翰逊和他的‘文学社’里的一群文友，实际上是一个文学社团和文学流派，对英国散文的发展做出重要贡献”(45)。

此外，这一时期不可忽视的还有当时国内学者从比较文学视角所做的约翰逊研究。20世纪80年代，范存忠重续早年比较文学视角下的约翰逊研究，发表《中国的思想文化与约翰逊博士》(1986)一文。范存忠主要考证了两篇出自约翰逊之手的关于中国的文章，阐述了约翰逊怎样开始

---

① 当时重要的西方文学批评史著作有《西方文论家手册》(杨荫隆著，时代文艺出版社，1985年)、《欧洲文论简史：古希腊罗马至十九世纪末》(吴蠡甫著，人民文学出版社，1985年)、《西方典型理论发展史》(陆学明著，东北师范大学出版社，1986年)、《西方文艺理论简史》(孙津著，1986年)、《西方文学批评简史》(佛朗·霍尔著，张月超译，南京大学出版社)、《西方文论史》(马新国主编，高等教育出版社，1994年)、《欧美文学理论史》(刘庆璋著，福建教育出版社，1995年)、《西方文学批评史》(杨冬著，吉林教育出版社，1998年)等。

② 《漫步者》是由约翰逊独立创办的杂志，1750—1752年间，他在此杂志上发表散文200余篇。约翰逊的许多散文名篇都出自《漫步者》。

认识中国,如何根据他的认识谈论中国,以及他谈论中国时所持的态度。范存忠认为约翰逊与中国思想文化缘起于翻译或者校审《中国通志》,并以约翰逊所作的孔子小传中的实例证明了"约翰逊的思想和孔子的智慧显然有相同或相似之处"(1986: 99)。此外,还出现了伏尔泰(Voltaire, 1694—1778)与约翰逊哲理小说的比较研究、梁实秋和约翰逊诗学观的比较研究。①

五、蓬勃发展: 2001—2020 年

约翰逊及其作品在 21 世纪引起更多国内学者的关注,相关研究迈入了新的阶段。这一时期的研究总体呈现出由点到面的转变,主要表现在译介作品种类和数量增多、生平研究涵盖面更加广泛和约翰逊作品研究维度更加全面三个方面。

在约翰逊主要作品的译介方面,涉及的题材较之前更加全面,小说、散文集、传记作品、游记等开始大范围地出版,《诗人传》(三卷本)由上海三联书店于 2017 年出版发行。国内相继出版了《人的局限性——约翰生作品集》(2009)和《饥渴的想象——约翰逊散文选》(2015),收录了约翰逊的部分书信、期刊散文、序言、诗歌和文学诗人评传。在生平研究方面,除了鲍斯威尔的《约翰生传》之外,国内还有赫斯特·林奇·皮奥齐(Piozzi Hester Lynch, 1741—1821)的《塞缪尔·约翰逊晚年轶事》(*Anecdotes of the Late Samuel Johnson*, 2003)和贝特的《约翰生传》(*Samuel Johnson: A Biography*, 2022)出版,为国内学者和读者了解约翰生提供了更加丰富的资料。在约翰逊作品研究方面,这一时期的学者们更多地关注约翰逊作品本身,研究维度更加全面,研究视角繁多。国内不仅有以约翰逊为研究对象的博士论文出现,还有多部相关研究专著陆续出版。这些博士论文和专著的作者大都是中青年学术骨干,他们的研究不仅代表了国内约翰逊研究发展的新方向,也为此领域注入了新鲜血液和活力,使国内的约翰逊研究呈现蓬勃之势。下文将分别从国内对约翰逊作为词典编纂家、作家和文学批评家这三方面的研究展开论述。

---

① 李乃坤在《伏尔泰与约翰逊的哲理小说》一文中比较了同为哲理小说的《老实人》(*Candide*, 1759)和《拉塞拉斯》,张林杰翻译的《梁实秋与中国新人文主义》(马利安·高利克著)比较了梁实秋和约翰逊诗学观的异同,虽然此文为译文,但无疑为国内学者从比较文学视角研究约翰逊开拓了新的领域和思路。

这一时期国内学者对约翰逊作为词典编纂家和《英语词典》的研究更加深入和具体化，不仅学术论文数量增多，而且还有相关博士论文和专著出版。有学者从宏观着眼，着重考察约翰逊《英语词典》的文本结构、编纂思想及其体现的语言观和文化观；[①]也有学者从微观出发，着重考察《英语词典》在选词立目、词源信息、书证引用、排列顺序等方面所体现的编纂技巧。[②]

对作为作家的约翰逊的研究主要集中在《致伯爵书》《拉塞拉斯》《诗人传》以及约翰逊作品的综合研究。第一，这一时期，与《致伯爵书》相关的研究文章多达 20 余篇。总体来看，无论是从翻译角度出发的译文研究，还是从语言学角度出发的原文研究，都呈现出由文本外向文本自身转变的趋势。第二，关于约翰逊唯一一部小说《拉塞拉斯》的研究视角主要有小说叙事风格、主题、文学公共领域与公共性等方面。第三，关于《诗人传》的研究主要导向本体研究，学者们从具体策略、传主与作家关系、写作视角等方面探究约翰逊传记写作的独特魅力，主要集中在分析《诗人传》的传记理论和传记的道德教诲功能两个方面，强调《诗人传》对英国文学传记文学书写史产生的革新意义，而对约翰逊传记的道德教育功能的强调与新古典主义理念中"重视文学的道德教化功能"的诗学观一脉相承。[③] 第四，对约翰逊作品的综合研究主要表现在对约翰逊的对话艺术、约翰逊文学作品的核心主题及其体现的帝国意识等方面的探讨上。值得一提的是，有学者还觉察到了翰逊作品中体现的女性情怀，这在 18 世纪的社会现实中是难能可贵的。

这一时期关于约翰逊作为文学批评家及其批评思想的研究较前一时期也更加全面，主要集中在《诗人传》所体现的约翰逊诗歌批评标准和约翰逊文学批评思想的特点及其影响这两方面。学者或通过论述《诗人传》的成书经过和全书概貌介绍约翰逊的，或通过分析《诗人传》中的个别篇章来探究约翰逊作为文学批评家的批评标准及其对《诗人传》写作的影响。《诗人传》体现了约翰逊对诗歌语言、韵律和道德方面的严格要求和对普通读者意识的强调等批评标准，与约翰逊所秉承的新古典主义理念相一致，也体现了约翰逊作为优秀批评家的独到见解和长远影响。也有学者从

---

① 参见李翔(2009a)、徐海(2007)。

② 参见冯春波(2007)、李翔(2009b)、田兵(2017)。

③ 参见孙勇彬(2020)、杨岸青(2010)、叶丽贤(2018)。

英国文学批评史的角度探析《诗人传》的文学批评与英国文学批评史之间的关系，认为“约翰逊是玄学派经典化历史上起到重要作用的批评家”(叶丽贤 2016：21)。更有学者首次将《诗人传》界定为“学养型评传”，[①]突出强调了约翰逊代表的学养型批评家在批评史上的重要地位(刘意青 28)。除此之外，在谈及约翰逊的文学批评特点时，不少学者探讨约翰逊文学批评的互文性思想、伦理道德取向和整体观，认为这些方面不仅体现了约翰逊文学批评的前瞻性，也是约翰逊的新古典主义理念在文学批评中的体现。[②] 也有不少学者开始关注约翰逊的政治经历和观点，更不乏聚焦比较文学视角研究的学者。

结　语

综上，本文经过梳理国内100多年来约翰逊译介和研究文献，理清了约翰逊研究的三个阶段，并通过翔实的资料展现出每个阶段的研究及译介特点。总体来看，国内学者对约翰逊的研究和译介已经颇具规模，为未来的研究打下了坚实的基础，但在整体性和系统性方面有待进一步拓展。就可待挖掘的研究问题而言，关于以下四个方面的研究还可以进一步深入开展：第一，处在新古典主义日渐式微、浪漫主义呼之欲出的特殊时期，约翰逊对新古典主义既继承又批判的态度体现了其批评思想的复杂性，这与英国文学批评传统之间有何关系？第二，约翰逊作为文学批评大家，他对英国诗歌经典建构产生了怎样的影响？主要表现在哪些方面？第三，约翰逊在英国文学史上的影响和地位发生过怎样的变化？原因是什么？第四，约翰逊是“在玄学派经典化历史上产生过举足轻重影响的一位批评家”(叶丽贤 2016：21)，而盛行于20世纪的新批评学派十分推崇玄学派诗风，那么约翰逊的批评思想对新批评是否有直接或者间接的影响？通过全面系统的梳理，国内约翰逊研究的空白点逐渐呈现。回顾过去，展望未来，约翰逊研究大有可为。通过本文对约翰逊研究的发展态势的系统梳理，以期为今后该领域的研究提供参考。

---

① “学养型评传”一词出自刘意青(2017)，指的是靠批者自身的学养来写的以批评为主的传记，以便与后现代成为学科和理论派别的批评区别。

② 参见张昕(2013，2015，2017)。

引用作品[Works Cited]：

Ambras, Meyer Howard, ed. *The Norton Anthology of English Literature* (4th ed.) Vol. I. New York: W. W. Norton & Company, 1979.

T. S. 艾略特："批评家和诗人约翰逊"，《艾略特诗学文集》，王恩衷译，北京：国际文化出版公司，1989 年，第 206—237 页。

哈罗德·布鲁姆：《西方正典——伟大作家和不朽作品》，江宁康译，南京：译林出版社，2005 年。

戴镏龄："对约翰生《英语词典》的几点看法"，《外国语（上海外国语学院学报）》，1984 年第 6 期，第 6—10 页。

狄兆俊：《中英比较诗学》，上海：上海外语教育出版社，1992 年。

范存忠："约翰生、高尔斯密与中国文化"，《金陵大学金陵学报》，1931 年第 1 卷第 2 期，第 389—406 页。

——："中国的思想文化与约翰逊博士"，《文学遗产》，1986 年第 2 期，第 93—99 页。

——："约翰生论莎士比亚戏剧"，《英国文学论集》，2015 年，南京：译林出版社，第 105—127 页。

冯春波："约翰逊与他的《英语词典》"，《辞书研究》，2007 年第 5 期，第 135—140 页。

李赋宁：《英美文学活叶文选 10》，北京：商务印书馆，1962 年。

——：《英美文学活叶文选 30》，北京：商务印书馆，1964 年。

李翔："论约翰生的中国文化观"，《北方工业大学学报》，2009a 年第 4 期，第 55—59，69 页。

——："国外约翰生《英语词典》研究的新进展"，《外语教学理论与实践》，2009b 年第 2 期，第 88—92，67 页。

梁实秋："约翰孙的词典"，《梁实秋读书札记》，北京：中国广播电视出版社，1990 年，第 45—52 页。

林语堂："中国人与英国人"，任铿译，《逸经》，1926 年第 14 期，第 757—762 页。

刘庆璋："约翰生的现实主义文艺观"，《四川大学学报（哲社版）》，1985 年第 2 期，第 65—70 页。

刘意青："略谈学养型评传——以约翰生《诗人传》为例"，《现代传记研究》，2017 年第 1 期，第 28—47 页。

孙勇彬：《人生的示范——约翰生〈格雷传〉的教诲功能》，《浙江外国语学院学报》，2020 年第 6 期，第 97—102 页。

田兵："约翰逊《英语词典》的语文性与专科性——基于植物名词条目的研究"，《外国语文（双月刊）》，2017 年第 1 期，第 104—109 页。

王佐良："十八世纪后半期的英国散文"，《文学史选登》，1989 年第 4 期，第 75—80 页。

徐海："塞缪尔·约翰逊词典编纂思想探析"，《学术研究》，2007 年第 11 期，第 136—139 页。

姚春树:“英国散文概观”,《福建师范大学学报(哲社版)》,1994 年第 3 期,第 41—49 页。

杨岸青:“塞缪尔·约翰逊的传记文化”,《国际关系学院学报》,2010 年第 2 期,第 68—73 页。

叶丽贤:“‘玄学巧智’:塞缪尔·约翰逊与玄学派经典化历史”,《国外文学》,2016 年第 2 期,第 21—30 页。

——:“约翰逊《诗人传》的三元结构及其革新意义”,《国外文学》,2018 年第 1 期,第 76—84 页。

曾虚白:《英国文学 ABC》,上海:世界书局,1928 年。

张和龙:《英国文学研究在中国:英国作家研究》(上、下卷),上海:上海外语教育出版社,2014 年。

张昕:“约翰逊文学批评的互文性思想及其实践”,《英美文学研究论丛》,2013 年第 2 期,第 91—99 页。

——:“约翰逊文学批评的伦理道德取向”,《兰州大学学报(社会科学版)》,2015 年第 4 期,第 143—148 页。

——:“论塞缪尔·约翰逊的整体观”,《外文研究》,2017 年第 4 期,第 36—40 页。

张月超:“三百余年来莎士比亚评论述评”,《文艺理论研究》,1982 年第 1 期,第 118—128 页。

朱雯,张君川:《莎士比亚辞典》,合肥:安徽文艺出版社,1992 年。

（后）现代主义文学批评与理论探讨

论乔伊斯对阿奎那思想的借鉴和发展*

申富英**

内容提要：阿奎那对乔伊斯产生了深远的影响，但乔伊斯并未囿于阿奎那的思想，而是对其进行了创造性发展和运用。借鉴阿奎那的美学思想，乔伊斯发展出自己的审美三阶段和“颖悟”说；借鉴阿奎那的宗教“三位一体”说，乔伊斯发展出自己独特的人物群塑造艺术；乔伊斯小说中的“容纳、平和”主题和“超越”艺术观也与阿奎那的生活观与艺术观具有密切联系。需要注意的是，阿奎那的思想不等于乔伊斯的思想，它的作用仅限于三点：一是有助于说明乔伊斯美学思想的形成过程，二是充当了乔伊斯美学思想的促发剂，三是被乔伊斯融入自己的思想。这些作用被斯蒂芬比作了一盏灯的作用，它只是被乔伊斯自己借用，为他自己指路，借着它的点化，他能自己有所成就。

关键词：乔伊斯；阿奎那；美学思想；三位一体；超越

Abstract: Aquinas sheds great influence on Joyce, but Joyce does not confine himself to Aquinas' thoughts. Instead, he develops and makes good use of them. On the basis of Aquinas' theory of "Ad pulcritudinem tria", Joyce develops his own theories of three phases of apprehending beauty and "epiphany"; through referring to Aquinas' thoughts of "holy trinity", Joyce develops his own peculiar art of the characterization of character groups; Joyce's themes of "all-inclusiveness and acquiescence" and his art of "transcendence" also have close relationships with Aquinas' concepts of life and art. What should be paid attention to is that Aquinas' thought does not equal Joyce's and its functions are limited to the following three aspects: first, it helps to show the process of the formation of Joyce's aesthetics;

---

* ［**基金项目**］：本文系作者主持的山东大学人文社会科学重大项目“外国文学中的人类命运共同体愿景研究”（18RWZD04）的阶段性成果。

** ［**作者简介**］：申富英，山东大学外国语学院教授、博士生导师，主要从事英美文学方向的研究。

second, it plays the role of stimulating Joyce's aesthetics; third, it is assimilated to Joyce's own thought. Such functions are compared to those of a lamp by Stephen, which he needs only for his own use and guidance until he has done something for himself by its light.

Key words: Joyce; Aquinas; aesthetics; holy trinity; transcendence

在《青年艺术家画像》(*A Portrait of the Artist as a Young Man*, 1916,下文简称《画像》)中,詹姆斯·乔伊斯(James Joyce, 1882—1941)借斯蒂芬之口,用了大量篇幅畅谈自己的美学观,其中多次借用中世纪意大利经院哲学家托马斯·阿奎那(Thomas Aquinas, 1225—1274)的美学理论,并称自己的美学观为"应用型阿奎那思想"(乔伊斯 2011: 262)。通观乔伊斯的著作,不难发现,乔伊斯与阿奎那在对待艺术和生活的许多观点上是一致的,阿奎那的基督教神学、哲学和美学理论"对乔伊斯的小说《都柏林人》《肖像》和《尤利西斯》的创作产生了不同程度的影响"(李维屏 55)。

虽然乔伊斯或许仅仅"在私底下对阿奎那的文本做了一些非正式的研究",而且是出于想要"检验和阐释他某些观点来源的好奇心"(Noon 20),但阿奎那学说对乔伊斯的影响还是显而易见的:《普拉日记》(*The Pola Notebook*, 1904)中有两篇文章是专门探讨阿奎那学说的,《斯蒂芬英雄》(*Stephen Hero*,《画像》的初稿)中的美学理论乍看似乎也是在阿奎那美学理论的基础上写成的。雅克·奥伯特(Jacques Aubert)认为《斯蒂芬英雄》的整个立论都是建立在阿奎那学说之上:"《斯蒂芬英雄》更像是一个外在的证据,证明了乔伊斯的整个论点都来源于对第三个无声的作者[①]的引用"(Aubert 100)。但如果对乔伊斯的思想详加研究的话,可以发现虽然乔伊斯在美学思想、灵魂观和诗学思想上对阿奎那的思想都有所继承,但他亦在这三个方面均对阿奎那的思想进行了革新,发展出了自己的思想体系。

一、乔伊斯对阿奎那美学思想的继承和发展

美学思想虽在阿奎那学说中并未占据十分重要的地位,却对乔伊斯

① 即阿奎那,笔者注。

早期美学思想的形成产生了重要的影响。阿奎那认为,“中悦视觉者为美”(转引自刘素民 124),也就是说,在视觉上给人以美感的即为美,由此将美与视觉直接联系起来。而视觉之美可通过两种方式被人们感知,一是出于感官的本能反应,二是通过理智的判断。阿奎那将判断区分为“肉欲意义上的判断”和“理性的喜悦”,但主张“在可能的范围内,要将这种属于肉欲的材料去除”(刘素民 125)。由此可见,阿奎那所谓的“美”虽可能是一种感觉到的美,但这种美必须是在理性判断之下得出的。乔伊斯继承并革新了这一理念,将直觉与理智的和谐、平衡和结合看作美的基础,并发展出自己的“颖悟”(epiphany)[①]美学思想。他指出,“美是具有审美意识的人所渴望的,这种渴望能在可感觉的事物的最佳关系中得到满足”(Joyce 1959: 147)。在《画像》中,乔伊斯借主人公斯蒂芬之口,斯蒂芬又借阿奎那之口,发展出“静态平衡”说:“阿奎那说,斯蒂芬讲道,对令人愉悦的东西的颖悟就是美”(乔伊斯 2011: 260)。他进一步阐释说,阿奎那所谓的“审美颖悟力”,“无论是通过视觉或听觉还是通过其他的理解的手段[……]相当明晰地排除激发欲望与厌恶感的一切善的与恶的东西”,是一种“静态的平衡”(同上)。在这里,乔伊斯强调的是在审美过程中要排除的是由肉体的动物本能所激发的欲望和厌恶感,而不是基于肉体功能的直觉。与阿奎那的观点不同的是,斯蒂芬[此处也是乔伊斯]垂青于直觉,也就是对“令人愉悦的东西”的颖悟。“令人愉悦的东西”其实是人类直觉可以感知的、符合人性需求的东西。基于理性和直觉的长期磨合和争斗而达到的平衡,基于在这种平衡之中长期的思考和感悟,人类可以通过肉体的视觉或听觉或者其他感官,体味到这种东西带给自己的愉悦感。而人类这种在理性和直觉达到最佳平衡的瞬间突然体会到的最微妙、最深刻、最美妙的感觉就是颖悟。

乔伊斯在关于“颖悟”方面,也体现出自己对阿奎那学说的创造性继承。“颖悟”原是基督教术语,指一些东方教堂的信众于每年 6 月 1 日庆祝东方三博士来到圣城耶路撒冷,“看到”基督向世人显灵而产生的心理状态。在初版于 1944 年的《斯蒂芬英雄》(*Stephen Hero*)中,乔伊斯通过斯蒂芬之口,对该词的内涵进行了拓展,指出“颖悟”“就是在思索中突然的精神感悟”,“不管是通俗的言辞,还是平常的手势,或是一种值得记忆

---

① 本文遵循朱世达译本译为“颖悟”,国内学术界还有“顿悟”“灵悟”“显现”“昭显”“生显”等译法。

的心境,都可以引发”(Joyce 1977: 188)。在乔伊斯看来,即便是最微小最普通不过的事物,如办公室里的钟表,也能够激发“颖悟”。随意一瞥之下,这座钟表不过是众多寻常物件当中的一个,然而,当“灵魂之眼”对它聚焦的一瞬间,“那座钟的意义会被突然颖悟”(同上 188)。可见“颖悟”的获得往往会在一瞬间,而这种精神颖悟虽然发生在电光石火之间,却是经历了“灵魂之眼”的探寻与思想的苦苦静思之后获得的。乔伊斯对“颖悟”的阐释摆脱了宗教的桎梏,也不囿于阿奎那学说,既将这一术语形象化地运用到了生活和艺术之中,拓展了这一术语的范畴,又强调直觉和理性在颖悟过程中的作用,避免了阿奎那学说中对所谓“肉欲”的排斥。

乔伊斯将阿奎那的“美的三要素”解释成审美的三个阶段,并对这三个阶段进行了创造性的解释。阿奎那的美的三个要素包括:“首先,完整或完美,因为凡是残缺不全的东西都是丑的;其次,应该具有适当的比例或者和谐;第三,鲜明,所有鲜明的东西被公认为是美的”(刘素民 128)。阿奎那所谓的“完整”,指的是事物的统一性和整体性,是事物的存在状态,可以通过本能的反应和理智的判断获得。“和谐”是事物内部及事物之间的关系,“阿奎那将理性视为观赏者与被观赏者之间的关联——理性为比例和谐之物而着迷[……]对称就是美”(Bosanquet 147—148),只有和谐的、有序的、对称的存在才能产生美。“鲜明”则指涉事物存在带给人的精神状态,真切、明晰的事物总会令人愉悦。在阿奎那看来,只有具备了这三个要素的事物才是美好的事物,只有这样的美才具有普遍性。

在《画像》中,斯蒂芬(乔伊斯)把对阿奎那的“美的三要素”的再思考与自己关于“颖悟”的思考结合起来,提出了关于“审美三阶段”的理论,丰富了关于“颖悟”的理念。“斯蒂芬说,可觉察事物之间的最完美的关系因此必须与艺术颖悟的各个必然的阶段相吻合。当你发现这些时,你便发现了普遍美的特征”(乔伊斯 2011: 265—266)。他引用了阿奎那的一句话,将之译为:“美需要三样特性:完整性(integritas)、和谐(consonantia)和光彩(claritas)”(同上),并创造性地指出这三个特征正是呼应着“颖悟”的三个阶段。斯蒂芬(乔伊斯)把阿奎那关于审美事物首先应当具有统一性和整体性的观点,创造性地阐释为感知美或者颖悟的具体步骤。斯蒂芬认为感知事物的第一步就是感知事物的“完整性”。斯蒂芬将颖悟的过程比作感知篮子的美的过程,“首先将篮子与它周围可见的空间分离开来”(同上 266),这便完成了“颖悟”的第一阶段,即通过事物在空间或时间中与背景的关系来感知审美对象,从而“颖悟”“它的完整性”。在从整体上界定了审美对象之后，在篮子形状的引导之下，“从一个点移到另一个点”，来感悟“它的相对于它极限之内的部分而言的均衡的部分”，这便构成了对事物的进一步分析，从而“颖悟到它是复杂的，多层次的，可分割的，可分离的，是由各部分、各部分的结果和它们的总和所组成，是和谐的”（同上 266—267），这就是斯蒂芬所谓的“颖悟”的第二个阶段，与阿奎那所倡导的“美”应当“具有适当的比例或者和谐”的观点有许多共通之处。关于“颖悟”的第三阶段，斯蒂芬认为阿奎那所用的术语“光彩”“看来不太精确”。为了让这一术语更加清楚、明白，他继续用篮子作比喻来加以阐述，指出在对篮子进行整体感知并加以分析之后，审美者“完成了逻辑上和美学上允许的唯一事情——综合”，便明白了篮子的存在并“感知了最高的特性”（同上 267）。斯蒂芬（乔伊斯）将阿奎那所谓的“光彩”创造性地解释为事物的精神和艺术性的一面，指出正是这一面使审美对象本身更加光彩灿烂：“被审美形象的完整性所攫住、被审美形象的和谐所着迷的心明白地颖悟美的最高特性和审美形象的明晰的光彩的那一瞬间便是审美愉悦的辉煌无声的静态平衡”（同上 268）。这三步都完成之后，篮子的“完整”和“和谐”的特征开始绽放“光彩”，使得篮子这件寻常之物变得无比奇妙，成为一个光彩夺目的美学形象，不但令人愉悦，更能使人“颖悟”。

不难看出，在乔伊斯（斯蒂芬）的审美三个阶段中，第一步和第二步更多与理性相关，最后一步更多与直觉相关，但每一步基本都是理性和直觉相协作而完成的。第一步强调事物的完整性以及相对于其他事物的独立性；第二步强调事物的特点，特别是它各部分之间的关系，强调各部分之间的和谐，或者它的独特性；第三步强调事物在人的理智和直觉中所引起的精神反应，强调事物美的特性和效果，它令人愉悦，使人“颖悟”。在斯蒂芬的审美三阶段中，阿奎那学说中失衡的理性与感性的关系得到了平衡。

乔伊斯在其小说创作中不断践行他由阿奎那美学思想发展出的“颖悟”理念，捕捉了无数的意义非凡的颖悟瞬间。奥伯特指出，“在《斯蒂芬英雄》中和最后在其修订版《画像》中，乔伊斯把［‘颖悟’美学］理念应用于他的美学体验中”（Aubert 105）。在《画像》中，少年斯蒂芬在向神父忏悔之后，非但没有得到心灵的宽释和解脱，反而陷入了更深的疑惑和痛苦之中。他孤身一人来到海边，意外地看到“有一位少女伫立在他面前的激流之中，孤独而凝静不动，远望着大海。她看上去像魔术幻变成的一头奇异而美丽的海鸟”(乔伊斯 2011：210)。此时,呈现于读者眼前的先是一幅全景图,对于少女这一审美对象的感知通过空间直接地展示出来,而少女也如上文提到的篮子一般从背景中被分离出来加以整体观照。在进行了审美聚焦之后,审美对象以其自身的存在和形态引导着斯蒂芬进行了点对点的细致观察和分析。从“她那颀长、纤细而赤裸的双肢”到“圆润可爱”的大腿到“酥软而纤细”的胸脯再到秀发和脸庞,少女展现的是一种神奇、和谐、极致的美。少女这一审美形象无论从整体还是细节都是完美的,而她“孤独而凝静不动,远望着大海”这样一种存在又使她与周围的环境和谐相融。“海鸟”这一意象更彰显了她与大海互相联系、互为存在的共处关系。完整之美、和谐之美使得海边的少女这一形象光彩夺目,在一瞬间触发了审美主体斯蒂芬的“颖悟”,他突然醒悟到：天主教的教条是反人性的,是压制肉体的,他要的是肉体与精神和谐的生活。他在少女身上获得的颖悟看似纯直觉的体验,但它是基于他自己长期的理性思考和精神挣扎,而且颖悟到的内容从实质上说也是理性与肉体的结合。“去活,去犯错误,去失败,去成功,去从生命中创造出生命来”(同上),就是去人性地生活,既要去过基于肉体的、直觉的、世俗的生活,又要在这种生活中提炼、汲取精神的、理性的精华,去创造艺术之美。

二、乔伊斯对阿奎那“三位一体”观的继承与创造性运用

阿奎那的著作中用了许多篇幅来阐释其灵魂观。阿奎那否定了将肉体视为灵魂的载体的灵魂观,强调只有肉体与灵魂两相结合,人“才成为一个有理性的实体,一个有位格的人”(转引自江作舟、靳凤山 84)。他承认灵魂具有非物质性,认为人的理智不仅能认识物质的存在,也能知晓非物质的存在,既“知道永恒的存在,也知道绝对的无限的存在”(同上 84—85)。在阐述灵魂的力量时,阿奎那延续并扩展了宗教中的“三位一体”概念。

“三位一体”是基督教术语,指圣父、圣子、圣灵三个位格为同一本体,具有同一属性。这三个不同的位格由他们与天主的联系构成一体。在阿奎那的神学体系中,圣父借由自我意识的联系产生圣子,而圣子又因为自己的神性而激发和巩固人类对天主的信仰,从而产生永恒的圣灵,圣灵拥有神授的爱戴天主、爱戴天父的本质。阿奎那关于肉体与灵魂相结合以

及灵魂不死不灭的观点为“三位一体”说提供了依据。在分析天主的三位一体的本质时，阿奎那的关注点是人类的理解能力和意志力，认为“人类的理解能力代表着圣子产生于圣父的过程，而意志代表着圣灵的过程”（英格利斯 101）。在此需要指出的是，阿奎那的三位一体观并不是纯粹宗教意义上的学说，而更多是解释人的理解力和意志的学说。

奥伯特曾评价说，对“三位一体”的讨论其实是阿奎那学说最核心的部分，它之所以为后世所关注，主要由于它与艺术的类比关系：“永恒（aeternitas）既是父亲、个体或意象的属性，又是儿子的属性，而使用（usus）、喜悦或者享乐（jouissance）是圣灵的属性；儿子可以被视为个体，因为他与父亲完全相像，而这样一个完美的形象更是一种自然之美”；而且艺术所描摹的对象之美的体验就好比人类心中对圣灵的体验，“人类对艺术对象之美的体验是一种类比，是对这种超验之美的类比”（Aubert 106）。

乔伊斯对阿奎那的“三位一体”概念感兴趣，不是因为他笃信宗教（事实上他对宗教多有批判），而是他看中阿奎那关于“三位一体”论断中圣父、圣子、圣灵之间的关系的类比意义。他在阿奎那的“三位一体”概念中发掘出这种关系的“异位同质”（consubstantiality）特征，并将这种特征用于类比文学创作和文学理论中的许多问题。所谓“异位同质”，就是指圣父、圣子和圣灵虽然以不同形态、不同位格存在，但他们在本质上是一样的。“异位同质指的是在不同的平等事物之间的相同本质。圣父、圣子和圣灵虽然具有不同的形式和身份，但却具有平等的相同的神圣本质，即相同的神性”（Clarke 198）。

“三位一体”关系中的“异位同质”特质被乔伊斯极具独创性地运用到塑造小说人物间关系的创作实践中。例如，关于“三位一体”的“异位同质”理念被用在《尤利西斯》（*Ulysses*，1922）中的布鲁姆、斯蒂芬和莫莉的三位一体的关系上：布鲁姆是寓言着爱尔兰历史和平和、接纳之德的精神父亲，斯蒂芬寓言着爱尔兰当下处于诸种势力钳制争夺、不断寻求精神之父的艺术家，他也是布鲁姆的精神之子，而莫莉寓言着走向文化杂糅的未来的爱尔兰，是大地之母，也是“布鲁姆和斯蒂芬走向永恒的护照的会签”（Joyce 1975：278），他们三个人共同组成了由爱尔兰的历史、当下和未来构成的三位一体（申富英 2004：26—30）。关于“三位一体”的“异位同质”理念也同样被应用到《尤利西斯》中的女性人物群的塑造上：小说中卖牛奶的老妇人是贫穷愚昧的爱尔兰的化身，梅是饱受天主教之害的爱尔兰的化身,格蒂是饱受民族主义和殖民主义话语美化和丑化的爱尔兰的化身,莫莉是走向文化杂糅的爱尔兰的化身,四位女性形象正如三位一体那样分别有不同的位格,但在寓言层面上又是同质的,都是爱尔兰的化身,分别寓言着爱尔兰不同的侧面(申富英 2010: 112—119)。

三、乔伊斯对阿奎那生活观与艺术观的继承和发展

在对待艺术和生活的关系上,乔伊斯虽在许多观点上与阿奎那学说具有一致性,但也有所不同。阿奎那对生活中的普通事物和普通场景赋予了非凡的意义,认为它们是艺术美的素材。理查德·艾尔曼(Richard Ellmann, 1918—1987)指出,阿奎那"最令人费解之处在于他所说的正是街上的普通人说的话"(Ellmann 5),而乔伊斯作品中"首要的和决定性的判断便是为普通事物辩护[……]乔伊斯发现[……]普通事物是非凡的"(同上),乔伊斯和阿奎那对普通事物的共同关注"将乔伊斯的作品置于了阿奎那的世系之下"(Hibbs 126)。正如阿奎那注重民众之言一样,乔伊斯笔下所描绘的也是普通人的普通生活。但乔伊斯所追求的,是要化腐朽为神奇,在日常生活中发现艺术之美:"一个下巴,一个微笑,一杯茶,一首歌,一个回声,一个唤醒,都会产生一种洞察力,洞察之前隐藏的某种形式"(Santoro-Riuenza 148)。

更重要的是,在阿奎那学说的基础上,乔伊斯发现了普通与普遍性的关联。在《尤利西斯》中,斯蒂芬关于普通与普遍性之关联性的看法带有阿奎那思想的影子:"每个人的一生都是许多时日,一天接一天。我们从自我内部穿行,遇见强盗,鬼魂,巨人,老者,小伙子,妻子,遗孀,恋爱中的弟兄们,然而,我们遇见的总是我们自己"(乔伊斯 1996: 347)。每个人的一生都是由普通生活的每一天构成。尽管人们在表面上身份不同,或是强盗,甚或是鬼魂,或是巨人,或是老者,或是小伙子,或是妻子,或是遗孀,或是恋爱中的弟兄们,但是在普通生活中,在某些境况下,我们都曾经在现实中或在内心深处扮演着上面所说的角色。在日常普通生活层面,我们人类是相似的和相通的,我们是兄弟、妻子或丈夫、子女,我们年轻过,也会年老或年老过,我们伟大过也渺小过,我们是好人但也做过坏人或在内心涌动过作坏人的念头;这些角色既是我们每一个个人,也是我们全人类。

在阿奎那关于普通事物就是艺术的素材的观点的基础上，乔伊斯发展出自己的艺术观：真正的艺术，就是书写人类的普遍性。借助对莎士比亚艺术创作的讨论，斯蒂芬提出艺术家要表达人类的普遍性的观点："他什么都是，存在于我们一切人当中，既是马夫，又是屠夫，也是老鸨，并被戴上了绿头巾"（同上）。正是由于伟大的艺术家能够关注普通事物，但又能超越琐碎，超越个体情感，把握人类的普遍性，他才可以创作出永恒的作品。"由于失对他来说就是得，他就带着丝毫不曾减弱的人性步入永恒"（同上 353—354）。

另外，阿奎那关于人的社会性的观点与乔伊斯的反唯意志论和反个体主义思想有诸多关联。在论及人的生活时，阿奎那认为"人是社会的动物"（转引自江作舟、靳凤山 189），并"强调理解、言谈和意愿在交流中的统一性，强调友谊对人类社会的必要性"（Hibbs 133）。人只有通过群体生活才能满足自己的生活所需，获得必要的物质资源，而只有通过参与社会生活，通过参与社会分工，人才能获得必要的知识来维持自己的生活。语言为人类的群体生活提供交流媒介，成为区分人与动物、彰显人类社会性的显著标志；人通过语言进行交流，表达情感，维系人类的群体生活。作为社会动物的人只有协调好个人利益与社会公共利益的关系，个人才能获得更好的发展。阿奎那关于人的社会性的观点"为斯蒂芬提供了理论上的和隐含的实践上的素材来克服现代哲学的唯意志论和个体主义"（同上）。也就是说，阿奎那的思想或许为乔伊斯的反唯意志论和反个体主义提供了理论基础。

乔伊斯并未囿于阿奎那学说，在关于人的社会性方面他与阿奎那的学说有所不同。阿奎那所倡导的，是人与人之间的友谊，是一种求同存异的社会生活。然而，乔伊斯在承认友谊以及人的社会生活的同时，模糊了人与人之间现实的差异性。托马斯 · S. 希布斯（Thomas S. Hibbs）指出，"在说明众人之中存在的友谊对于社会的必要性时，斯蒂芬引用了阿奎那的话，[……]朋友可能被描述为另一个自我，但他是一个独特的自我，他与我的联系扩展了我的经验和知识。[……]斯蒂芬对人物和人物群的描述否定了所有的差异"（Hibbs 134）。这一点充分体现在乔伊斯小说的主题和人物塑造上。在主题上，他强调"容纳、和平、不抵抗"的特质，这一点可以从《尤利西斯》中一开始愤世嫉俗、信奉"二选一"（either ... or）逻辑的斯蒂芬对容纳、和平、不抵抗的布鲁姆的认同上看出来，也体现在他们二人走向永恒的关键前提是以杂糅为特征的莫莉身上。在人物塑造上，乔伊斯大量使用模糊不同人物身份的手法，否定了人与人之间现实的差异。例如，在《芬尼根守灵》(*Finnegans Wake*, 1939)中，HCE 是酒馆里的老板，是父亲，是丈夫，也是小说中几乎所有的男性人物；ALP 是 HCE 的妻子，也几乎是小说中所有的女性人物。通过模糊人物之间的身份，乔伊斯暗示了人物身份边界的不稳定性，从而达到彰显身份单一性的荒谬性。

总之，在乔伊斯的《画像》和《尤利西斯》中，阿奎那的影响如同幽灵一样侵扰着斯蒂芬的思想，也如幽灵一样，侵扰着乔伊斯的小说创作。在《画像》的后半部分，阿奎那甚至似乎成了显性存在，被斯蒂芬奉为权威，以阐明自己的艺术理念。但即便如此，阿奎那依旧是一种幽灵存在，逐渐被斯蒂芬自己的艺术理念所替代。对于阿奎那和亚里士多德(Aristotle, 384 BCE—322 BCE)的思想，斯蒂芬的思路是："我需要那些思想，只是为自己所用，为自己指路，一直到后来借着它们的点化，我能自己有所成就。如果油灯有点儿烟，或是有点味儿，那我就修剪一下灯芯。如果那灯给的亮光不够了，那我就卖掉它，再买一盏"(乔伊斯 2011：252)。也就是说，阿奎那之所以如幽灵般存在于《画像》中，是因为他有助于说明斯蒂芬艺术思想的形成过程；但阿奎那的思想不是斯蒂芬的思想，它只不过就是被斯蒂芬改造融入了自己的思想，就如被修改了灯芯的一盏灯，其光亮已经不是原来的光亮。

引用作品[Works Cited]：

Aubert, Jacques. *The Aesthetics of James Joyce*. Baltimore & London: The Johns Hopkins UP, 1992.

Bosanquet, Bernard. *A History of Aesthetic*. London: Macmillan, 1904.

Clarke, T. E. "Consubstantiality." *New Catholic Encyclopedia*. *Vol. 4*. 2nd ed. Detroit: Gale, 2003. 197 - 199.

Ellmann, Richard. *James Joyce*. Oxford: Oxford UP, 1982.

Hibbs, Thomas S. "Portraits of the Artist: Joyce, Nietzsche, and Aquinas." *Beauty, Art, and the Polis*. Ed. Alice Ramos. Notre Dame: U of Notre Dame P, 2000. 99 - 166.

Joyce, James. *The Critical Writings of James Joyce*. Eds. Ellsworth Mason and Richard Ellmann. New York: The Viking Press, 1959.

—. *Selected Joyce Letters*. Ed. Richard Ellmann. New York: The Viking Press,

1975.

—. *Stephen Hero*. Ed. Stuart Gilbert. London: Grafton Books, 1977.

Noon, William T. *Joyce and Aquinas: A Study of the Religious Elements in the Writing of James Joyce*. New Haven: Yale UP, 1957.

Santoro-Riuenza, Liberato. "Joyce: Between Aristotle and Aquinas." *Literature and Aesthetics* 15.2 (2005): 129 - 152.

江作舟,靳凤山:《经院哲学的集大成者阿奎那》,合肥:安徽人民出版社,2001 年。

李维屏:《乔伊斯的美学思想和小说艺术》,上海:上海外语教育出版社,2000 年。

刘素民:《阿奎那》,昆明:云南教育出版社,2012 年。

申富英:莫莉:文化杂交和世界文化的象征,《山东大学学报》,2004 年第 6 期,第 26—30 页。

——:论《尤利西斯》中作为爱尔兰形象寓言的女性,《国外文学》,2010 年第 4 期,第 112—119 页。

约翰·英格利斯:《阿奎那》,刘中民译,北京:中华书局,2014 年。

詹姆斯·乔伊斯:《尤利西斯》,萧乾、文洁若译,南京:译林出版社,1996 年。

——:《青年艺术家画像》,朱世达译,上海:上海译文出版社,2011 年。

马修·阿诺德与现代文学批评

——兼及特里·伊格尔顿对阿诺德的再评价*

陈后亮**

内容提要： 19 世纪末的文学研究在英国面临的难题是如何解决文学批评的合法化问题，正是马修·阿诺德对其功能的最早界定确立了这门学科的基本属性。阿诺德的兴趣不在于解释文学批评的永恒本质，而在于思考它如何在"当今时代"发挥作用。他在《论批评在当今时代的功能》一文中，重点明确了什么是批评，以及批评应该遵循什么原则、发挥什么功用等问题。特里·伊格尔顿早期把阿诺德视为自由人文主义的代表并对之持强烈批评态度，但从 20 世纪 90 年代末以来，伊格尔顿对阿诺德的肯定性评价明显多了起来。通过仔细回顾阿诺德对于批评功能的阐述，有助于我们反思文学批评在当前困境的根源，并重新找到回应当下质疑的合法性辩护。

关键词： 阿诺德；伊格尔顿；批评的功能；合法性

Abstract: At the end of the 19th century, the significance of English studies was yet to be justified. It was Matthew Arnold's earliest definition of its function that established the basic attribute of this subject. Arnold's interest is not to explain the eternal nature of literary criticism, but to think about how it functions at "the present time". In his essay "The Function of Criticism at the Present Time", Arnold defines what criticism is, what principle it should abide by, as well as what its functions is. Taking Arnold as the representative of liberal humanism, Terry Eagleton strongly criticized Arnold in his early years, but since the late 1990s, his positive evaluation of Arnold has increased significantly. A critical review of Arnold's understanding of the function of literary criticism will help us to reflect on the cause of literary criticism's current dilemma and find a defense for its

---

* [**基金项目**]：本文系作者主持的 2022 年度国家社科基金一般项目"20 世纪末以来西方文学批评界的后批判转向研究"(22BWW005)的阶段性成果，同时受到中央高校基本科研业务费专项基金(2022WKZDJC006)资助。

** [**作者简介**]：陈后亮，华中科技大学外国语学院教授，主要从事西方文论及英国 19 世纪小说研究。

significance.

Key words: Arnold; Eagleton; the function of criticism; justification

近半个世纪以来,有关文学批评的学科合法性问题总是被人们一再讨论。尽管文学批评已变得高度专业化,"却不能解释为什么我们要花力气去阅读文学,[……]也不能解释为什么我们需要英文系"(Nicholson 314)。学科专业化大大提升了文学研究的科学水平,但也导致批评走向学院化、精英化,失去与普通读者的联系。特里·伊格尔顿(Terry Eagleton, 1943—)早在1984年就对这个问题发出了严肃警告:"这个研究的意义何在?打算研究给谁看、影响谁、令谁印象深刻?社会作为一个整体又赋予这种批评行为何种功能?"(2018: 7)随后在1986年首版的《文学理论导论》(*Literary Theory: An Introduction*)中他再次指出,文学批评的专业化在今天已经无法解决它的合法化问题,因为"这种专业主义的活动同样没有任何社会依据,除了把文学整理一下,把种种文本分门别类,然后就去干海洋生物学之外,它无法回答它为什么应该费心于文学这一问题"(Eagleton 2004: 186)。也就是说,在英文系之外的大部分人看来,文学批评在今天已失去实质功能,变得可有可无。正是在这样的背景下,我们需要重新深入反思文学批评究竟在当下需要扮演什么角色?它曾经承诺发挥哪些功能?

正像伊格尔顿在2014年的一次访谈中所谈到的,由于批评的功能正在当下变得模糊,我们在今天需要回过头"思考一些元问题,包括批评的性质、批评的原理、批评的状况及它的历史演变"(伊格尔顿、博蒙特 180)。如果真如他所说:"文学研究领域中的现存危机从根本上说是这一学科本身的定义的危机"(Eagleton 2004: 186),那么我们就有必要回到现代文学批评的起点——英国维多利亚时代的最著名批评家马修·阿诺德(Matthew Arnold, 1822—1888)——那里,看看这位"20世纪公认的(文学批评的)立法者"(Willinsky 346)最初如何定义这门学科,尤其是如何界定它的功能。

19世纪末的英国文学研究同样面临解决文学批评的合法化问题,正是阿诺德对其功能的最早界定确立了这门学科的基本属性。"阿诺德以最自觉的方式提出了批评的功能和用途等概念,从而回答了批评家与听众(或者用阿诺德的话来说,与他的时代)的关系问题,继而用最大努力准确处理了这场危机"(McGann 628)。正如他那篇广为流传、影响深远的论文《论批评在当今时代的功能》("The Function of Criticism at the Present Time")①所清楚表明的,阿诺德的兴趣不在于解释文学批评的永恒本质,而在于思考它如何在"当今时代"发挥作用。通过仔细回顾阿诺德对于批评功能的阐述,有助于我们反思文学批评在当前困境的根源,并认真思考"批评在我们这个时代,[……]还可以再次履行什么样的实质性社会功能"(伊格尔顿:2018:4)。

一、阿诺德论批评的原则与功能

阿诺德把文化视为解决英国当时存在的种种社会问题的一剂良药,但他所理解的文化不是冷僻、僵死的文化知识,而是一种追求完美的意识,同时也是一种知行合一的品格、一种伟大的人道主义精神。但在狭义上,阿诺德有时也把这种文化等同于文学。他说:"文化以美好与光明为完美之品格,在这一点上,文化与诗歌气质相同,遵守同一律令"(2008:18)。可以说,他所倡导的文化批评在很多时候也就是文学批评。正如约翰·维林斯基(John Willinsky)所指出,阿诺德的文学和文化批评思想的核心就是"诗歌在思想生活中的重要地位及其对生活的批评"(Willinsky 354),他希望用文化来批判和改造社会,也就是用文学来批判和改造社会。

那么阿诺德为何如此推崇文化?他所说的这种文化又有哪些功用呢?首先,他认为文化有益于身心健康,因为"文化专注于看清事物本相,引导人类走向更全面、更和谐的完美"(2008:24)。它注重人的全面发展,不会只关注物质功利行为而牺牲精神追求。它会让人的行为更有理性,避免盲目追求物质享受而忘记了生命存在的真正意义。其次,文化具有伟大的普世主义精神,"[它]使世界上最优秀的思想和知识传遍四海,使普天下的人都生活在美好与光明的气氛之中"(同上 34)。虽然并非所有人都可以公平获得工业革命取得的物质成就,却可以共同分享伟大的英国文学传统留下来的珍贵遗产。学习英国文学能够教会人们超越暂时的不满,用更宏大的历史和文化视野来看待当下生活。第三,文化能够发现

① 该论文原为1864年10月阿诺德在牛津大学担任诗歌教授时发表的讲演。11月份发表在《国民评论》(*National Review*)上,后收录于《批评集:1865》(*Essays in Criticism*, 1865)。

和培育跨越阶级的共同人性基础，有助于增进社会团结。他把当时英国社会存在的上、中、下三个阶级分别称之为野蛮人、非利士人和群氓。如果从各自的经济状况和政治愿望来看，他们彼此之间存在着不可调和的区隔和矛盾。但如果从文化的角度来看，他们又都存在“人性的共同基础”（同上 73）。通过文化教育，能够让“一心追求完美的人从各个阶级中产生”，使他们从自己所属的阶级中提升出来，摆脱野蛮、粗鄙和群氓品格，拥有一种“博大的人性”（同上 76）。

如果说阿诺德在《文化与无政府状态》（*Culture and Anarchy*，1869）一书中主要阐释了什么是文化，以及文化有什么作用的话，那么他在《论批评在当今时代的功能》一文中的重点就是定义什么是批评，以及批评应该遵循什么原则、发挥什么功用。在 19 世纪的英国文化批评领域，由于过多政治和经济力量的涌入，批评演变成各种带有党派私利的攻击谩骂，不是为了达成共识，反倒不断制造意见分裂。他要着手解决的正是这个问题。在他看来，真正的批评不是为了实现党派私利，而只是出于一种对知识的纯粹好奇，是为了“在所有事物中自由展示思想”（阿诺德 2017：24），它本身就是一种愉悦、一种并不亚于创作的、值得追求的目标，能够为民族精神提供欠缺之物。阿诺德在此给出了有关批评的著名定义，即：“一种认识和宣传世界上最好的知识与思想的无私的努力”（同上 41）。同时也为它确立了一条基本原则，那就是公正无私、不带有任何功利目的。他说：“真正的批评，本质上就是‘好奇’这一品质的应用，它遵循一种促使其努力探寻世界上最好的知识和思想的天性，而与实践、政治以及所有这类东西无关，它在接近这些知识和思想时对其做出评价，而不涉及任何其他方面的考虑”（同上 24）。在公共领域解体之后，文化批评已经演变成党派混战，批评家一方面沦为集团利益的传声筒，另一方面又因为其不够专业、处处捉襟见肘而显得越来越多余。只有为批评确立一条新的原则，使其从各种党派私利中抽身而出，才有可能为自己的存在找到新的合法性。他说：“英文批评应当清楚地认识到自己应该遵循的发展规则是什么[……]这个规则可以用一个词概括——公正无私。[……]批评的任务只是去了解世界上最好的知识和思想[……]对所有关于实际结果与应用的问题、对那些永远不缺乏头版新闻位置的问题只需听其自然”（同上 25）。只有不掺入党派私利、拒绝任何功利目的，批评家的看法才有真正的权威性，批评活动的合法性也才得以确立。

不过，阿诺德在把公正无私确立为批评原则的同时，也使得批评陷入一种有用和无用之间的悖论。由于它不带有任何实用目的,也不偏向任何党派利益,这就使得它不能直接对任何人产生直接作用。但在阿诺德看来,这又是一种"光荣的无用,是高居于任何卑下的社会目的之上的'目的本身'"(转引自 Eagleton 2004: 18),这种"无用"恰恰是它发挥更大功用的前提。它只是"专心于宁静的思想与精神生活之中"(阿诺德 2017: 39),追求健全的判断力和理智之光,从不急于把思想发现立刻应用于实际。它最关心的事情就是"通过阅读、观察和思考等手段,得到当前世界上所能了解的最优秀的知识和思想"(阿诺德 2008: 132),这样才有助于培育出全体英国人的最优秀的自我,让整个民族拥有健全的理智,使他们能够超越狭隘的阶级理想和个人愿望去想事情,也就不会提出不合实际的过分要求,社会动荡的危险甚至也就可以解除。批评不服务于任何执掌权力的政党,也不听命于哪一个阶级,它只服从于澄澈的头脑、自由的灵魂和清白的良知,"热忱地追寻事物之可知的规律,让鲜活的思想之流自由地冲击既定的观念与习惯"(同上 131)。公正无私的文学和文化批评能够让人获得超越性的眼界,能够像伊格尔顿所说的那样"对奴役于'事实'的理性主义或经验主义的意识形态提供生动的批判",它可以释放文学具有的深刻社会、政治和哲学含义,"以艺术所体现的那些能量和价值的名义改造社会"(Eagleton 2004: 17)。当然,这种改造和马克思主义批评所设想的那种根本性的社会变革完全不同。阿诺德想要的是重新引入希腊精神以对抗希伯来精神,以文学和文化之名实现对粗鄙社会的精神改良。

二、后现代理论对阿诺德的批评

自20世纪60年代以来,随着各种后现代理论的兴起,阿诺德作为自由人文主义最重要的代表而受到猛烈抨击,几乎每一种理论思潮的兴起都从批判阿诺德的某一方面开始(陈后亮 140—148)。以今天的眼光来看,阿诺德所建构的批评原则确有很多问题。比如他过于重视文学的思想内容,只把诗歌视为一个装载思想的容器,却对语言形式不感兴趣,"很少表现出对诗歌中的语调、音色、节奏或语言游戏的敏感"(Willinsky 356)。他强调文学的最高成就是对生活的批评,但他的目光主要集中于诗歌,特别是荷马(Homer, 900 BCE—701 BCE)、但丁(Dante Alighieri, 1285—1321)、威廉·莎士比亚(William Shakespeare, 1564—1616)和约翰·弥尔顿(John Milton，1608—1674)等人的经典之作，却对散文作品，尤其是当时蓬勃发展的批判现实主义小说缺少认识。他所提出的"世界上最好的知识和思想"的说法更是被经常拿来批驳。正如玛乔瑞·嘉伯(Marjorie Garber)所指出，这个说法有两个假定前提都值得怀疑，一是"世界相对较小，而批评家的阅读范围又要足够宽泛"，二是批评家需要掌握普遍价值标准才能鉴别好坏，而这显然是"一个幼稚的想法"(Garber 27)。

阿诺德最受人诟病的一点就是有关公正无私的批评观念。比如维林斯基认为："阿诺德所要求的公正无私，与其说是一种对私心的掩饰，不如说是一种将批评置于党派之争之上的伪装，以便保护其探究事物真相的愿望"(Willinsky 359)。伊格尔顿更是多次批评这个观念的虚假性，认为它在本质上具有"高度精英主义和排外主义"的倾向，却又把自己装扮成是普遍适用的，"它引人注目的地方是它明摆着的利害关系。也就是说，只有那些既得利益者才会没有私心，只有那些与文化休戚相关的人、那些有文化资本的人，才有资格参与某种'无利害性'的话语形式"(伊格尔顿、博蒙特 181)。如果说无利害性的批评姿态在 20 世纪上半叶还能勉强维持的话，那么到了 20 世纪 60 年代以后，它却再也难以维系。随着学生运动、民权运动以及女权主义等各种社会运动的爆发，各种貌似公正合理的文化制度都逐渐暴露出其与主导霸权结构之间的同谋关系，所谓公正无私的批评原则从根本上受到质疑。恰如伊格尔顿所说："一个事实越来越难以掩盖，即那些被称为不偏不倚的学术机构——即人文学术机构——实际上被直接锁定在技术主导、军事暴力和意识形态合法化的结构之中"(Eagleton 1990：30)。阿诺德把"无关政治"当作批评的知识合法性前提，而 20 世纪 60 年代之后的理论家却普遍认为这是一种虚伪姿态，因为所有的理论和知识都是受利益影响的，人不可能摆脱一切立场来看问题。"完全价值中立的陈述是根本不可能的"(Eagleton 2004：12)。无论哪种阅读文学，都是在使用文学，因为我们对文学的理解和解释在某种程度上必然总是带有自己的关切。阿诺德认为文学和文化研究的目的应该致力于文化和社会改造，这一点没有错，但他没有看到文化并非对所有人都是客观中立之物，没有看到文化背后隐含着各种权力结构。当他宣称要把世界上最好的知识和思想普及开来的时候，也就是把自己默认的有关"最好的知识和思想"的标准和价值观念强加给了别人。

由此可见，虽然阿诺德一再坚持文学批评不应该带有任何实用目的，但他的最终意图还是在于如何使用文学。然而阿诺德的尴尬之处在于，虽然他对文学批评的功能寄予厚望,但由于他从根本上把文学批评改造为一项远离尘嚣的专业学术活动,也就等于对它间接进行了功能性阉割,使其最终变得软弱无力。所以伊格尔顿认为,阿诺德对于文学批评走向学科专业化所发挥的作用是矛盾的,他说:“批评的学术化为批评提供了一个制度基础和职业架构;但出于同样的原因,它也标志着批评最终脱离公共领域被封存起来了。批评通过政治自杀保证了自己的安全;其学术制度化的那一刻,也是其作为一个社会活动力有效消亡的那一刻”(2018:92)。在伊格尔顿看来,资本主义发展到阿诺德所处的维多利亚晚期阶段已经是危机重重,阶级矛盾日趋激化,商品逻辑对文化生活的影响也已越来越大。试图在这样一个社会重现18世纪的那种公共领域,恢复批评家对于塑造公共理性和道德品格的影响,“显然从一开始就是一个幻想”(同上108)。

三、伊格尔顿对阿诺德的再认识

阿诺德坚持认为,批评不是艺术创作的侍女,而是一种生活方式,“批评的功能是同时提供一种非常宽泛的文化服务”(Peltason 755)。虽然阿诺德被视为现代文学批评的奠基人,但他并非后世意义上的职业文学批评家。他有关文学的讨论基本都发生在维多利亚时代晚期英国社会具体问题的争辩之中,大部分著述都是对报纸杂志的报道和评论的回应。他希望用文化产品本身无法或不愿使用的术语来谈论文化产品,并以此带来一些社会革新,即所谓的“希腊化”。文学批评既要有专业权威性,同时又能对整个社会产生作用,这是整个批评事业的合法化条件。如果它不能满足这两点,批评就会失去意义。但这两者之间的关系又是悖论的,因为如果它在专业化的道路上走得太远,就会导致它与公共生活之间的联系被切断,失去公共功能。反之亦然,如果过多介入社会批评,它又有可能变得不够专业。如何在专业性和公共性之间维系平衡,这是自阿诺德以降需要文学批评家们不断去解决的难题。

在阿诺德看来,文学是对生活的批评,好的文学可以塑造灵魂和品格,文学批评不仅是为了满足闲情雅致的好奇心,更是攸关社会未来命运的严肃事业。对维多利亚时代的英国来说,文学教育能够保障未来安全。他把英文教育视为对底层劳动阶级进行文化改造的工具,避免他们出于对更大政治权力和物质利益的迫切渴望而发生社会暴动。恰如嘉伯所指出的,虽然阿诺德的这些想法如今听起来是"错误且不可能实现的",但它是"基于一个前提认识,那就是诗歌和文学不可或缺,且意义重大"(Garber 28)。

随着后现代思潮的消退以及所谓理论热的趋冷,越来越多的人又逐渐开始对阿诺德产生同情性的理解,他的很多理念又从废弃思想的仓库中被翻出来认真审视和重读。在这方面,伊格尔顿的表现比较典型。如前所述,伊格尔顿在早年对阿诺德持强烈的批评态度,他在 20 世纪 80 年代的两部经典著作——《批评的功能》(*The Function of Criticism*, 1984)和《文学理论导论》(*Literary Theory: An Introduction*, 1986)——都用很大篇幅来批判阿诺德,尤其是其用"无利害性"掩饰的虚伪姿态。但从 90 年代末开始,伊格尔顿对阿诺德的肯定性评价明显多了起来。特别是在其 1996 年为《文学理论导论》第二版撰写的后记中,他开始部分收回在第一版序言和结论部分曾经对阿诺德及其自由人文主义的批评。他说:"无论是试图从方法还是从对象出发来界定文学研究的做法都注定是要失败的[……]区别一种话语于另一种话语者既非本体论的亦非方法论的,而是策略上的。这就意味着,首先要问的并非对象是什么或我们应该如何接近它,而是我们为何应该要研究它"(Eagleton 2004: 183)。他认识到,对文学研究这个学科来说,最重要的不是研究的对象和方法,而是研究的意图。"研究什么"和"怎么研究"都是次要的,"为什么要研究"才是第一个需要回答的问题,它甚至已经决定了另外两个问题的答案。这也正是阿诺德把"批评的功能"定为他那篇影响深远的著名文章标题的原因。

阿诺德毫不掩饰他所认为的文学批评的功用,那就是学习和宣传带有普遍性的人类价值,用经典作品来塑造人的灵魂,使其成为道德上更好的人,进而有助于社会和谐稳定。这也是被各种后现代理论最猛烈抨击的地方,因为其所谓不偏不倚的姿态完全是虚假的,它所宣传的普遍价值只是代表特定阶级和群体,间接服务于压迫性权力结构的再生。伊格尔顿对此做过很多有力批评。但自 20 世纪 90 年代末以来,伊格尔顿却开始认识到,对自由人文主义持续 30 多年的理论批判虽然"全然不错",但是"在另一方面也是很坏的",因为"人文学科也庇护了某些被日常社会粗鲁地摈弃了的可敬的、高贵的价值,培养了——无论以怎样的唯心主义/理想主义的伪装——对于我们现行生活方式的一种深切的批判,并且在促进某种精神性的精英主义之举中至少是已经看透了市场的虚假的平等主义”(同上 207)。自由人文主义确实有很多需要批判的地方——本质主义、精英主义、文化霸权主义等等——但完全否定它的价值也有不恰当之处。后现代思潮所带来的文化相对主义、价值虚无主义以及对差异政治的无限崇拜等,给人文学科自身带来严重的合法性危机。很多人开始看到,人文学科不能再照这个样子继续下去了,对自由人文主义的批判虽然不能说已经完成,但也是重新检视它的遗产的时候了,尤其是其有关普遍价值的这一假定。“如果文学今天仍然要紧,那这主要是因为,在很多保守成规的批评家看来,在一个分裂破碎的世界上,文学乃少数这样的地方之一,这里某种普遍价值感仍可得到体现,这里,在一个污秽卑下的世界上,罕见的超越之光仍可闪现”(同上 208)。伊格尔顿在此所说的这句话多么像是出自阿诺德之口!他已经认识到,“人文主义对于种种共同价值的信念中所蕴含的慷慨又必须得到由衷的承认”(同上)。当然,伊格尔顿并非完全回到阿诺德的立场,他虽然认可了后者对于“普遍价值”的坚持,却对其内涵持保留态度,认为不能把“一个仍然有待于被实现的计划、一个让世界在政治和经济上被一切人共同享有的计划,与一个尚未被如此重建出来的世界的‘普遍’价值混为一谈”(同上)。在阶级社会没有被消除、一切压迫性的结构及其再生机制没有被摧毁之前,那些让这种普遍价值得以繁荣的物质条件就不会出现。

与 20 世纪 60 年代之后的各种批评理论相比,阿诺德的批评观缺乏自我反省意识,不能对它自己的意识形态框架进行批判性的反思,也意识不到它对“世界上最好的知识和思想”的普世主义主张带有本质主义和文化霸权的印迹。它所设想的基于普遍人性的价值标准并非普遍和绝对的,而是一种阶级观念,是一种资产阶级的意识形态。所谓的普遍人性不过是按照 17 世纪以来逐渐占据社会主导地位的资产阶级的形象塑造出来的。正如后来阿尔都塞所指出的:“当‘新生的’资产阶级在 18 世纪传播关于平等、自由和理性的人道主义意识形态时,它把自身的权利说成是所有人的权利要求;它力图通过这种方式把所有人争取到自己一边,而实际上它解放人的目的无非是为了剥削人”(Althusser 1964)。自由人文主义号召人们从一个无阶级、无性别、无种族、无利害的普遍主体位置上去阅读文本,实际上却是用欧洲白人、男性、资产阶级、殖民者的优势话语去遮蔽处于弱势的他者群体的声音。以至于有人愤怒地如此声讨:“直至今天,一切人文主义都是帝国主义的。他们嘴上说的是全人类,腔调却是出自一个阶级、一种性别或一个种族”(Davies 131)。故此,几乎所有后现代思潮都坚决否认阿诺德所设想的那种可以超越具体社会历史语境的超验主体，而是强调权力关系对主体的建构性，以及在不同社会语境下的主体经验的差异性。差异取代了普遍性和同一性，成为后现代政治的关键词。然而自90年代之后，伊格尔顿逐渐对这种后现代的差异政治越来越产生怀疑，他指出："放弃对一个正义社会的想象，要比欺骗坏得多，默许当代世界这惊人的混乱局面也是如此"(2005: 3)。后现代思潮戳穿了自由人文主义的虚伪，却也粉碎了它对美好社会的幻想，制造了价值混乱。伊格尔顿在2012年初版的《文学事件》(*The Event of Literature*)中进一步指出："并非所有普遍性范畴或者一般性范畴都必定是压迫性的，正如不是差异性和独特性都站在天使这边"(2017: 21)。本质主义并非十恶不赦，看到身份的建构性以及身份经验的差异性并不必否定人们"身上一切'可爱'的地方"(同上)存在共性。后现代主义以决绝的精神坚决主张废弃一切本质主义的信条，但在伊格尔顿看来，"后现代主义并没有抓住唯名论和傲慢权力之间隐蔽的密切联系。它并不理解，本质主义的所有黑暗目的中包括了保护个体的完整性以抗拒主权的强求[……]"(同上 20)。

甚至对于阿诺德要用文学教育来安抚和改造劳工阶级的计划，伊格尔顿也表示出了更多理解："文学可以鼓励工人阶级男女通过阅读产生的共情超越其自身境遇，这将有助于培养忍耐力、理解并增进政治稳定性，也有助于男男女女通过文学来丰富生活体验，从而在某种程度上补偿现实的惨淡。文学可以让他们把注意力移开，因而不再愤怒的追究剥削的真相"(Eagleton 2004: 70—71)。他指出，我们不能把文学与实用性对立起来，即便在现代社会中，"被人们称之为文学的作品仍然具有某些不可否认的实用功能。"(同上 88)使用文学来进行道德教导和劝诫、实现某种意识形态目的，这是文学的古老功能。当然，伊格尔顿在此并非赞同把文学和批评都改造成道德教条和政治宣传，而是强调文学以及文学研究的现实功能是其存在合法性的基础。有价值和非实用性之间并没有必然联系，反对任何对文学的使用乃是"出于自由主义者和后现代主义者的偏见"(同上 78)。

在1990年出版的《理论的意义》(*The Significance of Theory*)一书中，伊格尔顿曾指出："如果我们回顾一下批评的历史可以发现，每当它变得重要的时候，恰恰是它开始谈论自身之外更多事物的时候。理论，这个神秘而神秘的实体，现在代表着那个潜在时刻。它代表着两种选择：一种是以更广泛的相关性方式走出去，另一种则是允许批评被分流到一个与社会没有实质联系的、纯粹的技术官僚的立场上”(Eagleton 1990: 83)。这句话实际上也点明了阿诺德在当时的意义。一方面,他让文学批评在学院内获得专业合法性,另一方面他又坚持文学研究要有社会关怀,要“谈论自身之外更多事物”。在两者之间保持平衡,才是文学研究能够发挥社会功能的关键。

余论:阿诺德对今天的启示

阿诺德虽然推崇“公正无私”的批评原则,但实际上他心目中的批评家绝非超然于物外、对社会不负责任的人。如一位批评家所指出,阿诺德其实主要关心的是“批评家——即知识分子——在文化和社会中的恰当作用”(Marks 19)。他们不是文学的寄生虫,也不是党派利益的代言人,而是对自己的时代和整个社会的未来抱有深切感怀的人文主义者。他呼吁批评家不带偏见、不谋私利,要对整个社会生活的健康状况充满关切。他们不只是文学专业知识技能的讲解员,“没有被任何狭隘的技术兴趣模糊视野,能够对他所处的那个时代的整个文化知识景观进行考察”(伊格尔顿 2018: 61)。

伊格尔顿曾说:“从方法论上说,文学批评是一个‘非学科’”(Eagleton 1984: 172)。它之所以经过阿诺德的努力之后逐渐被确立为一门学科,不是因为找到了可靠的研究方法,而是因为阿诺德为其确立了工作原则和功能。在宗教式微、英国社会又因为各种复杂尖锐的社会矛盾而面临分崩离析的时候,他给出的有关文学批评之功能的承诺让人们暂时看到了希望。在阿诺德这里,批评只有在它涉足文学之外的问题时才有真正意义,因为文学不只是空想之物,它更是一个媒介和窗口,表达了一个时代的文化和政治生活中的深切关注。但从T. S. 艾略特和I. A. 瑞恰慈等人开始,直到20世纪中期的新批评、神话研究和结构主义诗学,批评家却越来越关注批评的实用技能,从宽泛的文化批评向严谨的实用批评转变。从方法论上来说,文学批评的学科专业属性不断增强,在知识生产的科学性方面,它也逐渐能够向它的科学同行看齐,成为大学里面一个知识生产部门,变成一个纯粹专业化、学术化的活动,但另一方面,它也越来越失去了批评的社会功能,“公共批评被学术批评所取代”(Culler 3)。文学批评没有社会功能的指责正是由此而来。文学批评必须在专业知识生产和社会公共关怀之间找到一个平衡点,它的存在合法性才能得到稳固。但这个平衡又注定会随着时间的变化而被不断打破，需要不断被重建确立。在这样的语境下，我们重新反思阿诺德的批评思想，并不是为了复活他所设想的那种批评原则和功能，而是为了从他那里寻求借鉴意义，思考如何为今天的文学批评"确立（新的）道德、智力和社会责任标准"（Marks 32），并重新找到能够回应当下质疑的合法性辩护，毕竟阿诺德堪称我们的"桂冠诗人"，因为他"既为这个学科设定了理想抱负，也决定了它的尴尬处境"（Peltason 764）。

引用作品[Works Cited]：

Althusser, Louis. "Marxism and Humanism." 1964. 〈https://www.marxists.org/reference/archive/althusser/1964/marxism-humanism.htm〉(accessed April 11, 2021).

Culler, Jonathan. *Framing the Sign: Criticism and Its Institutions*. Norman: U of Oklahoma P, 1988.

Davies, Tony. *Humanism*. London: Routledge, 1997.

Eagleton, Terry. *The Function of Criticism*. London: Verso, 1984.

—. *The Significance of Theory*. Oxford: Basil Blackwell Ltd., 1990.

—. *Literary Theory: An Introduction*. Beijing: Foreign Language Teaching and Research Press, 2004.

Garber, Marjorie. *The Use and Abuse of Literature*. New York: Pantheon Books, 2011.

Marks, Carol L. "The Function of Criticism at the Present Time." *The Journal of General Education* 21.1 (1969): 19-35.

McGann, Jerome. "Formalism, Savagery, and Care; Or, the Function of Criticism Once Again." *Critical Inquiry* 2.3 (1976): 605-630.

Nicholson, Mervyn. "Social Function/Social Context of Literature." *ESC: English Studies in Canada* 26.3 (2000): 309-338.

Peltason, Timothy. "The Function of Matthew Arnold at the Present Time." *College English* 56.7 (1994): 749-765.

Willey, Basil. "Arnold as Critic." *Britannica*, 10 April 2020. 〈https://www.britannica.com/biography/Matthew-Arnold/Arnold-as-critic〉(accessed April 12, 2021).

Willinsky, John. "Matthew Arnold's Legacy: The Powers of Literature." *Research in the Teaching of English* 24.4 (1990): 343-361.

陈后亮:"西方自由人文主义批评论略",《学术界》,2012 年第 9 期,第 140—148 页。
马修·阿诺德:《文化与无政府状态:政治与社会批评》,韩敏中译,北京:三联书店,2008 年。
——:《批评集:1865》,杨果译,北京:中央编译出版社,2017 年。
特里·伊格尔顿:《后现代主义的幻象》,华明译,北京:商务印书馆,2005 年。
——:《文学事件》,阴志科译,开封:河南大学出版社,2017 年。
——:《批评的功能》,程佳译,重庆:西南师范大学出版社,2018 年。
特里·伊格尔顿,马修·博蒙特:《批评家的任务:与特里·伊格尔顿的对话》,王杰、贾杰译,北京:北京大学出版社,2014 年。

英国现代主义文学的社会语境与本土化特点*

宋艳芳**

内容提要：英国现代主义文学在世界现代化进程与全球性现代主义文学运动中表现出独有的特点：它在文学激进主义的洪流中，并未盲目地随波逐流，而是欲迎还拒，汲取世界主义营养的同时对现代主义进行本土化，在实验的同时保持对传统的尊重，维持了一个多方向的发展势头。它看似缺乏高度的创新，但也避免了完全的虚无主义和再现的绝望。艺术上的激进主义与文化参与性相融合，成为英国现代主义文学生根发芽的温床，使之表现出本土化、折中性和地域性的特点。本文追溯了欧美现代主义发生发展的社会语境，梳理了英国文学界对现代主义运动的回应，进而通过举例的方式说明，英国的现代主义在世界现代主义运动中具有自己的独特性。

关键词：英国文学；现代主义；本土化

Abstract: British modernist literature manifests itself as a unique brand of modernism in the process of worldly modernization and globally modernist literary movements. It does not blindly flow with the trend in the vortex of literary radicalism; Instead, it localizes modernism while drawing inspiration from cosmopolitanism, respects literary tradition while experimenting with literary forms. Thus, it maintains a multi-directional momentum in development. It seems to be in short of a high degree of innovation; but it has also avoided complete nihilism or despair in representation. The integration of artistic radicalism and cultural commitment becomes the seedbed for British modernist literature, which results in its localization, eclecticism and regional features. This paper traces back to the social context of Modernism's initiation and development in Europe and America, then analyzes the response of the British literary circle to modernist movement, and further, by selecting British modernist literary works as examples, argues that British Modernism manifests

* [**基金项目**]：本文系作者主持的江苏省社会科学基金项目"当代英美学院派小说中的文化地理研究"(20WWB008)的阶段性成果；本文同时是作者主持的苏州大学人文社会科学项目团队"当代英美学院派小说发展史研究"(20XM1024)阶段性成果。

** [**作者简介**]：宋艳芳，苏州大学外国语学院教授，主要从事英美文学方向的研究。

unique features in the international modernist movement.
Key words: British literature；modernism；localization

现代主义在欧美文学史上是一个耀眼而复杂的文学样式，“以粗糙的方式理解的现代主义既是一种历史丑闻又是一种当代的无能表现”(Levenson 1)。目前针对欧美现代主义文学的研究浩如烟海，有对于现代主义名称、性质、起源、发展史的梳理(Bradbury & McFarlane 1991；Adams 1978；Bradshaw & Dettmar 2006；Butler 2010)、对现代主义与后现代主义关系的分析(Berube 2002；Ashton 2005)、对美国现代主义文学的审视(Anderson 2010)、对具体现代主义作家作品的多元分析(Bradbury 1988)、对现代主义与人文主义、虚无主义之间关系的分析(Sheehan 2004；Weller 2011)等。国内研究中，有学者早在 1993 年发文，借助对英国现代主义文学的研究探索英国文学的发展规律(颜学军 1993)；另有评论者分析了英国现代主义思潮的性质与内涵，探讨其社会、历史与文化背景，并着重考察了英国现代主义者的审美意识、现代主义文学的基本特征、艺术价值、社会效果和历史局限性(李维屏 2007)。本文试图在前人研究的基础上，探讨英国现代主义时期的文学对世界现代化进程的回应，分析英国现代主义文学的本土化特点。

本文拟提出以下研究问题：一、英国的现代主义文学是在什么样的国际背景下产生的？二、面对世界性的现代化进程，英国文学界做出了什么样的反应？三、跟世界现代主义文学相比，英国现代主义文学有哪些本土化特点？本文将在引证现有论著的基础上回答这些问题，为国别文学研究、文学流派研究提供一定的参考。

一、发生背景：世界现代主义思潮

世界范围的现代主义运动开始和结束的确切时间、地点一直是学界争论不休的话题，甚至“现代主义”一词本身也颇为复杂，难以确定。罗伯特·马丁·亚当斯(Robert Martin Adams, 1955—　)在《什么是现代主义》(“What Was Modernism”, 1978)一文的开头指出，围绕“现代”话题的讨论总是充满反讽式的保留态度和自我怀疑的谨慎，因而无穷无尽。他通过多方引证和举例，最终得出的结论是：“现代主义是一个不精确的、误导性的术语，用来指涉1905—1925年间最为清晰可见的一个文化潮流”（Adams 33）。马尔科姆·布雷德伯里（Malcolm Bradbury，1932—2000）与詹姆斯·麦克法兰（James McFarlane，1920—1999）认为，以“现代主义”来描述19世纪末至20世纪上半叶的那场文艺运动和思潮，只不过是因找不到更合适的词汇而做出的无奈之举（Bradbury & McFarlane 12）。因此，要充分理解英国现代主义文学的特色，需要将其放置在世界现代化进程以及现代主义思潮的语境中，看英国文学界对相关进程和思潮做出了什么样的回应。

尽管现代主义的概念内涵复杂，但学界普遍认为，广义上的现代主义是伴随工业化、城市化而来的一种思想运动；艺术上的现代主义运动是对19世纪晚期至20世纪早期西方社会大规模、影响深远变化的一种反映，在早期现实主义、启蒙运动、浪漫主义与后期的后现代主义之间起到承上启下的过渡作用。它反对现实主义，对传统文本进行重述、重写、融合和戏仿；它反对启蒙运动对理性、科技的信仰；反对浪漫主义的激情。“现代主义”这个词语曾用来指涉各种各样“破坏现实主义或浪漫主义激情的运动，这些运动都倾向于抽象化：印象主义、后印象主义、表现主义、立体派、未来主义、象征主义、意象主义、漩涡派、达达主义、超现实主义”（同上8）。[①]

对于“现代主义”运动发生的背景、时间、地点和相关代表人物，学术界存在不同的看法，目前看到的主要有以下三种：第一种观点认为“法国人是现代运动之父，这个运动慢慢转移到海峡对岸，随后穿过爱尔兰海，直到美国人最后继承下来，并把它们自己的魔力、极端主义和对异常事物的趣味带入这个运动之中”（同上31）；第二种说法是，19世纪八九十年代至20世纪初经历了一场“关于现代主义性质和名称的、空前热烈的辩论——在这些年代，北方日耳曼各国或许比欧洲其他国家具有更高度的自我意识和更清晰的言语表达，而且提供了更充分的史料”（同上37）；第三种说法来自格特鲁德·斯泰因（Gertrude Stein，1874—1946）。她认为现代主义实际上肇始于美国，但后来到巴黎才真正发生。休·肯纳（Hugh Kenner，1923—2003）进一步延伸了这种说法，认为现代主义“看待问题的原则[……]似乎跟美国的气象特别合拍”。在他看来，现代运动

① 本文引文页码均出自英文原版（1991年企鹅出版社版本），参考了胡家峦先生的译文并稍有改动。

诞生于欧洲的土壤,但在那里它看起来是无根浮萍;在美国,它找到了自己之所需,一个"家常世界",可以沿着威廉·卡洛斯·威廉斯(William Carlos Williams, 1883—1963)所谓的"美国性情"的道路成长(转引自 Ruland & Bradbury x)。但乔治·帕克·安德森(George Parker Anderson)却认为,美国是在一战结束后才进入现代时期(Anderson 3)。他把 T. S. 艾略特(T. S. Eliot, 1888—1965)的《荒原》(*The Waste Land*, 1922)看作美国现代主义的里程碑式作品(同上 8)。

可见,学者们对现代主义开始的时间、地点等众说纷纭。但基本可以确定的是,现代运动开始于19世纪末至20世纪初,1910—1925年是其极盛时期(Bradbury & McFarlane 16)。其中,"1922年代表着它的全盛时期(high-water mark)"(Bradshaw & Dettmar 4)。艾略特的《荒原》、詹姆斯·乔伊斯(James Joyce, 1882—1941)的《尤利西斯》(*Ulysses*, 1922)、弗吉尼亚·伍尔夫(Virginia Woolf, 1882—1941)的《雅各的房间》(*Jacob's Room*, 1922)均在这一年出版。至于其结束的时间,则至今没有定论。阿娜特·马塔尔(Anat Matar)指出,文学艺术领域的现代主义运动开始于19世纪末最后十余年,大概结束于二战爆发时(Matar 1)。更多的人认为现代主义一直延续到后现代主义之中,或者根本就是"一项未竟的事业"(Davis & Jenkins 4),在当代文艺界持续存在。"如果现代主义者意味着预见到当前行为准则的限制并撼动其护栏的那些人,那么他们一直与我们同在"(Bentley 219)。这也回应了现代主义运动"创新"(Make it New)的口号:广义的现代主义者是在自己的领域不断创新的那些人。

虽在开始的时间和地点上没有一个确定的说法,但现代主义运动表现出一种显而易见的特质,即抽象化和技巧上的高度意识。"朝着深奥微妙和独特风格发展的倾向,朝着内向性、技巧表现、内心自我怀疑发展的倾向,往往被看作给现代主义下定义的共同基础"(Bradbury & McFarlane 10)。总体上,现代艺术帮助人们宣泄了危机感、困境感。它们反映了一种张力和不安。在现代社会不断变化的环境中,作家的责任发生了变化,他不再是一个可以再现社会现实的艺术家,更不是一个可以预言未来的智者。他本身也需要去探索和发现社会上的种种可能。另外,现代社会不断地为知识的获取创造新的环境,艺术家也很难在文化中找到一个充分的立足点,掌握社会的概况。在此种情况下,"艺术失去了它坚持其判断明确、证实其神话可信、宣称其观念正确的能力。因此艺术家,像思想家一样,倾向于戏剧化地表现其自我怀疑。他的作品在风格上倾向于变得自我批判、反讽或游戏一般"(Bradbury 1972：16)。面临特殊的困境和压力，艺术家们致力于反叛、创新，提高创作技巧上的难度，创造了先锋派现代主义艺术。

总之，文学艺术领域的现代主义运动是随着生产方式的工业化、生活方式的城市化、思想方式的先锋性而产生的，各国文艺界对现代主义运动的反应也各有不同。学界普遍认为，英国是最早迎来现代化的国家。18世纪六七十年代首先发生在英国的工业革命带来了工业化的生产方式和城市化的生活方式。以城市为单位的生活方式使现代人摆脱了过去相对稳定的生活秩序带给他们的束缚，但同时也给人带来更多的困惑和焦虑。人与人之间变得陌生，宗教信仰遭到质疑，科学技术占据了主导地位。信息传递的方式从街谈巷议变为媒体传播；机器一方面将人们从繁重的体力劳动中解放出来，另一方面也迫使一些人改变工作环境和生活方式。现代化成为一种强制性的进程，无可逃避。对于生活于现代社会的人来说，社会进程、社会现实变得虚幻、不真实，个人成为社会复杂系统中的一个微不足道的小环节，很难获得真正的满足，心理上产生了异化。这些都为英国现代主义运动和现代主义文学的产生奠定了基础。

二、英国文学界对现代主义运动的回应

全球性的现代化进程对于各个国家、个人的影响不同，有的国家经历了翻天覆地的变化，有的国家却相对稳定。有人为之兴奋，有人满腹疑云，甚至感觉绝望或疏离。在世界各地的现代化进程中，英国起步最早。它最早爆发了工业革命，进入资本主义阶段，形成世俗的世界观。但相较于其他国家，英国社会向现代化社会的转变则更加温和，其最大的特点在于"传统因素和改变这些传统因素这两方面力量的独特综合"(同上 21)。换言之，英国文化根基深厚，在面对改变传统因素的力量时并没有发生陡然的剧变，而是对这种变化持保留态度。这一点也表现在英国的现代主义文学艺术领域：作家们意识到，必须对社会的变化做出回应，但他们又不想完全丢掉文学传统。

从社会层面来讲，英国经历了城市化进程，人们从乡村涌向城市，城市成为权力中心；它发展了一种流水线式生产模式，大批城市无产者开始从事批量生产；科学技术不断发展，深刻影响了教育模式、生活方式和普遍意识形态；人们的日常生活趋向于世俗化，教堂失去了决定人们生活意

义的力量;社会阶层随着经济条件的变化而调整,20 世纪逐渐成为普通民众的世纪。英国试图在变动的力量中保持发展的连续性,避免极端的变化和社会的动荡。

与其社会的进步相比较,英国文艺界的现代主义运动起步并不早。19 世纪末开始,德国、奥地利等各国的现代主义运动如火如荼。19 世纪 80—90 年代和 20 世纪初经历了一场"关于现代主义性质和名称的空前热烈的辩论——在这些年代,北方日耳曼各国或许比欧洲其他国家具有更高度的自我意识和更清晰的言语表达,而且提供了更充分的史料"(Bradbury & McFarlane 37)。然而,"这种对'现代的'这个词语几乎过分的关注与英国在这些年间对它的漠不关心形成的对照是令人吃惊的;在英国,从乔治·梅瑞迪斯(George Meredith, 1828—1909)1862 年出版《现代爱情》(*Modern Love*)到迈克尔·罗伯茨(Michael Roberts, 1902—1948)1936 年出版《现代诗歌集》(*The Faber Book of Modern Verse*)这段时期,这个词语极少在实用意义上加以使用"(同上 37—38)。

1870—1914 年间英国的现代化进程相对温和,但英国文化和英国知识分子的地位在这个转型时期仍然经历了较大的变化。维多利亚时期的知识分子虽然对自己的社会也有鲜明的批判意识,但他"一直拥有一个相对来说比较中心的地位和影响力,相信自己能够在某种程度上掌握民族文化的发展方向和目的"(Bradbury 1972: 37)。这在同一时期的其他国家是不多见的。在现代化进程的冲击下,英国文学和文化并没有与传统完全决裂,英国文艺界并没有将"现代"看作一种施加于文化的暴力,而是看作创新的契机。文化艺术成为社会进步的一部分,不再被视为服务社会、拯救社会的力量。

自 19 世纪后半叶开始,英国文学界知识分子已经意识到那个时代的社会变革带来的冲击和压力,在自己的作品中表现出一种张力感。托马斯·卡莱尔(Thomas Carlyle, 1795—1881)将维多利亚时代称作一个"改革时代";阿尔弗雷德·丁尼生(Alfred Tennyson, 1809—1892)说"所有的时代都是变迁时代,但这是一个变迁时代的惊人时刻"(转引自 Bradbury 1972: 39)。文人们意识到社会转型的必然性,并纷纷表达了对于"现代"的理解。在维多利亚时代,有关文学中的"现代"转型,经典的论述来自马修·阿诺德(Matthew Arnold, 1822—1888)1856 年的著名讲座"论文学中的现代因素"(On the Modern Element in Literature)。他认为社会在动态发展中,思想也必然如此。对于阿诺德来说,文学中的"现代因素”意味着智力的成熟,批判的精神,这引领人们做出正确的理性判断(Bradbury 1972: 40)。

正如阿诺德所说,社会在发展,思想、艺术也必然会随之进步。随着社会的发展,自维多利亚后期,特别是1880年以来,英国文学中确实出现了一个巨大的变化,形成了文学激进主义的潮流。艺术家急于表现出自己进行审美革命的决心。这一方面源于艺术家自觉意识的增强;另一方面源于文学新语境的出现,源于各种社会的、心理的新体验的引入。因此,在某种程度上,“我们可以说,这些发展是大约在同一时期显现的知识爆炸和更广阔的观念更迭的产物,比如哲学和心理学意义上的知识爆炸和观念更迭”(同上 xxx)。英国业已经历长期的城市化进程,工业革命的步伐越来越快,工业资本主义成为主导性的社会形态,新的社会阶层不断出现,阶级变得多元化,社会变得大众化,艺术的受众范围不断扩大,新的需要不断出现,整个社会、文化处于躁动不安、风云变幻中。形势逼迫艺术家不得不创新。

可见,现代艺术的出现跟现代化进程有着千丝万缕的联系,但两者之间并非直接的因果关系。实际上,尽管19世纪末至20世纪初的英国常被描述为一个异化和危机社会,但人们一直相信进步的力量。一些人相信现代化通过提高理性、效率和富足程度能够带来进步;另一些激进主义者反对这种形式的现代化,将无产阶级化和自我剖析、揭露看作一种解放,允许更自由的表达和自我发展。现代英国文学作品的一大特色是对这两种说法都进行了反叛。于是,现代或现代主义艺术出现了一个有趣的现象,即:

> 它与现代世界奇怪地缠绕在一起,接受并纵情于其中的很多方面,同时压制、批判并试图摧毁其他因素。它是一种批判性的艺术,常常是明确的反历史解释法的艺术,抵制服务于社会的欲望和意识形态上对这一点的特定兴趣,同时对很多政客拥护的未来乌托邦也没有多少兴趣。艺术可能阐明了这个时代的哲学思想和意识形态,它也可能代言或展示了当时的政治观点,但它的政治观点本质上是文化政治,为了其难以实现的目的蹚出一条崎岖的道路。(同上 19)

简言之,现代艺术对社会现实充满自觉意识,但并没有以传统的手段忠实地再现该现实,而是采取批判的眼光来看待当时的政治观点和意识形态,在创作中自觉地反叛和创新,目的是探索该社会阶段精神领域的人生观、价值观、历史观,亦即这一时期的文化政治。因此,正如布雷德伯里所说,这一阶段最好的现代艺术最终都选择坚定地反对历史决定论,认为并非一切由历史说了算,人们可能有选择地接受历史。现代艺术家就是如此,他们对现代化进程的感受是矛盾而复杂的,其艺术作品不是现代化进程顺理成章的产物,而是带有强烈的现代意识,同时充满了对现代化的反思、批判。

到 19 世纪末,社会处于一个转折点的意识在英国文学中已经非常明显,并且以多种多样的形式呈现。文学界对于新型艺术的渴望开始愈演愈烈。社会环境和氛围改变了,文学主题、语言表达、情感和风格也随之改变。旧的价值观中心被打破,人们致力于寻求新的价值观中心。在文学中,不仅题材变了,语言也变了,包括隐喻的使用、句式的构建、事件的叙述顺序、视角的使用等等。文学作品在想象力上、结构和形式上都开始推陈出新。1890—1920 年间的英国文学大放异彩,在发展方向和规模上都呈现出多元的特点。"它最大的优点在于它缺乏'纯粹主义'(purism),在于它维持一个实用主义的、多方向的发展势头"(同上 33)。这一时期的英国文学"在内容、想象和语言上是对于新与旧、特殊与普通等问题沉着的、有条不紊的沉思。其实验感与传统感、连续感相对照,其新颖性显著地直达中心。这类文学受到现代主义之光芒的照耀,但并非现代主义文学。而且,它植根于熟悉的、民族的、本土的体验,而不是自己编造的神秘世界"(同上)。从这个意义上来讲,这些作品立足现代社会,与现实和读者展开对话,不像其他国家在现代主义特定阶段那样偏好无政府主义,也避免陷入完全的虚无主义和绝望处境。

三、英国现代主义文学的本土化特点

如前文所述,英国文学面对世界性的现代化进程和现代主义运动表现出自己独有的本土化特点。这些特点大致可以归纳为如下三点:第一、世界性中的本土性;第二、实验中的保守;第三、国际化中的地域性。这三个特点相辅相成,构成了英国现代主义文学的本土特色。

(一) 世界性中的本土性

在世界性的现代主义思潮和运动中,英国知识分子以不同的方式进行了回应,形成了自己的现代主义风格,如福斯特将传统与现代相结合的写作方式，伍尔夫较为抒情的现代主义风格，乔伊斯充满典故、百科全书式的现代主义风格等(Butler 4)。“实际上，英国写作的一个突出特点是现代主义技巧和情感的极端化和一个更加现实主义、更本土化和更守旧的表现方式之间存在的、引人注目的、持续的互动”(Bradbury 1972：28)。在拥抱世界性的现代主义思潮的同时，英国的现代主义作品表现出突出的英国性。

在扎根本土、表现现实体验的同时，英国的现代主义文学也受到其他国家现代主义潮流的影响。“输入的文化按照一种对英语文学至关重要的独特节奏和演变结构被缓慢地移植到一个不断发展的民族传统上”(Bradbury & McFarlane 175)。这一点从现代主义运动爆发之初就已经开始显现出来。如同布雷德伯里和麦克法兰所说：

> 世界性和本土性富有成果的共生观念是 19 世纪 80 年代到第一次世界大战这个时期美学上一个极为重要的方面。这在亨利·詹姆斯的小说中与叶芝和艾略特的诗歌中以特别复杂的形式表现了出来。不了解于斯曼、马拉美和瓦莱里，就无法理解 19 世纪 90 年代的文化氛围。[……]不了解佩特、布莱克和爱尔兰民间传统，也同样无法理解 90 年代的文化氛围。世界主义和地方主义以各种方式混合在一起，贯穿于后来的各种运动和倾向中。(同上 175 - 176)

这种国际性和地方性的混合在英国的现代主义文学艺术中得到凸显。比如，D. H. 劳伦斯(D. H. Lawrence，1885—1930)通过弗丽达·劳伦斯(Frieda Lawrence，1875—1956)与德国早期印象主义建立了密切的联系；布鲁姆斯伯里是有名的亲法地区；1912—1915 年的后期意象主义不仅受到美国文学的影响，也借鉴了法国艺术，等等。不仅如此，一些外来作家也纷纷受到英国的吸引，来到英国伦敦，为英国文学注入了新的活力。代表性人物包括生于美国的埃兹拉·庞德(Ezra Pounds，1885—1972)、艾略特，生于波兰的约瑟夫·康拉德(Joseph Conrad，1857—1924)，生于爱尔兰的乔伊斯等，后来均成为英国现代主义文学的代表人物，与本土作家康拉德、劳伦斯、伍尔夫等交相辉映。如果说美国的哈雷姆文艺复兴(the Harlem Renaissance)是美国现代主义文学中重要的一支(Anderson 10)，那么英国的这些外来作家也在一定程度上带来了英国文坛的复兴。民族传统和外来影响交错融合，在世界性潮流中凸出地方性，这构成了英国现代主义文学的一大特色。

(二) 实验中的保守

除了世界性与本土性的融合,英国现代主义在激进中也表现出相对保守的一面。与美国或欧洲其他国家相比,“英国的现代主义通常被判定为较为平淡(tamer)”(Davis & Jenkins 27)。这是因为,英国在工业化之前就完成了向资产阶级社会的转化,其现代主义运动相对显得波澜不惊,导致很多国外的学者认为,“英国的知识界和文学界常常看起来安逸、简洁、不特别高深”(Bradbury 1972: 21)。对于另外一些人来说,英国作家和思想家“绅士、业余、不够严谨、阶级地位与权力过高,因而难以实现真正的创新和思想的独立”(同上 21—22)。英国文学艺术既不教条主义也不过分的先锋实验。“因此,从整体上来讲,它的唯美主义和玩世作风趋于法国或欧洲类型模糊的、借鉴的版本,看起来更像是一种风格而不是一种明确的必要”(同上 22)。这反映了英国文化的总特点,即强调整体性和连续性,反对过于激进的变革。

当法国、德国、美国等国家的文学艺术在热切地进行各种激进实验的时候,英国的文学艺术界更突出的是一种新现实主义和实验主义的对话。文学界典型的例子包括 H. G. 威尔斯(H. G. Wells, 1866—1946)与亨利·詹姆斯(Henry James, 1843—1916)之间、阿诺德·贝内特(Arnold Bennett, 1867—1931)和伍尔夫之间、约翰·高尔斯华绥(John Galsworthy, 1867—1933)和劳伦斯之间的争论。如果说争论的结果常常是那些实验派的或反现实主义的小说家和诗人获胜,但这并不意味着他们的文学表现方式是当时唯一的表现方式。现代主义盛行期间的英国创作中,尽管美学观点发生了重大改变,形成了一定的文学激进主义气氛,但偏激的观点和过度的实验并不具有普遍性。

然而,英国现代主义文学的相对平淡并不单纯源于社会或艺术家的保守,它还源自英国厚重的文学传统。“尽管现代主义写作确定无疑地与大都市、侨民和移民相连,英国的现代主义却始终如一地表现出对于根源持续不断的关注,以至于英国最经典的小说都以继承英国乡村房产为中心”(Mackay 24)。E. M. 福斯特(E. M. Forster, 1879—1970)的《霍华兹庄园》(*Howards End*, 1910)、福特·马多克斯·福特(Ford Madox Ford, 1873—1939)的《好兵》(*The Good Soldier*, 1915)、劳伦斯的《查特莱夫人的情人》(*Lady Chatterley's Lover*, 1928)、伍尔夫的《到灯塔去》(*To the Lighthouse*, 1927)等都是这方面的例子。这些作品一方面采用了现代主义创新手法，另一方面又传承了英国文学传统中对于“财产、家族谱系和权力”的兴趣（同上）。

因此，背靠高度发展的资本主义制度和强盛的国家，扎根于深厚的文学传统，英国作家和艺术家具有较强的独立性，用阿诺德的话来说，持一种“无利害性”（disinterestedness）的态度，自由地参与并关心文化本身（Bradbury 1972：26）。英国现代主义时期的文学艺术界整体的氛围是自由主义的，在激进-质朴-激进的艺术风格之间来回摆动，但整体上表现出对传统的尊重和对激进风格的有条件接受，避免了艺术极端性。

（三）国际化中的地域性

现代主义既是一种国际化运动，又是一种城市艺术，从东方的莫斯科到西方的芝加哥，从亨利克·易卜生（Henrik Ibsen，1828—1906）所在的斯堪的纳维亚、爱德华·蒙克（Edward Munch，1863—1944）所在的挪威及其他欧洲城市到加布里埃尔·邓南遮（Gabriele d'Annunzio，1863—1938）等人所在的意大利城市等，均爆发了现代主义运动（Bradbury 1988：14）。作为英国的首都，伦敦作为一个文化符号频频出现在英国现代主义作品中，一方面展现了它作为国际大都市的强烈吸引力，另一方面也透露出一种颓废和绝望气息。

现代主义时期的伦敦有足够的历史厚重感和丰富的文化内涵，拥有先进的技术和发展潜力，是世界物资的供应地，是文化、出版、金融中心。因此，“充满一系列社会对比的伦敦城市景观成为重要的文学题材和新形式的源泉。其中一个原因是，作家们与他们的许多同胞一样也城市化了，他们加入了涌向大城市的移民队伍，经历了城市生活特有的孤立、隔绝、绝望和希望等感受”（Bradbury & McFarlane 181）。

但同时，现代主义作品中的伦敦也常代表了黑暗、荒原，表达了一种绝望情绪。“和纽约或柏林的现代主义相比，以伦敦为基地的现代主义的特点是，它倾向于文化的绝望”（同上 182）。康拉德的《黑暗的中心》（*Heart of Darkness*，1899）从伦敦到非洲，描述了一个个“黑暗”的场景；他的《特务》（*The Secret Agent*，1907）利用明暗对比的方法，将伦敦表面上的秩序与暗影下的真相并置，以光明凸显黑暗。在这部小说里，伦敦是一个“大得古怪的城镇，比一些洲还要拥挤，具有人造的能量，似乎无视上天的喜怒；残忍地吞噬世界之光。这里够大，可放置任何故事；够深邃，可容纳任何激情；够多样，以提供不同的背景；够黑暗，可掩埋 500 万生命”（Bradbury 1972：51）。这种绝望感、挫败感随着一战的爆发、工党的失利、大罢工和经济萧条在高峰期的现代主义文学中表现得更加明显(Ross 193)。以伦敦表现文化的绝望方面最著名的例子当属艾略特的《荒原》。在这首长诗中,伦敦被比作文化和精神的荒原,其中透露出的颓废、破败、无序感遍布在字里行间,成为现代主义城市景观的一个代表,一个合成的"不真实的城市"(Davis & Jenkins 4)。

世界性中的本土性,实验中的保守,国际化中的地域性构成了英国现代主义文学的特点,使之区别于欧美其他国家的现代主义。比如,陀思妥耶夫斯基的现代主义作品凸显出人物的颓废主义(Calinescu 351),透露出俄罗斯文学对于人的精神世界的深度探索;易卜生的作品表现出作者的创新精神和挪威文学对于人道主义的关注;托马斯·曼(Thomas Mann, 1875—1955)的作品表现出德国现代主义文学对生存意义的追寻;马塞尔·普鲁斯特(Marcel Proust, 1871—1922)的《追忆似水年华》(*À la recherche du temps perdu*, 1913—1927)专注于对人类记忆、心理、意识等的描写,传达出法国文学特有的细腻。英国代表性的现代主义作品也表现出较强的本土性、地域性和作家个人的特色,比如乔伊斯作品中的爱尔兰性、"去创作"(decreation)因素和反史诗创作的特点(Bradbury 1988: 159);艾略特作品的颠覆性和对伦敦的夸张再现;伍尔夫诗意化的散文体风格等。因此,各国的现代主义作品各美其美,而英国的现代主义文学在世界现代主义潮流中占据着独特的地位,表现出独有的特点。

引用作品[Works Cited]:

Adams, Robert Martin. "What Was Modernism?" *The Hudson Review*, 30th Anniversary Issue 31.1 (Spring, 1978): 19-33.

Anderson, George Parker. *Research Guide to American Literature: American Modernism: 1914-1945*. New York: Fact on File Inc., 2010.

Ashton, Jennifer. *From Modernism to Postmodernism: American Poetry and Theory in the Twentieth Century*. Cambridge: Cambridge UP, 2005.

Bentley, Michael. *Modernizing England's Past: English Historiography in the Age of Modernism*. Cambridge: Cambridge UP, 2005.

Berube, Maurice R. *Beyond Modernism and Postmodernism: Essays on the Politics of Culture*. Westport, Connecticut, London: Bergin & Garvey, 2002.

Bradbury, Malcolm. *The Social Context of Modern English Literature*. Oxford: Basil Blackwell, 1972.

—. *The Modern World: Ten Great Writers*. London: Viking, 1988.

Bradbury, Malcolm, and James McFarlane. *Modernism: A Guide to European Literature 1890 –1930*. London and New York: Penguin Books, 1991.

Bradshaw, David, and Keven J. H. Dettmar. *A Companion to Modernist Literature and Culture*. Oxford: Blackwell Publishing, 2006.

Butler, Christopher. *Modernism: A Very Short Introduction*. Oxford: Oxford UP, 2010.

Calinescu, Matei. *Five Faces of Modernity: Modernism, Avant-garde, Decadence, Kitsch, Postmodernism*. Durham: Duke UP, 1987.

Davis, Alex, and Le M. Jenkins, eds. *Locations of Literary Modernism: Region and Nation in British and American Modernist Poetry*. Cambridge: Cambridge UP, 2000.

Levenson, Michael, ed. *The Cambridge Companion to Modernism*. Cambridge, Cambridge UP, 1999.

Mackay, Marina. *Modernism and World War II*. Cambridge: Cambridge UP, 2007.

Matar, Anat. *Modernism and the Language of Philosophy*. London and New York: Routledge, 2006.

Ross, Stephen. *Modernism and Theory: A Critical Debate*. London and New York: Routledge, 2009.

Ruland, Richard, and Malcolm Bradbury. *From Puritanism to Postmodernism: A History of American Literature*. London & New York: Penguin Books, 1991.

Sheehan, Paul. *Modernism, Narrative and Humanism*. Cambridge: Cambridge UP, 2004.

Weller, Shane. *Modernism and Nihilism*. New York: Palgrave Macmillan, 2011.

马·布雷德伯里,詹·麦克法兰编:《现代主义》,胡家峦等译,上海:上海外语教育出版社,1992 年。

李维屏:“英国现代主义文学思潮评析”,《英美文学研究论丛》,2007 年第 1 期,第 1—12 页。

颜学军:“英国现代主义文学反思”,《四川外国语学院学报》,1993 年第 4 期,第 17—22,52 页。

混沌理论刍议[*]

李英华[**]

内容提要：混沌理论出现于20世纪60年代，并于90年代开始逐步应用于文学批评领域。混沌理论强调无序中的有序，无序与有序是相互统一而非二元对立的。其中，“蝴蝶效应”展现了非线性系统对初始状态的敏感依赖，奇异吸引子是影响系统秩序性的重要因素。在文学批评领域，混沌理论主要用于研究非线性叙事，也可用于阐释文本中的秩序、女性文学和空间位移等主题。混沌理论还与后现代文学、解构主义、元小说等文学流派或现象相勾连。混沌理论既与当代人文学科的发展形成了深度契合，其跨学科特性也为化解文学危机提供了有益的尝试。

关键词：混沌理论；文学批评；无序中的有序；研究范畴；发展趋势

Abstract: Chaos theory emerged in the 1960s and began to be applied in the field of literary criticism in the 1990s. It emphasizes orderly disorder, and disorder and order are unified rather than being antithesis. Among all the assumptions of chaos theory, “butterfly effect” shows that in a nonlinear system, the results are sensitive to the initial conditions and strange attractor is an important factor in affecting the order of the system. In the domain of literary criticism, chaos theory can be used to study nonlinear narratives, and to interpret themes like the order in the text, women's literature and spatial displacement. Chaos theory is also associated with postmodern literature, deconstruction, meta-fiction and other literary schools or phenomena. The appearance of chaos theory is not only in deep agreement with the development of contemporary humanities, but also provides a significant attempt to solve the crisis of literature because of its interdisciplinary characteristics.

Key words: chaos theory; literary criticism; orderly disorder; domain of research; development tendency

---

* ［**基金项目**］：本文系山东大学人文社会科学重大项目“外国文学中的人类命运共同体愿景研究”(18RWZD04)的阶段性成果。

** ［**作者简介**］：李英华，山东大学外国语学院在读博士生，山东财经大学公共外语教学部副教授，主要从事英美文学方向的研究。

混沌理论(chaos theory)被认为是继相对论和量子力学之后,20 世纪科学领域的又一次重大革命,它将无序性、偶然性、不稳定性、非线性等新概念引入科学研究,打破了自牛顿力学以来一直统治世界的线性思维方式,改变了人们观察世界、解决问题的范式。混沌理论对传统思维方式的挑战恰好与后现代文学反抗传统的主旨相契合,因而一批作家、文学评论家着手将混沌理论运用于文学领域,从而为文学创作或文学批评注入了新的活力。目前国内外学界对混沌理论的文学批评研究侧重于叙事手法,主要关注蝴蝶效应、分形结构、奇异吸引子等相关理论,且研究成果散见于不同的论文著作中,所以有必要对已有的研究成果进行系统梳理,以厘清其发展脉络。

一、混沌理论的理论渊源及关键术语

混沌理论起源于西方数学、物理学领域的一系列重要研究成果。20 世纪初,法国数学家亨利·庞加莱(Henri Poincaré, 1854—1912)有关三体问题中天体对初始状态的敏感性的推测,为后人深入探究这一理论奠定了基础。20 世纪 60 年代,美国数学家、气象学家爱德华·洛伦兹(Edward Lorentz, 1917—2008)利用数学模型分析空气流动时,发现起始数据的细微差别会导致结果巨大的改变,并将一现象命名为"蝴蝶效应",他也为此被誉为"混沌之父"。

自 20 世纪 70 年代始,混沌理论的研究进入全盛时期,人们对其基本概念和基本规律的掌握日臻完善。专家学者们还将基础研究应用于实践,对不同领域的混沌现象做出质性分析,如化学、经济学、生态学、流行病学、哲学、人文社会科学等领域。随着日常生活中原本难以阐明的混沌现象得以充分解释,有关混沌理论的畅销书、分形几何图案出现在普通百姓生活中(Kasman 132),混沌理论逐渐融入了流行文化。

现代混沌理论研究确定性的、非线性(nonlinear)的动力学系统内部持续不断又似乎随机出现的变化。由于对初始状态的敏感性依赖,这种变化在很大程度上是难以预测的(Williams 362)。混沌(chaos)在这里除了意指"混乱""无序"之外,还隐含着更高一级的秩序,即无序中的有序(orderly disorder)。对有序和无序的重新阐释是混沌理论的核心内容。混沌理论提出之前,人们崇尚秩序,追求规律,世间万物似乎都有序可循,可以预测。那些杂乱无章、无法预测的部分则被认为是秩序的对立面,是非正常且无足轻重的。美国后现代文学批评家兼化学家凯瑟琳·海尔斯(N. Katherine Hayles, 1943—　)首先从哲学层面上突破了有序/无序二元对立的局面。她认为,混沌是秩序的先导和搭档,而绝非针锋相对的对立面;混沌系统内部存在着隐含的秩序,因此,混沌也区别于真正的随机(Hayles 1990: 9)。混沌理论的研究对象正是介于有序和无序之间的中间状态,其现实意义也在于透过千变万化的表象发现那些更为复杂的秩序。

混沌理论的另一特征是复杂系统对初始值的极端依赖,或称之为"蝴蝶效应",即初始时最细微的改变也足以令最终结果发生翻天覆地的变化。"失之毫厘,谬以千里""一着不慎,满盘皆输""丢了一个铁钉,亡了一个帝国",这些鲜活的例子都说明了结果对初始状态的敏感性依赖(sensitive dependence)。运用传统的微因微果原理,这些现象难以得到令人信服的解释。史蒂芬·凯勒特(Stephen Kellert, 1943—2016)曾指出,"它[混沌学]不像牛顿物理学那样强调可预测性(predictability),而是揭示规律(patterns)"(转引自 Wilcox 700)。尽管非线性因果关系增加了预测的难度,但从长远来看,它们仍然遵从某些规律,存在某种确定性,从而构成了不可预测性和确定性的矛盾统一。混沌理论的这一特性反映了它是一门关于"过程"(process)而非"状态"(state)的科学,关注的是"生成"(becoming)而非"存在"(being)。

奇异吸引子(strange attractor)是左右非线性动力系统内部随机性与秩序性的重要因素。与线性动力系统的吸引子不同,它无法使整个系统在中心点附近始终保持一种近乎平衡的状态。在复杂动力系统中,经过一段时间杂乱无章的状态之后,系统便展现出某种潜在的规律和秩序。不管是洛伦兹奇异吸引子(Lorenz strange attractor)还是罗斯勒奇异吸引子(Rossler strange attractor),它们系统的运动轨迹"从吸引子外部看,是聚集的过程;从吸引子内部看,是分散的过程"(李雪岩、吴今培、赵云 106),且任意两条轨迹都不相重合,这就是奇异吸引子的奇妙之处。此外,人们几乎无法获得系统初始状态的精确数值,因而很难通过已有轨迹预测未来的状态。不仅如此,"随着围绕吸引子不断的分散和聚集运动,系统的初始信息逐渐为新的信息所取代"(Parker 16),这意味着人们也无法追溯系统过去的运动状态。所以,奇异吸引子展现了混沌系统不断生成、不断变化的状态,体现了随机性(randomness)和确定性的统一。

如果说奇异吸引子是混沌系统内部某种潜在秩序的表征,那么分形结构(fractal)便从几何学的角度以图形的形式再次展示了混沌系统的典型特征——“无序中的有序”。分形结构的突出特点是自相似性(self-similarity),不同尺度(scale)上的相似性增强了整个系统的秩序感和协调性。芒德勃罗集合,有时也被称为“姜饼人”,是以分形几何学的创始人贝努瓦·芒德勃罗(Benoît Mandelbrot, 1924—2010)的名字命名的形状集合。该集合的图形充分体现了系统内部的自相似性,成为描绘混沌系统复杂秩序的代表图像。如果“将‘姜饼人’的某一小部分放大一定的倍数,[人们]会发现一个一模一样的‘小姜饼人’”(胡晓华 42),就像俄罗斯套娃的嵌套结构一样。这种自相似结构颠覆了人们对于整体与个体关系的传统认知。混沌系统中,整体不是个体的简单叠加,而是个体通过复杂的迭代法构成,因而,整体与个体的关系是基于不同尺度层面上的相似性,海尔斯称之为“一致性”(universality)(Hayles 1990: 154)。这不禁让人联想起英国诗人威廉·布莱克(William Blake, 1757—1827)的诗句“一沙一世界,一花一天堂”。

混沌理论是复杂系统理论的重要组成部分,在该理论体系中,耗散结构理论(Theory of Dissipative Structure)与混沌理论的关系最为密切。与混沌系统相类似,在非平衡态状况下,耗散结构会通过自我演化最终达到相对平衡的有序状态。为此,其内部的组织结构需要与外界环境进行物质、能量交换,降低系统内部的总熵(entropy)以增强自身活力。

混沌理论在不断挑战现代人认知极限的同时,也拓展了人们认知的边界。在混沌理论视野下,经典的、确定性的、非此即彼的二元对立被打破,取而代之的是不断变化的中间状态,有序和无序、确定性和随机性、可预测和不可预测的特质对立统一于复杂系统的内部。这种不断调整、变化的中间状态为系统内部走向更高一级的秩序奠定了基础,从宇宙的形成到自然现象,乃至人类社会的演变无不印证混沌理论的存在。

二、混沌理论文学批评的研究范畴

由前文可知,混沌理论的提出和发展是物理、数学、天文、气象等不同领域的科学家协同合作的结果,它的创设本身就具有很强的跨学科性。除了继续在自然学科范围内进行探索之外,混沌理论的研究还呈现出向人文学科拓展的趋势。詹姆斯·格雷克(James Gleick, 1954—)出版的《混沌学传奇》(*Chaos: Making a New Science*, 2008)标志着混沌理论的研究范畴拓展至社会科学领域(王强 47)。而且,混沌理论也逐步向哲学、政治学、语言学等学科扩展,足见其普适性。

与此同时,混沌理论也成为作家表达他们对现实世界看法的有力工具,并为文学评论提供了崭新的理论视角。早在混沌学诞生之前的30年间,阿根廷作家豪尔赫·路易斯·博尔赫斯(Jorge Luis Borges, 1899—1986)就在他的侦探小说《小径分岔的花园》(*The Garden of Forking Paths*, 1941)中探讨了"分形"理论的核心内涵(Hayles 1991: 223)。可见文学与科学根植于共同的文化母题,是殊途同归的,只是文学以感性和经验为基础反映现实生活,探索现实世界。海尔斯的《混沌的边界:当代文学与科学中的有序的无序》(*Chaos Bound: Orderly Disorder in Contemporary Literature and Science*, 1990)正式确立了混沌理论作为文学批评理论的"合法"地位。她从混沌理论的核心特征入手,系统分析了文学作品中呈现的混沌序,以跨学科的视角和方法为运用混沌理论进行文学批评实践树立了典范。

混沌理论文学批评最重要的一个研究领域是叙事学,主要研究文本的叙事框架(narrative frame)、文本意义的生成、叙事时间等非线性方面的内容。帕克(Jo Alyson Parker, 1954—)的《斯特恩、普鲁斯特、沃尔夫、福克纳作品中的叙事形式与混沌理论》(*Narrative Form and Chaos Theory in Sterne, Proust, Woolf, and Faulkner*, 2007)集中呈现了混沌理论与叙事学学科交叉的研究成果。

混沌叙事(chaotic narrative)的研究前提是将文学文本意义的生成视为一个复杂的、不断变化的动态过程(Parker 22)。在这种非线性叙事中,同一事件可通过不同人物反复讲述,叙事风格甚至连表达的观点都有所不同(Genette 115),或者多件相似的事件经过加工合成为一件事(同上116),热奈特(Gerard Genette, 1930—2018)称之为"迭代叙事"(iterative narrative)。迭代在这里并非简单的重复,通过迭代,新的信息不断补充添加,叙事过程为此充满了不稳定性和不确定性。

在文学作品中,有些平行的(parallel)或者嵌套(nested)的叙事结构具有自相似性,表现出分形结构的典型特点。"平行"指的是在两个独立的情节中,某些细节传递着相似的信息,如戏剧《阿卡迪亚》(*Arcadia*, 1993)里"人们在过去和现在的两段经历中对混沌理论的态度相类似"(Kasman 144)。而嵌套是指一个情节作为一个独立的部分融入更高级别意义上的情节,以此类推,而且不同级别的情节之间存在相似之处。例如,美国小说家约翰·巴斯(John Barth, 1930—)的小说三部曲:《休假》(*Sabbatical*, 1982)、《海上故事》(*The Tidewater Tales*, 1987)和《曾经沧海》(*Once Upon a Time*, 1994)。其中第二部小说交代了第一部小说的作者,第三部小说又交代了前两部小说的作者,当然是巴思自己(Slethaug 161)。

在动态系统内部,文本意义的生成带有主观性,更具有不确定性。文本意义是文本、作者和读者共同作用的结果,读者在此过程中扮演的角色更像是操作实验的观察者。混沌理论认为,观察者的主观行为,如使用初始数据,稍有变动就会导致实验结果出现巨大的差别;同样,读者的主观因素在文本意义的生成过程中也起着举足轻重的作用。而且,文本意义的阐释既是确定性的又是不断变化的,"作为书面文字,在空间上它是确定的,但当从解读字词以获得意义方面考虑时,它又是一个不确定的、持续进行的时间过程"(Parker 26)。

在混沌叙事中,时间顺序被彻底打乱,过去、现在甚至将来混杂在一起,传统的线性叙事的时间观不复存在。因此,在不同的叙事层面上,叙事时间以不同的速度推进,"没有统一的规则或者单独的外部时间对它进行标记"(同上 57)。混沌时间(chaotic time)使事件的前因后果关系受到挑战,然而,它关注的焦点却是更宏观层面上的规律。保罗·哈里斯(Paul Harris)指出混沌时间的属性之一就是"不同尺度或者不同层面上体现的模式"(转引自 Parker 57)。

从主题上看,混沌理论文学批评的焦点之一是秩序,因为混沌理论从思想上颠覆了人们对固有的秩序性和确定性的理解。在文学、文化层面出现的无序的有序可以说是一种无声的反抗,是"对那个时代文化确定性的有意的抵抗,以及试图将这种阐释行为固定下来的抵制"(Parker 29)。在《品钦小说中的混沌与秩序》中,孙万军视品钦的小说"为一个非线性复杂系统,它不为一个权威、统一的秩序所规范"(导言 VII),认为品钦通过对小说中多种秩序和无序的探究,"表现出对线性思维的挑战,表露出对集权主义的担忧"(同上 VI—VII)。

混沌理论不仅是对传统秩序的挑战,更是与女性文学的研究内核相一致。世间的秩序通过钟表时间得以维护和约束,弗吉尼亚·伍尔夫(Virginia Woolf, 1882—1941)直接"把钟表时间和男权社会的独裁、霸权等特质联系起来"(Parker 100)。在《达洛维夫人》(*Mrs. Dalloway*, 1925)中,她打破了以线性时间为代表的、统治社会的主流秩序,以带有混沌性质的主观时间挑战时间霸权,书写女性对世界的特殊感知。另外,海尔斯从文化阐释的习惯和传统出发,将"混沌的不确定性和非线性解码为女性(feminine)"(Hayles 1990: 173)。多年以来,混沌理论在科学发展史上受到冷遇的境况与女性的社会边缘状态极为相似,因而海尔斯把二者联系起来进行类比,揭示出混沌理论用于女性文学批评的潜力。

混沌理论文学批评还可以用来研究小说中的空间位移,由此揭示社会、文化领域的深层、复杂问题。戈登·E. 斯莱索格(Gordon E. Slethaug, 1940—)认为一些流浪汉小说明确提供了人物的行踪,类似稳定吸引子(stable attractor)的运动轨迹,而作者"最终是要破坏稳定吸引子,引导读者探索更为复杂、更为不确定的奇异吸引子"(Slethaug 149),关注的重点是"在确定的过程中,不确定因素不断演变,并发展到新的维度"(同上 154)。与此同时,也有学者质疑,作为信息技术手段发展的产物,奇异吸引子能否展现文学领域复杂的人类活动,"即便那些自觉运用混沌理论的作家也发现很难在作品中再现奇异吸引子的模型"(同上 148)。

经过专家、学者的一系列理论建构和批评实践,混沌理论文学批评逐步形成一套批评和阐释系统。混沌理论在叙事学领域用以分析叙事结构的非线性、文本意义生成的动态过程,以及带有混沌性质的叙事时间。另外,从主题上看,混沌理论亦为分析社会文化领域的秩序、女性文学和空间问题提供了新的研究视角和范式。随着人文学科研究向着跨文化、跨学科、跨媒介的多元转型,混沌理论也适用于对种族、生态、历史演进以及后人类等主题的探讨。

三、混沌理论与后现代文学的相通之处

混沌理论还与后现代文学、解构主义、元小说等文学流派或文学现象相勾连。由于混沌理论对秩序的质疑、后现代文学对传统的反叛,很长一段时间里,两者在各自的学科领域都未受到应有的重视和肯定。相近的起始时间、相似的发展轨迹意味着它们受到同种社会文化的影响,彼此也存在着许多相通之处。

不确定性是后现代文学思潮和混沌理论共同研究的内容,然而两者却在这一点上表现出不同的态度。后现代文学思潮挑战事物的客观性、确定性,主张反传统、多元化,强调不确定性。"不确定的内在性"(indetermanence)一词由伊哈布·哈桑(Ihab Hassan, 1925—)创造出

来，用以阐释后现代主义的特征。它包括"不确定性"(indeterminacy)和"内在性"(immanence)两部分，其中，"不确定性"蕴含着"对秩序和结构的质疑与否定"(毛娟 228)，表达着对中心、对确定性的消解。在后现代学者看来，不确定性意味着对秩序的挑战，有消解一切的潜能，是一股激进的反叛力量，如"反英雄""反小说""反文化"，一切都着力于对已有秩序的颠覆。混沌理论也聚焦于"不确定性"这一核心概念，相比之下，混沌学家认为不确定性是获得新秩序的源泉，因而更注重揭示深层结构中隐含的秩序。美国物理学家米歇尔·费根鲍姆(Mitchell Feigenbaum, 1944—2019)发现了混沌结构中的数学常数，这些常数表明"看似无法预测的事物实则存在某种秩序，进而说明不同级别的事物以某种确定的方式互相联系"(Smith 266)。总的来说，后现代流派利用不确定性颠覆了中心和秩序，而混沌学家则致力于揭示不确定性中隐藏的秩序，认为混乱是秩序的先导，因而表现得更为温和、保守。

迭代(iteration)是解构主义和混沌理论相联系的另一个连接点，两者在此方面的研究表现出惊人的相似之处。雅克·德里达(Jacques Derrida, 1930—2004)在解释迭代时提到，"任何词语只要出现在一个新的语境，它就会得到一个与之前稍有不同的意思"(转引自 Hayles 1990: 180)，由此可见，词语的意思通过迭代一直处于不确定性之中，作品意义的稳定性便被解构了。德里达解构的出发点是文本内部的不确定性，并将这种不确定性归结于"语言系统内部无法追溯本源"(Hayles 1990: 183)。这种方法与混沌学家探究混沌的起源相似，他们把混沌的产生归因于初始条件的细微变化，并"通过迭代将细微差异无限放大"(同上)。解构主义文学和混沌理论分属不同的学科体系，却都以探究学科最小的功能单位为出发点，采取类似的方法进行研究，表现出同形的(isomorphic)特点，再次印证了文学和科学分属文明的两翼，它们之间存在互相联系的精神内核。

操作者(实验者/作者)的主观作用在研究混沌理论和元小说的过程中突显出来。混沌理论中，"蝴蝶效应"对于初始状态的敏感性依赖提醒人们反思实验者的主观因素对实验结果的影响，打破了人们对于科学研究客观性的认识。而在文学领域，作者的写作目的、创作手法等一系列主观因素也左右着文本意义的生成。在元小说中作者的作用更为淋漓尽致地表现出来，作者的创作过程也更为清晰地勾勒出来，并完全融入文本，因而元小说也被称为"自我再现(auto-representation)的艺术"(陈后亮

11)。另外,元小说文本意义的生成也打破了传统小说线性的、封合性的特点。作者有时直接跳出叙事过程与读者交流情节设计,甚至表现出犹豫不决的态度,整个创作过程显得随意而又不确定。在元小说中,这种无序性本身就暗含着某种秩序,具有混沌序的特质,而碎片化的情节通过并置、拼接等写作技巧处理,仿佛自我重组,使读者从不同角度获得不同的解读体验。元小说的文本就像一个开放的复杂系统,读者身处其中对文本不断进行解读。

最后,一些意识流小说,如《项狄传》(*Tristram Shandy*, 1759)、《尤利西斯》(*Ulysses*, 1922)、《芬尼根守灵》(*Finnegans Wake*, 1939)及《达洛维夫人》等,由于突出反映了非线性的混沌叙事特色而成为评论家热衷探讨的作品。与结构严谨、句法规范的传统小说相比,意识流小说似乎缺乏逻辑秩序,语言缺乏连贯性,支离破碎甚至极具跳跃性。然而,在看似混乱的表层秩序之下,意识流小说突出描写的是个人内心丰富的情感体验和心理活动,是连贯的、不断变化的意识。意识流小说有时通过转换聚焦人物,无障碍地在各主要人物的思绪中穿梭往来,汇成一条意识组成的溪流。通过意识流,可能表面上看似不相干的人物被联系起来,从而构成更深层的秩序。

自 20 世纪 90 年代混沌理论用于文学批评以来,其发展表现出全面、深入、自成体系的趋势。从研究范围来说,混沌理论文学批评涉及的文学体裁越来越广泛,由对经典意识流小说的解读逐渐向现当代小说、电影、戏剧、诗歌等门类不断拓展。混沌理论文学批评研究的主题也愈来愈宽泛,由最初的非线性、不确定性的主题逐步向混沌理论的核心概念靠拢,如奇异吸引子、蝴蝶效应、分形几何学等。从研究的深度来看,混沌哲学、混沌美学的发展为混沌理论用于文学批评实践奠定了理论基础,有助于文学批评实践向纵深方向发展。混沌理论的提出促使哲学家重新思考有关简单与复杂问题的辩证法,也使美学家重新审视被忽视的“混沌之美”。近年来恐怖主义、生态危机、地区冲突、新冠疫情等问题一直困扰着人类文明的进程,人类社会陷入一种空前的万物互联,同时又极为不确定的状态。混沌理论所蕴含的整体观和历史发展中的分形的观点,使“处于后现代虚无主义焦虑下的人类”(张小平 92)透过历史事件的层层迷雾,坚定其身处确定性发展进程的信心。而且,当今世界科学发展日新月异,科学改变着世界的发展趋势,也影响着人文学科的研究模式,“科学同人文的跨学科融合是大势所趋”(聂珍钊 31),混沌理论用于文学批评顺应了人文学科的发展趋势。

结 语

通过梳理混沌理论的理论渊源、关键术语，笔者发现混沌理论对于秩序的强调与文学批评的某些方面存在相通之处。在文学批评领域，混沌理论可用于阐释文本中的秩序、非线性叙事、女性文学和空间位移等主题。混沌理论还与后现代文学、解构主义、元小说等文学流派或现象相勾连。混沌理论既与当代人文学科的发展形成了深度契合，其跨学科特性也为化解文学危机提供了有益的尝试。

引用作品[Works Cited]：

Genette, Gerard. *Narrative Discourse: An Essay in Method*. New York: Cornell UP, 1972.

Gleick, James. *Chaos: Making a New Science*. New York: Penguin Books, 2008.

Hayles, N. Katherine. *Chaos Bound: Orderly Disorder in Contemporary Literature and Science*. New York: Cornell UP, 1990.

—. *Chaos and Order*. Chicago and London: U of Chicago P, 1991.

Kasman, Alex. "Uses of Chaos Theory and Fractal Geometry in Fiction." *The Plagrave Handbook of Literature and Mathematics*. Eds. Robert Tubbs, Alice Jenkins and Nina Engelhardt. London: Palgrave Macmillan, 2021. 129 - 147.

Parker, Jo Alyson. *Narrative Form and Chaos Theory in Sterne, Proust, Woolf, and Faulkner*. New York: Palgrave Macmillan, 2007.

Slethaug, Gordon E. *Beautiful Chaos: Chaos Theory and Metachaotics in Recent American Fiction*. New York: State U of New York P, 2000.

Smith, Warren. "Chaos Theory and Postmodern Organization." *International Journal of Organization Theory & Behavior* 4. 3 - 4 (2001): 259 - 286.

Wilcox, Dean. "What Does Chaos Theory Have to Do with ART?" *Modern Drama* 39 (1996): 698 - 711.

Williams, Garnett P. *Chaos Theory Tamed*. Washington, D. C.: Joseph Henry Press, 1997.

A. A.布多，世泉："混沌哲学(续完)"，《哲学译丛》，1992年第4期，第7—13页。

陈后亮："元小说中的自我再现艺术——兼论琳达·哈琴的自恋叙事理论"，《国外文学》，2011年第3期，第11—17页。

胡晓华:“秩序中的混乱 混乱中的秩序——论《玻璃城堡》中的‘混沌’人生”,《西南科技大学学报(哲社版)》,2016 年第 5 期,第 36—42 页。

李雪岩,吴今培,赵云:《复杂性之美》,北京:北京交通大学出版社,2017 年。

毛娟:“‘不确定的内在性’:理解西方后现代主义及其文学的关键词”,《江西社会科学》,2009 年第 6 期,第 225—229 页。

聂珍钊:“文学跨学科发展——论科技与人文学术研究的革命”,《外国文学研究》,2021 年第 2 期,第 31—43 页。

孙万军:《品钦小说中的混沌与秩序》,保定:河北大学出版社,2008 年。

王强:“混沌理论在西方政治学中的应用:研究综述”,《国外社会科学》,2016 年第 4 期,第 46—53 页。

张小平:“‘混沌’思维:美国文学研究的新思路”,《北方工业大学学报》,2021 年第 8 期,第 87—93 页。

论约瑟夫·康拉德的英国文化身份*

李文军**

内容提要：约瑟夫·康拉德的文化身份一直以来是学界争议的焦点。然而，无论如何争议，康拉德的英国人的公民身份是无可置疑的，但其特殊之处在于，他是一个具有人类意识的波兰裔英国人，是“一位全球化的世界公民”。首先，出于对英国海洋文化传统的热爱，康拉德选择成为一名英国人，一名英国作家，从而拥有了让自己骄傲的英国人的文化身份；其次，作为一个外来文化的闯入者，康拉德在英国依然是一个文化流浪者，一个有着多种文化印记的英国人；此外，多年穿梭于陆地和海洋、东方和西方之间的生活，形成了康拉德多元文化意识和人类意识，使得康拉德并不像英国传统冒险作家那样，鼓吹英国帝国主义的正当性与白人的优越性，而是以跨文化的视角书写人类共同的故事。

关键词：约瑟夫·康拉德；文化身份；英国；海洋；跨文化

Abstract: The cultural identity of Joseph Conrad has always been the focus of controversy in Conradian studies. However, no matter how controversial Conrad's identity is, his English citizenship is indisputable. The distinctive uniqueness of Conrad is that he is a Polish English with human-consciousness, "a global citizen of the world." Firstly, due to his ardent love of British marine culture tradition, Conrad chose to become an English man, thereafter an English writer, which hence granted him English cultural identity that he was quite proud of. Secondly, as a cultural intruder, Conrad was still a cultural wanderer in Britain, that is, an English with multiple cultural imprints. Thirdly, many years of life shuttling between land and sea, East and West as a sailor enabled Conrad to form a multicultural consciousness and human-consciousness which thus made him quite distinctive from traditional English imperial romance writers who had advocated the rightness of British imperialism and the superiority of White race. This then provided Conrad a cross-cultural awareness to write the story of all human beings.

---

* ［**基金项目**］：本文系作者主持的国家社会科学基金西部项目“文化批评视角下的约瑟夫·康拉德研究”(11XWW006)的阶段性成果。

** ［**作者简介**］：李文军，宁夏师范学院教授，博士，主要从事英美文学方向的研究。

Key words: Joseph Conrad; cultural identity; The U.K; the ocean; cross-culture

波兰裔英国作家约瑟夫·康拉德(Joseph Conrad, 1857—1924)小说中的种族、他者、性别、话语、身份等问题一直是现代文化研究的热点话题,特别是其文化身份问题,更是学界争议的焦点。康拉德17岁离开波兰前往法国,后来选择加入了英国商船队并最终定居英国。选择成为一名英国人,并非康拉德生活中的一个偶然事件,而是出于他个人对英国海洋文化传统的特别偏好与不懈追求。然而,康拉德不只具有英国的文化身份,在他身上多种文化身份交织并存,使他成为一个文化综合体,一个文化矛盾体。欧文·诺里斯(Owen Knowles)如此评论道:"正如他们的回忆表明,他[康拉德]可以被看作好多角色——英国乡村绅士、法国花花公子、'黝黑'的斯拉夫人,甚至偶尔会成为一个不可思议的'东方人'"(转引自Stape 3)。康拉德选择成为一名英国人,并选择做一名英国作家,用自己并不擅长的英语进行写作,因此拥有了让自己骄傲的英国人的文化身份。然而,康拉德在寻找并确认个人文化身份的过程中,经历了多种文化的浸润,也经历了多个文化觉醒的阶段,最后成了一个能容纳多种文化身份的世界人。正是这种文化身份特质,使康拉德能够用双重或多重视角,而不是以孤立片面的方式来观察和对待世界各种文化,形成了他跨文化写作的世界视野。

一、航船:海上自由之家

海洋在康拉德的现实生活和虚构的小说世界中,都有着举足轻重的作用。可以说,如果没有早年大海上的水手经历,康拉德可能会一无所有。在康拉德的作品中,海洋小说占据其文学创作的主导地位,如《吉姆爷》(*Lord Jim*, 1900)、《走投无路》(*The End of the Tether*, 1902)、《青春》("Youth", 1902)、《阴暗线》(*The Shadow Line*, 1917)、《台风》(*Typhoon*, 1902)等。在《个人记录》(*A Personal Record*, 1911)中,康拉德道出了他写海洋小说的原因,他说:"我想表达我对海洋、对船舶以及船员们的敬意,因为我曾受惠于他们,是他们造就了今天的我"(Conrad 1996: 6)。

康拉德对海洋的迷恋源于他早年的阅读兴趣,小时候的他特别喜爱读《唐·吉诃德》(*Don Quixote*, 1605)一类的冒险故事,他甚至在自己后来的作品中,塑造了一个与唐·吉诃德相似的人物——"海大王"林格,一个海上的唐·吉诃德。童年的康拉德对水手的海外探险故事更着迷,据他的一个童年的玩伴回忆说:"这个奇怪的男孩[康拉德],给我们这些他童年的伙伴们讲过很多精彩的故事,很多故事都是关于大海、航船和遥远的异域国家的。似乎,海水的咸盐味已经融入康拉德的血液中了"(Najder 143)。在其散文《地理及探险者们》("Geography and Some Explorers")中,康拉德这样描述他的学生时代:"一天,我在地图上指着非洲的中心位置,向所有人宣布,我将来某天一定要去那里"(Conrad 1926: 16)。在小说《黑暗的心》(*Heart of Darkness*, 1899)中,康拉德通过故事的叙述者马洛之口,再次表达了他童年时要去探险的豪言壮语:"要知道在我还是个小不点儿的时候,我就对地图十分感兴趣。[……]当我看到地图上某个对我特别具有诱惑力的空白点(不过它们似乎全都如此)的时候,我就会把一个指头按在上面说,等我长大了一定要到那儿去"(康拉德 2012: 17)。

1878年康拉德加入英国商船队,借助水手职业的优势,他几乎游历了全世界。对自己水手职业的选择,康拉德自己后来说:"这不足为奇——我经过深思熟虑,才选择成为他们中的一员[水手],对此,我没有丝毫犹豫和彷徨。这种环境[水手生活]给予我完整的身份认证,一个非常形象的说明,即:如果我不归属于他们,那么我什么都不是"(Conrad 2004: 144—145)。欧文·诺里斯(Owen Norris)在他的随笔《康拉德的生活》("Conrad's Life")中也写道:"在康拉德15—17岁时,他反复表达着出海远航的愿望,这让他的监护人[舅舅塔丢斯(Tadeusz Bobrowski)]感到十分惊讶,因为对于一个生活在内陆国家的孩子来说,他有这样的愿望纯粹是奇怪之极,他的许多亲戚认为这种举动要么是唐·吉诃德式的愚蠢,要么是可耻的'背叛国家'的行为"(转引自Stape 7)。在其《个人记录》中,康拉德提到,他的舅舅不光自己尽其所能地想要改变外甥的决定,还向康拉德的家庭老师亚当·普尔曼(Adam Pulman)寻求帮助,想让他劝阻康拉德放弃水手梦。可是,固执的康拉德还是不愿屈服,老师普尔曼最终精疲力竭,放弃劝说,无奈地说道:"你真是个无可救药、毫无希望的唐·吉诃德"(Conrad 1996: 24)。

康拉德走向海洋的这种冲动,连他自己也解释不清,他在《台风》中描写马克惠船长时写道,他原是"事事称心适意,偏要跑到海上去,到底受了什么引诱呢,天底下什么事能有这么大的引诱力呢,这可没法理解了。可是他 15 岁时竟干下了这桩事。[……]有一只庞大强悍而无形的手,[……]驱使许多不自觉的面孔往不可思议的目标和梦想不到的方向蹦奔"(康拉德 1995: 51)。康拉德如此痴迷于海洋和海洋生活,可能因为他受到早年阅读的各种历险小说的影响,也可能是作为一个沙俄政治犯的儿子,他想逃离压抑、伤心的波兰;或者康拉德想通过改变环境,清除童年流亡生活给他心理上留下的阴影,在自由的大海上释放他的情怀、找寻生活的意义。大海就是康拉德生活的精神动力,航船就是他漂泊在大海上的自由之家。他说:"她[大海]是我最深的信念,也许我应该说,从我个人的人生经历来说,我对她的热爱是发自我内心深处的最真挚的感情。[……]对于我而言,海洋、船只,他们已经不单是物质的存在物了,而是指引我人生前进道路的精神寄托——一种永远向前的冒险精神"(康拉德 2006: 369)。

康拉德选择走向以英法为代表的海洋国家,因为在他的心目中,那里是民主、自由、平等的发源地。在康拉德的眼中,早期英国是"一个支持自由、对难民友好的大国,积极推行英国强权下的世界和平"(Ford 57—58)。F. R. 利维斯(F. R. Leavis, 1895—1978)也指出:"[……]如果康拉德的著作跟大海有关,那也是附带而已。但是为英国商船队工作对他而言既是客观事实,也是精神象征,而且是促使他选择做水手的所有兴趣与激情所在,这使得他能够随时随地轻松驾驭他的作品,使其充满生机"(Leavis 1954: 28)。康拉德本人也曾说:"我走向世界,从法国到英国,在这两个国家我从未感觉自己是陌生人,从思想到制度丝毫没有不适应的感觉"(康拉德 1985: 译本序 5)。

海洋贸易、远洋冒险是英国的文化传统,康拉德偏爱海洋、迷恋远洋冒险生活的行为,无意中追随了大英帝国的海外冒险传统。19 世纪是英国海上力量最为辉煌的世纪,当时英国二分之一的商船从事对外运输,几乎占世界海上运输量的一半。弗雷德里克·詹姆斯(Frederick James, 1845—1907)指出,大海"是帝国主义资本主义借以将其分散的立足点和前哨聚集在一起的因素,通过这些立足点和前哨,它能慢慢地实现有时狂暴有时安静而恶毒地向地球上资本主义外围地带的渗透"(199)。海洋与英国人的性格息息相关,长期的艰难的航海历程铸就了英国民族特有的商船伦理传统(traditional ethics of British Merchant Service),航海精神已经上升为英国的民族神话,与之相关的水手的职业道德和精神也感召着人们对生活的努力。正是这种传统吸引着康拉德，让他深深地爱上了英国，他说："有一些人曾经说过，航海是英国人的第二本性，这话千真万确"(康拉德 2006：369)。

在当时的英国，水手们被视为国家英雄，他们一次次在人们羡慕和渴求的喧嚷声中驶离家乡，去冒险、去创造财富、去赢得荣誉。康拉德崇尚这样的海洋文化精神，羡慕那些英雄的水手们的杰出表现，他在诺福克海岸边的英国水手们身上，看到他们身上体现出一种独特的英国式的海洋精神，以及一种认真、执着而理性的人生态度，也正是这种英国文化精神让康拉德在最终选择法国文化还是英国文化时找到了答案。康拉德选择成为一名英国水手，一名英国人，并后来通过文学创作歌颂大海、歌颂试图征服大海的水手，特别是歌颂英国水手"从人类艰苦的劳作之中，他能够生出最真诚的同情，不单是针对个人，还包含着最深刻的对于人类命运的思考"(同上 381)。所以，康拉德选择海洋冒险生活的真正动机，就是对于英国这个海洋帝国的向往。利维斯说："康拉德对英国商船社所代表的那种人类成就——传统、规训和道德理想，确实抱有极强的信念"(利维斯 2002：333)。

二、英国：陆上的心灵之家

康拉德选择走向大海，成了一个海洋之子，长期的海上漂泊让康拉德对祖国、家园等极为敏感，渴望有一个可以归属的集体，一个精神与情感的"家"。1878 年康拉德离开法国船队，加入了英国商船队。在这里，康拉德很快被大家所接受，拥有了一大批"兄弟"，越来越多地感受到了家的归属。事实上，当康拉德一踏上英国的土地后，就立即喜欢上了这个陌生的国度。塞德里克·瓦兹(Cedric Watts)写道："如果康拉德曾身为英国蒂尔伯里(Tilbury)码头上激动亲吻地面的移民中的一员，他或许会带着贵族式的厌恶表情离开人群；但是毫无疑问，福特笔下记录的康拉德对英国的热爱，完全与康拉德抵达英国时的心情相吻合"(Watts 21)。康拉德的文学挚友高尔斯华绥(John Galsworthy, 1867—1933)曾评论说："由于狄更斯、马瑞雅舰长、柯克船长和北极探险家富兰克林，他[康拉德]早就把英国视为圣坛"(187)。有学者认为，英国商船给康拉德"提供了一个充满'兄弟'情谊的第二家庭，那里的集体生活建立在英国商船旗所代表的价值观念之上，如忠诚团结的品质、社会等级体系以及经久不衰的传统和在劳动实际中形成的行为准则"(Stape 8)。

在英国,康拉德的确感受到了家的归属感,他的亲戚朋友对他成为英国人,都感到非常开心。康拉德的舅舅塔丢斯就为康拉德加入英国感到非常开心,他曾多次建议康拉德加入英国国籍:"康拉德后来意识到他需要一个团队归属。他的舅舅塔丢斯非常推崇英国的社会团体,这就是他多次建议康拉德加入英国国籍的原因"(Girdhari 27)。在给舅舅的信中,康拉德讲到英国是一个自由的国家,并强调这种自由只存在于英国。康拉德追求这种自由,梦想"成为一个自由国家的自由公民……",因为,"在康拉德童年时代,很少有波兰人能够像英国人一样享受这种民族国家所带来的安全感,因为在19世纪大部分时间内,波兰实际上是一个被占领的国家"(Spittles 2)。福特也指出,康拉德的确在英国找到了他所向往的自由感,他强调说:"上个世纪,如果你去蒂尔伯里码头,你会看到波兰犹太移民举家登陆。他们脚一着地,就会叩拜、亲吻这片自由的土地……英格兰在康拉德早期眼里面,是一个支持自由、对难民友好、积极推行英国强权下世界和平的世界强国"(Ford 57—58)。

加入了英国商船队后,虽然只是一名新入团队的"英国人",但康拉德却从内心深处认为自己是正统的英国人。他对英国的风土人情,可谓无一不爱,有时甚至表现得比一般英国人更要喜爱他们的祖国,认为"只有在英国旗帜下才能找到自由(liberty, which can be only found under the English flag)"(Watts 59)。在其杂文《自信》("Confidence")中,康拉德极具热情地赞美那面带有"一点红色"的英国商船旗帜:"若非英国国旗的存在,我想这面红色旗帜很可能会被最激进的革命者所利用吧,[……][它]给予了我们坚定的目标、持续不断奋进的动力,并且还给我们大英帝国提供了维持世界和平最充分的资本和条件"(康拉德 2006: 399)。

康拉德的很多故事都围绕英国海洋文化传统展开的,其目的不仅仅要取悦英国读者,也是康拉德内心对英国文化膜拜的真情流露。比如,在小说《台风》中,康拉德赞扬了一位来自英国的白人船长——英雄的马克惠船长,康拉德偏爱他的一个原因也许就是,他从马克惠船长身上看到了英国的海洋精神。同样,其小说《"水仙号"上的黑水手》(*The Nigger of the "Narcissus"*, 1897)也是一部书写英国爱国精神的作品,有学者评论道:"通过对大海及'水仙号'上船员们的大家庭的描写,康拉德含蓄地强调,是某种精神纽带将他与英格兰连在了一起"(Stape 11)。其实,小说《"水仙号"上的黑水手》的背景设置,本身就有深刻的用意。在康拉德的现实生活中,“水仙号”的航行最终抵达的是法国的敦刻尔克,然而在小说中,航行的终点却变成了英国的伦敦,充分说明了他对英国的青睐。另外,在《吉姆爷》中,“帕特纳”号船的船长及重要成员都是英国人。虽然,船长和吉姆一行人放弃施救正在下沉的船,跳船逃生,但此后吉姆的赎罪过程又表现出了英国人的优秀品质。还有,在其短篇小说《青春》中,故事以损失惨重的“朱迪埃”号船的航行描写为背景,赞美了英国水手的良好品德和主导航船的绝对领导力,小说里有很多赞扬英国船员高尚职业道德的话语。有学者对此评论道:“这个故事通过详细描绘英国船员们的勇敢精神,阐释了英国爱国神话的创造过程”(Watts 60)。实际上,“朱迪埃”号的航行经历是根据康拉德本人于 1882—1883 年在“巴勒斯坦”号上的航行经历改编而成。现实中“巴勒斯坦”号上的船员由各色各类人组成,有黑人、比利时人、爱尔兰人、两名丹麦人和一名丹麦的服务生、一名挪威人等。然而在小说《青春》中,“朱迪埃”号船的船长则是一个非凡的英国人,其他的官员有一个爱尔兰人,当然还有一个波兰人。康拉德特意将表现出色的船长与船员都写成英国人,因为“康拉德想要特别理想化英国商船队传统的、专业的非凡品质”(同上 60)。

另外,康拉德在作品中塑造了很多有缺陷的白人主人公,他们大多数被批判、被嘲弄、被讽刺,但只有英国人得到了少有的肯定和赞扬,认为英国人是白人殖民者的典范。他在小说《诺斯托罗莫》(*Nostromo*, 1904)写道:“为了在美洲实现自由的理想,有几个英国人抛头颅,洒热血”,“他所到之处,都看到英国人总是站在自由军的前排”(康拉德 2015: 27—28)。在小说《拯救》(*The Rescue*, 1920)的手稿中,康拉德写道:“那些默默无闻的文明的引导者中的一员,在进步发展过程中,他们是管理者、勇士、创造者[……]”(转引自吕伟民 106)。特别是在《卡伦:一段回忆》(“Karain: A Memory”, 1897)中,康拉德描绘了当地部落首领卡伦对大英帝国的崇拜和迷信。在卡伦眼里,大英帝国是一个伟大的文明国度,女王如上帝一样的存在。小说写道:“他非常着迷于那个王权持有者,他权力的影子从世界西部延伸过大地、延伸过大海,远远超越了他所征服陆地的范围”(Conrad 1895: 12—13)。卡伦认为大英帝国是优秀殖民主义的代表,他对英国王权强烈的偏爱和加入英格兰的渴望反映出康拉德相同的愿望。

三、地球:人类共有的家园

康拉德热爱大海、定居英国并选择用英语写作,表明了对英国文化身份的认同,但是,康拉德并没有像那些欧洲帝国传统冒险作家那样,从一个单一文化的视角,孤立地、片面地看待"自我"文化与"他者"文化。布莱恩·斯皮特尔(Brian Spittles)指出:"约瑟夫·康拉德是一位与众不同的作家,但这不是指一般意义上作家与作家之间的不同,而是特指康拉德的生活方式和他所从事的两项职业,使他在英国文学中有别于他之前,甚至他之后的近现代小说家"(Spittles 1)。康拉德的航海生活使得他能够领略世界各地的文化和习俗(包括亚洲、澳洲、美洲、和非洲),他的所见所闻是任何其他作家都无法堪比的,这也使得康拉德的作品有着非同一般的超越时空的多元文化视域。有研究者评论说:"一直以来无法完全融入后来选择的英国文化,康拉德充分利用自己以前当英国海员时周游世界各地的文化经历,以文学创作的形式,从众多视角探索世界文化冲突和文化孤立问题"(George 235)。

首先,康拉德的异域冒险小说对来自"自我"与"他者"世界的这些各色文化背景的人物提供了文化接触的舞台。比如,《诺斯托罗莫》就是一个很好的实例,小说中的人物来自不同社会阶层,不同文化背景,内容涉及欧洲文化、南美文化、当地土著文化等。《诺斯托罗莫》显然类似于当今地球村的一个缩影,是现在全球化的典型代表。不只是《诺斯托罗莫》具有这样跨文化的特点,可以说康拉德所有作品都是文化杂糅的结晶,几乎没有哪一部小说以某个单独文化为背景的。特里·柯林斯(Terry Collits)认为康拉德是个跨文化的发言人,与现在致力于推动文明对话的思想家爱德华·萨义德(Edward W. Said, 1935—2003)有共同之处。柯林斯是如此评论萨义德和康拉德之间的相似性的:"康拉德使得萨义德等人能够从不同的角度'观察'他们居住的世界,以此创造认识世界的新方法,从而推进探索世界手段的创新"(Collits 35)。

其次,除了混杂的人物文化上的碰撞,来自不同文化背景下的人与人以及族群与族群之间的关系,也是康拉德异域冒险小说的主要关注点。康拉德的很多小说都是关于个人与社会群体间关系的故事,共同的信念和认识,以及为了保留这份信念的责任是维护群体生存的关键。无论是白人还是马来人,他们的生活主题似乎都是身份认知,都是在通过个人与社会群体关系,或家庭与社会群体关系来寻求身份认同。比如,在康拉德的前两部小说中，阿尔迈耶和威廉斯都已失去了他们的父亲，他在异域世界尝试通过选择一个临时父亲，来找到自己的归属，因为有了父亲的名分才能确定自己的身份；甚至，连奥马尔，一个刑事犯、海盗、海上恐怖实施者，也需要群体陪伴。所以，无论种族、民族、宗教、文化，人类本就是一家，平等相爱的一家。但是，康拉德清醒地意识到了人类民族文化中固有的偏见，他在名为《独裁与战争》（"Autocracy and War", 1905）的文章中指出，以民族、种族、国家为群体进行分类的人类，内心中往往都有种完全无意识的种族偏见（康拉德 2000：126）。

难能可贵的是，作为西方冒险文学作家，康拉德能够摆脱白人种族中心主义思想偏见，以跨文化视角，既写到了不一样的"他者"，也写到了有缺陷的"自我"。那些曾经在传统的帝国冒险故事中被描述为杰出非凡、无所不能的白人英雄主人公，在康拉德的笔下都失去了光彩。他们表现出的更多是缺陷，如好色冲动、道德败坏、行动上无能。比如，吉姆逃离帕特纳、阿尔迈耶深陷在他的"阿尔迈耶的愚蠢"贸易站里、威廉斯不体面的自杀、孤傲的古尔德在追求财富中迷失了方向，以及在非洲殖民地堕落的库尔茨等等。相反，康拉德更乐意接受非欧洲人的主体性，赋予异域世界的土著人物更多的主动性，如达因、爱伊莎、巴巴拉蚩、妮娜、丹·瓦利斯等，让他们在白人的世界内开口说出话、表达自我，这些做法将康拉德与其他帝国冒险作家区分开了。沃克·乔治（Walker George）对此表达了这样的说法："康拉德探究那些被隔绝在某个文化群体之外的人的行为、那些发挥想象力去找寻感受不同文化可能性的人的行为、那些被某个文化群体大多人拒绝体验他们文化的人的行为"（George 235）。安德里亚·怀特（Andrea White）评论道："康拉德的创作的确是以解构传统为目的，他借用帝国冒险小说的传统形式，解构颠覆了传统冒险小说中的帝国神话模式"（White 194）。

另外，康拉德写到了西方和非西方世界的正面接触与对话。罗杰·鲍文（Roger Bowen）声称，那些关注全球历史、政治和文化方面的读者和学者，应该对康拉德非常的熟悉，或者至少熟悉少数他已传达给读者的话语和人物。"在世纪之交，摩尔所说的康拉德的'现代状态'已经有发展成为后现代的倾向；检验康拉德对当今大众文化的影响力，或许就是要看到他给发端于 20 世纪的全球化潮流所带来的那些复杂的观察视角"（Bowen 40）。康拉德的小说就像五光十色的世界大舞台，背景在欧洲、亚洲、美洲、非洲和大洋洲之间转换，不同种族的人物纷纷登台亮相，有欧洲殖民者,如英国人、德国人、荷兰人、比利时人,有小丑似的俄国人,有罗曼亲王这样的波兰人,还有以群体形式出现的中国苦力、非洲黑人、印度人和马来人等等,形成一个文明对话与冲突的大舞台。萨义德写到的文化帝国主义,亨廷顿所说的文明冲突,这些已经被 100 多年前的康拉德写进了文学作品。正如柯林斯指出的那样,康拉德的小说最逼真地呈现了欧洲"自我"世界与欧洲以外的异域"他者"世界的邂逅。"在康拉德的时代,没有哪个小说家像他那样,受到横跨 20 世纪的学术、文学、政治、文化和全球变化的彻底影响"(Collits 3)。马娅 · 亚桑诺夫(Maya Jasanoff)写道:"康拉德不会知晓'全球化'这个词汇,但从沙俄行省远涉重洋来到英国安家的这一旅程却使得他将'全球化'表现得淋漓尽致。他把自己的全球化视角融入了一部又一部严重基于个人经历和真实世界的小说当中"(Jasanoff 7)。

康拉德起初也是以英国文化为中心认识世界,但是后来,没有文化根基的康拉德,借助英国海员的职业,在遭遇世界多种文化冲击之后,开始仔细认识和思考非我族类的"他者"世界。因而,康拉德文化身份虽然是英国人,但他不像英国传统帝国冒险作家那样,仅仅只是使用一种预设观念和立场书写异域"他者"世界。康拉德的文化观念,就像他小说中的主人公一样,"[小说人物]经历了一个成长过程,从《阿尔迈耶的愚蠢》中一个以自我为中心、内向自私、最后自我毁灭的人物,到《流浪者》中一个无私、谦让、外向宽容、追求人类团结而忘我的英雄人物"(Girdhari 9),由此,人物从自我的中心渐渐走向世界,从单一的文化观念逐渐转向双重性的跨文化意识,最终他能够站在人类文明的中心,以跨文化的视角书写人类共同家园故事。乔治甚至认为,康拉德在他的小说中探讨的人类文化意识显然与联合国教科文组织公布的当今世界人类应当具备的文化意识相同,即"文化意识——即辨别一个文化的构成,了解文化如何影响人的行为,尊重文化多样性——是世界教育的核心所在"(George 225)。康拉德尊重不同文化的复杂性、模糊性和自相矛盾性,能够以更宽广的跨文化视野来看待世界和人类社会,在 100 多年前就已经告诉了我们解决文化冲突的密钥:地球是我们共同的精神家园。

结　　语

康拉德的祖国是欧洲内陆国家波兰,但他热爱大海,向往自由,只身来到了代表理性与自由传统的英国。相对他原有的波兰文化身份而言，英国应当是一个与他陌生的“他者”，但他却被这个国家温和理性、但又追求自由冒险的海洋文化传统所吸引，毅然选择成为这个“他者”文化团体的一分子，并选择用代表英国文化正统的英语进行创作。因此，无论康拉德的文化身份多么有争议，英国人、英国作家应当是他最主要也是最能体现他思想意识的文化身份。但是，作为一个外来文化的闯入者，康拉德在英国依然是一个文化流浪者，他似乎走哪都被边缘化，不论是在波兰文化、英国文化，还是异域东方文化中，都是一个“陌生人”、一个“边缘人”、一个文化“局外人”。不过，这或许不是一件糟糕的事情，正是这种边缘人的身份，使得康拉德的文化观念和文化身份具有很强的相对性，不完全受制于某一种单一文化。多种文化观念、对立矛盾的思想汇集在他一人身上，最后成为一个具有“多元”文化特征的综合体，“一位全球化的世界公民”（亚桑诺夫 17），从而使得康拉德能够以世界人的立场，从跨文化的视角去写作。20 世纪后期进入全球化时代以来，人类文化身份认同、文化的碰撞与融合、多元文化和谐发展、人类不同文明并存等问题开始成为人类社会发展中亟待解决的核心论题。康拉德似乎悲悯地告诉我们，人类的团结与融合，不是靠共同的文化信仰，而靠人类对共同的命运的维护，即地球是我们人类共同的家园。

引用作品[Works Cited]：

Bowen, Roger. “Journey's End: Conrad as Revenant in Alex Garland's *The Beach*.” *Conradiana* 39.1 (2007): 39 - 58.

Collits, Terry. *Postcolonial Conrad: Paradoxes of Empire*. London and New York: Routledge, 2005.

Conrad, Joseph. *The Collected Works of Joseph Conrad. Vol. 1*. London: Routledge; Thoemmes Press, 1895.

—. *Last Essays*. Ed. Richard Curle. London: J. M. Dent, 1926.

—. *Conrad's Prefaces to His Works*. Freeport and New York: Books for Libraries Press, 1971.

—. *A Personal Record*. The Project Gutenberg Etext [Etext #687], October 1996.

—. *Notes on Life and Letters*. Ed. J. H. Stape. Cambridge: Cambridge UP, 2004.

Ford, Madox. *Joseph Conrad: A Personal Remembrance*. London: Duckworth, 1924.

George, Walker. "Joseph Conrad: International Narrator." *Journal of Research in International Education* 3(2004): 225 - 236.

Girdhari, V. T. *The Novels of Joseph Conrad: The Individual in a Global World*. New York: Penguin Press, 2017.

Leavis, F. R. *The Great Tradition*. Garden City and New York: Doubleday & Co., 1954.

Najder, Zdzisław. Ed. *Conrad under Familial Eyes*. Trans. Halina Carroll-Najder. Cambridge: Cambridge UP, 1983.

Spittles, Brian. *Joseph Conrad: Text and Context*. Houndmills, Basingstoke and London: The Macmillan Press Ltd., 1992.

Stape, J. H. Ed. *The Cambridge Companion to Joseph Conrad*. Shanghai: Shanghai Foreign Language Education Press, 2000.

Watts, Cedric. *A Preface to Conrad*. Beijing: Peking UP, 2005.

White, Andrea. *Joseph Conrad and the Adventure Tradition: Constructing and Deconstructing the Imperial Subject*. Cambridge, New York and Melobourne: Cambridge UP, 1993.

Jasanoff, Maya. *The Dawn Watch: Joseph Conrad in a Global World*. New York: Penguin Press, 2017.

F. R.利维斯:《伟大的传统》,袁伟译,北京:三联书店,2002 年。

弗雷德里克·詹姆斯:《政治无意识》,王逢振等译,北京:中国社会科学出版社,1999 年。

吕伟民:"沉默的他者:康拉德小说中的异国形象",《郑州大学学报》,2005 年第 3 期,第 103—106 页。

马娅·亚桑诺夫:《守候黎明:全球化世界中的约瑟夫·康拉德》,金国译,北京:社会科学文献出版社,2018 年。

王松林:"英语写作的背后:康拉德的文化焦虑与痛苦",《英美文学研究论丛》,2008 年第 1 期,第 97—110 页。

约翰·高尔斯华绥:《高尔斯华绥散文选》,倪庆饩译,天津:百花文艺出版社,2002 年。

约瑟夫·康拉德:《康拉德小说选》,袁家骅等译,赵启光编选,上海:上海译文出版社,1985 年。

——:《康拉德海洋小说》,薛诗绮编译,上海:上海文文艺出版社,1995 年。

——:《文学与人生札记》,金筑云等译,香港:中国文学出版社,2000 年。

——:《生活笔记》,傅松雪译,南京:江苏教育出版社,2006 年。

——:《黑暗的心》,黄雨石译,北京:商务印书馆,2012 年。

——:《诺斯托罗莫》,何卫宁译,北京:新华出版社,2015 年。

征稿启事

自2007年始,《英美文学研究论丛》每年出版两期,分春季号和秋季号,主要发表与英国文学、美国文学、文学批评理论、英美文学翻译研究、英美文学教学研究相关的论文。热诚欢迎英美文学工作者来稿。

来稿请遵守学术规范,切勿一稿多投。本刊原则上不再刊用两位或两位以上作者合写的稿件。稿件收到后三个月内给予回复。三个月未见回复者,请自行处理。因本刊编辑部人员有限,不能一一办理退稿,恳请理解。

来稿请按照本刊稿件格式要求排版,寄至上海外国语大学文学研究院《英美文学研究论丛》编辑部,邮政编码:200083。电子文本请发至:ymwxlc@sina.com。

稿件格式要求

一、来稿请同时提交电子文本和打印文本。

二、来稿文本应包括(1)中、英文标题;(2)中、英文摘要(250—300字之间);(3)中、英文关键词(4—5个);(4)正文;(5)作品引用;(6)作者基本信息(姓名、学位或职称、研究方向、最新主要成果、联系方式)。

三、中文字体:(1)大标题用三号大写白体;小标题用小四号大写白体;(2)正文:五号宋体;(3)中文摘要、作品引用:小五号宋体;(4)脚注由WORD文档自然生成。

四、英文字体:一律使用Times New Roman:(1)大标题用三号白体;小标题用小四号白体;(2)正文:五号字体;(3)英文摘要、作品引用:小五号字体;(4)脚注由WORD文档自然生成;用阿拉伯数字表示序列;其他语种参照使用。

五、行距:正文用单倍行距,小标题和正文之间上下各空一行。

六、文字引用:(1)五行以内(不含五行)放在正文中;(2)五行(包括五行)以上,使用文字块,即左右各缩进2.5个汉语字符。

七、引文出处:使用“双注”标注方式,即“脚注”和“作品引用”:

(1) 脚注仅用于对正文内容进行补充说明,不用于标明引文出处;(2) "作品引用"分为(A) 文内标注,即在引文后在圆括号内注明作者和源资料页码,中间空一格,如(李维屏 10);如引用同一作者的多部作品,则在作者姓名和页码之间加出版时间,出版时间与页码之间用冒号隔开,如(李维屏 2003: 10);(B) 正文后标注:被引用作品按作者姓名拼音字母的顺序排列:

中文专著:姓名:作品名称,出版地点:出版社名称,出版时间。

如:李维屏:《英国小说艺术史》,上海:上海外语教育出版社,2005 年。

英文专著:Last name, first name. book title (italicized). name of city: name of publisher, year of publication.

如:Roth, Philip. *The Plot against America*. Boston and New York: Houghton Mifflin Company, 2004.

中文论文:姓名:作品标题,来源期刊名称,期刊号,起讫页码。

如:李维屏:"论现代英国小说人物的危机与转型",《外国语》,2005 年第 5 期,第 68—72 页。

英文论文:Last name, first name. "title of article." name of journal (italicized) volume number (year of publication): page numbers.

如:Nilsen, Normann. "Malamud's *The Assistant*: A Return to Jewishness? A Note on the Text." *The International Fiction Review* 15.1 (1988): 44 - 47.

网上资源:Title of database (underlined) (if given). 〈Network address〉(Date of access).

如:中国文学网〈http://www.literature.org.cn/Index.asp〉(Accessed 2008 - 6 - 23)。

Braye, Kerry. "Conventions and Genre—Oranges are not the only fruit." 〈http://www.keltawebconcepts.com.au/eorangesl.htm〉(Accessed Jun. 23, 2008).

八、正文中第一次出现外国人名时,应将相应的外文名称放在其后的圆括号内,并标注该人的生卒年限,如迈克尔·戈尔德(Michael Gold, 1893—1967);正文中第一次出现国外作品名称时,应将相